MINGUO TONGSU XIAOSHUO
DIANCANG WENKU

记者外传

民国通俗小说典藏文库·张恨水卷

张恨水◎著

中国文史出版社

小说大家张恨水（代序）

张赣生

民国通俗小说家中最享盛名者就是张恨水。在抗日战争前后的二十多年间，他的名字真是家喻户晓、妇孺皆知，即使不识字、没读过他的作品的人，也大都知道有位张恨水，就像从来不看戏的人也知道有位梅兰芳一样。

张恨水（1895—1967），本名心远，安徽潜山人。他的祖、父两辈均为清代武官。其父光绪年间供职江西，张恨水便是诞生于江西广信。他七岁入塾读书，十一岁时随父由南昌赴新城，在船上发现了一本《残唐演义》，感到很有趣，由此开始读小说，同时又对《千家诗》十分喜爱，读得"莫名其妙的有味"。十三岁时在江西新淦，恰逢塾师赴省城考拔贡，临行给学生们出了十个论文题，张氏后来回忆起这件事时说："我用小铜炉焚好一炉香，就做起斗方小名士来。这个毒是《聊斋》和《红楼梦》给我的。《野叟曝言》也给了我一些影响。那时，我桌上就有一本残本《聊斋》，是套色木版精印的，批注很多。我在这批注上懂了许多典故，又懂了许多形容笔法。例如形容一个很健美的女子，我知道'荷粉露垂，杏花烟润'是绝好的笔法。我那书桌上，除了这部残本《聊斋》外，还有《唐诗别裁》《袁王纲鉴》《东莱博议》。上两部是我自选的，下两部是父亲要我看的。这几部书，看起来很简单，现在我仔细一想，简直就代表了我所取的文学路径。"

宣统年间，张恨水转入学堂，接受新式教育，并从上海出版的报纸上获得了一些新知识，开阔了眼界。随后又转入甲种农业学校，除了学习英文、数、理、化之外，他在假期又读了许多林琴南译的小说，懂得了不少描写手法，特别是西方小说的那种心理描写。民国元年，张氏的父亲患急症去世，家庭经济状况随之陷入困境，转年他在亲友资助下考入陈其美主持的蒙藏垦殖学校，到苏州就读。民国二年，讨袁失败，垦殖学校解散，张恨水又返回原籍。当时一般乡间人功利心重，对这样一个无所成就的青年很看不起，甚至当面嘲讽，这对他的自尊心是很大的刺激。因之，张氏在二十岁时又离家外出投奔亲友，先到南昌，不久又到汉口投奔一位搞文明戏的族兄，并开始为一个本家办的小报义务写些小稿，就在此时他取了"恨水"为笔名。过了几个月，经他的族兄介绍加入文明进化团。初始不会演戏，帮着写写说明书之类，后随剧团到各处巡回演出，日久自通，居然也能演小生，还演过《卖油郎独占花魁》的主角。剧团的工作不足以维持生活，脱离剧团后又经几度坎坷，经朋友介绍去芜湖担任《皖江报》总编辑。那年他二十四岁，正是雄心勃勃的年纪，一面自撰长篇《南国相思谱》在《皖江报》连载，一面又为上海的《民国日报》撰中篇章回小说《小说迷魂游地府记》，后为姚民哀收入《小说之霸王》。

1919 年，五四运动吸引了张恨水。他按捺不住"野马尘埃的心"，终于辞去《皖江报》的职务，变卖了行李，又借了十元钱，动身赴京。初到北京，帮一位驻京记者处理新闻稿，赚些钱维持生活，后又到《益世报》当助理编辑。待到 1923 年，局面渐渐打开，除担任"世界通讯社"总编辑外，还为上海的《申报》和《新闻报》写北京通讯。1924 年，张氏应成舍我之邀加入《世界晚报》，并撰写长篇连载小说《春明外史》。这部小说博得了读者的欢迎，张氏也由此成名。1926 年，张氏又发表了他的另一部更重要的作品《金粉世家》，从而进一步扩大了他的影响。但真正把张氏声望推至高峰的是《啼笑因缘》。1929 年，上海的新闻记者团到北京访问，经钱芥尘介绍，张恨水得与严独鹤相识，严即约张撰写长篇小说。后来张氏回忆这件事的过程时说："友人钱芥尘先生，介绍我认识《新闻报》的严独鹤先生，他并在独鹤先生面前极力推许我的小说。那时，《上海画报》（三日刊）曾转载了我的《天上人间》，独鹤先生若对我有认识，也就是这篇小说而已。他倒是没有什么考虑，就约我写一篇，而且愿意带一部分稿子走。……在那几年间，上海洋场章回小说走着两条路子，一条是肉感的，一条是武侠而神怪的。《啼笑因缘》完全和这两种不同。又除了新文艺外，那些长篇运用的对话并不是纯粹白话。而《啼笑因缘》是以国语姿态出现的，这也不同。在这小说发表起初的几天，有人看了很觉眼生，也有人觉得描写过于琐碎，但并没有人主张不向下看。载过两回之后，所有读《新闻报》的人都感到了兴趣。独鹤先生特意写信告诉我，请我加油。不过报社方面根据一贯的作风，怕我这里面没有豪侠人物，会对读者减少吸引力，再三请我写两位侠客。我对于技击这类事本来也有祖传的家话（我祖父和父亲，都有极高的技击能力），但我自己不懂，而且也觉得是当时的一种滥调，我只是勉强地将关寿峰、关秀姑两人写了一些近乎传说的武侠行动……对于该书的批评，有的认为还是章回旧套，还是加以否定。有的认为章回小说到这里有些变了，还可以注意。大致地说，主张文艺革新的人，对此还认为不值一笑。温和一点的人，对该书只是就文论文，褒贬都有。至于爱好章回小说的人，自是予以同情的多。但不管怎么样，这书惹起了文坛上很大的注意，那却是事实。并有人说，如果《啼笑因缘》可以存在，那是被扬弃了的章回小说又要返魂。我真没有料到这书会引起这样大的反应……不过这些批评无论好坏，全给该书做了义务广告。《啼笑因缘》的销数，直到现在，还超过我其他作品的销数。除了国内、南洋各处私人盗印翻版的不算，我所能估计的，该书前后已超过二十版。第一版是一万部，第二版是一万五千部。以后各版有四五千部的，也有两三千部的。因为书销得这样多，所以人家说起张恨水，就联想到《啼笑因缘》。"

不论张氏本人怎样看，《啼笑因缘》是他最有影响的作品，这一点毫无疑问，可以随便举出几件事来证明。《啼笑因缘》发表后，被上海明星公司拍成六集影片，由当时最著名的电影明星胡蝶主演，同时还被改编为戏剧和曲艺，在各地广泛流传；再有《啼笑因缘》被许多人续写，迫使张氏不得不改变初衷，于1933年又续写了十回，张氏在《我的写作生涯》中说："在我结束该书的时候，主角虽都没有大团圆，也没有完全告诉戏已终场，但在文字上是看得出来的。我写着每个人都让读者有点儿有余不尽之意，这正是一个处理适当的办法，我绝没有续写下去的意思。可是上海方面，出版商人讲生意经，已经有好几种《啼笑因缘》的尾巴出现，尤其是一种《反啼笑因缘》，自始至终，将我那故事整个地翻案。执笔的又全是南方人，根本没过过黄河。写出的北平社会真是也让人又啼又笑。许多朋友看不下去，而原来出版的书社，见大批后半截买卖被别人抢了去，也分外眼红。无论如何，非让我写一篇续集不可。"这种由别人代庖的续作，出书者至少有四种：惜红馆主《续啼笑因缘》、青萍室主《啼笑因缘三集》、康尊容《新啼笑因缘》和徐哲身《反啼笑因缘》。虽然远不如《红楼梦》续作之多，但在民国通俗小说中已经是首屈一指了。张氏在《我的小说过程》一文中还说："我这次南来，上至党国名流，下至风尘少女，一见着面便问《啼笑因缘》。这不能不使我受宠若惊了。"

《啼笑因缘》使张氏名声大振，约他写稿的报刊和出版家蜂拥而至，有的小报甚至谣传张氏在十几分钟内收到几万元稿费，并用这笔钱在北平买下了一所王府，自备一部汽车。这自然不是事实，但张氏当时收到的稿酬也有六七千元，的确不能算少。这样，他就可以去搜集一些古旧木版小说，想要作一部《中国小说史》。就在此时，日寇侵华的"九一八事变"爆发，张氏的希望随之化为泡影。作为一位爱国的作家，在国难当头的状况下自不会沉默，张恨水在 1931 至 1937 的几年间，先后写了《热血之花》《弯弓集》《水浒别传》《东北四连长》《啼笑因缘续集》《风之夜》等涉及抗敌御侮内容的作品。

1934 年，张恨水到陕西和甘肃走了一遭，此行使他的思想发生了很大的变化。张氏在《我的写作生涯》中说："陕甘人的苦不是华南人所能想象，也不是华北、东北人所能想象。更切实一点地说，我所经过的那条路，可说大部分的同胞还不够人类起码的生活。……人总是有人性的，这一些事实，引着我的思想起了极大的变迁。文字是生活和思想的反映，所以在西北之行以后，我不违言我的思想完全变了，文字自然也变了。"此后，他写了《燕归来》，以描写西北人民生活的惨状。

抗日战争全面爆发后，张恨水取道汉口，转赴重庆，于 1938 年初抵达，即应邀在《新民报》任职。抗战八年间，他除去写了一些战争题材的小说外，还有两种较重要的作品，即《八十一梦》和《魍魉世界》（原名《牛马走》），均先于《新民报》连载，后出单行本。抗战胜利，张氏重返北平，担任《新民报》经理，此后几年他写了《五子登科》等十来部小说，但均未产生重大影响。1948 年底，张氏辞去《新民报》职务。1949年夏，他患脑溢血，经过几年调治，病情好转，张氏便又到江南和西北去旅行。1959 年，张氏病情转重，至 1967 年初于北京去世，终年七十三岁。

张恨水一生写了九十多部小说，印成单行本的也在五十种左右。说到张氏作品的总特色，一般常感到不易把握，因为他总在不断地变。其实，这"变"就正是张恨水作品最鲜明的总特色。

张恨水是一个不甘心墨守成规的人，他好动不好静，敢于否定自己，这正是作为开创者必须具备的素质。读一读张氏的《我的写作生涯》，就会发现他总是在讲自己的变，那变的频繁、动因的多样，在民国通俗小说作家中实属仅见。……待到《金粉世家》《啼笑因缘》相继问世，张恨水的名声已如日中天，他在思想上的求新仍未稍解，他说："我又不能光写而不加油，因之，登床以后，我又必拥被看一两点钟书。看的书很拉杂，文艺的、哲学的、社会科学的，我都翻翻。还有几本长期订的杂志，也都看看。我所以不被时代抛得太远，就是这点儿加油的工作不错。"

追求入时，可说是张恨水的一贯作风，不仅小说的内容、思想随时而变，在文字风格上也不断应时变化。仅就内容、思想方面的变化而言，在民国通俗小说作家中也很常见，说不上是张氏独具的特色，但在文字风格上也不断变化，就不同于一般了。张氏在《我的写作生涯》中经常提到这方面的事例，譬如他曾提及回目格式的变化，他说："《春明外史》除了材料为人所注意而外，另有一件事为人所喜于讨论的，就是小说回目的构制。因为我自小就是个弄辞章的人，对中国许多旧小说回目的随便安顿向来就不同意。即到了我自己写小说，我一定要把它写得美善工整些。所以每回的回目都很经一番研究。我自己削足适履地定了好几个原则。一、两个回目，要能包括本回小说的最高潮。二、尽量地求其辞藻华丽。三、取的字句和典故一定要是浑成的，如以'夕阳无限好'，对'高处不胜寒'之类。四、每回的回目，字数一样多，求其一律。五、下联必定以平声落韵。这样，每个回目的写出，倒是能博得读者推敲的。可是我自己就太苦了……这完全是'包三寸金莲求好看'的念头，后来很不愿意向下做。不过创格在前，一时又收不回来。……在我放弃回目制以后，很多朋友反对，我解释我吃力不讨好的缘故，朋友也就笑而释之，谓不讨好云者，这种藻丽的回目，成为礼拜六派的口实。其实礼拜六派多是散体文言小说，堆砌的辞藻见于文内而不在回目内。礼拜六派也有作章回小说的，但他们的回目也很随便。"再譬如他在谈及《金粉世家》时说："以我的生活环境不同和我思想的变迁，加上笔路的修检，以后大概不会再写这样一部书。"诸如此类的变化不胜列举。

张氏的多变还体现在题材的多样化。他说："当年我写小说写得高兴的时候，哪一类的题材我都愿意试试。类似伶人反串的行为，我写过几篇侦探小说，在《世界日报》的旬刊上发表，我是一时兴到之作，现在是连题目都忘记了。其次是我写过两篇武侠小说，最先一篇叫《剑胆琴心》，在北平的《新晨报》上发表的，后来《南京晚报》转载，改名《世外群龙传》。最后上海《金刚钻小报》拿去出版，又叫《剑胆琴心》了。"第二篇叫《中原豪侠传》，是张氏自办《南京人报》时所作。此外，张氏还写过仿古的《水浒别传》和《水浒新传》，他说："《水浒别传》这书是我研究《水浒》后一时高兴之作，写的是打渔杀家那段故事。文字也学《水浒》口气。这原是试试的性质，终于这篇《水浒别传》有点儿成就，引着我在抗战期间写了一篇六七十万字的《水浒新传》。""《水浒新传》当时在上海很叫座。……书里写着水浒人物受了招安，跟随张叔夜和金人打仗。汴梁的陷落，他们一百零八人大多数是战死了。尤其是时迁这路小兄弟，我着力地去写。我的意思，是以愧士大夫阶级。汪精卫和日本人对此书都非常地不满，但说的是宋代故事，他们也无可奈何。这书里的官职地名，我都有相当的考据。文字我也极力模仿老《水浒》，以免看过《水浒》的人说是不像。"再有就是张氏还仿照《斩鬼传》写过一篇讽刺小说《新斩鬼传》。张恨水的一生都在不停地尝试，探寻着各色各样的内容及表达方式，他甚至也写过完全以实事为根据、类似报告文学的《虎贲万岁》，也写过全属虚幻的、抽象的或象征性的小说《秘密谷》，他的作风颇有些像那位既不愿重复前人也不愿重复自己的现代大画家毕加索。

张恨水写过一篇《我的小说过程》，的确，我们也只有称他的小说为"过程"才最名副其实。从一般意义上讲，任何人由始至终做的事都是一个过程，但有些始终一个模子印出来的过程是乏味的过程，而张氏的小说过程却是千变万化、丰富多彩的过程。有的评论者说张氏"鄙视自己的创作"，我认为这是误解了张氏的所为。张恨水对这一问题的态度，又和白羽、郑证因等人有所不同。张氏说："一面工作，一面也就是学习。世间什么事都是这样。"他对自己作品的批评，是为了写得越来越完善，而不是为了表示鄙视自己的创作道路。张氏对自己所从事的通俗小说创作是颇引以自豪的，并不认为自己低人一等。他说："众所周知，我一贯主张，写章回小说，向通俗路上走，绝不写人家看不懂的文字。"又说："中国的小说，还很难脱掉消闲的作用。对于此，作小说的人，如能有所领悟，他就利用这个机会，以尽他应尽的天职。"这段话不仅是对通俗小说而言，实际也是对新文艺作家们说的。读者看小说，本来就有一层消遣的意思，用一个更适当的说法，是或者要寻求审美愉悦，看通俗小说和看新文艺小说都一样。张氏的意思不是很明显吗？这便是他的态度！张氏是很清醒、很明智的，他一方面承认自己的作品有消闲作用，并不因此灰心，另一方面又不满足于仅供人消遣，而力求把消遣和更重大的社会使命统一起来，以尽其应尽的天职。他能以面对现实、实事求是的态度对待自己的工作，在局限中努力求施展，在必然中努力争自由，这正是他见识高人一筹之处，也正是最明智的选择。当然，我不是说除张氏之外别人都没有做到这一步，事实上民国最杰出的几位通俗小说名家大都能收到这样的效果，但他们往往不像张氏这样表现出鲜明的理论上的自觉。

张恨水在民国通俗小说史上是一位名副其实的大作家，他不仅留下了许多优秀的作品，他一生的探索也为后人留下了许多可贵的经验。

目　　录

第一回

四海为家轮凝今日雨
三星在户鼓乐满城秋

那铁制的车轮打着钢轨，一下比一下慢，那是火车已经告诉你，到了车站了。这个车站就是北京东车站。何以叫东车站呢？那时北京有三个总站，在前门东方的叫东车站，通到上海或者沈阳。在西方的叫西车站，通到汉口。还有一个，在西直门外叫西直门车站，通到包头。刚才要到东车站的火车，是由浦口北来，走了约有三十多个钟点，到达的时候已经很晚，十一点多钟了。

这节三等车里，有一位杨止波，他还只有二十四岁。那个时候，穿了一件灰布夹袍，外罩一件青布夹马褂，人是清瘦，不过脸是圆的，五官倒也端正。他从没有到过北京，所以都很陌生。在车上遇到一位苍白胡须的老先生，就向老人请教一切。老先生道："现在已经半夜了，当然不能去会朋友。我也是如此，打算在前门外找一家旅馆歇一晚，明早再去找朋友。你就同我一路去找家旅馆，好吗？"杨止波道："有老先生指点，自然愿意跟随。"老先生听说，就点点头。

杨止波和老先生同坐一把椅子，车子经过天津，已经上满了客。在杨止波和老先生的座位对面，有一位中年男子，穿着哔叽袍子，留着一圈小胡子，有一点儿政客的模样。没有人和他说话，他就在袋里拿出火柴盒，取着一根火柴，在窗户玻璃上画了一个圈圈，又画一个圈圈，又在玻璃上呵了一口气，趁着玻璃板上有了块白色，就写"靳阁不易维持，学潮扩大"，这样写了又写。杨止波想着：这人是同行吧？这也可见，一人出门多么无聊呢！

当！当！听见钟响，火车停了。这就看到火车上人纷纷乱动。老先生向他摇着手道："不用忙，火车已经到了，慢慢下去不妨。"杨止波答应"是"。火车的玻璃窗全都打开了。这时，旅馆还有接客的店友打着灯笼，

1

灯笼上用黑的或红的写着各旅馆的招牌。老先生就招着手，叫了一位接客的前来。那灯笼上写着"千祥旅馆"，于是把行李从窗户里递过去，叫运夫把行李扛着，两人下车，跟着一盏灯笼慢慢地走出站。

杨止波这时没有了累赘，随了大伙儿走，对站里站外仔细一看。站里是很长的月台，月台靠里是一堵城墙。再往上瞧，没有灯火，却看不清楚。缓缓走出车站，猛然看去，就不免一惊。因为站外，由东往西是很大的广场，广场上浩浩荡荡的一片。在广场两头是一截街道，街道旁边却突立着四丈余高的城墙，将栏杆石坡曲折地围住。再上去，又立了五层高的箭楼，那箭楼非常地壮丽伟大。箭楼西边，那就是西站，同东边一样有广场，有车站。这在从前，也听到人说过，前门箭楼很伟大，今天站在箭楼下一望，真是几十万户人家拱卫伟大的国门，使这里生色不少。

广场上有很多的车子。当年汽车很少，有也就是几辆。却是马车、人力车、搬东西的排子车，几乎填满空场。老先生雇了两辆人力车，把行李住上一搬，人也坐上。旅馆里那位接客的，打着灯笼在前引路，两辆人力车在后跟随。杨止波这时要看一看北京的街市。那天正是前门街上夜市。两边街上摆了无数的地摊，这些地摊连环地摆着。前门大街本来是很宽很长的，站在箭楼下一望，只见无数的灯火、不尽的人影活动，发展到看着模糊的地方方才停止。那时虽已有电灯，可是来电以后，像鬼火一样，而且根本不供给夜市。因之在夜市里做买卖的人，点的是一种"电石灯"，或者叫"水月电灯"，各搁在摊子上。这个名字倒很有点儿诗意。

人力车一拐，进了小胡同。那两旁人家，和江南一比，就矮得多。走了一会儿，到了千祥旅馆。老先生一切都打着经济算盘。他以为住一晚上，何必浪费，就在三等旅馆住一晚吧。所以这旅馆是三层四合房子，他与杨止波就挑了一间屋子住下。房间里就只有两副铺板、一张方桌，点上一盏带罩子的煤油灯，此外，什么东西都没有了。

但是，这有一样东西却引起杨止波的注意。他坐车子刚到旅馆的时候，后面跟有一种车子，北方叫作骡车。这骡车是半节椭圆形的车棚，架子是木头的，上面蒙着蓝布。人要坐上这车子，就得将脚缩住，来一个盘腿式坐进这车身里面。车杠前绑了一匹骡子，杠子上坐了一位赶车子的车夫，还悬了一盏尿泡式的灯笼。那车子让骡子拉着慢慢地走。同时那车轮响起嘚儿隆咚、嘚儿隆咚的声音，非常地有节奏。杨止波下了车看着，简直忘了进去了。

老先生喊着："房间开了，进去吧！"杨止波这才进去，心想，北京这地方确有风趣，所以在房里虽与老先生谈话，两只耳朵却常常对胡同里去听着。过了一会儿，有卖馄饨的经过。这还听得出来。卖馄饨的过去，有很尖厉的声音吆唤着过来。这有十二点钟了，是什么东西这样叫卖？老先生坐在铺上，看到他静听的样子，笑道："你猜这是卖什么东西的？"杨止波道："我正听不出来。"老先生道："若论卖这样东西，时间尚早，要两个月后才卖，自然也有得着稍微早一点儿的就拿出去卖。这种东西是南方没有的，是卖一种受了风伤的花生，吆唤着'半空，多给'。一个铜子儿，他能给你一大堆。他是推独轮大车卖的，也有背着一个口袋卖的。"杨止波这才明白，多谢老先生指点。

次日早上，告别了老先生，便叫了一部车子，往顺治门外大街皖中会馆来。自己在车上，周围四顾，觉得会馆真多。自从科举停了，虽然没有应考的举子，但是那些当差事的人以及大学生，也照样住在里边，大概住会馆的人穷人为多。杨止波要找的人，叫王豪仁，在段祺瑞管的训练处里当一名小差事。杨止波到了皖中会馆，便把找王先生的意思告诉看会馆的长班。不一会儿，王豪仁接到门外。杨止波向他看去，见他穿一件灰布夹袍子，可是油腻了许多块，脸黄瘦着，虽然不是长脸，也瘦小得有一点儿尖了。王豪仁先道："你来了，很好。那位邢先生问我，你什么时候来，已经好几次了。你不用找地方住，就在这里住下。"杨止波道："我现在四海为家，到哪里住都可以。"于是叫长班去搬取行李。

原来这皖中会馆，进门有三进院落。穿过一个大厅，又进一个大院子，王豪仁就住在正房里一间屋子。这屋子倒很大，只是东西太少，一副铺板、一张破了缝的桌子，另外两张木椅。这椅子只有靠背的地方，有一个木头圈儿。桌上将报纸垫了桌面，堆了二三十本书。杨止波便道："这很可以，我只要一间聊避风雨的屋子就行了。"王豪仁道："我平常总是在机关里住的，你一来，我这屋子全让给你了。"当时行李已经搬进了屋子，杨止波布置妥当。王豪仁道："我这会馆长班，办得有伙食，九元钱一个月，我看你也在这儿搭伙食吧。"杨止波连说："可以可以。"

王豪仁和杨止波坐谈了一会儿，便道："我和老弟去见一见邢先生吧，他是很望你来的。今天见了他，我想明天也许可以上工了吧。"杨止波道："这样正好，要不，我在北京没事做，也不行。"王豪仁便带着杨止波步行向邢家去。因为邢家就在米市胡同里，与这里相距不远，只经过一条直街

3

那就到了。杨止波跟在后面，向前看看，这里叫顺治门大街，街道很宽，约有六七丈。在街上，石子突出，奔走起来只是不平。在南头，便是菜市口，这是一条丁字街，是早年专门行刑杀人的地方。转一个弯，叫骡马市大街，这是科举时代最出名的一个地方。

米市胡同就在这儿，在胡同里走了几步路，就到了邢家。那邢家是个四合院，最典型的北京的屋子。靠南隔了一个屏风门，靠北三间屋子，两间打通，这是邢家的客厅，也是新闻编辑所。中间摆了一张大餐桌，周围摆了几张藤椅，此外有两张两屉桌，一张摆茶壶、一张翻译电报。翻译电报就在进门的窗子边。靠里一间，有圆桌，另外两张藤椅。外表上看来，这不过是个中等人家。屋里正坐着一个人，圆脸，睛眼漆黑，嘴上蓄了一撮短胡子，身穿哔叽夹袍，在那里看报。

王豪仁抢着走了几步，进了屋子，那个人站起，他首先介绍着道："这是邢笔峰先生，这是杨止波老弟。"杨止波随着他走进来。邢笔峰连忙伸手握着，笑道："杨先生来了，我是欢迎的。听说你在芜湖担任一家报馆的总编辑。可是我这里只有两三个朋友，凑合凑合，勉强担任北京上海报馆的稿子，那要比起内地报馆来，可是差得太远了啊！"王豪仁道："我这位止波老弟，他跑上北京来，就是要观光观光，老兄这地位，正好合适。"邢笔峰然后请二位坐了，笑道："那就更好了。"

邢笔峰就把他的工作略微介绍了一下。他是上午看报，然后把上海的电报发去第一批。午饭以后，编好《警世报》与《北方日报》的稿子，再发一批电报，这就完了。杨止波来了，这就把《北方日报》的稿子让出来给杨止波编。至于发稿的来源，有电话报告，也有各方来稿。但这些稿子，电报发不到十分之二三，编的稿子更少。这些稿件做什么用，那是邢先生的秘密了。

至于所出的报酬，就只有十元钱。若是出了皖中会馆的伙食费，只剩一块钱了。这自然是不够。但是王豪仁早就知道他送钱不会多，对杨止波说过："邢先生送钱多少，你根本不必过问。好在他给钱，几元伙食费那总会有吧。至于零用钱，我补贴一点儿，那也没什么大问题了。"所以报酬一层，杨止波也没有计较，就完全答应帮忙了。本来还打算坐一会儿，看到他快要发电报，不便惊吵，约了明天上工，就告辞了。

这时，公务人员上各个机关里去办公，叫作上衙门。王豪仁该上衙门了，就把杨止波送到会馆里，问："有钱缴伙食费没有？"杨止波道："这还有的。"王豪仁道："有钱零用没有？"杨止波道："缴了伙食费，还够几天零用。"王豪仁听了这番话，这才去办公。

杨止波一人在屋子里，看看外边，时间约莫是十点钟。他心想，今天无事，要怎么消遣一下，可以计划计划，一到明日，就要写稿了。北京有两三个熟人，要去看朋友，这恐怕上学的上学，办公的办公去了。要说去玩耍，一来路途不熟，二来也没有许多钱。不如出去散散步，看累了就回来，这倒是很好。这样想了，自己锁上了房门，便起身出门漫步。

他是向北走的，不多路是顺治门。顺治门实在是宣武门。顺治门是顺治年间重修的，人就这样叫喊着。他进城走了一段很宽的街道，但是他没有照着宽街往前走，顺了城脚往东行。因为他听了朋友说，北京报纸，就只有日本人办的《顺天时报》销路好，而且只有它装有卷筒机。因此，去看看那报馆也不无好处。

这城墙边上也是很宽的，但是街道卫生，官家一概不管。堆的秽土堆，有的比人还高。车子一过，秽土滚成车辙，就有两尺多深，所以人走起路来，地上灰尘随人脚跟卷起，扑个满身。杨止波这样走着，约一里多路，这就是北新华街，《顺天时报》就开设在这儿。以前军阀时代，老百姓是被欺负得可怜的，可是日本人就什么全不在乎，所以这家《顺天时报》在当时比家阔。进了和平门，望着靠东边第一家，这就是顺天时报馆。这里青砖到顶，有很大一片院子。院宇前面，盖了一座楼房，算是他们的营业部。从前北京很少人盖楼房，日本人可不管官家许可不许可，就盖了这一所楼。于今看起来，盖一所楼不算什么，可是当年，而且是一家报馆，那就了不起了。

杨止波正在看顺天时报馆，心想：看外表，就是有所楼而已，最好是到里面去看看。不知道邢笔峰家有这条路子没有。这个念头还不曾想完，忽然乌云盖起，大风突来，面前有几棵槐树，被风一吹，那树枝整个地翻转过来。哎哟，这怕要下雨吧？北京今天才到，碰到大雨，怎样回去呢？这没有别的什么法子，只有赶快地跑，或者可以跑到家。因此，就走原路，提脚快走。可是天变起来更快，四围乌云密布，一点儿青天没有。那风势更大，真是飞沙走石。面前来了一阵旋风，那灰土被风一卷，一大团黑雾卷入半空。北京树木很多，人家院子里各种各样树，借着旋风一卷，就吱咯吱咯发起很大的声音来。

杨止波看到这个样子，便急忙忙想找个避雨的地方。不多远有个八字门楼，看来可以避雨。三脚两步，就奔到那门楼底下。果然，还未停脚，那有蚕豆点子那么粗细的雨就来了。一片雨雾，连对面城墙也不看见。

八字门楼，两边将墙支出，中间有一个很宽的大门。上面有瓦，可供四五个人避雨。雨下得非常猛烈，一下工夫，地下就成了河。杨止波想着，地下的水，一刻儿是不能干的，这非赤足回家不可。正这样想着，胡同内来了一辆骡车。车夫坐在车杠上，拿了一根竹鞭子，打得骡子乱跑。但车轮子在水里跑，时常遇到车辙。糊里糊涂车子向上一碰，轮子在辙里一别，好久不能出来。好容易拔出车辙来了，但是不多路，照样又来了一回。走到门口，那车夫不愿跑了，就把骡车一拉，靠近了大门，自己也跳下车来，将身上乱抖。看他身上，一件薄棉袄已经湿透了。

那个车夫见杨止波看着他，便笑道："我这样浑身透湿，真是少见吧？我在大雨中淋着，想快些到家呀。不想雨越来越大，回家简直不行啦，这就只好避雨一下吧。"杨止波只见他老望着天，因道："我不是无缘无故望着你的。我想，你这一身湿，现在你又急又累，你还不觉得。等一会儿，你心事一定，那会感到周身都是凉的。还有你这骡子，同你一样，这会子感着不冷，回头它会冷得厉害的。"那车夫两手一拍，叫道："你这话很对，我马上就走。先生，你住在哪儿，要是我这车子顺路的话，可以带你回去。"杨止波道："我没关系，雨止了，我脱了鞋袜，打赤足回去。我住在顺治门大街，路也不多。"车夫道："那正好顺路，我家在广安大街。快些上车，现在雨小些了。"

杨止波一想，这路上的水恐怕一时不会干，而且雨还在下，就答应了一个"好"字，随身爬上车去。他这个车身子，上面是一个蓝布罩子，下面没有垫子，一副光板。杨止波两脚盘起，在那光板子上坐着。这个车夫马上坐上车去，打着骡子，在泥水里滚着走。但是车辙非常多，车子走着，往东一摇，又往西一摆，坐着的人和车子一样，也往东一个颠簸，往西一个颠簸。这时，车子又遇到了深辙，辙里又藏着两块大石头。这就一个车轮向下一袭，那个不遇到车辙的车轮，又向上一挺。这坐车子的人，就在一袭一挺之间，向旁边一闪，碰在车身架子上，而且接连来了四五次，杨止波右额头就碰了一个大疙瘩。

杨止波在车子里叫道："车夫老大哥，我这车子不能坐了。已到了顺治门大街口上，我下车吧。"车夫笑道："我这车子，真也不好坐。但是雨还下着，你下车可又要一身淋湿呀。"杨止波道："那不要紧，我还没吃饭，前面有个馒头铺子，歇下来，我吃几个馒头。"车夫道："吃馒头，你是南方人，管饱吗？"杨止波道："我是出门人，我和朋友说过，四海为家，管饱管饱。"可是杨止波说了这话，自己觉得不对。自己说了四海为家，怎么骡车不能坐呢？还好，那车夫对他这个说法并没联想到他坐车上面去，便将车子赶了两步，赶到馒头铺边，把车子停住。杨止波下车说了一声"谢谢"，那车夫赶着那骡车走了。

这时，雨还在下，杨止波慢慢地走进店来。看到这里馒头炸糕麻花尚有几十个堆在案子上，笑道："这怎么吃不饱呢？掌柜的，这多少钱一个呢？"旁边有一个穿青布夹袍的人，正在案子边望雨，便道："炸糕，一个铜子儿两个，还是雨刚要来的时候炸的，真新鲜。"杨止波见掌柜的已经同自己说话，于是掏了四枚铜子儿，将炸糕馒头挑了一大堆。掌柜的将他买的东西放在一张小桌子上，搬了一个小板凳让他坐下。杨止波就安心地吃起来。

杨止波的衣服虽有点儿湿，本来可以随它的。但掌柜的说："这里有现成的炉子，把夹袍子脱下来烘一烘嘛！"掌柜倒也很照顾行人，杨止波就依了他的话，把湿夹袍子脱下，烘了一烘。看看雨已经停止了，不过地下的雨水变成了一条大沟，正哗啦流着。杨止波就把鞋袜一齐脱了，将夹袍鞋袜卷成了一卷，全夹在胁下，和掌柜的说了一声"劳驾"，就成了一个短衣服的人，走得泥水四溅，一会儿他就回到了会馆。

次日，一阵暴风雨过去，是一个晴天。到了十点钟，就到邢笔峰家上工了。这里有一点儿材料、四五条稿子，不要两点钟就编完了。邢家订有很多报纸。初到北京，当然要把报纸细心看一下。这时北京的报纸非常简单，凡是像样的人家都不看小型报的。大型报有的是两张，有的是一张。但一张的不过是两张的减型报，一张是什么格式，那就两张也是什么格式。大概一张报，广告没有格式，就是长的两栏或三栏，短的一栏，这没有什么可说的。再看新闻方面，一张报分成五长栏，分短栏，把它一破为二，就是十小栏了。而且长短不能乱，先排长栏，后排短栏。长栏大概有四分之三的地位，所剩的就排短栏。那时看报，长栏居多，简直上下一笼统。

杨止波坐在大餐桌旁边，将报摊开来看。当然那时的报纸都是如此，他也不觉得怎样看不惯。再论到排版的字，就只有二、三、四、五号的字。是长栏呢，这就用二号字做题目。短栏呢，只有三号字做题目。还有四号字，怎么用法呢？却是五号字新闻里面，遇到紧要的句子，全用四号排起，以好引看报人注意。杨止波看了，笑道："这大概情形，就是这样吧。但是北京是京戏的出产地，何以没有京戏的广告呢？"邢笔峰把电报发完，他已经出去了。有个翻译电报的，是个矮胖子，只有二十岁，名字叫徐度德。他坐在旁边的小桌子上，把邢笔峰发的电报稿子正在一二三四地翻译。他听到杨止波的话，便笑道："在北京看戏园的广告，那要群力小报上去看。至于大报，也有几家有，全是免费广告。喏！这不是？"他说着站起来，拿着一份报，手指着中缝，送到杨止波面前的大餐桌子上。

杨止波照他手指的所在看去，果然是戏园的广告，但一项广告只有两三个铜钱大的地方，实在小得很。这广告登在中缝中间，四周又把花边框起。上边有四个字横排着，是"群梨戏院"。这下面，直排六个演员的名字。到了最下一层，登的是戏名，而且只登一两个，这又是横排了。广告地位极小，人名戏名全是五号字，而且戏园只有四个。杨止波道："就只有四家戏院吗？演戏人的名字也登得太少，这就是戏院子的广告吗？"徐度德道："你要看戏院子广告的话，回去要份《群力报》来看，包你过瘾。这种报，我们这样人家是没有的。你回转会馆向长班一要，包你拿着。"杨止波听了这话，当时只管笑笑，没有答话。

到了十二点多钟，回家吃午饭，坐在一条板凳上，拦门晒着，看到长班来了，就问道："长班，你有《群力报》吗？"长班笑道："你今天晚上想去看戏吗？"杨止波笑道："这是我心里的事，你怎么知道？"长班道："你要看《群力报》，那不是你要看一看今天哪家戏好吗？香厂有家新明戏院，它造得和上海戏院一样，你们南方人，这地方包你瞧得惯。至于里面演戏的角儿，那是更不用提，全是头等的角儿，人家说'三星在户'啊！何以叫三星？就是班子里有杨小楼、余叔岩、梅兰芳。这三个角儿，原都要一人领一班的。这次，出奇得很，三个人全在新明戏院，一齐露演。听他们一次，等于上了三个戏馆子，花几毛钱，真值！"杨止波道："人家说，京城里人全懂戏，这是不错的。可是像袁世凯冯国璋这班人，你们就慢慢地忘了。"长班道："那老袁和冯国璋算得了什么？只晓得做大官、要钱，谁记得他？至于这些名演员，那我们的儿子孙子都忘不了他。哈哈！不说了，我去拿份《群力报》你瞧。"他抽身出去，一会儿就拿份《群力报》进来，交与了杨止波。

他拿报一瞧，折得只有一本书那样大，在左方角上，印了有茶杯大三个字，就是"群力报"。将折的报打开，有两页书那么大。这里全是广告。广告里面，十分之八是戏院广告。字大的，有"群力报"三个字一样大，小的也是二号字。此外，与各地报不同。把报纸打开，只有大报四分之一那么大。报头是两边倒，看报这半版是顺排，那半版却是倒排的。你要看那半版，这报头就倒了。这里一半是要闻，一半是社会新闻。题目和新闻一律是四号字，题目排在新闻顶上。这两栏要闻与新闻还一直通栏到底。我们这样看报，似乎嫌别扭，但是对一班老顾客，倒很是便利，因为他们是折成书来看的。

论起广告，也是一整版，每家是一长条，这全是戏剧广告。广告里有一条，就是新明戏院。广告里有三个人名字，并排放着，在广告顶上，那是杨小楼、余叔岩、梅兰芳。字真不小，有酒杯那么大，非常醒目。三个人名字底下，就是其余的配角。杨小楼名字底下，注的是《恶虎村》。余叔岩底下，注的是《失空斩》。梅兰芳底下，注的是《贵妃醉酒》。演期是明天。杨止波看完了广告，重重地拍一下腿，笑道："好戏！明天我要去看一下，不知道卖多少钱一张票？"那个长班还站在这里，笑道："这票钱不怎么便宜，卖八角多钱。来去算一算车钱的话，总要一块多吧？"杨止波听说，也就微微地一笑。

因为他到了北京，就剩了一块多钱，看一次戏，就要花光，这应当考虑一下。后来打听这新明戏院离这里不远，走来走去也无妨。次日，在邢家办完了稿，这就步行前去。戏院在新世界附近，是个三层楼房子，门前嵌了金字，上写"新明大戏院"。进门一个票房全是红漆，上有玻璃门窗。他想南方人说："北方京戏是好的，可是戏院子里一片漆黑，还有一股尿臊味。"可是新明戏院却不是这样。走到卖票的地方，花去了八角五分买一张池子票。池子就是正对戏台的座位，北京人就喊这里为池子。

他买了票，回家吃午饭。到了第二次来，已七点多钟了。这时戏已开台，锣鼓轰咚响起。当年，虽然锣鼓响了，老北京听戏的人是丝毫不理的，他要到前三出戏完了，才缓缓地来，以为这才是好戏。杨止波当然没有这种习惯。进了戏院，一看这台是缩在墙里，台前坐着，都好看戏的。楼上三方全是包厢，在正面后方有些散座。楼下池子，整个是散座。楼下散座，不售女票，女客请她上楼买包厢票。楼下全是黄色的椅子，相当整齐。台上挂了紫色绸幕，幕的旁边有两个"出将""入相"的门帘。这就是当年北京首屈一指的戏院，别家不能比的。此外，还有一个分别，凡是叫戏园的，是女戏班子，北京人又叫髦儿戏。这里不是女戏班。

这戏院是对票认座的，杨止波买了第八排，自然都看得见。他看一看来的人，真只有两三成。这就表示好戏还没有上台呢。可是当真前三出就没有好戏吗？杨止波看那唱《连升三级》的，就觉得很有趣味。过了一会儿，看客多起来了，戏院慢慢地热闹了。戏都是顶尖儿不必细谈了。戏散了，看戏人都抢着出去。杨止波被挤着在一边走。好容易挤到了门口，只见马车人力车把马路都挤死了。

杨止波挤着走上了大路，那已是十二点半。他步行回家，在关了门的店前，一步一步地走，就听得这里有拉着胡琴的声音，有人照着《贵妃醉酒》唱上一大段。北京人好唱戏，这还没有怎样注意。还是一步一步地走，没有多路，又一家胡琴也响起来了，唱的人不是模仿梅兰芳，却唱了一段《空城计》。杨止波吃上了一惊，这样夜深，还有人家在学梅兰芳、余叔岩呀！这样看起来，他们魔力真大，心想，他们魔力自然是大啊！自己只剩了一块钱，什么也不管，买了戏票再说。只剩一块钱的朋友，还这样起劲儿，要是有钱的人，还用说吗？

他这样漫步地走，关上铺门的马路好像宽了许多，因为在马路上来往的人以及各种车辆，已减少了百分之九十几了。可是北京的电灯，从这时候起就亮了起来。远远望着街上的灯，像龙灯一样，在半空里盘旋。这时有两辆自行车挨身经过。其中有个人，走着车子唱道："离了扬州江都县。"他正唱的是《恶虎村》。杨止波听着，心想，这三出戏，一会儿都有人学呢。自己正这样忖度着，走过去的两辆自行车都停住了，走到近处，看见一个人，似乎蹲在地上系袜带子，口里还说着戏，他道："我们这样听戏，真是穷凑合啦。上次，老段过生日，唱了两晚上戏，就花了两万元。两万元，就是几个阔人乐上一乐。要是真赈灾的话，这要买多少担粮食呢？"说到这里，他们骑车走了。杨止波却不免暗中点头。心里又想着，虽然这是街谈巷语，多少有点儿正义感啦。

第二回

老手跌狂夫哄堂大笑
殡灵夸死者隔巷传悲

　　杨止波自新明戏院回来，觉得戏果然是好，但是这个时候，要花一元钱看一回戏，这在记者这一行，恐怕还办不到吧。次日，照例到邢家去工作，这里共有四个人，邢笔峰坐在桌子当中，在那里拟电稿。旁边坐的殷忧世，是一位身穿旧哗叽夹袍、尖脸，约莫三十多岁的人。对面小桌子上，就是徐度德。这边桌子同邢笔峰对过，就是杨止波自己了。

　　邢笔峰将稿子拟得差不多，自己放了笔，将雪茄拿起，在玻璃缸上敲了一敲烟灰，吸了一口烟，笑道："昨天看戏，好吗？"杨止波道："当然是好。只是票价太高了，常常看戏，像我们这种人，就吃不消。"邢笔峰道："这是头等戏院，当然很贵。你要去三等戏院，那只要十几枚铜子儿就够了。你不要看那是古老的戏院，好多的名角都是由这里出来。所以人要做个英雄，这倒要在叫人磨炼里面去找。"杨止波听了很是新奇，就问道："是的，这里面可以找着英雄。这里当真只要十几枚铜子儿就可以买一张票吗？"殷忧世笑道："那是不假。从前只要铜子儿十二枚，现在涨了价，要铜子儿十六枚。那儿不用买戏票，你进戏院子就去找座位，找着了座位，你才把十几枚铜子儿交给看座位的。那是科班戏，戏真不差。"杨止波在南边也听说，京城里有科班，倒不料科班卖戏票这样的贱，便道："这样便宜的戏，当然要看。"说到这里，大家都要写稿子，就把话停止。

　　十二点钟打了，各人预备去吃午饭，杨止波和徐度德慢慢地走。徐度德有一辆自行车，为了上电报局拍电报用的，现在推着走。路西有一座大楼，时常有些马车人力车停歇在门口的。杨止波看看那招牌，却是便宜坊三字，问道："这馆子好大一个门面，是哪一路馆子？"徐度德笑道："这是北京最有名的馆子，烤鸭的拿手。别地方虽有几家，也叫便宜坊，那都是假的。到北京来，第一是看戏，第二是吃馆子。这吃烤鸭是一项专门艺术，你戏已经看了，哪天来吃回烤鸭啦。"杨止波摇一摇头道："吃烤鸭？我还没有这个资格。"徐度德笑道："你虽没有这资格，可是你等一会儿，有人会请你的啊！"杨止波道："有人会请我？"又是一摇头。

二人说着，已到了胡同口。徐度德要发电报，自骑了他的车子走了。杨止波看看天色尚早，会馆里开饭，迟一会儿并不妨事，就顺着人行路看看这北京的风貌。走了不几多路，看到一个水果铺。北京水果摊子，也为南方人所称道的。外边两扇玻璃门，玻璃门外又是许多玻璃窗户。你在外边可以看到，梨、苹果摆得齐整，有的摆着像宝塔，有的摆着像个粉盘，其中另有许多大得像盆的花碗，里面放了杏脯、梨脯等件，摆着五颜六色。门外却摆了腰桶，里面装了清水，桶上一个盖子，却有许多藕。上面将老荷叶盖着，觉得黄绿色，映着雪白的藕，也非常爱人。杨止波点点头想，北京人对于吃，果然是色香味三方面都很讲究的。

又走了一段路，看到两三副担子，卖落花生的，卖馄饨的，卖芝麻糖的。这个卖芝麻糖的，稍微特别。他是将芝麻沿边粘着，中间嵌了花生仁的三角片，有巴掌那么大。还有一样，将芝麻糖一扭，大的有六七寸长，短的一半，像个铁丝纽。他看得正有味，忽然听得许多人哄然一声笑。他往笑声发出的地方一望，是一座茶铺。里面是个店堂，摆了一二十张桌子，桌子是什么样子都有，三屉桌、两屉桌，以及没有抽屉的桌。有许多粗瓷茶壶摆在墙角上。铺子照例是关门的，有一排玻璃窗，内外都可以看见。这里清早，是卖给提鸟笼的先生，中午下午，就卖给劳动群众。其余的北京人，就不上茶铺。有些开茶铺老板，就邀一班人说书。这个说书，也和南方不尽相同。他所说的以武艺的为多，不像南方，什么《珍珠塔》《三笑》等小说，他们说书也就像唱大鼓一样，说书人带有表情。刚才大发笑声，就是这里满堂的人，被上面说书人做的表情逗乐啦。

杨止波当时又想，京城里人，怪不得演戏演得好。他们无论干什么都讲个要表情呀！我今天就可以写封信回芜湖报馆去，写着到了北京，无论遇到什么玩意儿，都要有表情呢。于是那天晚上，自己把桌上那盏煤油灯罩子擦得亮亮的，点上，便摊开纸来，把到京以来遇到的玩意儿细写一番。这封信不知不觉写了两三个钟头。忽然听得外面传来一种声音。先是三个字，中间是两个字，那尾音非常之长。当然这是卖消夜的，但吆唤些什么，却是听不懂。因好奇心重，便丢下笔砚，走出了两重院子，到了大门口。那个吆唤卖东西的人正好走来，把东西放在大门洞内。他有大盏的煤油灯，还有两个铁框，可以把灯提起来，现在却放在一块砧板上。这砧板底下，是一个小小的木盆，里面放着猪头肉、豆腐干，以及炸猪耳朵、熏猪肝等。此外，还有一种没芝麻的烧饼，北京叫着火烧。有一个姑娘，约有十七八岁，正歪腰看那人切猪头肉。一会儿那个姑娘买了猪头肉，付了钱转身进会馆去了。

　　杨止波看那姑娘走了，便道："掌柜的，刚才你吆唤着什么？"他道："我吆唤着炸面筋熏鱼。"杨止波笑道："原来如此。怎样卖法呢？"卖熏鱼的道："你要切肉，三个子儿好切，五个子儿更好切。吃火烧，一个铜子儿三个。"杨止波觉着这些东西还不贵，就摸了六个铜子儿，买一个子儿火烧，五个子儿肚子，把铜子儿交给他。他把熏肚切了一捧，将报纸给它托住，三个火烧放在熏肚子上面。杨止波走着路，把熏肚尝了一丝，味道居然很好。正走到穿厅，后面那个卖熏鱼的忽然叫起来道："有一样东西请你拿去。"说着，他就自己把东西送来。杨止波一看，是一条紫色围巾，还是刚打了一只角儿，便道："这不是我的呀！"他道："我知道不是你的，是你们院内那位姑娘的，你带了去还她。"

　　杨止波接了这一角围巾，不知道自己去交给那姑娘，还是叫长班拿去转交呢？正好站在过厅里犹疑，就看到那位姑娘拿着一盏小琉璃煤油灯走了过来。看那样子，正是去寻找东西。这个时候，男女交际尚未十分公开。纵然这东西在自己手上，一会子工夫，还没有想到用什么言语对那位姑娘去说。可是那姑娘已经看到那紫色围巾在他的手中，就改路向杨止波面前走来。杨止波这就不能再犹疑了，便道："刚才这位卖熏鱼的交给我这条围巾，我是新来京的人，正不知道向谁交还，大概是姑娘的吧？"说着，拿着围巾，把手一伸。那姑娘道："正是我的，谢谢你了。"把围巾接过去，转身走了。

　　杨止波把围巾交还了，就把熏肚带回屋子里去，慢慢地咀嚼。回头写完那封信，便熄灯睡觉。次日九点多钟，又带着那封信向邢家去工作。正走到门外，身后却有一位姑娘走来，上身穿了灰色薄棉袄，下身系了一条青色绸裙，头上梳个辫子，手上夹了几本书。杨止波赶快避开一边。可是这姑娘很是大方，回转身来，向他点了个头，脸上还带着几分笑容。杨止波赶快回礼，那姑娘却是走了。这就猜着这姑娘一定是昨晚失落围巾的那一位。昨晚没有看清楚姑娘是什么样子。现在看来，姑娘是瓜子脸，一双眼睛很灵活。她手上拿着几本书，那当然是读书的了。这也不去细管了，自己还是去工作吧。

这样到邢家去工作，一过就是好几天。这天下午，工作完得很早。邢笔峰笑道："今天完事很早，带你向中央公园散步一回，你去不去？"杨止波道："很好呀，北京城里好多地方我都没有逛过呢。"邢笔峰听说，就连忙起身进去，加了一件青呢马褂、一顶灰呢帽子。他家里有自备的人力车，只喊了一部车子给杨止波坐。两人就同向中央公园。这个时候，公园开辟不久，园子里只有千百年的老柏树，一棵一棵的绿叶交柯。亭台楼阁，这时少有。进了绿树林子里，前面有一带红墙。走进红墙，是一片旷地。旷地很大，二三百步外，有短石头牌坊，短的围墙四面环绕起，中间有五色土筑成了一个台，这叫社稷坛，向北一百多步，有两重殿，这是以前皇帝拜社稷的地方。

中央公园票是五分钱，可是这一天，有个大力士要在这大殿里比武，所以票价一涨提高十倍，要卖五角钱。邢笔峰就拿出两元钱，买两张入门券，同杨止波进去。怎么议定说是五角钱，何以又要一元钱一张票呢？原来这中交票要给袁世凯乱发。袁世凯死了，这票价就猛跌下来。后来官方议定，一元钱变成五毛了。两人进去之后，看看红墙边下摆了许多茶桌，这是允许卖茶的地方。两人就在这里泡上一壶茶，倒是藤椅子，二人对面坐下。刚刚坐了一会儿，来了一个人，身材很高，也是穿着灰色哗叽夹袍、青呢马褂。他见到邢笔峰，便取下头上呢帽子为礼。邢笔峰连忙起来介绍，说这是太东通讯社社长陈廷槐先生。杨止波自己也通上了姓名。

杨止波看这人，长形的面孔，年纪也不过三十岁上下。那人对邢笔峰道："我正要到足下府上去，可巧在这里就碰着了。"邢笔峰就将桌上茶斟了一杯，移到陈廷槐面前，笑道："阁下还有什么事找我吗？"陈廷槐将藤椅子移了一移，身子就近偏了一偏，笑道："我社里的稿子，想都看过了。我想足下用不了的稿子一定很多，一天分几个条给我们用好不好？"邢笔峰道："现在英国方面的稿子，我们的老东家嘱咐不许外售。不过这位止波老弟，他或者可以分上几条。"

杨止波听了这话不禁倒吓了一跳。想想自己不过是在邢家帮忙，有时几条稿子还都凑不起来，哪里还有稿子给人呢？那个姓陈的倒认真起来，便向杨止波道："足下可以替我们帮忙吗？"杨止波看看邢笔峰的颜色，似乎要表示他的话十分可靠，也就不敢把事辞掉，便道："虽是有几条稿子，我是初来北京，地方不熟，透着朋友方面，也疏散得很。所以我自己不敢

14

说这稿子可以分用。因为我还有同事，最好我能问一问同事，再来答复你先生。"这几句话倒是深合邢先生的口味。他向陈廷槐道："暂且谈到这里为止吧。你怎么有工夫到这地方来呢？"陈廷槐笑道："看武术呀！据管事的人说，这是个西欧人，有很大的力气，就是两条牛一并排站着，他在后面将牛尾巴一拉，两条牛如弄弹丸一般，他叫退若干步，就退若干步。"邢笔峰笑道："这倒要去看看。同谁比武呢？"陈廷槐道："是镖行里的。"这样一说，连杨止波也很有兴趣了。

坐了一会儿，听到锣响。这茶桌上伙计笑道："先生，你们上大殿上去看他们比武吧，这锣一响就开始了。"当时三人含着笑容，向大殿上走去。只见殿上一个比武的台，大概有二尺高，有三丈见方。这时，看热闹的都来了，大概也有二百人光景，都站着。这台上站立着一个人，穿了一身运动衣，大腿粗臂，宽宽的胸脯挺得高高的，是个白种人，嘴上留了一撮小胡子，他不会说中国话，就是挺立台中心。另一个人穿深灰色西装，说："他叫劳恋，有很大的力气，他站在台上，几个小伙子拉他不动。他把拳头轻轻地一挥，你就得躺下。我们预备几个会武术的中国人和他比武。你看这几位和他比武一下，全得躺下来的。"他这样说着，果然有七八个小伙子站在台后，预备比武。

他刚说完这比武的话，在看客堆中，就有人喊道："慢着！你说这位劳恋先生要是有中国人上前一比武，就得躺下。我是个中国人，愿上台比一比武术。至于躺在地下，那自然不妨事，就是一下打死，也没关系。你问一问劳恋先生，我这个请求怎么样？"穿西装的人当时看了一看说话的人，就把这话告诉劳恋。可是这个在人堆里说话的人，他也不等劳恋说什么，便一脚跨上台来。大家看这人，上穿青布薄棉袄，下穿蓝裤子，却穿了长袜子，把裤脚系上。头上戴顶半个西瓜式的灰色帽子，脸是圆形，看来也有五十岁，满脸红光，没有蓄胡子。看样子好像是一位庄稼人。

那劳恋看到他这样打扮，又已走上台来，料着也没有什么本事，便告诉穿西装的，愿意比武。穿西装的虽没劳恋那样大胆，料想比一下武也没有什么关系。若是这人真有两下，那就两下讲和，便站在两人当中道："劳恋先生愿意比武，请教你贵姓？"这老者笑道："问我姓名做什么？打输了，我就一溜烟地跑走了。万一打赢了，替中国人出口气，我也马上就走。请问劳恋先生，怎样的比法？这里有个主客之分，我愿请他先动手。"那位穿西装的倒明白，这老者说话颇有分寸，不可太藐视了。因之将这话对劳恋说了。两人颇商量了一阵。

这时，看热闹的二百多人，大家对这位老者感到非常奇怪。他又不说姓名，更觉得稀奇，大家都瞪眼望着台上。那时，两人商量好了，穿西装的就道："比武先请客位，这很好。劳恋先生说了，他打你三拳，看你怎样招架。三拳之后，请你也打他三拳。"老者笑道："好！就是这样。请你过去，比武不是好玩的。"那个穿西装的就连忙退下。这个老者就对了劳恋拱一拱手，笑道："你来吧。"他说完了，也没有摆式子，也没有打桩，就这样随随便便站在台中心。那位劳恋看了老者一下，也不放在心上。他掉转身来，斜对了老者，抬起右手，捏了个大拳头，就对老者左臂猛力砍去。那老者一点儿不惊慌，只见他左边一让，劳恋就扑了个空。

老者站着复原了，笑道："这一下大概没有看准吧？请再来吧。"劳恋看了老者，心里有点儿稀奇，他估量着在哪里动手。静默了一下，这回看准了，就伸出拳头拦腰扫了过来。那老者这回不闪，见他拳头已经过来了，他就把身子一跳，跳有四五尺高，当然拳头又扑了个空。那台下二百多人，就齐齐地叫了一声好。这老者还是随便地站着。

这一下子，劳恋感到不稳了，也感到这老者确系有两下。这第三下，要照哪里下手哩？自己站着又考虑一下。他心里转念一想：他就这样随便站着，我猛攻他的下路，他或者不防备。他就身子往下一蹲，将腿直扫过去。可是这个老者又是一闪，腿脚由这儿一闪，完全架空。劳恋不但打不着大腿，这一下扑了空，人就借了这势子，几乎要摔倒，赶快把腿收住，这才站定。台底下又是一阵大笑。

老者道："主人让客，已经做到了，我们回敬三下吧，请你站稳。"那个穿西装的赶快上台，向老者连连作揖道："佩服佩服！我看不要打了吧。"老者笑道："这公平吗？"台底下众人齐喊道："不公平，不公平，我们是花钱来看热闹的，他说要打倒许多中国人呢，怎么一个都没有倒，就算了吗？"这时，台下吵得非常厉害，那个劳恋始终没有言语，呆呆地站着。那个穿西装的只管说好话，劝老者不必比武了。老者笑道："在平常，说了许多好话，算了。可是这是比武场，中国有规矩，打死了，也算白打。足下也说了，预备和几个会武术的中国人比下武，他们都得躺下。我现在让大家看一看，是怎样的躺法？若是并不躺下，咱们中国人不都有面子吗？"那个穿西装的也觉得老者的话是不错的，何况自己也是中国人，于是又给劳恋说了说，回头就对老者道："好吧，就比一下吧，可是望足

16

下，假如能打倒的活……"老者点头笑道："他躺下，也就完了，你告诉先生，我也只要一下。"穿西装的只好站立台边。

劳恋只好两手举平胸口，将面对准了老者，手脚一齐乱动。老者道："无须全身都加保护，你瞧。"他说着，就看着劳恋两条肥壮得比肚子不差什么的大腿，随便走过来，将手轻轻地一伸，也不知道打着了或者没有打着，只见这劳恋两手两脚，就笔直平伸，身子向后一倒，跌了个鲤鱼跳网，背靠了台面，只是扑咚一声。这老者轻轻一下，劳恋便摔得这样的响，引得大家哈哈大笑。劳恋慢慢地爬起来，还不住地扑灰。穿西装的又连忙走过去，只是举了手，还没有说话。老者笑道："大概是不须比武了吧？中国人也不是好缠的哩！哈哈！"他一面说着，一面就下了台。劳恋也不比武了，就下了台。杨止波可是要寻那老者说几句话时，却是无影无踪了。

三个人依旧上茶座来，着实笑了一阵。邢笔峰还坐在原椅子上，笑道："这真是笑话。别样事情可以同中国人比一比，这武术却是比不得。"陈廷槐道："那你可以选一条电稿，向伦敦报馆里打去吧？"说到这里，邢先生笑了一笑，将雪茄烟在桌子角上弹了一弹灰，又将烟衔在嘴角上道："这样的笑话太多了，那当然不会登。不谈这个，靳云鹏说是经济很有问题，怕是不容易度过年关，这个问题，他们倒是很关心的。"陈廷槐道："到伦敦的电报，你先生是自己发呢，还是送到记者手上再发？"他在对面坐着，说时，很注意看着邢先生的面孔。邢笔峰也知道陈廷槐很注意他，就又把衔在嘴角上的雪茄取了出来，向桌子角上弹一弹烟灰，答道："这不一定，有时我也发出去的。"陈廷槐还要问时，邢先生将话已经扯上了内阁问题，由内阁一谈，又扯上了学潮问题。至于发往伦敦的电报怎样发了出去，就含混不谈了。

谈了一会儿内阁与学潮，天色快要黑了，各人便各自回家。可是杨止波有个问题却发生了。什么问题呢？当杨止波初次来京时，颇想在北京大学弄一个插班生，读一读书。可是这件事他从没有对人谈过，只放在心里。今天听邢先生的谈话，好像他又担任拍发伦敦的电报，这就可以猜到，他的英文一定很好。也许他还认识很多熟人，那么，叫他分一分神，打听这插班生怎么样？恐怕不难吧？但是，杨止波又想：这件事马上对邢先生谈，似乎还早一点儿，明天对徐度德有意无意地问一问再做打算。

次日十点钟，又到邢家去办事。但是出门不远，就遇到京城里一件事情。顺治门大街，这是很宽的街。街的两边，是很宽两条土路。土路之上，搭了一座四角的房屋。三方有篾篷当墙，向街一方，编着像门窗户一般的样子，这里还用蓝绸子编上花。往里看，还摆有桌子，桌子上摆着香烟烛台，桌子下方，把素桌围系好。这是干什么的，却猜不到。好像一个人与国家大有功劳，市民就如此纪念吧？又过了几户人家，情形又一变，这里摆着一张桌子，也系了桌围。走了一条街，这里摆棚子的有三座，摆了桌子的有八处。这更是奇怪，倒要看一看。

还好，不到一会儿，路上的小孩儿就拍着两手道："瞧，出大殡了。"杨止波就在一个棚子边站着看出殡。

起头，几个人抬着一座碑，有一丈多长，这当然是纸做的，上面还有花边。接着，有十几个童子，穿着五彩衣服，戴着垂缕的帽子，手上拿着雪柳。什么叫雪柳？这是把砍了的柳条，卷着蒙了白纸条，这就叫雪柳。雪柳过去了，就有一批人，身穿着彩衣，手拿乐器，乱打乱敲。紧跟着这乐队，是抬着的两座角亭，一供灵牌，一挂画像。有一班和尚，他们在这两座亭子后面，也奏着乐器走路。这都过去了，才是送殡的，大概有一百十多人。送殡的引着孝子，再后面才是棺材，至少是十六人抬的，也可以加到二十四人、三十二人。棺材上有绣花罩子，其上有一只绣的仙鹤。最后若干辆马车，这才是家眷用的。

这样的排场，据老住京城里的人告诉杨止波，那是很普通的。当日的钱，要花三四百元。死者有若干亲戚朋友，要摆一个路祭的，有钱的、交情深的，就搭篾棚；交情浅的、无钱的，就把桌子摆上一摆。棺材过去，要行个三鞠躬，还要敬茶。自然这孝子要叩首谢谢了。另外，还有一件奇事，就是他们打十番的，内中有人，专门会丢纸钱。纸钱是薄的白纸，剪成铜钱的样子，有碟子那样大。到了什么庙宇桥头等地方，有人口里说着吉祥话，把纸钱一抛。要是会抛的，抛上是一把纸钱，下来就是落英缤纷，满空皆是，看的人还大声叫好不绝。

杨止波看了后发生了极大的不快。心想出殡还有人在里面出风头，这哪是出殡，就是有钱的人家摆阔而已。今天这一次出殡，照我们看，就很阔了。据人说，这是极普通的。要是阔一点儿的人家，里面喇嘛道士洋鼓军号，都引了出来。不知道这对死人有什么好处？若是没有好处，那政府就该禁绝啊！自己正这样想着，忽然一阵呜咽呜咽之声在邻近发出。一看，这声音自马车里出来。这是人家送殡的眷属在马车里哭泣。自然送死归山，人之恒情，这没有什么奇怪。可是就在这个时候，有尖细的声音，也自马车里发出来。不过这有点儿分别，是从另外一部马车里发出来的。那尖细的声音道："你把这油条吃一根吧，这还是刚炸的呢！"杨止波从车子玻璃窗外看去，是位姑娘，年纪不过二十岁，虽然不是重孝，也套了一件白布衫子，同车有一位是三十岁的妇人，倒是不穿孝。这就令人有了滑稽之感。前面马车有人哭，后面马车却有人吃点心。自然是各人感受不同，但是既来送殡，这多少须带点儿忧愁呀！若是不能带，那不来送殡也没有关系啊！

杨止波将殡看完，到了邢家，照常开始工作。到了十二点多钟，各人都已经走了，又只留徐度德在那里检齐着稿子。杨止波看到一封信，信上没有写收信人的名姓，就写着"晓窗"两个字，就慢慢地走到他身边，笑道："这封信就这样递交吗？那不会丢掉吗？"说着把手一指"晓窗"两个字。

徐度德把那封信捡在手上，脸上带着一分浅笑，道："这是最要紧地方的信，怎么会丢掉。"杨止波道："这个人姓什么？"徐度德把信拿在左手，向右手轻轻地敲了两下，笑道："这反正你将来会晓得，我不必告诉你了。"杨止波一听，这里还有一段秘密，那就不问了，便道："你的稿子齐了没有？咱们还可以同走一段路。"徐度德把电报和信一齐插在信袋里，笑道："你也会说咱们的'咱'字。"杨止波道："这有什么不明白的？我们的我，是特别指定我们。咱们的咱吗……"随手搔着头发，笑道，"那就说我们是广泛点儿吧。"徐度德笑道："我对北京话也是个半油篓子。走吧。"两人又夹了一部自行车，走出了胡同。

杨止波看到胡同里小杂货店，有几行英文，写在墙上，便道："这些做生意买卖人真是胡来，他们这里也弄起英文来。"徐度德道："我倒想起一个问题，足下英文怎么样？我想一定很好。"杨止波道："不行得很。我正想找个地方补习一下英文。"徐度德推了车子慢慢地走着，笑道："这是很好的，不懂英文，有好多地方不便。"杨止波道："邢先生想必英文很好吧？"徐度德笑起来，将车子使劲一推道："他的英文，像我一样，只认得几个字母。"杨止波道："不能吧？他要是拍起英文电报来，那怎么办？"徐度德越发笑起来道："现在干报馆这行，就要会吹牛，吹得什么都在行。拍英国报馆的电报这行啊！你说他会，就算看着吧。"杨止波听他的话，好像有很多的地方不以邢先生为然。但是也打听得清楚，他是邢先生的亲戚，可以这样对待他的亲戚吗？

杨止波在一番打算上，就没说话。出了胡同口，前面又来一班出殡的。看去没有先前那番热闹。头里，先走几个穿五花彩衣的成年人，打着十番。后面跟随送殡的人，看一看人数，也有三四十个人。

孝子就和送殡的在一处。棺材没有亭罩，上面蒙了五色绣花的毯子。最后一辆骡车，上面坐两个妇人，倒是哭得很伤心的。这一路也没有路祭，就这样走着，有两个摆摊子的人说话了。一个道："胡三，忙了一辈子，这就完了。"一个道："摆菜摊子的，这又少了一个。"杨止波听明白了，棺材里睡着是个摆菜摊子的，这样出殡，也难为了他家里人了。这不是一样出殡吗？这不一样是送葬吗？这不一样是尽哀吗？自己这样叹息着。但是一转眼时，徐度德已经不知道哪里去了。于是自己一人在马路旁边土路上，闲闲地走着回家去。

第三回

门户闲过内尘名利梦
文章奇耻外报国家愁

杨止波刚到会馆里，有声音从身后发出来："杨先生，你刚回来吗？"那声音很尖细，是一位女宾。杨止波北京朋友很少，当然没有女朋友。回头一看，原来是那位丢了紫围巾的姑娘，便站着点了一点头道："姑娘上学回来了，我很大意，姑娘贵姓是……"那姑娘虽然是很大方的，究竟还不脱小孩子脾气，她见杨先生问她贵姓，也不答话，却把书本子端直，笑着把书本子举了一举。看那上面，写着孙玉秋三个字。杨止波便道："啊！姑娘姓孙。"孙玉秋笑道："我最喜欢一个人当新闻记者。"她只说了这样一句话，对杨止波笑了一笑，就连忙跑走了。

杨止波觉得这位姑娘很有意思。她是姑娘，又不认识，不应该先称呼杨先生。可是她平常又喜欢新闻记者，她还是不顾嫌疑，叫了一句杨先生了。这倒是杨止波没有想到的事。当时回到了房内，吃过了饭，却是王豪仁回来了。他看到杨止波戴好了帽，看样子又打算出去，便道："你打算去抄稿子吗？"杨止波站在桌子边，把头上帽子取下，笑道："你回来了，我们正好谈一下。"王豪仁道："你到邢家去，我也去，我们在路上可以谈谈。"杨止波就戴上帽子，同王豪仁一路走出去。可是两个人正走到院子里，又看到孙家姑娘在院子里晒衣服。看到两个人同出来，便笑道："王先生刚回来，怎么又出去？"王豪仁笑道："我是满院子里跑的雄鸡，哪儿都去。"孙玉秋道："我晓得，你二位是到一家报馆里去。"杨止波王豪仁听到这话，两人彼此对望，吟吟一笑，也不说什么，同时出来。

在路上，两人谈话。杨止波道："我看这位孙家姑娘，倒是很爽快的。只是说我二人是到报馆里去，这倒使我发生了一点儿感慨。"王豪仁笑道："你对这位姑娘有点儿好感吗？她父母就只生她一人，自然家境不十分好，所以送她在医学院学制药。你真是有意的话……"杨止波笑道："这从何说起？我不但是口里说穷，连零用钱，我都问你要几文。不过她说我二人是到报馆里去，这使我实在有点儿刺激。"王豪仁道："这也很好办啦，不过有些报馆，他买纸都发生问题，介绍你去，没有什么意思。"杨止波道："京城里有好多报社呢？"王豪仁道："京城里报馆，我也没有去细查，大概报纸连大小一齐算来，有四十多家。"杨止波吃一惊道："什么？有这许多报纸？"王豪仁道："有啊！就譬如说，你大概看到过的小报，叫《群力报》。它的一派，就有这么十家。这大报有三十多家，那还能说是太多吗？"

两个人说着，就走到了一家大报馆门口，这里除门口挂了招牌，其余都是小公馆一样。大门外墙上，有两块木头板做的方框，里面贴有两张报纸。除此以外，再就看不到什么是报馆地方了。王豪仁笑道："你看，这一家报，也是在四十多家之列呀！"杨止波道："要照此家看起来……"四围看了一看，见有两三个卖东西的在门口，这话不好谈。静默了一些时候，走过两三户人家，杨止波接着问道："我们刚看到的一家报馆，情形怎么样？"王豪仁哈哈一阵笑，回头低声道："这是中等四合院，上面三间屋子是编辑部，靠右手两间是会计部，靠左手两间，不知道干什么用的，也许住的是家眷吧，再就是进门三间屋子，一间是门房，两间是客厅，这就完了。"杨止波道："一家报馆，就只有这些屋子吗？"王豪仁笑着向他一摇头道："你还嫌着房子小吗？真有借人家三间房子，就是一家报馆哩。"

杨止波走着路，倒很是纳闷。心想，我们要在外省办一张日报，也要弄个营业部、一个杂务房、一个编辑部、一间排字间、一个机器房、一间会客厅，再弄几间房，报馆里人住的。他说借人家三间屋子，就可以开报馆，这个我真有些不懂。王豪仁走着，看他的样子好像不懂，笑道："刚才我说这些话，好像你不解吧？要知道现在京城里办报，多数不是营业的，一家报不过印个几百份，还有印个几十份的。你必定说，你这话未免骂人，不说几十份吧，就是那几百份，那里面的印刷费，走哪里出？"杨止波笑道："正是这样，这印刷费从何处出？"

王豪仁笑着叫了一句老弟道："我不是说，多数是不以营业为目的吗？譬如说，你认识铁路局，而且同局长很有交情。这在你就可以通过铁路局，约好一个月给你几百元，运气好甚至可得千元。你于是说，我给路局办一张报纸。其实，你什么也不必办！你有这笔费用，就问印刷所里印的是哪家报纸。打听得差不多了，你也不必管排版，也不必管报或副刊，你就同那个印刷所说，等你把报纸印齐了，你不必把那一家版拆了，拿上一块招牌那就行了。好像就是《豪仁日报》，叫他们将《豪仁日报》版取下来，把你一块《止波日报》版拼上去，这就是《止波日报》了。比方说《止波日报》，这就是铁路局的日报了。当然，这里有一些必须换下来的，一、副刊必须换下来。也许这家报没有副刊，那根本无须换了。就是换，也很干脆，把广告版子拼上去就是了。二、有社论社评版子，也是一样拆了，把广告版子凑拼上去。请问，这还要什么机器房、营业部？等印字房印好了，找个报差，把几十份日报一捆一送，这就完了。"

杨止波笑道："我们京城，还有这样一回事，这真是新闻界的败类。这种报有多少家？"王豪仁道："这种报，还能有好多家吗？也就不过一两家罢了。我们就谈一谈刚才你说的那一家报吧！这家也是没有营业部，报印齐了，不过四五百份，这就派一个人，由印字房往'庙上'一送。"杨止波笑着拦住道："慢来，你说的庙上，这又是怎么回事呢？"王豪仁笑道："这当然，我还要另加说明。庙上者，铁老鹳庙也。这庙里和庙外有七八家代派报所，此外派报人也有好几十。你把报往这里一送，自然报怎样分派，他们有他们的定规。这事我不怎样在行，改日你问问别人吧！我们还是谈一谈这报馆。"

杨止波道："好的，我欢迎你谈。就是这一截路怕是讲不完，那我们就再走两条小胡同，也要谈完。"王豪仁笑道："这如何谈得完？把这一家略微说个大概吧！他们两个半编辑，怎么叫半个编辑呢？就是他们的钱，不能按月发，这位编辑副刊先生，也就整月不来，至于副刊材料，那就到处乱剪了。至于两个规规矩矩的编辑，倒是天天来，听说只有三十元，叫着夫马费。这叫人怎样会好好地工作？编辑部有两个校对，那不在报馆里工作，在排字房工作。这排字房离这家报馆也有两里路。可是北京报纸，没有几家有排字房的，所以虽排字房离得远一点儿，也没有人嫌是麻烦。有一个骑脚踏车的，送稿子拿大样，归他跑吧！"

杨止波道："原来自己没有印刷，这倒是办报不怎样困难。可是在印刷所里印刷，却是印不了好多份。"王豪仁笑道："他们所谓办报，讲漂亮点儿吧，就是赚钱。只要能够赚钱，那要印多干什么？所以那里有一个会计，不，总务，业务都归他一人担任。既云管业务，有关于报纸营业上的事，他就出来碰头。其实，也没有业务可言。比如说，业务最大的，莫过于新闻纸的发行。但是他家有四五百份报，其实还没有许多，托几个送报的，分头一送得了。有时觉得办报，总要有一点儿营业，这就在派报行里，托这一位，托那一位，好容易代销了百余份报，这种业务，还成立什么营业部呢！再次，是登广告了。商家要登广告，也只有一两家报，除此以外，漫说要钱，就是不要钱义务广告，他答应登，也还看面子。这营业部根本不要谈。所以他这里干脆不要营业部，弄个小账房，天天记上买香烟茶叶花了多少钱，这倒是正经。可是账房两个字不雅，这就用上会计室吧！这就说完了，用不着多少时候吧！"说完了，街上有卖落花生的，他就掏两枚铜子儿买了一捧花生，含着笑将手巾托住花生，送到杨止波面前，让他来两粒。

杨止波瞄了花生，一面走一面剥着，笑道："照你这样说，果然一家报馆，也就只有这些了。可是新闻却让谁去跑？还有虽然没有整笔收入，开支总是有的，如买纸、印刷费、编辑部里人的薪水，这也是账呢！"王豪仁道："你说这些开支，干脆社长弄，他也不会把这笔钱摆在小会计身上。这种报馆，我也认识两三家，介绍你进去，当然他们欢迎之至。但是我要问你，是图利呢，大概一个月一二十块钱，还要看社长口袋里有没有，这去干什么？图名呢，共总销不了三两百份报，名在哪里？还不如走一步是一步，将来哪家大报馆里要人，你再想法子进去。至于你说的跑新闻，根本他们就不跑。晚上进了编辑部，把通讯社稿子一发，就算完了。这算话说完了吧？还要问什么，大概我也无可答了。"

杨止波道："你老哥，倒是一事通，百事通。倒没有想你不在报馆，关于他们的事，你是一位司命菩萨，一脉亲知。"王豪仁笑道："我打流浪多年，各报馆去两趟，各事就知道得差不多了。这些报馆，有津贴就开，没有津贴就关门大吉。所以我劝你，总要到大报馆去。当然，那个《顺天时报》是日本人开的，去不得。去，日本人也不会要。此外，大点儿的报，都可以等着机会。"

杨止波道："我也不至于上《顺天时报》去呀！"王豪仁笑道："我也知道你不会去，不过打个比方。"他们说话，虽然慢慢走，邢家就到了。王豪仁道："回头见着了邢先生，我们街上一段谈话不要提。"杨止波道："那为什么？"王豪仁笑道："你又为什么不明白？他家里事，我若一脉亲知，你想我还敢来吗？"杨止波想着也是，就一笑而罢。

到了邢家，当然杨止波去做他的事，王豪仁谈了些靳内阁问题。过了一会儿，那个陈廷槐却来了，见过礼，将帽子一丢，放在桌上，就坐在大餐桌子下方，伸头看看邢笔峰所发的电报，笑道："今天内阁的消息怎么样？"邢笔峰道："没有什么消息呀！"陈廷槐道："我看你这里很忙，我也不愿多耽误你们的公事。我们约先生的话，务必请先生答应。这里有四十元，送给先生买点儿茶叶喝。"他一面说着一面就在衣袋里掏出了一个中式信封，放在邢笔峰大餐桌子面前。这四十元，当然邢笔峰看来无所谓，但也不拒绝，笑道："我这里稿子，当然是无法子移挪。不过我那天说的，我们伙计他可以帮忙，你老兄看怎样？"谁知陈廷槐真是好说话，两手一拱道："那我都在所不问，老兄，请多多帮忙。"说完，又向杨止波面前将两手笼着一揖。杨止波这倒不好说什么，只看了邢笔峰。

邢笔峰也明白他的用意，便笑道："那就收下来吧。你先试办一个月，稿子不好，那陈先生自己会不望下续了。"王豪仁道："好在这里有好多稿子，有邢先生用不了的稿子，你就搞上一点儿，也无所谓。"杨止波见两个人都这样说了，就笑着向陈廷槐道："那我就试一试吧，好在我总请邢先生做主。"陈廷槐见已答应，又把帽子抓起，笑道："我不在这里打搅了，这就告辞。"点个头，他真的就走了。邢笔峰点了他半根雪茄，放在嘴边叭吸了几下，笑道："这位陈先生，是旧交通系的人，他办通讯社，有他的用意。这一点子钱，也不伤他的毫毛，就答应他，随便找点儿消息给他，也就是了。"杨止波道："邢先生的话，虽是不错，但我是一点儿消息没有呢。"

王豪仁把右手一伸，对着邢笔峰道："哝！这里有一位消息专家，你怕什么？"邢笔峰道："他既把款子送来了，我们只好维持他一两个月吧！"杨止波听两个人都如此说了，只好默认。可是他心里想着，每日写不出消息，我看怎么样办。这时正在工作，当时暂不提。王豪仁随便谈谈，他告诉杨止波，由这里再看两位朋友，就回训练处去了，过两天再见。他说完也就走了。

这里等工作做完了，邢笔峰告诉他慢走，还有话细谈。杨止波只好打开报来看。约过了半点钟，这屋里就剩两个人了。邢笔峰在信封里掏出四十元的票子，分了十五元放在桌上，笑道："你也需要钱用，请你拿着。至于陈廷槐要的稿子，你找上一两条，这就行了。真是没有的活，根据我的消息，扯上他一两条吧。"

杨止波心想，钱是需要的，这每天需要两三条消息，这可是不容易的事。不过四十元，他已落下了二十五元，要弄不出消息来，至少他也负责任一半吧？他既不怕，自己也不必胆怯。就把银圆票子自己取了过来，放进衣袋里，笑道："好吧，邢先生叫我收着，我就大胆收着吧。我现在有一件事情，不知邢先生可有路子没有？"邢笔峰把事弄完了，正想到屋子里去，加上马褂，然后出去。自己正走开两步，听了杨止波的话，自己便又停住，问道："什么事呢？只要我能帮忙的地方，我决计帮忙。"杨止波看他有要走的样子，便道："我这事情，不忙啊！就是北京的报纸，看起来，还是《顺天时报》办得像样吧？我受了朋友之托，想去参观一下，不知道先生认识里边办事的人吗？"

邢笔峰听到这里，自己把雪茄由嘴里取下，拿着在身旁，弹了一弹灰。当然他这脸上，也似乎有些变动。停了两三分钟这才把他的话撇了出来。他道："我当了记者，当然哪家报馆总有一两个人认识吧。不过《顺天时报》是日本人办的，我认识的是中国人。这要叫他们做主，让你去参观，怕是不能够吧？不过你要明白它内部的情形，我倒有一个湖北朋友叫潘大有，是一个日本留学生，他倒明白《顺天时报》的情形，哪天他来了，我特意介绍一下，让他报告一番，而且还能问问《顺天时报》内部的情形，他也可以报告一点儿。你的意思怎么样呢？"

杨止波看邢笔峰的态度，好像是不愿管。但是有人把《顺天时报》的内容报告一二，这也不是很好吗？便道："那很好呀！他哪天来呢？"邢笔峰道："要来也很容易嘛！他家有电话，回头晚上，我给他通一个电话，约定一个时期就是了，我想，两三天之内，就可以办到吧。"杨止波把两手捧了拳头，向他连拱两下，笑道："这实在难为你，我要怎样感谢哩？"邢笔峰见这事已经解决了，也就笑了，他道："我们是鱼帮水，水帮鱼，这点儿事，还谈什么感谢哩？"于是订了约，邢家今夜晚打电话，哪天来谈，明天答复。

果然，次日邢笔峰告诉了杨止波，明天三点钟，潘大有一定来。到了这日，赶紧把稿子弄好，过了一会儿，潘大有果然来了。他穿一件蓝宁绸的驼绒袍，外罩青缎子夹马褂，手上拿一顶呢帽。长了一张长形脸，底下尖尖的，皮肤白白的，看这人还是三十多岁年纪。他一进门，见大家就作了一个罗圈揖。把帽子放在桌上，就笑着指了杨止波道："这位是杨先生了。"杨止波起身点头道："你是潘先生了。"潘大有就和他握着手，在他隔壁椅子上坐了。所有在工作的人，他都认识，就笑着和大家谈话。约谈

26

了几分钟，邢笔峰笑道："今天止波兄约潘先生谈话，我把里边的房屋预备了一下，请二位到那里去谈。茶烟都已经预备好。请吧，时间一会子就黑了。"

二人笑着，就向隔壁屋子里来。果然泡了一壶茶，两个杯子，还有一盒火柴与纸烟，全放在圆桌子上。左右两个藤椅，二人就分别坐下。杨止波倒了一杯茶，放在潘先生面前，潘大有笑道："不要拘礼节。邢先生说，你老兄想知道《顺天时报》的情形。关于此事，我知道一点点。不知道足下要问哪一门呢？"杨止波道："只要关于《顺天时报》的事，都可以吗？就从总编辑说起吧。"潘大有道："好，就由这里说起。他们日本人在中国办这路报，是很多的。什么大连沈阳哈尔滨都有，所以他们的系统，就是一个。日本的侦探总部，是他们唯一的靠山。既是明白了他们的系统，那他们办这路报干什么，就不言而喻了。"

杨止波答应一声是的，抽出了一支烟要敬潘先生。他把手一摆，又点点头表示谢谢。立刻他在衣袋里掏出一个扁形的银盒子，把盖打开，里面装满了三炮台的烟卷。自己取了一支，擦了一支火柴，将衔在嘴里的烟卷点着，笑道："日本人是非常厉害的。《顺天时报》的日本人，不抽中国的以及英国的烟卷，他们只抽日本的。日本的香烟，真是不好抽，但是他们爱国，这就不好说什么了。"说到这里，他哈哈一笑道："我们说总编辑，这太跑野马了，与总编辑无关了。他们有一个总编辑的，他的中国话，也马马虎虎。中国文也懂一点儿，但拿出来用，那就简直不成，编中文报，那就更不成了。所以他们，还得用中国人。"

杨止波道："他这个总编辑，也天天到编辑部吗？"潘大有把烟卷丢在烟灰缸里，笑道："他们日本人都是守时刻的。他既为总编辑自然天天要看稿，这一点也和中国人一样。就谈现在总编辑，他是住在报馆里的。你去过这《顺天时报》吗？"

杨止波笑着点点头，自己还打算问，隔屋邢笔峰就大声道："怎么样？你们该谈完了吧？"潘大有道："就是这一刻工夫，哪里谈得完呢？还有一个副刊，这里头登些中国诗词杂文，那都罢了，主持虽然是外行，弄个不通而已。最要不得的，就是戏谈，谈得简直不晓得谈些什么。还有花谈，谈的尽是窑子里的事情。这一个大报，尽谈些不堪闻问的事。这副刊就应当禁止。"邢笔峰就跑过来，笑道："现在不早了，我带你二位上个小馆，一面吃，一面谈，好是不好呢？"潘大有就站起身来，说道："好的好的，我也谈得累了。"杨止波虽是不愿中止,但是潘大有说他谈累了,当然不便再谈下去。三个人便各戴了帽子,笑着一路出门。

潘大有比邢笔峰还要讲排场,自己却是坐马车出门。马车向来可以坐两个人,要再加上一个人,他就要坐倒座。走出门来,看见自己马车,潘大有又想起一件事情,便站着笑道:"不忙,我还有一点子故事交代。有一次,我穿了西装,两个同学也穿了西装。当然,我自己就坐了倒座。因为我们是由《顺天时报》出来的,他们的总编辑又送了我们一送。这时,那个报馆里经手广告的中国人,看了我一切的举动,活像一个日本人,就跑了过来,说了两句日本话,对我行个一鞠躬。我这时真是怒火三千丈,恨不得上前打他两拳。可是想起来,这坐倒座并不算坏啊!这里有人,走来一鞠躬呀。"二个人听了这话,全为之一笑。

三人吃过了小馆,潘大有还要出去玩玩,杨止波便道谢了。走出来,是观音寺大街,这在当时还是很有名的一条街。这里有两个商场,一叫第一楼,一叫青云阁。杨止波心想,时候尚早,就逛逛商场吧。自己正要进去,忽然衣服被人拖住。

杨止波用眼一看,是方又山先生。原来这位先生,虽是湖南人,却是生长在安庆的,而且也在芜湖报馆做过事。他三十多岁的人,尖尖的脸,也是一般人似的,穿上一件灰布夹袍子,戴顶灰色呢帽。因道:"原来是方兄,这事实在难得,却遇到了你。"方又山道:"我听见朋友说,你也来了。现在住在哪里?"杨止波把住址告诉他了。方又山道:"你打算到哪里去?"杨止波道:"没事,在这里溜达溜达,并不打算到哪里去。"方又山也笑道:"我也无事。陪你走走,好不好?"

杨止波当然说好,两个人就沿了大街走,把各人到北京的遇合,各说了一番。原来方又山凭朋友介绍,现在和天津一家报馆,写北京各学校的新闻,每月有四十元的收入。他住在一家公寓里,连伙食带房子,每月十六元钱,虽不富裕,也还可过。后来杨止波将生活一谈,方又山道:"你老弟少年才华,何至于就这般小事?我路上有一位朋友,也在报馆里,而且是一个大报馆。我听说,他们那方面要人,我和你打听打听,看如何再回你的信。"杨止波道:"那就全靠我兄了。多谢多谢。"方又山道:"我也是顺便人情,多谢什么?"二人说得很投机,又绕大街走了一个圈儿。看那半边月亮,如雪盆一样,挂在天边。阵阵晚风扑到人身上,有点儿冷意。看看天气不早,就各人约了后会,告辞回家。

第四回

挤背挨胸歌台观异迹
拔来报往书馆听狂呼

    杨止波得了十五元钱，这一个月，用不着发愁。但是，每天要设法子弄两条新闻，起初也觉得无从下手。因为跑各机关，自己没有一点儿什么名义，而且穿得很朴素，各机关都跑不进去。只好每天在邢笔峰拍电报稿子的后面，一半理想，一半新闻，这样凑上两条。不过自己觉得这样稿子，到底太空洞。后来看看两三省的公报，公交方面，倒很有点儿东西。虽然是小新闻，觉得若剪头去尾，倒是一条有头有尾的好新闻。这很不费事，就弄两天试试吧。果然通讯社里发出去了，各报都抢着登。可是自己良心上很过不去。这事无论邢笔峰主张如何，自己要辞了不干。虽然自己穷，但宁可借钱过日子，也无所谓。自己拿定了主意，且放下心里。至于稿件，就丢掉公报这条路子了。

    有天下午，买了一部《词律》。自己无事，就泡了一杯茶，将一把破椅子对窗户坐了，捧了《词律》高声朗诵。念了半个钟头，觉得诗兴勃发。于是放下了书，把椅子端进，就了四方桌子，把笔砚摆起，抽了一张八行，填起词来。约有四十分钟，初步填好。放下笔，把两手扶了桌沿，对那八行念道："十年湖海，剩软红尘里一看风雪……"忽然外面有个人道："好词好词，你继续望下念。"回头看时，方又山跑了进来，将帽子向床上一丢。杨止波道："你说好词好词，你知道这词，是哪个填的？"便起身让座。方又山道："我对词是外行，当然不知道何人所填。"杨止波道："是我今天买了一部《词律》，回家来无事，就看了一看。这又不免豪兴大发，就照谱填了一番。文章是自己的好，当然我就将词念了一遍。这个时候，你就进来了，连说好词好词。其实，我的词，还不敢见人哩。"方又山笑道："一方面说文章是自己的好，又说不敢见人，这是什么意思？你的词，我看看，也许……"他说着话，就亲自走靠桌子边，将那张八行捡了在手上，把词从头一念。

文人习气，尤其是中国旧文人，都有念文章的一套。方又山把词托在自己手上，低头看着，嘴里还念念有词。念完了，他将词在桌上一放，笑道："你打算寄到什么地方去发表？"杨止波笑道："我还寄到什么地方去发表吗？我就自己念上了两遍，也就算了。"方又山把这阕词折了两折，便道："既然是你都不愿意在哪里发表，那么，我拿去给朋友看一看，你总不至于反对吧。"杨止波道："你尽管拿去，可是你的朋友若是批评这词哪里不好，你得告诉我。"方又山想了一想，便道："好的，今天在家里看书，好像无事，这看书，虽然也好，但是，你这里四壁皆空，读书的条件，差之甚远吧？我打算邀你出去洗一个澡，回头我们吃个小馆，也只用几吊钱。你看如何？"这个吊字，非如南方之所谓"吊"，这里减下去十倍，就是几百钱。杨止波道："好，我陪你出去。不过你说读书条件太差，那我要驳你。"方又山笑道："不用驳，你既答应出去，我说的那就根本不成立。"杨止波也就嘻嘻地笑了。

这个时候，北京说冷就冷。方又山已经穿上了皮袍，杨止波也就花了八元钱，买上一个灰布面、旧羊皮里的袍子。那张词，方又山藏在身上，两个人就戴上帽子出来。可是没有走上两步路，就见孙家姑娘迎面走了过来。她手上拿了一本外文书，卷折着用手托着。她道："杨先生又要出去。我这里读有两句英文，有点儿不懂。我想杨先生一定英文很好吧，向你请教，这一段英文，怎样解释？"她这样说了，就一手拿了书，一手指着，向杨止波面前送。

这当然不能拒绝，杨止波笑道："我的英文也不行得很。不过姑娘这样不耻下问，等我看一看，是什么句子。"照着孙玉秋手指了的地方，把句子一读，笑道："这很容易解释。"于是他把书上的句子，照了她把手指的地方，弯着腰，也用手指着，这样解释了一遍。解释完了，问道："还有不懂的吗？"孙玉秋笑道："杨先生解释得很好，没有什么不懂了。"说着，她拿了书过去，把书放在下巴底下，含着微笑。她要离开，又停止了，想了一想道："杨先生刚才读什么书，我们不懂。"杨止波道："是读《词律》。"孙玉秋笑道："词我知道。回头见！"说完，她把书拿下，笑着一转身就跑回家中去了。

杨止波同方又山也走了，走出了好远。方又山笑道："你老弟怎样认得这位姑娘？"杨止波道："这有什么不明白？同在一个会馆，同在一个院里，这不是容易认识吗？"方又山道："这位姑娘很好。"杨止波道："这倒是不可乱说的。她家就只有这个姑娘，真是掌上明珠。虽是她捧书前来请教，我们总要识大体，教了书就算完了。"杨止波说得这样正经，方又山是一位崇拜孔子的人，也就不说笑话了。两人到澡堂里洗过了澡，也找个小馆子吃过晚饭。两人同上街来，方又山执着杨止波的手道："我现在和你去打听打听，我说的与你找条出路的事，看情形怎么样，大概三两天有回信。你等着。"杨止波虽然把他的话没有怎样拿得稳，但他是十分热心的人，也就表示感谢一番。然后两人分手。

次日，依然上工。这时，邢笔峰出外去了。殷忧世在那里把邢笔峰的电稿誊上账簿。看到杨止波在桌子上面撰稿，就向他笑道："今天可以早点儿完工，广和楼不能不去，这里有好戏。谭富英演《珠帘寨》。这谭富英是小叫天的孙子，说到家学渊源，倒有这样一点。你不去看，那就算不得皮黄爱好者了。"杨止波正拿着笔在这里赶写，听了，便停笔问道："真的吗？"殷忧世道："不管真与不真，广和楼天天有戏，而且戏，就是科班演，这大概是你都知道的。还有一件怪事，有一个日本人，笔名观花，是《顺天时报·戏剧》栏的主任。他无事，常到各戏院去。你到广和楼去上一趟，要是你遇到了他，这倒很有一点儿新闻呢。"

杨止波听着，把笔放下，起身将《顺天时报》拿过来。翻了一翻，这天有一版副张。挺下面有两栏长、三寸宽的特别栏，上面用木刻刻着四个字："广寒莺语"。这个题目就似通非通。在题目下有个人名，写着"观花"。他将报纸移到殷忧世面前，指着道："就是这个人吗？这个人我知道。"殷忧世道："自然是他。他平常穿西服，有时也穿和服。矮矮的个子，一张圆脸，嘴上留着八字胡，你一看着，准猜着是他。"杨止波道："既然如此，我决计去。要多少钱呢？"殷忧世道："这很便宜。若是看座儿的，给你找着好座位，戏钱给十六枚铜子儿，余外给看座儿的铜子儿四枚，这就有了。不过，从这里到肉市，路不算近。坐车子，也要十六枚。看完了戏回来，那就安步当车吧。算起来，不过两毛钱。"

杨止波听了笑着道："这钱有限得很，我去，我去。"他说着，又回去原座，将稿子弄起。看钟还只十一点多，赶快又写第二封信。回头再把给通讯社的稿子又凑了两条。抬头一看，屋子里空空洞洞的，都是回家吃中饭去了，看看这壁上挂的钟，也只有十二点半。心想，这就不必回会馆去了，向哪里吃午饭呢？自己在这里推敲，把一个手伸到桌上，五指轮流着打桌子，就这样打得咚咚地响。这时，徐老翁来了。这个徐老翁，是徐度德的父亲。他穿件黑布猫皮袍子，缓缓地走进屋子里来，笑道："杨先生你还不去吃饭，一点钟了。"杨止波道："我正有点儿急事，吃饭怕来不及。"徐老翁道："你要随便都可以吃的话，这胡同口有家牛肉馆，进去吃碗牛肉汤下面，准能吃饱，还是不错。"这胡同果然有家牛肉馆，看来，屋子里很洁净。杨止波听说，就点点头，出来上牛肉馆。

　　这家牛肉馆，虽只有两间屋子，确是有我辈中人常常往这里跑。杨止波来到里面，将靠里一张桌子边坐了，吩咐来碗牛肉面，越快越好。右面桌子坐了一位少年，穿件蓝布长衫，里面罩上一件极厚的棉袍。桌上摆了一本外国文书，这当然是一位学生。他靠了一张两屉桌子，在桌子上面，用两手两个食指做了鼓锤子，把这桌面当了鼓敲，嘴里还凑合着胡琴声，嘀儿嘟当，嘀儿嘟当。杨止波也没有理他，就催着道："老板，我的面快点儿下吧！"那个人就插话了："他们是撑面，没有切面省事。可是，这样才好吃。你先生若是有事，我就不说了。若是听戏，那就不用忙。这时候去，前面三出戏还没有完呢。若要看好戏，那在四点钟以后。"

　　杨止波听这人口音，好像也是安徽人，心想，在外多认识几个朋友，这也无妨，笑道："我正是想去听戏，先生何以知道？"那人道："我是这样猜想啊！你先生打算上哪家去听？"杨止波道："打算上广和楼。"那人将桌沿又轻轻地一拍，笑道："德不孤，必有邻。不忙，吃完了饭，我们同道前去。我正要上广和楼呀。"杨止波心想，倒是误打误撞，遇着这样一个同伴，便道："先生贵姓？"那人倒是挺和气，他索性将座位移了，在杨止波的桌子上挑着下一位坐了，笑道："我叫宋一涵，是安徽省城里长大的，其实是湖北人。我是来考文官的，没有中。现在在一家民魂报馆写社论，每个礼拜写三篇。你先生大概也是安徽人吧？"杨止波听说，更是亲切，就把自己的情况告诉了他。

　　宋一涵笑道："白天，我总是没事的，我欢迎阁下，若没有事，尽管上我家里闲谈！"宋一涵刚说了一个"家"字，觉着不对，就补充了一句："我如今穷了，由公寓里搬了出来，在菩提庵里借住，去报馆，倒也不远。"杨止波道："庵里居住，那是从前考进士老爷的人常事呀！"宋一涵笑道："正是这样，从前毕秋帆未遇的时候，也住在庙里。"杨止波笑道："那兄台有朝一日同毕秋帆一样，做起陕甘总督或者两广总督来，不要忘记了我们还有一面之交哩！"宋一涵听了，也就哈哈大笑。说话时，面做来了。原来是两个人都吃的是牛肉煮面。这一大碗牛肉煮的撑面很够吃。吃完了，各人算账，只吃了一毛钱。杨止波起身，正打算伸手各人给各人的。宋一涵将手一拦道："这种小意思，扯个什么？我们以后要常常来往。没有吃你的时候吗？"杨止波看这人，是一个少爷出身，这点儿小款倒是不在乎。笑了一笑，就叨扰了。

两个人坐车到了前门大街。只见宋一涵在仅通一人的窄巷子里穿过，这是走便路，转眼到了肉市。这肉市，听说是明朝就有的。广和楼戏园就在此地。这要不走便道，也是一条窄巷，当然比便道宽些，大概四五个人可以并排走过。走过这巷子，就是广和楼。又先走一条巷子，末后有一个院子，这里摆了些戏场上的东西。但是一抹拐，就是一个大尿池，臊气冲人。尿池外边，有一个卖油炸豆腐的。正面就是我们要到的戏场。门口挂一条宽的蓝布门帘子，已经被人手扶得成了黑布门帘子了。掀帘子进去，早就是眼睛一阵黑，因为这里人多如蚁，而且戏场很老，油漆都褪了色，四围廊柱固然是漆黑，而且顶上天棚四周，把棉纸糊起来，也是一团灰色。所以上下都黑，这从光处来的人，就觉得这里恍如夜色将临了。

杨止波到了这里，这才明白，是真正的京朝戏场，有这番气氛。仔细一看，慢慢地看出来了。正面是戏台，四四方方的，向戏场上一摆，三面可以看。当然，两旁看戏的人，戏中人并不面对他们。因此，在这里三方池子，一方池子正对了戏台，两旁是小池子，那就不是正面了。这两旁往后，这叫两廊。

这里不问你坐哪里，通是一样的戏价。池子里摆的长桌子，坐的不是椅子，是长板凳，这是一奇。这种长桌子长板凳，不是直摆对着戏台，它却是横摆。看戏的人，要是看戏，需要掉转身来，这是二奇。桌子板凳既是横摆，又不是一排桌子一排板凳，却是两排板凳，夹住一排桌子，这是三奇。两廊倒只有板凳，没有桌子，这还没有什么，就是板凳，一条高似一条，最后的一条，有我们吃饭的桌子一般高，这是四奇。

杨止波看到这番奇迹，正想细看。宋一涵正在身后，便道："今天格外人多，下面恐怕这坐不下，我们上楼去找一找。我那里有熟人，总可以想到法子。"杨止波想上楼去看看，也好，就跟着宋一涵上楼，由走廊子后面扶着一道梯子上楼。上楼一看，两边两层楼，是打通的，放了长板凳，一直排到靠墙。这正面也是一层楼，排着板凳。楼上楼下，全挤着人，哪里还有一点儿空。可是也有一层奇事，这里不卖女座，所以看不到女宾。杨止波一看，这恐怕看不成了。

宋一涵找到一个看座儿的，自己对那人说了几句。他点了一点头，就带着二人，向楼上距戏台的方向，约莫隔三丈多路的地方，走人堆里、板凳缝里，钻了过去。正好戏台上两根柱子，闪开在另一边。这是老戏台才有的。戏台前面，照例有两根柱子的。你看戏若是碰着这柱子的话，这也有一个名词，叫作"吃柱子"。凡遇着"吃柱子"的地方，你与看座儿的说明，就得少给看座儿的钱了。看座儿的将他们引到了，他和那看戏的说明，这就看见几个人一移，果然空出两个人的地位。宋一涵也不说什么，就在身上掏出两吊票两张，交与看座儿的。看座儿一点头将手接着，就走了。宋一涵杨止波就坐上板凳看戏。

杨止波到这戏馆子里来，真的件件都透着稀奇。先看戏台上，当然是四下里都是变着灰色。虽然是雕花的周围，现在都看不清楚了，锣鼓场面，在戏台里面摆着，一点儿遮盖也没有。戏倒真好，戏台上两个小孩，不过十四五岁，唱起《武家坡》，真是扮演得惟妙惟肖。听戏的人就大声喊"好"。正在这时，人丛里飞起手巾把子来，丢起有两丈来高，落的地方，那边有人接，真是百不失一。楼上也照样有手巾把子，向听戏的递了过来。那个拿着一大卷手巾的人，也在那一大卷手巾之中，分开了一条，递给了宋一涵。他接也不接，只是摇头。杨止波看旁边邻座上一个人，正拿手巾在擦脸，他看那手巾，简直像抹布，自然他也不要了。

看了一会儿戏，忽然这宋一涵站起身来，向杨止波笑道："你同我走，我带你去。"杨止波听了这话，不知道到哪里去。但是，他已经起身要走，只得离座跟着他。他出了这广和戏台，也不出去，就走那尿池子边上，转上了旁边一道窄巷。杨止波道："你带我到什么地方去？"宋一涵笑道："我带你去看一看外国记者。"杨止波道："那一定是观花。我也久闻其名。"宋一涵笑道："对的。我刚才看到他在池子里转了这么一转，就出去了。他来了，不能马上就走，总要到后台去，在这些小孩子面前露上一露。后台，照理外国人不能随便去的。这是没有法子的事，我们政府见到日本人都害怕。那么，他就随便去好了。再说一群小孩子见着日本人，怎么样呢？大人对小孩子说了，不可惹他。你去，只是看一看，看后也不说什么，就走好了。"

杨止波听了他的话，觉得日本人是无孔不钻，他在梨园行里，也充起大爷来了。自己没有作声，跟着他走了一截巷子，就到后面一个小小的院子里。院子两边，几间屋子，果然堆了箱子和三个梳头的桌子，这就是后台。有一个孩子正对了桌上的镜子，浓浓地抹粉，在那里梳妆。不过看这张桌子，老得桌面上连漆也没有了，底下也没有了抽屉，就只见三个窟窿。桌子上面堆着碗和盒子罐子，这都是化妆品。这里往西，又是一排房屋，这是真正的后台，在院子里看到，好多穿了长靠，还插了令旗的小孩子，在那边跑来跑去。锣鼓响声，站在这里听得清清楚楚。

这就看到一位穿西装的人，而且外面罩了十字呢的大衣。他走起路来摇摆不定，嘴上养了一撮胡子，又是一个短小的个儿。这一猜就会猜中，这就是观花。他走出来，两个小孩跟在左右，有送客的模样。那人说道："好！不用送了。你们的这路戏，在报上，我还要捧捧的，但是，不能够，啊！白捧的不好。"旁边屋里走出来一个老年人，对观花一鞠躬，答道："自然，他们也当孝敬先生。"这位观花先生，虽说的是官话，可是话里有好多不自然的地方。他对于这个老年人，随便一点头道："那样就好。"说着，就走出去了。两个小孩送到院子靠墙，就不送了，齐齐地向他一个很深的鞠躬。这观花似乎点头的样子，对他们说声再见，便走了。

杨止波等他们都离开了院子，便道："行了，我已经看到了。我们去听听《珠帘寨》吧。"宋一涵对他这话，也觉得话里有话，也就一笑。两个人到楼上，找到以前的位子，依然坐下看戏。这时正是《珠帘寨》上场，二人对唱工做派方面都觉得很好。这出完了，就唱最后压轴子戏，名字叫《捉拿康小八》。这时天气近晚，他们也装上了电灯，就点了灯唱。可是，电力不足，绿豆似的灯光，这如何能在戏台上派用场？况且《捉拿康小八》，真碰真跳，非要电灯光线充足不成。所以，他们对电灯公司说好了，垂了几盏特别亮的灯，在台四周亮起。那个时候的电灯有时不来火，那就有灯也没法子亮起。可是，戏总归是要唱的，没有了电灯，那总要想法子使这台上亮起来。恰好这日演《捉拿康小八》，正在有劲儿的时候，这由绳子垂下来的四个电灯泡，通同一下全黑了。这台柱子台栏杆本来有点儿黑，再电灯一熄，台下看台上，就是几个黑影子，在暗里头打，读者，你想这是什么滋味呢？

好在后台有这项预备。这就过来四个人，在上场门的地方，靠地面上放着有两三尺长的香，这香，是十个一捆。于是各人抢着一把香。旁边又有个大人，立刻在身上掏出火柴来。擦着几根火柴，就弯腰把香捆点着。所以四个人一人举了一根火把，由上下场门出去。出去以后，四人便在台上四角站定，把香捆高高举起。虽然这香捆发起亮来，没有电灯这样亮，比黑漆漆的地火，那就好得多了。这就有人问了，我们看戏人，怎么能看到后台呢？自然，这是事后打听出来的。当时，宋一涵扯了杨止波一下衣服，说着："走吧，一会子戏散了，人挤着走，要走不好，会弄一身的泥。"杨止波看着台上，几个戏子在香捆子光里面舞，也没有好大趣味，既然叫走，就也跟着出来了。

杨止波这天看过了戏，觉得戏果然真好，可是戏馆里的设备，退回去好几十年，到那里去看戏，也是一得一失啊！这么回忆了两天，有时还自己会好笑起来。这日是第三日，吃饭方毕，自己正要戴上帽子出去，却是方又山来了。他在院子里，就把呢帽拿在手上。走进门来，就拿手连拱了几下，笑道："有个好消息。你那阕词，送给我那几位朋友看过了，都说很好。"杨止波道："若是为此，你老哥就值不得道贺的了。漫说我的词不足登大雅之堂，就是很好，词有什么可贵的？让两个填词大家看了，说声好，让朱笔圈上两圈，如此而已。"方又山放下帽子在桌上，看到茶壶里有热茶，桌上又有空杯子，这就斟上一杯，端起来一仰脖子喝了，手上拿着空杯子，脸还没有减去笑容。

杨止波站在桌子旁边，对他那份笑容倒有些不解，只管对他望着。方又山这才放下了杯子，笑道："我这朋友吴问禅先生，你大概知道这个人吧？"杨止波点点头道："不错，我知道他。现在不是在北京大学念书吗？此人颇喜欢填词。"方又山两手一拍道："这就是了。他不但在北京大学念书，还是一位真正的新闻记者。现在《警世报》当编辑。这《警世报》是数一数二的报纸，你老弟大概知道。"杨止波笑道："你这话我明白了，是不是拿到《警世报》上去登一登？"方又山摇头道："不是不是，那有什么喜可贺？这吴问禅正要找一个编辑助手，他知道你老弟在芜湖干过日报，他就问老弟干不干。我说他现在有事，不过都是干这一行的，问禅若请他，包他必来。问禅说，那就很好。至于你现在的事，毫无冲突，可以不辞。老弟，你这自得一笔收入，这不是可喜吗？"

杨止波拱拱手道："多谢你老哥关照。不过这事靠得住吗？"方又山正色道："这岂能开玩笑？今天晚上，你去见一见他，彼此谈谈。我包你一去，必然水乳交融。因为这是他请你，你老弟只要说得来，钱也不在乎，这还有什么不成？"杨止波听他话倒也十分可感，又拱手道："多谢多谢。我去见他，以什么地方合宜哩？"方又山道："晚上当然是报社里了，九点钟左右吧?"杨止波点点头,心中暗想,这事若得成功,钱当然多挣一点儿,那倒不十分要紧,此次我由芜湖动身,把那里正式的事情辞掉,跑到北京来,虽说有事,但尚未找到一个正式工作,似乎我这个人还是无能为,心里有这么样的想法,便答应道:"既然你老哥这样说了,我今天准去吧。"方又山又谈了一些话,知道下午杨止波还有工作,就告辞走了。

到了晚上九点钟,是找吴问禅的时间到了,一人就向《警世报》慢慢走去。这《警世报》在南新华街附近。那个时候,和平门没有开,向北是一堵城墙,城墙下是铁路。因之这街上来往的人很少,到了晚上,简直只有两三个人走路。一人走到《警世报》门口,门口挂了很大的招牌,进门是五间客厅,打通了做营业室。靠左立一方柜台,柜台里有一个胖子,尖尖的脸,面皮很红。身上穿了老毛皮袍子,口里衔着长杆子旱烟袋,坐在一张长方桌边,有气无力吸那旱烟袋。柜台外边,好几条长板凳。此外,并没有什么。杨止波走近柜台同那人点了一个头,问:"吴问禅先生在里头没有?"

那人把口里烟袋拿出,将杨止波周身看了一下。问道:"足下是姓杨吗?"杨止波道:"是的,我叫杨止波。"那人道:"不错,刚才吴先生留了话,说是若是姓杨的来找他的话,他在编辑部里等候,你进去吧。"杨止波道:"这里我没有来过,要人引一引吧?"这人听了此话,才站起来,拿了他那根旱烟袋,朝玻璃门外一指道:"这用不着人引,走此地往后一拐,看门上挂了编辑部的牌子,那就是。"杨止波就推玻璃门前去。一进去,是个四合院,左右四间房全堆着是纸。院子里堆下了机器裁纸刀和一些机器的零件。这里是以东方为大边的,朝东走,有五间屋子,全成了排字房。靠右两间房,放了三部平版机,有一架还是极小的机器。因为这个时候,北京只有一部卷筒机,是日本人办的《顺天时报》用的,以外尽是对开平版机,这就可以想到北京报纸的销路,是如何不振了。走这里有一条小巷,穿过小巷,又是一个很大的院子,靠北三间北屋,门口果然挂了编辑部的牌子,这就是会人的地方了。

这我们要说这位吴问禅了。他因这报馆的总编辑被官方捉住监禁了,算来还要四五个月才能释放。在这个期间,《警世报》就安排了吴问禅代理。这吴问禅的年纪只有二十二岁,所以他又在北京大学念书。他是长长的一个面孔,穿一套西装。这天,他邀了两个帮忙的人在宾宴春吃晚饭。这时,宾宴春开在骡马市路北。南方人喜欢在这地方吃饭,而且还很便宜。帮忙的一个也是北京大学的学生,叫作余维世,是个小胖子,朋友叫他为小余。一个孙通璧，圆脸，很大的一副个儿，他在司法讲习所念书。姓余的在这里编一些短条新闻，姓孙的翻译点儿作品。吃了饭回报馆，看看时间还早，吴问禅笑道："现在九点钟还没有到，我们还来一会儿小扑克吧。"这余、孙两位，全是年轻人，都是好玩的，吴问禅一说，都说一声来，就在一张写字台，也是编辑桌上，把扑克摊开来，三个人把椅子搬着坐了，围了桌子把扑克打起来。打了约十分钟，只听得一位在编辑部做杂事的人隔了窗户说道："总理回来了。"这三位打扑克的人彼此看了看。吴问禅轻轻地道："我们收起来，不要打了。"于是三个人赶快把扑克收起。

过了十几分钟，杨止波来到门外。看到干杂务的人由门里出来，便道："问禅先生在编辑部里吗？我叫杨止波，是吴先生叫我来的。"干杂务的就将编辑部的门扯开，点头道："在里面，请吧。"杨止波进了门，看到这里正中屋子里，有一张长桌子，照直一摆，把这间屋子分去了一大半。桌上有蓝布蒙了桌面，上面摆着许多字纸，红墨水瓶子，糨糊碗，还有一大抱毛笔。左边有许多床，右边又是一间编辑室，朝下摆了一张写字台，夹了写字台，面对面地摆了两把椅子。余外一张床几把椅子，这屋子里也就完了，杨止波虽没有进过大报馆，但是在上海《申报》《新闻报》外面，却是经过了不知多少次，那四五层的大楼，应该不是这样简单啊！

吴问禅看到杨止波进来，就出来一握手，便道："我是吴问禅，杨先生在上海，我也常听见说，今天在北京遇到，这就很好嘛。请到里边屋子里坐，我还有两位朋友，要介绍介绍。"杨止波当然随了他进屋，吴问禅就把余维世、孙通璧二人介绍一番，杨止波靠下方椅子上坐了。顺便看这桌子，通讯社来的稿子，一家一家地叠着，堆得很厚，看起来足有三四十份。屋子里面有两个订报的架子，有十几份报在架子上挂着。杨止波道："这晚晌，正是吴先生办公的时候，我也不必在这里多打搅了。今日正午，方又山带到的口信，说是吴先生在这时候叫我来，有话谈谈。"吴问禅坐在对面，说道："是的。现在我这里缺少一位助手，就是编编短条子新闻，还有看大样。短条子新闻本来余先生在编，可是余先生在念书，看起来也不能久编。杨先生怎么样，可以帮忙吗？"杨止波道："吴先生找我，当然十分看得起我。我帮忙是可以的。不过看大样，这事我能够担任吗？"吴问禅笑道："这也没有什么，照葫芦画样好了。"

正这样说着，只见外边门闪开，进来一位四十上下的人。他穿了一件灰哔叽面皮袍子，罩了一件花青缎子背心。背心上面三个袋，在扣绊缝里垂了一截金链子，下半截垂在这上面口袋里。这是当年阔人的打扮，口袋里藏着金表。他胖胖的一个脸，嘴上留一点儿小胡子圈儿，鼻头上架着一方大框眼镜。这在当年，很像一位总长的派头。那位管杂务的人正在外屋子里泡茶，又插嘴道："总理来了。"这样轻轻的一声报到，立时这编辑部又是一番情形，左边房里，那床上本来有人，而且说着话，几个人哈哈地笑着。这时起，就一点儿声音都没有了。右边屋子就是杨止波坐谈的地方，这就各人都默然。那人进了这间房，吴问禅道："这是我们报馆里的总经理，康松轩先生。这就是我昨日和总理提起的杨止波先生。"杨止波同他深深地一点头。

康松轩道："请坐嘛。"他手上拿了根雪茄，把烟向空处弹了一弹灰。大家坐下。他坐着挨紧吴问禅，问道："要对杨先生说的话，你都已谈过了吗？"吴问禅道："谈过了。杨先生表示很好，愿意帮我们的忙，我们还没有谈到待遇。杨先生也是一个能手，在芜湖当过总编辑，在我们这里看大样，是绰有余裕。"康松轩听到说没有说什么待遇，止波就答应帮忙，而且他也是个当过总编辑的人，愿意来看大样，这都很好，便道："那很好，吴先生作诗填词，那也是他拿手好戏，听说杨先生填词也很好，两人在一块儿办事，那更是气味相投了。"杨止波道："那不敢当，我在二君手底下见习见习吧。但不知道哪天来上工呢？"吴问禅笑道："杨先生肯来，就越快越好。"康松轩将雪茄送到嘴里去叭了两口，点头道："是呀，越快越好。"杨止波道："晚上我也没事，就明天来吧？"

康吴二位都说那很好，随便说了几句话，康松轩道："杨先生坐一会儿，我还要出去一趟，少陪了。"杨止波立刻说请便请便。康松轩早已起身，就推门出去。这余、孙二位虽然也说了几句话，那都是不关重要的事。直等这位总理走了，吴问禅笑道："我们虽是文化团体，但是这里很多人，还过着各部那一套，叫一声总理来了，总理走了，还是很吃香。"于是余、孙二位都哈哈大笑。杨止波道："我想这事也不是一点儿好处都没有。"余、孙二人听说，更是一阵大笑，杨止波不懂这话为什么又惹起二位大笑。吴问禅看到了，恐怕引起杨止波的误会，就把刚才打扑克的事轻轻地说了一番，杨止波也听得好笑。就在这时，有个排字的学生隔了玻璃窗户，高声叫道："总理走了，我要唱。'杨延辉，坐宫院……'"这一唱，编辑部里就哄堂大笑起来。

第五回

见习夜深归依门惜别
成功天半晓购菊还居

　　这一阵大笑，连杨止波也嘻嘻地微笑着。吴问禅道："本来这事也没什么可笑。他们把经理的行踪故意弄得神奇，说起总理来了，就有害怕的样子，总理走了，就很欢喜，弄得奇形怪状，大家都神经紧张。"余维世笑道："这是你说的，弄得大家都神经紧张，自然你也在内呀！"吴问禅笑道："自然我也在内，你想我们在这里打扑克，他遇见了，究竟不太好吧？不要谈这事吧，趁现在杨先生在这里，我们先编一点儿稿子，杨先生看看，明天来了也好熟悉一点儿。"杨止波道："这很好，我自到北京来，此地报馆编稿子，怎样弄法，我还没有见过呢。"孙通璧道："那我就先走了，我的路多。"吴问禅和他是熟朋友，走就走了，也没谁留他。于是他和余维世分坐在写字台的两边。这个时候，很少电灯的桌灯，桌上临空悬着一盏带罩子的吊灯。吴问禅把几十本通讯社的稿子齐齐地比了一下，就掀开通讯社的稿子纸来，面上是通讯社的社名，第一页大半是内阁问题。虽然内阁没有什么问题，这好像表示通讯社的消息灵通一点儿，总得凑上这么一段。自然也有不载内阁问题的，但这第一条新闻消息，总是比较重要的。吴问禅当时把它剪下来，放在一旁，当然不是恰好一张纸，有的一张半纸，或两张半纸。桌上有一碗糨糊的，里面还搁了两支粗笔。这就把稿子剪下来，取过糨糊笔把它粘成一块了。

　　杨止波取了一把椅子，放在写字台横头坐着，当时看了，就笑着问道："这里都是新闻通讯社的稿子吗？"吴问禅叹了一口气，把通讯社的稿子摆在原处，将糨糊笔向糨糊碗里放下。将手拿了两个信封，里面都齐齐地放了稿子，他将两个信封颠了一下，说道："我们有特别稿子呀，这里两封信全是呀！这第一封信，是你老兄天天共事的那位邢笔峰。这里面四五天有这么一条两条新闻，文字倒也清通。第二封是程小坡，可以说全没

40

有新闻，全是总统府的辕门抄。辕门抄当然也有新闻价值，可是他抄的就是几点几分，某人到总统府，余外全是乱猜，猜得还不对题，而且文字也不好。听到我们给二位的钱，还是不少。我曾和经理提过，换二位给我们送消息的人，好不好？但是他说，给我们送消息的很好呢。这里头有什么秘密，这个我们丝毫不知。"说着，把信放下，又叹了一口气。

杨止波听到这话，不好作声，自己只好笑笑。余维世笑道："你分稿子，快一点儿吧，我明天早上还有课呢。"吴问禅道："好，我分稿子。杨先生看我稿，有不解的地方，只管问我。"他说着又把桌上通讯社的稿子来分，分了大概有七八门，什么边防，什么安徽地方弄民治，什么学潮又酝酿再起，等等，这一门摆一起，此外剩下来的，多半是一条一条的短稿子，大概有二三十条，这又搁一起。因为这通讯社的稿子，可用的大概就只有六七家，其余不可用的稿子，简直这剪刀未到稿子上去试试，就原封地摆在旁边。倒是外国四五个通讯社里的稿子，他都没有丢掉，摆齐了放在面前，留到最后再来安排。

杨止波看他面前中国通讯社的稿子大概都分完了，不用的堆在桌子角上。这里有五封通讯社稿子，一律都是白报纸，是外国通讯社的，不像中国通讯社用的全是油光纸。吴问禅把这些稿子堆着面前，那把剪稿子的剪刀往上面压着，自己伸了个懒腰，笑道："我暂时休息一会儿。"杨止波指着把剪刀压着通讯社的稿子道："这外国通讯社的稿子等会儿再分，这里有什么问题吗？"吴问禅道："大概外国通讯社的稿子，十之五六，全可以用的。不像中国通讯社的稿子，十成之二三，还是仿佛可以用。不过，这里面虽有好多稿子不能用，不过也要预备着，那就怕新闻不够，这些勉强可用的稿子都丢掉了，那怎么办呢？所以有好多稿子还得留起来，不够，再把这些稿子添上。至于外国通讯社的稿子，我们得用我们的眼睛细细一瞧，有好多新闻别有作用的，不可糊涂乱用。譬如电通社这是日本人办的，那真要小心一二啊！"

杨止波点点头道："这话很有理。像《警世报》，外国人都知道这个报，要是不能登的东西，不加审别登了，那当然人家会根据这个报作为借口的。"吴问禅道："所以，就是请人来帮忙，那还得相当慎重。"余维世道："你就不必休息了吧？把这些通讯社的稿子分完了，我先好动手呀！"吴问禅一笑，把剪刀拿起，把通讯社稿子一阵剪了，剪完了，就拿糨糊笔将两下都只剪了一半的稿子粘起。其余不要的稿子，当然向桌下字纸篓里一丢，向杨止波道："我这里就要编了，这是北京的编法，足下看看，我们和内地有什么不同？"他说着，将那零碎短稿子就一齐送到桌对面余先生面前。自己也就把学潮问题一齐归拢，放到自己面前。然后把一瓶红墨水移了过来，拔开抽屉，里面找出了一支红笔，手里拿着，将红墨水瓶打开，将笔蘸了红墨水，左手将稿子摊开，就把什么"通讯社消息"一笔勾销。

杨止波笑道："我这就有一个疑问要请教先生了。人家送了稿子来，听说还是真奉送的。怎么用起稿子来，开头几个字，什么'通讯社消息'就一笔给它搭个干净。消息要用人家的，至于人家的招牌就勾销了。通讯社里人就答应吗？就算答应，这消息或者是有问题的，将来发生了麻烦，找不找这个通讯社呢？"这又问起吴问禅的趣味，把红墨水笔放下，两手扶着桌子，把腰杆一挺，笑道："你这话问得在道理上。本来通讯社几个字是不应该勾销的。可是所有京城里的报馆，家家全是一样办，把通讯社勾销，这就我们不必做什么例外了。说到各通讯社，这样做，它主人能同意吗？当然是不同意的。但是不同意，你能怎样？至多你是不送稿子，这太无所谓，你不送就不送吧。这里通讯社的稿子，还有三十几份呢。至于这消息有问题，那通讯社也逃不了它的责任，若是哪一报馆要封门，那通讯社一定也要封闭，这都是一样的。"

杨止波道："这样一说，那开通讯社的人未免太冤了。"吴问禅道："我们看来，他开通讯社的人似乎很冤了。可是他们在外面找外快的时候，人家要说，开报馆的人，一点儿混不到，那人家又说我们太冤了。"

接着吴问禅又向杨止波谈了很多关于发稿做题目等等编辑工作的事情，不知不觉谈到十点过半，杨止波便道："要问的地方当然还有。不过我今天晚上来，没有预备今晚回去得很晚，我现在就告辞。明晚我来上工，吴先生看看我当什么时候来？"吴问禅站了起来，就道："既是这样说，我也不留你。每天晚上，你上工的时候，很晚很晚。总要到两三点钟看样子，有时四五点钟也未可料。明天十二点钟来，也不嫌晚。可是你早来，我们坐谈一会儿，也是很好的。"杨止波道："我明天至迟这个时候来到报馆。"吴问禅道："好，我有两件事，应当说一说。其一，你的薪水，只能够三十元，这是我们总经理定的，似乎……"杨止波将手摇着道："我只要我们在一处，薪水多少，不成问题。"吴问禅点头道："这很好。还有一说，这里看大样，总要天亮才能还家，上半夜要睡一会子才好，我看搬到报馆来睡，方便一点儿。对面屋子可以挪开一张床，你的意思怎样？"杨止波道："好的，明天晚上再说。"那余维世也站了起来，笑道："你明天早点儿来，我们大家可以谈谈呀！"杨止波说好，就与他两人点头而别。

杨止波走到编辑部外面，留神看了一看，这里仍旧是个四合院，院子很大。对过几间房子是这里几个工友住着。有一间特别大的厨房，里面正烧着煤火，其势熊熊。这靠东五间大房子，外面还带着走廊，这是报馆的正屋。但是这五间住的屋子，是总经理睡的所在，只看见里面灯火通亮，别的没有看见。在这里有一位少年的女用人，正两手捧着一碗热气腾腾的东西，大概是煨的汤，由厨房里出来，这么慢慢地向东屋走。这总经理住的屋子似乎也不同平常了。出了这重院子，就到了前面，这时候，排字房正紧张着排字，就一个人悄悄地走了出来。

这时，南新华街行人稀少。一人走上了前孙公园，一步一步地走回会馆。会馆已关上了门，叫开了门，自己没有带火柴，在黑暗地里摸上了房间，自己正在暗中摸索，打算摸到火柴。忽然房门外灯光一亮。有人道："杨先生刚回来呀！房间里没有灯火，黑黝黝的怎样过呀！我这里有灯，我给你拿着灯火来了。"这正是孙玉秋的声音，杨止波便道："多谢多谢，我正在这里摸索着灯火呢。姑娘送了灯火来，这正是好得很啊！"他借了灯光，看到了屋子里的罩子灯在桌上，便打算将灯拿到外面来接火。孙玉秋道："我这里有一盒火柴，杨先生拿去用，不用还我。"她也拿着一盏罩子灯，走到房门口，便不进来，手上拿了一盒火柴，临空只管摇着。杨止波立刻将火柴接过来，把灯点着，放在桌上。

可是这个时候，那孙玉秋还不曾走，笑着把前面的刘海儿发摸了一摸，笑道："你这炉子里有火吗？"原来这时，普通人家都是用白泥炉子笼火的。白泥炉子约有二尺高，周围像钵子那么粗细，外面用铁皮四脚支架着。这还是很便宜，也不过一块钱一个。杨止波也办了一个，叫长班拢起，出去的时候，就将铁盖子将炉子口盖上，若是出去只有两三个钟头，回来一掀铁盖子，依然火势很旺。杨止波这就把炉子盖一掀，笑道："火势还很红，多谢姑娘关照。"孙玉秋道："今天我父母又出去了，一个人坐在屋子里闷得很。站着在门口谈谈，这多么好啊！"杨止波本来要请姑娘进来坐坐，这听到说她父母不在家，反而不好开口，便道："我不晓得你父母不在家，不然，我早回来就是。"

孙玉秋把那盏灯放在窗户台上，笑道："我想杨先生到新世界去玩了一会儿吧？"她说着这话，自己把衣服下摆牵了一牵，将身子靠定了门框，杨止波自然不便坐，只好一手把桌沿支着，笑道："那倒不是，我到《警世报》去坐了一会儿，因为这里面很多的事，我都不知道，就在那边看了一看，有的还问上一问，倒是见习了不少。"孙玉秋道："你的学问就很不错啦，还用得着什么见习吗？"杨止波道："这个话不然啦。漫说我不懂什么，就是懂得很多，我们还要见习。世界上的知识，真是无穷无尽，我们一个人所知道的，那不过是九牛之一毛。人家说得好，做到老，学到老。"孙玉秋笑道："这是我说错了。杨先生学报馆里的东西，将来有一天好用啊！"杨止波笑道："岂但我将来要用，明天晚上我就要用。"孙玉秋道："这就要用吗？学了些什么呢？"

　　杨止波对于女人，尤其是这位孙小姐，却不肯辜负了人家一问。屋外面虽很凉，那孙姑娘却不愿走，非把这话听完不可。因之杨止波就把《警世报》的经过说了个大概。孙玉秋道："那倒恭喜杨先生，《警世报》是北京一家大报。每晚上看大样，什么时候完事呢？"杨止波道："恰是和我们勤快人打个对照，要五点钟才能完事。"孙玉秋道："哎呀！这样迟，天天那晚回到会馆里来，这里长班肯干吗？"杨止波道："所以，不能在你会馆里借住了，明晚上或者就搬上报馆去住了。我倒忘了，在这里很蒙姑娘照顾，我是十分感谢了。"口里说着这话，就把两手捧了一捧。

　　这位孙姑娘倒没有想到，他明天就搬起走，便喊出了一个"哦"字，恰好她家里有钟，刚刚敲过了十一点，便道："我妈大概快回来了，明天再说吧！"杨止波道："外面很凉，小姐请便。"这时，孙玉秋拿着那盏罩子灯，将地上照着，把头低着看地。她将灯照到自己房门口，拉开了门，放下了灯。自己却回身转来，又开着门对这里望上了一望，见杨止波依然在房门口望着，便道："我回家了，你……"她自己想着，这话也许不对，他站在门口，也许是望前头院子的。因之那句话没有说完。杨止波倒没有什么猜想，便道："我怕晚上的路，你走得会跌倒，孙姑娘回去了，那很好。明天见了。"孙玉秋还深深地点了一个头，说声明天见。

　　杨止波次日到邢家去，心里想着，自己到《警世报》的事，还是就说出来呢，还是过两天再说呢？想了一想，还是过两天说出来为妥。也许今天试一天，那位康松轩说我干得不好，把我辞了，那也是没有准的事啦。这样想了，自己就没有把上《警世报》的话说出来。下午所办的事，到三点半钟就把事做完了，自己想着今天晚上要熬夜，留点儿精神晚上再用吧，现在回去睡上一觉为妥。自己这样打定了主意，果真回去，扯了被条，横身睡了。可是想到今晚上有事，总是睡不着。自己就爬起来，到门口去望街吧，反正这也是休息。

北方的天气，这时已到初冬的时候，雨是不会下的。斜日微明，炊烟漫起，对门有一座小红楼，照着这斜阳，有些冬季枯树，只觉寒风瑟瑟，却没有下雪的意思。杨止波站在大门口，把两只衫袖互相筒起来，对着太阳只管望着。忽然那孙家姑娘也来到门外，她身上也穿了棉袍子。她笑道："天气还不是死冷，把袍子这样筒起来，不大好看。"杨止波笑道："这是偶尔为之，再说我是南方人，北方天气还不曾过惯，有点儿冷，便不留意，就缩手缩脚起来。"他说着，便将两手撒开。孙玉秋走到大门旁边对杨止波望着，便道："你要叫车子吗？"杨止波摇头道："我不到哪里去，不喊车子。"

孙玉秋看了他笑上一笑，问道："杨先生不是要拎铺盖上报馆去吗？"杨止波道："我想不忙，我熬个两三夜，也属无妨。由报馆一早回来就睡，睡到十点钟，再去上工，也是一样。"孙玉秋听着，又笑了一笑。她忽然想到杨止波的话，十点钟还要上工，便问道："十点钟就要上工吗？那你没有休息啊！"杨止波笑道："这不算什么，我家里还要我寄钱去用，我没有老子，有一群弟妹，当为他们卖一点儿力吧。"这几句话，孙玉秋听着，就觉得非常的对劲儿，点头道："王先生和我父亲谈话，也提到过，这事我父亲非常同情。哪一天无事，我介绍你和我父亲谈谈。"杨止波道："那很好，同老前辈周旋，可以长长见识。"

这时，天气容易黑的，他们谈过几句话就天黑了。孙玉秋还想谈话，可是她妈在里面叫。她也许把时间忘记了，便道："杨先生，回头见。"先进后院去了。杨止波想：回头见？那不能够吧？夜幕张了，街上路灯已经亮了，杨止波也就回去。在屋子里吃过了晚饭，自己先睡一觉。醒过来，快十点钟，屋子里收拾一遍，自己就走到警世报馆里来，正好吴余二人已经在编稿。吴问禅道："足下倒是信人，说十点钟来，果然准时。"杨止波道："我在家里反正无事，到这里来见习见习，这并不坏呀。"说着，自己端了一把椅子，放在桌子横头。

他们编稿，也就是昨天那种形式。到了十一点半钟，余维世的短条稿子已经编齐，就把一件马褂加上，在衣架上取下帽子，就往头上一盖。吴问禅放下手上的红笔，望着房门口余先生所站的那个地方，问道："阁下就要走？"余维世道："你看我回去有多少路，这里到沙滩，坐车子要一毛多钱，来去两趟，我就去三毛。这里的薪水，是三十元，再要花点儿零碎，一元钱就花一个干净。这一天就白来了。我早点儿走，就不坐车，到宿舍也许不到一点钟。"吴问禅笑道："坐车子算我的好了。"余维世道："天天坐车子要阁下出钱，我还成人吗？杨先生，你明天六点钟来，我请你吃小馆子。"他话说到此，就到外间屋里，推门走了。

吴问禅也没有说什么，又提起笔来编稿子。大概编到两三条，那排字房徒弟就来拿稿子了。等到两点钟打过，却见这里杂务送了一张白的油光纸进来。拿来一看，却是一张铅印的命令。杨止波放下了这张命令，向吴问禅道："这命令全是三号字印的吗？"吴问禅道："这命令是印铸局送来的。送来的还分两种，一种是普通的，等印铸局全印完了，才叫他们送上各家。这大概要一元多钱，订阅这路命令。另外是一种特别的，印铸局等命令全来齐了，就立刻付印，印了百十来份，马上就送。订阅这种命令的，那需要加倍给钱。至于总统府给各人的命令，那是大字写的了。"

杨止波道："送命令的手续大概就是这样，可是都是这晚上送吗？"吴问禅将稿子编齐了，把红笔一丢，笑道："不，你大概见过，上午也有送的，下午也有送的，自然，深夜也有送的。越是重要命令，下午深夜送的那还要占多数。所以看大样的人，于命令方面，都要会发才可以的。平常的命令，这报上有命令栏，把这张命令纸交给排字房，这就完了。这叫谁人来发也可以。可是遇到什么特别的东西，看大样的也不能做主的，哪怕天亮，那总要叫总编辑来商量商量，比如改组内阁，发表各省的疆吏。也许大样上登着这项消息，满盘大错，那岂能不管？你这懂了吧？"

杨止波点点头，笑道："我这明白了。可是你老兄天天晚上要回去，要遇到这样的事，怎么办呢？"吴问禅笑道："关于这样的事，若是碰在你手，你老兄还不会办吗？我也不天天回去，这里不是有一张床吗？"说着，用手对里边床上一指。杨止波道："若是你老兄在这儿，当然好办。要是你老兄不在这儿，那一纸命令我勉强也可发下去。可是这里面要是含有问题，怕我弄不清楚，我心里会老是一个疙瘩。"吴问禅笑道："这个不至于，大着胆子望前干吧！"他说着就把命令发了，回头他将那自己开的题目单子条条记上号码。譬如内阁是第一条，题目下面注上个"一"字，学潮是第二条，题目下面注上个"二"字。后是短条新闻，也注上了字，这就把新闻编完了。

　　杨止波看到他编完了稿子，这就站起来道："老兄这时要回去吗？"吴问禅笑道："我今天不回去，今天晚上帮兄一点儿忙。"杨止波道："这就很好，你现在睡一会儿，回头我有不懂之处，我再来叫醒你。"吴问禅也起身先看了一会儿钟，见钟已快要敲三点，笑着摇摇头道："我不睡了，一会儿大样就要到。这里我还要告诉你，我们这里是排双版，两份机器印。现在我们这里买不上卷筒机，只好两份机器凑合了。不过我们这里机器比较印得快，一点钟可以印一千多份，两部机器印，就是两千多份。大概有个三四个钟头，我们可以印完。再要多，又要排一副版，那简直一个人看不过来了。"

　　杨止波听到说两版，就觉得工作要加倍，就把两只衫袖放在桌上，朝上一缩。走了一步，面对着吴问禅道："哎呀！这两版新闻，就是看报，也很要看一会儿，一个人看大样，恐怕会力不胜任吧！"吴问禅道："这也无所谓，共总要不了两个钟头。而且排字房里，总把有短栏的一版先拼，这就先看，后头来了长栏的，再看那一版。大约总在齐稿子后一个半钟头，就一齐来了，所以没有什么大事故，六点钟就付印了。今天晚上我不走，就是看一看，我定的时间如何。"杨止波道："我看书，倒也不慢，只是这大样，我还没有试过。"吴问禅道："你看书不慢，那就更没有问题。"他正说到此处，那个杂务引了一个短衣人进来。那短衣人手里提着一个提盒子。他把提盒子放在地上，把盖子打开，却是两碗带汤的笋丝面。

　　那短衣人将两碗面摆在桌上，又在提盒里拿出两双筷子，分别摆在碗附近，他就提了盒子和那杂务同走出去。吴问禅道："吃面吃面，吃了好做事。"杨止波和吴问禅在桌子两面坐下。杨止波提起筷子，将面拨了一下，问道："这大概是我兄自备的了。"吴问禅吃着面道："这太不算什么。我想当总编辑的人，一人单枪匹马，干到快天亮才可以完事，这肚子里总有点儿空空吧？北京报纸，多数是不办消夜的，这有点儿令人吃不消。所以我在这里，叫这位杂务叫一碗面来吃。"说着，带了一种淡笑，望了杨止波。杨止波立刻扯开来道："这面消夜，很好。记得我在芜湖的时候，也是夜里挑担子卖面的，从门口经过，我就花十枚铜子儿下一碗面，切六枚铜子儿的酱牛肉，这就吃得很好。"吴问禅也就哈哈一笑。

　　面吃过，大样来了一版，这就是有短栏新闻的。杨止波这就坐下来，将红笔蘸了红墨水，对着新闻稿子校对起来。关于校对一样事，大概不是干印刷有关系的人，大半不懂，其实这事也极其简单，不外将文里的错误将笔给它引出来，用笔改正。杨止波将这版新闻看了，约莫二十分钟的时间，也就看完。那同样的一版，更用不着许多时间。这张看完了，接着那一版也跟着送来，一齐对完了，果然也不过一个半钟点。吴问禅坐在旁边端了一本书看，他也不管这看大样的事。回头约莫十分钟，又把复校送来，吴问禅这才丢了书，将版面大致看了一下，说着："你老兄看大样，与我的估计不差上下。我刚才不替你看，是要试试你看大样快慢。这就很好。"说着，在复校上面批了付印，底下注了一个"吴"字。那张大样，杨止波也照样子注了。排字房里人在编辑部一边等着，看到大样上注了付印字样，才捧了大样出去。这时，编辑先生这一天的工程，算完全圆满了。

吴问禅一面脱衣，一面向杨止波道："我要睡觉了，你打算怎么办？"杨止波站在桌子旁边，笑道："我打算今晚上不睡觉，等一会儿，我到排字房去，看他们上版。究竟比江南人士快呢，还是慢呢？这么一牵扯，那就天亮了，然后我回家睡觉。"吴问禅道："这倒可以。不过这是一晚上，明天你要把被条拿来，要天天都这样熬夜，那可使不得。"杨止波答复道："那是自然，你睡吧！我走了。"说着，自己戴上了帽子，向排字房而去。

《警世报》这个排字房，以前杨止波来的时候，颇看了一个大概。杨止波这回亲自前来，就得细看一番。进房靠北边，这里有两副字架，全是老五号字。向东南角，也是两副字架，尽是四号字。靠西边一副字架，是三号字和二号字。除此以外，没有什么字了。字架子过去，有一个两屉桌子，坐着一位刻字先生。再又过去，一个铸字炉，旁边有几条板凳。虽还有几个字架，里面装字，并不完全。靠南边，有三架平版机。一架机器是用手摇的，印不了报，只好做点儿零碎活。靠外就是两架平版机，可以印报，用电力拖机器也可以。这所谓《警世报》的机器房，就是这个样子了。

工人正把复校大样改字完毕。一个人端着一块版子，往机上拼拢。每架机器旁边站定了一个人，就是把版子挤拢的。旁边有一个孩子，把棍子和纸条递给那个上版的人。杨止波看着他们工作，也和江南工人差不多。不过机器是用电力发动，这就快得多了。等了一会儿，那机器开始转动，这时，天已经大亮了。杨止波把从机器上拉下的一张样报，自己看了一看，觉得还没有什么错，这才放心。自己想了一想，这会儿回去也许是太早一点儿，门叫不开。那菜市口有卖油条的，走那里一弯，又吃上两根油条，那么，时光也许就差不多了。于是向菜市口走来。

这菜市口有一家馒头店，清早起来，他们家炸油条，带卖豆腐浆。不过他们家里桌子很少，只有三张。所幸杨止波来得很早，这里还有座位。于是要了几根油条和一碗豆腐浆，坐着正在喝。他面前来了一位老者，胡子都半白了，穿了一件蓝布棉袄，头上戴顶呢帽子，向四周看了一看，只见拦门一副案板，上面堆有昨晚上的馒头和炸糕。案板面前一个油锅。这里分了半边案板的地方，有人在那里和面，和的就是炸油条的面坯子。油锅旁边又另站了一个人，就干的是炸油条工作。这个日子天气有点儿冷，所以他们关着门的，门里有两个木桶，里面装着豆浆。这三张桌子，摆了两个地方，全是一方靠墙，只有三方可以坐人。而且这桌子很小，靠外面只好坐一个人。那老者看一看人，三方都坐满了，只有杨止波桌上，靠外面还是空的。当然他就在这方坐了。这老者也是要了一碗豆浆几根油条。他正拿着油条咬了一口，却不料后面来了一个人，将身子和老者一碰，老者又自不小心，将一只手正要端了那豆浆碗，这就把豆浆碗向前一伸。这个时候，要扶已来不及，豆浆碗便翻过来了，豆浆恰向杨止波这方面流来。杨止波赶快站起，让豆浆别流在身上。可是这家的桌子有许多条缝，早是哗啦哗啦向下直流。

老者看到，就哎呀了一声，赶快将碗扶正。可是那豆浆虽没有流到皮袍子上，可洒了杨止波一裤脚，而且身上也溅了许多斑点。老者向他道："这真对不起，洒在哪里？"杨止波把衣服抖抖，笑道："老人家，不要紧的。虽然洒在裤子上，等它干了，使劲一扫，这就没有了。身上虽也洒上了几点，好在我穿的皮袍子外面遮了件蓝布大褂，它打湿了，更没有事。"那个馒头店的徒弟就赶快将抹布拿来，把桌子抹了。这老者见杨止波一点儿不生气，更是不好过，两手抱拳道："真对不起。"杨止波坐下，笑道："我说了不要紧，还提它做什么？请坐下，请坐下。"

那老者看杨止波非常客气，就坐下来，问了杨止波贵姓，现住在哪儿。杨止波都告诉了他，还说今日要搬家。反问老者贵姓，老者道："我姓金，号月新。就叫我老金得了。我以前的事不提了，现在以卖花为业。我家住在右安门外，今朝早上送花到东城去。'于今为庶为清门'，倒是过惯了。"杨止波忽然听到他引了一句杜甫的《丹青引》，便有些惊诧，道："金先生，我决定和你交一个朋友，金先生之意下如何？"金老道："交朋友，这是极好的一件事。不过你阁下称我为先生，我哪里有点儿先生气呢人家听到，也不像，叫我一声老金吧。"杨止波道："你老，既是不愿称先生，那就改称为金老吧。你要找我，就到这里《警世报》去好了。"金老笑道："好的，不过要论起我找人，那我懒得很的。你要找我倒容易，到右安门一问，种花的老金，准可以问得到。"

杨止波大喜，叫徒弟舀来一碗豆浆，又是几根油条，给金老吃，问道："这个日子，送什么花？"金老把胡子一抹，笑道："我看你也不是外行呀！这个日子送晚菊。"杨止波道："哦！送晚菊，花呢？"金老道："外面有一挑子晚菊，把箩装着，箩口上盖着棉被。现在天气还不十分冷，放在外头，还不碍事。"杨止波道："我想买两盆，回头你挑两盆给我。"金老道："这算什么，回头拿两盆去就是了。"杨止波道："这个不可以。你做的是这项生意，朋友一乱拿，那你不用卖了。至于朋友要钱用，那就要个十块八块，只要有那都没有关系。"金老道："也好，我拿一盆给你瞧瞧。"说着，他起身上外边去了。

杨止波把这里两人应付给店里的钱，全都付了。一会儿工夫，金老捧了一盆晚菊进来，放在桌上。杨止波看时，是一枝独苗，长得绿叶油油，叶子两边纷披，十分好看。上面开了一朵嫩红边沿，其余全是洁白的花。在花的底下，用小棍子插着一个花名，用小纸条墨笔写着"玉玲珑"。杨止波看到，两手拍着，连连叫好。叫了好，他又想了一想，随便问道："有叫秋字的花名吗？"金老道："有呀！还是很多呢，我也去拿来。"杨止波道："不忙！我想请金老弯一点儿路，把花送到家里去，可以吗？"金老道："不弯路的，我就送去。"说着，自己在腰里掏钱。徒弟站在一边道："不用给钱了，这位先生已经给了。"金老道："老兄，你先付了钞……"杨止波笑着摆一摆手，就走出来。

金老把花送进那个藤箩，把被盖上。他本有两只箩，有一支扁担，他就支起，挑着走。这里到杨止波的会馆，本不多路。一会儿挑到了，会馆还是刚开着门呢。两人进得门来，把花担子先歇了，金老先把玉玲珑挑上了两盆放在箩外。其次，他把一支紫色的菊花，举着盆子先让杨止波看一看，问道："如何？"这紫色的菊儿，瓣儿细得像头发一样，开着就是一大把，细丝儿很长，丝丝望上卷着。杨止波看过了，说道："这花很好，叫什么名字呢？"这盆里也有一根棍子插的纸标，金老把纸标对杨止波一照，那上面写着剪秋萝，点头道："好的，也请你放下一盆。"

金老看看，这里靠南，便是这里的长班屋子。自己歇着的地方，就是大门洞子，便道："这花，请向屋里放，这外面放不得。"说时，自己把剪秋萝也端了两盆放在地上，笑道："够了吗？"杨止波也站在大门洞里，点头道："够了，要多少钱？"金老把箩口上被条盖着，笑道："当真给钱吗？"杨止波道："当然给钱，但是我不知道给多少。"金老把捆箩的绳子紧了一紧，将扁担把装花两个箩绳拴上，笑道："花这一行，也是凭天说价的。我对你老哥还要这一套吗？我知道，不收你的钱不行，你就出一角钱一盆吧？"杨止波道："那太便宜了。"金老道："当然我收你的钱少一点儿，但是你留着，下次遇着了你，我叫你惠东。我看你要睡觉了，也别留我。有钱，请你马上给我。没钱，下次再说。"他说着话，又把扁担向肩头上试了一试。

杨止波知道金老很率直，就掏了六吊票子给他。他接过钱，也没有看一看，望袋里一装，就把扁担挑起，笑道："我们下次会啊！"这样就走了。杨止波看着这四盆花，就这样加大的四朵，下面拴了花名，是剪秋萝、玉玲珑。这真的不期而遇，就碰着一个玉字、一个秋字。"其实，我今天晚上就要搬家，有花也没地方放啊。"他这样想了一想，主意想定了，长班也正在这里，就对长班道："这四盆花，就送给孙小姐，等一会儿，我自会告诉她什么缘故。这里冷，请你摆在屋子里，回头孙小姐起来，你再送过去。"长班道："好的，这四盆花真好呢！"杨止波吩咐过了长班，看看各屋子里都还没有起床呢，于是一人回房，上床展被睡觉。

第六回

消息悦同人铜山难产
豪华来晚客金印堪迷

　　皖中会馆，杨止波已回房睡觉了。可是介绍杨止波到《警世报》去工作的方又山，这两天却又忙碌起来。他忙碌着应该是发生了学校新闻。但是方又山这份忙，并非学校新闻，所以，值得把这事情经过叙述一番。就是那天，方又山从皖中会馆出去，正向自己公寓走，半路上，忽然有人叫道："又山先生，你向哪里去？我正有一件事情找你，在这里遇到，那就好极了。"方又山看时，是一位江南人，有三十多岁年纪，叫卫龙生。他穿一件灰绸羊皮袍，戴一顶灰色呢帽，面孔圆圆的。便道："龙生兄，好久未见，找我有什么事吗？"卫龙生走近两步，笑道："自然有点儿事啊！咱们上哪里去谈一谈？"方又山道："我正要回公寓。足下真有话谈，就到我公寓里去吧。"卫龙生斟酌了一会儿，同意到公寓里去。

　　公寓也有好几等。方又山这家公寓，叫红罗公寓，多半都住着大学生，又山住在一间厢房里，院子里有两棵大槐树，这时已经落了叶子，只剩了满空的杈丫了。两个人走进房，那杈丫的影子被太阳晒着，慢慢在窗户外移。方又山道："时间又不早了，看这太阳影子，已经半下午了。"卫龙生已经脱下帽子。房里也生了一炉子煤火，此外一张木板搭的床，有一张方桌、两张方凳。他道："天色晚，我们就上了灯谈，我请你吃晚饭。"方又山道："难道还有许多话谈吗？"卫龙生笑道："有的有的，你烧壶茶我喝，我不反对。"说着，他搬了方凳，就在桌子边坐下。方又山就叫这里茶房泡好了一壶茶，斟上一杯，送到卫龙生面前，自己也就在对面坐下。

　　卫龙生喝了茶，就问道："足下对新闻工作还有兴趣吗？"方又山笑道："这还用谈吗？当然有兴趣。"卫龙生笑道："既然有兴趣，那就好谈了。我对于新闻工作也有兴趣。不过像你老兄干着，每月只拿个四五十元，那就太没有味。"方又山道："那我也知道，干上一个社长或者一个总编辑，那自然是有兴趣了。请问，哪里有社长或者总编辑给我来当？"卫龙生笑了一笑，又在身上掏出手绢来，抹了两下嘴唇，笑道："足下就不要太谦逊啦，我看来就有呀！"

他这样一说，倒引起方又山一阵高兴，又给龙生斟了一杯茶。自己是不吸纸烟的，打算叫茶房去买。卫龙生道："我看你这个样子，在身上掏钱，好像是给我买烟。我这里自备得有，不必叫茶房来打岔。"他真的在身上掏出一包大长城香烟来，摆在桌上。方又山立刻找来一盒火柴，放在他面前。他还不抽烟，对方又山道："我怎么说你有当总编辑的才干呢？就是我也要办一家报馆，这报馆的总编辑，就属于阁下。"方又山望了他一会儿，便道："足下需要办一家报馆吗？这是不容易的事啊！不办就不办，要办啊，需要办一家像样点儿的报，那资本需要好几万啦。"

卫龙生笑了一笑，他将纸烟从盒里抽出了一支，衔在口内，将火柴点了，笑道："当然啊，要办一家像样点儿的报的话。但是日报有三四十家，这要我们在许多份子竞走之中，一下就要爬过几十家报去，那自然是一件不容易的事。可是我不办日报，将办一家晚报，这晚报还没有经人谈过不是？"方又山这就抹了几下头发，笑道："这事情在我朋友里面，确实是没有人谈过。足下谈到这一层，这足见得你有一点儿见解。你是怎样想起办晚报呢？足下有此路人才吗？"

卫龙生抽着烟，回答道："虽有两个新闻界的朋友，也是混小事的，而且现在都脱了节，只有你还在新闻界里混，朋友很多新闻界里人，所以我就找到了你。至于我怎样有这种念头，老实说，办报我久已想办的，前几日，我有一个朋友，在管交通方面，这些电报都要经过这一类人的手的，谈到新闻事业，他就说，现在新闻事业，这一类人太不行了，若是他们拿些材料出来，简直有许多好的东西。这倒打动了我办报的念头。就问他，假使有人办报，你可以合作不可以合作呢？那人说，合作那无所谓，但是他不能出面。我说那也好办啦，你只管大批给我们消息好啦。而且要办，我打算办张晚报，消息方面给抢一个先。他听说，很有兴趣，谈了许多新闻，又谈了些怎样办法。后来又谈过两次，他说到他们不但不可公开加入新闻界，即使秘密加入，也不可能。反正我们要办，他在这里，帮我们一个极大的忙，所以我就出来找你，问这事怎样办法。"

方又山听了他这段谈话，却是在消息一方面有点儿办法，这要办报，哪里是这样简单的呢？笑道："照你所说，还不能办出一张报来，只不过消息有点儿路子，其实办报不在这方面，还要一笔钱。我想，你这方面一定也有路子，我倒愿听你一些筹钱的办法。"卫龙生又拿了一支烟，将烟点着，抽了两口，然后笑道："这我也要想点儿办法的。我自然有个头儿，我还没有去问他。这京内我想筹个二三百元一个月，大概是没有问题。其次，有好几省地方，我也和他们有联络，只要报办得好，一处二三百元，大概不成问题，所以报很能办。"方义山道："这是后话。我们先要筹备点儿资金，我问你，现在筹备多少钱做开办费？"卫龙生对于这个开办费还没有做多少预备，自己想着，那也不过二三百元吧，就笑道："这个我自有办法，你不要谈这个，先谈开办费，要多少钱吧。"

方又山看看卫龙生，觉得他虽不算阔，但是好像很有办法，大概要办报，这准备金总是有的，便道："好吧！我就先谈一谈这个开办费吧。我们自然办得要像样子的一张报。我们租一幢房子，这房子虽不要多，我看三十元行租是不可少的。入门，先是门房。再是营业部，这一间屋子总是要的吧。然后谈正屋，两个屋子做编辑部，这也不算多。再谈你自己，当然还要活动。而且既自命为像样子的报，客厅似乎不能少。此外这里要几间屋子，做报馆里人睡觉的地方。最后是排字房了，这至少要三间屋子。这样的房子，三十元钱，恐怕也难得租到呢。卫先生，我这样算法，你觉得还多吗？"卫龙生道："这不算多。这尽是谈到房子，要预备的还很多呀。"

方又山在客人杯子里倒下一杯茶，自己也拿杯子斟一杯喝了，说道："好，我们再谈一谈编辑部及干杂务的人。我们干这张报，起码要用五个人。编辑部里要总编辑一个人，助手一个人，编辑副刊一个人，这是三个人。再要两个校对，这新闻固然天天要校对，就是广告，也需要人校对呀！还有跑消息这种人，若是兼职，希望哪一个兼，你也定下来。因为晚报不像日报，它是没有稿子的，若是没有人跑社会新闻，那就天天是空白，还成话吗？这样算起来的薪金，照低一点儿算，每个月也需要个二百元吧？"

卫龙生听了方又山的话，倒是就事论事，并没有夸张，这在自己能力上，那的确是不够的。那么，需要去见见我们的头儿吧？既要见头儿，那就是这番议论，更要做得像个样子，便向方又山道："你说得是，要办就办得好好儿的。还有什么要预备的呢？"方又山道："有呀，还要一笔大钱呢。你要办得好，那就要自办机器。我们也不谈卷筒机了，也不要谈几架平版机了，就是这样一架，大概要个千八百元吧，再就要一架铸字炉和零碎机件，也要个三四百元，一架五号字，配上几个二号字和三号字，另外一副五号字铜模，这就要千把块钱。再配上七八个工人，就派上十六元一名，这也需要一百多元一个月。总共算起来，就是三四千元了。就算用旧的，那至少也要两千几百元，才可以办到吧？"

卫龙生听到这些话，自己就哎哟了一声，把两手向外一伸道："办一张晚报要这些个钱啦？"方又山道："钱还多吗？许多事情我还没有算出来哩。比如说，这报馆的人，要用多少名？报馆里的零碎账，像电话电灯之类，要用多少钱？报纸油墨，要用多少？开办时，也有些应酬。不过这里能多能少，但是一钱不花，这好像做不到吧？这样算起来，钱也很可观啦。"卫龙生道："这的确不错，都是要花钱的。但是我们要从省俭点儿花。"方又山道："若要省俭点儿花，那就是印刷费。少得了两三千元，其余的事可省一点儿，那也有限。可是你这里省了这笔印刷费，一方面你出租钱，请人家代印，也要个二百多元吧？"

卫龙生听到这里，把头发摸了两下，便道："这样看起来，我们要办得像样子一份报，那资金方面，要个上万元啦。"方又山道："虽然不要上万元，六七千元少不了的。"卫龙生于是点了一支烟衔着，在房里踱来踱去，忽然说道："又山，我从前办报有两个主意，现在告诉你吧！其一，是自己办报，自己拿出钱来办，自己爱怎么着，就怎么着。有哪方津贴，我们随便拿。刚才打的一些主意全是这方面的。其二，是找我们头儿，弄出一笔款子来开办，但是这样一弄，那就没有我们办那样自由。我听了你的话，叫我们自己拿钱，那简直不成。我们还是打头儿的主意吧。这个头儿就是李次长。他很喜欢弄些文墨，而且对我们谈过，要办晚报。可是他有好多事忙着，这说了的话，说了就过去了。我要把你所告诉我的话，弄张纸写就意见书，往他那里一送，也许正在他高兴的时候，就拿个七八千元出来，交付与我，也未可知哩。"

方又山笑道："我明白了。这哪是你想起了晚报，分明是李次长想起晚报来了。不管是谁想起来了吧，叫我替你拟个草稿可以。当然，我们办报，老实说，无非弄钱。但是，这不能在文章上说，我们先要说个提倡什么，立说什么，越多越好。若不是这么着，走来就说是我们要弄钱，那李次长虽可以拿出钱来，也不会交钱给你，让你一人发财吧？"卫龙生道：

"这很好嘛，你就弄一份意见书吧。明天早上，我就送到他家去。也许明天下午，我们就有钱花了。我晚上请你吃饭，吃了晚饭你就写，大约两三个钟头，我就来拿。"

　　方又山笑道："请我吃晚饭吗？这又是请我吃个一毛钱的面，算了吧。"卫龙生把衣袋这样扯了一下，里面果然有钱，扯得那银圆直管唥嘟作响。他道："阁下为我做事，我岂能一餐饭都请不起。"方又山道："那好，我马上就写。你不用得晚上再来。现在不过是四点钟。不到七点钟，我保险写好了。这还有三个钟头的工夫，你爱上哪里去坐一会儿，都可以。"卫龙生道："好，晚上七点钟，我来请你吃晚饭，我现在告辞。"说着，他真个走了。卫龙生请过方又山帮忙，每次都给了一点儿报酬。所以方又山自他去后，就开始写起稿来。六点钟过一点儿，就写起来了，不到七点钟，卫龙生又来了。方又山将一份拟议意见书交与卫龙生。他将书一看，果然比嘴里议论的还要周到。当时，卫龙生作了一个揖，道声谢谢。回头把方又山接到馆子里，吃过一顿夜饭，方才告别。

　　次日上午九点多钟，卫龙生已是把拟议意见书呈交了李次长，自己坐在客厅等候。大约半点钟的工夫，有一个勤务喊道："卫先生，次长现在在书房里，请你去谈话。"卫龙生对于这李宅，也是常来的，知道他的书房也可以会客。把皮袍子牵直，向上房左边这间屋子里进去。这里地面铺着地毯，踩得没有一点儿声音。房里摆了四个檀木书橱，一个写字台和椅子。那李次长穿了一件驼绒袍子，有四十岁上下年纪，雪白的面孔，坐在写字台前转圈儿的椅子上面。他桌上面前，正摆一份意见书。卫龙生进门来，便是一鞠躬。李次长起身，点了点头，便道："请坐吧。"卫龙生就在桌子对面一把椅子上，坐了椅子一点儿边沿。李次长把他所拟议的办份晚报意见书拿起来，向他一举道："这办报的拟议，是你起草的？"卫龙生道是。李次长道："好得很。可是办报的开办费，要这么些个钱，你抓得起来吗？"卫龙生道："所以请次长指示。"李次长笑道："要上万块钱，我也没有办法呀！就是略微少一点儿，七八千元钱，我和几个朋友也拿不出。不过你这份拟议是很好的，留在这里吧，现在我们又不会自己造铜山，哪里有这么多的钱呢？我马上到部里去，过些时候，我打电话告诉你吧。"卫龙生听到次长要到部里去，只好起身，对次长一鞠躬，李次长站起来笑道："这铜山造起来不容易，但是，只要人慢慢地去找，也许可以找得出一点儿苗头吧？不送了。"卫龙生答应了一个是，又是一鞠躬。

卫龙生走出李宅，心想，这位李次长说得倒是很好，可是他经过这番谈话，我保他忘个干净，我还是另想办法吧。于是到部里给方又山打了一个电话，告诉他与次长谈话的经过。方又山这番欢喜，又落了一个空。但是这无非白牺牲一下午的工夫，这也就算了。不过他介绍杨止波到《警世报》去的事情，不知道怎么样，这还要去看看才好。于是锁了门，就向皖中会馆来。到得里面，正好杨止波起来梳洗已毕，要到邢家去。方又山就站着问了一问《警世报》的情形，也把办晚报的意见书全告诉了。那杨止波也把到《警世报》去的经过对他说了。方又山道："我怕你到《警世报》去，那康松轩对你还不满意，所以来问上一问。既是很好，那我也很放心。你有事，我不在这里耽误了。"他说毕，也就走了。

杨止波到了邢笔峰家，所幸他们也是刚动手，他也不说闲话，就动起手来。邢笔峰在上面录取新闻，差不多了，这就把笔放下，笑道："止波，不忙，我们谈一谈吧。"杨止波放下笔来，笑道："好的，先生有什么指教？"邢笔峰将手指着一大堆报，笑道："报，你都看过了吗？"杨止波道："我都看过了。"自己正想把在《警世报》看大样的经过报告出来。邢笔峰笑道："昨天我把一点儿好新闻送交了《警世报》。晚晌无事，约十一点钟的时间，顺便经过报馆门口，我就下车拜访他们总经理康松轩。他恰是在家，谈了一会儿，他引我向编辑部里瞧瞧。在编辑桌上一看，正好发我几条新闻。当时我就说了，这新闻是参加内阁会议的人告诉我的，这是好新闻。他们编辑听了我的话，就用来发头段新闻，还画了好多四号字。我想，要我们常常路过他们编辑部，那他们的新闻，就比别家好多了。"

杨止波这就不好说什么，跟着一笑。不过自己盘算了一下，这上《警世报》看大样的话，就不好说。殷忧世也坐在桌子下方，就道："是啊！我们这项新闻，就是都画上四号字，那也应该。"杨止波又笑了一笑，这就赶快编新闻，新闻稿齐了，戴上帽子就要走。殷忧世将烟卷取出一根，笑道："来一支烟。"杨止波连说多谢，马上就走了。

到了皖中会馆，杨止波正要进去，却见孙玉秋在过厅内散步，看见了他，就一转身笑道："我爸爸想和你谈一谈。我想你不会拒绝吧？"杨止波道："好，我就去。"孙玉秋把脚移动，口里道："你不要以为是我引进去的啊！"她说完这话，才快步回家。杨止波心想，这姑娘倒是很机灵的，但是在父母面前，倒老实是好。等了一会儿，杨止波才进去。看那四盆菊花，黄绿相间，都摆在她屋里玻璃窗前，但是白纸标的花名，一齐不见了。

走到北屋子里，自己只好抖擞精神，开门进去。这孙玉秋的父亲叫孙庭绪，穿了一件蓝宁绸缎的皮袍子，短尖脸上已打了许多皱纹，正在屋子中间。杨止波站在屋子里，就对他一鞠躬，便道："久要来奉候的，可是不得空，现在快要走了，特来向老先生告别。"孙庭绪就爱人对他有礼貌，见杨止波对他一鞠躬，很是欢喜，连忙道："请坐，请坐！"

孙玉秋的母亲吕氏也出来了，她穿一件青布棉袄，有五十来岁。杨止波又是一鞠躬，便道："在贵会馆惊吵了两个多月，现在要走了，特意来道谢。"吕氏道："杨先生，真好啊，现在又要走了。"这时，孙庭绪让杨止波在桌子边椅子上坐下。杨止波是要走的人，而且孙玉秋叫杨止波不要露出是自己引来的人，所以谈一些话，全是上了年纪人爱听的。后来长班来告诉吃饭了，这才对二老告别。

饭后，自己坐在泥炉子上看书，就听到身后一种剥纸的声音。回头一看，正是玉秋姑娘，将身子探进房门。她细了声音道："我不坐。你刚才对我父亲的话，很好，我有……"她不好意思地说，把手上一个信封伸了一伸。杨止波道："给我的吗？"孙玉秋笑着，把信封连招几招。杨止波把信一接，她转身便走了。杨止波以为是姑娘的情书，笑了一笑，信没有封口，就连忙抽出来一看。那个时候，白话信还不多，所以全篇全是文言。写着：

止波先生鉴：

我与先生，好像突然认识，其实有一番缘故，绝非突然也。何时得闲，再与先生谈之。尚有一事，我必须明白相告。此处所叫父母，实不是我亲生之父母。我在七岁，随此父亲来京。待我相当的好。不过年纪已渐入老境，又兼孤独，所以见人，总喜欢人家恭维。先生照我言行事，极好。此事无一人得知，我告诉先生，尚为第一人，望极力为我保守秘密。信是仓促写成，谅之！

玉上

杨止波看完了信，心想，一个很年轻的姑娘，写的信明明白白，这信里有三件大事：一、她认识我有原因；二、她父母不是亲生的父母；三、她这话，没有告诉过第二个人。说这是情书，可以；要说不是情书，也可以。

这天晚上，一轮大月亮照见院子里，一片雪白。自己快要离开这院子了，杨止波心想，就走一走吧。走在月光地里，只看到自己孤零的影子，便念道："四时最好是三月，一去不回唯少年。"又走了几步，抬头看着月亮，正是一只冰盘也似，盖在头上。又念道："东窗水影西窗月，并照船中不睡人。"自己对着月亮就缓缓地走上了台阶。正要走进房去，却对面有人发言道："先生对着月亮，发着诗兴呢。"杨止波看着是孙玉秋挨着走廊来了，便道："这是古来的诗，随便吟两句，这算不了诗兴。"孙玉秋回头对自己屋里看了一看，便细声道："这好的月亮，她挽留你呢!"杨止波道："这是……"孙玉秋没有等他说完，自己赶快就回去了。当她关门的时候，向杨止波一点头，就关上了门。

杨止波对了月亮照着，心想走还是不走呢? 要说不走，今天挽留不走，明天还是要走呀。而况自己要走，这里的人差不多都知道。这样想着，就进房来收拾东西。可是一面收拾东西，一面在心里想着，她说了月亮挽留人，这就让她挽留住了吧，反正一晚的事情，明天再进《警世报》得了。自己就再住一晚，别让她说我不懂月亮的美意。他想到了这里，便不收拾东西了。自己带上了房门，再到月光地里，便道："今天时间已晚，明天再走吧。"他这样说着，那放着四盆菊花的地方便掀开一角窗户帘子，那意思是说知道了。

杨止波到了《警世报》，说是今晚雇不到车子，明天再搬，自然这样一说，也没谁追问他。编稿未到一点钟，杂务进来说，民魂报社社长贺天民来拜见。这里吴问禅还只说了啊呀，这个贺天民已经进房来了。吴问禅对姓贺的也认识，就立刻介绍杨止波、余维世两位。看那贺天民先生时，穿一件灰哗叽的狐皮袍子，上半身罩着青哗叽的马褂，手上拿一顶博士帽子，他们都是这样一套。他是个尖脸，脸上好些个酒糟痣，一双近视眼，戴一副眼镜。他笑道："我听到说，余、杨两位先生都是安徽人，这很好，哪天有工夫，我一定奉请，我们可以谈谈家常。"当然余、杨两位就敷衍了他两句。贺天民也不要坐，就对吴问禅道："我看老兄天天编报，真是辛苦得很。我和段合肥左右，也谈过老兄，很愿帮你老兄的忙呢。"

吴问禅听他当着自己的朋友说出这种话来，一个年纪轻的人，觉得是受不了的，可是，贺天民又是会过几面的朋友，也不能给他太难堪，便道："先生，我们这里是编辑部，除了编辑事务，别的这里不谈。"贺天民道："是，是。我进你们报馆，经过你编辑部，特意进来瞧瞧各位。你们这里有事，这就不必打搅了。请便请便。"说着，就把手拱两拱，就向编辑部外走去。这编辑部不过三间屋子，不像个大报的气派。可是，要走东边为大的上房里去，那就变了，贺天民向东边走，这就有人替他掀开门帘子。这里推门进去，便是很大的客厅。这里摆了七张沙发，上面是三张沙发，两旁四张，北边是一张檀木小圆桌，上面插了一瓶花，摆在桌子中心。南边是两把椅子、一个茶几，都是檀木雕花的。四围挂着字画，都是清宫里的出品。地上摆着十分厚的织花地毯，踩起一点儿响声都没有。

贺天民进客厅来，进门有座衣服架子，随手就把帽子放在上面。康松轩在北边门里出来，笑道："我听说阁下早来了。请坐。"贺天民随身坐在下面一张沙发上，笑道："我刚才到你们编辑部里去望了一望。倒是一堂雄气，他们都很年轻。"康松轩也坐在他边上一张沙发上，笑道："这尽是一班大学生，他们的兴致是很高的。"这时有一位他们雇的娘姨，手端了两盖碗茶，送在沙发中间圆几上。而且在旁边小桌上，拿着一个扁平的盒子来。打开盖来，里面盛着纸烟与火柴。贺天民取了一根烟，将火柴点着。这小圆几上，有个雕了像鸳鸯样子的木器盒子，里面放下火柴梗。

贺天民吸着烟，从容道："你看了新世界的戏吗？"康松轩笑道："这没有好大的意思，我好久不上这地方了。"贺天民笑道："当然，髦儿戏班子，不看也无所谓。可是这里面有很多的新闻，就像白大帅的妹妹，这几天就在新世界自制了很多新闻，要把人去调查得详详细细，这是绝妙的一条消息，只要我公自己坐上一回，保你手到擒来。"康松轩不吸纸烟，那娘姨取了两根雪茄摆在茶几上，自己退去。康松轩将一根移了一移，那就是请贺天民吸雪茄，自己取了一根吸上，把雪茄两个手指夹着，画着空间一个圈儿，笑道："这样的新闻，我们画在不登的新闻以内。这在《顺天时报》倒是好新闻了。"

贺天民道："你们有这样的教规，那也算了。但是，要闻项下，有时是登得极好的，有时又登得不如人家。"他把烟吸完了，将烟头弄熄了放在木盒以内。康松轩道："是哪一条新闻登得不如人家呢？"贺天民道："这要从细处讲来，那就很多了。不要说那些小细的事吧，就拿这回内阁事谈吧，好多报上登着，说段合肥要组阁，其实这是一条造谣的新闻。段合肥现在是边防军督办，组阁要比他下一级人来干，岂能他来干之理。当时登了出来，合肥左右都哈哈大笑。《警世报》也不免人云亦云，这就是我举的例子。"康松轩道："那不尽然吧，当时他打算组阁，也未可知。"

贺天民知道康松轩也好面子，此话说到这里为止，哈哈一笑道："这个过去的事，我们不必谈它了。我们就谈合肥本身吧！要是欧战未停，这把虎头金印一拿，合肥带几十万大军，说是出去扫平不服我们的国家。有一天得胜回来，这虎头金印，他不必带，交给他第二路的军官，他自己不必说，就功高不能细比了。"康松轩笑道："足下这番言语，大概段祺瑞左右常说吧？先生，这是一个梦呀！"他说着，就把雪茄由嘴里取出，弹了一弹灰。自己带了笑容对贺天民这样望着。

贺天民坐在旁边一张沙发上，和康松轩隔了一张小几。他就把身子歪着在桌上，还用手扶住了沙发扶手，然后用细一点儿的声音道："我决不撒谎，康公若是肯上段合肥这一面跑一跑的话，敢保不薄待你，康公以为如何？"康松轩笑着把雪茄连连打着烟灰，又摇着几回头。贺天民坐正了，然后正色地对康松轩道："我岂能骗我公？若不是他左右有这番话，我凭空捏造几句话讨好我公吗？"康松轩道："当然，说你这几句话是骗我的，那是不对的。但是对你说，我若跑上一跑，那就绝不薄待我，这话是段祺瑞对你说的，还是财政总长对你说的？"贺天民这不好交代是谁对他说的，又取了一根烟卷点火吸着，很久，才对康松轩道："虽然不是合肥对我说的，反正这话不假。"

康松轩把雪茄塞在嘴里，把两只皮袍衫袖一筒，两手塞在筒里头，然后把身子向后一靠，嘻嘻地笑着，又把嘴上雪茄取了下来，笑道："我这报馆里，每月照我们的预算，银钱还有得盈余，这都是你知道的。就是万一钱不够，那我们还有我们的会长。"贺天民不等他说完，便道："这我们知道，会长是法国人，筹钱自然很容易。不过有一层，这报馆里送我公的钱，不会太多吧？"康松轩道："那没有法子，我们是会里办的报，一切是依会里的打算，作为报馆里的打算。至于我个人的经济，自然是要另打主意的。"贺天民将手一拍大腿，笑道："这不错了嘛！我就看到，报馆里送你的钱，怕不会太多，我打算要同我公另行筹划一番才好。这就谈到我们的交情，合肥公那方面，只要我公对弟说，可以帮忙，那我就为我公亲自跑一两趟，这也不足为奇！"康松轩谈到这里，不便不理，因道："若是谈到个人呢，自然我是需要帮忙的。不过我的……"贺天民道："老兄的用度，当然我知道。老兄也不是外人，这里有合肥给我一封公事，我不妨给

61

兄看看。"他一面说着话，一面就伸着手，到衣服里去掏。

掏出是一个特大的信封，正中写着贺天民先生启，信封上写着先生，当然是很客气的。在信封里面一掏，掏出一张很大的白色玉兰笺。纸上的字系翠蓝色印的，很漂亮。贺天民两手捧着，送给康松轩看，笑道："我是合肥同乡，又是一个晚辈，你看这公事，多么客气，这要是给我公也来上一个，我敢说，那更要客气得不知多少倍了。"

康松轩也没有理他这些话，接过纸来一瞧，果然开头用墨笔填着"贺天民先生"字样。因为贺天民虽然是个不出名的人，可是他是一个新国会的议员，当时议员是政治上很红的人，所以给公事，其实不是公事，是一封印好的八行书罢了。当然信里都是很客气的话，末了聘请贺天民为谘议，在督练公署月支夫马费二百元。最后，写了段祺瑞三个字，在名字下，盖了一颗比私章大得多的金印。康松轩笑道："这也是虎头金印啊!"贺天民笑道："这确是虎头金印。但是我决非我公可比，假使我公答应可以要这类八行，我去说一说，比我这个数目一定要多。"康松轩把八行书依旧交还贺天民，笑道："假使要我答应的话，哈哈，恐怕不能这样的比拟吧?"贺天民接过那八行书，依旧把信封筒上，放到袋里，就道："我公打算要个多少呢?"康松轩笑着，把雪茄烟两个指头拿住，向沙发椅子旁边弹了一弹灰，好久才说道："我刚说得好玩的，不要提了。"贺天民道："那怎能不提?"说到这里，便轻轻对康松轩说了一阵，康松轩倒只管是笑而不言。

贺天民见自己的话说得差不多了，就站起来做要走的样子，道："明天，我准能回信。我走吧，回报馆去也看看样子。"说完这话，打算就由衣架上取了自己的帽子戴上。康松轩站起来，在门口把手一拦，笑道："现在已夜深了，回去大概有点心吃吧。不过，那总有一截路。我这里预备下了面，还有几个碟子，吃了再走。"贺天民道："只是夜已深了，回去怕更晚了。"康松轩道："我吩咐就端了来，我们一面吃，一面谈，也没有多少时间。"贺天民经他这样挽留，就没有走。康松轩又进里边屋子去，说了一会儿话，他就很开心地来和贺天民谈笑一阵，谈了很多很多。

第七回

惊悉消闲人疑花柳醉
漫言合作我慕布衣交

　　这一回面，是很好的晚餐。就在这客厅内，北边桌上，在上面摆起。他们这桌上，原有一大瓶花，现在移开了。摆下四个碟子，一卤鸡，二板鸭，三火腿，四金钩豆腐干拌冬笋，下面摆了一把锡酒壶，斟了两满杯白玫瑰酒。贺、康两个人分上下坐着，把白玫瑰酒同干了一杯。贺天民笑道："这样的好酒好菜，吃过了，我三日不知这酒家菜是何味道呢，我明日一定和我公跑上一趟。"康松轩笑道："这四碟菜是人家送我的，我还没有吃，先生就来了，所以我就拿出来，两个人共吃吧，平常来当然没有这样好菜啊！"两个人喝了三杯酒，因为贺天民回去还有事，就不喝了，端上面来，又是冬菇冬笋鸡汤下的面，味道很好。谈了很多的话，两人都很满意。吃完了，贺天民这才告辞。

　　上房的杂务，叫作王三乐。四碟剩菜，这还要送给内房康二太太吃，这个他们无分。不过两碗面，都剩下两个小半碗。这时总理已经回内房，他看见这客厅里没有人，就走到桌子边上，端起碗来看了一看，自己连说两声可惜。那娘姨恰恰从上房里出来，看见了，笑道："你打算干什么呀？"王三乐对娘姨道："这两碗剩面，倒了是怪可惜的。我只好倒了。有几多穷人，真是整个月没有吃过这面条子哩，不要说是鸡汤下面了。就拿我说，上房剩下的菜饭，我们是没分的。每个月大概花上五六块钱，每餐在二荤铺里买一点儿炒饼粗面条吃。你想，那炒饼是什么滋味，这鸡汤面又是什么滋味？我说了一句，可惜，这是真话呀！"那娘姨被他这一说，也有同情，笑道："这面厨房里还有一碗，你说上房里要，你端起走，厨子也就不问，你去试试这鸡汤下面吧。"王三乐收着碗呢，就给娘姨道声谢谢。

　　过了一会儿，王三乐到编辑部来做事，吴问禅见他的脸上带了不断的笑容，便问道："老王，你今天总是这样子地笑，有什么乐事吧？"王三乐道："我怎么不乐呢？总理刚才请贺议员吃消夜，吃的是冬菇冬笋鸡汤下面。总理上房对这好的东西也吃不了。娘姨好意，私下让我也弄了一大碗吃，这样消夜，要是天天都有才好哩！你说不该笑吗？"吴问禅坐着正在编稿子，听了这话，这就把笔一放，将手抚了桌子，十指打着桌面，肚里沉思。杨止波坐在他对面，也帮着看稿子，插话道："这里面很有点儿文章，我想这位老王真个好久没有吃过鸡汤下面吧？"王三乐拿着桌布上前来，揩抹这桌上面泼了的茶渍。他叹口气道："可不是吗？"杨止波道："仔细想起来，那简直可哭了。"吴问禅也就点点头。

这是杨止波上工第二晚上，比昨天晚上又快些了。这吴问禅编完了报，也就回去，只有一个人在这里看大样。看完了大样，还只有五点半钟。这时去天亮，还有两点半钟光景，这房里有总编辑的床，还空着，脱下皮袍子，牵开被，将身子倒下睡着了。睡了五小时，醒了，赶快爬起来，向隔壁屋子里一看钟，刚刚十点半。这倒很好，时间来得恰合适。穿起衣服，叠好被褥，赶快向外走。因为隔壁屋子里虽有一个大铁炉子，炉子上还踤得有一壶水，可是自己没有洗脸工具，就走了。回到会馆，匆匆洗了一把脸，看看这院子里，一个人都没有，静悄悄的。

到了十二点半钟，自己蹀着慢步回来，离家还有一小截路，却见孙玉秋在路边看小孩儿戏耍。杨止波只好向她点点头。孙玉秋笑道："你真的还没有搬啦。"杨止波站住了，笑道："昨晚上月亮很好呀！"孙玉秋笑着摆了一摆头道："月亮很好，这是我一句开玩笑的话，倒不料你真没有走，今晚上你一定要搬。"杨止波道："是。但孙姑娘没有料到我今儿还没有搬啊！"孙玉秋道："那是……"恰好有一个上鞋子的，鞋子担子上有一块纸壳子，竖立在零碎篓上，上写："欲知货色如何，请试试便知。"杨止波看见，便知孙玉秋是什么意思了，便道："现在天气慢慢地冷了，姑娘快回去吧。"孙玉秋笑笑，自己便在前面走，而且走得很快。杨止波还是慢慢走。经过后面院子里，那孙家一点儿都没有动静。

一会子工夫，王豪仁回来了，笑道："我接到你的信，知道你到《警世报》去了，这很好。"他坐在一张靠背断了的椅子上，又笑道："这屋子里好的椅子都没有一张。"杨止波倒了一碗茶给他喝，自己坐在桌子边，笑道："我是昨天下午写一张明信片给你，你就收到了，我今天晚上就搬，不过我对这里有点儿恋恋不舍。"王豪仁对他脸上，起身看了一看，问道：

你对这里还恋恋不舍？"杨止波道："是有一点儿，本来这事我用不着告诉你。可是我不通过你，下次我若是来了，这里长班不给我开房门，那就不大方便了。"王豪仁看看他，问道："你真的要到这房间来吗？这房里临时要弄一炉子火，这很费事呀！"

这一答复，颇叫杨止波感觉着自己太冒昧，伸出手来摸摸头发，笑道："那我不来吧。"王豪仁道："你这就不对了。起先你说……"杨止波想了一想，才笑道："老哥是个非常豪爽的人，有事也不当瞒着你，就是……"说着，他又笑了一笑。王豪仁道："我这就明白了，一定是恋爱，这也不要紧啊。大概住的就在这附近。不，不，不光是住在这里附近。"他说着也笑了，轻声道："这我应当帮忙，虽是要笼这一炉火，那也不值什么，你告诉我哪天来，我叫长班替你预备一切。"杨止波到了这里，便觉这事瞒不了他，于是就轻声告诉他玉秋的行动，当然瞒了一件事，这是玉秋的秘密，没有提。

王豪仁起来将手一拍他的肩膀，轻轻地道："老弟很有办法，这个女子老是不理人，你来了几多天，就容容易易谈上恋爱了。"杨止波不愿把这事再说，便道："我今天吃过晚饭就要搬走，以后只有星期可以会见你老哥了。"王豪仁道："你搬走了，我可以搬回来住，一个星期大概可以回来两三晚上吧。"杨止波道："那就更好了。老哥还有什么吩咐没有？"王豪仁道："没有话说，特意来看看老弟。我还是说了话就要走。"杨止波道："何以这样忙？"王豪仁开了房门，隔院子朝北方屋子一看，只见四盆菊花，紫的白的绿的长得鲜艳欲滴，这当然不是孙家姑娘拿钱买的，便笑道："祝你一帆风送滕王阁吧！"哈哈一笑，就这样出去了。

杨止波看见王豪仁走了，自己也不忙出去，拿了一本书对了炉子闲看。忽然身后有细微的声音道："刚才是王先生来了吧？"回头一看，是孙玉秋轻轻走进了房内，离椅子还有一步路，站起身来正要和她说话，玉秋只是笑着，将手轻轻地一摇。杨止波只得轻声问道："姑娘，有什么见告吗？"孙玉秋道："我父亲还没回来，我妈睡觉了，只因杨先生今天真要别了，特意进来，有两句话要告诉先生。"杨止波道："是什么事呢？"孙玉秋笑道："就是昨天写了一封信给先生，信上应该注上一笔，千万不可回信。"杨止波道："这一层我也猜得到。"孙玉秋道："那就很好。我走了。"她真个举了步子向外走。杨止波把一只手一招道："慢着，我也要说一句话，这男女交际，也是很平常的事，何以姑娘这样怕你的父母？而且你父亲，也是个极开通的人。"孙玉秋已经到了房门口，手扶了门，就叹了一声无声的气道："先生，我不是信上已经说明白了，这不是我的父亲吗？这就管得比较严一点儿了。"她说了这句话，再也不敢耽搁，就起身回去了。

　　杨止波这样看来，家庭大概管得严些。可是那个时候，离清代还不上十年。在十年以外，不要说女子不许和一个男子说话，就是这大的姑娘关在房里，一个男子的面也都看不到呢，孙玉秋对她的父母有些隔阂，这也难怪。因此想着，跑到房门口望了一望，见孙玉秋已到了房内，将正屋门关上了。这是孙玉秋自己认为险着棋，已过去了。杨止波自己照样办事。等吃过了晚饭，歇了一会儿，将铺盖卷起，便向北屋里来，和孙庭绪夫妇告别，孙玉秋却在房里，卷起一只帘角，手挽着布帘子，对止波望着。杨止波说许多话，和二老辞别。最后到了玉秋面前，也不好不睬，便道："这地方我还是会来的，这里王先生同我像兄弟一样，现在我辞别了。"那孙玉秋只把眼珠一转，也没说话，点了一点头。杨止波不敢多看，就回房了。

　　到了十一点钟，杨止波已搬到《警世报》很久了。他所住的，就是编辑部里那间东屋子，三张床自己占了一张，茶水都没有人理会，完全要自己动手，杨止波这倒不管。这晚有一点钟的光景，自己上排字房审查稿件。刚回来，走到巷子转弯的所在，却听到贺社长和自己总理谈话走了出来。杨止波却是不愿见这位同乡。恰好旁边有间空房，赶快向里面一闪，听到姓贺的道："合肥的确表示，你能合作，那自然是好了。至于像我一样的那封信，这个礼拜就会下来的。"康松轩只是一味地笑。两人说着话，就走过去了。杨止波也不知道是怎样一封信，就由空房出来，上编辑部了。

　　过了两天，杨止波办完了事，上《警世报》里休息。徐度德恰好送稿子来。他因站在柜台边，看见玻璃窗外，便指着门里问道："这人是我的朋友，他进去会哪个？"那个口含旱烟袋的先生，依样口含旱烟袋，笑道："他不会哪个，那是我们编辑部里的小伙计。"徐度德吃了一惊，问道："他哪天来的？"答道："那不过几天吧。"徐度德听了这话，次日就向邢笔峰报告。当然这事也很新鲜。一会儿，杨止波来了，刚刚取下帽子，那邢笔峰站起来，隔了大餐桌子拱了拱手道："止波兄，恭喜恭喜，怎么你到《警世报》去了，怎么不同几位同人说上一声呢？"

杨止波将帽子放在挂衣架子上，忙转身和邢笔峰回揖，笑道："我是打算告诉各位的。却是我这位置，是不大好的，是个校对的工作，每日要看两版大样。"邢笔峰坐下，便道："中国人对看大样，倒是不怎样重要。其实要是在外国，这是社长或者总编辑的工作呢。"杨止波在大餐桌子下方坐着，问道："邢先生怎么知道的呢？"徐度德在那方小桌上翻译电报，这就把铅笔放下，望着杨止波道："我昨天送稿子到《警世报》，看见了你进去。我就和那位坐守柜台的金先生问了一问，所以知道了。"杨止波道："《警世报》不像我们这里，我们是大家有说有笑。他们那里，是总经理为大，总经理来到编辑部，那就像总长来了一样。所以我在那里，只是朋友看得起我，在编辑部里帮忙而已。"殷忧世坐在邻座，笑道："无论怎么说，到《警世报》是真的，真的，就应当请客。"杨止波道："可以可以。"

　　邢笔峰含着雪茄，使劲吸两口。他拔出雪茄来，笑道："止波兄还没有拿到薪水，请客应当慢一点儿。我请各位逛一趟新世界，未逛之先，我在桃李园请客，就是在座四个人。大概六点钟，各位在桃李园集齐。"杨止波道："这好像是为我请客，有点儿不敢当。"邢笔峰道："我们是朋友呀！有钱就吃，这倒不关是你进《警世报》与否。下午一定要到。"这几位朋友就算约定了。过了两个钟点，徐度德去打电报，杨止波出来上小馆子吃饭，两个人同路。徐度德手扶着他的脚踏车，和杨止波漫步。他道："今天邢先生请客，为什么你先前和他客气？"杨止波道："这桃李园是一家中等馆子，吃一次，总要十元钱左右，我怎么好叨扰呢？"徐度德四围看了一看，并没有人，便道："他请你，是借这样一个名罢了，你就不上《警世报》，他也得请啊！"

　　杨止波这倒有些不解，看着徐度德道："这是什么意思，我倒不懂！"徐度德又看了左右，还是没人，因道："不讲明白，当然你是不懂。有个周颂才，差事也很好。他兼了一个上海《扬子江报》打电报，就觉着日夜都忙。他现在正在考虑这个《扬子江报》职务，还是留在这儿呢，还是辞掉呢？最近的消息，大概不辞，事实上他让出这职务来，叫别人代干。这个消息被邢先生听见了，他现在愿意辞掉私人方面打电报的职务，愿干周颂才这个事。至于内里有什么条件，那我们就不得而知了。"杨止波道："苍蝇朝着亮处飞，这也是人的常情。不过这事与我们什么相干？"徐度德笑道："自然是有呀！他介绍你们去见周颂才，把他的助手让姓周的见一见，可见他不是一个人干啦。"

杨止波把他这话想了一想，这里面恐怕还有问题，但是自己都是帮忙的，向人家明白表示，这也不怕。因道："还有一点不大明白。他说替上海打电报，是《江新日报》的职务。可是《江新日报》驻京记者是潘必猷，并不是邢笔峰啦，而且外面，似乎也不知道有邢笔峰这个人。这是怎么一回事？"徐度德笑道："足下还不明白吗？这潘必猷当新闻记者，就只晓得做社论，而且又担任了公平报副社长这个名义。《江新日报》拍电报，本来这是他的职务，但是他是个外行，无从下手，他就只好把这项事务交邢先生代办，关于发电这一切杂事，他也一切不问，就是一层，驻京记者这个名义，却是潘必猷的。关于这一点邢先生是不满的。至于钱，听说也不多。所以他很想挑选一个比这好些的职务了。"

杨止波点点头道："现在我明白了。邢先生像我一样，自然比我的收入多了又多，但是名义没有，究竟不好。"徐度德笑道："你明白就好了，晚上你再看一看介绍的情形，就更加明白了。再见吧。"他骑着车子走了。杨止波他还是要吃那一碗牛肉汤下面，心里想着，这要在牛肉馆里碰到宋一涵，那得又听着许多闲话，倒是很有意思。走到牛肉馆，刚一推开门，里面就哈哈大笑起来道："妙！妙！我心里还这样说，这要碰着你老哥就很好，居然碰着你老哥了。"说话的正是宋一涵，他手拿了一张小报，坐在一张空桌子下面。杨止波就和他一握手，在这张桌子边上坐下。宋一涵将坐凳一挪，让自己座位靠了杨止波，笑道："我今天真是穷得无可奈何，老哥这一来，我要请你吃一碗面，都请不起。"

杨止波道："你就吃吧，我今日有钱。给老哥来二两，好吗？"宋一涵昂头一笑，把手在桌子上轻轻一拍道："就是这一句话，我就醉了。酒是不要，我们两个人煮上大碗面，回头切一盘卤牛肉，还来一盘卤鸡，这就很好了。"杨止波道："这是小事，照办照办。"于是就把店里伙友找来，把菜饭告诉了他，声明这里原要的一碗面不要了。宋一涵又把桌子一拍，笑道："我看老兄是一个爽快人，将来我对大样，我得和你多看一点儿。老兄实在是太忙了。"杨止波心想，我看大样，他怎么知道？因道："我在《警世报》看大样，我兄知道这消息吗？"宋一涵笑道："你老哥是个爽快人，没有留心到这些消息，就给跑《警世报》的人留下心了。我们这贺天民社长就是知道的一个。他这几天得你们总经理康松轩大为信任。他说，是康松轩同他说的，说一个人看大样，又看两份，内中怕会出岔子，有人的话，请你介绍一个。我们社长正想给我找个事，这就很好介绍我进去了。那边问禅也是我的熟人，自然他也欢迎，我二人居然跑上一条路，自然的遇合，太好了。"

杨止波点头道："这倒很好。不过据你说，是康松轩和你社长要人，所以你的社长就介绍你进去，我看这话不尽然吧？"宋一涵又哈哈一笑道："管他呢，反正我进《警世报》是真的，这就成啦。"说到这里，恰好一盘牛肉、一盘鸡，已端上了桌子，宋一涵就拿起筷子来，先尝两块。他一抬手，手底下压着的那份报纸就露在外面。报名字，是三个字"多暇录"。每个字有酒杯子那么大，便问道："这是什么报？好像是一种消遣的报。"宋一涵将筷子放下，扶了桌子，将眼睛向他一望，问道："这种报，你都没有见过吗？"杨止波道："难道还有什么好消息吗？"宋一涵笑道："你不看这种报，这一门，你完全外行吧？这不能不看。"他就把那份《多暇录》将双手递过来，给杨止波看。

他接过报来一看，共是八短栏，有时最前方也登着长条，是两栏并一栏。新闻前面，很少用二号字做题目，都用三号字，当然它的新闻全是老五号了。这还不值什么，就全报篇幅看，就是四开这一张，报的中心也登两块铜版。这铜版全是女人，而且都是时装。杨止波道："这是什么报呢？"宋一涵拿筷子挑了卤牛肉吃，笑道："你只管望下看吧！"杨止波把四开报打开来，用眼光细看，原来这分栏所在，也有刻的一块字，是题目一样大，全报大概有七八块。比方最前头，就是歌台珍闻、檀板绮录。他拿着报的畸角，摇头道："这题目也十分腐朽。"宋一涵笑道："腐朽？你望下看吧！"

杨止波当然把报拿起，望下一看。那铜版分两路，一路是粘花字的，什么花城月旦、花国清香。一路是粘柳字的，什么柳絮飘零、柳条堪摘。再看那新闻，大约一二百字一条，载的全是清吟小班以及二等茶室里的事情，而且没有一条替姑娘叫苦的，全是说哪个人长得好，或者哪个对人太冷淡。这就不必望下看了，笑道："我以为戏剧报，倒也看看，原来是张花报。这京城里，这样的报，也让它发刊吗？"宋一涵将筷子一放，按了桌子道："这倒有些奇怪。京城里最有名的八大胡同，这些老爷大人哪个不去？出这么一张小报，这又为什么出不得？"杨止波道："这样谈，是国家禁娼问题，这就谈得太远了。我们就谈报本身问题吧。"

这时，送面的来了，两人吃面，一边谈话。宋一涵道："你必定问，这家报何以维持呢？这家报是《北方日报》出的，这算四大家报社之一。

但是他们竞争的力量不够，报就慢慢地垮下来了。可是办了一张小报，名字就是《多暇录》了。这个报却是最赚钱。销多少份呢，凭他们自己吹，有七八千份之多，可是我们打个对折，三四千份总是有的。他们这个报没有开销，消息全是逛窑子的大爷送上门来的。报卖一个铜子儿一份，报贩子去批发，最多打个二折。此外有些广告，专门指定了这家报登。当然这里面没有好广告，什么白浊膏，什么梅毒粉，什么专治不愈的花柳病。这项广告就有不少的钱。怎样维持？就是这样维持呀。"

杨止波笑道："原来如此，你何苦买这个报看，我看老兄还把它随身带着，好像片刻不能离呢。"宋一涵把面吃完了，把手巾从衣袋取出，将手拿着，把它擦擦嘴，笑道："这餐饭，我又吃饱了。你要说，我何苦买这报看？实在的话，早几个月前，我住在大旅馆里，每日无事，就上八大胡同去逛。后来穷了，住在这庙里，当然不能逛了。可是这八大胡同的生活，我真是有一点儿回忆，但又不能去。恰好这送报，天天送这《多暇录》我来看，天天看着这报，也就是到八大胡同一样。"杨止波笑道："我兄的学问，是很好的。不过你谈的这样寻乐子，那我简直不敢恭维。"宋一涵笑道："你这话，自然是好话，但是我没有逛够就完了。心里想着总有点儿留恋。不谈这远的事了，阁下有钱，愿借几毛我买盒纸烟吃。"杨止波便由衣袋里拿出一块钱，送给宋一涵道："这够不够?"宋一涵接了那块钱，就向他立正，把右手抬起，比齐了眉毛，行了一个军礼。行礼完毕，然后笑道："够了够了。正是江南好风景，落花时节又逢君。我走了。"他取了架上那顶帽子，戴上就走了。

对了他这个样子，杨止波也好笑，也浩叹。这天混过几个钟点，就到桃李园去吃饭，果然上午邢笔峰请的三个人，都已请到。吃过饭以后，夜色已经罩了北京城。这桃李园就在新世界隔壁两三家。到了新世界，买了票进门，邢笔峰问道："我在第三层楼那家茶社里下围棋。还有一个钟点的样子，我介绍周颂才先生和你们见面。这是《扬子江报》驻京记者，会一会，总会有点儿好处的。"殷忧世他现在就靠这里邢笔峰给他十块钱维持这会馆生活。邢笔峰肯为介绍周颂才这种朋友，他十分情愿的，笑道："围棋是我祖传就欢喜的，我不上哪里去，就跟邢先生去看棋。"邢笔峰点点头，杨止波就约徐度德去看戏，约一点钟后再来。

这新世界是七层楼，约有三十个店面那样大。照现在看来，那就一幢新建的大楼，比它要大得多。可是在当年，北京没有中国人自盖的大楼，新世界一出现，这就人家说香厂大楼，那是数一数二的大楼了。什么叫作香厂，这是一个地名，从前这里倒得满地垃圾，臭气熏人，这地方是不出名的。

新世界要数起楼来，第一层是新戏，就是话剧。第二层是京戏，但这里演京戏，是髦儿戏班子，就是女戏班子。第三层是杂耍，如魔术、大鼓、双簧等等。二、三层楼，有好几个舞台。第四层、第五层，什么茶社、饭馆。第六层、第七层楼，那是楼盖了一个尖顶，这里就无所谓陈设了。杨止波先到各层看了一看，回头就跑到髦儿戏班子那里看京戏。这里顶靠前头是包厢，一个格子套上一个格子，一个格子里好坐四个人，包厢完了，然后是男女座位，这里依然是男女分座，从面前到身子靠后，中间钉了一块板子隔起。其实这种办法真是掩耳盗铃，你看旧社会，有多少不名誉的事出在男女分座的新世界哩！

杨止波约看了一点钟，这就约着徐度德来会邢笔峰。这个茶社摆的桌椅都很精致，全社有二十多副。靠里约莫有三四副桌椅，全是男子围住桌子在看棋。棋桌以外，只见一副桌子，围着坐了三个人，这里有邢笔峰殷忧世，自然另外一个是周颂才了。他穿着蓝色绸的皮袍子，上面罩着青绸的嵌肩，一部稍长的脸，两只眼睛非常灵活，长着一列短短的胡子，邢笔峰早看见了，连忙站起，介绍着一位是徐度德，一位是杨止波。周颂才也连忙站起，自道了姓名，请二人坐下。周颂才道："我们和笔峰谈起，这止波先生，现在为《警世报》当编辑，我看阁下一身布衣，态度很斯文，这颇是斯文本色。"

邢笔峰在新来的朋友面前倒了两杯茶。这座位五把椅子，杨止波就挨着周颂才坐了。他见周颂才还不算俗，便道："我不是当编辑，算是在《警世报》帮忙。帮多少天，那也看《警世报》需要而定。"周颂才听到止波这话，简直和邢笔峰就是两个路子，便道："在外边做事，谁又不是听人家需要？笔峰，这杨先生很好，望你常要他帮忙才好。"邢笔峰笑道："那是自然啊！"说时，把半根雪茄放在嘴里，要吸不吸的样子，又道："杨先生自用，也很是简朴。"杨止波笑道："你这话要打一个折扣。我现在虽然穿得很朴素，可是我目前有点儿缺少钱用，假如有发财那一天，我一样会穿着华丽起来的。"这周颂才听了他第二句，又觉很不错，便道："杨先生这话，我倒认为不假。不过这底下要加一个但字，虽然可以穿得比现在要华丽些，那是要比这些浪子少年，会完全不同。阁下说我的话对

71

不对?"杨止波却微微一笑。

大家坐了一会儿,邢笔峰说道:"这里电影很好,你三人去看电影吧,我还和周先生要谈一谈。"这样说了,这三人就都告辞了。周颂才看杨止波走去,身上虽穿灰布老羊皮袍子,却很轻松的样子,便问邢笔峰道:"我看这位杨先生倒是很洒脱,阁下要他帮忙,每月津贴他多少钱呢?"邢笔峰想都不要想,就把口里的雪茄取下,很抱歉的样子道:"给他真算不多,每月送他三十元。"周颂才道:"这送得不怎么多。"邢笔峰道:"所以我觉得手上没有钱,要是有钱的话,杨先生起码要送他五十元。"他又把雪茄放进嘴里,看周颂才的态度如何。

周颂才取了烟卷盒,打开挑选了一根。在桌子上把烟卷搓着,手把烟卷放进口内,把桌上火柴点着,这样使劲吸了两口,把烟取下来,才道:"我《扬子江报》的事,真是忙不过来,当然我只好辞了吧?不过他那里是送我三百元,这要辞掉,每月少收入三百,却是一个大漏洞。所以这一层,我却得考虑。"邢笔峰移了椅子靠近他一步,笑道:"我兄你怎么啦?你还有什么为难之处,兄弟照样帮忙。你对于这三百元,还不能放下,那你就不放下得了。兄弟为你白尽义务,也无所谓。"周颂才笑道:"这不近情理。而况你要是当上《扬子江报》驻京记者,自然要比较忙些,这要无钱也没法子干。"邢笔峰这就把雪茄送进口内,偏着头想了想,点头道:"这倒是,不过你老兄看看,补贴点儿得了。"周颂才道:"你至少也要一百元才够开销,我们这就拿了三百元平分,一个人一半,不知你看怎样?"邢笔峰道:"那太够了,那太够了。就是这样规定好了。"

周颂才虽是口里说出来可以合作,究竟心里还舍不得,把半根纸烟放在嘴里慢慢地吸着,然后道:"好吧!等我考虑了两三天再说吧!"邢笔峰道:"好的,等我兄过两三天,考虑得更加周到。"周颂才笑道:"话说到这里为止了。我看你介绍的几个人,比较起来还是杨止波为人好。你下棋,我去找杨止波谈谈。看看此君对《警世报》做如何看法。"邢笔峰虽然觉得他一个人去找杨止波谈话有点儿不妥当,但是说明了是谈《警世报》的事,那也只好随便。周颂才戴着盆式呢帽,又在壁上把自己呢大衣拿下夹起,和邢笔峰笑着点了一个头。

这三层楼上,有拐角里一个电影场。这时候的电影就是美国包办。而且故事是拍二三十本,总是一边侠客,一边歹徒,看多了,也总觉得是一套手法。杨止波看了一会儿,觉得没有什么意思,便走出来,打算看一看双簧。正好他出来，就碰见了周颂才，便点头道："先生也出来遛一遛吗?"周颂才道："我正要找老兄谈一谈。"两人说着话，就到大楼一个玻璃窗边，这样站定。杨止波道："我是刚混事不久，不懂得什么。"周颂才道："足下进《警世报》，觉得他们的宗旨同我们相合吗?"杨止波本来新进《警世报》，当然是不能乱批评，而且好多事依然不晓得，便笑道："先生这一问，可以说问道于盲。因为我进《警世报》还只有几天，一切都是不知。若照我们在表面看，那总是能够说话的一种报纸吧?"

周颂才见他不敢乱批评，那倒是当然的，因道："那自然，它敢说话。但敢说话的原因，因为他们后台是公教罢了。"杨止波这就点点头。周颂才道："你觉得邢先生待人很好吧?"杨止波道："很好的，一点儿官僚脾气都没有。"周颂才道："足下的薪水，可以对付吗?"杨止波心想，谈话谈到本身上来了，那要说句不够用，也许对他们的谈话根本不利，便笑道："要就我来说，那是很够用的。"周颂才道："足下为人很实在的，而且又很仔细。现在在外面混事的人，见人乱说一通，那是不好的。你老兄是布衣之交，这年头要得布衣之交，那是很不容易的。"杨止波极力说不敢当。说了一会儿，周颂才说了再会，就告别了。

第八回

甲骨起奇文少年骇异
佛香烧篆字失主何求

　　在新世界玩了半夜，各自回家。杨止波照时间工作，也无事可说。过了两天，晚间十一点时分，编辑室来了一个从前红人现在倒霉的客人，找吴问禅的。这人姓章，名字叫作风子。他耳朵有些聋，也叫聋子。他到《警世报》来，好像很熟，将门拉开，就直奔总编辑房间里去。吴问禅抬头看到，就丢了笔和他握手，笑道："风子兄，好久不见，这晚上，你从何处来？"章风子道："特意来拜访你老哥呀。"风子和余维世也认识，也握了一握手。杨止波在旁边站着，吴问禅笑道："来来，我介绍一下，这是杨止波兄，这是大名鼎鼎的章风子兄。"章风子听说，和杨止波握了手，笑道："我知道阁下，今年上半年，我读过阁下几首蝴蝶诗，和王渔洋秋柳原韵的，不能说我善忘吧？"杨止波道："是的，那在上海发表的。那种诗现在还能提吗？"章风子不说什么，却长叹了一口气。

　　这章风子是个什么样子呢？他约有二十五六岁的年纪，短脸，眉目倒也端正。穿件灰布棉袍，黑布马褂，一身全是油腻。他戴顶呢帽，这时放在桌上，因之头发露出来，真是一团茅草乱蓬蓬。吴问禅道："请坐吧。"章风子就坐在桌子对面椅子上，笑道："我也不必多坐，不要耽误你的编辑时间。我就问问阁下，一班五四的朋友，还骂我不骂？"吴问禅笑道："你这个反面的恭维就不大合适吧？五四运动，我们的这班同学，差不多都在里面，那真是……"章风子笑道："这算我说错了吧。可是有一班人对我过不去，这总是真的吧？"吴问禅道："这几个月好得多了。可是你老兄也是一样反攻呀！"

　　杂务向各人面前送了一杯茶。章风子喝了茶，将杯子搁还桌上，坐着笑道："他们骂我十句，我至多还个一两句，这也是很公道的。"吴问禅笑了一笑，对余维世望了一望，笑道："风子兄，我们维世兄，五四那天，

74

就拖了旗子，望老曹家里走。要说五四朋友，那真的不假。可是他并没有骂过你。"章风子道："是的，是的，我说的五四朋友，不能成立。"余维世正坐着编稿子，就抬头道："我知道风子兄不会怪我，不过风子兄的学籍，听说已没有问题了？"章风子道："我对北大这块招牌嘛，他们给我，就谢谢他们的美意。要是不给我，我也算了。不过校长那方面的表示很好的，他们允许我毕业。这里还有一个学期的课，我当然不上了。"

吴问禅道："好！我见着一些同学，告诉他们，停了论战好了。不过你看过《中原日报》没有？他们那个副刊，以专骂文化运动为能事，这却是不应该。阁下也是最高学府的一员，你看这文化运动该骂不该骂呢？"章风子摸摸脸上，沉吟了一会儿，才道："这《中原日报》是过激了点儿。我正要去看看，劝他们少出些小风头。说走，我就走。"说完了话，他就把帽子拿在手下。这房里几位主人也都站了起来。吴问禅翻了一翻抽屉，在报纸堆里翻到一本黄花杂志，把书一举道："这上面有风子兄谈戏的大作，谈些传奇故事，这就很好。"章风子道："唉！不谈了，改天见吧。"说着就跑走了。

这《中原日报》是一个日刊，在人家印刷所里代印。充其量也不过千把份报。不过能销到这么些报，已经是一个不大不小的报了。这报馆是一所大院子，他们除了印刷部不是自己的，其余营业部等，应有尽有。朝南这三间屋子就是编辑部。朝东三间，有一间是副刊室，其余两间是客厅，也摆了一套沙发，再配几把椅子和一张桌子，也是像样子一家报馆吧。章风子离开《警世报》，不多大一会儿，就到中原日报馆。章风子走到院子里就喊道："味丹兄在家吗？"他喊叫的是林味丹，是这里的副刊编辑。林味丹在副刊室里答道："在家呀！哪一位？"章风子听到了答应，这就由客厅进去。这是一间小屋子，临窗横摆了一张桌子、两把交椅，夹了桌子，靠墙摆了一个书架，副刊室里就是这一些。这林味丹穿灰色绸皮袍子，一脸的酒糟痣。见着章风子就点个头，让章风子在他对面椅子上坐了。他笑道："你来得正好，我们这里副刊缺少个数百字的稿子，赶快来一条啊！"

杂务泡了茶，还端了两个碟子来，一碟瓜子、一碟子花生糖，摆在桌上。章风子笑道："走来就向我要稿子，好厉害啊！我倒不是送稿子来。我想看一看你们骂我们的校长，现在怎么样了，还继续地骂吗？"林味丹笑道："我们就卖的这个，当然还骂啊！但是，不是对你校长个人，凡是与学潮有关的，我们都骂。"说着，抓了一把瓜子敬客。章风子道："骂人骂得最厉害的就是梁墨西老人吧。"林味丹笑了一笑道："这也难怪这老人，他译的书，大约是五元钱一千字，他译得真快，一个月有好几百元收入。还有杂志上，各报上登他的作品，也是好几元一千字。现在全完了，老人这就怪文化运动夺去了他的生财之道。他还在各学校教书，也同样子完了，他怎么样不气呢？于是乎他就骂了。"

章风子道："他先生虽说译文，其实他自己不懂外国文，全靠人口译。译出来，他又不照那人口译去译，却是照他汉魏文章的路子那样翻译。拿出书来看，全不是外国文章，简直是一篇汉魏文。这要说是译文，除非欺那不懂外国文的人，那懂外国文的人，他见外国文全不是这么一回事，他能不反对吗？若将汉魏文论起来，当然梁墨西先生是有一套的，若要说翻译，那梁先生还不懂呢。"林味丹道："那阁下对于梁老先生那样的骂，也不以为然吧。"章风子道："骂是可以的，先要自己站稳啦。"林味丹把瓜子嗑了几个，随后道："这里有个知道老人，根据甲骨文字作了一篇《大水擒妖记》，全篇白话，你看一看，好不好？"章风子道："好哇！这知道老人是哪一个？"林味丹道："这是我们编辑人的秘密，给你瞧一瞧，或者你猜得出是哪一个。"章风子笑道："那我不用得瞧文章，我猜就是梁墨西。"林味丹笑道："不是那人吧？你先瞧了再说。"

章风子看他不肯说出名字，那倒无所谓，就不用问了。林味丹将抽屉打开，拿出一大卷稿子来。看那上面，是蝇头小楷，那字写得非常的好。林味丹把这纸就送过来，笑道："你瞧瞧吧，这是好文章。"章风子接过来，打开来看，就是红栏两头有天地的格子纸。上面大字题着《大水擒妖记》，再后就是照格子写，上写第一回，下面是，"看大蔡兴风作浪，说老人捉鳖寻虾"。下面署名知道老人。章风子把稿子放下，就拍了一下桌子道："这个我晓得，又是骂我们蔡校长的。我们读过两年四书的人，都知道蔡是大乌龟。论语上载得有'臧文仲居蔡'。下面注着，蔡是大乌龟，因为那东西出在蔡地，所以叫这个名字。这骂人是大乌龟，我在章回小说里还没有见过。这篇小说，我劝你不要发。"林味丹笑道："为什么不发？他又不是我的校长呀！"章风子见他这样说，不好作声。把稿子翻过去两页，里面有许多句子，还打了密圈，这倒不能不看上一看。那上面写道：

　　这时，大河之中，突然风起一阵，吹得那杨柳千条，尽向西
　翻。那河里边的水，也起了无数的巨浪。就在这水动风生中，漂

起了一个黑黝黝的东西。再仔细一看，那乌黑东西前头，突起了一个像蛇头又不是蛇头，有胳膊那样粗细的脑袋，两只小眼睛对岸上看了一看。原来这地方来了一个大乌龟。乌龟瞧了一瞧四周，就将它那个瓜子，有蒲扇那样大，对南方招了两招，就来了许多鲤鱼螃蟹虾子等类，牵动浪头，刮起风声，这样朝拜大王。那乌龟点了点头，与部下还讲许多话。忽然在水中一个翻身，就变成了人，在岸上摇摇摆摆。他穿了一件灰绸袍子，手里拿一根手杖，倒是很像一位先生，不过他弱不禁风，他脸虽有八字胡须，但总有一点儿乌龟头的模样。

章风子看了，就把这稿子移在一边，淡笑道："甲骨文字，岂能这个样子？"林味丹道："这当然是有趣的文字，说它是甲骨文字，我们好玩罢了。"章风子道："我细想一下，叫你不要发表，恐怕你也没有这种权力。不过这要登出去，别人是看不懂的。至于能懂的，恐怕有很多人会说知道老人胡说。我也是不同意他们胡闹的，蔡校长为人是很好的，也不一定我是他学生，才说这一句话。"林味丹听章风子说话，好像他是一派正经，笑道："你老哥这些话，究竟是他的学生啰。我听说学校把你开除了，你不恨贵校长吗？"章风子道："我也没有开除。就算开除了，我也不能恨我们的校长，这里有很多原因，过一天，我们细细地一谈。"

章风子把这话扯上了学校要开除他一事，这倒很好，林味丹立刻接着说："风子有好多文字发表啊，学校里也很有好处啊。中国戏剧，要像风子这样谈法，那真是戏剧的三味都谈出来了。"章风子听他谈到了戏，也觉得很有意思，就把话谈上了戏剧。谈到快十二点钟，他就告辞了，他家里有电话的，想来想去，觉得《中原日报》骂得未免过火，就打了一个电话给吴问禅，把当晚到《中原日报》所遇到的大概，告诉了一遍，而且把自己的不满，也告诉。挂上电话，杨止波恰在吴问禅编报的房里，吴问禅道："《中原日报》的搞法，总搞不出好处来的。"他把章风子打来的电话说了一遍。杨止波道："向来没有看过《中原日报》，那倒要看一看了。"

次日，杨止波就把交换的《中原日报》看了一看，自己也摇了几摇头。到了下午三点半钟，自己日里所干的工作告一段落，闲着就上琉璃厂来，打算买几本书。这就在大街上碰到了孙玉秋。看到她带上几本书，在书店里玻璃窗户上闲望。杨止波道："下学回来了？"孙玉秋把书本子翻了一翻，笑道："我想你该回来了。"杨止波道："女士是特意来看我的?《警世报》，我想你是不会去的，要是这里会不着，那你又空跑一趟了。"孙玉秋拿书本放在怀里，自己望着地下，才慢慢地道："我也不一定要看你。"

杨止波笑着，由琉璃厂往东走，孙玉秋在后跟着。到了青云阁，杨止波道："女士有话对我说吗? 我同你去喝一碗茶好吧?"孙玉秋红了脸道："那里不好。"杨止波道：

"这是茶楼，女客照样前去。我们新闻记者也常在这里会面。可是我一个也不认识。"孙玉秋笑道："是真的?"杨止波道："若是不真，那你就走好了。"孙玉秋这就和他进了市场，走上楼来。市场靠北一座大厅，开着茶楼。这里果然非常清净，还有躺椅，座位上也有四五个女客。杨止波靠着玻璃门，轻声问道："怎么样?"孙玉秋笑道："进去吧。"杨止波就引了她进去，而且在靠墙的桌子上让孙玉秋坐在外面，背对着人。

坐谈了一会儿，孙玉秋把此间父母，不是她亲生的父母，就完全谈了出来。事情是这样的：她不姓孙，本来姓李，父亲是个医生，有八个儿女，家里生活维持不了，正好姓孙的回乡下过年，他看见了玉秋很喜欢，而且他又没有儿女，就和玉秋父母说好，把她当为女儿，带上北京来了。其初，孙家倒是和自己所生的儿女一样看待。现在，有点儿变样了，那是什么缘故呢? 因为她母亲吕氏有一个侄儿，年纪有三十六七岁，今年上半年死了老婆，丢下了一男一女，他就想着，这孙玉秋很好，何不把她娶上门来? 所以他和姓孙的夫妻提了好几次，姓孙的夫妻都不同意。那姓吕的是一个胖子，面貌又是黑漆一团，但是有两万元家财，他见孙家二老不答应，就表示若是孙玉秋嫁过去，他情愿养姓孙的老。这在姓孙的方面，有这好的条件，就不愿意再拒绝了。但是，孙玉秋听到这个消息，就说了，至死不嫁姓吕的。她要继续读书，并且要考女师大。

杨止波把这事听明白了，把身子挺直了，问道："那姓吕的又怎样呢?"孙玉秋道："现在他正想法子，使我回心转意。"说到这里，用眼睛望着杨止波，笑道："我现在有了一点儿希望。"杨止波道："你的用意，我是知道的。可是我是一个穷儒，真难为你看得起我。现在我照实说，我还有个老娘，三十多岁守寡，带起了我这班儿女。所以我第一要接济我的老娘；第二，我一定就力所能及来接济你。"孙玉秋道："真是谢谢你。"杨止波道："你不要客气，保管预备考大学好了。"接着，杨止波又道："这里萝卜丝饼最出名，你吃了再走。"孙玉秋笑着点点头。杨止波叫茶房做了十个萝卜丝饼。杨止波忽然想起一件事，望望孙玉秋道："你似乎要钱用吧？"孙玉秋笑道："不要吧。"杨止波道："你也不用客气！听你口气很要钱用，分两块钱给你，够不够？"孙玉秋道："够了。"杨止波就在身上摸出两张票子给她。

吃过萝卜丝饼，正要起身说走，忽然听到有人大声笑道："啊哟，老王来了，怀里一定藏有许多新闻，我们分一点儿吧。"立刻起了一阵激动，十几个人全都站立起来。这里有个三十来岁的汉子，是长袍马褂，头上戴一顶盆式呢帽。他拿着呢帽，同大家作揖，说道："我们坐下来谈吧。"孙玉秋细声道："这一群就是新闻记者吗？"杨止波道："是的，你听几分钟，看他们交换什么吧。"两个人就静止下来，听他说什么。那人坐在竹子编的睡榻上，问道："这你们知道冯河间哪一天起灵吗？"有人答道："冯国璋家里人说，后天起灵。"那人道："对的，我现在把他出殡的排场说上一说。"有人就笑道："又来骗我们，这冯国璋出殡的排场，我可以猜想得到。"那人道："虽然猜想得到，但这里面还有点儿秘密新闻。"这里人听到秘密新闻，那就大家不约而同地围拢了来，有人道："你们不要吵，听王先生说秘密新闻吧。"

当真，这些人就不闹，听他的秘密新闻。那人道："这里有大总统的题词，四个人抬着。后面是国务总理各部总长的题词，还有段合肥的题词，这题词的字特别大……"这就有人道："算了吧，这还是秘密新闻，这就没有新闻常识的人，也猜得出来。一个做过总统的人，他死在北京，当然这里面许多故旧以及官场的排场，在出殡的日子，要送他一送。"那人就哈哈大笑起来，说道："是你们要新闻，说我藏了很多，我并没说我有新闻啦。你们不问三七二十一，走来就问我要，你想我不扯上一点儿新闻，那就不大好啊！"他这一说，大家也就哈哈大笑起来。孙玉秋细声道："这就是新闻啦！"杨止波道："这是大家闹着玩，我们走吧。"于是他掏出钱来，会了账，送孙玉秋到了南新华街口上。杨止波："哪一个星期天，我再去看你吧。"两人就此告别。

杨止波回到《警世报》，这里就到了不少的客，有余维世、孙通璧、方又山，都是吴问禅的熟人，宋一涵也在这里。余维世道："这好了，杨先生也来了。我们大家去吃晚饭吧。"那位宋一涵坐在门角落里，笑道："这里可以说都是我的朋友，照理，这餐应该归我请的，可是我身上就只有几毛钱。"吴问禅笑道："今天我身上也没钱。"余维世笑道："我来向各位凑，有个四元钱，我保诸位吃顿好的。"他说这话，真个向各位问一声。头一个向孙通璧面前走，还没有问话，孙通璧掏出了一块钱，向余维世手上一塞，笑问道："怎么样？"余维世笑道："很好。"他第二个问到了杨止波。他本来有几块钱，可是为了接济孙玉秋，去了两元。还好，身上还有一块多钱，他也照样拿了一块钱塞在他手上。余维世笑道："这样子，够了够了，我照样出一块钱。这里还差钱，也有限得很。"吴问禅笑道："再不用凑了，算我的吧。"余维世站着向吴问禅一摆手道："这样不好，我们吃你的太多，不要你出钱。"方又山坐着站起来，笑道："算我的吧。"余维世道："你不必出一块钱，出五毛钱就够了。这叫穷凑付。"宋一涵道："那我也当出两文啦！"余维世向他周身上下一瞧，笑道："你还是新到，不过不请也不好，就出个两毛吧。"这就惹得大家哈哈大笑。

这已是七点钟附近，冬日的天气，已经断黑两个多钟点了。六个人照例上宾宴春。这家宾宴春，当时还是一家小的店面，而且在铺子头里。不过内里却是很大，三进房屋。六个人进去占了一间房子，点菜由余维世全权办理。吴问禅坐着圆桌子上头，正好与杨止波对面，便道："我刚才打青云阁门口经过，看到你正向里头走，你买什么？"杨止波道："我到楼上去喝碗茶。"吴问禅道："我知道了，上面之客，常有很多新闻记者在内，想必你是同哪位记者去的了。"杨止波心想，孙玉秋这件事，还不能公开，扯个谎吧，因道："是的。不过有个十一二位记者，大家坐着谈谈，可以说一点儿新闻都没有。"吴问禅笑道："那是自然啦，有新闻的人，他不会往这里头跑。还有中央公园，在五六七八九几个月里，也有许多新闻记者跑到那里去谈天。请问，这谈天谈得出新闻吗？这和青云阁是一条路子。"杨止波也就笑笑。这里余维世开好了菜单子，点了七八个菜，吃得很有味。吃完了，一算账，只有三块三毛钱。大家都说余维世很不错，会点菜，称赞了一番。

正在这时，有人轻轻敲了两下门，叫道："宋一涵兄，请你过来谈两句话。"大家看时，一个人穿了人字呢大衣，头上盖着水獭皮的圆帽，脸上刮得干净，是四方一张面孔，嘴唇上养了一撇短须。这是当年最时髦、最阔绰的服饰。宋一涵立刻站了起来，笑应道："经远兄，好久不见，有什么事吗？"那人道："当然有事。"宋一涵这就走出门去，和那人在远处说了一遍话，一会儿回来，就拿呢帽子在手，向吴问禅道："我到丞相胡同刚才和我谈话的谭先生家里去。他是个新议员。他叫我去，恐怕有什么

80

事。"吴问禅道："你尽管去,可是你今晚初上工,不要一去就不记得回来。"宋一涵笑道："那何至于?我知道,我的工作是下半夜,准不误事。"说完就出去了。

到了丞相胡同,看见一家门外停了几部马车,大门是八字门楼,钉了铜牌,上面写了谭宅。因为他家大门口安有电灯,虽不大亮,倒也看得见这铜牌,这就是说,这里是谭议员的家了。宋一涵走到门房里,说是会谭议员的。门房问:"你先生可姓宋?"宋一涵答应是的。他就将宋一涵一引,先引到南客厅里来。这是三间南屋,外面两间打通,摆了一套沙发、四把檀木椅子,中间夹两个茶几,中间一张小圆桌子。这都是有钱的人家普通的摆设。里面这间,是梨木雕花的隔扇,靠里有张美人榻,上面铺着皮褥。靠墙两把小型的皮沙发,中间虽也是一架茶几,却是成为一套。一个小似一个,共有六个之多。打开是六个,收起来是一个。靠窗户摆了一张檀木写字台,有一架多宝柜,就是上面有了各项格子,摆设着各项古董,地下全铺着地毯,这就不是寻常的陈设了。门房道:"你在这儿暂坐一会儿,我去替你通报一声。"宋一涵说是,门房就去了。

只过了一会儿,里面道:"请到里面坐。"门房这就格外客气,走了进来,点头道:"请先生北屋里坐。"说毕,又把宋一涵一引。他所经过的房屋,都看了一下。两边两道回手游廊,那院子中间,有假山,有树木。一游廊完了,又是北屋外的走廊,而且很深。门房掀开棉布帘子,让他进去。进来一看,是很大一间屋子,地板漆得很红。中间是六张沙发,都是皮褥子垫座。靠左边一张写字台,靠右边窗,摆了一架钢琴。再横过来,两架多宝柜,比前面一架陈设得更多。靠写字台两架檀木书橱,装了很多书。主人谭经远已经脱了外面衣服,穿一件灰鼠皮袍子,见宋一涵进来,叫道:"请坐请坐,我们谈谈。"他引着在当中沙发上坐下。家里的用人就忙着供奉茶烟。

宋一涵坐下,听着隔壁房里,一种哗啦哗啦的声音,这是在打牌。他笑道:"先生叫我来,有什么事吗?这事谈完了,我还要办自己一点儿事呢。"谭经远在宋一涵下手坐着,将小胡子一撅,把手摸摸,笑道:"你有什么事?顶多是《民魂报》一篇社论。那个社论不做,也没有什么了不得。他那个报,顶多销不上三百份。"宋一涵道:"谭先生对办报的事,也在行。"谭经远道:"我也办过报呀!我得问阁下,对《警世报》方面很熟吗?"这宋一涵到《警世报》去,外面的朋友还没有人知道,自己想了一想，便道："他们编辑方面，有这么一两个人，我是很熟的。"谭经远道："刚才我看见阁下跟许多《警世报》编辑部同人在一处吃饭，那当然是熟人。我看起来，熟人还不止一个吧？"

这时，谭家北屋子里一阵香味，只管往鼻子里钻，用心嗅上一嗅，是迦蓝佛香。原来这里多宝柜上，有一个小格，里面摆着一个金质小佛，这佛只有酒杯样大。再在前面，有个拳头大的铜香炉，里面插了细细的两根佛香。这屋子里又没有风，所以那香也不摇动，这就一缕青烟在面前慢慢地、微微地望上升。而且在那微微的当中，香烟就成了我们上古的篆字。再往上升，就香烟慢慢地消灭了。宋一涵道："好，这香烧得好，谭先生好佛吧？"谭经远道："我有点儿好佛。阁下闻到我的佛香香？"宋一涵道："是的，谭先生好佛，好的是什么宗？"谭经远道："这个今天不谈吧。我有点儿事，求你老兄一下，有一条稿子，请你送到报上去登一下，可以吗？"

他这样一谈，宋一涵就知道他是说《警世报》。但今晚上刚刚上工，就带消息去登，自然不好，故意装着不知道，便道："这事很好办。何必要我带，写个信封，向《民魂报》一送，明天准大字登出来。"谭经远连忙把头摇了几摇，笑道："哪个谈《民魂报》！我所谈的，乃是《警世报》。"宋一涵道："是的，我编辑部里有熟人。但是谁要登一条消息，颇是不易。若是对这消息里有些意见，他们是不会登的。"谭经远哈哈一笑，小胡子翘了几下，然后对宋一涵道："这个我知道，凡是新国会的东西，他不登的多。这是政治上的意见，当然不敢勉强。我说的不是这个，是我们的家事。"

宋一涵道："府上不是很好吗？有什么事要登报呢？"谭经远咳嗽了一声，起身把茶几上三炮台的烟筒子拿过来，取了一根纸烟在手，把烟筒子又在原地方放好。茶几上有盒火柴，自己又拿了过来，擦着火点上了，自己把火柴盒子一扔，打得那茶几啪嗒一下响，看他那样子，真有那一点儿不自然。把烟吸了一口，就把烟喷出来，这烟吹出来一口气，真像箭一样射出。宋一涵想，这家伙似乎有一点儿气呢，也不作声。谭经远手指夹了烟道："这是我家一件不大不小的事情，我现在对你说。我初到北京，有个女孩子，长得也还清秀，她叫于在云。常在我门口过，她家与我住的所在没有好多路，她家很穷。我就花了三百元，将她买下来了。后来我晓得这女孩子会唱戏，而且唱得很好，我以为她很懂戏，就让她常看戏。不料坏就坏在这看戏上，有很多年轻子弟也看戏，后来有个姓李的，就和这姑娘……嗐，我不说你也明白。"

宋一涵道："是，后来怎么样？"谭经远叹了口气道："那还用说，就是跑了。"宋一涵心想，这还算是新闻啦！便道："跑了多少天呢？"谭经远道："我算算看，我人都气糊涂了。"于是昂着头，口里也念念有词。他记起来了，便道："四天。"宋一涵道："这何必大惊小怪？就报告警察局，议员先生家里走失了一位丫鬟，请警察替你寻找。"谭经远又嗐了一声道："不是丫鬟啦。"宋一涵这就知道跑了一位如夫人，但是这话不好说，就微笑了一笑。谭经远道："我还许了她，我的夫人不能在外面应酬，一切应酬都归她一人包办，这是多么好，不想她跟了这个姓李的就跑了。"宋一涵道："你事前对这事一点儿不知道吗？"谭经远把这根烟丢了，又取了一支烟在手，但还没有点着，将手指夹着那支烟，重重地拍了一下腿道："我以前是一点儿不知道的。最近几天，我知道一点儿风声，在她临走的那两天晚上，我就追问她，你对有个姓李的很好吗？她死命地抵赖。我看她那份情急，知道这事有点儿不妙，次日，我就叫她父母来问。那两口子倒很好，他们就知道果有个姓李的盯着她，倒劝了他女儿一顿。过了又一天，她起了一个大早，把东西一卷，就一溜烟地跑了。我是喜欢睡晏觉的，等我醒来，已经快一点钟了，这还不知道她跑了，叫人找了一找。到了三点钟，还没有踪影。我打开箱子，里面有四百多块钱票子，全没有了。查查她的衣服，也有一只皮箱，随她拿走。我这才明白她跑了，她父母听说跑了，倒很是不自在。因为他女儿在我这里，他们也拿着吃着，多么自在啊！"

宋一涵想着，这新议员跑了个如夫人，这算什么？便道："跑了就跑了吧！大概连东西一齐算起来，也不过一千多块钱吧？这也不算什么。你先生学佛，这就四大皆空了。"谭经远道："不，钱我自然不算什么，四大皆空了吧。可是为什么她要跑呢？我要追出这事主来，把二人向法院一关，那才算消我一口气。"

宋一涵一看他的年纪，也有四十来岁，虽然脸上刮胡子刮得雪白，究竟是个中年以上的人，有了皱纹了。这样一个年老的人，哪一个青春年少的女子会爱他！她要投一个青春的男子，这完全是应该的。但是这话说不得的，便道："但是送法院，法院可要传先生去。"谭经远道："我用不着去，我是议员。"他那支烟已经点着了，坐了沙发，架着腿，将纸烟放在嘴里，将头偏着，一副不在乎的样子。宋一涵道："但是你告她是你的第二夫人啦，自己的婚姻大事，你可以不到吗？"谭经远道："哪个还告她是第二夫人、第三夫人啦？我抓到了她，就这么向法院一送。"

这就给了宋一涵的机会，笑道："那就算你告她是个丫鬟吧，丫鬟跟人逃走，那看你状纸，告得怎么样？也许法院判她一点儿罪，那你就犯不上了。"谭经远想了一想，便道："这倒是一个问题。管他呢，到了那时再说，给我把消息登出就是，最好是见了报，就把人抓着了。"宋一涵道："那登报自然是跑了一个丫鬟。跑了一个丫鬟的事，社会上根本不注意呀。"这样一说，谭经远这就站了起来，在屋子里转了几转，只听到隔壁屋子里拍了桌子乱响，哈哈乱笑，同时将门扑通一声打开，抢出来三个人。看那三个人脸上都带着笑容，谭经远道："什么事这样好笑？"其中有个年纪大些的人，有两撇胡子，他笑道："刚才打了一个赌，说：最后一牌，我们三人，无论是谁只要闹个三番，我们就要喝谭先生同老七的一碗冬瓜汤。老七也就说好吧！这句笑话，各人都憋在心里。谁知这样说了，果然在七爷手上，就和了个清一色三番。这一下子，同人拍桌子大笑，弄得老七真个难为情，我们就越发大笑。"他说毕，这三人又哈哈大笑起来。

宋一涵心想，这是一个收场机会，便要谭先生向这三人介绍。介绍的结果，三个人倒有两个是新国会议员，他们没有事，就这样打打麻雀牌消遣。外面这样一介绍，局面倒静了下来。在里面的老七也就缓缓地出来。宋一涵看去，是个窑姐儿。这时，还没有剪发，梳一个大辫子，前面梳着刘海儿发，脸上搽了许多胭脂粉，看样子也不过二十岁。身上穿一件蓝绫子驼绒的短夹袄，下穿一条杏黄色的裤子。她刚一出门，还没有开口，这里有人笑道："我是要喝你们二位冬瓜汤啊！"谭经远笑道："不要闹，我们还要谈正事呢！"宋一涵早是站起来，笑道："我真有事，关于谭先生要我办的事，回头我们在电话里商量。"说时，就把自己不值钱的呢帽在壁上帽架上取下来，拿在手上。

谭经远也连忙站起来，把手向袋里摸索一番，就掏了一张纸出来，把手将宋一涵一拦道："你不要忙，何必到电话里去解决，我这里就有。"他立刻将那一张纸向宋一涵手上一塞。当然上面题目也有，内容也有。宋一涵一看，那题目是这样的：谭宅走失一美丽婢女。小题目是：与一李姓者逃跑，拐去两千余金。在内容方面，无非是这事的经过，比话说得更厉害些。末了说，此为不忠于主人之婢女，所望各方有责之人，一律严拿法

84

办。至于李姓之人，胆敢勾引女子，犯了不法之事，更应当严办者也。宋一涵笑道："这稿，恐怕……"谭经远道："别家我还随便，可是《警世报》一定要登，还不可改了内容，尤其是末尾几句，要原文登载。"宋一涵听了这话，完全是命令式，笑着把那张纸塞在谭经远手里，拱一拱手道："这稿《警世报》不会登，你先生去再找别人吧！"他说时点了几点头，转身就走。他心里说："你看见我穷，以为我有所求于你吧，哼！"那谭经远还是不死心，连招着手，在里面跑出来，口里道："《民魂报》的贺天民，我知道，常上《警世报》去。我走贺天民一条路，保准行。"宋一涵虽也听得明白，这里又涉到康松轩的私事，更是不可过问，他又对谭经远回身点点头，就越走越远了。

第九回

白纻舞能宽擘人献寿
朱门求有术书记采钱

　　宋一涵跑回《警世报》，快打十一点钟了。一看，杨止波已经躺在床上，大概睡着了。另一张床是自己新搬来的。看对过房里吴问禅及余维世，正在电灯下工作，自己也就不去惊吵别人，坐在自己床上，叹了一口气道："这个年头，叫我们说什么是好？睡觉吧！"说完了，自己正想睡下，那边吴问禅道："一涵，你回来了？这新议员叫你有什么事？"宋一涵这就来到他屋内，搬了椅子在桌子横头坐下，笑道："这说起来，是新议员一节丑史，他自己还要登报呢！"吴问禅笑道："新议员的丑史，这在我们也是很好的新闻啦。"宋一涵道："很好的新闻吗？我一说出来，包管你们就哈哈一笑了。"于是把谭经远在家中那一段谈话，就从头至尾说上了一番。最后他又叹了一口气道："这一路新闻，一天，他们新议员不知道有多少，还要告诉军警严防啦，哼！"

　　吴、余两个人听说也真的哈哈一笑，不过吴问禅却说道："你说这《民魂报》与本报总理，很有一点儿关系，这是不假的呀。也许他走贺天民这一条路子，居然走通了，也未可知。"宋一涵见吴问禅将大批的新闻稿子差不多分完了，就向通讯社稿子一指，笑道："明后天，可以由通讯社里发出通信稿来吗？"吴问禅道："或者由通讯社发出稿子来，或者他那张给你璧还的稿子，走另一条路子直接送来，这全说不定。"宋一涵将头一偏，笑问道："会这么样子办吗？"余维世坐在椅子上，正在桌上编辑稿件，笑道："不要猜吧，过两天看吧。"这话说完，当然各人忙着办事，这件事再也没人提它。

　　这里社会新闻归第二张编的。因为这样，所以第二张是个独立的小天下，有个编辑，每天清早就来，约到下午快黑他才完工。因之，第一张编要闻的先生就和他不碰头。再说看大样，他们也另外有人，与第一张完全

86

不相干。所以编第一张的人，对第二张登的什么新闻，那简直不知道。要等报出来了，自己拿报一看，才知道第二张在今天登的是什么新闻。他们经过这一度谈话，到了第三天，把报一看，那条消息居然登在第二条新闻了。各人都有点儿诧异，好在这个倒不是专稿，是通讯社里的稿件。不过《警世报》对于这样稿件，照例是不登，不知这回又怎么弄得登上了。

当然，这一点儿小事，也没有谁放在心上。一天晚上，杨止波在编辑部里没有事，闲着在桌上看了一看。却看见一个中式信封，中间写着，《警世报》各位编辑先生公启。这信丢在桌子一边，看那样子，好像有下字纸篓的可能。这是编辑先生们的公函，当然可以看得，掏出来是一张八行纸印的信笺，上面空了两个字的头衔，用墨笔填写了"编辑"两个字。杨止波把信封放在桌上，两手摊开一张八行来看。上面写的是：

编辑先生鉴：

　　谨启者，此次长江水灾，惨境空前。烟迷云梦，万马突围。晴望岳阳，六鳌翻背。秋收无望，冬服不周。四民失业，万家寡欢。因此同人尽一技之长，为赈灾之举。虽属一勺之予，集腋自可成裘。但见四壁皆空，牵萝聊以补屋。于是邀请票友，于本月×日之晚，排演佳剧，借筹小款，恭请先生莅临，以成义举。此请冬安。（信内附票一张）

　　　　　　　　　　　　　　　　　　松柏常青社启

杨止波看了信道："这冬赈义举，而且是松柏常青社排演，我们谁去听？"吴问禅在桌上编稿子，笑道："我们没有谁去，你去好了。我们这报还不要戏评哩。"杨止波就把信折叠着放在衣袋内，笑道："既然没有人听，这封信白糟蹋了，倒是很可惜，我就去了。"吴问禅点点头。

到了次日，便是松柏常青社义演的日子，到了八点钟，杨止波日里的工作老早完了。晚间，自己就向江西会馆来。这门口虽有人查票，但是小孩子们一挤，也就挤进去了。

门口也有一个售票所的桌子，可是没有人买票。杨止波进了大门，见有些人走南门里进去，大约那是戏院了，就走了进去。一看，果然是个戏院。不过台是凸出的，就有两根柱子，立在前面转角的地方。至于其余的地方，有池子，也有两廊。四面是看台，围着这北方的戏台。这在当年，这戏台这样盖着，还是很时兴的样子呢！这时池座里倒有七成客，四围楼上只坐了二三成人。杨止波站在椅子路口，想找一个适当的位子。忽然宋一涵在第三排椅子上站起来，向他招了一招手。

杨止波就照着第三路椅子，挤上前去，在宋一涵那座位隔壁一把椅子上坐下。宋一涵笑道："我以为你早来了，怎么这时候才来？"杨止波道："我想这里是票友演戏，也不必忙吧？足下何以知道？"宋一涵细着声音笑道："这里演戏，在路上遇到我昔日的朋友，老早就告诉我了。就塞了一张票给我。我因为你收藏了他们一份请帖，我知道你会来，所以我没有作声。意思是看你一个人来呢，还是同朋友来呢？你现在看吧。这票友戏，实在有趣味。"杨止波道："这个我知道，他们唱法很够味的。"宋一涵笑道："不是这个，回头你自然会知道。看啦，他已经出来了。不过，这是个小有趣。大有趣在后头呢。"说话的时间，他把手一指，同时还把两个手指画了两个圈圈。

随了他手指看去，这时，台上正演出《辕门射戟》。这《辕门射戟》的主角是吕布，去吕布的角儿，是个新闻记者，名字叫范古生。杨止波看他，虽是在台上，顶多是三十岁。起头几句，唱得非常的好。可是他有一个短处，喜欢拖出舌头，四周去舔嘴唇。当小生的是不挂胡子的，假如谁要拖出舌头去舔嘴唇，那就无论长相怎样地好，就十分减色了。这位范古生先生，不但是偶然地舔，简直越舔越有劲儿。等他唱到那段二六板，"刚强那比楚霸王"那几句，就唱一句，舌头拖出来，一伸伸到嘴唇外面舔一下。后来唱得有劲儿，也就舔得有劲儿。那小生既未挂胡子，而且满脸搽了许多胭脂粉，他这样使劲一舔，这些胭脂粉在脸上就画了一个圈儿。结果，他的吕布，那比别人扮的不同，别人扮的，是一个面如冠玉的武小生，他扮的脸上周围是冠玉，里面却多了一个黄圈儿了。

这出《辕门射戟》好容易完了。杨止波座边有一个老人，笑得弯着腰，简直抬不起来。这下面演的是《二进宫》。这是一出唱功戏，票友对唱功天天研究，这唱起来也还可以。可是有毛病没有呢？自然还是有的。就是他们在唱戏的时候，喜欢拍板。清唱呢，当然没有关系。到了台上唱戏，手上都要做种种的动作，要拍板也没有工夫。可是他们唱《二进宫》，三个人对唱，这不要动作，就有工夫了。手藏在大袖笼子里面，不住地拍板，这在大袖里打板的手，颠簸着一动一动，不是老唱戏的人，也就含糊

88

过去了。

到了唱二黄原板的时候，正中那个李艳妃，就唱"没奈何怀抱太子跪在昭阳"，口里唱，人也就连忙跪在台上。这里两边，徐延昭杨波两个大臣也急忙跪倒。李艳妃抱着太子把手伸在外面，就抢着唱。右手伸在左手臂上，照着自己唱的板，也抢着乱拍。她这一拍也不打紧，这边下跪着的徐延昭引起了共鸣，两手抱着举着的铜锤，也禁不住五个手指点着紧拍。这一来台下看戏的人，全看着了，这就笑着叫好，还乱鼓着掌。杨止波笑道："本来这一出戏，唱得也还可以，可是这一拍板，这台上的空气，被这引笑的动作一招，就不灵了。"宋一涵道："老兄，怎么样？看一看就马上消愁解闷吧？"杨止波就哈哈一笑。

《二进宫》完了，这就来了一出《连环套》。这出《连环套》，倒唱得四平八稳。虽然是黄天霸帽子没有戴得结实，唱到半出戏，帽子掉下来了，那倒是小问题。《连环套》唱完，这就是《武家坡》。这出戏，就是两个人唱。这两个人都要在唱念做这三方面有很深的功夫，才能够吸引观众的。这天去薛平贵的是金不换。他是某某部里一个位置不小的职员，但这位先生平常不到部，在一家日报当了总编辑，倒是天天上报馆。他最喜欢的是京戏，而且会唱，唱的是文武老生，尤其是文老生。他这样一来，少不得很多人都捧他。他自己也自命不凡，就加入了这松柏常青社。

他也很能够说戏，在报纸副刊上，辟了一个鼓板雄文室戏谈，说得人木三分，这天松柏常青社在江西会馆义演，他就挑了《武家坡》这出戏。因为这几天，正好在鼓板雄文室里谈了这出戏，哪里应当怎样，哪里要不得。所以，人家说这天义演，应当挑这个戏。他先生见人家如此捧他，就敬遵台命了。既然是定了《武家坡》这出戏，这在配角方面不能含糊，就烦这社里有名的票友青衣，去戏里的王宝钏。不过这位金先生说什么都还不错，可是也有一层短处，就是天生一副近视眼。而且这近视眼，竟是很深，摘了眼镜，就是三尺路以外，简直不看见。但戴了眼镜吧，不能在薛平贵回窑的日子，有隔了一层玻璃看人的事。所以，就把眼镜摘了。这样一来，就只好带摸着走了。台底下看到这薛平贵走起路来，这么一颠一跛，各人就忍不住好笑。等到薛平贵与王宝钏交谈的时候，无论王宝钏怎么将就，这薛平贵总是不对着王宝钏说话。后来取信，不知怎样碰着台上一个小的木头。他脚下又穿着高底靴子，一不小心，前面一滑，这就来了一个八字步。虽然不曾跪了下去，但是他把一个八字步站稳，就死命地挣扎了几下，人就乱撞了一会儿。这台底下无论如何，也禁不住哄堂大笑起来。

杨止波这就皱着眉，向宋一涵道："这人唱戏，我看比上了刑罚还要难过。"宋一涵笑道："你这人外行。他们虽是唱赈灾的戏，可是一样花钱，据我看，花的钱总有个十块八块吧。花这么些个钱，不就为惹人一乐吗？"于是他两人又同笑了一阵。戏照样地演下去。后来唱到"三姐不必寻短见，为丈夫跪至在窑外边"，唱完，薛平贵须跪在一把交椅的前面。可是他急忙一跪，又跪在小池子边，这边是没有人的所在。这台底下又是一乐。这还不是小乐，连几岁的小孩子都哈哈地大笑。那孩子笑道："别对那边跪，掉转身来，对这边跪呢。"这样一叫，台底下人又笑起来。

杨止波看看这戏院子四周。原来他们这里，男女虽不一定分座，但也有一个规矩，女客全在楼上。有几位老太太她们尽量地笑，笑得把手巾掩了嘴。杨止波看到，自然多看了一会儿。这倒看到孙玉秋也坐在那里。孙玉秋老早就看到他了，他这一望，孙玉秋将手向他比了一比，向身后一指。杨止波会意，点了一点头，回头对宋一涵道："我这要走了，你还看一会儿吗？"宋一涵还没有答复，他已挤出座位，向旁边上楼梯门走去。他走到楼梯旁边，孙玉秋已在那门边等候了。杨止波道："你家到江西会馆，路近得很，还不多看两出戏再走吗？"孙玉秋慢慢下楼，同着杨止波一块儿向外走，笑道："这种戏，哪个要看它？我原来……"说到这里，笑了一笑。杨止波笑道："你原来等着我，可是我向来不对楼上看的。是那几位老太太笑得厉害，我才向那里一看。不然我还不晓得你也来了呢。"孙玉秋走在并排，把手插在皮衣袋里，就拿眼看了他一下，笑道："我猜你或者会来。我弄到一张票，就向爸爸说，我打算去到江西会馆看戏，这会馆里好多女宾一路，我同她们一块儿回来，可以吗？我爸爸就点点头，我就趁此机会出来了。"两人说着话，已经到了二门的院子里，孙玉秋望了杨止波道："我们就此各分东西吧。"

杨止波看看天色，满天全是星斗。有点儿弯弓似的月亮，正挂在东边，便道："不忙，走一会儿，到十二点再告分别吧。"于是两人慢慢地走，到了大门口，回头看一看，这里是大门洞开，一个人都没有了。走上了大街，杨止波就要孙玉秋向南头走，孙玉秋同意了。走了一截路，她笑道："我知道，你今晚上要来，因为票友送票，有你报馆里一张，你就会设了法子来的。我一张票子是怎样来的？这票友有我们一位同乡，他到处送票，我就得了这一张。"杨止波道："他们是义演啦，票要卖钱的呀！"孙玉秋就盈盈一笑，说道："你们做新闻记者的，难道这事你不知道吗？"杨止波道："倒要请教了！"

孙玉秋把衣服牵了一牵，回头看看有没有人，然后笑道："自然，这义演是好事，今晚上那些票友，也都花了一些钱。这也是一件好事。可是你看今晚上卖票情形怎么样？"杨止波道："那看来是很惨的。"孙玉秋笑道："这条街冷冷淡淡有什么人买票？他们设这一个售票处，完全是摆样子的，票友社里也知道。"杨止波道："那么，他们分票给你们，那是要钱的了，要好几毛钱一张吧。"孙玉秋笑道："要是出好几毛钱一张，那就人家逛逛游艺园新世界去了。我们的票，也是不要钱。"杨止波道："这就奇怪了。他们既然说义演，当然是公开的。是公开的，就赈灾方面道，要出点儿钱才好啊。他们这台戏，自己连唱戏和戏院子租费，也总要个六七十元吧？这样一笔钱，卖票既然是无望，这钱在哪里出呢？"

孙玉秋看看后面，还是没有熟人，笑道："我真有些怕，我们回头走吧。"说着，就回头走起来，继续地道："这就是新闻了。有个委员会，不问它是哪方面的吧，委员长有一位老太太，今年七十岁。今天是七十岁的生日。这委员会底下，当然有些干事的人。大家就说，老太太过七十岁生日，我们要送个礼吧？当然是送，凑起来，约是四百元。委员长听到这个消息，说是不好。这笔钱既蒙各位好意，退回去也不像话，就移款来个赈灾吧！这事又为这个唱薛平贵的金不换听到，说是很好，我们再出几个钱，来回义务戏赈灾，如何？这委员长也赞成，并且还愿出几十元。于是乎义务戏就凑合起来了，至于一切细节，那我就不知道了。"杨止波道："啊！却原来是这么一回事。戏还好吧？"孙玉秋道："还好吗？我几乎要笑死。"杨止波道："这就很好呀！台下有许多人要笑死，这就是他们最大的收获。不然，他们花了许多钱，又花许多工夫，难道把你们拖上会馆来要你们气死？"孙玉秋道："你倒说得是。"两个人说着话，不知不觉到了西草厂。孙玉秋道："我们这真要分手了，哪天见？"杨止波道："随便哪天见都可以！"孙玉秋道："这没有意思，就是礼拜这天见吧。走了。"她真是走了，一直向北回家去。

杨止波走回《警世报》去，宋一涵也回来了。人家问起来，这戏怎么样？只得报告一番，惹得同人哈哈大笑。过了一天，有许多报纸登载这回演义务戏，说了演得都好。杨止波私下给宋一涵看着，两个人这也就好笑一阵。

　　有一天晚上，吴问禅忽然把稿子停住，叫杨止波谈话。杨止波坐在桌子横头，笑道："这难道报纸上又出了问题了。"吴问禅把稿子推在一边，坐着歪过来，笑道："这当然不是的。我有私事拜托你老兄一下。"杨止波道："那你就说吧，只要办得到，兄弟无不遵命。"吴问禅道："当然你办得到。这旧历年，有七天不出报，这是很长的一个假期。我想在这假期之内回安庆去一次。但这七天假期仍旧是不够，大约还要一个星期吧。在我这次回安庆的时候，我想请我老兄代理几天，你看如何？"杨止波道："这当然敬遵台命，不过这里有现成的人马，这余维世兄不是可以吗？"余维世是坐在吴问禅对面的，他把笔一放，就摇头道："这事不必问我，请问吴兄，就明白了。"吴问禅笑道："杨兄就不必推让了。余兄就是编短条要闻，过了年，他也许辞职不干，这代理总编的事，他不干了。"余维世笑道："我索性说出来吧，这种卖力不讨好的事情，我只好敬谢。"吴问禅笑道："你不干就不干，何必当头泼冷水。"三个议论了一阵，宋一涵也来了，就议定了，除了长假不算，杨止波答应编一个礼拜，在这时宋一涵答应一个礼拜看两份大样。此外还有一层，两个人要求吴问禅请吃一顿晚饭。吴问禅也都答应了。

　　到了废历腊月二十三，吴问禅就走了。这在旧社会里，一人总编两版要闻，这也算不得什么。充其量不必求好，把通信的稿子看得仔细，又抱定了在我代编一个礼拜的新闻期内，不要骂军阀，那就无事了。当然这个事，要报告他们的总经理康松轩。这位先生，他对报馆这几位先生，谁干过要闻编辑，他心里早有一个把握，所以杨止波代理一个礼拜的话，他也就答应了。到了这日，杨止波就老早到了编辑部。通讯社稿子来齐了，自己把稿子看过，那不要的稿子也细心看了一看，在这里面，也发现两条短新闻，可以用得。自己把稿子分了一分，然后动手编稿。这稿子编得非常的细心，在两点钟就编完了，这个难关，大概是过来了。

　　过了六天，这晚编完了稿子，宋一涵走进来对杨止波道："明天晚上无事，我们就到城南游艺园去，过一个不知不觉的年，老兄你看如何？"杨止波两手伸了个懒腰，把编辑桌子上零碎稿子一推，站了起来道："我正不知到哪里去是好，既然你看中了城南游艺园，好吧，就上那里去。可是两个人，要多带点儿钱。"宋一涵这时在身上掏出顶好的一包烟来，手拈出了两支一举，笑道："这是好烟，你也来一支。"杨止波笑着就拿了一支。宋一涵把烟盒子向衣袋一揣，拿了那支烟，在编辑桌子上顿了几顿，笑道："过年嘛，这两天的钱，自然要带够了。明天晚上算已经定了，可是白天我们上哪儿去呢？"他烟顿好，那就把烟抿在嘴里，桌上有火柴盒拿起擦了一根点着。他虽是点了烟，却把眼睛斜望了杨止波。杨止波道："我倒有个地方可以消磨一会儿，就是青云阁茶楼，那里就是过年，也是一样卖茶。"宋一涵道："好！明天下午一点钟去！"

这是废历三十日下午一点半钟，青云阁楼上，两张睡椅上躺着两个人，这就是杨宋二位了。这茶座上还有四五成人坐着。那新闻记者座位上，就到有十四个人，这些人大概新闻通讯社的人居多。可是杨、宋二位都是新人，而且像《警世报》这样的大报，根本也不会和他们一起。所以他二人尽管躺在这里，他们不会料到的。因之他们做什么事，那尽管做去吧。这里值得注意的人物，就是钱可生。他穿了一件灰布皮袍，青呢夹马褂脱了，和帽子一齐挂在墙上。他是猴子脸，养了一丛头发，躺在椅子上，就道："我们有十四个人了，我瞧着添个两位也就多了。现在快两点钟了，我们该出发了。"旁边坐了一位快六十岁的老翁，他倒穿一身西服。这叫侯养天。他道："我们就是十四个人，这团体也还可以，我们马上就走，可能多跑两家。"有一个胖子，年纪不过三十岁。一脸浮油也似的肉，张开了一张大嘴，也穿青绸羊皮袍子。他简直睡觉也似的，躺在睡椅上，他道："我们为了通讯社种种问题，说句老实话，就是钱的问题，那就在十家上下有难关吧？今天到的人已经够了。有些通讯社与各机关有私人来往，当然不走我们这条路，我们这叫打小秋风，他们瞧不起。还有些报馆，他们是每月拿支票，更不在话下。"这句话，他惹起了不平。坐在桌子边，有位青年，是瘦小的一张脸，皮袍子还没有，穿件灰布棉袍，外面套一件青缎背心，就道："这话不然，我们这一家报，就没有哪方面拿津贴。"大家一看，是《民本报》编副刊的李子同。

这事惹动了他们中最活动的钱可生，他道："这是我们王先劳经理说话过于笼统。好在我们今天出发，非各部长掏动腰包不可。至于钱到了手，那是三一三十一，公平办理，毫无问题。"正说到这里，两位新闻记者又同时到了。一位是包月青，是一位通讯社社长，穿件深蓝绸皮袍子，罩了件青哔叽背心，是张长方脸。一位是《大顺日报》编辑，穿一件青呢布皮袍子，满脸的酒糟，一张厚嘴唇，一双牛眼睛，他叫任年隐。这两个人在他们队里说话是很响亮的。侯养天站起来道："好了好了，包先生来了。"他两人坐下，各人把经过告诉了。包月青道："我看就是这么些个人吧？前天在这里开了会，说定今天要到。那天也不过今天这些人吧？好在我们已经事先通知，今天不来，是自己放弃了。要走我们就走吧。"

各人听了这话，就大家都起身，有的穿上马褂，有的戴上帽子，各人正要走，这包月青忽然看见了宋一涵，连忙打招呼，笑道："我们正在开一个小会，商量明年的开支。"宋一涵站起来道："是是，足下有事，请吧。"包月青这才督率着人离开青云阁。这时，各样交通工具都十分简陋，他们出来，就只有人力车子可坐。他们事先已经商量好了，先到财政部总长家李公馆，只要一毛多一钱，就拉到了。这里大家公认是包月青、钱可生两人会说话，就推他两人走前面，其余十四家报馆及新闻通讯社的先生，紧紧地跟着到了门房里，包月青就掏出名片，一共十六张，笑道："我们今天来和总长拜年，请你回一声，我们一定要见。"门房拿过名片一看，每张名片有二寸半长、一寸半宽，拿在手上，就有这样一大把。再看看上面，除了姓名以外，就是一大串官衔。本来他们不是官，但是当年这样称呼惯了。看那官衔，一大半是通讯社社长或经理。他笑着道："总长不在家。"包月青哈哈一笑，回道："刚才我们打电话，总长亲自接的，怎么这一会儿就不在家呢？我们今天不要新闻，就是和总长谈谈，劳驾，请回一声。"

这位门房自己拿着那些人的名片，在手上掂了几掂。心想这些人来了，不是要新闻，就是找钱，今天是三十，他们不要新闻，那自然是真的。那他们来，就是为钱了。看这些人，既来了，一句话都没有，大概那是不会走的。这样算盘打定了，就笑道："总长真的不在家。诸位既是通过电话的，总长或者会留下话来，我同诸位去回一声看看。"包月青道："那就很好，我们在门房里等着。"门房一看这班人果是难缠，就拿着名片走上去回。约有十几分钟工夫，门房出来了，他还没有进门房来，口里就说："请！"

这里几个通讯社的记者，听到一个"请"字，赶快当别人还没有看见的时候，就彼此把衫袖敲了几下，而且彼此看了一看，微微地发笑。于是包月青、钱可生在前，众人在后，随着这位门房转过几道回廊，到了一个院落，假山石藤萝架，都摆在院子中心。上面这片回廊，忽然阔大，靠北几扇绿纱门，外边是玻璃门。所有廊柱桁条，都是油漆着。这就见得这公馆不同等闲了。当然他们有十六位之多，小客厅坐不下。再者这些人，也不是上等来宾，所以就请到普通大客厅来了。众人一进门，这就看到一位穿精致西服的少年，在这里站着等候。这人有几位记者认得，他是财政总长一位亲信的秘书，名字叫李冠荣。李冠荣自道着姓名，和各位拉手。

这客厅摆的沙发椅子有二十几张，可见得这客厅伟大。沙发以外，就只摆了几张茶几，余外就是四壁字画了。安两个极大的炉子，这客厅是暖气如春。这里为什么不安暖气管子呢？因为这在过去四十年中，暖气只有几家外国使馆等有，中国还没有来呢。自造，更没有这回事了。李冠荣请各位坐下，自己坐着一边陪着。自己先说了总长不在家，各位有什么事，我回头把话转达。

包月青坐在一张沙发上，就是李冠荣的座位对面，这就笑道："我们一来为总长拜一个过早的年；二来我们这里有通讯社有报馆，这个年我们有点儿不好过，我想总长是非常挂念我们的，今日前来，说不得了，总要总长破费几文。"李冠荣笑了一笑，对四座看了一看，然后道："总长虽然不在家，这里还有几个人，我上去回禀一声，再回各位的信。"钱可生也坐在包月青一起，便道："我们到此地来，真是专门奉访，不瞒你说，真有好几位未曾吃午饭，中上只吃几斤烤红薯，就这样对付一餐哩！李秘书进去回一声，总望美言几句。"说着这话，站立起来，对李冠荣一揖。李冠荣就不管西服不西服，站起两手抱了拳头，也拱了一拱，然后对各位道："诸位，请坐一会儿，我去去就来。"就起身向里而去。

这里倒是抽烟喝茶都有专人伺候，坐着等候倒也不烦闷。约有十几分钟，这李冠荣就忙着出来，也不坐下，站着向包月青道："本来各机关过年也不景气。不过诸位既然来了，不能让诸位空手回去。这里有点儿款子请带了回去，大家分用。"说着，就在衣袋里掏出两叠票子，向包月青手上一递。包月青手里拿着票子，这样掂了一掂，问道："这是多少？"李冠荣道："刚才我已说过了，真是不景气，这里共是二百元。"钱可生站起来道："这数目似乎是太少了。我们共有十六个人，这只可分到十二块几毛几分钱，我们跑这样多的路，这一点儿款子我们怎样分呢？"在座的新闻记者都喊着："这太不够了。"包月青道："当然，李秘书也不能我们同人说要多少他就办到多少。李秘书再去回上一声，看我们人多，或者可以增加一些。"李冠荣看这样子，似乎非添上一点儿不可，便道："好吧，我去再回上一声。"他二次别各位去了。

又约过十几分钟，他手上又拿着一叠钞票出来。进得客厅门，就对各位道："这总算不辱尊命。我据实在情形，说各位有不得过年的。总长虽不在家，我们几个人共同担保吧，还添各位一点儿款子。起先只允许了八十元，我说着还添个二十元，补上个整数吧！好容易得了一百元，这就实在不能再添了。"说时，把款子交在包月青手上。包月青举着那一叠票子道："这又添了一百元，诸位怎么样？我们就道谢李秘书吗？"那个侯养天老翁就站起来笑道："当然要谢谢李秘书。不过数一数，我们还不好分，就请李秘书再上去说一声，添一个二十元，大家好分。"那李秘书看到这些人为二十元，还要自己去跑一趟，这些先生对面子真是不在乎，便道："诸位既是只要二十元，在我这里拿去吧！"就在衣袋里摸了一把票子，数了二十元，也交到包月青手上。包月青这倒向他拱拱手，连声道谢。各位也就一齐道谢，大家出大门口而去。

这些人走到胡同里，包月青就把那些票子往外一举道："我们来分钱，一家二十元。各位一定有人这样说，这何必忙，好在将来一块儿分。但是这有点儿不大好，钱在我身上，我会把钱带着，回家过肥年呢。"他这样说了，大家哈哈地笑着，就各领了二十元。包月青站在胡同中心，向大家道："我们现在有两条路，一条是监务署王公馆，一条是国务院里靳公馆。我看监务署的钱没有问题。倒是靳总理他家不大好说话，我打算先到监务署王公馆去领款子，回头我们一齐向靳公馆。"这话大家全同意，就雇车子齐向王公馆而去。

那时，监务署的监很吃香，中国若是小借款，常以监款抵押。所以监务督办，常是财政次长兼。包月青说监务署的款子是靠得住的，那倒是真的。走了去，监务署就交了一百六十元钱，这又分了十元，就大家打道向靳公馆了。走到了门房，包月青把大家的名片全拿在手上。这里摆了一张三屉桌子，桌子后面有一个插信袋，桌子当中坐着一个中年人，却也穿着青色皮袍子，神气十足。包月青走到桌子外面，举着名片，就轻声道："我们有十六家报馆和通讯社，想和总理谈谈话，请你回一回。"那门房听了这话，接过名片一看，全是些不注重的人物，而且有些通讯社，根本它的名字也没有听到过。不过他们今天来得很多，以不得罪为是，便笑道："总理不在家。"这时，已亮上电灯。这位门房桌上，就临空悬下一盏亮的电灯。包月青笑道："不然，今天是三十日晚上，国务院恐怕这般时候已不办事。电灯已经亮起有个把钟头了，总理还不回家吗？"

门房看这人说话相当地厉害。他也不含糊，便道："总理不在国务院，难道段督办家里，也不能去吗？"包月青道："我们来了十六个人，总要见见这边人。总理不在家，那就派一个人见我们也行。若是不见，我们十六个人就在这门房等候。我们预备不过这个年了。"说完，果然一齐进来。进来之后，这就板凳上有人，椅子上有人，有几个没有座位。但是，门房里中间有个铁的煤炉子，正是烧得满炉子火，这烟囱从一边墙上出去，不住冒出着青烟。没有座位的几个人，就围住炉子烘火。

门房见这个样子，不是一人能把他们驱逐出公馆的，便拿了他们十六个人的名片在手，站起来道："我给你们去通报一声。"他进去也有十几分钟，然后出来道："我们刘秘书在南客厅里相见。屋外面有个人等候引路。"包月青心想，只要能见，就不怕你不给钱。就大家起身，往里面走。果然，有个穿军衣的在前面引路。大家想着，穿军衣的也不怕，我们此来是完全善意的，难道你还能捉人？因此那穿军衣的一引，穿过两进院子，走跨院里进去，现出一个很大的客厅。这客厅又是一种排场。这里进门有两张大餐桌，一张桌旁边有十几张椅子。这两边有两套沙发，不过除此以外，还列了四张沙发。这里自然有许多字画，前后西式窗户。这里好像是开会的客厅。进门上面，大餐桌子旁边站了一位主人。主人穿了蓝绸羊皮袍子，光着头，戴了一副眼镜。胖胖的脸，嘴上有两撇八字胡须。他绷起一张脸，虽然来人都施上一礼，他点了一点头，脸上全没有笑容。

他也不管来宾坐了没坐，自己一样地站着，首先开口道："我是总理面前一位秘书，叫刘文龙。你们这多人来是什么意思？"包月青也站在大餐桌子旁边，很客气的样子，还鞠了半个躬道："今天晚上是三十，特意和总理来辞岁。"刘文龙笑了一个淡笑道："这用不着。还有什么？"包月青道："我们当新闻记者的，是很苦的。在这年节上，我们有很多记者简直不能过年。"刘文龙不等他说完，就道："你们敲竹杠，要问总理借钱吗？"包月青道："怎能这样说话，不过想总理这边，哪项开支项下多添一笔，就津贴我们一些罢了。"刘文龙道："话说得好听怎么样？还不是要钱。我告诉你们，这不是国务院，是总理公馆。我们这里是向来不打发钱的。各位能够自己见谅，自己告退。要不然，我就要叫警察来，把你们轰了走。"他说完了这话，把脸皮绷得铁紧。

这班新闻记者也知道他们一个电话，警察就会来的。但是并没有犯罪，警察来了，顶多劝走罢了。侯养天站在一群人后头，这就走向前两步，走到刘文龙面前，而且还是一鞠躬，笑道："刘秘书，别这样，我们都是读书人，读书人也有倒霉的日子，像我这样就是。别的话我不敢说，我说我自己吧。家中有个七十岁的老娘，今天委实过不去年。这来总理的私人公馆，就是告帮的意思。阁下要叫警察，当然把我们轰了出去。但是今晚是三十晚啦，总理明年还要宣告南北统一，也许有用得着我们的一天吧。"他这一门子说软话，倒叫刘文龙硬不起来，便把脸皮放松了，看了他道："总理公馆，请问哪里有钱开发这样的开支呢？"

这软话究竟生效。钱可生也在刘文龙身边，就把旧马褂衫袖放下，回上一抬，将眼睛揉擦了两下，便道："侯养天先生说出了他家的苦处，我也是同样的家中有老娘，不但有老娘而且有老父。家中过不了年，那倒罢了。就是通讯社有三四个同人，还在家中静候，希望得两文呢。若是一文无有，唉！还谈什么过年？今天晚上，不知道躲到哪处才好呢。"刘文龙一听，他也知道通讯社里一点儿情形，便道："你们到底要多少钱？"包月青道："我们能指望好多钱呢！看我们这多的人，每人津贴二三十元，那就很可以的了。"

刘文龙起先以为他们总是一千两千地要，现在听到他们说只要每人二三十元，这倒是出乎意料，便道："你们请坐，只是要这些钱，大概不怎么为难。可是报馆、通讯社为数很多，若是他们还来呢？"包月青道："电灯早已来了。人家都在家里过年了，我们这一批，是穷得难受，要不然也在家里过年啦。我保险没有人来。"刘文龙倒为之一笑，便道："请坐吧，我去去就来。"大家都又说："请刘秘书多美言几句。"刘秘书一走，大家就在这客厅陆续地坐下。果然不到十五分钟，刘文龙手里抓着一把票子，从屋里出来。大家都早已看到了票子，各人心里都已动荡，他拿票子站着，各人都连忙起身。刘文龙道："刚才我到里边，说是各位很可怜，而数目也要得不大。上面算是答应了各位请求，这里共有二百元，就算总理帮忙各位过年吧。"他看见包月青站在面前，就把票子塞在他手上。包月青接了票子，就连声说谢谢。这侯养天又挤上前一步，对刘文龙深深一点头，说道："刘先生公馆在哪里？明日亲到府上去拜年。"刘文龙笑道："那倒不必了！"各人都向刘秘书亲口道谢，然后告辞。这刘秘书也曾送各位新闻记者，送到大门口呢。

第十回

帖尚宜春过年原有故
誓将守夜扣值太无聊

　　走出靳公馆很远，到了一条横胡同里，包月青看看没有人经过，才笑道："今天我们抢得了三关，总算不错。起初刘文龙那家伙当着我们直骂。好在我们能忍，尤其是这位侯先生真有两下，他还过去行礼，来个我求和不战。这一笔钱，我看多分他几文吧？"侯养天在众人里面摇着手道："不，不，我们只好分个十二元，多了的钱，我们有两位首长，由你两人平分。"其中有人道："这也不好。这里一六得一六，两个十六三十二。那我们照规矩分。还有八块钱，那就两个三块，由包、钱两先生平分。其余两块，送给侯先生，这算我们送包烟给你抽。"大家同声叫好，于是把票子分过。包月青笑道："现在还没有七点钟，我们快回家去过年。现在我们有个三十多元，虽然不是什么肥实年，那总比我们不来这里强得多呀！"大家笑着说是是，各人雇好车子回家。好几个人在车上唱起西皮二黄来，快快活活地回家过年去了。

　　包月青有一个太太。既然人家叫着太太，就算是太太吧。包月青回到家里，看钟还只有九点，在家里也没有什么事，就夫妻二人雇了两乘车子，往城南游艺园一行。游艺园早已客满，后来的人，座位没有了，只好在里面逛逛。这座城南游艺园，大门在香厂路，朝北开。里面没有楼，尽是平房。有两个戏台，一个唱京戏，也是髦儿戏班子，一个演话剧，当时叫作文明戏。这两个戏台，在里面一并排地建立，戏馆对过，建筑了几层大厅，就是电影院、闹子馆。一切建设，都是草创的，大不如新世界。但是它挖了先农坛外坛一个角落，就说是花园吧，挖得很大，约有六七个亭子，挨着亭子，挖了一条深沟，大概一公里长。这中间辟了一座很大的花圃，中间还起了一座桥。这在春秋和夏季之间，游园的人很多，这又是新世界远远不及的。

虽然这是三十晚，但是，北京很多人还没有家，在这里来混混一场，这也是个消遣的法子。所以里面人很拥挤。包月青逛了半天，连坐的地方都没有，就动议回家去，太太也同意了。他们在闹子场上经过，忽然一家茶社里有人叫道："月青兄，我看你走来走去，有好几次了，是找不着座位吧。"包月青看时，就是日里在青云阁遇到的宋一涵，因道："可不是，没有座位算了，我打算回去。"宋一涵马上站起来，向他笑道："不必，我们就走。正巧我们是两个人，刚刚让座位给足下。"这时，他同座有位青年也站了起来。宋一涵道："这位杨止波兄，是我们同事。"包月青当时感谢一番，宋杨就离开茶社走出了大门。这个日子，香厂路是繁华的街市，年三十夜，更觉得灯火灿烂。两人在路上走着，宋一涵道："今天我们这一行，有些不入流的新闻记者，忙着出去告帮。这位包月青就是其中的一个，这个时候他有兴来逛游艺园，恐怕这一趟摸得不少。"杨止波道："管他呢！"宋一涵道："今天晚上没有风，街上走走吧？"

杨止波虽然穿着皮袍，仍觉得有一点儿冷，走走路，寒气也许少些，便道："好呀！我们从街上走，没有什么意思，逛逛冷巷吧，也许有些人家在门口贴起对子来，看上一看，闹一点儿旧年余兴。"宋一涵道："也可以。不过这旧年，表面上不过了。好多人家已经不贴对子，有，也未必好。"杨止波道："我们不管这个，碰碰看吧。"两人说着，就由街上转到胡同里来。原来这过去四十年上下，北京过旧年，还过得非常的闹热，商店总要停营业上十天或者半个月。这上十天无事，就各找各的消遣法子。这时，店户虽不会停止十天或者半个月，但是，七八天总是要停的。有人七八天没有事，这就够闹热的了。

从喝了腊八粥起，就开始闹热起来。这里有几样东西，虽是叫废历年，可是并没有废掉。第一是胡同里很多卖芝麻秸子松柏枝的，第二是纸店卖的灶神爷和一些纸做的玩意儿，第三各家糖果杂货店里卖的杂拌和糖瓜，第四是街上写对子的摊子，第五是往人家家里挑的蜜贡担子。至于其他，和南方差不多的，就不举它。我们再介绍上面几种特别的东西：第一芝麻秸就是三十晚上把它排列在各房门口地上，人踩在上面，发出啪哒啪哒的响声，这叫作"踩岁"。柏枝各插在门口窗户上，叫作松柏常青。纸店里卖的灶神爷同南方一样，可是财神爷就是南方所没有的，等到三十，下午就有小孩到你家来，口喊着"送财神爷来了"，这要破费一大枚。但是这送财神爷的不止一个，很多小孩子都做这种事，一直要叫到六七点钟。糖瓜这一项，南方虽有，可是没有北京这样多。几乎每条胡同，这腊月二十三起，至少就有一个摊子。杂拌，也是南方所没有的。这个东西，就是各种蜜饯，或者各种糖的东西，将它一拌，所以叫杂拌。这是每家至少至少要买上一斤。至于贴对子，南方也有，可是早几年就没有了。在北京依然还有。最后一副蜜贡担子，这东西南方也没有的吧，它是细的面粉做起来的，像个宝塔形。有的做成小孩一样大，有的只有三寸高。你要多少斤，在上半年说好，在你要的斤数内，分期拿钱。到了年边上，把蜜贡送来，就不要钱了，这叫着"打"蜜贡。

他们既是探访年景，就向深巷子里走去。过年第一项，就是点爆竹。老百姓尽管说经济困难，但是爆竹是要放的。越是有碗饭吃的人，放的爆竹越多。所以三十日晚上，爆竹声音就没歇过。两个人听着噼里啪啦响着，觉得很有年味。看去各家虽也贴着各种对联，也有不贴的，至于纸做的花笺（就是纸做的很多空花）印的门神，这就难逢其一，变也有些变了。再说贴的对联，言语尽是些老的，当然不去记它了。他们走了几家，忽见一所八字门楼，门口许多放过的爆竹屑。门的两边有一副长字对联，上写着"子盍图之一门三级浪，吾今老矣几日两新年"。杨止波笑着指道："这对联倒有点儿意思，我看这家有一位老太爷。"宋一涵点头道："对的。"

两个人又走了一条胡同，在一家一字门上，也贴一副春联，那文字虽不甚好，却也有趣，写的是"今年直度双除夕，是日横冲一道关"。宋一涵哈哈地笑道："这虽不好，却是事实。这家我看是一位穷公务员。"杨止波笑道："如何？我说总可以碰碰吧。"两人又走了几条胡同，虽然有几副对联，都不好。后来有一家，上写着："春风秋月闲边好，杏雨槐烟忙里过。"还有一点儿寄托。宋一涵摇摇头道："我不行了，身上有一点儿冷。"杨止波道："那我们就回去吧。我那里有一点儿卤菜，还有几两酒，我们还可闹个一两点钟。"这三十日冷胡同里，也可以碰到人的，因为小孩子说是要守岁，这时候还不睡呢。两个人就由冷胡同向热闹地方走，因为这一晚，店铺里也不关门。正走到两扇绿漆门边，抬头又看到一副四字对联，乃是"时非用夏，帖尚宜春"。两个人看着，杨止波两只手笼在半旧的青布皮马褂袖子里，望着这字不住出神，沉吟着道："这好像不是一位老先生家，这人还读过一点儿书，这夏字和春字，不是这路读书的人，他还不会用。"他这样猜着，忽听到里面道："门对过，有一棵树，可以捡根

101

树枝，拿着树枝绑住香，远一点儿放。这是加大的炮打灯，仔细打在身上。"随着声音，就听到开门的声音。两人就慢慢地走开，但见门里出来三盏红灯笼，三个小孩，一个人拿一盏。随后走来一个大人，逗着小孩玩。这边有一根电线杆，悬着一盏电灯，照着有一点儿亮光闪闪的。那人在电灯下看着，就道："那不是杨先生吗？"杨止波对那人仔细看了一看，看出来了，是方又山的亲戚，叫章文澜，在路上遇到过，这人约有四十岁挨边。杨止波道："这是章先生府上，我倒不晓得。明天过来拜年。"章文澜笑道："这一会儿，正是天缘巧合。请到舍下小坐片刻，回头我把酒烫了，痛饮三杯。这位我看是宋先生吧？"宋一涵走向前来对章文澜笑道："足下何以认得？"章文澜哈哈大笑道："果然是，这就好极了。方又山曾说起宋先生，不瞒二位，这方又山正在我家过年，二位还能够不进去吗？"杨止波道："今天晚上过年，我们不进去吧。"章文澜连忙自己跑到路头，将两手一分，笑道："我家就不知道什么是过年，不过哄着小孩子玩耍，就说过年吧也请赏赏光。"正说到这里，方又山得了小孩子报告，赶快追了出来，笑道："进来吧，进来吧！过年不能到人家做客，这不是我们说的话。"两人听了这话，就依了章文澜的话，随他进去。那些打灯笼玩爆竹的小孩，就找别人玩去了。

这个屋子，和北京样子略有不同。进门是一个小院子，里面有一棵老槐树。进了小院子，是三面的房屋，那一面是墙。这院子里有一丛细小的竹子，还有比了檐齐的两棵柏树，因为今天是三十，檐下都点了三盏玻璃罩子灯，用绳子给它穿上，挂在檐下，所以看见正屋有一带廊子，廊的柱子上也有一副春联："不要浪抛一粒米，须知寸积万千金。"这门上还贴了五张花笺。进门来，地下芝麻秸铺在地上，人踩着当然有一种响声。上面一张大横桌，系了桌围。靠桌子外面，摆了锡制五供。这五供里面，大蜡烛台点着大烛，这里还剩有一半，真点得喜气洋洋，中间香炉里也点着一把香。五供里就有一排蜜贡，共是四个，有二尺高。再过去，是月饼四盘，每盘二个。再底下是三个酒杯，另外还有一个檀香炉。上面供着章氏祖先之位。

这时，章文澜跟了进来。旁边桌上，有一盏白瓷罩子的煤油灯，灯光很亮，照见章文澜的圆圆的脸，大大的眼睛。他笑容可掬，穿一件蓝绸皮袍，对三人道："这上房不好坐，请到东边书房里去坐吧。"于是他又把三位一引，走过一个跨院，这儿竹子非常地茂盛，还有一株树。当他们由走廊经过的时候，看见东屋里摆了两只钵子，一钵子是白菜猪肉，一钵子是面。几个妇女把小椅子小凳子将这钵团团围住，各人齐在那里包饺子。饺子已包了一箩筐。杨止波立刻感到，饺子要吃到十五这句俗话，大概是真的吧？

　　章文澜把大家引进了书房。书房有两间，点了两盏罩子煤油灯。这间书房有三架书橱，装满了书籍。靠上面有一座百宝柜，上面几个格子，也都装了珠翠的花、铜炉、宝石等类的东西。靠里有张圆桌子，配着四只圆凳。靠窗有张写字台，配了一把椅子。靠里是两个木椅和一个茶几。这在书架旁边，还有一张沙发。四围墙上一幅耕读图。这边又悬着一幅东坡玩砚，靠书架有一副对联，成亲王写的，是"马上粉桃雨，村前闹杏花"。杨止波道："这书房很整齐。"章文澜笑道："我是凑合凑合。小孩子妇女要过年，我就过年吧，要过得有个年样，这可为难了。我们江苏人，怎么会像北京人过年呢？我自己简直不知道，就让给太太吧。哈哈！"

　　大家经主人一让，就各靠椅子坐定。主人叫他兄弟过来见客，他见了一会儿，就走了。随后女用人端了一个桌盒，泡了一壶茶来。主人笑道："这就是年样。我说，这年可以不必再来了。我们这里四个人，烫一壶酒，几个碟子，大家畅谈一会儿。"方又山笑道："有过年的样子，也很好。我们三个人全是第一次到北京来过年，尝一点儿年味，将来到南方去，也可以在南方人面前大夸一阵。"章文澜笑道："那么，回头煮饺子吃。"那个女用人也禁不住一乐。一会儿，端来两锡制小壶的酒，还有糟鸡、熏鱼、红烧肉、烧鸭、拌海蜇、红绿丝儿六样小菜，拼成的一碟，全摆在圆桌上。方又山道："这除两个酒壶像个小瓶子，还是北方的样子，至于这个菜，完全是江南样子。尤其是这碟红绿丝儿，南京这一带就叫十景菜。"

　　大家全欢笑着，主人让在圆桌子上坐下。这房里有一只铁炉子，把烟囱安到室外，屋子里很暖和。章文澜将各人面前小酒杯全斟满了，一面吃，一面谈。随后把铜制酒壶拿出来，这又是家乡味了。随后，章家人端上饺子来。这儿的饺子又和江南饺子不同。他们是用两只白瓷盘装上，饺子不是用笼屉蒸，全是用水煮的。笼屉蒸的叫"烫面饺"，做得比较费事。章文澜看看端来的饺子，便和那人道："还有'腊八醋'没有拿来。"宋一涵笑道："这'腊八醋'，又是过年味了。"章文澜道："是的，回头你看，有一样东西很有意思。"说话之间，用人已将"腊八醋"搬来。是一只陶器小罐子，把纸给它封上。用人也携了两个空碟子来，放在桌子边。然后主人取过醋坛，把纸取了，用筷子倒转来，在里面夹取，就望空碟子里装。这倒很奇怪，他夹取的尽是大蒜瓣，却并不是白的，一个个全是绿得爱人。蒜瓣头上，还有一点儿嫩芽。杨止波看见，也不禁叫妙。

主人将蒜瓣取了一碟，把醋也倒了一碟，大家都说不错，就把消夜吃过。

杨止波站了起来，说道："腊八醋甜又辣，今朝好味胜屠苏。我们真吃饱了，打扰打扰。我们要走了。"宋一涵也起来道："是的，现在有两点钟了，我们该走了。"章文澜道："今天根本不论钟点，坐下何妨？"方又山道："等他二位睡一个好觉吧。"于是两个人告别章文澜，出了大门。走上了大街，果然各家店里还是灯火通明。尤其是杂货店里、水果店里，有好多人在里面买东西。宋一涵道："这北京守岁的风俗，一点儿没有改。"杨止波道："中国没有礼拜，一年忙到头，只有这几天闲，自然是要玩一会儿了。这些店户今晚忙一晚，明天也开始玩儿了。我觉这事应该。"宋一涵也就点点头。

两人回到报馆，还坐谈了一会儿，就展开被睡觉。杨止波这一觉睡到第二天十点半钟才醒，自己打水洗了脸，泡壶茶喝了，看一看宋一涵，已早起来走了。这一天，听不到机器响，编辑部也只有自己一个人。不出去也没有意思。想一想，往哪里走呢？自然要去王豪仁、邢笔峰两处拜年，回头还找一个地方吃饭，因为这旧历正月初一，是任何饭馆都歇工的。想了许久，还是先到王豪仁那里为是。自己走出报馆，由十间房那边走，路上除看见几个穿新衣服的人出去拜年而外，家家都关起门来，比平常日子反而安静多了。一直跑到皖中会馆，那长班倒是很客气，见人请了一个安。

杨止波往里面走，一直向王豪仁房间里去。可是他这里房门虚掩。房里桌上留有一张红字条，上写着：

杨止波老弟：

恭喜恭喜。若是果然如此，兄在邢府等候。因笔峰兄知弟没有中饭可用，留弟过个晚年也。

兄豪仁留

杨止波心里想，还好我确是到这里来了，那就赶快向邢笔峰家去吧。可是，到了皖中会馆，杨止波又想起一桩事来，王豪仁虽没碰着，到邢家是可以会面的，可是，孙玉秋家去不去呢？早几天她说过，有几个亲戚要接她一家去过年，若是真去了，那就会扑个空，未免扫兴。正这样想着，自己还向院子里走，真是一点儿响声都没有，大概真是走了。望了这北屋一会儿，自己正要转身往门外走，忽听到那北屋里有人道："杨先生，恭喜你今年要做一个总编辑了。"这正是孙玉秋的声音。心下大喜，答道："恭喜，你要考大学啦。"刚说了这句，自己有点儿后悔，考大学这件事，正是她父母不乐意听的事。

门开了，就见孙玉秋站在门口，旧衣服上罩一件新的蓝布褂子。那个时候，女子喜欢搽胭脂。玉秋向来也不爱搽，可是她今天也打了一圈胭脂晕儿，头上也没梳辫子，梳了两个堆云头，头犄角上一边一个。这是当年自己最欢喜的样子，自己是和孙玉秋提过吗？但早已忘记了。孙玉秋笑道："给王先生拜年，王先生不在家，留了一张字条给你吧？王先生还说了，叫你只管晚一点儿去，最好十一点三刻到姓邢的那里。上我家来坐吧，我做了一点儿吃的给你。"杨止波听了这话，真的又吃一惊，她的父母是不许她这样交朋友的，因之他站在院子里，不敢动脚往她家里走。孙玉秋笑道："进来吧，这院子里没有人，一齐拜年去了。"杨止波就进门四周一看，果然没有人。

孙玉秋把椅子一搬，让他坐在炉子旁。她把茶壶倒了一杯淡绿的茶，含笑迎了过来，杨止波手端了杯子，闻到有阵清香，笑道："这是毛尖……还有吃……"孙玉秋不等他说完，笑道："有点儿吃的，你猜一猜？"杨止波道："我怎样猜得到呢？"孙玉秋走到自己房门边，一手叉着门帘，笑道："我早就预备了，是用筷子吃的，来得很远，而且是你喜欢的。"杨止波道："那我更猜不到了。"孙玉秋含着笑，向屋里去捧着一只青花大碗出来放在桌上，又连忙到屋里去，拿了一双自用的骨头筷子出来，放在碗边。杨止波现在看明白了，是一碗线粉，这在北京，同样的东西叫作粉条。这种线粉，只有江西方面有，它用米粉做成的，离开江西已有七八年了，一直想吃这种东西，可是没有，便笑道："这是线粉，我空想了它七八年，你从哪里弄来的？"孙玉秋将碗移了一移，笑道："吃吧，你一会儿要吃饭，我没有给你多做。至于什么地方来的，是江西的同学送了我一点儿，我父母也不知道，留着给你吃，你还可以吃一回。"杨止波站起放下茶杯，坐到碗边，自己把筷子挑了一挑，见线粉里有好几块鸡肉，便道："故人情重。"孙玉秋站在桌子边望了他，笑道："吃吧。"

杨止波吃着线粉，就问道："你父母哪里去了？"孙玉秋叹口气道："在往日，我就不知怎么是好，现在定了心，管他怎样，反正我不闻不问。我母亲上娘家吕家去了，吕家接去，你想这里头还有什么好事吗？"杨止波道："丢你一个人在家，他们不觉得你太孤寂吗？"孙玉秋笑道："那他们管什么？反正这女儿不是他们生的。至于我自己，倒觉得这是一个好机会，反正你会来。而且王先生也说了。"杨止波道："说我会来？"孙玉秋道："你有事也不会瞒着王先生。名正言顺，我们……我们公开……我们交朋友吧？"她说着，也就盈盈地笑了。杨止波尽把线粉挑着吃了，鸡肉似乎没有动。便把碗一推，在衣袋里抽出手绢，将嘴揩抹着。孙玉秋道："这鸡你不吃一点儿？"杨止波道："我已吃了很多了，你若嫌它脏……"孙玉秋道："我还嫌它脏？你看看这筷子是哪个的？"杨止波道："哎哟！这真是今朝两相视，脉脉万重心了。"孙玉秋笑着，也不说什么，把碗收着，向自己屋里送去。

这里院子里只有两个人，杨止波也不好说什么。孙玉秋将碗收去，出来在下手一张空椅上坐着，她见杨止波不言语，自己也不说，把衣摆下襟折了又折。杨止波一看这桌上放的小钟，已经过了十一点一刻了，因道："我要走了，你还有什么话要对我说吗？"孙玉秋道："没有什么话。就是我想学点儿诗，不知怎样下手。"杨止波道："那需要读诗。"孙玉秋道："你告诉我的《唐诗三百首》，和洪迈作的《唐人万首绝句选》，经王渔洋手删了的，我都读了好些首。"杨止波很兴奋，将身子偏着，问道："你已经读得相当的熟了？我问你一句，昨晚是除夕，你记得什么句子是咏除夕的吗？"孙玉秋把衣襟不扯了，好像将诗读熟了的样子，手画着圈儿道：'故乡今夜思千里，霜鬓明朝又一年。'这是高适作的，我觉得颇好。尤其是你们，昨夜一个人度过年夜，从小就念过这首诗的，就不期然而然地会念到它。这话对吗？"

杨止波将大腿连拍两下，笑道："对的对的。你平仄懂得了吗？"孙玉秋也很高兴，笑道："懂得一点儿。我在读的近体诗上这样圈圈点点，又把学校拼音讲义仔细一念，大约不要几久，我就全会了。"杨止波道："很好很好。等你把这两本诗念熟了，我再介绍几本书你读。"他说着这话，拿着茶杯起身四下来找茶壶。孙玉秋就连忙走进房里，将搪瓷茶杯倒了大半杯出来，双手递给他。杨止波道："你这样恭敬，我感到过分了。"孙玉秋道："这是敬先生的。"杨止波笑道："你别骂人了，我这算得了什么先生？"孙玉秋笑道："我不记得什么书上有这'一字师'称呼，怎样称不得先生？"正说到这里，就听见前面哈哈大笑。杨止波怕有什么人来了，就道："我们改一天见吧。"放下茶杯和孙玉秋点个头就出来了。

十一点三刻，果然就到了邢笔峰家。这王豪仁徐度德全在邢笔峰的小小办公室里。邢笔峰倒也殷勤待客。在邢笔峰身边坐了一位年将五十的先生。他穿一件绸面、狐皮里的袍子。可是这狐皮，说起来好听，有十成之八都没有毛了。皮袍上罩一件墨绿背心，和那皮袍一样，好多地方都是空花碗大。他有一张雷公样的脸，两只蚕豆大的眼睛，头上戴了一顶瓜皮小帽，杨止波一进门，大家喊着恭喜。这位先生倒很知礼，就对了杨止波作了三个揖。经邢先生介绍，他是《兴国报》的编辑洪廷耀，在报上另外有个名字，叫作红桥。

大家坐下，当然这是过年，有很好的果品敬客，大家有吃有谈。杨止波和洪廷耀是初次见面，就谈了许多问题。

原来这份《兴国报》是一份小报，这些小报不能以《群力报》来比，《群力报》是以戏剧为主的，这些小报就没有这戏剧广告了。不过戏剧广告虽没有，下三烂的广告，那倒很多的。比如梅毒广告，它们广告栏里就有四五份之多。因此，广告要占去两版半，登新闻的地方就只有两版不到了。两版不到的篇幅，重要新闻要占大半版，本市的新闻只有半版。此外，一篇小说、两篇感言、两小段戏评，这副四开的小报就功德圆满了。

这是《兴国报》的篇幅，算一算它的收入究竟怎样哩？我们先算广告，大概平均每方广告收入五元，三四十家广告，就有二百元。此外，算算发行。我们知道，报馆发行是一种大收入。像《兴国报》，顶多销三千份。他们定价是一个铜子儿一份。当然没有自订的，都是派报的人批发来代销的。既是代销，就得打一个折扣。像《兴国报》这种报，顶多每份只有五文钱，收入是四百元上下。统而言之，该报有六百多元收入，开支有多少呢？大约印刷所要他三百元不到。纸张六七十元，房钱杂用四十元，这还有二百元的收入。用上一个编辑、一个校对、一个杂务，也不过四五十。所以，《兴国报》这样平平稳稳地过，社长还可以落一百多元一月。

《兴国报》社长名叫马国彬，他聘请洪廷耀先生名为编辑。当然，许多编辑事务都归他办理。洪廷耀被马国彬请来的时候，言明二十元一个月。除了重要新闻、本市新闻，还有一个副刊，都归他发稿。这本来没有什么稀奇，北京的小报差不多都是如此。可是副刊上要是缺稿，还要洪廷耀来补。此外一篇小说，也就规定每月是五元钱。这篇小说，还要里面逗哏的。有时哏太少了，就要洪先生加上一点儿。洪先生只要每个月能拿到二十元，倒也不在乎。不过，这位马社长总是言而无信，要拖住他半个月。就算拖住半个月，也不要紧，他总是三块一给，五块一给，那就实在太不成话了。

十二月二十八日，是这小报今年发稿的最后一天。洪廷耀这日来得特别的早，因为要拿几个钱回家过年啦。所以，这日早上就到报馆里来了。报馆是一个小四合院。北房三间，是社长住，东房两小间，住了他的岳父岳母。南房两间，是报馆的编辑以及营业各部。西房两间，那就是报馆家庭，厨房、打杂的杂务全在这里办理。这编辑部里倒有两张两屉桌子，向两边靠墙摆了，也有一个书架。可是架上的书也不到半架子，放在窗户边。这前面就是编辑桌子所在。靠门有一张四方桌，这里粘贴报签，料理馆里的一切事务。这个报馆，大概就是这样。

洪廷耀这天到报馆里来，坐在编辑桌子旁边。这里一个打杂的，叫着老何。他也走进房子来，笑道："今天你来得特别的早，想是早点儿来办完事，好回家去办点儿什么吧？"洪廷耀道："可不是吗？不过办事时间尽管提早，可还有一层，咱们都得花钱啦。"这时老何沏了一壶茶，这茶没有茶叶，是五文钱一包的茶叶末子，将纸包打开，向瓷器茶壶里一倒，把纸丢在字纸篓里，自己在地上把黑铁壶提起来，对着桌上壶里一冲，哗啦直响，那响声倒是好听，像冲了两吊钱一包香片一样。洪廷耀笑道："这茶不怎么好喝，可是冲下去响声很好，我这就解渴啦。我问你，社长在家吗？"老何将水壶放在这屋里铁炉子上，自己把茶杯放在桌上，把茶壶斟起，斟了一杯马尿似的茶，端着放在洪先生面前，低声道："一早社长就出去了，大概也是为钱吧？你要钱，我也要钱啦。"

洪廷耀这倒没有猜到，社长这样早就出去了，叹了一口长气。老何站着，望见他脸上两眉皱起，几乎变成一条缝，也叹了一口气道："也是社长不体谅人，我心想这一个月的钱，固然是要，就是我还要借几个钱用呢。可是社长总出去，有话也告诉不了他。"洪廷耀道："反正社长总要回来的，我们就等着吧。"老何走了，洪廷耀喝了一杯茶，就来整理稿子。他先是把今天的日报看了一遍，回头就看了能用的新闻，把剪子一一剪下来。跟着用小纸条把他剪下来的报一条一条给它贴上。粘贴完了，把桌上预备的红墨水红笔，把它取过来，把红笔蘸了红墨水就一勾一涂，涂得只剩七八十个字，这就够了。在本段新闻前，安上这么六个字题目，这段新闻就算成功，大概发个十条新闻，也就够了吧，随后发两条预备新闻稿，发要闻稿件，算是完事大吉。至于发本市新闻，这里有专投稿的，要是用了一段新闻，就发他三个五个子儿的一条报酬。这些新闻，也只五六十个字上下，下面注了一个字，这是注明哪个投稿的。这些新闻若是由警察所来的，那是靠得住的。若是打野鸡的，在家里瞎凑一些稿子，那就完全不可靠。这类新闻，发得要比要闻还少。大概吃中饭的时候，就发齐了。

至于发副刊稿，那比发新闻稿还要早，大致出报以前两天就要发稿子。也就是下午一个半天吧。洪廷耀把新闻稿发了，看看社长还没有回来，就把自己带来放在抽屉里的四个馒头取了出来，在铁炉子上烤起。老何在那边方桌上贴报签儿，大概有个二三十份吧，这都是与报馆有些来往的人。他看到洪先生烤馒头，就道："这就算是中饭吗？"洪廷耀将一小方几子对了铁炉子坐着，叹口气道："就是这个吧。"老何道："这要是就个咸菜，也有限得很啦！我那里还有一碟疙瘩丝儿，我拿来，你将就着吃吧。"他就马上取了来，放在桌上。洪廷耀道："谢谢你呀！"老何还取了一双筷子给他，他就着疙瘩丝儿下馒头，把四个馒头都吃光了。

等了一下午，那社长还没有回来，洪廷耀把今年最后一次副刊也发完了。看着街上电灯发亮，老何也就取了一盏罩子煤油灯进来。洪廷耀今天下了决心，非等社长回来不走。再过了一会儿，看着街灯明亮，社长才慢慢地走回来。洪廷耀听到向北屋里走，心想，你这总要出来吧，还是等着。可是等了半点钟，他还没有出来，这实在不能等了，就站在编辑部门口，大声叫着道："国彬兄，你早回来了。我等你一天，中午吃了四个馒头，晚饭还没吃，等你真是够久了。"上房里马国彬才答道："该罚该罚，洪兄等了这样久。"他马上到前面编辑部里来，他穿着宝蓝缎面的皮袍，头发梳得溜光，一张尖脸，一双小眼睛，进来和洪廷耀拱拱手道："洪兄还在这里等候，那是太久了，来一支烟吧。"说着，在他衣袋里摸出一盒大长城来，取了一支，拿在手上相敬。洪廷耀站在方桌子旁边，将手连摆了几下，很生气道："烟不要抽了，我饿着肚子，还没有吃饭哩，我也不坐了，站着说几句吧。我家里什么东西……"马国彬道："不用说了，我一脉亲知，今天我不是为钱，会到这时候才能够回来吗？过年还有两天，我在年里准一定把这一个月工资先付给你。"洪廷耀道:"这上个月薪金,请你在今天就给我。此外,我还想向社长借几文过年。"

马国彬听说还要借钱,觉得很严重,便把烟卷放在桌上,将手指轻轻拂桌沿,望了他道:"报贩的批发拿不来,广告费简直拿不到。"洪廷耀瞪了眼睛望着道:"这样说,是没有。好了,明天一早,我带老婆孩子来,在你家过年。今天晚上,我也不回去,就坐着,熬一晚到天亮。"他说得到,真做得到,就侧转身,向椅子上一坐,一句话也不说。马国彬也生了气,将袍袖一拂道:"我只欠你十元钱,我就是不给!"他这话说错了。原来从前给钱,是先做事,后才给钱。所以真正的欠钱,是一个多月。他也不管了,就放快步跑进上房去。

洪廷耀也不管他,一个人只是向炉子边坐着,一会儿,听到老何咳嗽的声音,向北屋里去。约莫有十几分钟,老何身上有银圆的撞击声,走了进来。他走到洪廷耀面前,将十元钱凑齐一叠,一把拿着,笑道:"这欠你的都一齐拿来了。你快拿回去买点儿东西吧。至于借钱,我想三块五块,咱们要借,总还可以借得到吧?"洪廷耀见十元钱已经拿来了,连忙伸手接住,向老何道:"这有劳你了。我想你也要钱用啦。"老何轻轻地靠着椅子,低语告诉他道:"你只管向他要吧。我亲眼看见他有了一大把票子,大约二百多元。我想一定是报贩子给了他钱。我自然也要向他要的。"洪廷耀道:"我明天再来吧。"他于是向衣袋装下了这十元钱,回家去了。

次日,近正午边,洪廷耀又来了。这一天,只发点儿新闻稿子,就放年假了,所以很轻松。洪廷耀一进门,老何又轻轻地道:"他又走了。你别说什么,就这样老等着,包有好处。"洪廷耀只管点头。今天也是带着四个馒头当午饭,可是今午比昨午好得多,已经买了一吊钱熏肉,还有一枚铜子儿的疙瘩丝。等到半下午,社长回来了。在屋里脱下了外面粗呢大衣,倒是很客气,进来向洪廷耀一个三揖,笑道:"昨晚我对不住,十元钱我兄已经收了。我知道你家还要钱,这里有点儿小意思,不要说借吧。"说着,他手里拿着五元票,高高举起,只管向他手里塞,洪廷耀只好接住,两手捏抱了一个拳头,口里含笑道:"多谢多谢,这我也不用客气了!"

第十一回

纳币引车巧言夸老吏
劝餐敬客妙亨说先生

这邢笔峰家，新年无事，大家坐了闲谈。洪廷耀就把他社长的事闲谈了一阵。邢笔峰请人，出钱虽然也不多，不过他是江苏人，招待方面，那很周到，这却比马社长好一点儿。当时他就对洪廷耀道："你的马社长对同事，稍为嫌太锱铢较量了一点儿，但是他送了五块钱为洪先生的过年费，那究竟是好人呀。"洪廷耀道："说起这钱，在从前我是不放在眼里的，但是，如今对于我是不无小补的。去年冬天，我本想把二十块钱的事情辞了它。可是这个年月，找同样的事真不容易，只好忍气又干了。"邢笔峰当时在许多朋友面前就道："这是对的，这是对的。现在要找二十块钱的事真不容易呀！止波兄，你以为如何？"当然客人都称是。

过了一会儿，邢家开饭，各人都饱餐一顿。饭后，王豪仁、杨止波就说还有事，告辞出来。走了一截路，来到大街上，王豪仁笑道："我丢了一张纸条在桌上，你看见了吗？"杨止波道："自然是看见的。"王豪仁哈哈一笑，将手拍了他的肩膀道："你的朋友，待你总算不错吧。她弄了什么东西你吃？我看你在邢家吃饭，就是没吃一点点。"杨止波道："我的事也不瞒你老哥。她用鸡汤下了一碗线粉我吃。"王豪仁道："什么？线粉？"杨止波想着，这线粉是江西一个名称，当然他不懂。这就把线粉的做法和样子，详细地告诉了王豪仁。王豪仁又哈哈大笑道："这线粉不要管它了，这份情意，却是人所难能的。兄弟，再向我皖中会馆去一次吧。也许她的二老还没有回来，你们还好谈谈。"杨止波笑道："不去了，我要去报馆瞧瞧，也许有事。"王豪仁道："你果是有事，我就不强人之所难。我就告别了。"说着，他就跨着很快的步子走开了。杨止波忽然又很忙地跑来，叫道："王兄，王兄。"王豪仁站住了，杨止波跑到他面前，对他道："你可别说我到了会馆里。"王豪仁笑道："这还用得着你招呼吗？哈哈。"他笑毕，和杨止波伸手一握，走了。

　　这个日子，天气还是短的。杨止波到了报馆，一点儿响声都没有。到编辑部看看，也没有人，自己倒觉得茫茫然，仔细一看，却见宋一涵床上被条堆起，便笑道："有人在家便行……"话没有完，就见被条掀开，宋一涵擦着眼睛笑起来道："我到了一个地方很有趣，晚上你同我去，好不好？"他披起衣，拔上鞋，便站起来，拿着脸盆要打水洗脸。杨止波站在房门口，笑道："不忙呀！你在什么地方，怎样有趣，说出来我听听。要是真有趣的话，我是愿意去的。"宋一涵用手把洗脸搪瓷盆敲了一下响，笑道："你这是要猴儿戏，敲锣一下，就逼着猴儿非演戏不可。要说我就说吧，他们窑子里，这日子有半个月不做生意。有家的自然回家去，没有家，在窑子里的人也欢迎我们去的。我们去了，还有吃有喝，一个子儿不花，我今天上午就是到那里去逛的。"杨止波笑着，又叹了一口气，指了他衣服道："我猜你是到清吟小班里去吧，你这种穿着，老鸨们是不会欢迎的。而且这里很多二十上下的姑娘，卖到小班里来，她们非常想家的。到那里面去找乐儿，她们虽然也对你们乐，可是暗地里正在掉泪呢。"宋一涵笑道："胡说胡说！虽然我穿的这身衣服全是布的，可是在几个月以前，我是花过大钱的呀！"杨止波道："你去打水吧，这只好让你独乐了。"宋一涵也知道杨止波讲的是真话，但他有他的另一个想头，就是得乐且乐，笑嘻嘻地舀水去了。

　　这两个人虽然做事相同，可是两个人寻乐儿就大不相同了，所以这几天假很少玩在一处。冬日的天短，这样过了几天，吴问禅就回京了。这时候，余维世以功课要紧，报馆去学校的路程又太多，他就把这编辑事务辞掉了。康松轩以报馆用的人不少，就指定宋一涵、杨止波二人轮流代编短栏要闻。好在这短条新闻只有三条多一点儿，一个人代编，只要一小时到两小时的工夫就完了，这是极容易的事。吴问禅看看杨止波代总编几天的报纸，也没有登骂人的新闻，对眼前的几位官长并无伤害。吴问禅笑道："果然四平八稳，可是《警世报》总要有一两条泼辣新闻，人家看了才算过瘾。"杨止波道："这个我自然明白，但是给人家代编，编得没有毛病那就算很好，至于新闻要泼辣，我想这不是我代编的事吧？"当时，二人想穿了这一件事，就哈哈一笑。

　　过了半个月，这后面那一所接待宾客的三间房子，每日下午到夜晚，总有客来。而且，其中贺天民每天必到。杨止波这就想到，这位先生每天往这里跑，大概是段祺瑞那方面已经很注意到了。不过，这新闻倒又没有受过段祺瑞的什么限制。有一天深夜，等着大样，彼此无事，杨止波拿了一本英文周刊在看，宋一涵却是坐在总编辑位子上，把一张格子纸摆在面前，就拿红笔在纸上乱写，头也不抬，只管写去。杨止波坐在他对面，以为他是写东西好玩，便笑道："你又在做戏评吧？"宋一涵这才将头抬起，把红笔放在桌上，把手将那格子纸提起来，笑道："你瞧一瞧，凭这就可以给我一个谘议。"杨止波不明白这是什么东西，就接过来，对电灯光仔细一看，上面写了两个字，是社论，便道："哦！是给《民魂报》写的。"宋一涵笑道："你看这一段，写得怎样？"他把手指点了红格子中间一段。杨止波这就依了他看那一段，上写着：

> 若夫八方无事，听命中枢，当然我公不妨东山丝竹，其乐逍遥。围棋赌弈，胸有成竹。若一旦天人不测，群小蠢动，则我公擎天之柱，一声霹雳，四海眼见波清，群魔共将胆落。

杨止波看到这里，不觉哈哈一笑，将那稿子交还了宋一涵。宋一涵将稿子摆着，笑道："我兄为什么发笑？"杨止波将面前英文周刊拿起，向桌上吹了一吹灰。其实这桌上是没有灰的，不过借了这样动作，心中思想了一下，回头把书依然放在自己面前，笑道："我兄把我当个朋友呢，我就说，若是不把我当个朋友呢……"宋一涵笑道："我知道，我这社论，骈体不像骈体，散文不是散文，这简直不成个东西。但是我们社长倒很喜欢这个。"杨止波笑道："既然你知道，我就不妨说了，你这篇文章，所谓'我公'，当然指的是段祺瑞。这安福系的名声，什么人还不知道？真是其臭不可闻也。你还去这样恭维他干什么？"

宋一涵把纸烟从衣袋取出，抽了一根在手，只管在桌上顿着，笑道："你瞧，我不是买了一盒大爱国纸烟吗？这就是《民魂报》津贴我的好处。今天早上，贺天民送了我六块钱，我这文章里面说了声'我公'，这不是恭维段祺瑞，也不是恭维贺天民，恭维的是六元钱。"杨止波笑道："你这家伙，没有出息。"宋一涵把张稿子摆在面前，使手拍了两拍，叹气道："我还说这很好，也许弄到一个谘议当。这样看起来，我的朋友都通不过，那算吹了！"杨止波听了这话，也就不禁哈哈一笑。可是宋一涵虽是明知道这社论是不好拿出去的，但是他依旧把这社论写完了。

这样一篇社论的稿子，好在是由《民魂报》发排，可以说，对社会没有影响，可是隔了一天晚上，贺天民坐着包车，前来拜见这总经理康松轩。康松轩似乎知道他要来，就坐在这客厅里等候。贺天民走进屋来，就笑嘻嘻地对康松轩道："我可以说不辱尊命。现在我把两个月津贴都拿来了。"他说着，自己在身上掏摸了一阵。果然在衣袋里摸出一张支票，上面写明是一千元。双手捧着，走近康松轩身边。自然，康松轩也是站起来的。把支票接过去，见上面写了这样的大数目，笑道："你老兄为这事，有劳了。"贺天民这才将帽子马褂一齐脱了，放在衣服架子上，笑道："这还谈得上有劳吗？我倒有一样事，希望与你谈一谈。"他说着，走来和康松轩隔了茶几，各坐了一张沙发。康松轩将三炮台烟筒由茶几上向前一移，笑道："你请吃烟。至于要我帮忙的事，你只管说，我可以办的事，总可以办。"

　　贺天民在烟筒子里取了烟，使劲抽了一口，笑道："这在康先生，大概还不难办，就是段公想和足下见一见面。"康松轩笑道："那我当然要去，当面道谢一番。"贺天民将烟在沙发掸了一掸灰，笑道："当然你会去的，可是总要写点儿新闻才好。"康松轩把手在长袍上掸掸笑道："这是理之当然。"贺天民把眉毛皱了一皱道："只怕你那编辑部里的人通不过。"康松轩立起身子来坐了，笑道："你看着他们乱说乱道，以为他们了不起吗？这有什么难处？他们是我请的，我要怎么样，他们不能不怎么样。这条新闻，归我自己写就是了。"贺天民笑道："那就好极了。我回头去请示一下，看是哪一天见面。我保险段先生是很客气的。"两人谈得很入港，约定明天两三点钟，贺天民到这里来通知。也许明天见，也许要等一天。

　　可是次日贺天民去问消息，段祺瑞很是高兴，就约定下午四点钟见。贺天民又跑到《警世报》报告了一番。三点多钟，就看见一部马车来到了占兆胡同的段公馆门口。康松轩下了车，站到门房前，将自己名片递上。门房看了那张名片，点点头道："是康先生，请到客厅里等一会儿吧。"过了二门，这里是一条长廊。长廊中间，有一个客厅。此时另外有人引着，就到这客厅里等候。这位康先生是一家有名的《警世报》的总经理，各位部长家里也都是去过的。不过像边防军督办段家，却没有来过。康松轩到了这家客厅里，看着是这样一个模样：是一座船厅，三方都有窗户。上面摆了五张沙发，中间摆了大餐桌子。桌子旁边围了几把椅子。靠门有四把檀木椅子，夹了两个茶几。这在平常家里，摆式已经却也平常。但是段督办家里这就格外不称了。不过这只是普通客厅，谁知道这段公馆里还有什么客厅哩！康松轩看看这里摆得朴实无华，也暗自点头。尤其是大餐桌子铺了白布，那边上还有几个香烟烧的窟窿。他想，这里常有贵宾来的所在，都没有换掉新桌布，可见得他为人勤俭吧！这是他的见解。

康松轩在这客厅里约等了十分钟，就见一人引着段祺瑞出来了。他身上穿着古色黄绸棉袍子，下面穿着蓝绸裤，还系了裤脚，穿一对双梁鞋，头上没有戴帽子，梳了一把白头发。他的脸和相片一样，略微长形，人字须，走起路来还是很快，没有老的样子。康松轩见着，就连忙站起来。

段祺瑞走到康松轩附近，伸出手来和他握手。握手毕，段祺瑞还说的是合肥话，道："请坐请坐。《警世报》是国人的报，以后有什么事尽管来，我们是非常地欢迎。"说着，他就让了这高头的沙发，请康松轩坐了。康松轩看这段祺瑞倒不是难缠的人，当时很恭维了一阵。这时候，茶呀烟呀都向他敬过了。康松轩就把学校问题、内阁问题以及练兵问题，都问了一点儿，而段祺瑞总说，自己不在其位，不谋其政，所以很多事不知道。不过谈到学潮问题，他说学生总是好的。只是读书的人不要这样过问政治，应该以读书为重。他问答了一段，康松轩答应是是。

谈话约有半个钟头，康松轩觉得不宜多谈，起身告辞。段祺瑞倒很客气，将客送到二门口方才止了。康松轩上了自己的马车，在马车上细想了一想，这段祺瑞还是不错呀。以后每月送五百元给我。照情理说，自当去叩谢一番的，自己去了，那老段倒亲自出来招待，还指明以后尽管来，非常欢迎。我回去之后，当然得在报上亲自捧他一场的，才算以答盛意。于是自己在马车上就想了一个大概。回来了，向东边房屋一溜，脱了外边马褂，吩咐左右，无论什么人前来，就说他不在家，不要吵他。自己这样告诉了，便在睡觉的屋内，将面窗户边一张写字台边坐了，点起了一盏桌上移动的玻璃罩子电灯。挪开了砚池，拿起笔来，正要动笔写一条特别新闻。却有一位满身绸缎，香气喷人，年约二十岁的妇人走了过来，也端了一把椅子靠了总经理坐定。康松轩手里拿着了毛笔，看见了她来，就拿笔在纸上点了几下，笑道："你别吵我，我这里做篇文章，恭维老段。此后还猜不透给什么官我做呢。"说完了自己就动笔写起文章来。

康松轩是总经理，他的文章用不着交编辑部，而且自己定下了，这是第一条。编辑部这就谁也不知道。可是这里头聪明人也有失脚的地方。康先生并没有招呼排字房，他的稿子大样不用得送编辑部看。回头送大样的时间，就说总理有稿子得了。大概是晚上四点钟，大样已经就送来编辑部了。杨止波伏在桌上，自己拿着红笔，看一句念一句，第一行便是本报记者与段祺瑞很亲切的谈话，他就感到这里面有文章，这天，正好吴问禅没有回家，在这房里睡了。杨止波将这全版大样放在桌上，自己对了大样瞧，自看了一段之后，还没有说话。却是在一张桌上，也在看另一版大样的宋一涵就哎呀了一声。他与杨止波是对面坐着的。杨止波听他叫了一声哎呀，自己就把笔放下，两手将大样纸一按，问道："为什么哎呀一声？"宋一涵将红笔圈着小圈子，指着那条特别新闻道："你看这一条特别新闻啦。"杨止波道："这的确我们要请示总编辑一下，好在总编辑今晚没走。"宋一涵把红笔拿在手上未动，很为犹疑了一阵，因道："我前天做了社论，恭维老段一番，那还是暗写，你就笑我没有出息。现在这里明写，当然……"说到这里，微微一笑。杨止波道："暗写明写，那倒没有什么。可是《警世报》是反对安福系的，人家看我们的报也就为了这一点。今天反过来恭维一阵，那我们就要检点一番了。为什么前后矛盾呢？"

宋一涵听了他的话，就将笔一丢，站了起来，笑道："这事非同小可。我们叫醒吴问禅，请他斟酌，反正有他负责任。"于是走到床边，就喊道："问禅问禅，起来吧，我们这有一个大问题发生了。"本来吴问禅当他们提到特别新闻，迷糊着就听到一点。宋一涵一喊，他就立刻爬起来，问道："什么事？"杨止波也站起来，问道："这里有一条新闻，是总理写的。这条新闻要登的话，我们两个人觉得位卑职小，不能负这样的责任。"吴问禅就走了过来，拿起大样细看。看到一半，他马上将桌子一拍，很生气地道："这项新闻怎么可以登！若是真要登，那我只好卷铺盖走路。"这时，正好有个排字房的人在面前，听了这话，便笑道："这是总理的亲笔，我们不敢说不登。请吴先生加以考虑。"吴问禅道："你为何不老早告诉我一声呢？"排字房的人道："原来是不打算把事情告诉编辑部的。后来一研究，这大样总理又未曾叮嘱，叫不要给编辑部人看，因此我们像往日一样打出大样来。"吴问禅也没有作声，又把大样看了，便道："这条新闻，不登那是不行的。不过从中有几个字非改一下不可。"宋一涵笑道："我来念一念吧，念出了毛病，你再改吧。"他于是站在桌子边，两手拿起那大样就念起来。新闻这样写着：

昨日日暖风和，吾人往吉兆胡同，拜见训练督办段祺瑞先

116

生，约四点半钟，在会客室中会见。段先生穿杏黄棉袍，性蔼然可亲，约吾在旧沙发上坐下。吾在其时，看及此屋之大餐桌桌布，有火星烧及之火眼数个，灿然落在眼内。此知先生非常勤朴，虽然此处常有佳宾前来，竟不顾及也。吾人晤谈，当然有许多国事可商。但是段先生十分谦逊，谓吾人不知者不可乱言。此真为年轻人之好榜样，不是政界中人乱言者可比。

吴问禅听到这里，便向宋一涵摇摇手。宋一涵笑道："不念吗？"说着把大样放在桌上。吴问禅皱了眉道："这改起来，真是不好改。二位意见如何？"他说这话，望了杨宋二位。杨止波站在吴问禅后面，向宋一涵望了，宋一涵就对这话摇了一摇头。吴问禅笑道："这并不是我们有心要改总理的文章，这是为本报好。就是知道你二位改的，那也无所谓，这本来是好事，怎么二位不作声？"宋一涵道："我们没有成见。"这连那个排字房的人也忍不住哈哈大笑。吴问禅道："好吧，回头我改了几句再交给你们吧！"排字房里人才答应着走去。

宋杨到中间屋子里看大样，让这间屋子空着，吴问禅去改稿子，稿子上称先生的地方，都改了一个氏字，有些恭维得太过分了，把它改了一改。如"此真为年轻人之好榜样，不是政界中人乱言者可比"，把最后一句言语取消，改作"此为政界中人之故态"。这一条新闻，他逐段删改，改了有两三百字。改完，他念着，请二位听听。当然这两个人也只说"很好"，不便多言。后来排字房就照这个改的稿子付印。这两个看大样的人心里有点儿疙瘩。听说吴先生在九点钟走了，临走写了一封信给康总理，那当然是改稿子的原因了。两个人一听，这事既是有人出来负担责任，身上自然无所谓。第二天早上起床，看到报馆中人都对着微微一笑。自己也只有微笑相答。

十点半钟，杨止波到邢家来了。走到窗子外边，里边便有了笑声。走进屋子还没有坐下，这邢笔峰拿着报看，自己坐在藤椅子上，就带了微笑问道："你们的报，今天改了样子了，似乎在昨夜晚，这编辑部里有不少新闻吧？老兄何妨谈谈。我们这几个人老早就猜了一宝，这宝不晓得可能押中？"杨止波坐下来，问道："先生问的是《警世报》那一条特别新闻吗？"坐在旁边桌子上的徐度德笑道："自然是。我们猜那吴问禅一定是不肯登，猜中没有？至于你，也是不肯登的一个。"杨止波笑道："我算什么？人家登的什么，我照样子对正就得了。可是吴问禅倒是不主张登的。"于是就把这稿子出版的经过说上一遍。邢笔峰道："不错，我们猜想，吴问禅是五四运动的人，今天恭维安福系的后台老板，总有点儿格格不入吧。"杨止波心想这条特别新闻，结果怎么样还不知道，以少说为是，自己一笑，这下面就没有提。

回头吃午饭，杨止波又去吃了一顿牛肉面，看来时间尚早。而现在仲春天气，北方虽然早晚有点儿凉，至于中午，太阳当空晒着，风又不大吹，这就没有冬天的冷味了。就一个人在街上逛逛吧！自己顺了这骡马市大街往前走，忽然自己肩膀被人绊住，笑道："老杨，好久不见呀！你是什么日子到京的？"杨止波一看是一个穿西装的人，将自己扯住。原来这是当年演文明新戏的时候，自己闹着玩，在里面去一角小生。这就有了一班同事，穿西装的便是其中的一个。他是苏州东吴大学里的学生。他能演女角，平常又喜欢穿西装，因此，他到哪里去，只要见过一回面，人家都认识他。这个时候，他穿一件深绿色的呢大衣，戴一顶绿色的宽边呢帽，帽子底下一张瓜子脸。他叫郁大慈。那个时候，扬子江一带，还有湖南省，提起郁大慈，那是无人不知的。

杨止波也就紧握了他的手，笑道："我早知道你在北京，还常看到你的大作，可是不知道你住在哪儿，所以无从拜访。兄弟是去年秋天来的。不过是为人作嫁，在新闻界与人帮忙而已。我常在《黎明报》看到你的文章，想必你同《黎明报》人是很熟了。"郁大慈道："很熟很熟，阁下到哪里去？"杨止波道："还有一会儿就有事。现在街上胡逛一气。"郁大慈这时用手去钳他那胡桩子。这是他的老习惯，还没有革除。他想一想，便道："你过一会儿就有事，我也要到部里去。今天晚上，准七点钟，到前门西交民巷，一家巴黎小西餐馆去叙一叙。"杨止波道："请我叙一叙，我必到，但何必上西餐馆。"郁大慈笑道："你没有听到我说是小西餐馆吗？我有好些话要问你，你定要来。"杨止波听了，他有话问我，我以前演戏等于玩票，而且又是一个小角儿，那他问我什么事呢？但他很是念及故人，就答应了一定来。

在民国八、九年间，这西交民巷，是财政官员在这里想法子弄钱的地方。那时候最出名的银行，是中国银行。这银行开设地点，就是西交民巷。所以凡有钱的银行，都开设在西交民巷一带。不过那个时候还没有电车，所以到这西交民巷来的人，都坐着马车人力车。西交民巷口上，只盖了几所楼房，这巴黎西餐馆就是平式西方屋子，就是在巷口上的。推开门来，一个很大的餐厅，里面摆下三十多张座位。在这里碰着银行界，或者财政部、交通部的朋友，那倒是常事。

郁大慈约了杨止波七点钟在这里相会，杨止波就按时而往。果然郁大慈已经在这里等候了。他看见杨止波前来，就连忙站起来让座。他坐的是一把小靠椅，围着一个四方的桌子，桌子上铺了漆布。这厅内虽然摆了许多座位，人却坐满了，可是没有一个人在此大声说话。郁大慈将椅子挪开一点儿，拍了两下椅子，招待客人这里坐下。杨止波就在这里坐了。郁大慈坐下，笑道："我今天没有另约一个人，这就是我们谈谈。"杨止波道："足见老哥盛情，我到北京来，日子还浅得很，怕是没什么可谈吧。"郁大慈笑道："这个我也明白，但是总有可谈的啊。"

茶房过来，问要什么菜。郁大慈对杨止波道："这个地方有定分的西餐，也可以零碎点儿吃。"杨止波道："随便怎样都好。"郁大慈道："那就随便点儿吃吧。这里的什锦小吃不怎么好。"茶房听到他要点菜，就在白布衫子口袋里掏出一搭雪白的小纸簿，在纸边上，用红头绳绑住一支铅笔。这在现时，随便哪家小馆凡是几位在餐厅走动的朋友，都是穿起白布衫子的。可是那个时候，就不晓得这是卫生常识，就没有这一套。还有将铅笔让你点菜，那只有极大的中餐馆子才是这样。有很多地方还用毛笔、墨和砚台。这说明这家巴黎小西餐馆已经很进步了。郁大慈把白纸簿放在桌上，这就将铅笔在上面写一样想一样，写的就是鸡溶番茄汤、扒生鱼、青豆炖鸡块、炸牛排、栗子粉、咖啡。他写完了，便将纸笔伸过来。杨止波道："我不用点了，就是这几样很好。"茶房就将菜单拿起来走了。

杨止波道："我还有一点儿是外行，这栗子粉，就是常吃的栗子磨出来的粉吗？"郁大慈道："是的是的，不过它不是磨子磨的，是西餐店里把弄熟的栗子捣成粉，把乳油一浇，十分香甜。仁兄此回到北京来，吃西餐回数还不多吧？"杨止波道："我在北京吃西餐，今天第一回。"茶房已经摆上刀叉。郁大慈这就一笑，顺手把面前的刀叉又重移了一下，问道："你老兄现时在哪家报馆？"杨止波将到北京来的经过，略微告诉了他一些。大家这开始喝汤。将汤喝完，郁大慈把衣袋里手巾掏出，擦了几下嘴，然后笑道："《警世报》也是北京四大报之一。不过今天，我倒看到一条新闻界之新闻。你们那报，今天第一条，很为老段帮忙。从前不会有这样的事呀！这是什么缘故呢？"杨止波道："正是如此。我不知道，就是我们的代理总编辑也不知道。"郁大慈道:"当然,这是你们社长干的事。"杨止波笑道:"你这话,也是外行。我们那里不称呼社长,叫着总经理。要是人家称呼,又省了一个字,叫着总理,这一省,就有很大的出入了。"郁大慈听着,倒是好笑。

吃了两道菜,郁大慈这老话提起来了,问道:"从前许多演话剧的朋友,你和他们通过信吗?"杨止波道:"我和这一行,总觉这座山,爬不上去,于是我不爬了。因此,这些朋友也就不通信了。"郁大慈将一盘鸡吃了一大半,回头把盘子一推,叹口气道:"这哪里是一座山?一个烂泥沟吧,谁要能爬起来,当然就爬起来了。不过话剧却是要干的。再要干,就把那些老人一概不要。得另起炉灶,这样大干一下。"杨止波看他这副精神,倒很是自信。因把盘子移到一边,就偏过头问道:"你说这话,有什么来路吗?"郁大慈点点头道:"自然有来路。本来我现时在财政部,一个月有两百多元,马马虎虎也够糊嘴的。不过我自己好的是话剧。觉得我一辈子,话剧干得是不大好。但是这不好,不是话剧不好,是从事话剧的人有了问题。现在居然有一个人愿意拉我一把,我要重干。他很愿帮我的忙。"

回头牛排来了,杨止波已吃了个八成饱,慢慢地把刀子切了,将酱油瓶子打开,洒上一层酱油,自己把叉子叉了吃,笑道:"真有这样一个好朋友吗?"郁大慈道:"看老兄这副样子,好像是不肯信。我就实说了吧。愿意帮忙的朋友,就是《黎明报》的社长牛西圃先生。西圃先生这个人,你知道不知道?"杨止波道:"我听见说过,这是一个才子,在四川听说十几岁就中了解元。这回在北京,居然当上了《黎明报》的社长,这倒是人所猜不到的事情。他怎么同阁下谈起话剧的问题来呢?"郁大慈将牛排放下了,也将盘子移开一边,笑道:"这就是我们多识几个字,做得出这似通非通文章的好处了。我向来是看《黎明报》的,他报上常说,哪里话剧演得好,所谓演得好云云,那全是学生的玩意儿。叫我们内行看,那真是不怎么的。于是我做了几篇文章,送到《黎明报》去。在北京话剧萌芽的时候,我说了几句内行话,而且我用着是我卖艺的名字,不是郁祖训,是郁大慈,自然很吃香。所以送去就登,登过几回,西圃先生就叫我到报馆里去谈话,久而久之,和西圃先生就很熟,而且待我很好。我知道你们代理总编辑对《黎明报》还没有什么,不过你们这后台老板,就对《黎明报》有些道不同之感。要不然,我倒可以引你去见一见。"杨止波就笑了一笑。

　　最后是栗子粉来了。果然盘子里装一茶杯那样多，上面泼着很厚一层乳油。将那勺子把栗子粉乳油一拌，送到口内，真是香甜可口。杨止波道："扬子江一带的西餐馆里，我也曾到过二三家，可是这栗子粉，我还未曾尝到过。可见人要多跑一点儿地方才好。吃的这还不打紧，有多少没有见过的东西，我们可以看见。"郁大慈道："这是当然的。这里谈到《黎明报》，你老哥若是有意思一见西圃，改一天你到我家来谈一谈，好吗？"杨止波道："我在这里多多拜见朋友，这也是人之常情，报馆经理那也不会见怪的。"郁大慈笑道："虽然如此，像今天你报上登了一条特别新闻，那就不见为是。这里很可疑心你去乱说。"杨止波这时也拿手巾擦嘴，笑道："你做事还非常地细心，倒是你当年脾气依然未改。"

　　正要说什么，茶房就把钱单子拿到桌上，郁大慈就在身上掏出三元钱给他，还把手挥了一挥。那茶房就道一声谢谢。菜饭，一共是两元多钱，要找的就全付了小费。郁大慈道："我们今天就要告别了。你老兄有什么要托我办的没有？"杨止波道："现在还没有，不过我要打听打听，这《黎明报》是西圃先生自己编吗？"郁大慈道："那没有错，三百六十日，全是他自己编。大约每晚十一点附近，他就来到报馆，先就到编辑部看看，有事，他立刻就办事。若是没有什么事，这编辑部里，有一张睡椅，他就睡在睡椅上。这样一睡，而且是睡得非常香甜的。你在编辑桌上，随便怎么闹，他都不听见。可是新闻来得差不多，你一叫他，他就会醒。这要一醒啊，就一直到天亮，他都不倦。最妙的，就是快。你这边报告新闻，他在那边写，一下子工夫，新闻得了，你看一看，简直是妙得很。我这不是给西圃先生吹牛，你看《黎明报》上，有新闻加了许多妙语，那就是他做的。"杨止波道："是的，我常翻报看，《黎明报》上有许多新闻写得非常之妙。"这时郁大慈在衣架上取下大衣，穿上。又在帽子架上取下那顶墨绿呢帽子，但是不就戴上，拿在手里，这么一晃一晃，然后笑道："这是阁下公道之言啊！"两个人这才出了大门。

　　这时候，西交民巷不像现在人来人往，就只有几个人靠边上走，倒是人力车停得很多，拉车的知道这家西餐馆，是很多有钱人在这里出入的。两个人出来，就有很多车夫包围上。郁大慈并没有答应车夫的话，站着未动，向杨止波道："我还有一句话问你，我那个学校办好了，你能来教几点功课吗？"杨止波笑道："我还打算读书，哪里还能教人呢？"郁大慈道：

121

"我这是舞台经验，你能教，你能教。这话过几天再谈吧。"他于是戴起帽子，见面前停有人力车，就坐上车子去，回头说声再见，又给人力车夫告诉了地点。车子也不曾讲价，就拉起很快地跑了。

第十二回

诗解茶楼人比黄花瘦
财丰赌墅树经绿叶扶

　　杨止波自西交民巷向西南走，经过前门杨梅竹斜街，缓缓地步行到报馆时，已九点半钟了。编辑部只有吴问禅一个人，时间还早，他正拿了一本书摆在桌子上看。杨止波悄悄地走进来，笑道："你这早就来了，有什么事吗？"吴问禅把书放开，将手摸了一摸西服领子，笑道："我晓得，你这话是有用意的，但是没有什么事。我对他说了，今天登的那一条特别稿子，若是不改，照原新闻稿登出去，那我只好辞职，所以他也不好说什么了。你放心，你同一涵，反正不负责任。"杨止波问道："你在下午，已经会到康先生了？"吴问禅道："那自然，我要和他面谈。不过，我已经尝到了这报馆是什么滋味，我等洪小波出了监狱，我也会辞职的。"这洪小波就是前次为《警世报》吃官司，坐了一年的监狱。杨止波听了他的话，心里就明白了。过了上十天，并没有发生什么事故，杨止波想大约事情过去了。他为了在每晚三点钟就要静等看大样，有点儿不耐，有时五点钟敲过，大样还没有来，在编辑部里更是非常无聊。自己就带了几本英文，拿出来念一念。杨止波说话的嗓音，碰上高兴的时候，就非常大。嗓音大，是父母生成的，自己克服不过来。

　　有天早上，大样已经看完。杨止波觉着搞得有些乌烟瘴气，要打水洗把脸，看看编辑部对过的厨房，已经在做点心，热气滚滚，从厨房门里往外直冒。心里想，正好到对过去打盆洗脸水，自己就拿了个搪瓷洗脸盆，口里还低声哼着京戏，自由自在地走向厨房。

　　这时，有两个人正在厨房里忙碌着，灶上炖了一罐子吃的东西。灶火眼旁边，有两个热水的缸罐，罐里的热水正冒出很大的热气。杨止波将盆放在灶上，就四周去找舀水的瓢。那两个人，立刻走过来一个，也不说什么，拿起了脸盆，举手一扬，把盆向厨房外一扔，只听得呛啷呛啷，滚着

123

地响。杨止波向外一看，盆正好滚在编辑部门口，他想，这人的手法真不错，也不作声，就对那个人笑笑，就由厨房走出来，走到编辑部门口，将脸盆捡起，走进编辑部，把脸盆放在床底下。也没对那个人说什么，倒在床上就睡觉了。

这又过了三五天。一个晚上，编辑部三个人团团坐在桌子边。吴问禅道："止波，恭喜你，现在你得一份美差事了。今天下午，康先生对我说，你读英文倒很用功，不过，他睡觉却发生问题。现在，他介绍你为天津《警世报》通信，一个月写个十五封信。至于你的薪水，按月还在这里支用。今天，他就写信到天津去了，今天你还照样做工，明天你就用不着来了，从此，你就用不着熬夜，而消息一项，你在邢笔峰那方面，当然可以弄到，你这美差事，该不错吧！"杨止波连忙道谢，说这是完全好意。吴问禅道："好意自然是好意。不过，念英文的时候，声音还是小一点儿好，你以为怎么样？"宋一涵在一旁听了，也不禁哈哈一笑。

杨止波忽然辞了工作，尽管调换得很好，但心中不免狐疑，难道这就是念英文的功劳吗？当日晚上细想了一下，好在这是很好的一件事，也就不再想了。次日早上，就跑到西草厂北山会馆去，想去找一找房子。北山会馆是杨止波自己的会馆，只要有，搬到里面去住倒无问题。到了北山会馆，正好有个叫徐子峰的，他是陆军部一个谘议，在会馆里住下了三间房子，杨止波碰到了他，说明来意，他连说有有有，就引着他去看了一看空屋子，原来这里是两进很大的房屋，后进房屋租出去了，现在就空着前进。前进也有十几间房屋，这前进房屋，造得非常特别。中间一所院子，南北两厢房屋对照。靠外面三间东屋，就是那徐子峰所住的。至于看定的那一间住房，是南方一间屋子，门朝北开，里面有一张两屉桌子，两个几子，中间有一张木床。这木床顶上，木片儿支了三块板，上面好放箱子等件。地方虽不大，倒也满意。当时叫过长班来，叫他打扫打扫。约了在这日下午搬到此地来。

到了下午，果然搬了进去。自己还买了一座小书架，把到京来所收的旧书摆上去，差不多大半书架子。自然，数目还是太少，以后慢慢地来吧。杨止波把屋子弄清，也就晚上了。此晚睡了，到了次日，杨止波一人私自念着，这一回搬家，应当使孙玉秋知道。不然，她还照样去信报馆，容易耽误事。西草厂离皖中会馆不远，自己在十点钟，就走向皖中会馆来，到了她的北房门外，便高声道："孙先生在家吗？"她的爸爸孙庭绪就立刻开门，笑道："在家在家，今天如何有空？请到这里小坐。"杨止波朝屋里一看，没见孙玉秋的影子，大概她是到学校里去了，自己笑道："没有什么了不起的大事，拜托孙先生一件事，如是王豪仁回会馆来，请对他说一声，我已经搬家，搬在西草厂北山会馆里住。要会我，请他到我那里去。"孙庭绪点头道："好的，足下还有什么事吗？"杨止波在衣服袋里摸了一摸，摸出一张纸来，双手托住，交与了孙庭绪，道："我怕孙先生事忙，开一张纸条儿在此，望先生交给王豪仁。"孙庭绪接着纸条，将字念了一遍，上写：

> 小弟于昨日迁居西草厂北山会馆，所住为南屋，第四个门。若欲会小弟，除日里照常时间外，通夜无事，恐兄有误，特告知。

> 波上

孙庭绪笑道："写得真够详细。不过你没有写上豪仁兄三个字。"杨止波道："这是大意了，好在先生会交到的，就不必再添上了。"孙庭绪道："这当然。"杨止波点头道："多谢先生，那我就告辞了。"他也不等第二句话，就走了。

今天抄新闻，工夫很短，没有过四点钟就回家了。他住这样一间房子，也觉得怡然自得。回来就沏上一壶茶，拿了一本《词律》，坐在桌子边翻着，自己也不知道看书看了多少时候，门一声响，眼前一亮。但是他并不在意，照旧看书。忽听得有人问道："请问，这里有一位杨先生吗？"杨止波这才把书丢在一边，抬头一望，只见孙玉秋穿件青布白花点的棉袄，下系青绸裙子，将身子靠门，一手扶着门框，那样似笑不笑对自己望着，杨止波哎哟一声，连忙站起，笑道："我真想不到你今天就来了。请坐。"孙玉秋道："你看书真是用功，我来了一会儿，你都不知道。"杨止波道："我哪里谈得上用功二字，今日无事，我拿一本闲书，看了消遣。"孙玉秋趴在桌上，将书一看，笑着摇头道："这个我就不懂。"说着，将手对书上那些圈点指点着。杨止波道："这没有什么，我一说你就明白了。凡是打一个圈的，这是平，打一个黑圈的，这是仄。有半边白半边黑的，这表示可平可仄。这圈点注在字句旁边，就表示这句的平仄了。"孙玉秋

125

道："哦！原来是这样。"

杨止波从桌子底下拖出抹布，将几凳抹了，笑道："你坐着，我有话对你说。"孙玉秋道："不，我马上就要回去。"杨止波道："你到这里来，坐还没有坐，马上就要回去吗？"孙玉秋立得端正了，笑道："我刚才在学校里回去，看到你写的字，用钉子插在王豪仁的墙上，我看就知道你的真意，是为了告诉我的。我就在家里撒了一句谎，就出来了。"杨止波把手擦净，笑道："我知道你会猜着我是告诉你的，可是我没有想到你来得这样快。"孙玉秋把身子退后一步，将背抵靠了桌子，将手两边扶着桌子沿，将一只脚的布鞋在地面乱颠，笑道："我快一点儿来，还不好吗？"杨止波道："当然是好，可是马上就要回去，到底有点儿美中不足。"

孙玉秋笑道："这里我觉得不大方便，小小的一扇门，就开着对院子里。人来人往的，瞧着多不好。"杨止波道："是你心理作用，我们来明去白，有什么怕人？不过你不愿在这里，我们到外面吃个小馆也可以。"孙玉秋就连忙站起来，催着要走。杨止波也就立刻戴上帽子出来。这时天气，已经很暖和了。两个人前后走着，因为这时男女社交，总是这样不十分公开的。杨止波把怎样离开了报馆说了一说。孙玉秋道："你离开了好，听说不久要打仗，在报馆里究竟不大好。"杨止波道："你也太胆小了。我们不说这些吧！你有什么话要告诉我吗？"孙玉秋笑道："有的。大概平仄二声，我已全部知道了。"杨止波道："那很好，你可作几句小诗，我看看。"孙玉秋道："我作了一首呢，恐怕你笑话吧？所以不好意思拿出来。"杨止波在前面走着，忽然停住了脚，对她望着，笑道："你会作诗了，的确是大喜。你快点儿念给我听。"孙玉秋也站着，看看这胡同里，恰好没有人，伸一只手到衣袋去掏，笑道："不用念，我抄了一首。"

杨止波听说，就格外欢喜，伸出手来道："你赶快给我瞧。"孙玉秋看了他那股兴奋劲儿，就把手空着拿出来，笑道："那你还是不要瞧吧。我觉得那是笑话。"杨止波道："那就是你不对了。你要我教你作诗，现在会作诗了，怎么不拿出来我看呢？"孙玉秋道："我怕你笑我。"杨止波道："我不会笑你。就是我笑你，你也应当拿出来我看。"孙玉秋又到衣袋里去掏，脸上一点儿笑容没有，掏出一张红格子纸，拿手一伸道："瞧吧，反正我听你笑就是了。"杨止波把纸接过来，对她笑道："你这个样子，对老师一点儿不恭敬。"这就把纸慢慢打开。上面写了，题目是"对镜"，是五绝一首。写的是："镜中飞絮影，笑问意如何？衫子层层叠，青裙是旧罗。"他看了几遍，又念了几遍，笑道："我想不到，你初作诗，就会写得这个样子，的确不错。再有两三年，我要拜你为师了。"孙玉秋笑道："这就是对我的批评吗？"

转眼到了大街，自然不便在大街上讨论诗的问题，就雇两部车子到了青云阁。这里是孙玉秋来过的，她也不推辞。两个人在楼角上泡了两碗茶，孙玉秋坐在杨止波下手，问道："现在你可以谈一谈我的诗了。"杨止波把诗稿摊在桌上，笑道："你要谈吗？当然你是初学，最好是不要多改。我只问你两个字，这'飞絮影'的'飞絮'两个字，是由何处来的？"孙玉秋道："这是诗上看来的呀！我觉得自己六七岁就离开亲生父母，不像杨柳飞花一样吗？这句诗不通吗？"杨止波道："我知道，你用'飞絮'两个字，是说飘零的意思。但诗里用字，也要看什么地方，'飞絮'的'飞'字，没有摸着诗眼。这诗眼两个字，你懂不懂？"孙玉秋扶在桌子上，点点头道："懂的。"杨止波道："你这首诗，除了改去两个字，'裙'字底下改个'儿'字，再把四句诗挪个地方，就是底下两句，放在上面，上头两句，放在下面，再念一念，就响亮得多。我抄给你。"说着，拔出身上的自来水笔，就在那纸上空的地方抄下来了。

孙玉秋等他抄完了，就将纸移到自己面前，诗是这样："衫子层层叠，裙儿是旧罗。镜中扶瘦影，笑问意如何？"念了两遍，笑道："果然不错，把我的意思，这一改，全改出来了。我要一辈子跟着你，那是得益匪浅。"刚说到这里，自己忽然想起来了，怎么一辈子的话都说出来了，自己不好意思，只管把茶碗就着嘴喝。

杨止波倒不在意。过了一会儿，孙玉秋看见杨止波不在意，也就过去了，笑道："你这诗的确改得不错。这是我的看法，至于别人，我可不管了。我还要读些什么书？"杨止波笑着端起茶碗来喝了一口，说道："等一会儿，我请你吃饭，你挑你得意的菜。我还要告诉你读些什么书。我家里书架子上有一部《杜公甫集》，此外有一部《古唐诗合解》，你先拿去看。以后要什么书，我到书摊子上去收，反正要钱不多。"孙玉秋道："我同学那里有一部《随园诗话》，你看这书能看吗？"杨止波道："袁随园这位先生，在清朝乾隆年间算三大诗人之一。不过他作诗，专讲性灵，我们读书有限，他的诗，一学就滑。"

孙玉秋听他所说的话，觉得都是学校老师所未讲过的，自己将茶碗盖把手按住，只管在碗上轻轻地将它撇了几撇，好久没有说话。

杨止波道："我是晚上无事，哪时候回去都可以。你大概多早晚要回去呢？"孙玉秋就把衣服牵了一牵，说道："要去吃饭就去吧，我到九点钟一定要回去的。"杨止波笑道："你打算九点钟回去，那还早哇。我们闲着，就到哪里玩个两点钟回去，你看如何？"孙玉秋道："玩个一两点钟，那有什么意思呢？既然时间还早，你就在此，和我讲两点钟诗词，那比去玩不好得多吗？"杨止波道："那也可以。当然，我读的书也就有限得很，不过你要问我这浅近的事，也勉强答复得上吧。"孙玉秋道："说了我们二人不要客气，怎么又是这样一套？"杨止波笑道："这是你说的，我们二人不要客气。"孙玉秋一想，笑了一笑。

于是二人把唐宋诗人略微讲了一讲，又把唐朝以上的诗人也讲了个大概，再一瞧钟，已是快七点了。孙玉秋笑道："多谢你了，讲了很多了，我们去吃饭吧。吃了饭，我还要到你家去拿书，否则赶不上回家的时候了。"杨止波想想，她家不是亲生父母，回去超过预定的时候不好，于是就同她出去，吃过了小馆。然后就到自己家里，把两部书交给了孙玉秋。他这个书，全是包好了的，好像是预备送人。孙玉秋将书抱在怀内，掂了几下，问道："这书是送我的吗？"杨止波道："是呀。"孙玉秋道："刚才你在青云阁说，我要读书，所以把这两部书送给我。可是，我要不读书……"杨止波道："我给你预备好了，那也是送你呀！"孙玉秋这倒看出了杨止波比自己都用心，笑道："那我更为谢谢了。我这就走吗？"说着，把眼珠四周观看，见一盏煤油灯放在桌子上，在光线下，虽然被已折得整齐，书架子上也还不乱。可是床底下，以及上面三块板的地方，都是乱七八糟的，于是放下书，将床底下的东西，以及上面三块板的东西都把它归齐。有不用的，自己去寻了扫帚簸箕一齐扫。有一只洗脸盆在床底下，她又拿出去舀了凉水，把脸盆放在几子上，将手擦干净，把水倒了，然后把脸盆放在原处。

杨止波站在桌子旁边，只是微笑。孙玉秋道："你笑为着什么呀？"杨止波道："我笑你看到我房里弄得乱，就替我扫得干净。以后我想我家中一定比现在好，所以我就笑了。"孙玉秋看了他，笑道："你看，你又要胡说乱道了。没有什么事了吗？"杨止波道："说无事又有事，就是想你再坐一会儿。"孙玉秋也不说什么，把书包从桌上抱起，笑道："再见了。"她走得非常的快，一会儿就出了大门。出了大门以后，她想杨止波准没有送她，就停住脚回头一望。可是杨止波就在她身后站着。孙玉秋笑道："你还送我干什么？"杨止波道："反正我没事，将你送到皖中会馆大门口。"孙玉秋笑道："那不好，我不要人家看见。别来呀，你听见了没有？"杨止波笑着点点头，就让孙玉秋一个人回家去。

过了一些日子，都没有什么重大的故事。有一天，杨止波到邢家去，这日来得还早，进入那间编新闻室时，却看到殷忧世在桌子边将报看了又看。杨止波一面坐下，一面对殷忧世望着。姓殷的戴着一副近视眼镜，还在将报看了又看，看了好久，才将手指在报纸上轻轻一弹，叹口气道："这位仁兄，好难找呀！现在居然让我找着了，我今天晚上就去找他！"杨止波才看见殷忧世抬起头来，便问道："足下找什么人，用得着在报上找，想必这人来头不小。"殷忧世就把这人介绍一番。他道："要提起这人的地位，根本不足道。他在部里，也不过是一个小职员。不过他在部里是很红的一个人。总长有什么事，都叫他去办。"杨止波道："这人叫什么名字呢？"

殷忧世听了这话，就哈哈一笑，把手指比着，一个拇指一个食指，两个手指，比成了一个圆圈，将一双近视眼睛对杨止波望着道："他叫一元钱。可是当了他的面，这话不好叫他，就叫他老袁。本来他叫袁有才。"杨止波道："这人也没有什么难找呀，部里总长家里，不都可以找吗？"殷忧世叹了口气道："人不能有钱，有钱就无事忙。我到部里去找了三趟，他不在。到他家里去了两趟，也不在。至于总长家里，那是不便去的。"杨止波道："那也不能在报上找一个会人的地方呀。"殷忧世道："这是当然，不能在报上找到他会人的地方的。可是今天有个朋友，他说，有一个地方，包我一找就着。我问他什么地方呢，他说也是在一个总长家里，今天报上还登着的。那地方是在西四牌楼以北，一个胡同口上，十点钟附近去，准可会着。我说，你就告诉我哪一家公馆吧，何必还这样藏头露尾？他说，你已经是新闻界人物呀！给了你这样一条新闻线索，还找不着吗？我听了这段谈话，就来找新闻。找了半天，我居然找到了，是在老娘胡同附近，汪总长家里。"

杨止波道："你怎么知道是汪公馆呢？"殷忧世："汪总长好久没有做官了，可是家里很阔。今日报上登着，他家晚上有戏，京里有许多阔人，都在他家。我找的这一位，也在这里，我就豁然大悟，什么堂会，就是赌钱罢了。因为汪总长很喜欢赌钱，他家里办了一个赌场。若是老袁转托的人，一定是不要过两三天，就必然到汪公馆去玩一次。至于老袁，他见此地有许多有钱的人，他不天天去钻才怪哩。"杨止波道："你说请老袁转托的人，那是总长吗？"殷忧世道："那倒不是，不过位子也很高吧？"杨止波道："那你有什么事要托阔人呢？"殷忧世的眼镜掉下来了，他连忙把右手两个指头托住镜边，向眼睛旁一送，便笑道："这是好买卖呀！你要有这路人，也走这条路子的话，我保你必成。"

杨止波听了他的话，却是莫名其妙，只管把眼睛望着。殷忧世也知道他不懂，就道："今年江南不有几处水灾吗？所以府院允许有关部门，查明抢救有力的人士，酌量保举，这保举里面，有给以简任的，也有给以荐任的。自然，这虽给以简任荐任，如要做官，还得靠人的路子。不过说了有关部门酌量保举，这就大开方便之门了。虽出力人士，他们不能不稍微点缀点缀，可是真正的大批被保荐人士，那这是司以买卖的。关于这种保举，老袁也曾对人说，这竹字头（指简任）要五千元，草字头（指荐任）要三千元。这还是做保荐的人实价。至于我们说话的人、跑路的人，我们要多少，听其自便，他在所不问。这买卖，不管你是什么人，只要有钱就行。这就是拜托老袁的这一条路子了。"

杨止波想了一想，笑道："这大概我明白了。不过花个三五千块钱，买这样一个空头衔顶着，会有人干吗？"殷忧世又是哈哈一乐，说道："什么没有人干？有钱的人，要干的还多着啦。不过老袁虽说硬要五千、三千，总是有价还的。他说他不能做主，得请示他的包局长。这个包局长，就是我说的要拜托拜托他的。"杨止波道："官能卖钱，还有行市。这都算罢了，保举方面，像这样花了钱就卖，这就买官的一方面说，一点儿资格都没有，他们怎样往上报告呢？"殷忧世笑道："足下没有做官，不晓得这里的妙用。他们要做官，这一封官样文书，还有什么难造吗？"杨止波听了这些话，觉得很有趣，这时，邢笔峰在里面屋子里来了，就只好把话停止，工作起来。

这天晚上，殷忧世想起托人的事，总是念念不忘。他也是住在会馆里的。挨到十点钟，自己在灰布夹袍子上加了一件青呢马褂，帽子也掸掸灰，就出了会馆，雇了一辆人力车，向西城来。到了门口，看见一座很大的铁栅栏门，门口电灯通亮，红漆门楼，铜牌子上大书"汪宅"二字，钉在大门旁。门口有六辆汽车，歇在胡同口墙犄角上。若是往日，看了这副情形，那是不敢乱往门里闯的。但是，殷忧世知道这是赌局，自己就也不怕。走到门房里，看见有五六人围坐了一张桌子，桌子上有整盘的卤肉，花生也有一大捧，放了两瓶子酒，各人面前放了碗，大碗斟着酒喝。殷忧世走到房门里，敲了几下门。有一个人一扭回了头，殷忧世问道："袁有才来了吗？"这样问法，似乎对这个人是很熟的。

这个人就站起来，剥了一粒花生，往口里一丢，笑道："你找一元钱，来了吧。你到南房那边去问一声。"殷忧世看到门房对于新来的人倒是很大方，自己就走进大门，拐弯抹角，虽遇到几个人，但是故意大着步子，好像很熟，这也没有人问他。可是，这个南房究竟是哪里？这又不便问。走过二层门，看到南边有个客厅，四面玻璃，光射得内外通明。隔着玻璃窗，只见人影摇摇。殷忧世自己一想，门房说，南房一间，老袁也许就在这里吧？我姑且走这里再闯一关。自己就走到玻璃窗一望，只见客厅内，满屋都是沙发，不知刚才有人说了句什么，引起众人哈哈大笑。朝东有张长沙发，上面有个人，穿一套西服；一张圆脸，手里拿根纸烟，将腿架起坐着。这不是寻了几天不见踪影的袁有才是谁呢！

殷忧世就推开门，喊道："有才兄，真是少见啦。"袁有才一看，是殷忧世，心里说，不错，对此人还有一笔买卖。他不管这里有几多人，连忙起身相迎，笑道："你也想到此地来观光一二吗？"殷忧世也是个老于世故的人，见各处沙发上坐了六七人，各人都穿得非常阔，要说到此地来，不是为了赴赌局来的，恐怕人家要另眼相看。不过自己穿这样一身衣服，也不像是赌钱的人。自己在路上走的时候，老早想得了主意，便道："你老哥在此干些什么，小弟学学样吧？"这句答复得非常的好，袁有才就将各位介绍一下，这许多人都是跟着自己几位上司在这里鬼混的。上司今天赢了钱，那就捡一点儿元宝边。上司要是输了钱，那就赶快溜之乎也。所以袁有才对于他们，倒也不在乎。拿着殷忧世的手，就让他并坐在一张沙发上。

殷忧世既然是说来混时间的，当然也就装着混时间的样子。袁有才口袋装了很好的烟卷，就被敬着抽了两支。此外还有勤务送上很好的茶一杯，放在茶几上。慢慢地闲听几位说上笑话，也笑上几回。袁有才是知道他为什么来的，就暗下捏住他的手，笑道："你同我这里来，我还有几句私话告诉你。"他说着，就起身向隔壁屋子里走。殷忧世很快跟他来。这是檀木镶花一座隔壁。这里面一张檀木美人榻，另外一套木桌椅和几套沙发。两个人同在沙发上坐了，袁有才笑道："你来，是为那几个'草字头'的事吧？"殷忧世道："可不是？"袁有才道："这里一赌钱，就是几万银子

131

输赢，这'草字头'就算是弄成功，那他们大输一场，钱也就完了。所以到赌场上来谈这事，足下你看，是时候吗？"

殷忧世将眼镜一托，看了一看镇花门外，才轻轻地道："虽然不是时候，这究竟是正事呀！"说到正事两个字，好像不怎么合乎口味，又笑道："管他是正事不是正事吧，反正这事，十拿九稳地捞一笔。我只问问老兄，这五千元一个'竹字头'，三千元一个'草字头'，究竟能少不能少呢？"袁有才道："我不是对你说过吗？这件事我做不了主。而且这是上面开出来的价目，我也不敢驳回。"殷忧世道："你们包局长今天他在场不在场？"袁有才道："今晚上是一场大赌，他当然在。"殷忧世就笑道："你可以同包局长说，牡丹虽好，也要绿叶儿扶持呀。我们在外给他绿叶儿长得好好儿的，他自己这一朵花儿就终年长得茂盛了。你今天晚上何不对他说一说，把这事办成呀？"袁有才把手抬起，将鬓发搔了几搔，说道："我进去看一看，看他是输还是赢。"殷忧世笑道："我也想进去看一看。这好大一个场面，咱们开开眼界。"

袁有才听他这话，又搔了一搔鬓发，便道："你去，也可以，只是你不用害怕，因为那里全是大官。"殷忧世笑道："这个我还不明白吗？我由门口进来，就这样闯关而过。要不然，门外停了许多汽车，那不要说进来，差不多的人，满以为这里面在商议什么军国大事，还要回避一番呢！"袁有才笑道："你这倒是真话。好，你我同去。我站着看看，你也看看，要是我走，你就同我出来，这倒不是好玩的。"殷忧世道："那是自然，我一人在里面乱瞧，那成什么话。"袁有才点点头，他在前面走，殷忧世紧跟在后面。他们这里有几进房屋，而且内里这两层带点儿洋式，中间起了一层楼，有前楼也有后楼，底下是个花木整齐的院子。两楼之间，又搭了一座天桥。桥的栏杆是红色，在外头马路上都看得清清楚楚。过了这天桥，又达到一层楼。楼上有回廊，电灯照得雪亮。袁有才推开一扇门，他见殷忧世还跟着，也不作声，两人踏着两寸多厚的地毯进去。

这里同外面，又是不一样的空气，一进去就觉得热气溶溶。这屋子很大，正中天花板上悬有个圆形多层的架子，八宝琉璃垂下来，代替着丝络。里面有四盏电灯，全用喇叭式琉璃罩罩住，所以下面格外光亮。此外还有许多电灯。四周壁上，用漆漆着，上面是白色，下面淡绿色，画着牡丹与竹子。字画全用玻璃框上，好在地方大，十几框字画，并不嫌多。下面有一套红缎的沙发，围着一架玻璃茶几。上面一架多宝橱，是檀木镶花的，中间却是一架玻璃镜子。这里面又是一套沙发，像那边一样。在电灯光底下，有一张檀木的大圆桌。四围许多软椅，上面坐着人。在人旁边，摆了四个檀木的小茶几，这上面沏着茶，用细瓷杯斟了，放在几子角上。茄力克烟卷用烟筒子盛了。还各有两碟点心，一碟是巧克力糖，一碟是水果。

这样陈设，坐的人干什么呢？却是不斯文，是推三十二张牙牌。牙牌归一个胖子在推庄。推庄以外，这桌三方，一方就坐一个像有钱的人，陪这人坐着各方的，就是陪考的角色，也是照样地赌。再就论到各位赌资。这里不赌现款的，各人掌着筹码。在庄家推出牌来之后，大家就把筹码乱出一气，下款三道的有人，下款一道的也有人。

赌钱人在各方椅子上坐下，有男的，也有女的。坐庄家对过的一个，穿件灰色呢袍子，尖脸，嘴上留一点儿八字须。这个人就是这公馆里主人，总长汪公。在他旁边，坐着一位二十挨边的女人，打扮得非常齐整，一张鹅蛋脸，穿着一件水红色华丝葛旗袍，头上梳了一把辫子。她脸上擦了许多红胭脂。这人是汪公的爱妾，小名叫着小鹦哥。因为这两个人非常出名，所以殷忧世倒认得。至于主人，根本不认得这位殷忧世。庄家下首坐一个矮胖子，团团一张脸，没有蓄胡子，戴了一副眼镜。他穿了一件哗叽袍子，但是他没有起牌的资格，只是随别人下注。这人殷忧世也认得，就是包局长。

袁有才站在软椅子边上，看包局长的牌，庄家把骰子一掷，掷了一个九在手，他首先起牌，把两张牌叠起来拿着，回头把面上一张牌缓缓地抽着看。把牌抽完，他脸上涌起一阵狂笑。把牌一扳，说着："我这次要吃一个通吧？"大家看他的牌时，是一张地牌，一张杂七点，这名字叫地子九。当然，那两家没有话说。可是他下家是位穿西装的，把手一摆，笑道："慢来，慢来！我的牌可是不小啊，你看看我的牌吧。"说着，将牌一翻，却是一张天牌，一张么六，名字叫天子九。于是陪客的人哈哈一笑。那庄家就吃了那两家，却赔了这一家，赔的是三道。袁有才看到包局长赢了，轻轻地道："这一下，大概包局长进钱不少。"那包局长抬头一看，见是一元钱，便道："也不多，三道大概三千块钱吧。"

袁有才看着，见庄家推庄，有四把牌都是包局长赢了，心想，大概这是说话的时候了，于是悄悄地向包局长道："刚才刘总长有个电话来，希望回他一个电话。"这时，正是张督办在推庄，只怕输赢有个上十万。包局长打量是个小小的赌徒，这里就不够格。看看筹码，已经赢了一万挂零。这袁有才说是总长有电话来，明知是个假话，觉得顺水推舟，最是时候，便哎哟一声道："你何不早一点儿说？我赶快回电话去。"说毕，就把筹码一块儿抓起，往袋里一揣，就起身来打电话。那个时候，袁有才在看牌，殷忧世当然站得更远一点儿。他见那些人随便拿起茄力克的烟卷就抽，他也把两个指头向烟筒子里一伸。不知道怎的，一下就拈起两根烟卷。好在他抽烟，谁也不去管他。他看看没有人注意，就把这另一支放进衣袋里。这才腾出手来，在茶几上找了火柴，把烟放在口里，两手把火柴一擦，将烟卷点着，又把火柴扔到茶几上烟灰缸里。这就把两手一抱，嘴里衔住烟卷，闲看着牌，真是其妙无穷。后来包局长走了，袁有才向他把头一点。他会意，回头看看各位，还没有人注意茶几上的东西，于是一伸手指，又夹住了两支烟卷。这才放宽了脚步，走了出来。

他走着，稍微落后，袁有才正在前面对包局长喁喁私语。却是其中有两句，听得很清楚。袁有才道："俗言道得好，牡丹虽好，那总要绿叶儿扶持呀。"这一说，那包局长笑了。三人下得楼来，走到一个过道里，袁有才就向殷忧世用手招了两招。殷忧世连忙就走过来向包局长一鞠躬。包局长道："刚才袁有才同我说过了。照理说，我们这里是公事公办，你虽有几个人在水灾区里出过力，但是没有原来的省府把你们出力的人报上来，那我们是不管的。不过经袁有才说了，这几个人真是出了力，愿意听我们这里调度，那我就勉为其难吧！"殷忧世脸上带着微笑的样子，口里连说是是，两手微微向包局长一拱。

袁有才看这个情形，包局长已经当面答应了，便道："这里人来来往往，多话也不用说，这个礼拜一，我们部里就把稿子办齐，你这里共是六个人，两个简任，四个荐任，是与不是？"殷忧世连称是是。袁有才道："好了，你礼拜五把稿子送到我家里去。晚上七点钟到八点钟，我准在家里相候。包局长，我们没有什么话说了，你请便吧。"包局长倒是很客气，向殷忧世笑嘻嘻地点了一个头，这才上楼而去。等他走得没有影子了，袁有才轻轻地道："我已同包局长说了，你们这儿跑路的钱，让你们也发个财，你们实得一千元吧，包局长点点头，至于我们这儿，要你共开个二万一千元的支票，礼拜五晚上，你送给我。我们也不能得了你们的钱，就这样算了，我和包局长共开个收据给你，若是这命令不能发表，我们还照样退你的钱，你看我们做事，做得硬不硬？"殷忧世笑道："说起来容易就真容易。"袁有才笑道："你来得是机会，他赢了一万多啦。我说，牡丹好，也要绿叶儿扶持呀，我看，这个牌不能押了，他点点头，装着有事，一会儿也就会走的。至于你的钱，他一高兴，马上就答应了。"殷忧世这就只管多谢，和他又谈了许多秘密的话，两人只管发笑，一面谈话，一面走着。袁有才直送到大门口，方才告别。

第十三回

诗句海无边灵槎变幻
乩言虹有影索款浮空

次日，殷忧世到邢笔峰家里去办公，到了编新闻的时间，杨止波也来了。等把新闻稿子全编完了，杨止波看见殷忧世快要走了，才问他道："昨天到西城去了没有？"殷忧世站起，就在这衣袋里一掏，掏出一个纸烟盒子来，将盒子一张开，把两个指头在里头掏出一根纸烟来，就隔着大餐桌子笑着递给了他，因道："你尝尝，这是什么烟？"杨止波道："你那盒子是大爱国，那还用得着猜吗？"一面说着，一面就看那烟。那烟支上有印着的英文，上面写着茄力克一行字，笑道："这是最好的烟。你在哪里得的？"殷忧世道："这就是到西城去得来的烟啦。我们不是走西四牌楼过，有个红天桥，在路上看得见吗？那就是我去的汪公馆。我初一看门口，停着许多汽车，以为这里头在开军国会议，其实是里面在赌钱。我还在里面看了几牌，茄力克的烟，那算什么，满桌子都是。他们那里茶房敬了我几支，我特意带两支回来，你们尝尝。将来有机会再去，还带巧克力糖回来呢。"

杨止波吸那烟，果然好烟。看那殷先生不住地微笑，也可知他去得很顺适，人家的私事，这就不好问了。过了几天，看这位殷先生，在腰里拿钱，很是方便，他又说到西城去过了，也就深信不疑。杨止波知道北京有赌大钱的地方，这里面也有些好的新闻材料，自己也很想去观光一次，可惜没有熟人，正在这里想主意。这天五点钟，正在会馆里看书，就听到院子里有人喊道："止波老弟在家吗？"杨止波一听，是王豪仁口气。连说在家，就掀开帘子来迎接。原来这个日子，有一种便宜帘子，是一种细篾条，穿着冷纱，冷纱上还涂着大花。这要去买，还不到一元钱，北京旧时苍蝇很多，不挂这一副帘子，那简直不行，茶碗里及有汁水的地方，轰也轰不了的。

王豪仁进来，见他手上拿着一本书，书面上印着"灵槎"二字，他顺手放在桌上，将凳子挪开，围上桌子角坐了。杨止波道："老哥的训练处在黄寺，到会馆里来，总有十几里路，这样来回，足下走来很吃力吧？"王豪仁道："走惯了，倒也无所谓。"说到这里，他将凳子移拢一步，低声道："我们这里，听说要跟直军打仗。这就看奉军怎么样。若是奉军一点头，那仗就打得起来。"杨止波道："奉军帮哪一边呢？"王豪仁道："原来是两面倒，现在专靠直军了。"杨止波道："真打起仗来，我们没事吗？"王豪仁道："住在北京城里，包你无事。不过东西涨价，是涨定了。"

　　杨止波笑道："要是那么着，打的全是军阀，就不管他谁胜谁败了。到了那日子再说吧，你怎么高兴买书？"王豪仁笑道："我这是送给你的。我还对那管书的人说，以后按月送你一本，你的住址，我已开给他了。"杨止波道："那就谢谢。"王豪仁笑道："你不必谢，看了书再说。"杨止波心想，难道这书是不宜看的吗？他把那书移过来一看，是三十二开的本子。封面是一张黄纸，那"灵槎"二字写得非常的好，因道："写的是柳兼颜的字，不知是哪一位写的？"王豪仁此时将茶壶提起来，斟了一杯茶，把它喝尽，将茶杯一放桌上，自己先打了一个哈哈，说道："这字不是人写的。"杨止波看了又看，说道："你这叫胡说。不是人写的，是鬼写的不成？"王豪仁道："虽不是鬼写的，可是神仙写的。"

　　杨止波听他说是神仙写的，倒好生不解，就急忙把书打开来一看。首先一页，是铜版印刷的一幅张果老倒骑驴像。并不是画的像，而像是一幅照片。杨止波一想，这或者是化装这个样子照的吧？自己虽然猜着，并没有说出来。在这个相片底下，写有一行字，张果老大仙在空中显圣，留下倒骑驴背神像。杨止波便笑道："果然是仙家真迹。这是哪里弄的，倒像真的一样？"王豪仁道："这是捧着照相匣子向空中一照，就留下这一幅显圣的真迹，你好像不大相信啦。"

　　杨止波将书一翻，这里共有四张铜版。除了前一张是张果老像，其余三张，都是仙家留下来的字画，笑道："我明白了，这书头上两个字，说是仙家所写，那一定是吕洞宾所书。"王豪仁道："不错，你对仙家也很熟悉。"杨止波看了一看书，头一行题目是纯阳演政警化尊佑帝君吕祖神谕，下面有三五百个字，大意是劝人为善，倒没有别的话。他将书本一按，笑道："我越发明白了，这一定是哪家道观，要募捐修庙，就印出这样一本书来，好叫人看了募捐。这所谓真迹，当然尽在不言中。"王豪仁拿手湿了茶水，将一个食指在桌上画着圈儿道："不然又不然，你这一猜，猜错了。这是我们一个神仙团体办的。你说这是道家募捐的小册子，这又不然啊！它这里佛家诸佛，也常是到社扶乩，而且儒家诸位，像孔子子路，也常到社，所以说，他们这一门是无所不包，真是其妙无穷。"王豪仁说了不算，尽管把指头在桌上打圈。

杨止波听了王豪仁的谈话，非常有趣，就叫长班提壶开水来，重新泡了一壶茶，斟了一杯给王豪仁喝。自己还有半包大长城香烟，这又敬上老友一支，笑道："回头我们同去吃小馆子。你谈得非常有味。我曾听到说，北京有个扶乩的社，当时听着也就算了。今天你拿来一本书，书上很有点儿排场，这就不是小玩意儿了，所以我很愿再听听。"王豪仁倒过一杯茶喝了，笑道："我知道你有兴趣，这个社是怎么来的，我也不知道。不过这社里很有几个钱。这社叫着悟善社。社的头儿是我们安徽人，叫江大波，从前做过国务总理。"杨止波将身子坐了一起身，笑道："是这个老人家，他兴致很不浅。"王豪仁笑道："兴致不浅，你这话让社里听到，这就太冒犯神仙了。神仙只可以说崇拜，怎么可以说玩耍？"杨止波道："这个你别管了，谈点儿这团体新闻吧。"

王豪仁把支烟点着，吸了两口，说道："要说他们团体里有趣闻，那就天天有趣闻。譬如说，他们说仙家留真迹，那真好像留下真迹一样。扶乩上说，明天下午几时，仙家要留下一轴画，诸弟子预备。于是到了那个时候，拿照相机对天空里一照。照过之后，就到洗片的房子里去洗。过了一定时间，他们真个在洗片的房子里取出一张画来。画虽不是真好，可也不是坏的作品。我想这里就只有洗片室里有毛病。这些字画，那都罢了，就是真个仙家留下人像，这里很有点儿艺术。"杨止波道："这的确很有味。我想到悟善社去看看，你能想法子不能？"王豪仁道："我们不是悟善社的弟子，去是要受些限制。不过去总可以去吧？等我哪天遇着他们的时候，问问他们。"杨止波笑道："这也是新闻，要快些才好呢。"王豪仁笑笑。

杨止波谈着话，又把那书翻了一翻。先是把各位神仙下凡时留下来的乩语记录了一遍。有的说，他们经过些什么地方。有的说，他们在某地方，看见许多小百姓埋头工作，可是吃饭却大有问题。不过那是天数。有的说，我打算在社里经营某些善举。悟静是可以捐钱的人，何以他总是推诿。兹定某日，他必定要到社里来，我要当面告诉他。杨止波看到悟静这个名字，有些不懂，就问王豪仁道："这悟静是个什么人？"王豪仁道："他们仙家称他们为弟子，照他们赐号称呼，那是我们不懂的。不过你说的悟静，我倒是晓得。他是金可读，也是一个从前的国务总理。仙家既要他捐款，他自然是很有钱的。"杨止波就立刻将桌子一拍，笑着道："这就哪天到悟善社去，看看这仙家怎样当面告诉他，好不好？"

王豪仁笑道："这个我哪里能说定呢？不过我试试看吧。"杨止波将手抱着，作了一个揖，笑道："这件事，我望你办到，我这里先谢谢你了。"王豪仁道："好，我去试试看。"杨止波这就很高兴，接着又把那书仔细一看，后头是四五页仙家乩语上降凡的诗，还有各弟子的诗。那些仙家诗，虽不见得怎样好，但总可以说得过去。其中有一首七绝，是韩湘子过南海的诗，这诗就是一个例子。那诗这样说：

月肥星瘦大罗天，一笛能五兴色烟。
含笑夜深归去否？白云无际海无边。

抄了一些好看的字句，又说了一两句神仙的话，这就很像一位仙家的诗了。杨止波看到这地方，就含笑点头，说道："这很像仙家的诗。"王豪仁听说，就把书拿了去，问道："你说的哪一首？"杨止波笑道："'月肥星瘦大罗天'呀！"王豪仁把诗一念，笑道："这诗很好呀！本来是仙家作的，怎么说是像仙家作的呢？我想起一件事来了。你把玉秋的诗改得甚好。这孩子将来的诗会作好的。"杨止波倒是吃了一惊道："怎么你晓得她学会了作诗？"王豪仁道："我又怎样能不知道呢？她常常背着她父母把诗集拿到我这里来念。她有话总不瞒着我。你们两下万一不行，我在里面搭桥铺道，这也是不可少的啊！"杨止波道："我们谈的是神仙，这搭桥不搭桥，留到下回再谈吧。我问你这里边的问题，神仙收了很多弟子，这弟子是些什么样人？"

王豪仁这又一笑，向杨止波望了一望，笑道："我看你也不像入悟善社的人，就是打算入，人家也不会欢迎。他们要政治上有地位的人，所以有许多总理总长成批地入悟善社。第二要大资本家。第三才收我们这些喽啰，要书画琴棋诗酒花，都懂得一点儿。至于他们是什么目的，他标题不是有吗？是悟善，行点儿好事吧！此外除了悟善，还搞些什么，我是不知道。"杨止波道："这里面就不无政治问题？"王豪仁笑道："北京这样大，

139

是不是搞政治问题，那你就猜吧。不过他们所行所为，那倒是不带政治色彩。"杨止波道："那也未必，像神仙要金总理捐款，这就有点儿硬要的举动，所以这里头就有点儿政治味了。"王豪仁道："那样说，我带了这本书送你，那这里面也有些政治味了。"

杨止波拿了烟卷，分着一人一支。他笑着拿了一支烟卷指点着王豪仁道："我们当新闻记者，就是一个带政治气味的人，你带这本书来，我又看了这书，要你带我去参观一下悟善社，还不是很浓厚的政治味吗？"这样一说，就连王豪仁也笑起来了。杨止波将帘子掀起来一角，对外面看了看，夕阳已下，屋角上只余残照，便回头道："我们要去上小馆子，这是时候了。"王豪仁道："吃小馆子，改为下次吧，我还有事。在你这里，我还坐个十几分钟，你还有个什么事要问的？"杨止波道："我当然还有，不过没有看书，我提不出什么问题。"王豪仁道："那我就要告辞。"杨止波两手把门一拦，笑道："你不吃饭，那就不吃饭吧，还坐一刻，总不要紧。我倒想起一个问题，就是他们这书，哪个编的？是完全送人呢，还是出卖？"

王豪仁这又把一杯茶喝了，站着起来，说道："我站着说吧，说完了我好走。说这个书是哪个编的，那我倒知道一点儿。他们有个临坛抄录的先生，叫何桂山，听说是前清一个贡生，他也主编稿子。手下还有一位，是帮他的忙的，坛上扶乩抄下来的东西，这自然不许动。其次，是各位信实弟子的稿子，那作兴要换两个字。至于编的稿子那有的是。至于他们的稿酬，总要拿个上百元吧？这是很好的差事。至于在外边什么部里，弄一份挂名差事，你想还会成问题吗？说到这书，除送人以外，谁会出钱买这种书！说完了，我就走了啊！"说着，就掀帘子望外走。杨止波跟了出来，有话正想说。王豪仁笑道："我带你去参观一次，还望那一天正好是金总理去听话的时候。三天之内，听我的回信吧。"说着点头而去。

第三日，又是那日谈话的时候，杨止波却接了一封专人送来的信，这就是王豪仁送来的。信上说，前约之事，他们已经认可，明日两点钟，你在家中等候。看了，杨止波非常高兴。次日两点钟，果然王豪仁来了。依着杨止波的意思，还要泡茶喝。王豪仁道："贤弟，不必吧！我们宁可到悟善社里去等，也不要迟到，如果不得进去，那就败兴得很啦。"杨止波想了也是，就跟着王豪仁一块儿走。所走的是西城一条胡同。到那门口，是很大的一所朱漆门楼。门楼上挂着一块铜牌，大书"悟善社"三个字。

出门几步路，这里停了两部汽车、一辆马车。王豪仁走上前一步，对杨止波道："这部马车是江大波坐的。他都来了，那就很快要开坛了。"

两人走到里面，对门房说了一声，正好里面有人出来，门房说是会胡先生的，那人也就不问。果然，这里面非常地清静，鞋子步履声听得清清楚楚。这是一个四方院子，三面房子开了房间挂上帘子。院子里种了各样盆景，两棵高大的槐树长得盖如大亭子一般。上面三间大屋，门口是漆的绿色游廊、红漆圆柱和红绿夹漆的窗户，靠游廊还有一丛绿竹，这里是客厅。靠东西边三间厢屋，也有走廊。虽这个时候已到夏天，但是这屋里，其凉如初秋，走到东廊旁边，那里有位六十多岁老人，穿一件蓝绸长褂，嘴上留着一大把胡须，便掀开帘子来一招手。王杨二人进了屋子，王豪仁介绍这是胡老先生。王杨在中间屋子里坐下，这房子也和大公馆的排场差不多，这倒无须多看了。胡先生说："现在就要开坛了。你们来需要格外肃静，站在远一点儿的地方瞻仰。你们就去吧！由东边走廊上去。"王豪仁站起来和老先生道："我这里瞻仰过的，一切我都知道。"胡老先生点点头。

王杨二人出来，避开那大客厅。由东廊前进，这里又是一个大院子。院子里有四棵海棠树，都有屋子高，其余的空地栽了许多盆景。两面走廊之外，全是粉壁，各开了圆式的门，那里全是跨院。正中三间大屋，还是游廊遮屋。这里是朱红漆的柱子，朱红隔扇，门口一幅帘子，这是仙家长临的地方，是乩坛了。杨止波看屋子的四周，看到东边跨院，这里有葡萄树，搭上很大的一个架子，有些空地，栽了两棵杨柳。葡萄底下，也摆了盆景，最出色的是荷花，一个盆不过是两个脸盆大，摆有七八盆，一盆有三四朵荷花、几片荷叶，觉得它的红色可爱。王豪仁道："你爱这个院子吗？似乎开坛还有一会儿，我不妨先带你看看。"杨止波当然无可无不可。王豪仁引着先由圆门里一引，这里有两个花匠，在那旁编花，他也不问。

这院子是五间北屋，门口有小廊，开了中间房屋这一扇门，自然挂着帘子。杨止波一进来，感到一阵稀奇。原来人不在这里住着，供奉的全是牌位。这牌位供在长条桌子上，一排有几十个。这五间屋子全是牌位，那就有二三百个了。靠墙边一张长条桌，上面放了香炉烛台。牌位面前，也供有果点。香炉里面供有盘香，这时，正在点着。这烟很为细小，而且还有香味。杨止波轻轻地问着王豪仁道："这供着许多牌位，供的是谁？"王豪仁将牌位一指，轻轻地道："这不是菩萨，不是仙家，是鬼。比方你在这里进了悟善社，又捐了钱，这就你可以把你去世的父母或者亲戚，开上一个名单，请这里仙家超度。仙家在扶乩上答应了，那就挑一个日子，可以在这里供起牌位来了。"

他谈了一阵鬼，杨止波只好笑笑。王豪仁看了一看外边，轻轻地道："现在要开坛了，我们去吧。"他就引着杨止波由走廊上轻步一走，就到坛门口，两个人先取下帽子，而且不敢咳嗽。

进了门，先看到一个大厅，四面拆除，三间屋子变成一间。里面红漆柱子，白漆糊墙。北面挂了一轴很大的黄绸幔帐，两面垂下。里面是什么，这谁也不知道。黄绸帐子外面一张很大的餐桌，餐桌外，套一张檀木八仙桌子，桌上披了黄绸子桌帏。案上摆着很精致的烛台香炉，正点着一对红烛，檀香炉里，烧起一股轻烟。最妙的是这里摆下三大杯酒，杯子是白玉的，有我们茶杯大。再过桌子，便是乩坛。乩坛是一方小桌，上面铺着细沙，桌边还有两三分高的边檐，这是怕沙飞了出去。桌上摆着红木做好的乩。乩是两根细小的红木棍，一根横摆，一根直摆。直摆的这头，把横木给它拼拢，那头底下，安上一根小的棍子，好像一个丁字架上顶着笔。普通扶乩都是两个人，这里却是一个人，两手托在丁字架横木上。乩在桌上，桌边有一个三十多岁的人，在那里静立。乩，就是他扶。乩后有一张小小的写字台，台上摆了纸笔墨砚，桌子边也坐了一个人。至于地下，摆了五六个蒲团，都是红布包的，有两三寸厚。四边墙上，都是玻璃框子，里面都是仙家字画，此外并没有什么东西。

王豪仁把杨止波的衣服轻轻扯了两下，他的意思，是告诉一声，坛外人应当靠外立。杨止波虽是外表好像很恭敬，可是心里却是好笑。王豪仁虽通知他靠后一点儿，但他只把脚移了一步，他又停住了，这里就是靠乩坛边上。王豪仁还想去扯他衣服，正好门外进来了三个人。第一个江大波，穿一件纺绸长衫，罩着八团龙纱的马褂，没有戴帽子，长方形的脸，一副苍白胡须。后面跟着金可读，也是一个老头子，是短须，一张四方脸，穿件绫罗长衫，没有穿马褂。最后一个人有五十来岁，也是穿件蓝绫罗长衫。他们三个人进来，各有蒲团，齐向上跪下，行了个三叩首，然后起来站在一边。

这就看到那个在乩坛边站立的人过来将乩扶着。他两手扶着乩柄，看到他将乩笔放在沙上，只管画圈。约莫有五分钟，那乩忽然乱动，只见那乩在沙上画了三个字。这时又来了一个人，穿件墨绿色春绸长衫，也留了八字胡髭，走到坛边，他道："吕祖到。"这三个人听了这话，又一齐跪下，行了三叩首，坛内本很清静，这吕祖到一句话说出，这就格外静默，几乎鼻息都停止。三人把首叩完，这才慢慢地起来。那个扶乩的又将乩画了几回，那个报字的人，看一个，嘴里就报一个。报得对的，那乩笔在沙上画上一个圈：有不对的，就在沙上打一个叉。不过这位看字的先生，他对仙家所写的字看得很熟，所以在沙上写出的字，不认识的倒很少很少。

在沙上画了几个字，报字的报过了。那右角坐着一个人，就将笔墨在一本簿子上立刻抄写一遍。他将这事做完了，就站了起来，将那簿子照念一遍。他这时所念的，就是如下几句：

> 吾在嵩山，来到燕京，与财神相遇，西角有小雨一阵，回首便有一道长虹。吾与财神，闲观阵雨为戏。彼当时笑谓，吾家悟静，颇有资金，吾当题诗几句，叫他捐资，谅不推辞也。此时，他即刻在云中，题诗一首。现长虹依然未散，命汝弟子立刻向长虹右边摄影，必有所见，吾在此静候。

念毕，江大波就立刻向上一跪，轻轻地道："是，立刻就让人照相。"如此祷告了，就起身向院子里走，他手下那念字的人，也就向前院子里跑。王杨二人看着各人都往院子里走，也就轻轻地移着脚步，向走廊下走来。

向西角一看，果然有道长虹，弯挂在屋角。刚才由家中出来，也洒下雨点一阵，但是雨下得非常之小。当时，他们都未曾注意，这时经仙家点明，才知道了。那个写字的，手上拿着一个照相匣子在外院进来。那时玩照相，是一个扁匣子，面积有七八寸大。那个拿照相匣子的，就捧了匣子，对长虹右边，将机子一开一关，这就算照得了。不过这还不放心，他一人跑到乩坛，问了一遍，立刻又跑到院子里，笑向江大波道："照得了，吕祖说，照得很好。"这才各人听了，都表示一番得意，就向乩坛里来。

乩坛又开始动了，这经念字人念的结果，是和悟正说的话。这就看到与两位总理进来的那个人就立刻跪下。乩上现在批道：

> 汝父母在地狱中，受各种苦刑。最苦为炮烙之刑。自吾与彼超度后现已免除各刑，但尚未得出地狱之门。吾自当继续超度，

但汝亦必多行善事也。

乩上扶毕之后，那个抄乩的又起立念了一遍，悟正听到，只是跪着，连连叩首，嘴里祷告道："吕祖说的话，当然弟子时刻留心。不过我父母尚未出地狱之门，还请吕祖大大地超度。"上乩批道："汝为此言，尚见一片孝心，汝且起立一边，吾自当超度。"悟正磕了头，方才爬起。乩上又批道："悟超过来。"江大波这就立刻跪倒。乩上批道："屡见善举，汝功诚不可没。此赐汝玉酒一杯，即刻饮毕。"江大波道："是，当遵我师之命。"这时那个念字的人，就将桌子上的供酒拿了一杯，两手捧着，恭恭敬敬递到江大波的手中。那江大波也是两只手捧着，将手还拱了一拱，然后仰起脖子，两手端起杯子向口里倒，把一杯酒喝得点滴无存。把杯子交与那认字的人，还叩首三次，这才起来站到一边。

乩又在动了，而字写得非常有劲儿，乩写着是"悟静听训"。这就让金可读走了过去，对上面跪下，磕了三个头，毕恭毕敬，听吕洞宾谕下。那乩上批道："扬子江水灾，汝知之乎?"金可读道："晓得一点儿，因为弟子现在不管政治。"乩上说："悟静，你虽不管政治，可是汝为过国务总理，天下大事，汝当时刻在心也。"金可读道："是，弟子当留心。"

乩又乱动，这次只见上面写道：

　　悟静，汝家中甚有银钱，既有银钱，做些善事，此为阴力，亦为汝做许多年高官所梦想不到之事也，吾现令汝捐洋两万元，救办水灾事宜。款交社中使用，限三日内纳齐，切切毋违。

金可读听了要捐两万元，还要三日内就交齐，这就吓了一跳，立刻在下面磕了三个头，祷告着道："弟子不敢欺骗吾师，家中实在没有这多钱，而且在三天之内就要交足，委实拿不出来。"乩上道："三日太急，那就七日吧!"金可读道："不是几天的关系，要纳两万元，弟子万难办到。"说着，又磕了几个头。

乩上批道：

　　汝真交不出来这多款子乎? 我要把汝家许多不干净之事，照实说来，恐汝亦不能推诿不知道也。

这乩上要披露金可读家的短处，他这心里越发地吓了一跳，也不磕头，脸上涨得通红，急道："我真筹不出许多钱来，筹不出钱，那就阴功不要也罢。"这时，仙家动了气了，写了几个字道：

目无神仙，你这样子意欲何为！真是该打！真是该打！

江大波站在众人跪着的地方后面，他见吕祖一定要金可读捐款，而金可读又嫌这钱太多，两下坚持，这样弄下去，很可弄得不欢而散。这个僵局，非自己亲身出马解围不可。于是走近两步，跪在蒲团上，做了哀切的祷告。他道："启禀吾师，这悟静入我们的社，是诚心诚意来的。念他过去所为，还不失为清官。吾师请息怒，我当劝他，能捐多少就尽量捐多少。总请吾师息怒。"说着，就磕头下去，起来听吕祖的谕下。乩上批下道：

吾有怒乎？悟静所为，本来不是朝廷大官所为。悟超为他讲情，吾亦不怒。唯吾之所论，汝自为斟酌，哪日可以送来。所言断不能改。

金可读听这话，还是要款，就马上自蒲团上站起，将两手向外一张，自己冷笑道："你们什么悟善社，什么大师吕洞宾这全是假的，你怕我不知道？你说我家有不干净的事，要披露出来。我不怕披露，你不披露，那我自己来披露。前个星期，我的大儿子纳了一个小妾。这个妾，并不是花国总理，也不是小家碧玉，是他自己屋里一个丫鬟，根本就没有花钱。回头说到我自己，在家里无事，二三朋友来了，打个小牌，这也是我的家庭短处吗？我知道，你们这班人，全是勾通的。谁要有点儿短处，你们就咬一番耳朵，敲这人几文。我金可读本来没什么钱，就是有钱的话，也不能这样狂花。三天之内要我捐两万块钱，谁有这种冤钱望你们头上花？我今日照直说了，你们是假的。你要有什么处罚，我倒在家里等着。"他越说越有劲儿，两只手时而高时而低乱指挥。说完了，他一个哈哈大笑，就转身向乩坛外走去。

这里乩坛上几个人，谁也没有料到这老头子发了这样大的疯狂，因此

145

几个人也没谁劝他，像那抄乩文的，那个认乩文的，还有那一个国务总理江大波和刚才跪在地下哀求的悟正先生，都觉得这事情太糟，都缩着手，在乩坛上呆立。王豪仁看看这事，他是事外人，在这里也不能多事，自己赶快扯着杨止波的长衣，轻轻地道："我们走吧。"依着杨止波还要看看他们怎样处理这回事，这事看来不好收场。可是王豪仁说了一声走，就赶快起身移步走了。杨止波不能一个人留在这屋子里，也就只好走出来。走到后院子，杨止波就低声道："你怎么不看完就走？"王豪仁就按着杨止波的肩膀，对他耳朵边说道："有什么话，回头到外边再说吧。"于是两个人赶快走出来。

可是没走两步，就见金可读也向外走，他脸上还是红的，把两只大袖微微地摆着，那鼻子眼里还呼哧呼哧直响。杨止波想，这个金可读正在气头上，好生把话奉承他，也许在他嘴里，会说出入悟善社的底子来。心里这样一想，也不问王豪仁同意不同意，自己加紧两步，就到了金可读面前，自己从旁一闪，闪到金可读身边，不敢怠慢地向那金可读一点头，笑道："金总理回家去啊！刚才金总理的言语，倒甚是扼要。"金可读本来看见他两个人也在乩坛上的，这也可以说算是熟人吧，便道："老弟台，我原是借此处遮掩遮掩而已，难道真会信这鬼扯吗？可是他们不知道我入社的缘故，却开口问我要两万块钱，你想这是笑话不是笑话？他们说仙家很灵，不要信他胡说。今天说是有财神经过，在半天云里，长虹边上，书上了我的钱财，这是骗鬼。他说向那方面一照，就会有写上的字句，那完全是骗局。我若许了他两万块钱，或是还价，就是一万，那就这样马马虎虎算了。若是不然，他就把这照相片暗下往洗片房里一送，到取相片的日子，就说真照下来了，就把假相片拿出来。我现在说破了，看他还敢拿出来不敢拿出来，我谅他不敢！"说着，已经到门边，他坐的汽车已停在门口，司机也在车上。他于是点了一个头，便上汽车而去。

第十四回

一道网拦客言京路断
几声炮吼人迹古城稀

　　王豪仁杨止波进了悟善社，看了一场有声有色的戏，两个人含笑走了出来。王豪仁道："老弟，今天这一次算不负此行吧？"杨止波笑道："可惜我还没有看到怎么结局。"王豪仁笑道："这还用得着看结局吗？假如你是神仙，你总不能追上金可读去暴打一顿，那就这样马虎地说几句大话，就如此了事吧。老弟，你可要我带上一个口信给玉秋呢？"杨止波笑道："倘若你不出城的话，今天晚上，你就会把悟善社的事饱谈一顿，这还带什么口信？"王豪仁道："这到悟善社的事情，当然我会说的。可是此外没有什么事吗？"杨止波想了一想，答道："没什么了。"王豪仁道："叫她星期日同足下逛上一趟公园，这不好吗？"杨止波道："你还不知道她出来很不自由吗？算了吧。"王豪仁笑笑，看看天气，只见东边屋顶，斜阳照着一片黄色的光。王豪仁叹口气道："你到北京来快一年了，你倒是慢慢地有点儿前进。我还是我，没有前进一步。唉！不说这个了，你等着消息吧，她大概会来找你的。"说着话，便走着各自回家。

　　过了几日，杨止波同邢笔峰同坐在屋里，稿子已经写完了。邢笔峰将雪茄衔着，将报纸向大餐桌角上一推，笑道："现在报上简直没有一点儿消息，可是政府里，正是有消息的时候。这次吴佩孚全军北上，这里颇有点儿奥妙。我们到来今雨轩去闲坐片时，也许可以得一点儿马路消息，你去不去？"杨止波看看钟，已三点半。便道："好的，我不过要回家一次，回头我就来。"两人约定了，杨止波先向家里来。自己在山西街南头，刚一拐弯，就看到孙玉秋在太阳阴处那里闲着看墙上所贴的广告，便喊道："你到过我家里了？见我没有回去……"孙玉秋回转身来道："我写信告诉你，说了三点半钟来，我就按着时候来了，见你果然没有回来，我就在这里等你。今天我有一点儿真消息告诉你。"杨止波道："什么消息？"孙玉秋看看四周，便道："我到你家再告诉你吧。"

　　杨止波看她这样情形，当时也就不问了。到了会馆里，杨止波把帘子放了，将几子搬着，叫孙玉秋坐下，看看外头没有人，笑道："现在，请你把消息告诉我了。"孙玉秋也将帘子外面看了一看，自己将手巾在衣袋里掏了出来，擦了一擦脸上的汗，笑道："我这消息是真的。我有一个同学，是河南人，她有一个亲戚在吴佩孚军营里办事。她说告诉我不要紧，我的朋友中是没有军营里的人或者新闻记者的。"说到这个地方，抿嘴笑了一笑。杨止波道："我这个新闻记者，也等于不是新闻记者，我没有法子外露消息。"孙玉秋道："我当然知道你。我可是不晓得军事，她告诉我怎么样，我就说怎么样吧。她在郑州搭了车上北京来，走不几站路，就挂上了军车，有好多兵士就到车上来查查吧。恰好她的亲戚也在这次车上。她的亲戚就轻轻地告诉她说，你怎么这个时候出门，我们同段祺瑞的军队快打仗了。这是通北京的客车，也是最后一次车，这趟车以后，铁路就断了。"

　　杨止波道："他们军有军车，这是通北京的旅客车，他们何以挂上了这个车呢？"孙玉秋笑道："这个我也知道的。我也问了，我同学就说，这何足为奇，他们不要你旅客走，没把你丢下，这就很看得起你呀。他们就把这火车头连上他们的车子走，不管旅客，那也很平常呀。好在他们挂上的军车，只有一百多人。他们是干什么来的，当然我们不知道。车子到了涿州，他们就不走了。可是我们这平常客车的客，到了涿州站，军人既不说放我们走，也不说让我们回去，就这样等了好几小时，毫无消息。问问车子上的人，他和旅客一样不晓得。后来同学的亲戚跑来了，私下告诉同学说，前面在挖战壕，当然不让过去。不过到了晚上就放你们走，而且就只有这一辆车，放你们过去，那也就无妨吧。"

　　杨止波笑道："我还要问你一句话，这同学是女人呢，还是男人？"孙玉秋这时在桌上把笔拿着，在一张纸上乱写，这就把笔丢开，按住桌沿道："自然是女人啦，我的同学还有男人吗？"杨止波道："你同学这个亲戚，他这样告诉了一些话，当然是关系很密切的人啊。究竟你同学是男人或者是女人，我随便问一声罢了，你别误会。既然是女人，这亲戚的话比较好说点儿。后来呢？"孙玉秋笑道："男人女人那是人家的事，我们何必管他。到晚上有些时候啊，我同学她这就下了车，看看这涿州的情形怎么样。她一出车站就吓了一跳，只见街上铺子里，完全是兵。枪呀，机关枪呀，小炮呀，成排地在地上放下。她不敢上大街，就挑那没人的地方走去。但是不几多路，就站有一个兵士，看那样子是不许人胡乱过去的。她也不等他说话，就马上回身走了。"

杨止波道："看到许多兵，那自然要打仗。此外还看见什么呢？"孙玉秋见桌上有茶壶，这就拿着杯子，自己起身要倒。杨止波连忙将杯子接了过去，笑着提起壶，倒上一杯茶，两手捧着，放在她面前。孙玉秋道："你怎么这样客气？"杨止波道："这也不算客气，就客气，希望你多谈点儿吧。"孙玉秋喝了一杯茶，她笑道："她告诉我什么，我就说什么吧。她觉得这样就走了，究竟打仗不打仗，自己还不敢决定，还要想法打听打听才是。等一回一个卖烧饼的老人家，到站里卖烧饼了。她买了烧饼以后，她先和这老人说闲话，后来就说，前面在挖战壕，我们自然不许看见的。到了晚上，天黑了，站上才让我们过去。那老人答应的。同学问老人：看到过战壕是什么样子吗？老人说：看到的。大约是分南北，挖下一条沟，这沟很长很长啊，沟有好宽呢，简直让两个人走，谁都可以不挨着谁。我长了六七十岁，打仗挖沟，我还第一次遇见啦。"

杨止波道："他没遇到过打仗挖沟吗？张勋复辟那一年，没有挖战壕吗？"孙玉秋道："那年我在北京啦！几个辫子兵一打就垮，没有挖战壕。"杨止波想了一想，又将桌上的报翻了一翻，因道："我还找不出什么话要问你。这个同学，她还遇到一些什么？"孙玉秋道："还有，她最后告诉我，那个卖烧饼的老人说，这战壕外面就布置一个铁丝网。有人高的柱子，大约七八丈长就立着一根，柱子上面绷了铁丝，网有拳头大一个窟窿。这个老人越发没有看见过了。他是捉去挑土的，所以他看见。这天下午的时候，不知哪处人家有几头牛跑到铁丝网外边，这里看守挖沟的就放了几枪，自然那几匹牛都倒了。放枪的还说，将来敌人要到这铁丝网外头来，咱们也就是这几枪。自然这班挖沟挑土的，就不敢作声了。"

杨止波道："这倒引起我一件事问你，他们要用挖沟挑土的，这都是捉拿一班老百姓去干。你问过你同学的，他们对老百姓怎样安排吗？"孙玉秋道："既说捉拿，有什么安排？同学听到前几天就在各处捉人，年纪大的，派你挑土，年纪轻的，派你挖沟。你想那个卖烧饼的，有六十多岁，都抓了他去，岂不是见人就抓？卖烧饼的干了两天，放回来了，自然这沟也挖好了。同学在火车上熬到晚上，窗户及门关到铁紧，这就开过了涿州。约有半点钟，慢慢地打开。到了北京，下了车，晚上又不许走开，

149

在车站上坐着熬到了次日天亮，才回到家里。这是学当一个新闻记者的初试，不知道如何？"说着，就笑了一笑。杨止波笑道："问不是你这样的问法。可是你已探得了骊珠，这两三天以内就要开火了。可惜你同学少问了一声，这个吴佩孚到了涿州没有？"孙玉秋笑道："新闻记者这个也要问吗？吴佩孚倒是谈过的，这天晚上，他坐专车来到涿州。"杨止波跳起来道："这是真消息？"孙玉秋也站起来，对杨止波周身看了一看，笑道："你怎么了？我不知道是真消息与假消息，但是同学告诉我的话，却一点儿不假。"

杨止波现在不跳了，桌上那个茶杯是倒给孙玉秋喝的，他就拿过来一口喝干。他想起来了，这是给孙玉秋一杯茶，怎么自己喝了。自己立刻将茶壶斟上了一杯，放在孙玉秋面前。可是茶杯依旧是那个茶杯。孙玉秋就微笑了一笑。但这一笑，怕杨止波又有一点儿疑心，端起茶杯也喝了一口。杨止波也不说什么，因道："直军方面，我们看着就要打仗了。这奉军消息，可惜没有办法得着。"孙玉秋将一条凳子，是靠桌子外边坐的，这就起身对门帘外面看了一看，笑道："还好，外头没有来人。我提到奉军，就觉得以不说为妙，所以，关于奉军的消息，我就不说。现在我告诉一点儿消息，我家斜对门有一个熟人，在奉军驻京办公处当一点儿小事，他回来对他母亲说，他们处长已不在京，这话已有三天了。"杨止波道："妙，妙。这又是一条头等消息。"孙玉秋这就站起来道："消息说完了，我该走了。"

杨止波道："他们约我到来今雨轩去，我为了专等女士，所以我说有一点儿事，回头再去，立刻赶快回来。怎么你又要走了呢？"孙玉秋道："你忘了我的家庭是不准离开太久吗？而且现在正是兵荒马乱的时候，我更不可以在外太久了。"杨止波叹口气道："那你就走吧。"孙玉秋在衣袋一掏，掏出一方手绢来。这手绢是粉红色绸子的，四周拦了五色丝条，折叠着只有巴掌大，她站立着，把这手绢在手上摆弄。杨止波道："姑娘们总喜欢红红绿绿的。"孙玉秋道："你猜错了，这不是姑娘的，是送给先生的。"她把手绢放在桌上，微微地向杨止波面前一推。杨止波笑道："这是送给我的了，那我……"孙玉秋抢着道："谢谢！"杨止波倒引得哈哈大笑了一阵，因道："我收下了你送的东西，自然得谢谢。"孙玉秋笑着，也没有交代。杨止波拿了手绢，将折叠打开。一看是一块四四方方淡红绸子手巾。四周将五色丝条拦着，中间就绣了两只鸳鸯，一只闲游，一只跟在后面，颈脖子弯着，要啄那只鸳鸯的羽毛。鸳鸯外有两朵莲花，将鸳鸯引着。杨止波心里自然是明白了，笑着道："这很好，这很好！这正是你亲手绣的了？"孙玉秋只是笑，低头站着没有说话。

杨止波将这方手绢，尽看。孙玉秋扯了他的长衫两下，笑道："你把手巾放下吧。你看你回来这样久，长褂子还穿着。"杨止波一看，可不是一件旧的纺绸长衫还不曾脱下吗？因道："回来之后，你就讲在涿州一段故事，我尽管去听，就把它忘记了脱下。这就让它穿着吧，一下子就到公园去，免得再穿了。"杨止波说完，这才把衣箱在床下取出打开，把手绢放了进去，放好站着。孙玉秋笑着道："没有事了吧，真个我要走了。"杨止波对她身上望望，见她上身穿着白布衫，下面系了蓝裙子，上面梳了两小圆髻子，只是笑。孙玉秋道："你笑什么？"杨止波道："你怎么梳两个头？"孙玉秋道："这是你喜欢的呀！"杨止波拍了手道："我真的喜欢梳两个头，这一点儿不脏衣服。可是也见你今天来，是有点儿意思吧？你送我一方手绢呀！可惜你不能同我出去玩玩，以留纪念。"孙玉秋含着微笑，自己把一手叉住了门帘子，有要走的意思。杨止波因晓得她已经把万首绝句选读熟了，便把温庭筠的《南歌子》词念道："玲珑骰子安红豆，入骨相思知不知？"孙玉秋本想说一句："又读诗，怪酸的。"回头一想，这不好！我送了他一方手绢，他没什么可说的，就念两句诗，这也可怜得很，笑道："好吧，'莫教长袖倚阑干'吧。"这就一点头，把帘子一卷，她是真个走了啊！

杨止波看她去了，去时念上一句诗，这里意思也就深可玩味的。自己就这样站着思想，忽然一低头，就想起公园来今雨轩还有一个约会，于是就关了房门，上公园来。这时还没有长廊，也没有许多亭阁。尽是这千百年的柏树，长得绿树荫浓，像天棚一样，真是没有一点儿暑气。东南角有一家茶馆，这就是很有名的来今雨轩。向东走，穿过一片柏树林。地上又洒上了一点儿水，此时已到下午，更觉得凉风习习。柏林当中许多夏季花草，一种幽香袭鼻。到了来今雨轩，杨止波在柏树下一望，见靠外边有一张桌上，坐着有邢笔峰。和邢笔峰同席的，有一个周颂才，这是一个大报的记者。还有一个老者，一张圆脸，列着八字短须，穿件秋罗长衫。另外还有一位年纪轻的，一张瓜子脸，一个高鼻子，却是一脸的麻子，穿一件花士格的长衫。他这里正在打量，那边的邢笔峰已经看见，连忙把手抬起来，对这边招了几招。

杨止波看到，连忙就向这边走来。那老者也是一位大报记者，是李继轩先生。这大报是上海的报，报叫《文林报》，每日要打上千字的电报。年纪轻的，是不出名的外埠记者，名字叫孙一得。杨止波扯把椅子在邢笔峰手下坐了。那位孙一得倒好像是一位老记者的样子，便问道："这杨先生从哪里来，来得很晚，敢情是打听新闻来着吧？"杨止波道："没有，家中有点儿私事。"孙一得道："这仗一定不会打的，这保定方面，无非装腔作势。至于关外，那更是看风头说活。这里两位不是真打，当然段合肥也打不起来。"杨止波看这人好像猜得很准，便问道："听说有人去保定，这是保定回来的人说的吗？"孙一得道："不光是保定回来的人说了这一番话，好多明白内部消息的人都是这样说。"杨止波听到，倒好生疑惑。何以他听来的消息，与刚才自己所得的消息，恰恰正相反呢？

这时那《扬子江报》与《文林报》两位老记者，都还静坐着没有作声。再看邢笔峰起身，和杨止波倒了一杯茶，他对两位老记者道："我看调停人的话，当然是望不打仗，可是内里就和事实不尽然吧？"周颂才把茶杯端着，喝着一口茶，向李继轩道："继老，你打听的消息怎么样，好像京汉路上不稳吧？"李继轩笑笑，便道："不稳自然不稳，和平的消息也还有人传着。"杨止波在旁边看着，这两位老记者说话不着边际，那是他们职业的关系，各人得来的消息，不能轻易告诉人。不过这里边也有一点儿空当，好像这两位老记者说，京汉路上似乎不稳。自己得的这一点儿消息还是不错，便道："我们派一个记者，向各站去观看一番，这不比我们空猜好些吗？"邢笔峰道："我就派了一个人，向保定一带前去，的确这路不好走。"杨止波一想，邢笔峰派了人到保定一带去吗？这好像没有啊！

李继轩看了杨止波一下，便道："杨先生打听得这消息怎么样呢？"杨止波笑了一笑，便道："我这消息，真是马路消息。早上有一个人，从河南向北京来，他说，是最后一次车了，在涿州就断了交通，听说以后就不许火车过。"邢笔峰道："这话是真的？"说时，起身向杨止波望了一望，杨止波道："关于这项消息，我看也不会假。车站上一定有消息报告的。"李继轩起身，一面说道："我去问问看。"他这就向电话室走去。约莫十分钟的工夫，他匆匆地转来坐下，点头道："果然是断了，我家里已把这消息打电报给上海了。杨先生得的不是马路消息。还有什么？我们愿意听听。"孙一得这时就不能说各方面不容易打仗的话了，就道："哎哟！时局真容易变啊！真的，你这位客人既是自河南来，总还有一点儿消息吧？请

152

杨先生谈一谈。"

杨止波这就想到孙玉秋告诉自己的话，能谈不能谈，心里想了一下，有了一个谱子，笑道："消息是有一点儿，但是我还不能断定尽靠得住。就是涿州过来一小站，那里已挖下战壕，铁路上已铺上铁丝网，涿州现在已成了一个大兵站。"邢笔峰也看了杨止波，站起身来道："风尘中人看到的消息，那总是可贵的。杨先生你回去吗？我这就要走。"杨止波看到这个样子，是要赶快回去打电报，便道："好的，我也回去。"两个人向在座的告别。在座的人都说要回去，看看大局的变化。杨止波这就想，当新闻记者，真有一条消息来，大家都是要抢的。正这样想着，后边却有人叫道："止波兄，请站一下。"杨止波回头一看，却是周颂才，当然站着等候。周颂才到了面前，就道："止波兄，我打听一件事，就是吴佩孚现在他在哪里？"杨止波因他找了来，又明问了吴佩孚的消息，当然扯谎是要不得的，便道："据那今晨坐火车来的人说，这吴佩孚好像是昨晚专车北上，就住在涿州，至于到了涿州以后的情形，他一个行路的人当然不知道。"周颂才当时就道谢一番，然后告别。

一会子工夫，杨止波随了邢笔峰来到他家。邢笔峰请他坐下，说道："刚才你老兄报告的消息，很好！我想，还没有报告得彻底吗？"杨止波笑道："自然还有。不过这些消息是过路人的谈话。要怎么取用，那就全凭阁下选择吧！"于是他将孙玉秋向自己说的话，把不敢说的地方，自己也不说，其余全告诉了邢笔峰。邢笔峰就在桌上摊开纸笔，向他点点头道："你这消息不错。等我发完了电报，我们一道去吃晚饭。"说毕，这就把电报赶紧发了，然后出去吃馆子。次日，杨止波又到邢家去。邢笔峰道："仗是要打的了，王豪仁兄他应该有一点儿消息。"杨止波脱了长衫和摘下了帽子，便坐下来道："王豪仁兄，我不晓得来家没有。他关于督理边防军训练处，或者知道一点儿消息，可是他守了如瓶之戒，他总是说不知道。"徐度德殷忧世都在屋里等候了拍电报，听了此话，都哈哈一笑。邢笔峰手上夹着雪茄，向窗子外一指道："来了来了，看你们的话，到底是灵与不灵啊！"

果然是王豪仁来了，他穿件小纺的长衫，原来是嫩黄色的，现在洗得变成白色了。那一顶盆式的草帽，就反过来变成焦黄的颜色。笑着进来，将草帽放在桌上，笑道："现在要打仗呀，这北京被直奉军四面包围了。你们还笑啦。"邢笔峰道："请坐请坐。止波兄说，足下消息是有的，可是不肯说。"王豪仁就坐在邢笔峰对面，笑道："那是真有一点儿。可是今天这消息，明早全中国都知道了，那还秘密什么呢？我特意告诉各位。这里推段祺瑞为首领，实际是徐树铮包办一切。现在京汉路前线，在涿州一带，是归第一军曲同丰带领。京奉路在廊坊一带，归段芝贵。这里段祺瑞发通电，起稿人还是徐树铮。对于外交团方面，由梁鸿志告诉了各位公使，决计保护。这消息是我从训练处得来的，当然不假。"

邢笔峰站起来，将雪茄在嘴边拿下，笑道："你这消息果然不假。我从外国人方面得来的消息，和你一样。我这去打个电话，问问他们消息怎么样。各位不要走，就在我这里便饭。"说毕，邢笔峰就向里面去打电话。

徐度德是他们亲戚，在家里喜欢讲话，而且讲话也不受什么限制。他见邢笔峰一走，自己就把译电的铅笔一指，向众人道："你猜向哪里打电话？"殷忧世坐在桌子头，就道："这还不是外交方面，打听消息。"徐度德眼睛始终看着外边，自己站起来，将铅笔画了个圈圈，笑着轻声道："这一下午，外边问消息的人很多，他自己也只猜着会打仗，究竟是谁动手先骂对方一顿，实在不知道。所以他很望王先生来。王先生这一来报告，他很欢喜，就打电话，告诉要消息的人。这至少有两三个电话吧？《扬子江报》办事处就是一个。"杨止波道："扬子江报馆，说是请邢先生打电报，这事怎么又不说了？"徐度德道："那是那边看得钱太紧一点儿，我们名与利全谈不上，所以这事，就悬搁起来了。但是这里有好消息，照样给周颂才通电话。"王豪仁就皱了眉毛道："这事何必去谈？"

大家看这个样子，这是邢笔峰私事，当然不谈好些，大家就把边防军的情形，问问王豪仁。大概有二十分钟的工夫，邢笔峰笑嘻嘻地前来，笑向王豪仁道："你的消息，和我的一样。还不知道靳内阁怎样敷衍？"王豪仁道："这回靳云鹏却是十分暗昧，所以这次通电，老靳却置身事外，合肥也情愿这样。假如事是失败了，这里请做一个中人，少不了他的。"邢笔峰道："你这话，是你揣想来的，还是你得有实在的消息？"王豪仁道："我哪里还敢揣想啊！"邢笔峰笑道："你这和我得来的消息一样，我还去打电话。"说着，他又起身走到里边去打电话了。徐度德本来还想说什么，他看见王豪仁已站起来，将报翻着看，他觉着自己说话，老王有拦下去的可能，那就不说了。

当时就留在邢家吃饭，吃了饭，王豪仁还要去办公。所以吃了饭之后，各人去办各人的事，不过杨止波要跟王豪仁说几句私话，就跟着出门，在胡同里站着道："仁兄，我看你那个训练处有点儿不妙。可是你不用着急，我们私下补贴你几个零花。"王豪仁道："那多谢老弟。老弟报酬，还是十元钱吗？"杨止波笑道："现在我又给他写一份稿子，比从前加得多了，加着对倍还要转弯。"王豪仁道："那很好。大概战事，不是今晚，便是明天，就怕要动手的。至于谁赢谁败，那还在不可知之数。老弟的好意，我记得了。"说着，就匆匆跑上训练处去。

这日，邢笔峰就比较忙些，到六七点还在通电话，送电报稿子。次日，果然段祺瑞发了通电，要削平内乱。派了一军曲同丰、二军段芝贵，分在长辛店廊坊驻守，令两军南下。这就三军人马，翻了面皮，动手要打了。下午，把电报新闻稿子全数搞完了，杨止波看钟还只有五点。这个日子，白天很长的，所以天色没晚，自己就向香厂前门外大栅栏，各地看上了一遍。这里唯一的象征，就是各家戏院子停演。还有一家不停演的，就是广和楼，演小孩班的。其余没什么特别的表现。不过有一层，令人可注意的，便是街上的游人觉得太少。还有两条铁路，自昨日起就不通车，要上前门去看，这就见东西两车站，只有几个人在那里走着了。至于铺子里，生意虽然闲着，可是人并不闲，在店里柜台上，打开一张报，两三个人伸了头瞧。当年北京一有了事，就是《顺天时报》格外吃香，各铺多半是看《顺天时报》的。这《顺天时报》是日本人办的，也无人不知，但是在这日子人们就爱找它来看了。

各街上看看，觉得没什么表现，这就上几家报馆看看也好。这时，天色才晚，走到《警世报》，大门口依然是不亮的电灯在那里亮着，进营业部去问问，这里吴向禅已经辞职，还有看大样的同事宋一涵，也早几天已经离北京南下。这就不必进去了。再向《黎明报》去看看，这报馆虽少数人也不认得，可是看一看西圃先生，或者会见的，从他那里问得一点儿消息，也未可知吧。报馆是丞相胡同一所房屋，门口也悬着电灯，门外边有铜牌，上写《黎明报》。但是这门口，不像《警世报》，只见许多人在门口来往，并有些警察在这里看守门房。杨止波心想，这是报馆有事呀，以不进去为妥。心里这样想着，就赶快走了几步。心里想着，这又是一条新闻吧？

他正走着，肩膀上被人拍了一下。回头看时，是常到这家报馆来的郁大慈，便道："你是刚在《黎明报》来吧？"郁大慈穿了一套白哔叽翻领西服，手上拿着白色帆布的铜盆式帽子站着，便道："自然，我是刚刚在黎明报馆来。可是不幸得很，这《黎明报》已是被封了。"杨止波道："哪个来封的呢？"郁大慈道："那自然是管地方上事的人来封的了。不过对来封的人说，态度非常好，只把机器铅字，同着点清了一番，对人倒没有什么。不过对人也不能怎样，照例，这里也有什么过去了的总长次长呀！"杨止波道："我正想到这里来会会负责人，不想走来就碰着封门了。"郁大慈道："这不要紧啦。"说到此处，把嗓子一低，笑道："这大约不出一个月吧。"杨止波也不便说什么，就道："晚上恐怕要戒严，以早回去为是，我们改日再谈吧。"郁大慈也会意，说了一声再会，各自走了。

可是这样一来，对消息就紧了一点儿了。北京到外面，电报倒是照通的，不过这里有批检查人，要仔细查的，所以打电报，也拣那可打的发。至于信件，每天有一部国际列车去天津，照理也可以说是通吧。不过这只有一次车子通，这就带不到许多邮件了。所以搞新闻工作，就有点儿不自由啊！再看看街上，各店铺虽然照常做生意，可是整个星期以来，做的买卖，一天比一天地减少。这一晚上，就听到西南角上，轰隆轰隆几声大炮长吼。这不但证实已经打起来了，而且好像离北京城已经不远了。不过天天报上，尚是要人发出通电，大骂直军与奉军。打仗的地点，也是以前的驻守地点，长辛店与廊坊。这已经让百姓猜透，这皖军实在不行了。

杨止波本来一个星期通上三封信到天津《警世报》的，自打仗以来，铁路不通，通信就停止了。至于在北京虽天天为邢笔峰编稿，但是仅说皖军很好的话，这实在没有意思，草草地就把几条消息发了，也不管他好不好。这日下午，办好了事，自己端了一杯热茶坐在外门，闲看天气。觉得天气很热，这想到打仗的人，不知他们有感想没有？正这样想着，却见王豪仁匆匆走了进来，进门就把帽子当扇子摇，对他道："老弟，你没有出去吗？"说到这里回头望望，小声道："我们不行啦。这变化真快呀！"他们说这话，就都向屋子里来。杨止波也不管他没有坐下，就把茶杯放了，问道："前方有消息吗？"王豪仁道："我们这训练处，是得不到什么消息的，除非打了大胜仗，我们才有消息。我听到说我们曲同丰简直不是吴佩孚的对手，而且听说底下的兵还不肯打。在一两天以内，我看消息怎么样，若是不大好，我们就要搬进城来住了，这时节，就要向老弟弄几文，老弟看怎么样？"

杨止波道："我这里还有十块钱，你先拿去零用，好不好呢？"王豪仁道："这两天还有钱花，我不过在这里交代一声，今天还不要钱。我要走了，晚上老弟不要出去，我倒是还要出去跑跑，没有话了。"说完了，拿着帽子就向外跑。杨止波走出房来，喊道："你哪有这样忙？说两句再走。"但是他已走出大门，话也没有回答。杨止波心想，这事情觉得变化太快了啊，似乎孙玉秋那里要去看看才好。转身一想，明天早上去看她吧，王豪仁刚去，马上就去看她，也觉得不妥。可是这日晚上，宣布了戒严了，只电灯一亮，就不许人走。小胡同里虽有人走路，但是走到大街口上，警察就不许过去，自然各人都回家里坐着。这时人家还没有电灯，杨止波将一盏罩子灯加上了油点着，就摊开书，在桌边看书当着消遣，但是，人总是不能安心的，这又听到大炮轰隆几声。而且这炮声来得很猛，窗户都有些动摇。

会馆里就有人一声哎呀，大家都跑出房来聚在一块。有人道："这仗一定打到北京来了。"也有人说："还没听到枪响，大概还远吧？"又有人说："听到枪声，那就更不好办了。"大家七嘴八舌，将时局乱说一顿。自然杨止波是一位新闻记者，各人都要问他的消息。他安慰着道："炮响，那不要紧，有大的炮开动，几十里路都可听得到的。你们不要吓怕，北京有外交团在这里，这就无事。"各人听着，回头想想，各人也觉得不错，大家回房去睡觉。

次日起来，却不听到门口卖小菜的吆唤。大家嚷嚷，说是城门闭了，好多卖小菜的不得进城了。杨止波向门外一看，虽然依旧人照常来往，可是卖小菜的果真没有。回房赶紧洗了一把脸，就打算往皖中会馆前去，就听到人说："还好，人照样在家里呢。"杨止波听了，这是孙玉秋的声音，她挂心我，比我挂心她还要紧得多呢！这当然是可感激的。

孙玉秋到了房里，杨止波就连忙泡茶，孙玉秋道："昨晚我听到炮响，我就怕你冒夜跑到城外去探听消息，所以一早跑来看你。"杨止波道："门口没有卖小菜的，我怕你也吓跑了，正打算洗了脸就去看你呢。"杨止波站在房门口，孙玉秋在他床上坐着，答道："我跑了，我向哪里去呢？不过我心里总有点儿惶惶不安。现在我比较安心了。"杨止波道："那真谢谢你。"孙玉秋对他这话，也没有答词，含着笑容，忽然站了起来，又是要走。杨止波将手一拦，向她道："别忙着就走啊！"孙玉秋道："我是对家里人说，我上街找卖菜的，敢说出来看人吗？你若是不放心的话，你也不必说到我家里去，就说去看王豪仁兄吧，你进了会馆门，那我就会知道的。不过这个北京，时时有变的，要是不能走，你千万不要去啊。"杨止波因她说的是真话，就放了手让她去。

一会儿，到了邢家，邢笔峰正在看着报，他把报折好，对杨止波道："这几天消息紧得很，可是消息很多啊！我想你和忧世兄满城去跑一跑。哪城门是关，哪城门是开，这完全看得出来的。还有你们看见什么，就记下什么，这个也比我们打电话要好些。"殷忧世杨止波都答应了去。这里邢笔峰赶快把一批电报发了，拿出了五元钱来，交与殷忧世手上，嘱咐他们拿来在路上零花。两人有了五元钱，一下就跑了三个城门，是广安门、永定门和朝阳门。看到三个城门全是关的，广安门在上午还有时开半边。这三个城门，从来是京市对外的大路，人的往来简直不断。尤其是广安门，这里是对卢沟桥的大路，各种车辆以及牲口，接着一辆又是一辆，一群又是一群，向前进行。可是今天，在城门下看，就一个人都没有了。这里城下有几个武装的兵，此外就不看到什么。不过也有一个例外，就是城外来了百十个兵，全是一身污泥，七颠八倒地走着，而且身上有一两处轻伤，将绷带系着。这些人走过，又成了一条死街。也到了前门，站在街心一看，只有几个人来往，映照了西下的太阳，却是黄黄的颜色。前门的大桥，好像路宽了许多，那些汽车马车都不见了。至于火车站，东站西站，有两排警察在那里守门，大概是不好进去的了。杨止波心想，自己刚来北京，这是极热闹的一个地方，不到一年，如今是变了。

本来也还要看看市容，可是一看东车站钟，已经六点了，两人只好回邢家去，把今天所看到的事，向邢笔峰报告。两个人只花了三元钱，多的钱交还了邢笔峰。天色是慢慢地要晚了，二人告辞回家。这里杨止波尚惦记着孙玉秋，看看天色，戒严还有个半点钟，他就顺了顺治门大街，一直往前走。要到皖中会馆门前，却看见孙玉秋站在那里东张西望，她一下看见杨止波，就脸上泛出了微笑。杨止波把草帽子摘了，在衣袋里扯出手绢，擦抹脸上的汗，笑道："你望街当然……"孙玉秋看到他一身都是汗迹，这里又无水可擦，急着就在衣袋里一掏，掏出了一方白布的手绢，就交给了他，笑道："你还擦擦吧。"杨止波在她手上接过手巾，看看是刚洗的，他也不擦，就把手绢，往衣袋里一揣。孙玉秋只当没有看见，因问道："你今天跑的路不少吧？"杨止波将草帽子扇了几下，笑道："今天真跑得不少，跑了几处城门。"孙玉秋回头向会馆里望了一望，便道："好吧，你快点儿回去休息，一下子戒严令下来，你就不能走了。"说此话的时候，向他丢了一个眼色，将手还向外一推。杨止波也就向会馆一瞧，好

158

像她的母亲来了，便道："好吧，明天见。"孙玉秋点点头。杨止波掉转身来，只见已来了浑浑不亮的电灯，至于街上的人，已经有人奔走，仅仅是人家门口有几个望街的人而已。整条顺治门大街，就像夜半一样，等着天明还早呢。正是：

何必更残闻炮吼，今宵人迹古城稀。

第十五回

人涉沉浮请观通电语
社分得失来考巧诗潮

北京这城市，内城周围共四十华里，外城包围内城南面，共周围长二十八华里。在北城出了什么事，南城一点儿也不知道，乃是常事。这一天，杨止波跑了一整天，觉得这皖直之争，京城被摇撼着了，自己赶快回去为妙，马上戒严了要断绝交通。他现在是住在南城的，南城尚幸无事。可是南城以外，什么地方被攻破，那就不明白了。于是他跑过西草厂，就不看见一个人。走进北山会馆，馆里有一位汪先生，有五十多岁，是一位部里的办事员。他迎向前问道："好了，杨先生回来了，我正盼望着你告诉我们一点儿消息哩！"

杨止波被他拦着路，自己又一身汗淋着，像雨点打着一般，笑道："足下认为我是一位新闻记者，总有很多消息吧？其实我和诸位一样，关在古城里，一点儿消息没有。"汪先生道："总比我们灵通些。我现在只问你一句话，皖军直军，究竟是谁败谁赢？"杨止波笑道："这个，我可以全告诉你，就是皖军打败了。"说了，就照直往房里走。但是汪先生还不放过，追在后面问道："你可以告诉我，这皖军退在何地？"杨止波道："前线千变万化，哪里说得定呢？大概他们集合在长辛店吧。当然，他们也作兴反攻，也许今天晚上，他们攻过长辛店。"当他这样说话的时候，会馆里人就全体跑出来了。后面院子里住着一户人家，是农商部的一个科员，他家有七八个人，围着通前院的门在那里听消息。

杨止波开了房门，正要进去，一抬头看到许多人，都在等候自己的消息，便不好意思进去了，回转身来对大家道："大概今天晚上吧，前方可以告诉我们，哪方真胜真败了。住在北京城里不要紧的，这里有个外交团。所谓外交团，就是各国公使馆。他们说一句话，就是北京官方所说，比圣旨还灵，他们不许这仗久打，久打了要赔偿他们的损失。官方就是靠

160

洋人吃饭，能不看洋人眼色行事吗？至于中国真是这样吗？中国有四万万人，要有人统率，就是世界上一大强国啊。"他说着这些话，就算告诉了他们的消息。他也不管人家满意不满意，自己这一身汗，实在该抹一抹了。

这一晚上，北京很平静。当然，卖东西的都没有上街，前方的炮声也没有听到，因此，候到十二点钟，大家都去睡觉。到了次日早晌，虽是人声已慢慢地杂乱，可是门口依然没有卖菜的。这里长班有一个老母亲，人们都叫她作老奶奶。她养有一个女儿，也就叫老姑娘，老姑娘清瘦的一副脸，头上留把大辫子，住会馆的同乡，有点儿小事，就叫着老姑娘做。那汪先生就叫道："老姑娘，你给我去买点儿小菜来吧，这里有一个铜子儿，买半个子儿的韭菜、半个子儿的王瓜。"老姑娘在门口答应道："昨天下午，杂货铺里就卖个精光了，今天还想啦？再要歇两天不开城，那就棒子面都要买不着呢！"

杨止波听了这番话，这确是京城里发生了问题。自己摸摸桌子抽屉里，还有半包饼干，就打开抽屉，用手钳了五块饼干，自己就站着吃。看着窗外，自己默想，皖直战争，今明天还不见得就了结。今天往哪里跑呢？多少要找他一点儿新闻啊。还有吃饭这问题，也得预先想一个地方。自己正这样想着，就见孙玉秋穿了件白花布大褂，三脚两步跑了进来，笑道："还好，你还在家，特意来看看你。"杨止波笑着让座，就道："我虽是要跑新闻，时候还早。"孙玉秋站在房门口，笑道："我特意来看看你，看过了，好了。家里不知道我出来，我就要回去。"杨止波道："我也不勉强留你。你还有什么话？"孙玉秋想了一想，她道："我自己没有什么告诉你。不过附带告诉你一声，就是奉军机关里的人，今天可以回北京来。这是我对门，有在奉军机关里的人住着，他对他家里人说的，当然这消息是可靠的。但是这个消息能用得着吗？"杨止波笑道："这消息是第一等消息。"孙玉秋笑道："别老是说什么一等呀，以后我不给你消息了，那不给消息，也是一等吗？再见了。"她说完了这句，就赶快地走了。

杨止波听了这孙玉秋的消息，心想，奉军驻京办事处的人，这就快要进城了。这东路的战事大概没有开火。就是开火，也就随时停止了。他要真来，自然一切问题都解决了。不然，奉军驻京办事处的人，也不会回来的。这问题算是得了个重心。自己在家中歇了一会儿，就向邢家来。这时邢家所有的人都来了，邢笔峰坐在一张藤椅上，口里吧唧着雪茄，对着徐度德只管皱眉头。杨止波一进来，这就大家哈哈乱笑。徐度德在那翻译电报桌上，只是削铅笔。看杨止波来了，便道："老兄来得最好。现在直奉两军，打呢还是不打呢？究竟取的什么态度，我们还没有接着一个可靠的消息。如今你来了，邢先生说你这两天消息很灵通，最好你替我们解决一下问题。"杨止波摘下草帽子，就挨着邢先生在藤椅子上坐下，笑道："我也是道听途说呀，我怎么能解决问题？"

邢笔峰道："的确，我没得一种可靠消息，还是直军一直往北京城里打呢，还是见过胜仗之后，要谈一个和局呢？"杨止波解脱了外面的长衣，把长衣挂起的时候，自己很随便地说道："我有一个朋友，他的邻居在奉军驻京办事处做一个小事。据他说，他们的处长今天可能来北京。"他挂好了长衣，依然坐到原处。邢笔峰听了这话，把他的雪茄放在烟灰缸上，按了桌子道："你这话是真的吗？"杨止波笑道："我何必把话来欺骗先生？"邢笔峰这就笑道："度德，我的话果然不错吧？刚才我接了一个电话，说奉军办事处的处长在天津会回来。坐国际车子今天下午到。止波兄，你的消息和我接的电话一样。这直军方面，当然静候奉军的代表，布置一切。就是这位段祺瑞不知道怎样，是不是要躲起来呢？"杨止波道："这个我没有听见说。"邢笔峰道："往东交民巷一躲，那是绝无问题的。好了，我电报有了。"说着他就把电报纸拢齐，抽笔就写起他的电报来。

殷忧世他是给邢笔峰誊电的，邢笔峰还在拟电报，他当然还空手没事，这就换了一把藤椅，与杨止波并排，轻声道："你们安徽人，这回恐怕有好多人打碎了饭碗吧？"杨止波笑道："那倒不见得，顶多有几个合肥人要吃点儿亏。"邢笔峰这就将笔停下，望了杨止波笑道："真的，你们贵省人，有好几个人在老段一方，遇事很吃香。关于他们的动静，你可略知一二？"杨止波道："有是有一点儿消息。就是姚震、姚国桢两兄弟，在东交民巷六国饭店订了几所房间。这算不得是新闻，老早他们就订了。好在他们有钱，若是皖军打赢了，自然不算什么。若是打输了，他们家里有汽车，开着汽车往六国饭店一跑，就太平无事。"邢笔峰笑道："虽然这算不得新闻，老早两个字，很可以做一点儿文章，我也给他们打进电报里去。"说毕，他又提笔拟电稿了。

这日上午，就照杨止波一说，邢笔峰打破了他的难关。到了次日，自然这件事，是直奉两军完全胜利。可是段祺瑞这个人，究竟政府办与不办，却是不知道。而且内阁总理靳云鹏，他就是段祺瑞的朋友。说亲一点儿，他就是段祺瑞的弟子。他是三方面的好朋友，他或者会在里面转圜吧？所以这段祺瑞如何，新闻记者这一宝却是押不牢。这日下午，王豪仁就到邢笔峰家里来了。这时还只一点钟，邢家还没有人来。邢笔峰看到了他，就赶快让座，笑道："我正有一件事问你，你老兄总是不来。"王豪仁道："有消息问我吗？"邢笔峰笑道："正是有点儿消息问你。你看老段，政府应当怎么办？外面谣传，说是他要上东交民巷去。有的人说，他的性命难保，要去东交民巷，就当早去。"王豪仁这日还穿了他油迹洒满了的长衫，就将两手一缩，把两只袖子朝上一卷，很高的声音道："不会到东交民巷去的。这里国务总理靳云鹏，总是老段一家人，他不能看老段就这样进东交民巷。"邢笔峰笑道："你老兄倒很是卫护老段。不过口说无凭，你可不可以到吉兆胡同去跑一趟？"王豪仁笑道："这吉兆胡同当然还不是平常一个人可以去的。不过我虽然不能够见一见老段，那胡同里过一过，那总是可以的。说不定我这种瞎摸瞎撞，撞着一条路子，也未可知。"说时就把他一顶黄色的草帽向头上一盖，多话也不说，就往外直跑。

喊了一部车子，就到了吉兆胡同。打发了车钱，自己却慢慢地向段公馆走。往日，这段公馆门口尽是马车与汽车。这时候，就一辆车子也没有。从前这门口有两个卫兵站了岗，今天也没有了。不过大门里面有一个警察。自己这样往前走，也没有人拦阻。自己想了一想，这到段公馆去找哪一个呢？这时忽然面前有人喊道："王豪仁你也到这地方来了，是你一个人吗？"王豪仁抬头一看，是训练处一位秘书叫沈志华的。他穿着一件纺绸长衫，手上拿了一顶草帽子。王豪仁道："啊！沈秘书，我是一个人。"

沈志华所站是大门口外的石头坡子，向王豪仁周身看了一看，笑道："你的地位太小了，又是一个人，你能在这里想到什么办法吗？"王豪仁站在坡子底下，望着他道："不是来找督办想办法的，训练处撤销了，我也不过月薪三十多块钱，撤销了拉倒。我是来探听新闻的。"沈志华将头回过来，对门里一望，便走下坡来，走到一处墙阴所在，王豪仁在后面跟着。沈志华又看了一看周围，便道："我也是个无名小卒，所以我也不跑。我打听得确实了，自徐树铮以下，共是十个人，要下惩办令。我们这里老段，今早已发通电，请中央罢免他的职务，这里还有什么消息可以打听呢？"

王豪仁道："段祺瑞发出通电，这是天字第一号消息呀！你可不可以

163

把原电给我弄一份?"沈志华道:"这拍发的通电,到今天晚上,通讯社就有的。你忙什么?"王豪仁道:"你先生对于新闻,大概是外行。我的朋友很多当新闻记者,他们对于消息却形容着一个抢字。漫说今天晚上通讯社里才有。就是三四点钟,通讯社里就有,他们这时候晓得了,也是抢。"沈志华道:"这个倒没有什么难处。我们秘书处,这里还有人办公,我进去给你拿一份,或者也许可以。"王豪仁把二手向沈志华拱了几拱,笑道:"那就阁下费一番神吧!"沈志华答应着,就要动步走。王豪仁道:"别忙走呀,我在什么地方等哩!"沈志华道:"你跟我来,到了里边,我会叫你在哪里等着。"王豪仁大喜,就跟沈志华一步一步地走。

段祺瑞公馆里的人,都是认识沈志华的,他带了王豪仁进门,人家也没有问。走过一道长廊,两个客厅,朝东有一扇圆洞子门。过了门,是个三间华丽的屋,屋外一棵大槐树,槐树遮了这屋外廊子,旁边有两间屋子。沈志华道:"你就在这里等一等,我进去看一看。"王豪仁点点头,就掀着帘子,向旁边屋子里一钻。这虽是正屋的旁屋,可是里面有绿绒的沙发三张,大理石桌椅一套,这也不是小官僚可以比得的。他还没有仔细看这屋里摆设,却见老段自上边屋里出来。脸上和平常一样,他后面跟着一位官僚,当然也是纺绸长衫。段祺瑞道:"我就不走!他们能把我怎么样?至于我的左右手,那就随他们到东交民巷去暂避一会儿吧。"那个随后的官僚一路说是,就随着向月亮门里出去了。

王豪仁这就想着,段祺瑞尽管说他不好,可是直军的曹锟、奉军的张作霖,那也是二五等于一十。正这样想着,就见沈志华手上拿了一张纸,出了上房门,忽忽地就向这边屋子里跑。他一进门,还没有开口,王豪仁接着道:"这通电你拿到了?"沈志华轻轻地道:"这通电拿到了。这里不宜久耽搁,一下子公府有人来。"说着,把那张纸递给王豪仁。他接了那张电稿,笑道:"我在这里还看一会儿,不可以吗?"沈志华道:"我是带你进来的,不要我带你出去吗?回头你看……"王豪仁却是最怕事的,笑道:"好了,好了,我同阁下一路出去就是了。"沈志华这才将身子避开,让王豪仁先出去。王豪仁也不敢耽搁,就在沈志华头里走。走到门口,虽然门房又加了几个人,但是大门以外,仍旧是冷清清的。一直把王豪仁送到大门口,王豪仁向他道了劳驾。沈志华就笑笑,看到王豪仁走出胡同,这才算了。

王豪仁一想,这一个通电,既然拿到了手,这就对邢笔峰而言,是越送快越好了。走不多远，便有一个汽车公司，便坐了汽车，赶快向邢家跑。这只要十几分钟就到了。一进门便笑着喊道："邢先生，我把段祺瑞的通电抢到了，你给我开发汽车钱！"他一路走着，把抄录电报的原文高高举起。邢笔峰同几个办事人全坐在屋里，要打电报，还没动手呢。邢笔峰老远就看他手上举着一张纸，便起身道："这一回着实劳驾了。"王豪仁走进屋里，先将电报就往邢笔峰手上一塞，笑道："我不但拿了通电原文，还看见老段。请给汽车钱，这也是要紧的吧？"邢笔峰道："小事小事。"便叫徐度德的父亲去开发汽车钱。自己也来不及坐下，就将抄电报的纸打开，念道：

衔略：

　　顷奉主座巧日电谕，近日迭接外交团警告，以京师侨民林立，生命财产，极关重要。战争如再延长，危险宁堪言状。座令双方，即日停战。祺瑞德薄能鲜，措置未宜，竟遭外人之责言，上劳主座之廑念。五中内疚，至深眩惶。查当日既经陈明，设有贻误，自负其责。现在应当厉行自刻，尽量揭参。业已呈请主座，请将督理边防事务，管理将军府事各本职，及陆军上将及官悉予罢免。特此奉告。

段祺瑞效

　　邢笔峰把这电报念完，笑道："皖军整个失败，段祺瑞只好把这电报发表了，关于失败，他自己也已承认了。王兄既看见老段，他怎样说呢？"王豪仁道："当然，他不是见我。"于是将段宅的事告诉了一番。邢笔峰道："足下这趟跑，足为记者生色，回头我们去吃饭，我现在要去打一个电话。"说毕，他拿着那封通电就到上房去了。徐度德等他走了，就向王豪仁笑道："你实在不行哟。这个关于段宅的事，起码你可以向他要个几十元。现在，仅吃一餐饭，算得了什么？"王豪仁道："老弟台，逢事就要钱，那还成个人吗？"徐度德道："你给他客气，他可不会对人家客气。这里你告诉他，怎样见着老段。他就把你这话，打电话告诉人家，这是一条最好的消息……"王豪仁走到他的翻译电报桌边，就拍了拍他的肩膀，笑道："老弟，凡事不要看人家怎样，自己问心无愧就得了。"殷忧世坐在桌边点点头道："豪仁兄，你这话很对。"

165

杨止波坐在里边屋子里，静心看报。等话说到这里，他知道王豪仁没钱，就道："王兄，你到这儿来，我有句话要告诉你。"王豪仁当真跑了过去。杨止波就在身上摸了十元票子给他。他拿手接着，便道："这为数多了一点儿。"杨止波指指外面屋子里，又把手指指了嘴唇，摇了几摇，王豪仁也就不作声了。过了一会儿，邢笔峰出来，笑道："我赶紧发电报，发完了，我们就出胡同，在这便宜坊里吃烤鸭子，我们这里几个人全请。别家馆子蔬菜有问题，现在吃烤鸭，这就没有问题了。"他说完，自己便坐下拟电报。在这里的几个人，就各有各的事。王豪仁他没有事，就把报纸乱翻了一阵。一个钟头以后，各人的事大半完了，就叫徐度德先去发电报，大家先上便宜坊去等。

　　这次，各人吃得很饱。吃后，各人回家。邢笔峰一个人，还这样想着，这几天没有到哪里去玩，今天应该玩一会儿吧？正这样想着，忽然有人喊道："笔峰兄，这里遇到你，好极了，我和你打听两条消息。"邢笔峰一看，也是新闻界同人孙一得，便笑道："到我家里去谈吧。你老哥这会儿押宝，都不准确啊！"孙一得穿了件秋罗长衫，走得丰格飘然，笑道："虽然消息有些不准，可是有些真有来历，不过他们后来变了卦，这却不是我的责任。"二人说着话，就到了邢笔峰的写字室。把帽子一摘，长衫一脱，孙一得拉了藤椅子坐着，笑道："今天我真要打听一点儿消息。在今天下午，好像战事平定了一些，我问问你，老段一批人，怎么样下台？"邢笔峰坐在他对面，哈哈一笑道："你老兄，怎么样啦，今天老段已通电下野，你都不知道吗？你真是难乎其为新闻记者了。"

　　孙一得猛然一惊，问道："怎么？老段他已通电下野了。变得好快呀。有原电吗？"邢笔峰笑道："当然有原电啦。你取出看看。"说毕，他就把电报簿子一翻，就拿着那份抄录原电的稿子，交给孙一得。孙一得将原电从头到尾读了一遍，笑道："这真是好消息。不知道通讯社有了没有？"邢笔峰道："既是通电，当然有一两家会有吧？"孙一得拿着电稿，给邢笔峰连拱了几拱，笑道："这电报是今天发的，今天你早已有了，你是怎样弄来的？"邢笔峰又抽上了他的雪茄。他从嘴里取出了雪茄，笑道："新闻，当然不是坐在家里就会来的。清早，我叫了一辆汽车，向吉兆胡同一跑。当然这时候老段心里不痛快，我没有求见他。秘书室里少不了有几个熟人。他们见我来了，就把原电抄录一份，我就得着了。这时上海，大概报馆里这些同人，就早见着了吧！"孙一得道："佩服佩服。这里你自然会给

166

他们秘书室里人谈谈的，一定得了好些新闻。"邢笔峰道："那自然了！可是这里有许多不能发表的东西。关于可以发表的，我都把它编成了电报，打出去了。"孙一得笑道："那一些电报，我可以看看吗？"邢笔峰抽了两口雪茄，正色道："看是可以看的。可是你今晚上，不许对人家说。"孙一得道："那是自然。"

于是他放下抄录的原电，就过去把今天抄录的电报簿子看了一遍。看完之后，立刻又赞了两声道："的确，这是呱呱叫的电报。我想周颂才一定要和你合作。这一通电报，你还是要呢，还是送给朋友呢？"邢笔峰笑道："你老兄想要吗？你拿去就尽管拿去，可是你要交通讯社发表，那一定要找一个漂亮点儿的通讯社发表。"孙一得道："那自然，你的招牌要紧，太含糊的通讯社，我也不会和它拉交情。可惜我们没有通讯社，要有一个通讯社，很多可以发表的消息，就走我们社里发表，那是何等便利！"邢笔峰笑道："那你办一个呀！"孙一得道："我是想办一个。这话过两天再说吧。你这一个通电，我就拿走了。"当时邢笔峰笑笑。孙一得忙着穿上长衫，把通电拿起，和邢笔峰又道声多谢，他就很得意走了。

关于大局，仍旧是靳云鹏组阁，下令惩办十个祸首，计徐树铮、曾毓隽、段芝贵、丁士源、朱深、王郅隆、梁鸿志、姚震、李思浩、姚国桢。所有不惩办的人，一概无事。这段祺瑞，也没有下令惩办，直军奉军对他也没有怎么样。惩办祸首，第一个就不办，这真是一台滑稽戏。过了几天，大家在邢笔峰家里说笑话。孙一得笑嘻嘻地进来，进来就把他白帆布钢盔式的帽子丢在桌上，对邢笔峰笑道："你所给我一封通电，实在不错。我路上有个朋友看到了电文，就说，你很不错，居然这封通电，你就拿到了。要是让你办一个通讯社，也应该很出色。"邢笔峰道："你一定见了人，说是你在某一个机关拿到了一份。"孙一得笑道："的确是这样说的。不过我替你老哥大为吹嘘一阵，他倒听了，甚为冲动。他问我，也办一个通讯社吗？我心想，这倒是找到癞痢当和尚，将就着。我正要办一个通讯社，他居然问我要办一个通讯社吗？"

邢笔峰笑道："请坐吧。有话慢慢地说。"孙一得道："你这边来，我有话对你说。"他说完了此话，自己首先向那边屋子里走。邢笔峰知道他有私下话，就也跟了他去。约莫有半个钟点，两个人才出来。邢笔峰笑着向杨止波道："这孙先生要办一个通讯社，他想请你老兄帮个忙。"杨止波正在写稿子，把笔一放，抬起头来道："孙先生，我不行啦。一来我一点儿消息来源也没有，我进去不合宜：二来我还有天津一份差事，芜湖我也发点儿稿子，有时还打个电报，这简直没有工夫。"孙一得就走上前，将两手拱了一拱，笑道："这完全是推托之词。老兄无论如何，请帮忙。"杨止波道："绝不是推托，你问笔峰先生，他会知道。"邢笔峰笑道："你老兄，虽不是推托，但是事忙，也总可以安排得过来。这件事，一得你不必管，我自有办法。现在我们先起一张计划书，看要多少钱。"孙一得道："好的好的。"

于是两个人都坐着，拟了一个计划书。大概他们拟的，房子每月二十元，头一个月要付三份，就是六十元。一个编辑，一个庶务，共约三十六元。一个写字的，约十二元。两个办杂事的，带管印刷，约二十元。一个骑脚踏车的，约十二元。一架油墨复写版，约三十元到四十元。买纸三听，约六元。再办点儿零碎，就打二十元。这有二百元，就马马虎虎够了。至于木器家具，这用不着花钱买，找一找人家木器多的，就向人家借用一点儿好了。充其量，二百五十元，这通讯社就办起来了。杨止波在一边听到，他们计划书上有；一个编辑，一个庶务，共总是三十六元。那么，编辑顶多是月拿二十元。以二十元代价，每日须编七八条消息，多时或者一二十条，这实在是太便宜了。我刚才说了不了，这须决定，决计不干。

邢笔峰把计划书拟好了，笑着将笔一丢，对孙一得道："这里有二百五十元，就万事够了。你去对前途说说看，先拿三百元来吧。"孙一得坐在对面，便对计划书道："这一笔小款子，这张高山简直不算什么！他最近买公债就赚了好几万。他当然须在财政方面弄一把交椅。这方面你能够帮点儿忙，他一定肯出。"邢笔峰道："这个将来再说吧。你先去弄这笔开办费，开办费拿来了，通讯社开张了，我们的事，总好说嘛。"孙一得看他这番意思，当然不至于拒绝，道："好吧，我去试试看吧。你老兄务必要帮忙啊！"他说了许多帮忙的话，才把计划书拿起走了。

过了两天，这孙一得又来了。他坐下，便向邢笔峰道："很好的一碗红烧肉，可是一端出来，便有一只猫在旁边守着，这事有点儿扎手。"邢笔峰道："怎么扎手呢？"孙一得叹了口气道："那天我交了计划书去，前途说，好在为数不多，正要开支票。却来了个和我们一路人，也是要办通讯社，向那里请开办费。他说，我只出一份开办费，现在两方面要，那我怎么办呢？我这里出一个题目吧，对了的，就拿开办费。题目是什么呢？

168

我昨天看了一部书，上面有一首打油诗，写得很好。我这里，也出一首七绝诗的题目，题目是要钱。也限韵，末了须落上一个钱字。我这就抄一首原诗给你二人，须明日七点交卷，过了限期，也是吹。他说这话，就抄了两首诗分给我们。你瞧，这不是一碗肉又被一猫守着吗？"

邢笔峰笑道："这个姓张的，倒会开玩笑。原诗你拿来了没有？"孙一得道："自然拿来了。"说着，自己在衣袋摸索了一阵，拿出一张纸，上面抄写墨笔字，交给了邢笔峰。邢笔峰拿着诗一看，笑道："不错，我也看过这首诗。却是出在哪个书上，我就不晓得了。不过这事，很容易办。杨止波兄对这个是拿手，对他说两声劳驾，那就解决了。"孙一得听说，就对桌子边上的杨止波拱拱手，道着几声劳驾。杨止波笑道："何必客气？这打油诗作起来根本不难。请把原诗我看看。"邢笔峰这就把这纸递给他。他把纸铺在桌上一看，这诗写道：

> 书画琴棋诗酒花，当年件件不离他。
> 如今七字皆更易，柴米油盐酱醋茶。

他笑道："这有什么不知道，大概是《随园诗话》上的吧。这和一首，也没有什么难。"邢笔峰笑道："如何，止波一看就不难了。"

孙一得大喜，就站起来对杨止波一个长揖，说道："这就好极了。就烦我兄，和他一首。虽然是和诗，他却不要原来的字韵，出了一个钱字韵。"杨止波也站起来，回了一揖，笑道："我作诗可以。可是我的诗，也像六月天的腌菜，端出来有点儿臭气。"孙一得道："老兄客气。这就请兄作一首吧。至于兄的稿子，我来代庖一二。"杨止波道："这倒无须。只要改两三句，就是个打油诗了。你坐着，等我来写。"他说毕，就坐下来，拿一张干净些的纸，抽笔就写起来。写完了，笑着说道："这末了一句，是纸钱比较好些，不过念起来就是铜铁金银锡纸钱。这个纸钱，恐怕不大好，看来还是改为票钱吧？"说着，就把写的这张纸交给孙一得。他接住纸一看，上写道：

> 书字消磨又一天，快降支票莫迟延。
> 如今七字仍更易，铜铁金银锡纸钱。

孙一得把诗念了两遍，那邢笔峰也走来看着，就拍手道："这很好，就是它，纸钱不用改，我们就用的是纸钱。世界上也都用纸钱。"孙一得对于诗是外行。既然邢笔峰说好，就向杨止波道："谢谢了。看这一宝押得如何？"

他说着，就把这首诗将纸一折，就往口袋一揣。邢笔峰笑道："你这就向张高山家里去吗？这太早了呀！"孙一得道："我算了一算，他这时候准在家。他虽然限我七点钟交卷，我趁早拿去，他看见了，一定欢喜，就马上给我开支票了。"邢笔峰道："你老兄，见了钱就这样跑。假如通讯社办成了，望你还照这样努力啊！"孙一得也嘻嘻地笑，就把这诗向前途交卷去了。杨止波对于他们要办通讯社根本不在心上，也没有过问。次日十点钟，就向邢家去。一进门就看见孙一得在座。他正和邢笔峰商量事情。他看见杨止波进来，就起身向杨止波一个长揖，笑道："老兄这首诗，前途说很好。马上开了支票，让我们开办通讯社。房子我已租得了，就在粉房琉璃街前面。真合乎我们的条件，月租二十元。木器家具，我也买一点儿。"杨止波道："那恭喜恭喜。"说着，便脱长衫。

孙一得等他坐下，才坐着相陪，笑道："你老兄，怎么恭喜我，我们同喜呀！我请你老兄做总编辑，老兄还是不肯将就吗？"杨止波道："我实在分不过身来呀。"邢笔峰笑道："我看也不必推辞了，钱是少一点儿，月薪只拿二十元。可是殷忧世当这通讯社里庶务，只拿十六元。他也是不肯干，我就说了，帮我的忙，老兄还能计较薪水吗？"殷忧世坐在旁边，苦笑着道："干了吧！一天牺牲三四个钟头，那也无所谓吧？"杨止波道："钱呢，我勉强够用了。给钱多少，我不在乎，可北京的通讯社，我摸到一点儿底。这外边消息，一点儿没有来源，当编辑的，起码也带几条消息来凑数。请问，我哪有这种能力？"孙一得道："这不成为问题，我们大家凑嘛！哦！我还有一点儿正事，忘记交代。就是我们那通讯社，叫宇宙通讯社。这里两个杂务，一个跑自行车的，我都找好了，他们今日下午，便收拾房子。二公要搬到里面去住，明日下午就可以搬。至于呈文给市政方面，我今天就办，大概四五天就可以批准。我想一号就可以开市大吉了。"

杨止波话还没有说完，孙一得就说了一大套。止波自己想了一想，这宇宙名字起得很大，可是内容空虚，就编辑一层，自己还得考虑。当时就没有说什么，预定了明后日再给他们回信。当时他们尽管忙他们的，自己只是笑笑。这天回会馆去，拿了一本书看，心想这还是不干通讯社吧，干了通讯社，哪里有工夫看书。于是把书放正了，叫老姑娘泡了一杯茶，放在桌沿，自己就看起书来。有人道："杨先生真用功。"杨止波一抬头，只见孙玉秋穿了一件柳条布长褂子，梳了两个头，便道："你来了？又是我在看书，不知道你来。"孙玉秋笑道："我来了好久了，站在你身后，你总不作声。"杨止波对她身上一望，笑道："你现在喜欢穿长褂子了。"

孙玉秋坐在他床上，把手掸着床上灰，便道："不说笑话了。我现在要考女师大，你在女师大方面托托人，好不好？"杨止波道："你的文字准行，我保取。"孙玉秋道："那样不好。"杨止波道："你只要能考女师大，我保你取就是了。可是你父母不许你考，那你怎样办？"孙玉秋道："我这都想到了，我偷着考，他们知道了，那时候我再打主意。"杨止波倒了一杯茶，将两手递给她。她接了茶杯，笑道："你又和我客气。"杨止波道："这客气，有个原因，这里要讨教。"因把孙一得要办通讯社的事告诉了一遍。孙玉秋道："那你还是就了他这编辑吧。你和孙一得没有交情，你和邢笔峰是有交情的呀。他叫你帮忙，这里总有一点儿关系。孙一得领取开办费是多少，当然你不晓得。可是孙一得得了款子，就向邢家来，是不是这里面大可考虑呢？"杨止波慢慢地想了一想，就道："对的对的，那么，我帮几个月忙吧。"

第十六回

执事数文人论家分帜
谢恩酬太监叩首瞻天

　　孙杨二人一度谈话之后，这个宇宙通讯社的事，杨止波过两日就职了。他们社里离北山会馆也没有几多路，因为要图便当，杨止波就搬到社里来住。这房子是一半西式的。这里上房一共三间，一间给殷忧世住，一间做写字室，一间给杨止波住。对面是客厅，但是没有摆设，做了印刷通信稿的屋子。东西各有一间房，这里两个工友住。一个小院子通到大门，就是这样为止了。

　　杨止波的房子和写字室那边不通，朝外一个西式窗，秋天快要来了，窗户头上摆两盆秋海棠晚香玉，有一张三屉桌，不写字的时候，靠桌对着秋海棠一望，倒也兴致盎然。他们这宇宙社里，大概要发七八页稿子，一页约三百多字。有时，孙一得写上一段或者两段稿子，那就凑点儿零碎，这倒好办。但是孙一得喜欢玩，一出去玩，那就没有稿子了，杨止波急得各处乱抓，简直不是一个忙字形容得过来的。因为这通讯社要有点儿名声的话，还要发天津稿。上天津的车子，是八点二十分开。你这里至迟七点钟要齐稿。稿子齐了，先要交写字的先生写。写好了，得校对一下，然后交二位工友印。这样忙了一会儿，这就有七点半钟和七点三刻之间。脚踏车到东车站，也要二十分钟，那就时间很紧迫了。这种工程，一月只拿二十元，而且稿子也不可太像话。所以杨止波搞到两个星期，烦腻得要命，这就浩然有归志了。

　　这一日早上，只有八点钟。起来无事，端了一盏茶，自己走到窗下，看那两盆秋海棠晚香玉，只觉淡叶蓬笼，白花清静，真有点儿香风习习。记得前人有诗说，凉月浑无影，清风别有香。这真捉摸得很对。自己只管端了茶，这样细看。忽听得一阵皮鞋声音，孙玉秋走进他家里来了。杨止波道："早呀，女士。"孙玉秋走到面前笑道："我是有事，才这样早找你

172

的。要是等一会儿，恐怕你又忙了。好像你看花，还在寻诗，我这来，还是有点儿不凑巧。"杨止波道："你这里来小坐一会儿，正是我欢迎的事。我须编三四家的稿子，我真正是忙。"说时，就引孙玉秋在屋里坐。

孙玉秋进了屋里也不坐着，手扶了桌子，便道："明天我要考女师大，你知道吗？"杨止波道："我只知道你偷着报了名，至于明天考，我还是不知道。"孙玉秋道："关于要考的东西，纸笔墨砚，我都放在长班屋子里。长班有两个妹妹都帮着我，明天我起早，我就一直到女师大去，只是有一层。"她说到这里，就向杨止波淡淡地微笑，杨止波道："这是我太大意了。你考女师大，总要些钱花，请你等一等。"说毕，自己就在床头边一口小箱子里取出两张五元钞票，递给孙玉秋。孙玉秋把手接了，就很吃惊道："你怎么给我这多钱？"杨止波道："考女师大，是一个大学生了，似乎这样壮胆得多了。"

孙玉秋拿着钞票，停了一下，笑道："我不要这多钱。就是考女师大，买三四毛钱点心吃，这就够了。"说着就把手上十元钱钞票，拿五元放在桌上，其余的往口袋里一揣。杨止波道："怎么，你还客气？放在我身上，与放在你身上，这有什么分别？"孙玉秋笑了一笑，因道："我真不要许多的钱花。"杨止波道："那你就放在身上得了。我们身上放个十块钱，就说多了。不要说得太远了，就是我们社长，身上总不止十块钱吧？收着吧，惹人笑话。"他这样说了，孙玉秋只好收了，笑道："你真是可怜……"杨止波道："不要说这个话。你坐着，你觉得对考试有把握吗？"孙玉秋就挨桌子边坐下，笑道："对于代数几何，我都不怕。外文也凑乎，就是这论文，我可有些怕。怕的他出一个题目，我就不懂，那真糟了，连你我也对不住。"杨止波坐在一只椅子上，这椅子在桌子横头，笑道："不会的，不会的。时候太早，不然我要请你去喝一点儿酒，预祝高中。"孙玉秋笑道："别说高中的话了。你还是同我去运动运动两个教授吧。"杨止波道："托两个教授，去看看考试学生的分数，那或者可以。至于去运动教授，我认为不好。我们考取，就算真有那项本领。一经运动，人家就说，不是考取的，是运动来的了，那多不好。"孙玉秋道："你这个说法，我承认的。就怕考起来，我不行。"杨止波道："我看你差不多。要真是考不取，我们再想办法吧。"

孙玉秋听到再想办法，也不知道什么事再想办法。不过他说再想办法，他是不会骗我的，那就不问吧。在这里约谈了一个钟头，孙玉秋就起身要走。杨止波就要送一程。孙玉秋道："你开始要忙，你送我干什么？我也不是这时候就回去，上街去买一点儿吃的，还买点儿纸。"杨止波道："好，我就不送你吧。望你好好儿考，考完了，就给我一张明信片。"孙玉秋笑着道："那是自然，我知道你比我还急呢。"杨止波听了，哈哈大笑，孙玉秋就走了。到了次日，杨止波心中也有点儿惶惶不安。到了下午五点钟，就来了电话。她道："我考过了，大概还算不坏吧。"杨止波道："论文出的什么题目呢？"她笑了，答道："我真想不到，是《学而时习之》。"杨止波道："这倒不然。念过四书，知道这是《论语》第一句。可是要没有念过四书的，这就不知出在哪个书上了。出考试题目，不应该这样出。还有什么呢？"孙玉秋道："出了二十个问答题，这真要谢谢你，有百分之六十都是你教给我的。"杨止波道："你又客气了。那么，你对这二十个问答，你一个没漏下？"那边笑了，她道："我这里谢谢你了。"

这电话打过了，杨止波心中才安然下去。过了一个星期，女师大快发榜了，孙玉秋考得怎么样呢？杨止波想托人问一问，比较熟悉的人，这就要算章风子认识古典派颇为不少，后来打听到章风子在《民风报》编副刊，这一天八点钟，杨止波就到民风报社来。

这里倒是一所四合院的房子。报馆里并无排字房的设备，看这报馆排场，至多也不过销个一千几百份报。不过这报馆里好像还有几个钱，四围玻璃窗户，全把蓝绸子蒙着，院子里却有两棵大槐树。大声问了章先生在报馆里面吗。上房有人出来说请，杨止波就随了那人进去。这里三间北房，两间打通，中间摆了一张大餐桌，上面摆了许多报馆用的东西，两边堆了许多通讯社稿件。这编辑桌上有三个人，其中一个就是章风子了。

章风子看见杨止波进来，便哈哈地笑起来就站着相迎道："稀客稀客，请这边坐。"他就引客进一间客房。里面倒有两张沙发，中间摆了一副圆桌椅。他让杨止波在沙发坐下，自己坐在另一张沙发上相陪。倒是这里杂务连忙倒茶，还有一盒大长城烟放在茶几上。章风子架起两腿，抱着两手道："听说你现在在宇宙通讯社了。那个买办式的报编辑，你早辞职了。"杨止波道："我们无非是招之便来，挥之便去，在哪里都是混一碗饭吃。你老兄在这里编副刊，很不错吧？"章风子道："也是你那话呀！不过我后天就跟着柳雪香到汉口去。这里事请一个朋友代。"杨止波微起身子问道："你老兄就要到汉口去吗？什么时候可以回来呢？"章风子道："那没有一定，也许汉口演完了，就到上海。"

杨止波点了点头道："老兄不错，这样看看各处的风土人情，这比在家里老死牖下，那真好得多。"章风子道："你老哥赞成我这样跑吗？"杨止波道："当然赞成。足下培植艺术，使这一代的人，知道皮黄也含有不少的艺术。"章子风拍着腿道："妙哉言乎！这班不知道的人，就反对我给柳雪香帮忙。言论平和的，就说我在北大，是个优秀分子，这未免可惜。至于言论激烈的，他们就反对皮黄，那简直骂得不成话，还要开除我的学籍。哈哈，他们不懂得皮黄，我就随他们骂吧！"

杨止波看他样子很兴奋，因笑道："你和柳雪香帮忙，真是很尽力啊！"章风子道："当然，互相倚赖吧。我在马二先生那里，有一个名义。我从前并不认识马二先生，自我跟柳雪香帮忙，才认识马二先生的。这个人很好的，你见过此公吗？"杨止波道："银行界里人，我简直没有来往。听梨园行的人说，他们四大名伶，都是有人帮忙的。这话对吗？"章风子道："是的，秋风尘有一位洪先生。夏观云有个旗人，是个公爵。陈慧文有一位胡先生。都是极好的学问。他们编起戏来，就照各人所长编，都演得很好。"杨止波道："你老兄现在编什么戏呢？"章风子道："我跟柳先生就管着书信来往，编戏的很多人，最近有一位山先生，编了好几本戏。当然他不过起个稿子罢了，另外还要请艺术界的人详为审定。我们看一出戏，看完了也就完了，可不知道名伶一出戏上演，这要费莫大的工夫呢。"

杨止波取了一支香烟，把桌上的火柴擦着把烟点了。自己一面抽着，一面想：章风子谈话正在兴头上，只有随他的话转，女师大考的事，现在还别提。这就问道："这次到汉口去，当然有许多信件要写，此外还有什么事吗？"章风子道："当然有呀！卖多少钱一张票，头三天演些什么戏，这都要商议一番。少不得也要看看汉口情形怎么样，我们自己先商议商议，然后把这议案拿出来，交给前台去，看能行不能。"杨止波道："这里几个帮忙的，同柳先生都有来往了，风子兄看哪一个最好？"章风子哈哈笑道："这话难说啊！各有各的道法吧。"

杨止波又道："章先生熟识梨园行的掌故，可以找一两段给我谈谈吗？"章风子笑道："这样谈法，太无边际，那谈什么呢？"杨止波笑道："随便四大名伶的故事，都可以谈。"章风子想了一想，笑道："我谈夏五十的故事吧。一个人，与夏观云认识。这人是个学生，要成亲，求夏先生帮忙。这夏先生真是痛快，马上就答应给钱。这就把钱亲自交给那学生。这个钱，你不用得数，就是五十元。这夏观云有好人的称号，也有称之为夏五十的。"

"这个数目，也觉得不为少啊！"杨止波心里想：夏观云一周济就五十元。这个数目的确不为少。我们社长，就只给我二十元一月，照这样算来，他一笔周济费，就够发我两个半月薪水。因道："这的确不为少。刚才谈到学生，我倒想起一件事，我有一个亲戚，她投考女师大。你老兄当然有好些先生也在女师大有课，托你打听一下，我这亲戚有取的希望没有？"章风子道："这事好办，我替你通个电话，问问阅卷子的人。你等一等，我去打个电话。你令亲投考，用的什么名字？"杨止波道："叫孙玉秋。"章风子听了，就立刻出去。

过了一会儿，章风子在外面就笑了进来，对杨止波道："你打听这孙玉秋，取了。而且取的地位很高。明天就要填榜，后天大概就发榜了吧。"他坐下来，向杨止波进了一支烟。杨止波看他的态度很从容，想必不会假，笑道："谢谢你。明天你还在北京耽搁，后天你就长行了。在北京有什么要办的事情没有？有我可以代劳的，请你告诉我。我们交情似乎还浅，但出力的事，这算得什么？"章风子道："我也谢谢。没有什么事情，这里就是有一部编的戏，倒有好些页，要请我看看。请问，我哪里有工夫？这叫我代理的，把这稿子退还他就是了。"杨止波对于要探问的事，已经打听清楚了，看他还在编稿子，耽搁不宜太久，就告辞了。

章风子走上他编辑部座位里，便自己道："杨先生虽然是新交，但是谈起来倒也很好。可惜后天要走了，不然还可以约他谈一谈。"他对面坐的是江先生，便道："老兄，明天不到报馆来了。这梁墨西老先生，我们请他来一篇文章，他也答应了给我们写。你同这老人还不错，你明日到他家去催一催，可以不可以？"章风子道："好！我明日到他家里去，就顺便辞行吧。"当时章风子在编辑部答应了的话，到了次日，他就把这事实行了。

梁墨西住的家，在琉璃厂西边胡同里。这老人的文章以及他的画，倒是很值钱的。所以他收入很好，就买了这所房子。五四以前，他的文章人抢着要。到了五四以后，他的文章，人家就不要了。虽然几家老古董报和杂志还有要他文章的，但是那也只是偶尔为之罢了。这天章风子前来，门房引进他家。原来他家有两重院子，前头院子，靠南边一所客厅，那就是他待客的地方。这屋子里全是老派，有檀木炕床，以及檀木的桌椅。四壁挂着字画，都是很古的。章风子先到他的客厅，一会儿梁墨西就出来了。

他穿着湖绉夹袍子，脸上微红，蓄了两撇八字须。他是福建人。说话虽然是普通话，福建口音却是很重的。他看见章风子，就笑道："我兄，今天还有工夫到我这里来啊！"章风子道："今天特意来辞行，明日我要到汉口去住两个月。"梁墨西这就请他在檀木椅子上坐着，自己也坐了一把。

家里用人敬过茶烟。梁墨西笑道："你先生有什么事吗？"章风子道："就是来辞行。不过我在报馆里临行的时候，那江先生说，墨老答应给我报纸写一篇文章，不知动笔了没有？"梁墨西打了一个哈哈，笑道："我原来是打算给你们写的。后来一想，省点儿事吧。我写文章，就要骂人。你们那《民风报》没有替我说过话。要登我一篇文章，那就事情来了。"章风子道："墨老还是写吧，我们的报，不怕多事。"梁墨西道："好多的报，我都不写文章了。老实说，贵报不过销个千来份的报，骂他们也许不看见。贵报我知道，办的都是银行界里人，这真有钱。有钱怎么不买机器？怎么不办铅字呢？这真是可惜。"

梁墨西和章风子谈到了自己，他说："从前，我是一个苦孩子，小时候有时候吃饭也发生问题。后来我中了举人才到北京来。来此也不干别事，就是卖文卖画，才弄到现在。现在尽管什么五四，尽管打倒秦汉魏的文学，可是我的文学是骂不倒的。虽然这个时候受了鸡毛蒜皮一点儿影响，过几年，你看仍会流行起来。这汉魏的文章有什么不好呢？有人说清朝不好，固然清朝有它的坏处，但是就大体讲，清朝还是好的呀。不说别的，就说我这个举人，就中得没有辜负我。"

章风子一听，老先生又在骂人了。这老先生有个脾气，他骂人不许你多嘴。要是一多嘴，那就孺子不可教也，也就不和你谈了。章风子等这老先生谈到他中了举人，歇了一口气时，就起身道："老先生看吧，写与不写，将来再说吧。我还有许多地方要辞行，就不打搅先生了。"说着，拿起帽子对梁墨西一鞠躬，样子甚为客气，立刻就告辞了。梁墨西觉得话刚要开始，这章风子就走了，在客厅里叹了一口气道："唉！章风子的确是疯子，我有好多话要和他谈，好像他听也不愿听。这的确可惜，很好的一个人才，不往正路上走，弄得北大不能毕业了。"他说着，自己就往书房里走去。

这书房甚为整齐。临窗有一架书桌，两面摆下沙发椅子，这是译书的所在。因为他不懂外国文，所以另设一把沙发，请口译的人坐。口译的人在那边念，他在这里把笔译，他译书，不许口译的人加一点儿意见，不然，他就不译。书桌以外，又有一张大些的桌子，上面摆了许多碟子和小碗，里面全摆下各种颜料。有三个极大的瓷笔筒，插了许多的笔。桌子上用蓝布铺着，这是画画的地方。再外，有许多架子书，架子都是楠木的。此外有个小圆桌，桌上供着瓷瓶，里面插着鲜花。至于外面，摆上许多盆景。而且有一棵槐树，照得地下绿荫荫的。

他走进书房，就看见他的爱人笑嘻嘻地手里拿个鸡毛掸帚，给他打扫尘土。这爱人有二十多岁，长得很白，也不瘦，也不胖。脸是瓜子形的，梳了圆头，还留着一圈刘海儿发。上身穿件蓝绸褂子，下身白哔叽裤子。他同她起了个名字，叫作丝桐。丝桐也认识许多字，书箱里书她都可以随手拿。丝桐是怎样来这里的呢？原来梁墨西老人的妻子忽然生病去世了。当时有好些人劝他续弦，他觉得年纪大了，这办法不好。后来有人介绍丝桐，劝他纳妾。他一见丝桐，非常欢喜，就答应了。有人说：这太不合情理。娶妻，年纪大了，不宜娶。纳妾，就不嫌年纪老大吗？知道内幕的人说，因为他的几个儿女，认为娶了后母，这一家人全要后母主张，这个不宜娶。至于纳妾，那老人有这大年纪，房里有许多事情，别人不好过问，那就娶个妾吧。大家提议，妾有妾的名分，这些人是不受她管的。而且银钱全由晚辈掌握，妾也不能过问，这提议问老人同意不同意，墨老完全答应了，于是这个妾就进了门了。

丝桐进门几年来对于墨老服侍得非常周到，因之墨老非常爱她。可是名分是定了的，总要称妾，钱又不能随意给，这怎样弄哩？墨老想得了一个办法，就是每日画一张画，画成了，交给丝桐收起。他以为他死后，他的画一定是值钱的，他交了好多画给丝桐，也就是交下一笔存款了。

他走进房来，丝桐就连忙倒一杯茶放在桌上。她有话还不曾说出来，就听见外面说道："先生，有个太监王子福，手里拿了一个提盒，要见！"

梁墨西听到太监要见，便连忙道："请到客厅里坐，我就来。"说着，把衣裳牵了一牵，就赶快到客厅里来，他一进门，就见一人，头戴硬草帽，身穿华斯葛长衫，猛然一看，和我们差不多。可是他这里有几样特别的东西，看起来还与我们不一样。第一，他身穿一件背心，是铁线纱的，还是对襟。第二，他腰里系了一根丝带。第三，他手里拿一根手杖。当时不叫手杖，叫作文明棍。至于脸上没有胡子，不仅是胡子，就是胡桩子也没有一根，足上也不是前清样子，已不穿靴，穿上一双双梁头鞋了。他右手提着一个盒，左手提着手杖，这就被梁家人一引，就引到客厅里站住。

他把提盒放在脚边。这就在腰里掏出一只鼻烟壶来。这烟壶比手心还小，扁扁的，壶顶上有个盖儿，有铜纽扣一样大。他把手杖放在桌子边。这就把壶盖一扭，取了下来，将壶盖捏在右手心，烟倒在左手心。这又把壶盖扭上，将壶放在衣袋里。左手放平，手心朝上，于是右手把倒的鼻烟，伸出两个中指将烟按了一按，就向嘴唇上面，鼻孔底下，也按了一按。一回还不够，还要弄个两三回。这尽管是极小的事，但是当太监的就必须这个样子。虽到民国，这习气还没有改。

梁墨西进了客厅，太监看到，赶快迎上前，右腿一弯，右手笔直下垂，请了一个安。梁墨西也拱拱手。太监把两手垂着道："前几天，我们福贝勒到东陵（是葬西太后和光绪皇帝的所在）去视察一回。这里有几样东西，福贝勒叫我送过来，请大人收下。"原来太监是这样称呼的，称自己的主人：王爷称王爷，贝勒称贝勒，不过上面要加上名字一个字，比如载福，就称为福贝勒。至于对汉族客人，无论什么官，统称之为大人老爷。梁墨西道："福贝勒这样厚赐，真是荣幸之至！"太监就把盒子盖打开，将盖放在地上。盒子里放了一罐益母糕。罐子就只有现在卖糨糊罐那样大，是一个椭圆形。上面用张印了字的纸，盖着罐口，将一根绳一系。这是东陵的特产品。带了这样东西表示真到了东陵。太监拿起放在桌上，再拿三两项，却是十来个饽饽，另一块羊腿子上的肉，也向圆桌上搁好。太监道："这是祭品，福贝勒分得的，不敢一人私用，特意分送过来的。"梁墨西垂手道："这是分赐天恩，益觉荣幸。"太监将东西拿完，就把盖子盖好，说道："大人还有什么话没有？我要回去了。"梁墨西道："这里谢谢福贝勒。还有什么话，我明日看见福贝勒，那就再说吧。你慢点儿走，我这进去一会儿就来。"太监道："是！"

梁墨西回到上房，见了丝桐，吩咐她拿十元现洋出来。一会儿取了十元现洋，丝桐还知道他的脾气，拿了一张红纸，全交在桌上。梁墨西把十元现洋将红纸一包，这才走了出来。见了太监，把红纸包一伸，笑道："你拿去买包茶叶喝吧。"太监望了红纸包，笑道："这还要大人赏钱，真是不敢领。"梁墨西笑道："小意思，不成敬意！"太监就立刻向梁墨西请了一个安，把红纸包接过，拿着东西慢步出门。这梁墨西也就随着太监之后，送到客厅门口。看到客走了，他这就喊道："丝桐，你拿一只盘子出来，将这羊腿盛着，然后搁在堂屋里方桌上，过一下我要磕头，谢谢太皇太后，谢谢皇帝。"丝桐在里面答应是。

这何以清朝皇家会送些祭品来哩？原来梁墨西颇忠心于清朝皇帝家的。最得意的事，是中了他为举人。他想，若是科举不停，当然还可以中进士。他虽然没有在他文字上恭维清朝，可是私人和清朝贵族官僚等人来往，那就太密切了。

　　爱新觉罗氏有个近支是福贝勒。这福贝勒在宫里很红，凡关于对外一切事情，都有他一份。所谓宫里，因为溥仪那时候住在三大殿后面，由后门神武门进出这块地方统称为宫里。他看见梁墨西常和许多王爷来往，有时也到宫里去，这算得一个卫护清朝的人吧。就每次逢着祭日，分送他一点儿殡品。太监对于送东西给梁大人，都非常愿意去，梁大人给赏钱是很多的。有人说，分送祭品，这是福贝勒开玩笑。他说，像你一个举人，清朝虽然亡了，论起来，还车载斗量呢！要你尽什么忠？尽忠你就死了好了，你还是活着，这算什么？这是传出来的话，也不知的确不的确。

　　梁墨西这就进到上房，擦手擦脸，弄得干干净净。又立刻换衣服，上身葛布袍子，拦腰系了一根腰带，外面加上一件黑纱的马褂。身上穿完了，这就丝桐立刻过来，端起帽盒子放在桌上，揭开盖来，里面却露出上头尖、底下圆，像喇叭模样的凉帽。在上面铺上许多红缨子，顶上一个水晶顶子，后面拖一尾孔雀毛。丝桐两手端起，梁墨西低着头，丝桐缓缓地给他戴上。戴好了，看了看，并不歪。梁墨西还不放心，对橱子上穿衣镜照了一照，这才问道："给我预备好了吗？"因为他谢恩并不是这一回，丝桐经历过，所以她知道，她答应着，预备好了。

　　梁墨西戴了一顶大帽子，就上堂屋里来。堂屋中间，一张八仙桌，下方系了桌帏。上面一只铜香炉，正微微地烧着檀香。一只大瓷盘子，里面供一方羊肉。其实这方羊肉有点儿气味不正。可是丝桐不敢说，这是祭皇帝的肉。桌下摆了一方椅垫，正正端端。梁墨西走上前来，在椅垫下立定。过了一会儿，在椅垫上面跪下去，对北磕了九个头，这才起立，缓缓退下。当他在底下磕头的时候，他家许多儿媳妇和孙子都在旁边看。看他磕头，谁也不敢说话。丝桐等梁墨西走了，才笑嘻嘻地道："这肉可有点儿气味，怎么办呢？"大媳妇走过来，轻轻地道："回头吃晚饭的时候，买些羊肉，给一炒就端上桌。至于这块羊肉，就给狗吃了吧。他不吃羊肉的，他不过拿筷头这样尝一尝，他不会知道的。"丝桐听了这话，就忍不住笑，可是不敢出声，立刻把手按住了嘴唇。大媳妇也微微地笑了，把两手牵住丝桐的褂子，低声道："你可不要乱说呀！"大家就含笑而退。

180

过了一会儿，在吃晚饭的时候，一盘羊肉放在桌上菜碗中心。梁墨西将筷子拨动一下，吃了一块。当然这肉没有异味，他道："很好。"这事就算过去了。次日早上，梁墨西在书房里看报。用人报道："有委王爷的用人求见。"梁墨西听说委王爷来了人，便丢下报来道："叫他进来吧，我就在这里见他。"这人答应着，不一会儿委王爷用人进来了，他把草帽拿在手里，站定了，向梁墨西请了一个安。梁墨西站起来道："委王爷有什么吩咐吗？"用人道："这里有一封信，先生请看。"说完，他就把一个信封呈上。这委王爷是个中年人，可是文墨不行，写的八分书倒是很好。信上很客气，他要一张中堂、一副对联。

　　梁墨西对送信的人点着头道："好的。不过这里要的一张中堂，我画大的可不行，就画四尺吧。我字画不要好久，三四天就得了，只裱糊店里要些日子。"用人道："裱糊店里，先生不用管。只要你的字画得了就成。"梁墨西道："那也好，就定……"他说到此处，缓缓算一算日子，继续道，"那就是五天吧。"用人答应了是，问没有什么话，请了安告退。

　　梁墨西，他自认为是前清的大夫，所以前清王爷们要字画，那不但要写得好，还要写得快。因之次日便画起来。刚起稿半上午，用人就拿了一张名片，说他求见。梁墨西将名片一看，却见上面印着杨止波。自己便想了一想，这个人好像是会过，他是一个新闻记者吧，这见我有什么话可谈呢？便对用人道："好吧！我到客厅里去见他一见。"用人答应就出去了。梁墨西就来客厅里，杨止波倒是很有礼貌，见了老先生便深深地一点头，并道："我没有什么事。听见老先生就住在敝寓不远，所以来谈一谈。先生有事吗？"梁墨西道："有事，谈会子话也不要紧。你老兄在哪个报馆里吧？"便请杨止波在椅子上坐着，自己坐在下面。当然杨止波此来，是看到他一些复古的言论，这有点儿不是一个文豪所说的话，所以想看一看他在家里的行为怎么样。但是当了一位老先生的面，就不好提了，因道："是的，是一个小地方驻京记者，另外在一家通讯社工作。来看一看老先生外，并没有其他的事。"

　　当时送上两盖碗茶，这倒是其他人家所没有的。梁墨西听到他说，除看看之外并没有他事，这挺合心意，便笑道："你这番意思很好。我从前在我同乡方面，筹款办了个男子学校后来一想，男子学校，还不是最紧要的，就办了一个女子中学。"杨止波侧身坐着，见他穿了一件湖绉蓝色袍子，脸上略微瘦一点儿，但他说起话来倒很健康，便道："是的，我听说有个女子中学办得很好。"这一下更引起梁墨西谈话的兴趣，就把胡子摸了一摸道："现在一班青年就反对文言，我做的文章，是汉魏文字，这要被打倒，更不成问题。足下看这汉魏文字，该被打倒吗？"杨止波听到这里，就想声明一句，白话文学，倒是该提倡的。但他哪里容杨止波说？他接着道："清朝变法是好的，可惜为一班小人给中止了，不然，汉魏文字要兴起来的啊。"杨止波不管他话说已完未完，就抢着问道："听说有些前清遗老，与先生还有点儿往来，这是真的吗？"梁墨西道："那谈不上来往。遇到点点头，那也无所谓吧。"杨止波听了他这话，还想问两句。可是他又说话了，他道："前清那班出身进士的人，不要看轻他，那真有好的呀。自然，他不懂科学，这是他们的缺点。可是要谈起伦常来，真觉得古道照人。年轻朋友，我们是要谈一点儿伦常的哇。现在的青年，专门搞些白话，这篇全是呢吗了的，试问，这讲得到伦常吗？就说个文艺吧，满纸呢吗，这有什么用呢？这好算一篇文章吗？他们开口就讲外国，这满篇呢吗了的，也可以上外国比一比吗？我们有许多汉魏文章，外国都佩服得五体投地。这是古文译成他国的作品的例子，你看，不很好吗？"他讲到这里，东拉西扯，还打算要讲。

忽然一个上十岁的孩子跑到院子中心，喊道："爷爷，你那画，要送给委王爷的，小九子在书房里偷着看，我轰都轰他不出来。"杨止波一想，他作画送前清的委王，这以下就不用提了，就站起来道："老先生有事，不宜多耽误，我这就告辞了。有空的时候，我还要来，听听你老先生的高论。"梁墨西也站起笑道："坐一下，不要紧。"杨止波对老先生深深点头，就走出来。梁墨西很是客气，就送他到大门外。

第十七回

酒约好谈诗陶然亭内
眠迟须痛哭无定河边

杨止波走出了梁家，心想，这位梁老先生很落伍。和前清士人往来，当然是可以的，但是何必瞒着呢？他正走着，旁边有个卖糖葫芦的，向他问道："先生你从梁家来吧？"杨止波看他，扛着一根草扎的球，球上插了好些个糖葫芦，便道："是的。"这个卖糖葫芦的也有六十多岁的样子，笑道："这梁老爷还想做官啊！前天我到他家门口，看到一个太监由他家里出来，手里提了一个空盒子，笑嘻嘻地走着。这又不知道得了几多赏钱呢。"杨止波听说太监送东西的话，这又越发有点儿不信任了。

回到通讯社，本想把梁墨西的话可以写作一篇通讯，可是想到汉魏文章总是要被人打倒，这已经是一件历史，这篇通讯也就无新鲜事可说了。殷忧世正在院子里散步，看到他两手伏在桌上，砚台里墨也磨了，笔也抽动了，但是他两眼望着几盆秋海棠，只管呆想，便道："什么稿子？你在呆想。"杨止波笑道："我要写这个人，对当前的政治不怎么注意，但是早几年的汉魏文章，谈起来却很重视。是谁呢？就是梁墨西。"殷忧世道："这个人我知道一点儿。我有一个同乡，他知道更要详细。你要能等一等，我可以明后天告诉你一点儿新鲜消息。"杨止波道："这当然可以。不但是梁墨西，无论哪一个有新鲜消息，总是好的。"当时约定了，他这一篇通讯，就专等他的新鲜消息了。

这日断黑，点了一盏煤油罩子灯，杨止波想看书，可是孙玉秋来了，穿了件灰布褂子、黑绸裙子，梳了个爱斯头。杨止波就起身向她作了一个揖，笑道："恭喜恭喜，现在是大学生了。"孙玉秋进来靠床站定，笑道："考取女师大完全是你的力量。这份装束，迟早总是要改的，就改了吧。我知道，见了面，你一定会开玩笑的。"杨止波道："你本来是个大学生了。考是考取了，你父母现在怎么样？"孙玉秋就随身坐在床上，把手慢慢地摸了摸褥子，她道："我为这事来和你商量一下。我爸爸倒没有说什么，就只淡笑了一笑，说这进女师大，一进去，就要个二三十元钱吧？以后每月也要个十元钱，医学院里，配药的事自然要辞了，看你还有什么法子弄钱呢？我那妈却是骂个不歇。可是我有我的办法，对他们一概不理。这也是你教我的法子。"

杨止波倒了一杯茶递给孙玉秋。自己在那写字椅子上坐了，笑道："对呀！就是这个办法，钱你不问他们要，以后要是不给饭吃，你就在学校起伙食。再逼一步，你就向学校里一搬，一天的云都散了。"孙玉秋喝着茶，笑道："你说得这样容易。他们虽不是我的父母，却是带了我十来个年头，我要是就这样走了，倒是心中过不去。"杨止波笑道："我也没有叫你就这样走呀！现在不必谈这些了。你现在大概要多少钱？"孙玉秋把茶杯放在桌上，将手指在桌上乱画，含了笑容，有话没说出来。杨止波笑道："我知道了。女师大要交一笔费用，这就要二十元吧？还要几元钱零用，共总三十元，差不多吧？"孙玉秋笑了，一句话也没说。

杨止波就打开了箱子，取了三十元票子放在桌上。孙玉秋笑道："又给多了。学校里交费只要十几元。你头回给我十元钱，还有六块多。"杨止波道："多了，你不会留着吗？"孙玉秋就叹了一口气道："你在这通讯社里就只有二十元的月薪，我这两回就拿去了你两个月的。我有一点儿不忍。"杨止波道："这个通讯社，我就是为你干的。芜湖的报，为我弟妹干的。在北京我还有两笔月薪好拿，一半给母亲，一半自用，分得四平八稳。"孙玉秋笑道："好吧，我就照收了吧。自然都是你的钱，到了我手，就算是我的吧，今晚，我请你逛回游艺园。"杨止波吃惊道："你不用得赶快回去吗？"孙玉秋望了桌上道："那个姓吕的又到我家里来了。我见他就有气，就跑出来了。今天回去晚一点儿，也不会挨骂。"

杨止波道："这倒很好呀！姓吕的到你家来，你就出来了。这一出来，女师大的费用有了着落。我呢，也逛了一回游艺园，这岂不是好？"孙玉秋也笑了。杨止波好久就想找孙玉秋谈谈，到游艺园去。两个人慢慢走到游艺园。这个时候，游艺园里都是人满的，只有外面一个挺大的花园。在杨柳树边，木板桥头，摆了几十副茶座。两人找了一副茶座，泡了茶，就细细谈开了。后来谈到了这里唱京戏的，还是一个髦儿班，班子里台柱叫作王小梅。这在孙玉秋就有些废书三叹的样子。杨止波道："王女士很好呀，听说她包银有七八百元，这用不着为柴米发愁了！"孙玉秋道："钱是赚得不少，可是你说她自由，那就不见得。"杨止波道："你和她家认识吗？"孙玉秋道："我不认识，可是我有一个同学，和她家很熟。你要她们的新闻吗？那我会找到一点儿。"杨止波道："那好呀！"直谈到十一点钟，杨止波方劝她回去，劝她不要和家庭弄得很决裂。孙玉秋听了他的话，就起身回去了。

天气慢慢地凉了。这日早晨，杨止波正拿几根油条，细细在房里咀嚼。殷忧世走到他房里来，笑道："今天阴历是什么日子？"杨止波道："我不知道。"殷忧世道："今天是九月初九呀，去到陶然亭登高吧。"杨止波就皱了眉道："陶然亭名儿不错。可是这一路走去，真是奇臭难闻，不去也罢。"殷忧世道："今天你非去不可。梁墨西今天在陶然亭请客，请的有载沚，就是前清的委王。载浍，从前的陈王。贝勒载福、沈太傅本书、宋少保益园。你看这些人，在十几年前，那是何等威风，今天坐在陶然亭里，我们听听他们说些什么，那是很有趣的吧？这样好的一出戏，你能够不去吗？"

杨止波将油条一丢，站了起来问道："这是真的吗？你不要骗人。"殷忧世笑道："从前我答应过你，和你找新闻。现在有了路子了，你说我骗你，这就不好办了。"杨止波道："我去我去，他请的是几点钟？"殷忧世道："我都给你打听得清清楚楚了，他们请的是四点钟，你就四点钟去，保你不晚。要早点儿去，也可以。"杨止波心想，梁墨西都和这些人来往，这倒可以看看他说些什么话啊！当时就把今日要做的事赶将起来。各事赶完，也只有两点来钟。心想，走吧，这只宜早不宜晚。若是早了，在陶然亭泡壶茶喝，也混混就到了。

当日云淡风轻，穿一件灰布夹袍，上面加起一件青布对襟马褂，这就很合宜。走了几个胡同，这就到陶然亭的旷地了。这里地上，是无人管理的苇塘，大概有十里上下那样阔。因为无人管，这苇塘里面就蚊子成群地乱飞。苇塘积的污水，里面乱七八糟，什么东西都有。而且有一股臭气，简直令人闻着便觉心里难受。这还不算。城南死了人，就向这里乱埋，因之坟堆，这里也是，那里也是。不过此时已深秋，满地芦苇变成赭色，开成球状的白花四处乱飞。这要谈风景，就是这一点了。

杨止波在苇塘里乱钻，地上的芦苇根不断绊住人的脚。这样经过很远的地方，就发现一堵城墙。面前有一块空地，有个土堆，下面长了几棵老树。这方西角，也是一个土堆，可是很大，上面立了一座庙宇。庙前有两棵经过一二百年的槐树。上前走，就到了陶然亭门口。陶然亭门口有两辆汽车、三辆马车，却停在这一处。杨止波想道，看这车子，似乎他们已到了很久了吧？赶快前去，看他们做些什么。走进大门，是一道围墙，围着一块平地。往西，有几十道坡子，爬过了，上面又是一块平地，平地上长着两棵老槐树。再进去，是个庙门。庙门丈把路，迎头就是一块横匾，上面写着"陶然亭"。朝北的庙宇里是几所菩萨坐的佛殿，朝南有一排房屋，是游客们眺远的地方，朝西有三间庭榭，再外边，有一带走廊，可以从这里看到远处的西山。这里几间屋子，请客在这里，联诗也在这里了。

杨止波望那西边屋子，果有几个人在里面。而且梁墨西在屋子招待，当然他是个请客的身份了。这时候有个和尚在前面经过，杨止波道："师父，我想喝一碗茶，可以在那边找个地方吗？"说着，把手一指西边的屋子。

和尚这就站住道："本来可以随便坐的，可是那位梁先生在那里请客，这就不好办了。先生要喝茶，除非到南边屋子里去。"杨止波道："你这里是三间屋子，里边一间现在无人，我看可以吧？"和尚现出很为难的样子，他犹疑了一阵，便道："可是可以的，你先生共有几个人？"杨止波笑道："就是我一个人。可是茶钱我不会少给。"和尚道："既是一个人，那就请到里面坐吧。"杨止波这就大喜，往房里走。原来这个屋子却用木板隔着。既是木板隔着，那总有缝的，在这样情形之下，杨止波在壁缝里张望，也就能看得很清楚了。

原来梁墨西自那日画了那轴小中堂以后，这委王就请了一次客，请的第一席就是梁先生。那天在席上偶然谈到，这陶然亭好久没有去，哪天要去玩玩。梁墨西就说他请，日子就是重阳。而且不必人多，就是在席几个人好了。王爷说好。梁墨西本来请的还有个载福贝勒，结果那个人病了，所以请来的人，就是清朝两位袭爵的王，还有一个清朝开国的王孙，只有十岁，还是个孩子。梁墨西自然先到。三位爱新觉罗近支，竟是同时到了。他们是前清的人，那天委王载泩穿五花葛的蓝绸袍子，上面套一件青花葛的马褂。陈王也是一样，不过袍子换了颜色，是碧绿色。这两位王年纪都不大，只有三十岁。陈王载浒左手牵了这个王孙，也穿着绿色的袍子，罩了一件青色的嵌肩。他们三个人坐了两辆汽车，如飞而至。这三位清朝时代袭爵王位的人，穿着这样时髦的衣服，这是我们所猜不到的。

梁墨西当时含着笑容，当面一拱。载浒拍着小孩的肩膀，小孩也就向梁墨西一拱揖。梁墨西道："我认得，这是知王之后，过节的日子，我还送了几把扇子呢。请坐请坐。"他们就都谦让着在上面一排椅子上坐下。照说，清朝被推翻已经十年了，今天又是来看陶然亭风景，这里谁也管不着谁，大家就随随便便坐好了。但是前清这班臣子，遇到清朝王子王孙，就不敢不退一步。至于王子王孙，但对前清遗老，也就居之不疑了。

梁墨西坐在下方，面对了三位王子王孙，笑道："三位一同来了，真是巧得很了。"载浒道："我这一辆汽车开到委王家里，就邀了委王同来。至于这位小王孙，他本是在我家里做客，也就跟着我同来了。"梁墨西道："原来如此。这汽车是比任何一种车子要快好几倍。"载浒就对载沚笑道："咱们哪天跑郊外试试，看是谁跑得快。"载沚道："好呀，咱们试试吧。"载浒道："这个车在晚上跑起来，你在车子里坐着看，看见那街上的灯火就这么一转，一会儿工夫，它就到挺后面去了，能诗的朋友就来一首诗，也别有意思！"

两位袭爵的王爷，对于诗词一点儿不懂。可是清朝初年，不但是袭爵的王爷，就是贝子贝勒，对于诗必须会的，皇帝有时一高兴，要底下人作诗，你要是不会，那在皇帝面前交不了差，那简直不好办了。除诗以外，那就讲究写字。后来清朝末年，太后专政，在这四十年内，就不兴这一套了。梁墨西知道这一点儿，所以他和前清贵胄谈起来，就不谈这个。刚才载浒忽然谈诗，他这才插了一句嘴道："好嘛，哪天晚上我也坐汽车跑跑，作一首诗试试！"

这里谈诗，忽然院子里有人喊着，沈太傅到。这就看到一个老翁，旁边有一个人保护着。他一副清瘦的脸，长了苍白的胡须。头上戴顶瓜皮帽，帽前组了两粒珠子。身穿大袖古铜色呢马褂，下面穿件灰色呢袍子，拦腰还系了一根宽的腰带。斯斯文文，走上屋子里来。这说到太傅到了，那两位王爷也连忙站起来。沈本书那个左右保护的人就退下。沈太傅见了这些人，就把两手抱着高高一拱，各位都一齐还礼。梁墨西过来，请沈上座。这个沈太傅当然在前清地位很高，他是福建人，所以说话也带了很浓重的福建音。他笑道："今天我们庆重阳，大家随便坐。明年此会知谁健啰？"梁墨西道："对的对的，所以我们醉把茱萸仔细看了。那就大家随便坐吧。"这才把他们让座的虚伪礼节免除掉了。

说了几句话，这里宋益园少保来了。照例院子里有人高呼一声，宋少保到了。这宋益园比起沈本书来，却硬朗些个。宋益园也是戴顶瓜皮小

187

帽，脸子长方，清瘦些，照例两撇短胡子。穿了大袖缎子马褂，下面古铜色的袍子。他在门外就哈哈笑道："诸位很不错，这里古城一围，西山牛角，苇花满眼，杨柳生秋，看了之下，今天有些诗兴！"他说着走到屋子里，大家拱手一揖。沈本书笑道："你一路行来，随口就是一篇四六起头，好地方你全说了。作诗现成的材料再就没有呀！"大家又是一笑。这宋益园来了之后坐在旁边，用人献上了茶。

宋益园笑道："刚才说到诗的现成材料，这就想到太傅有一副对联，新得的，写了贴在他的客厅门口。我们要看了这副对联啊，那真是太傅今日的口吻。"梁墨西坐在下方就连忙起身道："愿领教！"宋益园道："你没有看到吗？我念给你们听啊！那是：'时有诸生来问字，闲无一事只栽花'。"梁墨西听了，将手在茶几上画了几下，把头摇了几摇，哈哈笑道："好！'时有诸生来问字'，这除了太傅，哪个能说？至于'闲无一事只栽花'，这正是字面上这样说，那字里很有涵养啊！好！"那两位王爷虽然不懂诗，不过末了七个字，是很通俗的，都说好极了。沈本书坐在靠窗户边，就也笑道："这靠自己的经验，说了这十四个字，也无甚好的！看这边西山微露头角，万户人家一抹斜阳，倒真是好啊！"他们这就说诗论诗，没有完了。

过了一会儿，这就摆席。席子摆在这间屋子北面。是张圆桌，六把交椅，上面还铺着椅垫。梁墨西这就把自己衫袖掸掸灰，一步走过来，把右手的绫绸袍子、章缎的马褂袖子，对着第一把交椅，轻轻拂了两拂。然后转身过来，拿着酒杯。用人在后，拣着了酒壶。梁墨西在杯子里面倒满了酒，对委王一拱。委王照例把手回拱。梁墨西然后把这酒杯放在第一席。这样一个席一个席，掸灰敬酒，都做完了，方才请客入席。这是古礼，官场中要有什么正式宴会多用的。若今天还用古礼这却是少见。入席以后，所谈的话就是谈诗，以及坐车子哪里好玩这一些问题，实在够不上什么滋味了。

杨止波看了两个钟头，除了好玩，没有什么。自己便付了茶钱，出了陶然亭。回到通讯社里，殷忧世笑道："看见了梁墨西请客了吧？"杨止波笑道："看见了。可是所谈的一些问题，全是我们懒得听的。不过他们的宴会，却用的是古礼。这一份虚伪，简直是不堪领教。"殷忧世听到此话，也哈哈大笑。

过了两天，杨止波在屋里看书，孙玉秋悄悄地来了。杨止波在坐的椅子上站起来，笑道："这回我看见了。"孙玉秋笑道："你有空吗？我想请你同我一路到学校里去一次。"杨止波道："你要我去干什么？"孙玉秋道："就要开学了，我还没有填志愿书。"杨止波等她在椅子上坐下，自己倒一杯茶给她。这就站着笑道："你的志愿书上，我写一个名字，那是无关紧要的。可是你家要知道了，那不是糟了吗？"孙玉秋笑道："现在我们向明白路上走，怕什么？晓得就晓得。"杨止波道："既是你不怕，我也就不怕了。"两个人议妥了，就走小胡同里进顺治门。原来女师大，当年在石驸马大街路北一幢西式的楼房里面。这里到顺治门是极短的一条路。

填志愿书，填了出来。杨止波道："我现在要回去了，你还有什么没办了的事？"孙玉秋走在路上，左右看看，没有人，就笑道："我现在没有什么事了。不过要为你跑上一跑。"杨止波道："怎么为我跑上一跑？"孙玉秋道："你不是说王小梅有些事情值得打听吗？我现在就要到王家去。"杨止波笑道："那好极了，要托你打听王小梅一月收入这多钱，怎么还是不自由。"孙玉秋道："这个我怎么好去问人？只好看事行事吧。"杨止波道："好的，去看事行事吧，我就告辞了。"孙玉秋笑笑，就两个分手而行。

孙玉秋也是不认得王家的。可是她有一个同学叫冯爱梅，她好唱青衣，和王小梅家很熟，而且她时常到王家去玩。孙玉秋要想到王家去，就少不得去邀她了。她到冯家，正好冯爱梅穿起了出门的衣服正要出门。走到大门口，两个人遇着。冯爱梅道："请到屋里坐吧。现在是大学生了，就难得来了。"孙玉秋笑道："我们老同学还开什么玩笑。你不是说可以引我到王小梅家去吗？我今天无事，你有工夫引我去吗？"冯爱梅道："我也没事，可以马上就去。不过你既来到我家，歇一会儿再走。"孙玉秋道："早一点儿到王家去，或者正在家里喊嗓子，我们还可以听她一段呢。"冯爱梅道："这样也好，我们同路走。"

她们喊了两部车子，就一直拉到王小梅家门口。她家是个一字门，漆得通红。走进去是两个四方院子。院子里还真不小，前院有三间屋是客厅，两间用人住的房，院子里栽了两棵枣子树。再进第二院子，靠北两棵柏树，柏树里边，就五间住房，一所走廊。冯爱梅走到院子里，大声喊道："王小姐在家吗？"上面屋子，只见把帘子一掀，有人答应道："原来是密斯冯，我正要去请你来呢！"说这话的就是王小梅。这里我需要交代明白。那个时候，学校里英美风气，十分旺盛。喊男的，要喊一句密斯脱张、密斯脱李。喊女的不管嫁与未嫁，全要喊密斯张、密斯李，这就算时髦了。这本来是学校称呼，可是社会也跟了喊密斯脱了。因为时髦呀！王小梅本来人家喊王老板。可是表示格外亲密，就喊小姐了。这个喊密斯脱的风气，也有十年。

两个人进来，首先孙玉秋要看这王小梅下了妆是什么样子了。她是圆形脸，梳了一条大辫子，下巴微带一点儿尖，一双眼睛非常美，像水一眸。冯爱梅当时给孙玉秋介绍一番。王小梅虽在家里，也穿的是花丝葛袍子。她拉着孙玉秋一只手道："这就好极了，我正想交两个女的大学生呢。请坐请坐。"她拉住她一只手，同时在沙发坐下。原来这虽是上房，却摆得像客厅一样，三张沙发，中间一套新式桌椅，冯爱梅却在旁边一张沙发坐下。孙玉秋是初来，当然谈些唱戏的问题，她家用人都是很年轻的，身上穿一件灰色布夹袍，在左边头发上插了一朵红花，在三人面前敬了一杯茶。这在旁人，对此也不算什么。可是孙玉秋看着，她二十来岁年纪，擦了一脸胭脂粉，心里想着，这就不比平常的用人了。

忽然有人喊道："王老板，我送一点儿东西来了。"说话的是个穿竹布长衫的男子，他手上拿着一封信，掀着帘子进门。见了王小梅，还请了一个安，双手把那信呈上。王小梅把信封抽开，里面扯出一张印刷很漂亮的纸条，在远处只看到用墨笔填了几个字。她看了一看，脸上带了几分笑容。依然把纸条放在信封里，就站起来道："你到外面去等着，过一会儿我会回信。"送信那人道是，就告退出去。王小梅把那封信藏在夹袍口袋里，依然坐下谈话。孙玉秋知道，王小梅因有客在这里不便回信，正要告退。忽然听得里面哗啷一声，像是一只茶杯砸碎了。

王小梅就站起来道："是什么砸碎了？我进去看看，二位请坐一会儿。"说着，她就由右边门进去。冯爱梅道："她家养了一条狗、一只猫，常是为吃东西打架呢。"孙玉秋道："那她们家太惯狗猫了。"两个人正自说笑着，却听到男子大叫了起来道："你怕我不晓得吗？这是前任总长开来的支票。这里面总有个二三百元，你若是不退回这支票，我就不依。"有个女人道："你看，这不是笑话吗？不错，是一个总长开的支票。我还大胆说一句，支票开的是三百元。我们收人家支票，自然有我们的道理。干吗退回，我们怕给钱咬了手吗？"男子道："你若不退，我叫你别在游艺园唱戏！"这时王小梅道："不唱戏就不唱戏！"那男子不作声了，就听得哗啦啦一声。这时听得王小梅大哭。那男子却走了出来，口里骂道："好贱东西！我砸了你们的碗，不算什么，还叫人拆你们的台呢！看看是谁厉害！"原来这五间房又有另一个门出入。隔道门帘子朝外看，见那人穿着蓝绸袍子、青哔叽马褂，头上戴顶呢帽子，还有两撇胡须。一边骂一边跑。后面追来一个妇人，有四十岁年纪，穿一身蓝缎子短夹袄、青缎子长脚裤，口里喊道："好厉害，砸了我们一桌子东西。你别走，我要看看你究竟闹到怎么样！"

原来这个妇人叫王绿梅，也是演青衣花旦的，因为自己年纪大了一点儿，就不演戏了，靠了她养女赚钱。平常冯爱梅常来，王绿梅也出来招待。这时看到她跑，就掀开帘子赶紧在屋里出来。把手挽住王绿梅，叫着道："伯母，你何必和这个人闹，我们有理讲理嘛。"王绿梅停了脚，喘过一口气，才道："冯小姐，我们真是现丑了。这个人是副处长，他们自然管着这游艺园。可是你不能管我女儿呀！"孙玉秋也出来了，经冯爱梅介绍一番。孙玉秋道："伯母，你快到屋子里坐吧，王小姐还哭着呢。那个人也就走远了，追他不着了。"

王绿梅看到那个人走了，家里还有女客，这就不追了，同她二人一路进屋子里来。三个人都在沙发上坐下。王绿梅就叹了一口气道："二位，你们是没进我们这一行，不知道我们这行苦处。这个副处长，他自夸有实力，要霸占我这个女儿，那不叫梦话吗？我们不敢得罪他，处处依从。可是越来越不对了，竟不许我女儿交朋友。在我们家里，一骂二打。当然，他不敢打人，但是他把一桌的东西都砸掉了，你们看这成什么话？"冯爱梅道："这个人的确太野蛮。"

王小梅出来了，把一条手帕子将脸上擦擦，对二位客人道："你看这戏还是人演的吗？妈，我想今天晚上告假吧，我可不敢上台了。他说要叫一些人，要拆我们的台，那他真说得到，就做得到呀！"王绿梅把两手抱着一条腿，偏了头，脸气得通红。听了女儿这句话，就连忙道："请什么假？拆台，我想他不敢。"王小梅这就挨着她娘坐，便有气无力地道："还是让我请假吧？我真个怕。二位，你们看这事怎么办？"冯爱梅道："我们对此全是外行呀！"孙玉秋将两只脚尖踩着地板，就道："这班军阀政阀，真是可恶，我看，倒是请假稳当一点儿。"

王绿梅想了很久，把腿放下来，把腿一拍道："也好，你就请两天假吧。你赶快收拾，就喊一辆洋车往东交民巷一拉，你到了六国饭店去，开上一个房间，回头我这里给你通电话，今晚上你睡个安心觉吧！这里有两位女朋友，拉着她们一路去吧。"王小梅道："好的。"可是王绿梅又想了一阵，便道："慢着，你收了人家的信，说了给人家回信，来人还在前面等着你呢。"王小梅道："哟！这个人在我们家大闹特闹的时候等着，我竟是把这信忘了。我叫他来，不过这信怎样回法呢?"冯爱梅一想，这到六国饭店去，要怎样回就怎样回吧。可是这是个是非之场，以不在此地为妙，便向王绿梅母女道："我这要回去了，尤其是孙女士，她学校里还有事。"孙玉秋立刻站起来道："的确，我这要回去。"王小梅拉着她的手道："你有事要回去，我也不拦你。可是明天中午，我请你二位吃饭。二位到了六国饭店，他们会告诉你我住在哪号房间。"孙玉秋道："明天再看吧。"王小梅道："吃一餐饭算什么? 我还有许多话向二位谈，保证没有外人!"冯爱梅道："既是这样，饭我们不吃，准一点钟我们就到。"王小梅道："吃饭，那没有什么呀!"孙玉秋道："既是冯女士答应了，我也不好推辞，就是一点钟到吧!"这两个人就向王绿梅、小梅告辞了。

次日一点钟，两人都吃了饭，向六国饭店而来。那个六国饭店，是在使馆区中心。两人刚进饭店，王小梅在玻璃窗内看见了，连忙下楼，在楼扶梯上就喊道："我在这里呢。"两个跑了过去，王小梅一手拉着一个，笑道："我在玻璃窗内望着你们好久了。请上楼，先到我房内去休息一会儿。"两个人都没有到过这六国饭店，一进门，看见此地，北边一间舞厅，靠东有很大的餐厅，有宽可数人的扶梯，有地毯垫地，走得一点儿响声都没有。孙玉秋笑道："这里我有些住不惯。"冯爱梅笑道："傻子。"王小梅把她两人引进房内，这里有洗澡间，有卫生设备，当然床及屋里家具，都是极新的。两个人在沙发坐下，王小梅笑道："我冲点儿咖啡，你两个人喝。"孙玉秋笑道："不必了，茶就很好。你不说有事愿和我们谈一谈吗?"王小梅并没有坐下，靠床站定，笑道："没事，骗你两个人来玩一趟罢了。这里有汽车，我们可以到很远去玩，你们看什么地方好?"

孙玉秋就问道："那何必，汽车好几块钱一点钟吧?"王小梅笑道："这是不要钱的，是私人用的汽车。"两个人听到她这样说，就不好怎么问了。冯爱梅道："那去游一趟西山如何?"王小梅道："那地方去得太多了。我想去看一看卢沟桥，下面有一条河，叫着永定河，这很有意思。"孙玉秋道："我也没有去过卢沟桥，很好，就是这里。"冯爱梅道："好的，我也去。要走，我们就走。"王小梅道："这里一个钟头，就到了卢沟桥，我们足玩它三个钟头，回来也不过六点钟，早得很。"冯爱梅道："你今天还请假吗？"王小梅笑了一笑，问道："你说哩？"孙玉秋道："不管了，既然要去玩，还是早一点儿好。"王小梅因她两个人都说就走，也不耽误，就加了一件粉红色的背心，手里提了一个皮包，三个一同下楼。三个人坐一辆汽车，说说笑笑，就一直出了广安门。

车子走出广安门十里路，这里尽是庄稼地。不过地里的庄稼都收割了，只平坦坦的一片土，近处有两排杨柳，但是只剩得枯条，倒是远处西山，一行青影。这汽车四个轮子在地上飞跑。跑不到一个小时，已经到了卢沟桥了。汽车歇在东首，西首就是卢沟桥了。三个人依路前行，这卢沟桥有一里路长，桥上修得平整，两辆驴车可以来去同过。桥两边，有青石实心栏杆，各节栏杆上面各刻一个狮子，狮子还各抱小的狮子。桥下就是永定河，当年这河水春天泛滥，一淹几县，这哪里能叫永定河，它实是无定河，王小梅一个人就跑到石栏杆边，只管呆望。

孙、冯两个人靠住石栏杆，也是呆望。这永定河从上流奔来，穿过桥底。这里流下来的水并没有多大，看起来只三四丈一股细水，在卵石沙子满铺的河床里流，还不到十分之一宽。可是一看河床，足有三四里宽，简直看不到尽头，要是春天水来了，那就三四里路宽，全翻成白浪。只听到水浪翻腾，哗啦哗啦乱响。孙玉秋道："你看卢沟桥的形势，这河面多宽，怪不得报上常登这永定河的水患了。"冯爱梅道："可不是吗？这永定河是千古大患。"她两个人伏的栏杆石上，离王小梅站立的地方不到一丈远。尽管两个人谈话，她总不作声。

冯爱梅便走了过来，将她的肩膀轻轻地拍了两下，笑道："怎么啦，你对这水感到了兴趣吗？"王小梅感到了一惊，就慢慢地道："你们陪我下河床去看看吗？"冯爱梅道："这当然可以。不过河床底下有什么好玩呢？"王小梅并不答应，拉住冯爱梅道："冯小姐，我们今天到这里来，眼界好宽啦。我想一个人，必定要常在外面，才知道我们住的宇宙多大。若就叫我们天天在游艺园里钻，那真是眼孔太小了。"冯爱梅不知道她为什么发这种感慨。忽然一辆大车从桥上经过，车上坐一个十七八岁的姑娘，穿了一条毛蓝布的裤子，上身穿一件织成十字交叉的袄子，梳了个毛辫子，虽是脸晒得比较黑一点儿，可是见人就嘻嘻地笑。口里唱着一段孟姜女的歌，手里拿一条马鞭子，唱上两句，将马鞭子赶驴一下，慢慢地过了桥了。

王小梅看着，不由得口里连连赞了几声好。孙玉秋也过来了，王小梅就道："这个坐大车姑娘，多好啊！昨晚睡得好，今日起得早，这里赶上一条毛驴过桥，口里还唱上两段，真好啊！我呀，昨晚睡得不好，今日起得不早，至于吃的穿的，看起来好像比人家强上好几倍，可是眼泪向肚里滚，这有谁人知道？"孙玉秋听到此话，心里想着，这可以说上她的不自由吧。就道："王小姐，昨晚睡得不好吗？"王小梅看着她，呆了一会儿，便道："不谈了。你陪我到河床里去走一趟，可以吗？"孙玉秋道："这自然可以，我们也正要看看这个桥基啊！"王小梅道："那很好。"她说了这话，就缓缓地过桥，拣了一条坏了的河堤口走了下去。

她们踏了这河床，望那鹅卵石沙子地里走，这样走过去一里多路，回头一看这卢沟桥，就平卧在平原上。这里右边有一座木头板桥，也有卢沟桥一样大。孙冯正看得入神，这却不见了王小梅。两人就赶快一望，她却在一汪水边，河里有个极大的鹅卵石，她坐在石上，望了那一汪水。她手上拿一幅手巾，在那里不断地望脸上擦。两个人同哟了一声。她怎么在那里哭呀！两人赶快跑过去，打算问她是什么事。可是她见两个人跑来，索性放声大哭，两只手捧住手帕，握着嘴唇，哭个不歇。冯爱梅站在她身边，问道："王小姐，你有什么委屈呀？"王小梅却只摇手，还没有答复。孙玉秋也站在她身边，就道："我猜猜吧。准是昨日受了那一番气啊！"王小梅听了她说，却是更哭得厉害。冯爱梅道："那哭什么？我们有理讲理嘛！"王小梅道："我们唱戏，还有理可讲吗？我要讲理，那除非不唱戏，可是那怎样能够？我看到这一条水，恨不得朝里面一跳。"说着，她依旧掉泪。孙玉秋道："干吗寻死？我们缓缓地想法吧。"冯爱梅道："我们还到桥上玩一会子吧。"她向孙玉秋眼光一转，孙玉秋会意了，两个人各伸二手，向王小梅胁下一夹，就夹起来。

第十八回

部说西厢心惊名姓合
派分学府稿到物情传

王小梅到了桥上，她才笑说道："我不会投河了，请二位不要抱着我了。"两个笑着就把手松开。冯爱梅笑道："有好些人，就靠着一时的刺激，忽然寻了短见。"王小梅道："我不那样傻。我想我妈一定在家里谈我的事情。结果，还是我赔个不是，照旧唱戏。"孙玉秋在一边想着：杨止波要我猜的这个哑谜，我已经猜破了。

她们在卢沟桥左右足玩了一会儿，到了五点钟，就坐汽车回家了。孙玉秋是从菜市口就下了汽车，就一直到宇宙通讯社里来。走到院子里，只见杨止波正在自己屋内，伏在桌子上撰稿子。自己走到房里，就笑道："你做事，我又来了。"杨止波放下笔，站起笑道："你暂且坐一下，我写了这一页稿子，就没有事了。"孙玉秋道："我也不耽误你的工作，只说两句话，我就走了。就是你托我访王小梅的那件事。"杨止波道："那好极了，你只管坐下，等我写完吧。"

孙玉秋到杨止波这里来，已经很熟了。找了一本书，自己歪在床上看。等他把稿子写完了，她才把王小梅的事谈了一谈。凡涉及不好怎样说出来的事，笑一笑，就不说了。说了半个钟头，方才说完。杨止波笑道："这很好，她们唱得很红的人，还有这样的难处，那要是没唱红的人，那就不必提了。我们男子去访，决计访不到这样详细。你自然没有吃饭，我们到小馆子里去吃一餐吧。"孙玉秋笑道："我去是去的。可是你有几个同乡，是平等大学里的学生，最喜欢到这条小街上吃馆子，要是见着了他们，他们会开玩笑的。"杨止波笑道："你这话有些不通，是我的同乡，难道不是你的同乡？若是同乡见了面都知道了，那也很好呀！"孙玉秋笑笑，两人就同着上小馆子来了。

天下事真有不猜便罢，一猜便中的事实。二人到小馆子里，因为孙玉秋怕遇到人，就上楼挑个座位，随便吃点儿东西。可是只吃到一半，便上楼来了三个少年，一个穿灰哔叽袍子，尖形的脸，戴了一副眼镜，那个是柳又梅；第二个长形的脸，也戴了一副眼镜，穿件青呢袍子，那个人叫田江帆；后面一个穿得朴素些，穿一件灰布袍子，略圆的脸，叫南夕阳。三个人都戴着呢帽子，进了门，都提在手上了。孙玉秋将脚轻轻地踢了杨止波一下。原来这三个人，全是平等大学里新闻班的学生。在安徽会馆开同乡会的时候，和杨止波曾会过两次，彼此都认得。同时，在北京这大学里设新闻系的，就只平等大学最早，而且这时，还只有它一家呢。杨止波是新闻业里一个人，三位既是新闻系里的大学生，所以认识了以后，就比别个同乡还要亲密点儿。

杨止波一抬头，看见这三个人了，就连忙站起身来让座。柳又梅一看这个桌上还有一位女士，就不便从中打搅了，便道："老哥既吃完了，我们还是刚来，我看就两便了吧。"田江帆道："这位女士也是一个大学生吧？"杨止波道："是，我应当来介绍介绍，女士姓孙，现在女师大读书，也是我们的同乡。"孙玉秋既经杨止波介绍了，这就不能含糊了，就站起来和他三人点了一个头。南夕阳道："我们靠窗户这边坐，杨先生不必客气了。"他们三人说了这番话，真个到窗户边去坐。至于孙玉秋说的，怕他们开玩笑，那倒不然，尽是规规矩矩，各不相犯。

杨止波这桌先吃完，他就站起身来，叫这里跑堂的朋友过来，把两桌的钱全算一算。那边柳又梅听见了，便道："杨先生不必客气，我们还没有吃完。"杨止波笑道："这个我自然知道，但是不妨事。他们这里离我通讯社里，近得非常，平常吃饭我都是在这里。你们只管吃，我已经招呼过了记在我账上，各位慢用。兄弟先告辞了。"在座三个人，就各自啊哟了一声。孙玉秋也起来，向三人点了一个头，两人就笑着，匆匆地下楼去了。

三人就继续吃了。柳又梅道："这位杨先生还有一位女士相陪。本来想开一二句玩笑，转念一想，我们交情还不深，还是老实点儿吧。"田江帆笑道："你还要给人家开玩笑。天下事真是无奇不有。你这个柳又梅，人家都说你自命为《牡丹亭》上柳梦梅的化身，那就算是的吧。可是就找杜丽娘化身，却是不易呀。然而……"柳又梅将筷子夹了碟子里一块鸡，送到田江帆面前，笑道："不要又然而了，'不知许多，且食蛤蜊'。"这就三个人同时哈哈大笑。南夕阳道："我们谈些正经的吧。十姊妹队里，现在出了一个《人言周刊》，我们也要出一个，好与它对比。"柳又梅道："我几乎忘记了，上海《江新日报》已经复了我们的信，所有一切，依我们所议，这事算完全办妥了。信我放在公寓里，回去就可以看到。"南夕阳道："那很好，明天下了课，我们就办稿子，这也是两全其美的事。一、我们在上海出了一个周刊。二、《江新日报》在大学新闻系里邀了我们。两方都有面子。"饭后，三个人就赶忙着回去，把《江新日报》办理周刊的事给处理了。

原来平等大学设立在东城，是一个私立大学，办得相当的好，学生有一千七八百个人。在当年，这名额已经很多了。

这学校的教授极力聘请好的。就以新闻系而言，有做了很多年大学教授的右大夫、徐绿林、吴一人，有屡次入阁阁员黄平，有当报馆社长的郝长波，这都是很有名的人物。至于上学生课，讲得有兴趣，那就要数郝长波，其次是右大夫。郝长波是一个瓜子型的脸，可是瘦得很，几乎脸腮上面没有肉。但是这位先生十分好美，头发梳得溜光，一点儿胡桩子也没有，身上穿一件古铜色团花缎子驼绒袍，上面加着青色团花缎子夹马褂。两手笼起，站在讲台上，身子微微动摇，表示满不在乎。郝长波来的时候就对学生道："这一堂是教稿子的编辑法。当然，光靠口授还不能尽其所长。我要教的，是脑筋里想，手里练。今天我发通讯社的稿子给各位，由各位拿了稿子去改。"

郝长波看到稿子都发齐了，就走向学生丛里，观看他们改得怎样。到一定的时候，他就一边收，一边看。看看离下课只剩下一刻钟时，这就说道："这只剩十几分钟了，我把好的先说两三条吧。其余，我把各位有不对的地方改了，然后发还，各位自看吧。"这样，同学们都很喜欢郝长波这个人。

其次，就算右大夫了。这一日正值讲过了吴一人的日本文学史。论说吴一人的文学，那是挺好的。无奈他发音低得厉害，而且又是绍兴官话，这听起来就不能完全满意。到了这一堂，是右大夫的中国文学史了，他穿件灰色哔叽袍子，大概喝酒喝得一张脸通红。他走进教室来，手里拿着一本书，和学校里印的十几张讲义，向讲台上一放。连忙掉转身来，面对着四十几位大学生，发言道："我今天谈《西厢记》，诸位可以听一听。"他说了这话，就不觉走下了讲台。一边讲课，一边走，走完了教室尽头，就横走，横走又尽了，这就掉转身躯，向讲台上走了。

这样讲课，许多学生听不惯的，可是他总是这样，而且说到高兴的时候，这就走得更远。日久同学们也都习以为常了。有一次上课他一眼看到柳又梅，笑道："柳君，听说你收的昆曲很多吧，尤其是《西厢记》这方面，收得不少。"柳又梅含笑道："有几部。"右大夫道："这王实甫作的《西厢记》，的确不错，有很多很好的句子的。书中的张君瑞是托词，按实在的故事，是指唐朝才子元稹。与《西厢记》齐名的《牡丹亭》，书中主人柳梦梅、杜丽娘，那也是托词啊。哟！柳君的名字，和柳梦梅只差一个字，柳君你有所遇吗？"他这一说不要紧，很多人就嘻嘻地笑开了。

这同学嘻嘻地笑，原是有问题的。原来这女同学里，是有一个姓杜的。而且这名字也是和杜丽娘差一个字，叫杜丽春。那个时候，女同学非常地少，他们新闻系有二百人，女学生只有十一个人。所以杜丽春来到新闻系，就很多人知道了。并且她和柳又梅这班人同在一个年级，当然同在一堂上课。那时女学生多半坐前面，所以右大夫讲到托词，同学笑起来，柳又梅也跟着大家一笑。这杜丽春坐在柳又梅一排，却不好意思了。

这学校是先前一个公爵的公馆，里面很大，教室以外是很长的走廊。柳又梅下了课手上带了书，先下堂来。但是到了这长廊上，并不急于要走，却慢慢地步行，有时还看看这院子里落了树叶的枯条，觉得很有诗意。这时候，差不多人都走完了，杜丽春才从教室里出来。她身穿绿格子袄子，下身系一条青色的裙子，脸是苹果式的，胁下夹了一包书，皮鞋走得踏踏踏的响，柳又梅等她走到身边，才含着笑道："下了课你才出来！"杜丽春并没有回答，也没有向他看上一看。柳又梅道："不是别的。我们接洽那《江新日报》的事，已回信答应了。今天晚上，我们就开始搞些稿子。这个副刊，规定了一个礼拜出一次。我们起了一个名字，叫作《春雷》，你看怎么样？"杜丽春还是不作声，而且走得格外快些。柳又梅道："你别跑呀！在《春雷》上给我们来篇短文，好不好呢？"杜丽春这才低着答言道："回头再说吧。"她说毕，就加快两步跑走了。

忽然有人在身后道："柳君，你慢走。"柳又梅回头一看，右大夫由后面来了，便停住脚步问道："啊，右先生。"右大夫走向前来，问道："刚才过去的那位女士，她姓什么？"柳又梅道："她姓杜呀！"右大夫吃了一惊道："她真姓杜？叫什么名字？"柳又梅道："她叫杜丽春。"右大夫道："什么？杜丽春！就是杜丽娘的丽字吗？"柳又梅笑道："是的！"右大夫道："这真是，我今天刚说了《牡丹亭》，谁知坐在下面听讲的，就有一个姓柳的、姓杜的，这真是无独有偶啊！柳君，好个'如花美眷'，千万不可以'似水流年'了啊！"他说完打了一个哈哈，就笑着走了。

　　这个右先生，名士气非常地重。柳又梅虽经先生这样一说，就像吃了合欢酒似的，也就含着笑，慢慢地回公寓。他住的这个公寓是个二等公寓了。柳又梅的房子在一个过道里，也就是上海叫作小弄堂的。这里有两间屋，外面一间做书房，里头一间做卧室。这房子虽然不大，这在做学生的，已经是很好的地方了。柳又梅将锁开了，将门打开，里面有张两屉桌子、一把木椅子、两只方凳，还照例摆一架子书。柳又梅泡了一壶茶，自己将木椅摆正，就坐下来，端着茶杯细细地喝，他看着桌子上新买的盆竹，长得绿色如小伞一般。这就文思勃然，自己就把书堆里几张红白格子纸放在面前，纸上已写了字，他重新看过一遍，觉得意境很好。立刻抽开笔写了四个字：西山红叶。心里想，这就算给我们《春雷》写的稿子吧。

　　门一推，田江帆进来了，笑道："我想，你在为《春雷》写稿子吧？"柳又梅道："我写都写起来了。这不是？"说着，将桌上的稿纸一指。田江帆起身看了一下，笑道："我也写了一篇小品。"说着，自己向袋里一掏，放在桌上。这田江帆的书法，向来很有名。柳又梅揭开纸来一看，只见龙腾虎踞、鹤舞鸿飞，写得真好。前面有个题目，是"雨丝风片"。点头道："你这题目，着实是好。我对《牡丹亭》可说熟极，可是就没有想起这个题目。"田江帆道："你暂且不要胡夸啊，你看，南夕阳来了。"

　　南夕阳这就来到屋内，还没有坐下，笑道："你两人在议论什么？"柳又梅道："议论我们要出《春雷》，找稿子啦。我们有两篇了，你给我们拉得怎么样？"

　　南夕阳也没有坐下，连忙在身上一掏，拉出两卷纸，就往桌上一丢，笑道："我说了就做得到。"柳又梅连忙打开纸来一看，竟也是两篇散文，一个题目也出自《牡丹亭·惊梦》的句子，上写着"良辰美景奈何天"。另一个是"一缕麻"。柳又梅两手一拍，就道："这不行啦！我们第一期，要一篇纪念文字，说说我们为什么要出《春雷》。再说我们也应该有篇议论文，再弄段记事文章，然后再登小品文，这就很可以了。现在我们尽是小品文，这等于出小品文选了。"他这一说，连南夕阳、田江帆都被他提醒了。田江帆也站在桌子边，笑道："这一提，果然不错，人家要误会了，我们平等大学，就只会写小品文。"南夕阳道："所积拢的稿子，当然登不了许多，但是留在下一期登，这也没有什么。可是差的稿子，我们得安排一下。这纪念文，两三百个字，归我写，明天上午我交卷。还有一篇记事文，归又梅。还有议论文，这个……"田江帆笑着，自己退了两步道："这个我不能来。"南夕阳道："这有什么不能来，就说这里的政客，专门造谣，弄得市言哗虎，这就成了。"柳又梅道："这样把小品文再登个一条，那也就成了。可是一篇都不约外人吗？"南夕阳道："约外人写怎样来得及呢？我看我们去吃晚饭，还是我做东，就这样一言为定了，走吧。"于是两个人跟他笑着，相率走了。

当然，他们吃过晚饭，把事情已经议妥，柳又梅回公寓又把他的记事文，想了一会儿，然后动起笔来。刚写了一张格子纸，就听到门敲着响。他这里凡是住公寓的，多数是男同学。他们之间往来都是直进直出，根本不敲门了。现在是谁来了呢？柳又梅连忙把笔丢开，一边起身相迎道："请进吧。"柳又梅桌上点了一盏白瓷罩子的煤油灯，照得屋里通亮。门打开来，原来是杜丽春。她进得门来，就在衣服里一掏，掏出一张稿子，将稿子放在桌上。柳又梅看见，立刻笑道："谢谢，这一定是我要的稿子，你亲自送来了。"杜丽春道："我作的，是一首新诗，回头你看吧。"柳又梅道："好！我亲自看看。坐一会子吧。"杜丽春站在屋子当中，就鼓着脸问道："今天右大夫找着你谈话吧？他说了些什么？"柳又梅笑道："这不相干。"杜丽春道："不相干，正是相干。"柳又梅笑道："我把他的话说给你听听好吗？"杜丽春不鼓脸了，就扑哧一笑道："不用你告诉，我也知道。我走了。"说完，她开步就要走。柳又梅道："你到这公寓里来，也不少路，何必就走？"杜丽春道："你这里……不好。"说着，将手对前屋子一指。她不再说什么，就匆匆向屋外走了。柳又梅笑道："不要忙，我还有话问你呢。"

杜丽春听到他这样一说，这又重新跑了转头，问道："什么事？"柳又梅笑道："下个礼拜有好戏，你可要去看一看？"杜丽春道："什么戏？"柳又梅道："是梅兰芳的《游园惊梦》。"杜丽春道："这出戏，你看过不止一回了。"柳又梅道："当然，我看过多次。可是你没有看过呀。"杜丽春笑道："这戏里的名字，也是一个姓柳，一个姓杜，怎么相同得……真是！"柳又梅笑道："这真是妙啊！当然你是愿意去的了。"杜丽春道："你要请了那些人，我就不去。"柳又梅笑道："这还用得着说吗？只要你去，我就瞒着他们！"杜丽春道："那再说吧。"她于是真走了。

可是前面屋里住着一位刘卓夫，他也是新闻系的学生。他家里很有几个钱，所以书念得倒罢了，就是喜欢玩笑。刚才柳杜这一番话，刚巧他都听见了。赶快就到屋里，把留声机原放在桌上的，挑出《游园惊梦》的片子，唱了起来。他知道，杜丽春匆匆地来，又匆匆而去，她或者不听见。可是，瞒着他们去听《游园惊梦》的那个人，这时在屋里，一定是听见了。他把话匣子唱过了一会儿，就有个同学跑进屋里来道："不要唱了，怪吵人的。今晚无事，我们打他八圈吧！"说着话，就伸手来拖，刘卓夫道："去就是了，我这里还要关话匣子，要拿钱，这是要做的善后工作呀！"那人笑着道："你拿呀，别让我催第二道呀！"就高兴走了。

原来这些中学以上的学生，实际上分为六个等级，真个层次豁然。第一等是穷学生而且很用功的，他不但住不起公寓，连吃饭都有问题。可是他非常积极，像组织什么会，他都参加。第二等就是柳又梅这种人，家里过得去，在学校读书，不算用功，但是很有才华，功课都考得极好。学校里有什么会，不但参加，并且是这种人发起，凡有娱乐，也挤上一脚。第三等是死读书的学生，一切事情不问，专门读书吧。这本来是好事，可是对于一切事情都不问，久之，那就成了一个书呆子了。第四等是专门跑娱乐场学生，这里有学问极好的，有实在不行的，他们混在一帮，专门在戏院大鼓场瞎混，当然书几乎是不念。第五等是刘卓夫一派，天天打麻雀劈兰，无论小娱乐大娱乐都来。第六等是不念书的混混。既曰混混，自然什么都来。有这极不好的学生，这里公寓里，就引了不正经的女人前来。至于在外边逛妓院，那是家常便饭了。

这就谈到刘卓夫学生了，在屋里关好了话匣子，在箱子里拿好了几块钱，就把灯扭小一点儿，叫声茶房锁门，自己就到刚才叫赌博的这间屋子里来。赌钱这在公寓里是很欢迎的一件事，因为赌钱有头钱，这数目茶房分大部分，账房分小部分。所以赌钱时茶房照顾非常周到。刘卓夫到了这屋子里来，见一张方桌，朝当中一摆，麻雀牌就稀里哗啦倒了满桌，两盏灯放在两只桌子角，三个人坐在桌子边，就静候刘卓夫了。

刘卓夫打了一会儿牌，南夕阳推门进来。刘卓夫笑道："咦！老南来了。阁下是不打牌的，有什么事对我说吗？"南夕阳找个方凳子在他旁边坐下，笑道："阁下以后少开些玩笑，好不好？"刘卓夫笑道："你说的老柳这件事吗？我做得还不够呢，我要是把门一反扣，将百子鞭一放，你猜怎样，准是个乐子吧？"南夕阳就正色道："你这就不对。他们一对青年，找他们适当的伴侣，这是明明的一条光明大道。你这么一开玩笑，那算怎么回事？"刘卓夫笑道："你老哥跑来，是就训诫一番吗？好了，我敬受命。还有什么没有？"南夕阳道："我们在上海《江新日报》里，出了一个副刊，名字叫作《春雷》，要求你给我们写点儿稿子。"刘卓夫笑道："这事最好不要找我。难道怎么和一个三番，这也能写吗？"南夕阳笑道："怎么不能写呢？不论写什么只要与我们自己的生活联系起来，也很好嘛。"刘卓夫道："那容易，明天晚上来拿稿。七筒。"他顺手丢了一张牌出去。坐在上手的人将牌一摊，和了个三番。刘卓夫回转头来，笑道："我只管和你说话，放了一个三番给他和了。"南夕阳也没有说什么，就哈哈大笑出了他们的房门口了。

过了两天，南夕阳正下了课，夹了讲义往公寓里走。看到一个穿旧灰布棉袍子的人，戴了一顶旧灰色呢帽，也夹了讲义本子走着。南夕阳道："庄子猷，我找你好久了。"庄子猷道："有什么事吗？"南夕阳就走着向前，笑道："我们一个礼拜出一期副刊，你知道这事吗？"庄子猷道："这我早就知道了。"南夕阳道："怎么样？我们要两篇稿子，可以吗？"庄子猷道："好呀，我的稿子可是写得真坏，你们填填篇幅吧。"南夕阳笑道："何必客气！稿子什么时候有？"庄子猷道："明天早上就有。"南夕阳道："阁下还住在会馆里吗？"庄子猷笑道："这练练腿劲，也是好的。"南夕阳道："苦得很厉害，可是不言苦，这真是读书有得。明天交稿子，自然很好，但是后天交也无妨。"庄子猷说好，给南夕阳点一点头，就和他告别了。

南夕阳心想，学校里要拉拢的我都拉拢了。可是一班捧角的学生，这里面也有能写的。明天碰到了他们，我还拉拉看。过了两天，下午没有课，就到广和楼这条路上来。到了广和楼往小池方面一看，这要找的胡万顷正在这里听得入神。他穿一件花呢布的棉袍子，围了一条花围巾，头上戴一顶灰色便帽。这在当年，也是一个少爷的样子。他只有二十岁边上的年纪，皮肤白嫩，长得长方脸。南夕阳看到了他，就把他衣服连扯了几下。胡万顷一回头，看到是他，就一点头，站起来要替他找座儿。南夕阳低声道："我不听戏，请你出来，我有几句话说。"大家都知道，这南夕阳是一个很活动的人物。他这样说，也就跟着他出来了。

他们到了肉市，站在一个犄角上。南夕阳笑道："你的小品，给我们来两篇。我们是在上海《江新日报》里出副刊，这与足下要把京朝艺术往南方移，若合符节，这不很好吗？"胡万顷道："阁下说的，自然不错。可

202

是我写两篇捧角的文章，你这里不会要的呀！"南夕阳把衣服一扯，口里一吹，笑道："这种吹胡子玩意儿，说了又说，天天是这一套，当然我们不要。可是你若说到学戏，后台吃窝头，小孩子天天挨打，很多很多的事情，这就是极好的东西，怎么说不要哩？"胡万顷将围巾扯了几扯，对他身上望了几望，点头笑道："你这是真的话吗？"南夕阳把脚提着道："你看我是为访你而来，岂能说假话？"胡万顷道："你这样说，倒是你别具只眼。你几时要稿子？"南夕阳道："你哪天交来都行。你把他们学戏的苦处说出来，一期登不完，我就登两期，两期登不完，那就登三期，也没有关系嘛。记着，我们总是要好的。"胡万顷笑道："好的，一个礼拜我稿子一定可以交到。我保险全是说童伶学这项玩意儿，真是不易。"南夕阳笑道："好！你去听戏吧，这时候好的正来着呢！"胡万顷也是哈哈一笑。

南夕阳是这样拉稿子的，所以他们出的这一版副刊还不算坏。这天下午忽然天下起雪来。照说，下雪还没有到日子。这可说得是一个早寒了。南夕阳一想，今天柳又梅总在家里，邀他吃一顿涮锅子去吧。自己这样想着，就冒雪向柳又梅的公寓里去。可是柳又梅偏不在家。南夕阳无精打采，来到前面院子里。刘卓夫隔了玻璃窗户望见了，哈哈笑道："找柳又梅吗？这时在真光影戏院看《游园惊梦》呢。这回他是一个朋友不带，带着他的爱人，温习他柳杜两祖先的故事去了。"南夕阳听着，前后一想，这是对的，就笑着冒了大雪回去了。

柳又梅当真是邀了杜丽春一路，去看《游园惊梦》的。他到戏院子里，两个人找到座位，开始看戏，这时男女分座，怎么这里又合座呢？原来真光是新式的戏馆子，他家卖票定座，是男女合座的。真光本来只演电影，这要头等角儿来演戏，才开始让一天两天呢。戏院在东安门，现在改为北京戏院了。柳又梅只管看戏，后面有个朋友在那里，也没有看到。杨止波也是同了孙玉秋今晚上来看第一回戏，他坐在后一排，自然对柳又梅看得清楚了。戏散了，大家站起来，柳又梅这才看到杨、孙二人，点头道："阁下是早看到我了。我来介绍，这是杜丽春女士，也是同乡。"这杜丽春三个字进了杨止波的耳门，觉得这与《牡丹亭》真是巧合。当时也点了一个头，就各自分手回家了。

第十九回

闲走雪泥奔车谈古事
督兴林垦复辟恕奸奴

　　这里提到杨止波带着孙玉秋去听戏，在常情是不能够的呀，何以就有了呢？这应当说一说孙玉秋的家庭最近发生的事。十一月中旬的天气，还不十分地冷，吕氏出了她家的北屋里，在院子里生煤炉。王豪仁看见，就走出他的房门，很客气地向她道："你一早就生火呀！今天是星期日，玉秋呢？"吕氏也没有作声，只把簸箕舀满了煤，向炉子里添着。这倒弄得王豪仁怪不好意思，便一步走开，自言自语道："是的，大概是没有起来吧。"吕氏一想，他好好地问话，怎么不答应人家呢，就抬起头来道："王先生，我人都气糊涂了！敢情没有答应你。昨晚她自女师大回来，已经很晚了，我没有留饭给她吃。她掀起锅来看了一看，见里面没有饭，她也不作声，就悄悄到外面去买着吃了。这吃饭的钱，我不知道是哪里来的，问了她一问，王先生，你说这可以吗？"

　　王豪仁见她已答了话，这就不走了，因道："这当然是可以的。"吕氏道："她说，这是你给的钱，王先生，是真的吗？"王豪仁早已得了杨止波的话，便道："不错，是我给的，这小意思嘛！"吕氏苦笑了一笑，把火筷子拨了一拨炉子，因道："听说进女师大那笔钱，就要好几十元，听说也是你由朋友那里七拼八拢聚下来的，这要是真的，我们将什么还呢？"

　　王豪仁道："这个只十块钱事，无须还。"吕氏道："那真谢谢了。可是以后，个个学期要交，我们哪里有这些闲钱？"王豪仁听到这里，就不知道怎样答复，笑道："那总好想法子吧。"吕氏道："好法子我倒有一个，就是我家侄子，新近女人死了，要再娶上一个。侄儿看到玉秋还中他的意，同我表示了一点儿意思。我想这很好啊！他家有两万块钱家私呢。玉秋就是要进女师大，我侄儿也许可以答应的。可是她，不知听了谁说的绝德的话，就不愿意嫁。这我就不能让她读书。谁要是给她说情，那就有很大的嫌疑。"王豪仁听着，这不是教训女儿，简直是骂王豪仁。他只是淡笑。

只听到孙玉秋屋里，一阵东西响动。孙玉秋一边说一边向外面跑，她道："王先生，你是好意，怎能把话伤害了你？你请进你的屋里去。"她说着话，就走到了院子中心。她还只穿一件小棉袄，挽了个爱斯头，还没有梳拢。吕氏正在怒头上，看到她跑出来，拿起手上的一根铁条，照着玉秋就使劲一抽。孙玉秋将身子一歪，头一下算躲过了，可是第二下吕氏把铁条远远地一抛。她躲开身子，并没躲开脚，便让这铁条的尖端碰着了一下右脚。孙玉秋叫道："各位住会馆的同乡，请你们看看，把铁条打人，我犯下了什么罪？"说着话，自己赶快跑开，跑在王豪仁房间外的长廊下站着，借了一根柱头，掩了半边身子。因为自己知道，这回打和骂，吕氏已经立意很久了。

这不到一刻工夫，就好多人跑来，看看是怎么回事。吕氏两手叉着道："你只管叫，我不怕。我做娘的打女儿，打死了你，我也不用得抵命。"说着，又自地下拾起了铁条。王豪仁就向前一拦道："大婶，这可来不得。"孙玉秋道："你们听听，这是哪块地方的法律？就说是娘打死女儿，不用抵命，可是你并非我的娘。今天我在这里说一说我的来历：我姓李，七岁的时候，寄父向我生父说好了，把我带到北京来的。你们要不信，我寄父出来了，请问一问，我这话是真是假？"孙庭绪也认为自己女人做得太不对一点儿，所以自己只靠房门站着，也没说话。现在孙玉秋翻起老底子来了，这时脸上通红，也生了气，可是说不出话来，只是把手指着，口里说着道："好呀！好呀！"孙玉秋道："爸爸，你不用生气，我虽不是你生的，但是你一手养大的，你的抚育之恩我总记着。但是我妈说：娘打死女儿，不用抵命，她这样一说，那我就不能不说了。"

吕氏手上依然拿着一根铁条，叫道："你说不是我生的，就不是我生的吧！这样的女儿我们还不要呢。可是你七岁到我这里来的，现在你十九岁了，要算一算饭钱给我们吧！我们不能尽赔。"孙玉秋道："各位请听，要算我的饭钱了。好，我照付。妈你说要多少钱？"这会馆前面有一重院落，住的是姓江的，他有两个姑娘，都只十几岁，立刻过来劝着玉秋少说几句。孙玉秋道："我本来不打算说，可是这铁条猛然向我背上一下，我要不是躲得快，那也许我不看见诸位了。"孙庭绪走在院子当中，他想了一想，那一下铁条幸亏没有打中，若是打中了，那真不知道怎么样，就叹了一口气。王豪仁道："玉秋，你就到江先生家里坐一会子吧。我们来劝一劝你妈，大家平一平气也就是了。"他回转身来，向江家二位姑娘，不住地眨眼眨。江家二位姑娘会意，就连拖带拉，将孙玉秋引上前面去了。

有好些人就劝吕氏算了。那吕氏倒也干脆，她说："孙玉秋要回来的话，那非嫁姓吕的不可，要不她就别回来。我算带了她十几年，这苦也吃大了。我饭钱也不要她的，可是她也休想要家里一文钱。"吕氏觉这一宝非押中不可，知道孙玉秋没有钱。不要说进女师大了，一天吃两餐饭那都成问题。孙玉秋听到她母亲提这样一个条件，真是太好了，就道："好的，我不回去，我依然到女师大去读书。我虽没一点儿办法，但天下没有饿死的人，我慢慢熬吧。家里不给我钱也好，不过我有一件大袄子、一件棉背心、两条裙子，就请母亲开一个恩，给我吧。此外还有一点儿书籍，留在家里无用，也给我。"劝说的人，把这话也去对她母亲说了。过了一会儿，居然把所要的东西都拿来了。江家大姑娘看着孙玉秋加上衣服，系上一条裙子，就问道："你今晚没有地方睡吧？这就跟我睡得了。"孙玉秋把脸盆舀了一点儿水在桌上放下，讨了手巾，匆匆地洗了一把脸，笑道："多谢你，女师大有住室，不必在外面睡了。东西还寄放这里，明天来拿。"她就着桌上的茶漱了一漱口，又借了小梳子拢了拢发，就笑道："我上课去了，回头见。"她说着这话真走了。

孙庭绪究竟是舍不得的，在门口守望。孙玉秋出来，父女见面了。孙玉秋站定了，向他道："我上课去了。我总在女师大的，晚上请你打一个电话给我，总能接着。爸爸，你好好地过吧！"那孙庭绪还没有答话，孙玉秋就向北走了。

到女师大照常上课。等到快要吃午饭的时候，打了一个电话给杨止波。她就把家里吵嘴经过详详细细告诉了一遍。杨止波道："这太好了。你要些什么东西告诉我，我好六点钟送了前来。"孙玉秋笑道："我现在就剩寡人一个，什么东西我都要。不过要看你的收入如何才可决定。这样吧，就只给我一床被，早上一份洗脸家具好了，此外随便吧。"杨止波道："这着棋，我猜都没有猜着，这实在是可庆的事情，东西我自然要办，还要吃点儿什么才好，我们共同庆祝一下。"孙玉秋道："这几天，我决计誓守女师大，所以你那里我也不能来。至于庆祝，你说要预备一点儿吃的，我看省下这笔钱来吧。给我买些有用的东西，这比共同庆祝还有意义得多。"杨止波道："好！我这里谨敬奉行。"连那边电话也为之一笑了。

到了下午六点钟，杨止波就到女师大会客室里来了，一会儿工夫，孙玉秋就来到。一推门，她就看见一个布包袱的铺盖、一个小箱子、一个小藤篮，放在椅子上。见杨止波靠椅子旁边站定，有点儿似笑未笑的神气，便大为一惊道："你比送个学生来校，这行李也未见得少。"杨止波笑道："难道我不是送一个大学生来校吗？"孙玉秋笑了一笑道："你这就花钱不少吧？"杨止波将脚踢了一下铺盖道："这里面一床被条、一个枕头、一床垫被的单子，除了一床褥子是买的，其他都是我那里腾出来的。这边一口箱子，也是我的。现在我用不着，也奉送给你。"但杨止波虽这样分辩着，可是孙玉秋却有一句话不好出口。因为他分了铺盖一半，这就有共枕之嫌了。不过这件事，恐怕也未曾想到。孙玉秋笑道："我这谢谢了。"杨止波道："我到这里来，也不宜太久。你交伙食费恐怕要用点儿钱，我也带来了。"自己说着，就伸手到衣袋去掏。掏出几张票子，就交到孙玉秋手上，笑道："没有什么话了吧？我走了。"孙玉秋点点头道："你走吧。"于是乎杨止波就走了。

这整个月，北京没有什么大事，杨止波邀了孙玉秋出来，看了一晚上戏。女师大这时候早关了校门。孙玉秋早约好了冯爱梅，在她家寄宿一宵。杨止波送她到了冯家，这才回去。却是晚上的雪下得更大。到家有一点半钟，那院子里雪却像棉花倒在地下，踩下去竟一点儿响声都没有。屋宇上下都是白色，虽觉没有灯光，却也很亮。隔楼的朱漆栏杆，本户的绿油窗户，都在淡淡的白色之中。杨止波进得房去，扑去身上的积雪，才把外衣脱下，把灯光扭得更大一点儿。再向玻璃门外一看，只见雪像白球也似滚着，真是乾坤不夜、天地无尘。足看了一个小时，方才睡觉。

次日杨止波起来，却已十点钟了。看看门外，雪堆一尺多厚。天上仍是彤云密布，直有再下的趋势。洗脸完毕，他到隔壁屋内来，见着殷忧世道："这天还要下，我完了事，到哪里看雪才好呢？"殷忧世捧了一杯茶，在他屋里走到写字间来，笑道："这看雪，以我的愚见，就是北海最好，登那白塔上一望，这么大一个城，被大雪盖了，可是尽在眼底。"杨止波点头道："你这话是对的。下午要是没有事，我打算逛逛去。"殷忧世笑道："我实在怕冷，阁下要约伴侣，还另请高明吧！"杨止波也笑了。

谁知这日下午仍旧下雪，杨止波没有去成。直到第二日不但雪已经停止了，而且出着很大的太阳。回来吃午饭的时候，心想和孙玉秋通个电话吧，看她能去不能去。自己正这样想着，孙玉秋却来了。这时女子依然没有大衣，孙玉秋在大棉袄上围上一条紫色毛线围巾，这围巾很宽很大，出门往肩上一围。杨止波看到她来了，笑道："你来得正好，我想去逛一趟北海，你去不去？"孙玉秋进了房来，把围巾扔在床上，见被条虽少了一床，可是多了一床狗皮毯子，用手按了一按床随之一笑。杨止波道："我问你的话，没有答复，倒先笑了一笑。"孙玉秋笑道："我看你不冷呀。"杨止波道："谢谢你的美意。狗皮毯子盖着，这还会冷吗？我邀你逛北海，你去与不去？"孙玉秋坐在他的床上两脚尖抵着地，把身子颠了几颠，笑道："我这两为难了。我今日下午没课，原想到你这暖和屋子里来坐一坐，这有多好。可是北海看雪也很有味的。"杨止波道："我就是怕你有点儿冷。不然，我赞成你去。"孙玉秋想了一想，笑道："冷我不怕。"杨止波道："我这里有件毛线背心，你可以加上，我们马上就走。"孙玉秋笑道："我不！"杨止波将他一件毛线背心找了出来，放在玉秋手边，而且自己就出去了。孙玉秋笑了一笑，只好将毛线背心加上。刚把衣服扣好，杨止波就进来了，两个人笑着，这就向北海来。

粉房琉璃街直道不能通北海，这要弯着走，所以有七八里路。但是看看这雪景，倒是有味。这里不像南方，雪止了，就会化。它却是冻在屋顶上头，动也不动。整条街上，尤其是胡同里，上下全是雪白一片。两个人全走的胡同深处，踏在雪地里，人的前后只见雪花乱滚。杨止波道："这雪很有趣的。可是等上几天，路中间被人践踏，沾上了黑泥，那就不堪领教了。"孙玉秋道："这雪太大了，人也没法弄呢！"杨止波道："怎么没法子弄呢？都动手呀。这要有很好的市政长官，就能弄得好。"孙玉秋笑道："那自然，我们祖先不曾造万里长城吗？"

杨止波很觉她的话受听，就谈着话走路，进了顺治门大街看到挨城门边的店铺，就有两三个人在扫积雪，把雪倒在城脚下。积雪自然是一块一块的，所以堆了起来有人高了。

两个人走了一点多钟，这就到北海门口。这里过金鳌玉蝀桥、三海楼阁、十里园林，这就完全变了。它变得顷刻成花，宫殿变玉。站着高处一看，几十里路全是粉白的世界。两个人买票进门。孙玉秋道："我们先到漪澜堂去望一望吧。刚才我在金鳌玉蝀桥看到，在北海里有一部冰车，听说当年西太后就坐过这种冰车，我们何不也试一试？"杨止波道："好的。不过这那拉氏专横奢侈，弄得民不聊生，她坐过的冰车，你也愿试一试？"孙玉秋道："谁说学她呀？"她说着这话，不免脸上红了红。杨止波笑了一笑道："这是前清的事，不谈它了，我们走吧，快些去上冰车啊！"

两个人赶快走着，就到长廊围绕着的漪澜堂。这里有十几个人在海沿溜冰。朝外看，全是雪山，靠西岸有许多树林，白叶垂垂。眼前有五六里路的湖面，已经都是厚冰结平了，远望像镜子一般。这漪澜堂下面，就有两辆冰车停住。其实不是什么冰车，只是几根木头做得像一条宽面的板凳一样。它用不着要轮子，只要人站在木头上用篙子一撑，这木头在冰上一滑，就会飞跑起来。

孙玉秋走近冰车，四围观望，似乎感到很有意思。杨止波就买了两张票，同孙玉秋上去，坐在那拦板木头上。这车只能载五个人，所以一会儿工夫就客满了。那个撑冰车的人就站在这木头上，将篙子一撑，这冰车随了这势子，就滑了行走。约莫五分钟，就到了对岸。当杨止波坐在车上，也曾问过撑冰车的道："当年西太后就坐这一样的冰车吗？"他道："当然不能一样。她坐的有一把雕龙的椅子，外面还有个黄缎的罩子。顺风走，自然更快，逆风走，虽然也慢不了，可是我们要使一把劲了。不过那是四个人撑，那就使一点儿劲，也有限！"杨止波道："是你们撑吗？"撑篙的道："不是我们撑，是太监撑。"这就是西太后坐冰车玩，留下这么一个影子了。

冰车到了北岸停下，停的地方就是五龙亭。五龙亭是靠水建了五个亭子，这里第一个亭子，里面有卖茶的。杨止波就邀了孙玉秋踏雪一番，到五龙亭去喝茶。这里是四面玻璃窗户，靠南边，杨止波挑了一张桌子坐下。这里还遥接景山一角，所以在这里喝茶，倒是一乐。由这里向西南角望，这金鳌玉蝀桥将白色天地中间，画了一道有车马行人的界线。界线以外，依旧还是白色天地。孙玉秋轻轻地道："那里是总统府吗？"杨止波道："是的，总统住在那儿，不办事，也无所谓，反正国务院办理了。"其实，杨止波的话错了，这时的总统徐世昌正要办理一件事情呢。

总统府是两层半西式的楼房，大门外有个蓄水池，到了夏季，池里出些莲花。这里有一带走廊，廊子尽处就是大门。大门里面有很深的人行道，正面一间很大的大厅，大厅后面有两个极华丽的客厅。总统徐世昌在楼上办公，办公室里有沙发，有写字台。在写字台对过有三张沙发，总统在办公时候，你可以在这里坐下等候。这天虽已天晴了，可是雪后，这点儿严寒还是可畏。那时一般还没有水汀设备，总统府却是有了，将气管扭门大开，自然是暖气如春。四五盆早梅，摆在各处花架子上自有一番颜色。

徐世昌穿着古铜色团花的袍子，上面加穿玄青缎子印团花的马褂，头上戴一顶瓜皮小帽。他长圆的面孔，一双眼睛特别地发亮。养了灰白色的胡须，这衣服袋里有小梳子，闲着想心事的时候，就取出梳子，将胡须慢慢地理着。这天下午三点多钟，他坐在转椅上。这个管机要的秘书叫文必正，他将外边给总统的电报以及公文叠成一大叠，送给徐世昌过目。因之把一叠公事一齐摆在徐世昌面前，自己只穿一件哗叽驼绒袍子，站在桌子角边。

徐世昌把毛笔抽了一支，将写字台墨盒揭了开来，将笔蘸饱，放在桌上笔架旁边。然后自己将来件掀开来看，当然有不十分重要的，就把笔拿起，随便批几个字：有那重要的，那就得考虑一下，不能马上做决定了。徐世昌把公文看到一大半，忽然看见直鲁豫巡阅使曹锟打来的电报，这就把文字从头一念。念完了，叹了一口气道："这件事情，我原要商得张作霖、曹锟的同意。张的回电早就来了，想不到曹锟这个回电，今天才来。"文必正笔直站立着，就道："我想这或者是吴佩孚方面作梗吧。他有好些地方不满意张少轩。"原来这少轩的号，就是个唆使清朝复辟的张勋。

徐世昌将那张电报又念了一遍，因道："这个电报到了，其余方面我也不管了。命令上就这样写着，特派张勋督办热河林垦事宜，这命令一发表，那就算轻了我身上一个累了。"文必正看到徐世昌只管把手搬弄着那张电报，因道："总统还有什么要说的吗？除非这里拟定开垦办法，他那有所遵循。"徐世昌把胡须摸了几摸，哈哈笑道："不要来这一番官样文章了。你就拟好了办法，他张少轩认不到许多字，你尽管说得天花乱坠，他也许全不知道呢。我们虽派了他督办热河林垦事宜，我保证他不会前去。这无非给他一点儿面子，所以派个督办名义。这也是他要的。其实不派督办热河林垦事宜也行，管你挑哪一省，他都乐就。但是我们想一想，哪一省呢？恐怕哪一省也没有热河来得这样便宜吧？"文必正听了，也是一笑。

徐世昌再又接着看了许多公文，并没什么了不起公事。看完了，对文必正道："你回头打个电话给靳总理，就说曹巡阅使的电报，我看见了，回头请他打个电话给我。大概今天可以把名义做最后一天的考虑，不是明天，就是后天，可以把全文发表。听明白了吧？"文必正连声道是。

文必正回到秘书办公室里，打听得靳云鹏还在国务院，给靳总理通了一个电话，当然这事国务院里也早知道的了，就答应了好，等一会儿亲自来看总统。这样一番经过，自然没有什么问题，等着这里把命令送交印铸局，在时间上已是第三天三点多钟，文必正就打一个电话给张勋，在电话里给他道喜。张勋自从那年复辟失败以后，就躲在荷兰公使馆里。他在公使馆一个靠北院落的几间房屋安居。他这个人却也不会安分，闲时就叫几个胡同里清吟小班里的姑娘，逐日到使馆里去陪他。这日正有两个姑娘，陪他在中间屋子里取乐。他脱了长衣，上面穿件灰色宁绸短袄，下面穿条古铜色的棉裤，将裤脚一系，穿了一双缎子鞋。一个溜圆的脑袋上还留有一部短须，他不戴帽子，露出了半边光头，半边却留了辫子。由于他上了年纪了，所以他的辫子，却是细细的一根，不到两尺长，人家都说是猪尾巴哩。

他坐在沙发上，脚抬起放在矮茶几上。他很有几个臭钱，茶几上许多碟子，里面放着许多食物。张勋对一个姑娘道："老五，你给我捶几下腿。有好久不上外面跑动，真叫我一双腿都很受着委屈。"旁边一个姑娘就慢慢地靠近了沙发边，马上蹲着，将两只粉团似的手，伸在张勋腿上捶。忽然电话铃响了，另一个姑娘就前去接电话。她接了电话，就向着张勋很细声报道："是公府一个姓文的来的电话，说明了要大帅说话。"张勋道："这是文必正来的电话，我当然要亲自接，你把电话给我搬过来，我来说话。"

那个姑娘就把茶几一搬，靠近了沙发。那个捶腿的就停止了工作，站到一边去。张勋接过耳机，笑道："是我呀！什么事这样可喜可贺？哦！命令发表了，文字怎样说的？哦！是特派张勋督办热河林垦事宜。真的！好！我明天到公府谢谢总统。"他挂上电话，一起身，在沙发前站了起来，大声道："徐世昌还像一个朋友。我说了，要派我一个督办嘛，我还能来，派我别的事，我是不来的。徐世昌到底派了我一个督办热河林垦事宜，徐世昌够种！要说因为复辟我就有罪，这也太荒唐了，不说别的，复辟事前几十分钟，督军团都晓得的。段祺瑞难道不知道吗？我一个人被这些人骗得下了马，那都不说他了，最可恨的是倪嗣冲，他说好与我共同干的，谁知我往东交民巷一跑，他就把我的辫子军尽量一收，这真不讲交情。今天我又得了督办，今天我又得了督办了。哈哈！"他说话不会斯文，站在那里手脚乱舞一阵。随了这阵乱舞，就听到哗啦哗啦一阵很大的声音从北屋里响了出来。

张勋是大红而特红过来的人，虽这里是在公使馆里逃难，却是尚有十几个用人伺候着。用人听到一阵很大的声音来自上房，各人都吓了一跳，就赶快向上房里张望。推开门来，只见张勋站在屋子中间，哈哈直乐。两位姑娘也站在屋里旁边，也嘻嘻地笑。原来这地下躺着有一个茶几，是被张勋一脚便翻了一个身的。所有上面的玻璃杯碟以及茶壶茶杯，完全离了茶几，滚碎了满地。张勋看到五六个用人全瞪了大眼向自己瞧着。张勋哈哈大笑道："好事好事。刚才我得了公府的电话，命令发表了，我又升了督办，这还不该乐吗？我恨不得把这房子一脚踢去，让它飞上天才好啊！"

这当用人的，都是很聪明的。听得张勋又升了督办，虽不知道是督办什么，可是督办这个官衔是很大的职位，那是知道的。听了这个喜讯本来要行军礼，给督办贺喜，可是谁都没有穿军衣。但张勋的脾胃，用人是早已明白的，有的就把衫袖掸了掸灰，人走上前，请了一个安，口里便道："大帅大喜。"原来跟张勋的用人，都是口称大帅的。张勋道："等一下子，命令来了，我就要出东交民巷请客了。也许有人得了消息，马上会来给我道喜，你们快给我把屋子打扫干净。"众用人听了这话，连声称是，不十分钟，就把屋子打扫整齐。张勋看着他们今天卖力，就摸着胡须，坐在沙发上笑道："老五、老七，我又做了督办，你们大概也知道了。我有意收你二人做姨太太，你二人意思怎么样？"这两位姑娘来陪着张勋，那无非是金钱关系，谁还愿意跟着这拖了猪尾巴的人在一路？可是你只管不愿意，当他的面绝不能说是不干。老七道："大帅，你说这话是真的吗？"她说着话，就把老五在沙发上牵起。张勋哈哈地笑道："那自然是真的。你二人运气好，碰到政府给我督办做。"二人听着，就连忙走过来，将两腿向下一蹲，请一个双腿安，口里道："多谢大帅。"张勋道："不用行礼了。"那几个打扫房间的用人看见了，立刻过来给二位姨太太道喜。张勋看到，真个高兴到了极点，立刻拿出两千元钱来赏他们。

张勋这番猜着他的朋友会来，那是猜准了的。第一，送命令的人来了，第二就是卫戍总司令、步军统领来了，第三、第四来了无数的道喜人。张勋照例见了，而且借了很大的房屋，摆了几桌酒席，以表示庆祝。但是不能忘怀的，便是总统徐世昌。次早十点钟，便穿着枣红缎子皮袍，上面加起黄马褂，头上戴起小瓜皮帽，后面拖着辫子，坐了汽车，来拜谢徐世昌。车子到了大门口停下，自己下车步行。当然张勋无人不认得，尤其是他那根辫子，那是第一的记号。门房看见，还没有说话，跟着他来的随从就到门房前来挂号，张勋依然前进。到了前面一个大客厅，张勋一人进去，在此候见。过了十几分钟，有个穿哔叽长袍的人进到门边道："张督办，请。"张勋当年那番气派，在东交民巷逃亡几年，虽不至于扑灭干净，但今日到了总统府，不能不行规步矩了。听到一声请，就跟了那个人向右手客厅前进。他一进门，就看见徐世昌在沙发边站起。他赶快走了两步，就随着作了三个揖。

徐世昌也回三揖。这个地方，四周都是沙发，沙发背后有几挂嵌入壁间的山水人物画，还有几张桌子，上面摆着珊瑚玛瑙的人物，用玻璃罩子给它罩住。此外是各种鲜花了。沙发边有矮矮的桌子，都是嵌螺钿的。徐世昌道："少轩，你还好啊！坐下吧。"张勋在外边将沙发坐定。徐世昌坐下看了他这模样，倒还是十几年前的装扮，这位仁兄，还是忠于前清的，就微笑了一笑。勤务敬过了茶，退下。张勋道："多谢总统啊，还给我一个督办做。"徐世昌道："热河也不是不能去的地方，凡事总看人为而定啊！"张勋道："我看看再说吧。我从前说过的，袁项城在，我就跟袁一辈子。他死了，我又跟着清帝宣统了。可是于今我这就和总统卖上一辈子力。"徐世昌笑道："世界上没有当总统当上一辈子的。你以后和国家出力吧。"张勋道："那也好。"徐世昌看着他，总是带点儿微笑，说了几十分钟的话，张勋起来一揖，向总统告辞。徐世昌又勉励几句，送到客厅外，就不送了。

张勋坐着一辆汽车东闯西奔，跑到西长安街东口，将一辆板车撞翻了。他的汽车还是一味乱跑，一会儿工夫就跑得不见影子了。这位赶车的站着直乱骂。这里有位青年，穿了一件灰布棉袍，头上戴顶毛绳帽子，笑道："你不用骂了。这个人我倒认得。几年前闹过大乱子的，名字叫张勋。你这样大骂，他根本不听见。要是听见了两句，真叫你吃不了兜着走呢！"赶车的听说是张勋，也就不骂了，叹了一口气。这个青年也就由此奔顺治门，回他的会馆。这个青年，正是张勋的同乡，江西人，名叫陈毅然，和张还有点儿瓜葛之亲的关系。但是他没有理睬这位同乡，而且也叫人别理他，这陈毅然倒是有几分骨气呢。

第二十回

塌屋感园荒梁崩丧燕
深心谈讼事杠结飞龙

陈毅然走顺治门大街，就到了江西会馆门口。这江西会馆乃是张勋捐款修的。不过这张勋对国家所负的罪，真是难以言述的。他一面走着，一面叹气。忽然有人叫道："毅然兄，我们好久不见了啊！"陈毅然一看，一个人穿了一件粗呢大衣，站在路口向自己笑着。啊！想起来了，这是以前在南昌中学里的学友杨止波，连忙向前握着手道："止波兄，我们自南昌一别，有好几年不见了。听说你在芜湖一家报馆里当了编辑，怎么又到北京来了呢？老兄虽是不阔，然而比我，只怕好得多吧？"杨止波道："我们老同学，还谈个什么你阔我阔。你既知在北京混事不易，那就大家帮忙啊！你老兄想必未吃中饭，我也未吃。我们这就向小馆里去，顺便谈谈我们的经过，如何？"陈毅然道："那是再好没有了。可我是要声明一句，我身上没钱，我可不能做东。"杨止波笑道："老朋友上个小馆子，花得了多少钱？我们走吧。"于是两人在骡马市大街吃了一顿，两个人的境遇，都谈了一阵。陈毅然到北京来一年，闲了将近半年。杨止波道："你老哥文笔很好，介绍一个小事，总有机会的。后天下午，你到通讯社里来找我。"陈毅然说好。

到了第三日下午三点钟，陈毅然果然来了。杨止波将凳子挪开，请他坐下。自己也将椅子歪了坐着，笑道："你的事，我已经打听清楚了，有两条路，请你老哥自择其一。"陈毅然将手一拍，笑道："有事就好了，还能在里面挑精拣肥吗？"这时，杨止波将放在桌上的香烟盒子打开了，先取了一支给陈毅然。陈毅然道："我不抽烟，请把话说明白吧。"杨止波将香烟自己衔了，摸起火柴盒，擦了一根火柴将香烟点着。陈毅然道："我兄何多做作？"

杨止波取下嘴唇角边的香烟，哈哈大笑道："我要看看我兄着急的程度如何。”陈毅然道：“我还有不着急的吗？中上只吃三个子儿的烤白薯。”杨止波道：“那你为何不早点儿说？现在我把两条路都告诉你吧。第一，是《黎明报》有条路子。他们不是被段祺瑞左右，封过一次门吗？哈哈！整整只有十天，段系倒台，他们又出版了。它是研究系的报纸，除了研究系不骂而外，他们什么人都骂。新近他们在本市新闻里，大弄其花样。本来这是很好一条新闻路线，可是没有很能干的访员，所以新闻并不见得好。你要是愿意干的话，我写封信给里面的人，包你能行。可是有一个短处，它是论稿取酬，并无薪水。我想这条路子，怕你不愿意干。”陈毅然听见他说没有薪水，论稿取酬，就伸手摸摸自己下巴，便道：“这个暂搁在这里，再议吧！还有一条路子呢？”

杨止波倒真是吸了两口烟，回头将烟在烟碟里熄灭了，笑道：“这个，我怕你愿意干。就是现在，北京出了一个晚报，叫作《都城晚报》。他那里我没有去过，不过他的社长叫金仰天，我倒会过他两回。昨天我无意又遇到了他，他说，少一个文字很好的校对，问我：有人没有？我说：有呀，阁下给好多钱一个月哩？他说：我们是新办报，所以薪水不能多，打算只出八块钱。我说：那太少了一点儿了，我给你问问看吧。”陈毅然站起来道：“我去呀，我去呀！”杨止波道：“虽然只出八块钱，他还有许多条件哩！第一，要干过校对工作的；第二，要能编短条新闻的。愿意试一试吗？”陈毅然叹口气道：“人穷志短，马瘦毛长啊！也只得干了。”

杨止波又把他的茶倒掉凉的，换过热的，又在桌子抽屉里抓上一把糖果放在桌子角上。这就对他道：“今天去太急促了，他们这个时候正在抢编新闻哩。我来替你问问看，明天上午几时去。”说完，就起身去打电话。过了一会儿，他回来了，就对陈毅然道：“明天上午十一点钟去，金仰天在社里等你。”陈毅然站起来道：“真是好朋友，三言两语的，就把事情弄得差不多了。”杨止波道：“这是机会碰得好罢了，但是也不过八块钱。”陈毅然道：“漫说是八块钱，就是八个铜子儿，也不能白捡啦。”杨止波点点头道：“老兄此言，是翻过斤斗人说的话，我更是放心了。我不用写信，明天你到了报社里，你就说我介绍来的，金仰天就会见的。”陈毅然答应好。杨止波还留陈毅然坐谈一会儿，但是，他看见工作时间已经到了，也不多耽搁杨止波工作的时间，就告辞而出。

次日，上午十一点钟照时前往。这《都城晚报》在和平门里和《顺天时报》对门，这个日子，城墙还没有打通，出城还要弯一截路。陈毅然来到门房说明来意，用人进去说了一声，那金仰天迎上前来，请上屋里坐。他穿着一套深灰色西服，长圆的脸，也只二十六七岁。金仰天道："请坐吧，我们这里细谈。"陈毅然在靠里坐着，挨着小桌。金仰天在大餐桌子旁边坐着相陪。谈话的结果，陈毅然还是一个专科学生。金仰天道："这样说，足下学问是很好的了，我们这里一切是初办，薪金真是太少啊！"陈毅然道："在这里学学吧，不要谈待遇吧。"有个坐在桌上写字的，姓丁，因为个儿矮小一点儿，人家就叫他小丁。这时，他道："社长，我实在忙不过来，这里有几条新闻，你来一两条，可以不可以？"金仰天道："好的，我一下就来。"陈毅然起身笑道："既是要稿子，想必排字房里等着要排。我来试试，看是行还是不行，可以吗？"金仰天也站起来，笑道："这实在太好了，可是不恭得很。"陈毅然也笑道："反正我回去，也没有事么！请社长告诉我消息的内容。"金仰天于是在衣袋一掏，掏出一册日记本，将日记本翻了一翻，嘴里正要说。陈毅然道："慢来，我还要记上一记呀！"

于是靠了大餐桌子坐着，在一叠白纸上取过来一张纸。桌上有的是笔与墨盒，抽出一支笔，把墨汁蘸饱，就向金仰天道："请告诉我消息。"金仰天便把日记本上的消息，详详细细告诉了他。陈毅然也不忙，先把这零碎数目字记在纸上。等消息告诉完了，便再取了一张纸，铺在面前，把笔逐一追叙，可以说手不停挥。不到三十分钟，约四百字稿子全写完了。写完了不算，还在文字前面写了一行题目。金仰天站在身后细细看完了，这就赞美一声道："原来你先生是内行，记得很好，不要改，都用得。"陈毅然笑道："还是改改吧。"他起身就要告辞。金仰天道："你阁下明天就这时候到这里来，可以吗？"陈毅然答应可以的。金仰天站着笑了一笑，望着陈毅然道："我想这钱呀，是少了一点儿，我们凑个整数，算十块钱吧。"陈毅然一想，这倒出乎意料，自己并没有嫌钱少，他居然加为十块钱了。当时就表示谢谢，这就告辞。

陈毅然在《都城晚报》工作，约莫一个多月，就放年假了。这是阴历正月初四晚上，晚报还在停刊中。陈毅然晚上无事，就邀了小丁，来逛游艺园消遣。他们没有什么特别的嗜好，就到各娱乐馆子里去，站上一站，约莫晚上九点钟，刚在老戏馆子里看晚戏，陈毅然让众人一挤，站在男座后方，同小丁两个人，连动一动都不能够。挤不出去，那就只好看戏吧。台上正演着《祭江》，演这戏里孙夫人的人，叫喜兰芬。自然，人是极为漂亮的，这时台底下看到喜兰芬出来，大家就叫了一声碰头好。台上望下演，正演到孙夫人唱大段反二黄，唱得正在卖劲儿的时候，却是半空中发生了巨雷也似的响，就听见轰隆轰隆，立刻这里烟雾弥天。

当时戏馆子里一声大喊，所有包厢里的人，有的就往前面跑出去，有的往台上跑。还有男女座上的人，各往空处乱钻。总而言之，风尘乱飞，台底下人也四处乱跑了。陈毅然被众人架着，也不知道要到哪里去，两脚不沾地只管乱踏。身子后面又有许多人推，随了人群，拥出了戏院大门，这才觉得人松动一点儿，同时脚已沾到地了。这戏馆子门口，是一个极长的屋子，也可以说是一条极长的走廊。陈毅然一直向西走，到了人不跑的地方，这才把脚站住。这四周，只听见一片喊爹妈、喊兄弟的叫喊声。陈毅然心想，总要打听一下，是什么东西这样响，还烟尘四起呢。

这时，其他娱乐场所也被惊动了，各娱乐场的人，也一齐往长廊里走。长廊实在容纳不了许多人，就打开花园门向花园里跑。陈毅然挤出门口，一眼看见几位身穿长袍马褂的人，围着一位老人在那里说话，他又忙向那老人身边挤去，只听那老人道："我亲眼看到的，一条大蟒蛇，从屋顶向台上一钻，真是怕人。落后就是几个大雷，我想，大概是雷神劈大蟒吧？"陈毅然一听，这简直骗三岁小孩子的话，不说别的，这冬天不会打雷，蟒蛇也已冬眠，这话就不听了。于是在人群钻动钻动，听的结果，倒有好多说法：有的说，这是有人丢炸弹，所以烟子乱飞；有的说：有几个强盗在屋顶上下来吧。陈毅然听到各种说法，这都不近人情，也当然不可信。他心里想着，这总要打听一点儿确实消息，明天向《都城晚报》一登，这不是很好的新闻吗？

事情发生了半点钟了，来了一二十名警察，请游人赶快回家，带劝带推，这就好多人走了。陈毅然看看人都走了，戏馆子门前，四名警察在那里把守，已不见人进去了。自己打了一番主意，便走上前和警察道："我有一个老人来看京戏，这不知发生什么事故，我们的老人还在里面不在呢？我想进去看看。"警察道："这里面没有老人，放心吧！里面不好进去。"陈毅然又走近了一步，笑道："看看也不要紧，我好格外放心些。"警察把手拦着，还是不许人进去。他道："我老实告诉你吧，是屋顶落下来了，打碎了几只桌椅板凳，当时吓倒一些人，其中都是年轻人，没有老人，你信我的话吗？"陈毅然道："当然信。"警察道："好了，你走吧。不然我可要轰你了。"陈毅然也不敢过分要求，在外由大门口望望，也就回了家。

陈毅然回到家，心想这新世界游艺园出乱子，是一件大新闻呢。次日清早起来，就打了一个电话给杨止波，杨止波在电话里回道："这是顶好的新闻啦。第一是游艺园里，屋顶会塌下来，还砸伤好些个人，这是他们只晓得要钱，简直不管人命了；第二是管地面的官方，平日赚足了民脂民膏，昨晚上屋顶塌坏，也许还不知道呢。这一登报，他们就得好好地处理善后了。你快对你们社长说，要大大地登呢。"陈毅然道："你提醒了我，我马上去见社长，谢谢你了。"

陈毅然挂上电话，真个马上去见社长，这新闻事业，从前老规矩，要停刊七天的。但是金仰天想，新年其他报馆都没有报，我们出报，正好打开一点儿销路，所以这一天，自己就到了报馆。编辑部还没来人，自己便坐在大餐桌子边，把桌上的存稿查了一查。不多大一会子工夫，陈毅然来了，金仰天笑道："阁下来得很早。"陈毅然道："昨晚上游艺园出了事，你知道吗？"金仰天坐着，还在清理存稿，答道："没有知道呀！"陈毅然站在桌子边，略微把昨晚的事说了一个大概。自己又把杨止波的话，说了一说。金仰天把桌子一拍道："老哥！你很有见地，我们当然大登特登。派了几名警察把守戏馆子门，就很有问题。我，他们不能拦住，我们就实地调查一番，可惜小丁没有来。"门外答道："我来了呀！"原来这来的正是小丁。

金仰天正要起身，看见了他，便道："昨天晚上，你偶然遇到一件大事，你怎么不告诉我？"小丁道："这是大事吗？那我还有一点儿新闻，昨晚是戏馆子顶棚塌下来了。顶棚塌了，还不要紧，就是屋梁一齐塌下，大概是楼下后排的包厢及女座一片，都砸坏了。听说有好几个人被砸，生死还不知道。出得门来我看到一个人，约六十多岁，两个人扶着，号啕大哭，据说他姓燕子的燕，有一个女儿，被屋顶上的梁塌下，倒在身上，说是被砸死了。"

金仰天道："走，我们一齐出发，找这一条新闻啦。我留一张字条，放在这桌上，叫编辑部里人等我们的消息。我们要快走，叫辆汽车去。"当然陈、丁二人不会反对，一会子工夫，三个人到了游艺园门口。今天游艺园不卖票了，三个人又是坐汽车来的，所以他们下了汽车，走入里面。那守门的只是望着，不敢说什么。金仰天走到一个守门的旁边，就道："姓燕的现在来了吗？"守门的道："根本没有回去，现在老戏场。"金仰天

218

听了他的话，对丁、陈道："二位随我来。"他说完了话，就昂然前进。

走到京戏场，由大门进去。走进门，空空一个戏场，正面是戏台。再一看前面一个屋顶，塌下了好大一块，下面就是楼下包厢。包厢已打扫干净，而且椅子都已摆齐。可是在戏台上，四条凳子上摆好了一口棺材，棺材前方，有一张桌子，上面摆着供，陈列着烛台香炉，点着一对大蜡烛，还有檀香，在香炉里正一团一团冒着青烟。上面白纸糊了一个灵位牌子，上写"燕女士之灵位"。在棺材后方的一排椅子上，坐了七个人，其中有位老太太，还有上十岁的姑娘，此外全是男子汉。这不用得细猜，定是燕家人了。戏台下方，有三个茶房样子的人，全在打瞌睡。

金仰天就从包厢跑到台上，自己见了灵位，还脱了头上戴的呢帽，向棺材一鞠躬。那些男子汉看他穿得很阔，见人还很有礼貌，就有一个男子穿着绫绸皮袍，外加黑马褂，有六十多岁的样子，脸上还胖胖的，赶快过来一揖。金仰天道："我自通名姓吧，我叫金仰天，自己办了一个《都城晚报》，昨天晚上，遇到了这样不幸的事，我想找燕府上负责任的人谈谈。"那男子道："金先生此来，那真是好极了。兄弟叫燕昌，就是死的这女孩的父亲。有话兄弟可以谈。"金仰天这次来，无非是找新闻，可是为了游艺园倒塌房子压死人，倒要讲几句公道话。金仰天对燕昌道："找着你老先生，更好了。"说到这里，就回转头来，对丁、陈道："请记一记，我就要给燕老先生谈话了。"

这里好多人起身让座，金仰天三个人坐在椅子上，燕昌就端一条凳子，对面坐了，问道："先生有什么可问吗？"金仰天道："凡关于昨晚的事，无论哪方面，我们都乐于听听呀！"燕昌道："我先说我的家吧。我是旗人，是浙江驻防的。我姓燕，有三个男孩子、两个女孩子，死的是顶小的女孩子，她今年十五岁。也是新年，大家好玩，就在游艺园定了第九号包厢。戏看到喜兰芬上台，这九号包厢头上就哗啦一声，房子全塌了。当时我家里人一齐被压倒。这戏园里，人声大嚷，人也乱跑。过了很久，我家里人才醒过来，一看这小女，一根梁柱正打在头上，当时已人事不知了。十来分钟后，园里人才前来，那还有什么用？早已死了。"

他说到这里，那个老太太就大哭起来。燕昌道："你莫哭呀！我还要说话啊！"金仰天道："想必这游艺园里，就喊了医生前来吧？"燕昌想了一想，把手一指道："不错，那是请了医生来的。就在这前头，大概有六七个人被压倒，医生看了一看，就抬到医院去了。可是我这个孩子已死了很久，无可挽回了。这个事情，他们游艺园真不负责。我写了一张呈子，望法院里一告。"金仰天道："你老先生已告到法院了吗？"燕昌道："是的。"金仰天看了一看左右，大概都是燕家人，就道："阁下就只告游艺园吗？"燕昌道："你先生是懂得法律啊，还要告哪一个呢？"金仰天笑了一笑，便道："我且不说法律上应当告哪一个，我觉得地方官遇到这类事，似乎不该置身事外。"燕昌把长衣服按了一按，点点头道："是的，这地方官应当负些责任。可是金先生要知道，我们不大好告地方官。"金仰天对他看看，还没有说话，就有人走上了台，对他道："先生，我们经理请。"

金仰天这就跟了这园里人经过一道走廊，来到经理室。这经理室里，走出一个穿件湖绉棉袍的人来，略长的脸，有一层烟黯，说话还带有广州口音，口里说请进。金仰天大步走进去。

这经理室里，一张写字台，几把沙发椅，最引人注意的是一张铜床，枕头被条，都摆得整齐。是安了一个铁炉子，有桌面高有面盆粗，里面正添到满炉子煤。房里相当地热，这就有一股鸦片烟味，只觉触鼻子。经理这就把沙发挪了一挪，请金仰天坐下，笑道："请坐，请坐！"这就在桌上打开三炮台烟听，又摸着火柴盒，一齐交到沙发前茶几上。这正好他的用人端了一瓷壶热茶来。和金仰天斟了一杯，敬在面前，然后退了出去。那经理坐在对面沙发上。他先笑了一笑，问道："贵姓是金？我在报上看见过的。"金仰天道："是的，贵姓是……"经理道："我叫杨得田。虽说是这里经理，其实我不能做主，各层都有负责的人。"金仰天一想这家伙说话真厉害，开口就想把责任推掉，笑道："虽然这样说，可是人家要有什么事，那还是找杨经理呀！"杨得田点着头，将手拍了胸膛道："真是糟糕，我就这样背了一个黑锅。昨晚的事，那真是出乎意料。"金仰天道："这屋顶塌了一大块，这工程方面太马虎了。"说着，把烟卷取出了一根，在桌面上顿了几顿，用眼睛斜看了他。

杨得田将两手搓了好几搓，笑道："这戏园完工的时候，包工的人硬说戏园没有问题。我又是个外行，不料这小子就骗了我一大骗，唉！"金仰天想，这问不出个所以然来，找点儿别的事和他谈一谈吧。于是就问道："昨天压伤了的，究竟是多少人？"杨得田道："真正受了伤的，是八个人，都请医生看过了，送上医院。今天上午我们派人亲自问了一问，很好，有几个人已经出院了。"金仰天把烟卷在椅子前掸掉灰，望了杨经理道："很好吗？这燕女士不在内吧？"杨得田把两手一散开道："自然不在

220

内啊！"金仰天道："燕女士的灵柩，现停在戏台上，当然一天不抬起走，城南游艺园一天开不了门。"杨得田皱了眉道："这真不好办。他讲要满七七，方才能够抬走，这日子未免太久了。"

金仰天笑了一笑，然后才向杨得田道："你要他抬走棺材，事情不那么简单吧！"杨得田道："可不，昨日就把衣衾棺木都办了，后来谈到抬出去问题，他们就说了，要三十二人抬，要和尚道士喇嘛三帮人送，要音乐全分，这都答应了。谁知他说到最后一条，说抬的时候，在长杠上要盘起两条游龙，好比这燕女士上了天，我们就说要考虑了。"金仰天哈哈大笑道："这是他们讲一个虚帽子呀，这有什么难处？就是纸糊两条龙嘛！又不是前清，这龙不能随便玩的。"杨得田道："所以后来也答应了，这出殡上，是没有话说了，可是他们一定要告游艺园。"

金仰天看这位杨经理，正转着念头，他想这城南游艺园，有很阔人在里面做股东，告也不怕他，就立刻问道："阁下以为他不能告吗？"杨得田道："告大概是能告的吧，可是除了赔偿几个钱，还能告出个什么呢？"金仰天把手一摇，摇头道："不然，燕家并不在乎钱。他主要告游艺园草菅人命，告地方官吏。他问，你们为什么不查一查就开门？"杨得田道："不至于。"金仰天笑了一笑，对杨得田道："据燕昌告诉我，他已上了呈文，给检察厅了。准是不准，那我不知道了。"

杨得田听了这话，就立刻望上一站，问道："他已经就告了吗？"金仰天道："我是来打听新闻的，至于你两方官司，我管不着。至于告，我怕是告了。阁下有的是懂法律的人，问一问如何对付吧。我还有两位同事，在京戏场打听燕家的事，我要叫他们回去了。"杨得田道："你还可以坐会儿再走吗？"金仰天也站了起来道："阁下不必留我，还望与燕家人好好地谈一谈吧！你们的责任，那是不能推掉的。"说完了话，告辞出门。正好丁、陈二人也在老戏场把燕昌的话都已记毕。二人正向经理室去找社长，这两下碰着了，金仰天笑道："今天我们算没有白跑，今天的新闻，可以出一个风头了吧。"当时又叫了一辆汽车，坐回报馆办公。

《都城晚报》向来销数不过千来份，无论如何动脑筋，总是跑不向前。今天访了这新闻，而且在新年日报停刊期中，算是独家，一定好卖。因之告诉自己印报的地方，今天印三千份。可是后来各报贩子都来了，要的数目已经过了四千份。金仰天笑道："好了，今天就印个四千份吧。"于是他将编辑部里安排一下，自己督促一切。编辑部安排好了，这外面小院子里又有人喊道："我们要报呀，共要三百份。"金仰天对院子里一望，又是一个报贩子站在院角上，便道："你来晚了啊！"报贩子道："怎么，不给报吗？"金仰天开了门，三四个人围着那报贩子说笑，墙角落里有风，那积雪在屋角上给风一吹，这就洒了一阵细雾点子。几个报贩子穿了一身粗羊皮袄，被雪洒在身上，也打了几个寒噤。

金仰天走到院子里，笑道："自然，报是要给的。原来我想少给一点儿，后来我想了一想，大概你们要销的数目，是四千五六百份报，我就大胆印五千份的数目吧。据我想，大概没有剩下。可是再不能加了，我们是新报没有固定的销路，不可多印。"那报贩子就拍了胸几下，笑道："要是你像今天这样地办，我包你有销路，我天天可以拿一二百份报吧。"从前几个和他开玩笑的朋友，就有一个在后面笑道："好啦，人家花了许多钱办报馆，就尽靠你每天销一二百份啦。"说着，就大家一阵哈哈大笑。可是事实果然销路不坏，那《都城晚报》五千份，销一个清光。

这样一连一星期的，报的销路都差不多在四千份以上。有一天，报的销路达到六千份，这更是想不到的事情。至于燕昌和游艺园的官司，游艺园倒是停演了好几个月，后来大概出了好些个钱同燕昌好劝好说，才把这案打消。那游艺园就这样上演了。

这一天下午，陈毅然又到宇宙通讯社来拜会杨止波。杨止波正把稿子写完了，笑着在房里让座。陈毅然还没有坐下，站在房门边，笑道："走这里过，进门来望望，并无什么事。你既然很好，那我就告辞了。"杨止波将门关起，屋子煤炉里火甚旺，笑道："今日的稿子很轻松，我正没有事，坐下来谈谈吧。"杨止波如此说了，陈毅然就坐下，一眼看到他窗里摆了两盆碧桃花，一盆是粉红色，一盆是白色，都长有三尺高。将两盆摆在桌上，有五六朵刚开，有六七朵将放未放。真个是乍放乍开，半醒半睡。赞道："你这花买得很好。你一个人在客边，有时候弄些诗词。这里要一个闺中密友，那自然是好，可是不是一件容易的事。就是买两盆花，含笑不语，这也很好嘛。"杨止波坐在窗子下首，将手抚摸了一会儿花，将手在桌上画道："这是金老送的。说起这个金老，大概前清是一个官，不知怎么着他变成卖花为业了，我觉这倒是卖花很好的。我无意中认识此人，他觉得我很爱花，是他一个同好，他每月送两三盆花给我。这人真是不俗。"陈毅然道："这花不是你买的，是人家送的，这就更有意思了。"杨止波也就为这两盆花，微微一笑。

第二十一回

学子耀奇能赠图示艺
良朋笑彻悟屈指拈花

    陈毅然一见杨止波微微一笑，便道："怎么样？我猜中了你的心事吧？"杨止波笑着，站起来满房踱闲步，然后对陈毅然道："你猜中我的心事吗？未也未也。"陈毅然道："金老送你两盆花，不是为它好看吗？"杨止波笑道："自然为着它好看，可是在我，却是想培养一点儿文思罢了。不谈这个了，你们这回笔下提到燕女士的死，虽有很惋惜的神气，可是尽管她死得很冤，你们《都城晚报》借了她这一股力量，销报就不少啊。"陈毅然笑道："这倒是的确的情形。希望像城南游艺园这种大场面，还给我们来两回，那就更好。"杨止波道："这种事，少来点儿吧，这燕女士死得多惨！"陈毅然道："所谓大场面，不一定是指惨事，像什么明星结婚，什么人做一百岁寿，这也是一样。"

    杨止波点点头道："这样说，这也好。"正要把话谈了下去，可是他们用人又拿了一卷稿纸进来。陈毅然笑着站起身来道："我要回去了，你还有事，有机会我们再聚拢谈一谈。"杨止波因有事，也不挽留。自己把这稿子编过了，虽然只是七点多钟，可是很累了。自己吃过了晚饭，躺在床上，不住地慢慢地想。想到自己的钱已经够用了，为朋友帮忙，这也快半年了，也可以说得过了吧。明天见了邢笔峰，就把这通讯社的编辑辞了吧。我想他也不能硬叫我干。对的，就是这样办。到了次日，上午几个人聚拢在他家。各人发了几条稿子，这就没有什么事。看邢笔峰向桌上看着几份报，将雪茄在嘴里衔着，很悠闲。

    杨止波坐在他对面，就道："邢先生，我有两句话，希望同你谈谈。"邢笔峰将手上报纸放下，笑道："好啊，足下要谈哪方面的消息？"杨止波笑道："这宇宙通讯社的编辑职务，我想不干了。阁下哪一天遇到孙一得先生，请你和他谈一谈。"邢笔峰像吃惊的样子，将嘴里的雪茄取出，忙问道："足下又有什么兼差了吗?"杨止波道："那也不是。就是这通讯社,一点儿固定的稿子也没有,常常要凑个五六条。我有新闻,那就凑凑也可以,可是没有新闻,于是乱凑几条。站在新闻记者的立场,办这样的通讯社,在我良心上说不过去的。"

邢笔峰等他这段话说完了,就把雪茄又捡起来,吧了两口,才道:"足下这话,是对的。不过足下到宇宙通讯社去,那完全是我邢笔峰的面子。一得同我兄没有一点儿交情。而且那二十元的编辑费,那真是少一点儿。不过我要求老兄,还帮忙几天。第一说到我自己,周颂才对于《扬子江报》拍发报,要不干了,因为国务院的正事,太忙一点儿。恐怕从下个月起,他把发电报的事让给我。在这一个期间,为免一得常来麻烦,足下还担任一两个月吧。第二我看足下前途,大可发展,宇宙通讯社那一定不会久待的,在这不会久的期间,足下骑着马找马,那也无妨啊,看我的面子,暂时你不要辞,如何?"杨止波听了邢笔峰这样说,恐怕这里面还有问题,只好又不说了。

天气渐渐地暖和了,杨止波也常在这小胡同散步。一日约有三点钟,太阳正是晒得暖和,杨止波挨了胡同慢慢走。忽然见有人穿了西装,外面披着深墨绿的大衣,看见了他,便连忙叫道:"止波,好久不见。"叫的人,正是郁大慈,他正从人艺戏剧专科学校门口出来,杨止波站住道:"我知道你老兄近来很好,在这学校里教课吧?"郁大慈点点头并说:"进来坐坐吧。"

杨止波心想,人艺戏剧学校,这是郁大慈常常提到的,今天无意走到这里,自然要进去,便道:"自然要瞻仰贵校。"郁大慈立刻掉转身来,在前面引路。这是个私立学校,招生也只有四五十人。所以这里除了两个课堂而外,余外有个试验室。排好了话剧,就在这里试演一番。郁大慈指手画脚地对杨止波道:"这样设备在我们中国来说吧,恐怕还是少有的。"

他说话,杨止波自然只管点头。郁大慈站在试验室里,大声说了一遍。他忽然想起,自己来带人参观这一个人艺戏剧学校的,茶固然没有敬人家一杯,就是坐也没有招呼人家坐一坐,于是自己笑道:"我忘了,我还只说你是我的朋友,就忘了你是一位客呀!请到里面教授室里坐。等一会儿下了课,还有几位学生,引着和你见一见。不光是见一见就算了,你老哥是喜欢话剧的,他们假如能提出了问题来,望你老哥还要亲自讲解一番呢。"他这样说着,也不管杨止波答应与否,就在前面引路,引到教授休息室。

教授室是靠东边一间房，里面摆了两张破旧沙发，有两把椅子和茶几，这就完了。不过教授休息室隔壁房间，是个教务长室，这里摆下一张写字台，旁边也摆了两张写字的小桌子，自然也放了几把椅子。郁大慈不把他向教授休息室里引，却引他向教务长室里来。他进来就道："邵先生，这是我很好一个同事，专门演小生。但是他改了行，现在在新闻界。哦！我还忘记说他姓名，他叫杨止波。"邵先生听说，便在位子上站起来，伸手和他握了一握手。杨止波看那人，有五十来岁年纪，穿了一件旧湖绉袍子，倒是一位老教育界的人。

杨止波在屋子里周旋了一阵，便在椅子上坐下。郁大慈却站在门边，朝外望着。只听见几下钟响，他就向门外叫道："好极了，密斯钱来了，我得请她和你谈谈。"杨止波道："你们还有女学生吗？"郁大慈又在钳胡桩子了，一面钳，一面答道："当然有女学生了。我们这里原想招收女生二十个人。可是来考的人太少，我们勉强只好招十个人了。这些男学生为了这十个人，还取了一个名字，叫作十大贤人。哈哈！"

杨止波还想问他一两句，只见他抬起手来，对外招了几招道："密斯钱，这里来，我向你介绍我的老朋友。"果然一位女学生来了。她两边梳了两个头髻，身材细小，微尖的一张脸，穿了一件微红色的棉袍子，还围了一条紫色的围脖。她笑道："叫我有什么事吗？"郁大慈笑道："当然有事。我介绍一位朋友和你见见。自然他是话剧界的人，不过现在他已经加入新闻界了。"

原来这个学生名叫钱小绿，是这学校里最矮小的人，同学给她取了一个外号叫香扇坠。钱小绿跑进来，杨止波立刻和她握手，表示格外亲热了。杨止波自己说了姓名，又问了钱小绿姓名。钱小绿站着，对杨止波身上一望，自己右手拿着铅笔，左手拿着讲义夹子，不住把铅笔在讲义夹子上敲打，便笑道："你先生到我们学校里来，觉得规模很小吧？"杨止波有话还没有讲出来，郁大慈立刻在旁边抢着道："不然，我们这话剧学校，能这样已不错了，这还幸亏西圃先生卖力，开了一个董事会，捐到了许多钱。不说别的什么，这里一餐饭就要开十一二桌，你想这要多少钱。"杨止波这才知道，这学校里不但不要学费，学校还要供给伙食，说道："这学校能成立起来，真是不易。"

郁大慈道："这里不但住膳由学校里供给，就是公开的娱乐，也是学校里花钱，西圃先生不望别的，就是希望这学校里出一点儿话剧人才。"杨止波站着笑道："那这里已经很有人才了。你们人艺学校每次在新民大戏院演戏，就很得各方好评。像这位钱小绿女士，我是早已闻名的了。"钱小绿把那讲义夹子还是不住地打，把身子一扭，脸上带有笑容道："是吗？先生不要拿话骗我。"杨止波道："这话是真的！"钱小绿并不追究这话是真是假，对杨止波周身上下看了一看，笑问道："先生有女朋友吗？"

杨止波被这一问，觉得有点儿突然，故意装着不解，笑道："这何必问，无论什么人，都有他的女朋友呀。像我住屋的房东，有位老太太，大概有五六十岁吧？对我就很好。"钱小绿笑道："不是这个。我问杨先生自己，不，这话我不好说，反正……"郁大慈也笑了，他道："她问你有知己的女朋友没有？"杨止波笑道："这个我没有！"钱小绿道："杨先生若此话是真话，那你不嫌寂寞吗？"杨止波想着，这更不成话，在这里可谈的话很多，为什么老要问爱人问题，便道："我看看你们的住宿舍吧？我想一定是很好的吧？"这句话打动了郁大慈。他身子一耸便笑道："我们去看一看住所，好的。我们这里住所，不敢说是很好，但是可以说住得很舒服。密斯钱，就先到你房间去一趟，好吗？"钱小绿笑道："哟！要看我的房间啦，那我回房去，先收拾一下吧！"郁大慈道："那就是装假了。"钱小绿听了含着笑，就引着他们向宿舍走。

钱小绿就带着郁大慈杨止波望自己屋里走。绕过一个小院子，这就是住宿舍。钱小绿笑道："这第一间，是密斯张，第二间是密斯江，第三间是密斯李，这第四间，就是我的房。啊！这就到了。"她走过去，用手一推，屋门就开了。

他们进门来，屋里有一张二屉小桌和三张小几子，这都罢了。这里却另摆着木头小架子床一张，床上有很厚的花布被条。杨止波道："这是钱女士一个人的房间？"钱小绿道："是的，学校对女生优待，一个人一间房子。"杨止波连说了几声很好。

这时，十个女生都来了，杨止波看去，都梳了辫子头，都穿了旗袍。大概算最漂亮的，就是江花。身穿格子布旗袍，一张鹅蛋脸。她因为人多，挤着靠门站。她道："杨先生，你看我们化妆上台，是哪个最漂亮哩？"杨止波心想，这西圃为她们真花不少钱，这虽不能说艺术怎样子深造，但艺术涵养总是有的。怎么一见面，就问我这些话？旁边有位李女士笑道："这还用得着说吗？自然是密斯江漂亮。"杨止波笑道："自然各位都漂亮。尤其化妆上，各位都有独到之处，为一般人所不及。"她们这里暗下口舌争辩，这就被杨止波两句话遮掩过了。

杨止波笑道："我们还看看各位的房间吧。"那个钱小绿笑道："慢来哟！你看看我这小桌子上，有什么够赏鉴的吧？"杨止波笑道："都赏鉴过了，当然都好。"钱小绿走向前，把自己一张半身相片从玻璃板下拿出来，把相片举得很高，面对杨止波笑道："这张相片如何？"杨止波接过，看了一看，笑道："很好嘛！"钱小绿道："很好，真的吗？"杨止波道："当然是真的。"钱小绿把手推了一推，笑道："这不值什么，就送给杨先生吧。"这真出于杨止波意料之外，当然不能够退回，便道："那我真要谢谢你了。"钱小绿道："相片我是送了，可是杨先生要有爱人的话，她要是看见了，这张相片就不保险，还是请杨先生丢进字篓里吧。"杨止波道："没有没有。"

郁大慈也站在房门外，这就笑道："有好多男学生希望你能讲几句话才好啊！"杨止波便道："好的，我就走马看花，把女生寄宿舍里看一看再说吧。"他说着，随便将那相片一揣，揣在马褂袋里，依然跟了钱小绿走。果然每宿舍里都有一张床、桌子和小几子，住得很舒服的。看了一周，就到前方院子里来。这学校的三十多个男生，全挤在院子里。他们见杨止波同许多女生走来，就鼓起掌来了。杨止波被女生引到课室外边，便同各位男同学道："演说我是不会的。而且这天气也相当地凉，站在这里，受凉也不好吧。我就将一点儿我的见解说说吧。我觉得西圃先生是青年难得的一个人。在这日子，有人说办学校，其实就是赚钱，像西圃先生这样拿出大把钱来办学校，那简直可以说寻不到的。西圃先生办这个学校目的何在？自然是要在艺术界把话剧站立起来。所以他寄望在各同学身上是很深的，而各位同学也一定很了解。至于有些人披着一件艺术的外衣，做些很不好的事情，那不是一个艺术者了。"他说到这里，就笑了一笑，又重复了一句道："兄弟实在不会演说。"众人看这样子，是有话也不肯说的，只好算了。

这时江花站在众人的后面，就常常发着冷笑。她旁边站着一个男生，叫于友轩，这也是这学校里一个长得很清秀的学生。他细声问道："你常常发笑为什么？"江花道："我叫你快快替我把半身相片洗个一打，也好送人。你总是说钱不方便。今天又让钱小绿出了风头了，她已把她半身相片给了人了。她不过化起妆来，那么妖里妖气罢了，我们把本人比上一比，

227

究竟谁够得上美的条件？"这几句说得响了一点儿，杨止波虽站在远一点儿的地方，有两句话也听见了。心想，这是旧舞台上的坏习气，怎么学校里也有，好在自己对这个地方无留恋的价值，就对郁大慈道："我现在工作时间到了，不能耽搁过久了。所幸路不多，过些时候我再来。"郁大慈道："那倒是真的，你的工作时间到了，我送你一送。"杨止波就把帽子取在手上，向各人点了一点头，自己就走了出来。

郁大慈跟着后面送上一阵。杨止波看看后面并没有第三个人，便道："西圃先生为这个学校拿出许多钱来，这实在是难得。你们的授课先生是哪里请来的？"郁大慈道："这事最伤脑筋，我只能在我们老朋友里面挑选一些人。"杨止波心里不免一惊，因为那班人都是在外面混的，那些人字也认识得有限，怎么好教书呢？当时对了郁大慈一望，也没有说什么，就告辞走了。

自己到了通讯社里，这就忙着编起稿子来，也没有想到其他事。到晚上要睡觉，自己才摸到那个半身的相片，便掏出来在灯下一照。原来这是一张着了色的照片，照了钱小绿一个半身像，穿了件小粉红褂子，梳了两个圆辫子头，把两只手扶了窗前栏杆，把头微微地昂起，钱小绿个儿太小，脸太尖，人也不是最美。杨止波就将照片随便压在大玻璃板底下，也就算了。

过了几天，这天气越发地暖和了。杨止波到三点多钟还没有回到通讯社。却是这位孙玉秋女士按时候来了。她走进杨止波屋里，见没有人，心想，他还没有回来，那就等一会儿吧。自己把身上毛绳披巾，随意丢在床上。因为孙女士常来，周围的人也都晓得，这是杨止波的未婚夫人。这时有位用人叫小陶的进来泡茶。孙玉秋道："杨先生没有说今天下午要到哪里去吗？"小陶道："没有，大概就会回来的，你等一下吧。"孙玉秋笑笑，也没有说什么。小陶走了，一个人坐着无聊，就把一本《剑南诗集》在书案角上掏了过来，打算打开来看。一眼看到玻璃板底下有张彩色女士半身像，心想，这怪呀！杨止波书案上向来没有这样的东西，这样想着，就未免看了又看。

看了许久，房内也没有人来。这又把玻璃板拿起，将那张半身像取出，又看了一看，自己不放心，又翻过背面来看，可是那面却是白纸，上面并没有一个字。于是自己一手把那张半身像举着，一手把头扶着，心里想着，这是什么意思呢？要是这个女子对杨止波并没有什么，何必送上这样一张照片呢？要是杨止波对这女士心里一点儿什么也没有，又何必把这相片放在自己桌上哩？想了一想，把这张相片仍旧放在玻璃板底下。自己两只手交叉了十指，放在桌上，眼睛只管对了那半身像出神。

自己也不知道出神多久，可是杨止波依旧没有回来，孙玉秋忽然笑了起来，自己道："杨止波不是这种人，有什么事一定会对我说，等一等，等他回来就明白了吧。无事，还是把《剑南诗集》看看吧。"于是就把《剑南诗集》打开一读。谁知读了三十首七律，杨止波还没回来呢。这倒怪了，他很少到了自己工作的时间会误卯的。今天自己还有事，不能久等，我写一首诗，看他怎样答复吧？主意想定了，于是把《剑南诗集》放在书堆上，自己把纸笔放在面前，打开墨盒，一边细细地想。不到好久，居然找得了，就把诗誊写起来。那诗说：

> 碧玉双瞳剪水清，垂帘久看色倾城。
> 花真有意呼能出，疑道呢喃是小名。

自己把诗写起来了，将笔慢慢地插好。自己一看，一二两句，太把这人写美了。但是管他呢，写得不对，他就会有批评啊！诗也不写题目，也不写哪个人作的，就把它望玻璃板下一塞，塞在那半身像的底下。自己看了，又微微地一笑，赶快将围巾一披，就开房门出来。小陶在那边东屋看见，就迎出来道："小姐，你不等一会儿走吗？杨先生就要回来的。"孙玉秋一面走着，一面笑道："我不能等，反正我有事，杨先生也会晓得的。"她说着话，越走越远了。

孙玉秋这里刚走，杨止波就回通讯社了。走进房里一看，见杯子倒着茶，放在桌上，一本《剑南诗集》放在书堆上，大概是孙玉秋来了，小陶进了房来，告诉孙玉秋来了的经过。杨止波笑道："这大概学校里有什么事，特意来和我商量的，等不了我回来就走，那还很急哩。"小陶出去，自己将大衣脱了，坐下来先休息一会儿。这一眼看到玻璃板底下夹了有一张字条，就把玻璃板移开，把字条取出。看这字分明是孙玉秋写的，字是七个字一句，是一首七绝诗。那诗造的句子，虽然有些不妥，但一个初作诗的人，诗写得这样贯通，却是难得。可是问题就在这里。她把这首诗放在半身像底下，分明这首诗为我而发，这说得我太不堪了。这个我要赶快洗刷一番，这个钱小绿她太放荡了，根本我不放在心上哩。这样想着，就马上叫电话。电话是叫通了，她还没有回学校。这就只好把这事放在一边。

这天就打了几回电话，总是叫不通。杨止波心想，就自己到女师大去一趟吧，路也不多。就赶快编稿子，六点多钟便已编齐。戴上帽子正准备出去，但那边写字间里有人喊道："杨先生，你的电话。"杨止波一面走了来，一面笑道："我今天电话太忙。"走进房来，拿过电话耳机，杨止波刚刚报过姓名，那边人就笑了。打电话的正是孙玉秋，她笑道："是你打电话给我的吧？"杨止波对着电话，不住地点头道："你到我这儿来，一句话没有说，丢了一首诗在玻璃板底下，你这意思……"那边笑道："我是好玩，别提了。"杨止波回答道："不能不提，我得说清。"那边电话笑道："我知道了，别把电话占用了太长。"杨止波道："简单地我说一两句吧。你所说的'疑道呢喃是小名'，这句很好。可是论到这回猜谜，那就差个十万八千里。钱小绿这个名字，常在报上露过的，你知道吗？"那边答道："是有这样一个名字吧？"杨止波拿着耳机，又深深地一点头，笑道："那个你疑心叫呢喃的，其实就是半身像那个人。她在人艺学校当学生，学校也有时演戏。她就弄了好多半身像，到处送人。"那边电话道："就送了你一张。"杨止波道："对了，就送了我一张。"那边电话又笑起来了，她道："好了，我明白了。"杨止波道："我想对面与你说一说，我马上就来。"那边道："我明白了就得了嘛！"杨止波道："我……"那边有好几个人在抢电话机，那边笑道："好啦，今天晚了，你别来，明日我下午没课，我准来。"杨止波道："那我等你吃午饭。"那边也没接话，就笑着把电话机挂上了。

杨止波虽没亲见孙玉秋一面，然而将话说明白了，算是干了一身冷汗。次日早上到邢家去办公，十一点钟就回来了。还好，孙玉秋还没来。在十二点钟附近，孙玉秋就来了，穿着一件淡绿色的呢花布棉袍，披了一条紫色围巾，脸上带着几分笑意。推门进来了，杨止波赶快从写字椅上站了起来，把围巾给她解下，搁在床上，让椅子给孙玉秋坐。

孙玉秋看那张半身像和那首七绝诗，还是摆在原地方，就笑道："你这人真是这样见不开，我说算了就算了，还摆在原地方做什么？"杨止波倒了一杯茶给她，笑道："我被你吓了一跳。可是你看这张半身像，我想也会吓你一跳的。"孙玉秋坐下了，对着杨止波道："我，我不那么着。"杨止波含着微笑，坐在床上，把牛西圃垫了好些个钱办这个学校，就说了一说。孙玉秋道："你说西圃是一个才子，何以会把好些个钱办这样的一个学校？这学校办得太开通了，对他也没什么好处。"杨止波道："话剧学校，自然该国家来办的，现在的国家，简直没有这种可能。所以西圃先生拿钱出来办学校，照原则上讲，那是无可非议的。可是他请的几位先生全不大高明。"孙玉秋笑道："还有这班学生，招得也不好吧？"杨止波道："学生不十分好，那总会教得好的。"孙玉秋对着半身像笑了一笑。杨止波道："我原是搁在这里，让你回头看的，你看过了，现在可以收起来了。"孙玉秋依旧笑笑，也没有说什么。杨止波把半身像取出来，放在书架子里的书缝里，再将那张诗稿把它叠好，放在抽屉里头。孙玉秋道："你还不把它撕了。"杨止波站在桌子旁边，笑道："这首七绝，意思还不错。不过像'剪水清'、'色倾城'，觉得这人够不上，等我改过几个字，就物归原主。"孙玉秋也是笑笑。

杨止波道："现在可以去吃饭，吃过饭，我们可以去看戏了。"孙玉秋道："可以看戏，看哪家的戏？"杨止波把两手一拍，哈哈笑道："看人艺学校学生演的戏呀！"孙玉秋不由得站了起来，笑道："看他们的戏？在哪里演？演的是什么？"杨止波道："演出的地点，在新明大戏院，演出的戏，共有四个，是《夜未央》《毒》《心潮》《知》。这四个戏，《夜未央》是翻译外国名剧。经过他们一道翻译，我们看看怎么样吧。"孙玉秋道："那可以呀！赶快去买票。"杨止波道："我早已在郁大慈手上拿到了两张票了，这没有问题。我们去吃饭。"孙玉秋道："我们就叫来，在家里吃吧。"杨止波就依了孙玉秋的话。

中饭吃过，两个人就来到新明大戏院。到这里来看话剧的人，十分之九是学生。那个时候的话剧，不是北京许多听戏家所好。所以虽经一度鼓吹，仍旧不过六成座。因之杨止波二人虽来的时候已经快两点钟了，他们俩的座位依然空在那里，也没有谁来占领。两个人含笑进来坐着。这时戏台上演的是独幕的《毒》，两个人极留心地听着。四周没有一点儿锣鼓的声音，照说可以让人听着台上讲些什么。可是四周的座上，彼此交谈的声音就连绵不断。尤其有女宾的地方，时时发出笑声。这哪是看戏，大家在这里开谈话会啊！二人这也没有什么法子禁止，就照样听着。

后来换了一出独幕剧，景是布了一幢房间，景里头有梳妆台，有床，有沙发椅等。后来出来了一位女人，立时台下齐齐叫了一声好。那女子穿了一件淡青衫子、墨绿裤子，头上梳了一个辫子。看那样岁数，也在二十

231

岁边上。可是她虽是一个瓜子脸儿，但是下巴儿太尖，又个儿太小，下面虽已穿了绿绒高底的皮鞋，然而还不曾有其他妇女高。不过她身体虽然太矮，可是看戏的人对她是很注意。她只说了几句话，台底下却清静起来。她忽然高声叫起道："哥哥呀，你来呀！"这虽是一句极普通的话，她可是一味娇声。因之台底又有一班人为钱小绿鼓了一阵掌。杨止波就把头一偏，轻轻地道："这就是钱小绿呀！"孙玉秋点点头，为之一笑。

台上出来一个男子，手上捧着一捧花，走上前来要递给钱小绿。但她已走到梳妆台前，脱下淡青褂子，搭在床栏杆上，里面却露出粉红色的底衫。这底衫当然都是紧紧绷着身体的。她对着梳妆镜子把辫子打开，做梳头的样子。那男子却把花捧到小绿面前，做出种种的丑态。小绿却接过他的花，使劲一摔。却是有一枝红色碧桃，却正正摔在孙玉秋身上。孙玉秋拿着那花，只管微笑。杨止波就轻轻地问道："这戏你看得怎么样？"孙玉秋拿了那花在手，对杨止波红着脸道："这戏我不要看！"杨止波道："我们走吗？"孙玉秋也不答应，自己就站起身来。于是她在前，杨止波在后，两人轻轻地从池子里走出来。等到门口，孙玉秋就赶快跑了两步，来到门外。

杨止波含着笑容，追上孙玉秋，笑道："你不看了啊！"孙玉秋将那枝碧桃用手扔着，笑道："西圃花了很多的钱，办了人艺戏专，何以排演钱小绿这样的戏？你明天可以写封信去告诉郁大慈，就说有好几位女师大的学生实在看不下去，她们打算要提抗议哩。"杨止波道："人家都说我顽固，这样看起来，你比我还顽固几十倍。你大概没有看见美国的跳舞，那真是身上只蒙了一层纱，要提抗议的话，这个就该提抗议。"孙玉秋道："那是美国，我们是中国。"杨止波道："什么东西都随一个时代的变化而变化，这个时代，你看这话剧太美化，不，太黄色一点儿了吧。但是你过了一些时候的话……"孙玉秋把手上碧桃一扔，两手插入衣袋里道："黄色究竟是黄色，这个花，我都不要。"杨止波哈哈笑道："好啦，我算失败了。"说到这里，两个人才把戏剧是否太黄色的谈论打住。

二人走了几步路，杨止波跟随在后面，笑问道："你现在想到哪里去，我们雇一辆车子吧？"孙玉秋道："现在我哪里也不想去。到你通讯社里，没有多少路，走到你社里坐一坐，回头我回校去。"杨止波笑道："好！就是这样。只君方是解人，余子何堪共话。"孙玉秋笑道："我说看戏好，你说果然看戏是好，我说到你家里坐坐，你说两个人谈心真好，简直我说干什么都好。"杨止波笑道："那自然啊！你好几天才能出来一回，甚至要一个礼拜才会着面，这要不是你说好，我也要说好的话，那就太不原谅你了。"两个人说话，哈哈大笑，立刻有人叫了一声，这才停止。

第二十二回

处士学乎化金为好语
此公行矣微服出名京

　　原来此位是孙一得，就是宇宙通讯社的社长。他坐在一辆包车上，穿了芝麻呢的袍子，上身罩着青缎子马褂，拿着呢帽子，对杨止波招了两招。杨止波走过去，他的车子停着。他道："我公要到哪里去？"杨止波道："不到哪里去，正是向社里走。"孙一得向车前车后看看，点头道："我一会儿就到社里来，正好我有一条要紧消息告诉你。"杨止波明白这先生不知道在什么地方听见一点儿人云亦云的消息，就和他一点头道："好的，回头社里见。"孙一得车跑过去了，孙玉秋走过来笑道："刚才是贵社社长，好像有事的模样。"杨止波笑道："他一辈子跑不到新闻，和那无事的人这么混上一下午，得点儿口里的消息，那也算是新闻呀。"

　　两个人走到社里，已经四点半钟，主人就让孙女士喝了一杯茶，打算还要她坐一会儿。孙玉秋笑道："你的私事已算解释明白，这钱女士我已考查了，与你并没有关系。好啦！还有什么话要说吗？"杨止波笑道："我这样地留人，倒像是不好，那就随你便吧。"孙玉秋笑笑，走到门边，她忽然站着道："这个礼拜我不来了。不过我要写几首诗，寄给你改一改。"杨止波道："你这里现成有一首诗，我晚上改好了，再寄回给你。"孙玉秋笑了，看见门口没人，就把右手抬起这么摇了两摇，然后她真走了。

　　过了一会儿，孙一得果然来了。他在那边写字间坐下，殷忧世陪他讲话。孙一得大声叫道："止波兄，过来谈一会子吗？"杨止波只好从房间里走来，便道："我不知道你老哥已经来了，不然我早已过来。"孙一得把邻座的椅子这么搬了一下，笑道："请坐下。我看到一位女学生和你同走，我知道那是将来的夫人。你可知道奉军快要出关？"杨止波就在椅子上坐下，听了这话就站起来道："奉军快要出山海关了？你听到哪路消息？"孙一得把手一伸，就拍了大腿一下响道："这的确是事实。我下午会到直军

234

几个人，他们大概就要到京奉路上去。"杨止波又坐下来，点头道："今天这条消息很要紧，当然是你老兄自己动手搞了。"孙一得道："自然归我来，便当一点儿。不过事情很明白，奉军硬是不行，这一点，我们发新闻要注意。"杨止波笑道："其实关于直奉军的消息，报纸都是不敢登的。你老兄就是没这条消息，我们也不敢乱发新闻。"

孙一得向衣袋里摸摸，看他脸上好像不以为然的样子，然后笑道："管他情形千变万化，奉军需要赶出关去，这是一定的。"杨止波看了这种情形，也许自己猜错了，孙一得可能会到了直军几个头儿也未可知的。当时也就答应照他的意思去办。

自这日起，杨止波就照他的话办。次日上午到邢家去，邢笔峰点了半截雪茄，手里拿着，好像有心事似的，只是慢慢移动步子，在房里溜达。杨止波自从认识他以来，还不曾见他在房里闲步。所以他虽然进房来了，也不曾坐下，就望着邢笔峰走来走去。邢笔峰看见了，这就笑着对杨止波道："周颂才今天把《扬子江报》打电报的事移交过来了，可是社长方面还没有把聘请我的书信照手续交到。我对于这事就有些犹疑不定。"杨止波看邢笔峰态度，实在想接，可是他又怕因此把《江新日报》发电报的事丢掉，这《扬子江报》发电报的事，也只是帮忙几天，那就两边都落空了。杨止波看透这一点，就笑道："这有什么难办呢？你只管把《扬子江报》的事答应下来吧，就今天起，每天打两份电报，等聘书到来，再把《江新日报》的事辞掉，不就行了？"邢笔峰这就一拍手道："对的，对的。"并向杨止波殷忧世徐度德三个人道："希望以后三位帮帮我的忙呀！"三个人都说那是自然。

到了下午三点钟，邮政局送上双挂号的信了。拆开一看，自然有社长信，有请邢笔峰为《扬子江报》驻京记者的聘书。当他拆信的时候，这里几个人都不免向邢笔峰望着。等他看完，就拿着信对三个人笑道："信果然到了。多谢杨先生上午一番建议。今天下午，我请几位在饭馆小聚。为杨先生便利起见，时间定的是下午七点钟，地点是新丰楼。都要到，都要到。"口里这样说着，就起身把这信送到里面去了。徐度德道："阁下又要吃一顿呀！"他坐在译电报稿子的小桌上，回转身来，将铅笔指着杨止波。杨止波道："我看不要去叨扰一番邢先生吧，我晚上还有一点儿事。"徐度德站了起来，将铅笔向桌上一放，把手一指道："你真是个书呆子，这不是请，是我们自吃自呀。"说到这里，伏到大餐桌子上，捡起一支毛笔，裁了一角纸头，写了几个字道："回头有话告诉你。"他写过了，将报纸头向杨止波一递，杨止波看了一看，他把报纸头立刻用手一搓。这位徐先生却是会烧邢先生的冷灶的，这事是要不得。不过有些时候，戳穿邢先生的门槛，叫大家不要上他的当那也好。所以杨止波看了以后，也就是微微一笑。

　　新丰楼在香厂路口上，当年是最大一家山东馆子，现在已关了二十年了。所以这一晚很花了邢先生一些钱。吃了饭，杨止波就邀着徐度德一路，一面走一面谈。徐度德走到人稀的地方，就对杨止波笑道："你知道邢先生又为什么请客吗？"杨止波道："这有什么不明白？从此邢先生真是一位新闻记者了，而且是一个大记者了，这自然值得请我们老同事。"徐度德哈哈一笑道："自然，表面上好像吃一杯喜酒，可是本身不这样简单呀！早上邢先生不是有点儿坐立不安吗？这里自然是因为聘书没有到，可是还有一层你却是不知，就是周颂才为了把这记者额子让出，老邢每月的薪水他要对半分，不然，他就不愿意让出了。"杨止波道："啊！是这样。既要让出，那就薪水也一齐交出来，这才像话。若是不愿意薪水全交，那就别让出这新闻记者得了，这事最干脆，怎样惹起这邢先生不快呢？"

　　两人慢慢走着，还继续地谈话，徐度德道："最近邢先生同周先生怎样接洽，我不知道。这样经过几次谈话，这笔交易就谈妥了。昨日晚上，两方又通电话，把这事又提过一次。邢先生倒是满口答应，就两下平分吧。可是经过昨晚上一宿考虑，他认为很不值得，所以今天早上有些起坐不安了。"杨止波摇摇头道："一个新闻记者，要两个人分这笔薪水，而且有一个是自得。这要隔个十年八年说出这事来，简直人家不肯信。到底后来怎样决定呢？是多少薪水呢？"徐度德道："怎样决定，那是他两人的事，我不知道，我想要平分一些时候的，不然，周颂才不会答应。不过往后那就难说了。至于薪水，我倒晓得，是每月三百元。"

　　杨止波望了他道："这多钱？是三百元。至少要装一百二十多袋面，那还了得！"徐度德扯着他的衣服道："走吧，这有什么够吃惊的。而且邢先生也根本不在乎这钱，他是要这样一个名气。"杨止波道："邢先生对这样多钱都不在乎？"徐度德只说到这里，他就不向下说了，只是微笑。杨止波道："还有一层你没有说呀，怎么是自吃自呢？"徐度德道："老邢兼《扬子江报》差事，你和殷忧世在这一个星期之内要多多卖力。这不是自吃自吗？"杨止波笑道："照你这么一说，吃饭都有作用，那只好我们不出门了。"徐度德道："哼！你别这么说，反正他一敲锣鼓，我就知道要唱什么戏！"杨止波不敢和这仁兄谈了，就说一些别的事，混混到了家。

自从邢笔峰为了谋正式的记者缺以后，他发的电报，倒有几日是异常卖力的。但这时候的直军只向京奉路增军。看起来直军要把奉军驱逐出关，这倒是孙一得看对了的。但消息虽然如此，没有记者敢发。这日天气格外热，穿薄棉袍子在身，已经是流着汗了。杨止波这天在邢家公事完毕，房里人也都走空了，自己拿一份上海报纸，看上面的游艺广告，这么闲躺在藤椅子上。这时看见一位兵士进来，身上穿一套灰布制服，脚上蹬一双皮鞋，走得地面的笃笃有声的皮鞋。杨止波以为他跑错了人家，便向那兵士笑道："老总，这里姓邢。"那兵士把他背着的一个大皮包在肩上取下来，放在桌上，笑道："对的，对的，我正要会邢先生。"杨止波道："邢先生可不在家呀！"兵士道："邢先生不在家，那也不要紧。只把邢先生的图章，在我们收文簿上盖上一盖，那也是一样。"他说着话，就把大皮包解开，里面取出一封信，上写"邢笔峰先生收"，下面印着红字，"直鲁豫巡阅使署缄"。另外在皮包里抽出三搭票子，都是一元一张的，这就很明白，是实数三百元。

这是邢先生的秘密，怎么好过问？就叫了一声公公。这公公是徐度德的父亲，在里院答应着就跑了出来。杨止波用小声道："这里巡阅使署有一封信，另外还有……"那兵士道："三百元现款，我这里有送达文件的簿子，请你拿了进去，盖上一个章。"说着，又在皮包里拿出一个送达文件簿子，再将信和钞票放在一叠，都交与了徐公公。徐公公取了文件，就望里走。杨止波赶快跟着，到了房门外，就扯扯徐公公的衣服，用小声音道："公公，别说我在此地，晓得吧？"徐公公道："晓得晓得！"杨止波这才重回写字间里来。

见了那兵士，当然不好不理人家，就向前点了一个头道："你阁下很忙啊！"那兵士坐在藤椅子上把皮包理上一理，笑道："这几天是忙一点儿。我是在吴副巡阅使那里办公。吴大帅用了一位余先生做处长，这处长本事可大了，从前是个什么……反正挺大的一个官吧。他因为从前是个文人，所以对文人很好吧？我今天要共送五十多封信呢。"杨止波道："送五十多封信？"兵士尚未有答话，徐公公已把送达文件的簿子盖章拿回来了。兵士接过，往皮包里一放，笑道："我忙着啦，改日见。"他把东西归齐，和杨止波点了一个头，就抬起皮包挂上，匆匆地就走了。

杨止波见送钱的已走，自己也戴起帽子来要出去，徐公公站在门口，对杨止波笑道："要回去了吗？"杨止波笑道："今天真是不凑巧，送钱的来了，我还没有走。"徐公公向里边院子望了一望，笑道："这是吴子玉的钱啊，说起来，你们也出过力呀，知道也没关系！照说……"他还要向下说，杨止波两手拿着帽子，向公公拱了两拱手，口里笑道："我们靠薪水吃饭，这话不谈了，回头见。"他说完了这话，赶快就向大门口走。听到后面有脚步声，他想着这后面也许是公公追了来吧，三步两步，就向通讯社走了。

　　次日，杨止波到邢家去写稿子，走进屋，只见邢笔峰拿了一份报纸打开来，两手撑着看，口里含了雪茄，浑身摇着，看报很是入神。杨止波方才坐下，邢笔峰却是把报纸丢开，把雪茄取下，向杨止波拍了一下，笑道："这回奉军非出关外去不可了，直军分三条路往前扑，若是奉军不走，可以杀得他片甲不回啊。"杨止波心想，虽然奉军丝毫不得人心，所以舆论方面，一点儿得不着好评，至于直军，也没人看得起它。可是今天邢笔峰的论调，就完全站在直军这方面，这当然是昨日送钱这一道绳索，牵紧得太有道理了。当时就点点头。

　　邢笔峰把雪茄塞到嘴里去，把眼珠转着，这样叭上两口，然后把雪茄取出，向杨止波道："我依然是不认识吴子玉这个人的。可是他那股正气，这就很难得。我在这里，可以供给你一个笑话。有一个通讯社的社长，他要去见吴佩孚。吴佩孚对于去看他的人，倒是一律是以客招待的。这个去见吴佩孚的社长，到了吴的本部，吴依样传见。他对社长说，你们是什么通讯社，只知关门造谣来传说新闻，这还有什么价值吗？我劝你回去，好好把你的社改正过来吧！余外还有很多的批评，骂得真是狗血淋头。吴子玉骂过了，也就算了，还留着他吃饭。我真不知道这位社长怎样吃完这餐饭。"杨止波笑道："这位社长是稍微有点儿骨格的人，就不应当去，他怎样吃完这餐饭，我们没有这闲情来研究他。就是吴佩孚，也是一个不通的山东秀才，他的军事，我们是外行，这也不去批评他。不过他说，通讯社就是关门造谣的社，这话我就不能承认，难道通讯社没有一个非关门造谣的吗？他骂了人家一顿，就留人吃饭，我们不知他用什么眼光看文人了。不过话又说回来了，上他那里去的人，全是想得一点儿好处的人，根本也没有什么好人去。自然，也许有个把正经人，有事要到吴本部去接洽，那总是极少数的。"这些话在往日，也就有两句邢笔峰听得进耳，可是今天，他就不以为然了。他道："你阁下批评吴子玉，那是不当，那是不当。"他说了这几句，又接不下去，只是拿着雪茄衔到口里，吸了两口。

杨止波一想，他昨天拿着吴佩孚的钱，当然要恭维一番，自己没有跟他话转，这是自己不会看风头了，也就把话停止。好在他收得了吴佩孚的钱，自己还以为人家不知道，还继续说他是个文人，要为吴佩孚保持正义，在他发的电报方面，极力要为吴佩孚说好话。杨止波看了这情形，更是不愿说什么了。同时，这个宇宙通讯社对直军小小的恭维，有关直军不好的话，也就没有了。杨止波要说几句公道话，也就不可能。接着直军线上步步进逼，进行了将近一个月，这在山海关内的奉军，就不得不与直军起了冲突。这个时候，东北三省早已宣布了自治，原想在关内得些甜头，似乎心有余而力不足。交了两仗，奉军看看果然不行，就将军队撤出了关外。这自然是直军大吹大擂，大获全胜了。

这是五月边上，各树的树枝已经长齐，望着树荫底下，全是碧绿一片。北京人家有句俗话，柏榴树，金鱼缸，种些夏花好风凉。所以一些人家就把柏榴树夹竹桃搬在院里，以便夏天乘风凉了。这日杨止波办事极快，回到通讯社里，摸了一本书，打算躺在床上看书，看上几页，就想睡觉。孙玉秋忽然来了，自己连忙跳下床来，笑道："你来得实在妙极了，我今日上半天没有事了，一个人在此无事，就打算寻那黑甜之乡。"孙玉秋随意坐在写字椅子上，笑道："你睡你的，我也掏本书看。"杨止波连忙倒了一杯茶放在她手边，便道："我们三百六十日，全搞这个文艺劳什子，也有一点儿腻，去玩一会儿吧？"

孙玉秋笑道："我要说不玩，你又说打断你的兴头了，要玩，到哪里去玩？"杨止波站在桌子边上，对天上望了一望，笑道："我们就到中央公园吧。公园现在修了很多亭榭，里面也添了许多花儿匠，这里面散散步，花钱又不多，真是'叶叶春依杨柳风'啊！"孙玉秋道："在公园里你要散步，这里到中央公园还有三四里路，还是走吗？"杨止波道："我是慢慢走，那不成问题。可是为同你在一起，我们就坐车吧。"孙玉秋道："你走得惯，我也走得惯。"杨止波笑道："还是坐车去吧，在公园里散步两周，于我们身体大有益处啊！"他这样一说，孙玉秋也笑了。

在半点钟以后，两乘车子到了前门，却看到东车站好多军警布了岗。杨止波心中一动，便停了车两个人下来走。他们本来由西边门去，那一直就到中央公园。但是他把孙玉秋衣服一牵，就往东边门走了。孙玉秋悄悄地问道："你往这边走，是东车站有什么新闻吗？"杨止波道："我们新闻记者都该打。今天东车站这样军警林立，这总有一个要人由这里进来，或者由这里出去的要人。这绝不是内阁总理，因为靳云鹏也常常来往，并没有许多岗位的。怎么当新闻记者的一点儿消息都不知道哩！"孙玉秋道："果然不错。但是遇不着你一个熟人，这消息你怎样去打听？"杨止波道："碰碰看，至少哪个人由这里经过，那必须打听出来。"两个放快脚步走，到了正阳门，看到东车站面前一片空场，二三十名警察，就尽在这里管赶走闲人，这时并不见有一个旅客在此上下火车。好在这里虽赶走闲人，但只是在空场上。大街上，行人来往并不禁止啊！

　　杨止波站在一棵马樱花边上，看了四五分钟，还看不出来是什么人要由此地进出。忽然看到有一个熟人在东车站里出来，连忙喊道："佟致中兄，请和我谈一谈。"原来这个佟致中，在那个时候还是当一名小记者。可是他很能够钻，交朋友表面上也是很热心。他穿着一件蓝色的哔叽长衫，长方脸，戴了一副眼镜，手上拿着灰呢帽子。听到这里喊，连忙举了手，将帽子连招了几招，就放快步子在杨止波面前站定，见了孙玉秋在杨止波一路，很客气，还深深地点了一个头。杨止波赶快问他道："今天这消息来得颇为突然。"他故意说这样一句话，好像他对这事已经听说很多了。佟致中道："关于徐世昌辞职的消息，你知道得很多吗？"杨止波听了，心想这是一个大消息呀，这不用猜，这一定是徐世昌离京赴天津了，便道："我也知道得太少呀！"自己想着，撒谎那是不好的，但是果然说了真话，那他们《扬子江报》驻京记者，那真个塌尽了台。还有宇宙通讯社的招牌，本来不很好，这要一点儿不知道，那也简直不可闻问了，所以就这样含糊地答应了一声。

　　佟致中站着望望东车站两边，这里赶走客人格外起劲儿，因道："这大概徐总统快来了。我也今日早上才得着这个消息。自奉军撤退了这山海关内，这里徐世昌就有一点儿待不住了，这几天直军方面，就简直要老头子下台。听说吴子玉有电报给他部下，非常不客气。说是一要旧国会到北京开会，二要黎元洪来。这不必提徐世昌怎么样，他是新国会产生的，他自然是走了。昨日下午，大概是高凌蔚吧，他去见了徐世昌，说旧国会现在上海，一定要到北京来开会，问徐世昌打算怎么办。这简直是下哀的美敦书呀！徐世昌就自然答应是走。这里有很多人聚拢，算是恭送一番，这就是略尽人情吧。"杨止波道："你这话很近情理。"佟致中笑道："我们既是来了，自然不能空手向家里跑，我们向车站走一趟。"杨止波道："那自然是好，可是我没有证件呀！"佟致中道："徐世昌走，我们算是恭送一番，那还有问题吗？这里警察署长我认得，保你得进去就是。"

杨止波笑道："那是很好。这孙女士我看是不必去了。不过你也不能回去，你回我通讯社去，看看殷忧世在那里没有。若是在那里，那就好办了，你把所遇到的事全告诉殷忧世。至于怎样办理，他自然知道。若是遇不到殷忧世，那比较地麻烦一点儿。"孙玉秋笑道："那也没有什么麻烦，打个电话给邢笔峰。无论如何，要接通，告诉你现在东车站，回头得了消息，报告大家。"杨止波点点头："对的，对的。你还别走，等我回家去吃一顿。"孙玉秋道："要我等你就是了，尽是谈吃。"佟致中把手攀了杨止波的肩膀，笑道："果然，何必谈吃，就是吃，也不能形容于口头呀！孙女士，我们回头见。"他说过这话，就引着杨止波向空场上走。果然这些不许人走的警察，让他二人过去，并不拦阻。

两人进了车站，看看这里虽没有军警排队，却是一个一个警察排立，一直到车站出口。再走一截路，这里前往月台，就站满了军警，步军统领的兵、卫戍司令部的兵、军警联合处的兵、宪兵，大概有四百个人一队。此外就是警察在各处站着，这就站得很长。最妙的是商会，他们出面来送徐世昌的人，也有五六十个，一律穿着长衫马褂，拿着两面竖写的旗帜，上写着"恭送徐大总统"。这里往日的车站，觉得嘈杂得很，今天可是不然，只是四面军警排立向火车对着，没有一点儿声音。

佟致中在前面走，而且装得笑嘻嘻的，当然杨止波在后跟着，也是大步行走。这里警察看他两个人好像行所无事，前面没有人留拦，在后也没有人留拦，两个一直跑上月台了。杨止波心想，进来虽然进来了，但上什么地方站立等候着徐世昌呢？要想向佟致中问两句话，却又不好问得，因为许多人都对二人望着。刚在这时，警笛狂吹，那是说徐世昌到了。佟致中他还是不急，向那商人集合的地方走，就向旁边一站。杨止波也就赶快地走向前去，即刻站定。在这里的商会人士，他们竟自不问。

大家都肃静着，这里兵士叫立正，徐世昌就进了月台了。他穿着蓝春绸长衫，外面加着一件团花马褂。今天倒戴了一顶呢帽，可是他进来之后将呢帽拿在手上，只是向兵士挥着答礼，他后面跟着一大群人，有穿军服的，有穿长衫马褂的，有穿西服的，大家都恭送一番。徐世昌上了火车，随来恭送的人也有几个上了车，其余都在火车旁边站着。这杨止波心里就想，这一下子，徐世昌该说几句话答谢大家的恭送了吧。这商会队伍，站得太远，恐怕一句也是听不着。

这时几个穿得衣服整齐的人，就下了车，这里面倒有几个阁员。最后有两个穿军服的，大概就是军警长官吧。就在这个时候，这车窗户开了，徐世昌露出半身，向车下点头。至于他说什么话，路隔得远的，固然听不到，就是路隔得近的，也听不清楚，因为他说的话非常地轻。杨止波扯扯佟致中的衣襟。佟致中会意，就和杨止波向火车旁移去。但是只听汽笛一声呜呜长叫，这火车就开始滚动。不到两分钟徐世昌这个总统，也就随了这节火车沉诸大海了。

这火车站许多恭送的人，开始望回头路上走。自然先由军士们走，其余三三五五，各人就着各人的伴，一路谈笑走出了东车站。杨止波走着，拉了佟致中一把，笑道："自然不抢你的生意啊，各人取得的新闻，各人去发表。不过我有一点儿想问问你老哥，不是问现在的，而是问以往的。"佟致中笑道："我知道你老哥为人很中正，你说问以往的，除非我不知道的，其余我总可以说。"杨止波道："徐世昌、段祺瑞府院两方有摩擦，这是过去了的事情，我不问它。直奉两军攻打皖军，这时候也有摩擦吗？"佟致中和他慢步走着，这就到了门口。从前在往北靠城墙走，这里有个邮政局，是道便门。两个人要谈话，这地方很方便。他走到此地，便道："当然有摩擦，不过不很明显就是了。"

杨止波想了一想，因道："这里徐世昌是一个文人，他做大总统，就靠玩弄几个军阀。现在奉直军才变了脸，奉军才失败，他就如此下台，那不太快吗？"佟致中道："直军早已预备好了的，奉军失败，他们就起来大干。"杨止波笑道："那么，曹锟做大总统，吴佩孚做直鲁豫巡阅使？"佟致中道："大概是这样吧。但是目前他们不这样干，这里要请黎元洪回来做这一阵子。我不但是过去的消息告诉了你，就是将来我也告诉你了。"杨止波道："谢谢你了，不过这一些消息，也各人都猜想得到的啊！"这时二人到了东车站外边，杨止波又道一声谢谢，然后分别回通讯社了。

杨止波一进社门，徐度德就在里面望见了，拍着手道："好快好快，就回来了。我奉了邢先生之命，在此候驾多时了。我们走吧。"说这话时，就迎到写字间门边。杨止波走进院子，就对徐度德道："去我是当然要去的。可是我回家来要洗上一把脸。同时，我还有点儿未了事宜。"殷忧世也挤了出来，笑道："邢先生在家里等你。徐世昌走了，邢先生说这真是有劳你。还有徐世昌这一走，这未来的局面怎么维持呢?"杨止波道:"这事明摆着的，旧国会来，黎元洪复任呀!"殷忧世笑道:"这和我的猜法一样!"杨止波虽看到两个人站在写字间门口，要他到邢家去，但是依然往前走。到了屋里，孙玉秋正在屋里桌上写字，看到杨止波来了，就把纸揉成一团，向着杨止波微笑。

杨止波站着，望了她手里揉成团的字纸，笑道:"我看看要什么紧?"孙玉秋站起来，笑道:"今天前门是一首好七律的诗题，我就在带等你，带着作七律。谁知我只作了两句，后来你就来了。"杨止波还要看她涂了的诗时，外面哈哈大笑，听到孙一得道:"好了好了，我们的赵云深入重围，奏凯而回了。"杨止波用洗脸手巾乱擦了一把脸，笑着到写字间里来。孙一得就连忙比齐了袖子，连作好几个揖，笑道:"我公偏劳不小，今天第一条，要看我公怎样入情入理编了。"杨止波还没有答话，外面院子里有人插言道:"我们这一得老哥，只说好话，可没有见他请过一次客，今天是非请客不可了。"

大家向外一望，原来邢笔峰也来了。他们社里到邢家最近，走起来不要五分钟就到了。杨止波回来，徐度德悄悄向邢家通了一个电话，所以邢笔峰就到了。都在写字间里坐定，杨止波就把东车站的情形，说了一个详详细细。最后他站在屋子中间，向着大家，就道:"今天没有一家挂五色旗子的，也没有哪一家知道是徐世昌下台的，要不是几个军事机关，一家来个四五百人欢送，那就是他老头子一人溜出北京了。当新国会选举了他做大总统的时候，当时还下令全国挂旗一天，可是今日出京，一面旗子也不挂，真有点儿黯然失色啊!"当时邢笔峰靠了桌子坐着，两个手指夹了半截雪茄，这就把雪茄一指道:"足下批评，甚为恰当，我把你这话用电报打出去。"

第二十三回

难受鞭挥夕阳作夜遁
怎听电搁水线约横飞

　　六月十一日，黎元洪来做他任期未满的大总统了。旧国会议员也陆续来了，在北京开会。这北京社会，又变过一个小样子，恢复了元二年的神气。可是北京有一个人民集乐场，却没有变迁，因为它不靠那个时候政局变迁。它靠着民气来变，民气未变，它就始终不变。这里，人民依然来来往往，锣鼓响彻云霄。这是什么地方，就是无人不知的天桥。

　　这里，我们要说到当年的天桥了。由前门顺着马路直下，拦街有一座石桥。石桥是白玉石做的，还雕琢了八个桥墩，两车并行，也能过去，这是真正的天桥。不过天桥多年未修，天桥底下就是一条烂泥沟，而且这沟通得很长。往东直通到小市。这里的东边，就是卖衣场，有二三百家棚子，全是卖衣服的。向北一拐，有木器家具铺、古董五金电灯等各种铺子，当然地上的摊子也还是不少。往西边，就是各种的娱乐场所，这里有好些的棚子，有京戏、大鼓书、耍把式、变魔术，就一下数不清。也有几家戏院，都简陋得很，有的这边一挤，那边棚子就坏了。虽是如此，每天下午两点钟以后，仍是拥挤得很。还有很多卖吃的，花上几个铜子儿，就可以吃一饱。

　　六七月天气，北京比较雨多，南城靠南，是个蓄水的地方。天桥以南，也是个积水所在，在从前这地方还行过船啦。再说天桥这个时候，靠西面还是有积水的，有两里路的处所，自先农坛墙脚起，靠东抵平大街，就挖成了池塘。于是有人在这水中央，用席棚搭起大茶厅，茶厅里面还有一个台，专门演杂耍的。这里还起了一个名字，叫作水心亭。既有了娱乐的所在，不能无吃的，所以靠大棚子又搭起几座小棚子。凡是北京有名的馆子，在这里都设着分号。但这一切，现在都已经没有了。桥拆掉了，沟平了，四围已筑起很宽的马路，盖起大楼。至于那个平民取乐所在，也已完全翻盖，有个特大的戏院，叫天桥剧场，比起那些第一等的戏院来，也一点儿不减色！

六月中旬，水心亭已经开市了。这一天邢笔峰完事很早，看一看钟，还三点没有到，就起身加起秋罗长衫，笑着对杨止波道："走吧，我们到水心亭闲坐几点钟吧！回来再做事，不晚。"杨止波没有到过水心亭，听见邢笔峰说是到那个地方去，倒很愿意，便答应道："好的，我们到水心亭去看上一看。"于是披起长衫，一道上水心亭去了。

从塘岸到水中央，中间筑有两道板桥，板桥旁边，有几个穿制服的人，要收一大枚铜子儿一个人，算是渡钱。过河之后，这就来到了水心亭。水心亭是个席棚，容得下百副桌面那样一个坐处。正面有个台，也有旧式舞台那样大。他们来的时候，正扮演《大头和尚戏柳翠》哩。那里不先收票钱，等你坐下，泡好了茶，一齐算账，大概四五毛钱一位吧。这里除水心亭以外，全是水田。但虽然说是田，可不种稻子，有的栽点儿荷花，有的长着野草。所以就有很多蛙声，呱呱地乱叫。有时，也与水心亭里卖艺的胡琴鼓板声，配合起来，倒很有趣。

两人挑了一副近门的桌椅，相率坐下。茶房泡了茶，端了花生米和瓜子的碟子来，但邢笔峰没有理会，台上演杂耍，他也没有听，就这样对着人群，只管东张西望。不多时候，邢笔峰望着了，原来是个小妞。

这小妞是北京一种称呼，就是很好的小姑娘吧。这小姑娘穿一件花格子绸旗袍，梳了一个大辫子，前面刷了一撮刘海儿，脸是团团的。她走到后台，在门帘子下一张望。邢笔峰就微微地一笑，当时也没有招呼。过了一会儿，那姑娘上台，与许多人唱了一回五音联弹，唱完就下去了。邢笔峰笑道："这水心亭就是这个样子了。我们到人家去看看，走吧！"杨止波就忙问道："到人家去，是你的朋友吗？"邢笔峰站起来笑道："当然是朋友。"杨止波见他已经站起来，便道："好吧！到你朋友家去瞧瞧吧！"邢笔峰付过茶钱，就同他一路离开了这水心亭。

所谓朋友家，是一个小小的门，进去是四方一个院子，前面是两间房，挂着挺旧的一挂门帘子，门口还堆着许多破烂东西。走进门来一看，这完全是个贫民家里，心想，邢笔峰还有这样的朋友，倒是很好的表现。忽然上房有人道："说来，你就真来了，这屋子太脏啊，快点儿进来坐吧。"说这话的，是一个女子的声音，这使杨止波越发不解了。

这时，早有一位老太太，在上房门口掀开上边半新门帘，口里道：

"邢大爷，你来了，请吧。"邢笔峰对杨止波笑道："请，看一看金姑娘的绣房吧。"杨止波到此心里已有七八分明白，邢笔峰说是他的朋友家里，这位朋友大概就是金姑娘了。邢笔峰放开大步就在前面走。杨止波只好在后面跟着，走进了她们这个上房。上房上面，供了一个写着天地君亲师的红纸条，下面一架香火柜子，再下面是张八仙桌，但是没有油漆，很旧了。两边墙上贴着很多的年画，这里随摆两条凳子，东角落里铺了几块木板子，也铺了两床被条，这当然是她家里人的床了。东西两边门，都挂着白布门帘，但是不能让它全白，在正中心组了一个红布剪的寿字。那金姑娘也站在房东门边，笑道："请吧，难得来的啊！"

杨止波这回看清楚了，金姑娘就是刚才唱五联弹的姑娘，她的名字叫金红宝。两个人向她笑了一笑，就由东边门进去。这里面比较像样子一点儿，上面一张木架子床，下面有一五屉柜，墙上贴一张很大的月份牌，上面的画，是两个时装美人。靠窗户一张两屉桌，再对着屉柜，就摆着两个木头箱子，箱子顶上又摆着衣服包小篮子，旁边是她的鼓架子。金红宝放下门帘，笑着走过来，拖了两个小凳子放在靠窗户小桌子边，笑着道："我们这里真是脏得很呢。这位先生贵姓是?"她说着这话，向杨止波望着。杨止波就告诉了她姓名。金红宝道："请坐，真是给面子啊！"两个人笑着，就在凳子上坐下，金红宝可就坐在自己床上。

那个老太太就拿了一个洋铁端子进来。这东西在端子旁边安上一个柄，名字叫小串子，只好熬一壶水。接着她在墙眼里取出一包豆腐干样大的纸包，原来是一包茶叶。这是北京的老规矩，北京茶叶论包，而且全是香片。她把茶叶放进壶里，把开水冲上。金红宝笑道："这是北京规矩，茶叶敢情论包，而且我们不爱喝龙井啦。"杨止波点头道："香片也很好啊！"老太太走开，金红宝拿出两个杯子，给二位斟了两杯浓茶，将杯子移了一移，笑道："喝杯茶啊！"

这时门帘一掀，又进来一位姑娘，穿了一件柳条式的白绸褂子，其余和金红宝一样，不过脸长得很漂亮些，是个瓜子形的脸，她叫了一声邢大爷。金红宝连忙给她介绍道："这是我妹妹，叫金红玉。这位是杨先生。"说着把手一指杨止波。金红宝连忙一点头，还叫了一声杨先生。叫毕，也坐在床上。因为她们只知道谈大鼓场上如何，杨上波也只得跟着谈大鼓场上的事。谈了一会儿，觉得无味，正要起身对邢笔峰说先走一步，突然外边传来轰咚两声响，接着有个男子大声道："你这东西，是一辈子不中用，我非活活揍死你不可！"

这里听了，就不免一怔。金红宝道："这院里住了一位邻居，也是唱大鼓的。不过上了岁数，又抽大烟，靠自己养活不了自己。前二年养了一位姑娘，今年还只十二三岁。这小孩子倒也不怎么的，就是口齿笨一点儿。不过他倒不是为这个打她，天桥有……"说着，她看看窗子外边，低声道："有个冯八爷……"杨止波就问邢笔峰道："这冯八爷是谁呀？"邢笔峰道："就是地痞流氓吧。他们挑软的欺，见钱就得要几个，见女人他就要先下手。他上结各方面的侦缉队，下有一群打手，这就是什么爷了。"金红宝笑道："真的，一点儿没错。"杨止波道："是不是这姓冯的看见姑娘长得很好，就要下她的手了？"金红玉笑道："可不就是这么着吗？可是人毕竟太小了，我们也说过，无奈那黄二混不听。"金红宝道："大概他打，就为的是这个吧？"

这里还没有将对面屋子里一些事情讲完，又听到两下响声，小孩子提起脚向这边跑，后面那黄二混就跟来了，口里骂道："小丫头，你跑，你跑到阴间去，我也要把你抓回来，把你重鞭三百。"门帘子一掀，那个小妞就奔进来了。看她穿件蓝布短衫、花布裤，打了一双赤足，穿着鲇鱼头鞋。虽然梳了一条辫子，可是披得满头全是乱发，不过一个圆形面孔，一双眼睛漆乌，小模样儿倒是长得不错。金红宝连忙站起来，问道："怎么啦？小红。"小红往里边躲，两手就乱指着道："我爸，他无缘无故就打我！"黄二混道："无缘无故吗？我要打……"他将门帘一掀，见有两位客人在这里，他手上拿的这黄竹丫儿就停下了。看那黄二混，穿的是一件灰色长衫，可是上面很多漆黑一块的脏迹。他头上蓄着长头发，也许不是蓄的，好久没有理发，就让短头发蓄得两寸来深吧。因此面孔又黄又黑，瘦得像猴子一样，这就越显得嘴上长了很多的连鬓胡子。他原是拿着黄竹丫儿的，现在不好意思举起，这就只能把尖儿朝着地面了。

邢笔峰也站起来了，就道："黄老板，你干吗这样打孩子啊？"黄二混赔着笑道："我不知道贵客在这里，真是对不起。"邢笔峰道："是有客在这里，你觉得你不该打孩子了。若是客一会儿走了呢，那她就逃到阴间，你都要将她魂灵抓回来，重鞭她三百，对不对呢？"黄二混笑道："那是气头上两句话，吓吓孩子罢了。"邢笔峰道："哦！吓吓孩子罢了。干吗要吓她呢？"他说此话，用手向长衣袋里一伸。这可不知道他也拿什么，也许是拿手枪吧？黄二混就赶快要走开，掉转身来，口里答道："那不过她唱

247

得不好罢了。"

邢笔峰道："黄老板，你不许走。"黄二混道："哦，是是！"他又掉回转身来，眼睛可望着他的手。邢笔峰笑道："我知道，你是没有大烟抽了吧？这里给你一块钱，让你去买大烟抽。可是你这小孩子，再哭起来，那就要唯你是问了。"他说着话，就摸出了一块银圆来。黄二混自然猜不到，笑道："我怎好花先生的钱？"邢笔峰道："拿去吧！"黄二混只管看着，向金红宝姊妹二人笑。金红宝就起身将那块银圆取了，向他手上一塞，笑道："你可暂时不打孩子了。"黄二混接了那块钱，还弯腰对邢笔峰行个鞠躬礼，说："谢谢。"就转身出去了。

于是房里人又大家坐着。金红宝对院子里一瞧，只见黄二混也没进屋里，就拿着那块钱，身上还摇了两摇，径自出门了。金红宝道："这家伙，真出去买大烟了。你妈呢？"望着小红。这小红依然藏在她身后，搓着衣服卷角道："出去捡点儿破布烂棉花去了。"邢笔峰道："那你家现在没有人了吧？"小红道："是的。"杨止波看了很久，也气了很久，这就忍不住发言了，问道："你父亲为你唱得不好打你吗？"小红道："不是的。冯八爷要我陪他玩，还要晚上去。我说我不能去，冯八爷那样一个大胖子，满脸疮疤，真是怕人。我爸爸就借着唱大鼓打我了。"杨止波将手在桌上画着，好久没有作声。邢笔峰道："现在不去陪冯八爷了吧？"小红道："今天也许可以不去，将来总是要去的，我真是怕去。"邢笔峰听了这话，就对红宝姊妹二人道："这真没有法子啊！"杨止波笑道："刚才你给他一块钱，那只是停了一回打啊！"邢笔峰道："那是自然。"

谈到这里，老太太买瓜子花生来了，端起两个碟子放在桌上。小红就问道："奶奶，这位先生姓邢，我知道。还有这位先生哩？"她用手指着杨止波。老太太道："哟，这位……"邢笔峰道："这位姓杨，是宇宙通讯社的编辑，打听清楚了吧？"小红道："宇宙通讯社在哪儿呢？"邢笔峰就没有考虑地道："在粉房琉璃街啊！"大家说过这话，那老太太拉着小红走了。

两人嗑了几粒瓜子，杨止波看看时间，就要回去。邢笔峰也看着不早，同意他的主张，这样就告辞，各自回家了。大约六点钟的时候，杨止波正在编稿子，小陶便进房来道："外面有个女孩子要见先生。"杨止波将笔一丢，站起身来道："是个女孩子来找我？"心里想着，莫非小红来找我吗？我有什么法子救她哩！对小陶道："你把她引进来。"过了一会儿，小陶果然引个小女孩子进来，可不是小红吗？她一进房，就对杨止波双膝跪下，哭着道："请先生救我。"杨止波连忙将手拉着，因道："你说，你现在怎么样？"小红把褂子擦擦眼泪，才道："我爸爸过足大烟瘾才回来的。不知道又和什么人商量好了，今天晚上，就得送我去陪冯八爷。因为我的妈也回来了，我在窗户外面听得我爸对我妈说：现在不要打她了，把好言语哄哄她吧！我知道我妈要来哄我，就跑到大门外等着。果然我妈哄我，问我晚饭要吃什么，我想，这是逃走一个好机会呀。我说要吃炸酱面。我妈说好，就把钱给我，让我出来买面和酱。我跑到你这儿来了。"

杨止波道："哦！你怎么晓得我会救你呢？"小红道："今日下午，我在红宝房里，看到你脸上变色了好几阵，知道你是个热心人。"杨止波道："你生身父母可以去找呀！"小红道："我没有爸爸，亲生妈听说在糊火柴盒，底下还有两个弟弟，她怎样能救我呢？假如去了，他们一寻，就把我寻到了。"杨止波看小红站在房门口，这时那小陶也把话听去了，叉着两手道："我知道黄二混，他挺不是个东西。杨先生你留着她一会儿，我去打一个电话，试试看，也许这孩子有救。"杨止波听见这话，便把手一拍大腿道："那就很好。小红，你到外面去坐一会儿，看小陶打的电话怎么样。"小陶就伸手牵着小红，到外面去打电话。

杨止波以为小陶去打电话，是给小陶的朋友，当然没有在意，自己仍然编他的稿子。过了一会儿，小陶带着笑进来说道："电话叫得很满意，一叫就通了。那位先生回头就来。"杨止波认为很好，就点点头道："那很好嘛！"说完，他还编他的稿子。七点钟没有打，稿子编齐了，稿子拿走，他拍了两拍身上的灰，又吹吹桌上的灰，笑道："现在我没有事了，我要审这堂官事了。小红，过来。"隔壁写字间里，说句来了。可是来的不是小红，是孙玉秋来了，她穿了一件白布有红蓝点子的旗袍，笑道："小红的事，我早已明白了。"杨止波连忙起来让座，很奇怪地问道："你怎么这样巧，也来了？"孙玉秋在椅子上坐下，笑道："我告诉你吧。是这里小陶，他想着我们是女学生，对于这样一件事决计不会含糊，就找我吧！他也未曾告诉你，就打了一个电话，正好电话机闲着，一叫就通了。他略略告诉了我几句，说你正没有办法。我就坐车子赶快来了。来了半点钟了，一进门，小陶就把我拉到隔壁屋子里去了，他详详细细地告诉我。这小红的确是可怜。这没有什么，你完全交给我办就是了。小红也交给我带走。"

杨止波伸手在头上搔搔，笑道："这事自然是好，可是小红有一张契约在黄二混家，你带了小红去，黄二混就不问吗？"孙玉秋笑道："大概学生联合会里能讲公道话，你是知道的。今天我就把小红这事向会里报告，把她说的什么冯八爷的，——据实说出来。然后要我们会里写封信给黄二混，说小红现时在女师大，她说她不愿学艺，像那姓冯那样的人，不死干净，简直学不出艺来，约废了，我们情愿给他一点儿钱。他若是不愿这样办，我们就法院里见。自然你们新闻记者是见证啊，请问这官司会输吗？"杨止波道："若是这样办，自然是好，可是这事，未免太麻烦。"孙玉秋笑道："学生会里就不怕麻烦。"杨止波就向孙玉秋作了一个揖，笑道："我这里先谢谢孙先生。"孙玉秋笑着，正要问杨止波干吗这样，惹人笑话。但是小红当孙玉秋在这里说话时，她也挨着门边听。她见杨止波奉一个揖，她也赶紧跑过来，鞠上一个躬，这连几个社里看热闹的同事都笑了。

杨止波本要留着孙玉秋吃过晚饭再走，但孙玉秋说，这里有这样一件事，就应当赶快向会里报告，不吃饭了。她带着小红，就笑嘻嘻地走了。杨止波因为小陶打电话找孙玉秋事前没有告诉他，说了小陶几句也就过去了。

这里隔了几天，邢笔峰家，在新闻上又出了问题。什么问题，就是当天打的电话，常有当天不能到的事情，这乱子的确不小。杨止波到邢笔峰家，只见他吸着雪茄，坐在那里，脸气得通红，一句话也不说。回头看看徐度德也在自己位上削铅笔，也一句话不说。杨止波坐下，问道："新闻上又出了问题吗？"邢笔峰吸了两口雪茄，便道："这真正是气死人。前两天我们打的电报，还不过六点钟就发了。刚才我把上海来的报一翻，却是一个字未到。这电报局真是岂有此理，电报要隔天到，那还成什么专电？"杨止波道："怎么？一个字都没有到吗？"徐度德把削的铅笔放了，把桌子轻轻一拍道："这真是岂有此理。往常也有几条专电未到的，我常问电报局，这是什么缘故，他们只是笑笑，什么道理，他们也不说。这回更奇怪，发了两批电报，第二批电报却完全未到，这简直不成话了。"

杨止波听说，就把《扬子江报》取过来，把第一栏往下一查，果然没有第二批电报。这里须下个考语。从前几家上海报纸每天都有半版多，登的尽是各方打来的电报，这电，取名叫专电。如北京专电、汉口专电等。字登得特别大，全是二号字，很容易查阅。现在这报上既看不到第二批专电，就只能再去查阅别家报纸，看是不是第二批专电未到。若是有了，那是路线发生了障碍，就不怪电报局。这个时候，《文林报》和《扬子江报》

是棋逢敌手，就把《文林报》拿来查一查。谁知一查，不但第二批专电有了，还有几条是第三批，是九点多钟发的也有了。便把报纸一推，对邢笔峰道："这的确是个问题。不过这绝不是电报局本身有毛病，报纸上新闻天天要见报的，有一天未到，人家推算起来，说电报局无故压下，这电报局如何肯负这种责任？一定是电报局以外出的毛病。"

邢笔峰将雪茄丢了，把报纸放在面前，把笔蘸好了，刚待提笔来写，他又将笔放下，将手拍着电报纸道："你阁下以为军事机关发的电报太多，所以把其余的电报都扣下来了吧？是的，从前我也有这种念头。可是《文林报》就不然，发的三批电，九点多钟发，它也照样子都到了。要说军事电报多，那就把新闻电报一齐压下吧。可是《文林报》就不受这种影响，这分明不是电报太挤所以新闻电被搁下的缘故。这一定是电报局看到新闻电天天发个几千字，认为无所谓，搁下就搁下吧。"杨止波再一想邢笔峰的话也很对，便道："那么，你打算怎样办呢？"邢笔峰道："这就非用法律解决不可！你看我的电报。"说着，就提笔写了几行字。写的是：

北京电报局无故将我方发出之新闻电任意搁置，第二天始到，新闻价值毫无。我拟法律解决，请示。笔。

写完了，就让杨止波看。杨止波点头道："这电报打出去，当然电报局会看到的。那也无妨，反正我们说的都是事实。不过《文林报》他们也拍电报，却是准时到达，那是什么缘故？应当考虑一下。"邢笔峰道："你这话是对的。可是《文林报》几个驻京办事处的人，尽管是好朋友，但有关新闻技术方面的问题，从来一个字不提，这到哪儿去打听呢？我还是个倔脾气，我也不向《文林报》去打听，我们要杀开一条血路来。"杨止波笑道："那也好。"

邢笔峰把电报就这样发了。徐度德将电报纸一卷，到了电报局，将纸隔了铜栏杆，往柜上一交，将送文簿子也随着交上柜上。这柜上站着一个人，将电报点了一会儿字，就拿着圆章向收文簿上一盖。看见徐度德有不快活的样子，笑道："老徐，干吗这样子呀！"徐度德站着，把收文簿叠好往袋里一塞，对柜内答道："你们真是马虎，我们邢先生要告你们了。"柜里人道："要告我们吗？什么事呢？"徐度德冷笑道："难怪你们遇事都不在乎！你看电报吧！反正专电上有。"那人道："居然电报上有，我倒要瞧瞧。"于是将一卷电报纸，拿着从头细看。一会儿，他将原电查到了，便放在柜内一张桌子上，撑住两只手，伏俯着细看。这里几位同事也就聚拢一处，围着要看电报。看完了，那个人倒并不吃惊，笑着将手一伸道："好吧，告吧！"还向各位同事一笑。徐度德心想，他们怎么不怕？

徐度德将经过告诉邢笔峰之后，邢笔峰想想也有些奇怪，他们怎么不怕呢？这就等上海回电吧。第三天上午徐度德刚从电报局出来，推自行车走了两步，要往西走，忽然遇到一个老人，穿件白布汗衫，腰上系根板带，推一辆自行车，也由电报局门口出来，要往东走。徐度德便把车停住，笑道："老人家，你走吧。"老人就也将车停住，两个人站在并排。老人扶着车子的扶手，笑道："阁下天天来打电报，这里电报挤不挤，你还不知道吗？"徐度德道："这是电报局内部的事情，哪个能知道呢？"老人道："我现在也往西走啊，我们别骑车，一面走，一面谈吧。"徐度德道："好呀。"于是扶着车，靠行人路边走，一个在前，一个在后。老人回头看了看徐度德，笑道："你虽天天打电报，可是日子还少，我送电报到这地方来，已是三四年了，电报挤不挤，我总知道一点儿。"徐度德道："我看电报挤的日子，可就太多了吧？"老人打了一个哈哈，笑道："什么太多了，简直是天天挤。"徐度德道："我们是打新闻电报的，搁不得呀，可是他们老和我们搁。"老人道："这是电报太拥挤的缘故。"徐度德道："也不然吧，有个《文林报》，他们就什么时候发电都不问，准能到。他们的电报，可以不搁吗？"老人笑道："当然军事机关一发通电，各个电报全要搁的，也不例外。"徐度德道："这就使我们不懂了，他们的电报何以天天会到呢？"

老人又是一个哈哈，用眼对徐度德瞧着道："所以我说，阁下不知道的事情还多哩！我听见说，你们还要告电报局啊！"徐度德道："是的，我们的事，你老人何以会知道？"老人微微一笑。徐度德道："你在哪儿办公，贵姓？"老人道："我姓黄，至于在哪里办公，你不要打听吧！不过你们的官司，那是一种误会，真无所谓。至于你发电报，今日发电，准今天要到，那也很容易。这里我可以告诉你，可是你拿什么谢我呢？"徐度德听了此话，就把老人一拉，问道："刚才你这话，是真话吗？"老人将胡子一摸，笑道："老弟，我这大年纪，还拿话骗你吗？"徐度德道："那太好了。谢礼不成问题，你要什么吗？"

老人笑道："我说着玩的，哪个要你的谢礼。"徐度德道："谢总要谢的！你快些告诉我。"

老人含笑问道："足下晓得有一条水线通上海吗？"（按：此时尚没无线电）徐度德道："是有的，可是我没有试过。"老人道："从前这条线归德国经营，后来德国失败了，我国收回。可是这条线好多人不知道。这条线，不付钱的官电一概不收发。你要天天发电报，就由水线电发，包你晚上两点钟发急电，也照样得到。至于普通的电报，晚上十点钟发，当夜得到，毫无问题。老弟，这不是极为容易的一件事吗？"

徐度德把脚连连碰了地面几下，对老人道："有一条水线可通，我就没想到此层。可是这里电报局就没有把这事告诉我。"老人道："那他们何必告诉你呢？这里既是另外一笔账，电报局却可管不着呀。"徐度德道："实在是谢谢，还有什么手续没有？"老人道："手续是有，可是极为简便。你打电报给上海，说以后的电报从水线发，所有电费完全归水线公司。等到上海复电来了，你这里刻一个木戳，就写，以下电报请由水线转，仍旧交电报局，这样，当天就可到达。老弟，你都懂了吧？"

徐度德听了，就默念了一回，稿子、钱、公函，便笑道："你老人家替我想得真周到，没有事要问你的了，我们要找你的话，在哪处寻你？"老人道："不用找我了，要是非找我不可，这电报局门口有个卖茶的摊子，一问黄老头儿，他就会告诉你。其实，你不用得找我，这一道水线，只要给钱，电报稿子来了，有不打的道理吗？"徐度德道："我总要谢谢你才好。"老人笑道："不用了，我们在这个电报局里，少不了还要会面，回头再说吧。我的话说完了，我要回家了。"徐度德笑道："我姓什么，足下也没问我哩。"老人笑道："你姓徐，你们的先生，不，新闻记者姓邢，对吧？"他说着话，已把车扶手捏住。徐度德道："你老真好，我们一点儿没有谢你，真过意不去。"老人笑着，也没有说话，就向东边去了。

这徐度德赶快骑车，跑回家去。这时还不到一点钟，邢笔峰正在家里，徐度德把草帽子扔在桌上，长衫也没有脱，就拍着手道："好了，好了！我们的电报通了。这个老人真是难得。"邢笔峰看到他一番高兴的样子，便把桌子上报纸检齐，坐下笑道："莫急，慢点儿说。"徐度德就把刚才遇到了老人的事，一五一十，说得清清楚楚，末了说道："这个老人真好，这里有一道水线通上海，那是的确的。"邢笔峰点着头道："这话可不假。我不过没有想起来，这条线可以打新闻电报的。这不用说，《文林报》也是走水线的了。这件事，以后不必对任何人说，我们一个驻京记者，连打电报走哪条线还不知道，那这个记者也算不得记者了。我就打电报往上海，告诉他们，以后电报由水线转，要他们去进行一切手续。回头你到刻字铺里去刻一个木戳，晓得吗？"徐度德点头说是。

不到一个星期，杨止波到邢家来，看见电报纸已盖了由水线走的木戳，就知道打电报的问题已告解决了。但是邢笔峰并没有对他说，他自己也就不愿问他。其实，他一盖这木戳，就什么都明白了。

下午，杨止波回到通讯社，殷忧世却来到房内问杨止波道："邢先生这个打电报问题算是解决了。经过情形你知道吗？"杨止波伏在桌上，正赶着写稿子，便随便答道："是的，现在改由水线走了。"殷忧世站在房门口，看看没有人，便道："自己不知道有水线，稀里糊涂，就打算告电报局，这多滑稽？幸而未告，要是告了，那可是笑话啊！"杨止波笑道："好在不知道有水线的正多，也不算笑话。"正要根据这话接着谈，可是写字间里来了找杨止波的电话。这电报问题的谈话就中止了。

第二十四回

通信新刊一人传妙手
老拳乱舞十臂结围城

　　杨止波去接电话，是孙玉秋打来的。她笑着说："我这学期算完了，考试已经结束，明天正午有工夫没有？我想来坐一会儿。"杨止波道："你要肯来的话，我就是没有工夫，也都等着你一同吃午饭。"孙玉秋道："若是那样，我就过一天来吧。"杨止波道："来吧，我还有很多事，等你来商量呀！"孙玉秋在那边电话里一笑，就挂上了电话。杨止波料定她是必来的，次日上午，就回通讯社里来等着，可是过了十二点半钟，她还没有来，这才断定了她不来。心想，这是什么意思？我又没有叫她来，她自己要来。等着她来了吃午饭，她又不来了。

　　自己等着人没有来，就打算叫两碗面，吃了完事。正要叫用人去叫面，却听到皮鞋响，是孙玉秋来了。她穿件柳条褂子，一条旧蓝色裙子，脸上红红的，也没有笑容，来到房里道："你还没吃饭吧？"杨止波起来让座，自己坐在床上，因道："我等你吃饭啦。"孙玉秋叹了一口气道："你的情意真个不错。我猜你没吃饭，还等着我。我特地喊了一辆车子，奔向你这儿来。好多人留我吃午饭，我都道谢了。尤其江家两个女儿，就拉着我的手不放。我说真有事，才把我放了。"杨止波道："什么？你到会馆里了？那你算回了家了。"孙玉秋道："不要忙，待我来从头说起吧！我父亲，与我还有点儿父女之情，他曾到学校看我好几次，所幸我都在学校里。"杨止波笑道："那很好，没有到我这地方来。"孙玉秋也为之一笑，就道："你以为我们的事，他始终是丝毫不知道吗？我看不然，我父亲在我面前问过你好几次，倒是态度很好。"杨止波笑道："问过我好几次了，你怎样地答复呢？"孙玉秋将手在桌上摸摸，笑道："你猜我怎样答复？"

　　杨止波起身要来倒茶。孙玉秋笑道："我自己倒茶自己喝吧，你猜我怎样答复？"杨止波只好重新坐到床上，笑道："我猜，你就承认了。"孙玉秋把手提起茶壶斟了一杯，笑着看看茶，把杯子举着喝了。杨止波笑道："你怎么啦？"孙玉秋将杯子拿着，还是对杯子发笑。杨止波道："说呀！"孙玉秋这才将杯子放下，笑道："承认什么呀！还早得很啦，我只是同我父亲说，经王豪仁先生的手，拿过几回钱，这杨先生为人很好。"杨止波道："你撒的谎就不圆。"孙玉秋笑道："可不是吗？我父亲就问我，每月用度，这也不少吧，都是杨先生出吗？我怎么答复？只好含糊了事罢了。"

杨止波笑了一笑道："这你已经是承认了。不过你刚才说承认还早，这句话我不明白。"孙玉秋笑道："那我说错了，我是说那个时候还早。"杨止波道："我还是不明白呀。"孙玉秋鼓了嘴道："你真不明白吗？我就说了吧，大学预科二年，现在还仅仅过了一年，还有本科……"杨止波笑道："我明白了。你说要等你大学毕业才结婚，日子太久远了啊！"孙玉秋道："不谈这个了，我还谈到皖中会馆里去吧！我父亲常说，家里母亲想念我，叫我回去看看。今天早上，又到我校里去了，又说母亲念我。当然我七八岁就跟我妈，母女之情总是有的。我就跟了我父亲回去了。一进门，看见我妈端条小凳子坐着，在北屋里正中放下了盆，洗几件衣服。我鞠了一个躬，叫了一声妈。可是我妈依然生我的气。她说，哟！李小姐来了，我这里不能招待。我当时就气得不得了，但是我还忍住。便说，妈不要生气，等我慢慢地说来你听。她站起来，将两只湿手在衣服下面揩着，看那样子好像要打人。她说，这里没人是你的母亲，你的妈在家乡，不要在这里乱叫。你走不走？你若是不走，我这里就不客气了。你说，我还等什么！不过父亲还好，我见他站在门口，就说，爸爸，我走了。于是我就出来了。"

杨止波道："这也好，你就不会念你的家了！但是这并没有好久的时候，你还到什么地方去了？"孙玉秋道："会馆里许多邻居，待我都很好，就拉着我这家坐坐，那家坐坐，所以来晚了。"杨止波道："这餐饭，真等久了，我们出去吧！"孙玉秋道："叫到家里来吃吧，我们有话谈，在家里不好吗？"杨止波道："那也好。"于是起来，伏在桌子上开了一张菜单，告诉用人拿到饭馆里去，告诉快一点儿送来。杨止波坐在小方几子上，这方几子就在写字桌的横头。向孙玉秋道："我还有一件事得请教呀，那小红的事，怎么样了呢？"

孙玉秋因两手闲着，在他桌上抽出一张格子纸，拿了笔写字好玩。杨止波这样一问，她将笔放下，笑道："这还要问吗？学生会去了一封信给黄二混，把小红的事都说了，问姓黄的是你愿意打官司呢，还是愿意和平了结？黄二混先是不肯和平了结，可是女师大也不敢来。后来学生会派了两个代表去见黄二混。经两个代表一说，他也不赖了，我们给了三十元钱，算抚养小红一番，他也拿出了她一张从师纸，当面涂销。这一件事，早已经完了。"杨止波道："这样不平的事，天下太多，可惜打抱不平的人太少了啊。女孩子现在怎么样了？"孙玉秋道："很好呀！日里在学生会做点儿杂事，晚上进夜学校读书。你还有什么话要问的没有？"杨止波道："有呀！不过我们没有吃中饭，饿得可以。等会儿吃了午饭再谈吧！"

孙玉秋又俯伏在桌子上写起字来。杨止波站起，看着她写字，两手挽在身后，将头俯着细看。孙玉秋把笔一丢，笑道："我因怕你累了，所以不说话，把纸瞎涂一番。你索性站起来看，有什么好看呢？我这字见不得人。"杨止波笑道："你的字，也还看得。你写吧，我暂时休息一下。"他说毕，当真在床上横睡下去，也不作声。躺到十分钟时候，忽然孙玉秋说话了。她道："我来问你，新任财长康为重这个人，你觉得怎么样？"杨止波依然躺在床上，说道："你也知道康为重这个人吗？他原是司法界有名的人，你何以问他？"孙玉秋道："我有一个朋友，她很喜欢字，也很喜欢中国古代的书。她听到说，康为重在日本留学多年，看到在中国寻不到的书，日本倒是有，他就花了很多钱，买了很多中国古书回来。在未做财政总长以前，听说他愿意卖掉两部书。我这朋友就很想买，正要问价钱，有人说，那是假书，那朋友就缩手不干了。现在既是干财政总长，当然此话不谈。因为你是新闻界里人，什么事都晓得，一时想起就顺便问问你。"

杨止波在床上坐起来，笑道："这倒是没注意，我明天打听打听。不过你所说的朋友，大概又是女界的人了。"孙玉秋道："我哪里会有男朋友？"刚刚说出这句话，她就感到不对，眼面前的杨止波不是朋友吗？就只好笑笑。

杨止波并没注意，便道："这事很好打听，我包你详详细细打听出来，他卖假书，或者是卖真书。"孙玉秋笑道："我又不当新闻记者，也不买古董，不用打听了。"他们正说着，送饭的来了。两人就忙着吃饭，把这事暂时搁下。

吃完了饭，孙玉秋道："我现在要回学校去了。"杨止波把茶壶泡了茶，说道："别忙，我正打算问你，这通讯社里的事，我真干够了。我打算辞职，你看怎么样？"孙玉秋笑道："你现在对钱的一事，大概不怕了吧。你只要觉得对得住邢笔峰，那就辞掉了也罢。"杨止波道："我明天就辞。"孙玉秋道："你又何必这样急呢？等天凉快了再辞吧。"杨止波道："天凉快，照说要多做一点儿事，你还说等天凉快了再辞，分明是叫我少做一点儿事了。"孙玉秋笑道："你少做不了事的呀，你若是辞了，我看你非在新闻界里找名编辑当不可。比现在的钱多得有限，工作却比现在更忙了。你说我猜得对是不对？"杨止波就哈哈一笑。

孙玉秋坐一会儿，就走了。这天以后杨止波就心上拴了一个疙瘩。心想，康为重这个人，自己不熟，打听一下王豪仁吧！但这豪仁兄也好久不见了。再要不行，还有个方又山，也可以打听打听。于是通了一个电话给皖中会馆，约定王豪仁晚上到通讯社里来。到了晚间八点钟的时候，果然王豪仁来了。

杨止波让王豪仁脱了长衣，将两把藤椅子朝院子里一摆，泡上一壶龙井，买了一包纸烟，二人就在院子里一坐，带歇风凉，带谈闲话。王豪仁斜靠在藤椅子背上，口里衔了一支烟，便道："你有什么事吗？"杨止波道："一件不相干的事，可是将来也许可以用得着。听说新财政总长康为重未就职以前，穷得连书都要卖，不知这是真有此说呢，还是假的？"王豪仁道："这位学者，我不认识他。不过他有书，那倒是真的。这个书，全是明朝的版子，有的还是宋版哩！但是没有就任总长以前，这康老过的生活也很不错，他为什么还要卖书呢？我不懂。足下想买书吗？"杨止波道："我哪里有闲钱买书，不过有个朋友买书罢了。你可能替我打听一二吗？"

王豪仁吸着纸烟，黑夜中有一点火光在半空闪动。那个样子是在想些什么吧。他忽然将火星一丢，笑道："这事情原是很好办的。我明天就到旧书摊子上问问，看康家以前是不是真有书。若是真有，本来拿书出来看一看，是不是古版，这也不难。不过现在，他是财长，这事就不能谈了吧？"杨止波又敬了一支烟，笑道："请再来一支烟吧。"王豪仁坐起身，含笑接过一支烟来，吸了一口烟，笑道："我也要办一个通讯社了。"杨止波听说，就将椅子移拢一点儿，问道："老兄也要办通讯社吗？像这个宇宙通讯社，就是我一员大将，稿子从何方好起？"王豪仁坐着吸烟，掸了掸烟灰，笑道："我不讲排场，这里共用两个人，若是把我取消，那只用一个人而已。老弟，你听见以为是笑话吧？"

258

杨止波站起来，向王豪仁望望。他看到王豪仁很自然，便道："你用一个人，便办通讯社。那就是说，编辑、写稿、采访，都是一个人了。这一个人，如何忙得过来呢？"王豪仁道："不用忙，我喝了茶跟你说。"杨止波听说，便拿茶壶斟了一满杯茶，刚要递给王豪仁，他道："你别同我客气，我自己来，要喝多少我自己斟多少。你一客气，我倒拘手拘脚起来了。"杨止波依了他，就把那杯子放在窗户上。王豪仁左手捏着纸烟，用右手拿过茶杯来，正好是温热，于是端起杯子一口喝干。他还不够，起身又倒一杯，也一口喝干，笑道："我晓得你老弟不信，一个人怎么办通讯社呢？我一同你说，你就明白了。"说着，把纸烟丢了，重新坐在藤椅子上。

　　杨止波听了他的话，很是奇怪，站着并没坐下，听他说下半截。王豪仁道："我们是旧兄弟，这也就是说我们是好朋友了。我看你们这些通讯社，好的当然是有。可是不好的，那真是车载斗量。办一个不好的通讯社，至少也要四五个人，我觉得那完全是浪费。这怎么说呢？发出去的稿子，全没人用，不是浪费是什么？"杨止波笑道："你这批评，确很透彻。看你办通讯社，怎样不浪费吧？"王豪仁道："我们不谈什么社长、总编辑，那都是拿大话吓人。我就自上至下，就只有我这一个人，至于叫什么，我不在乎。那些狗屁不通的家伙也自称社长，我真对社长这个称呼有些惭愧。所以皖中会馆里的人，叫我一句王先生，我真觉不敢当。喊我一句老王，我倒觉得很好。"

　　杨止波笑道："不必发牢骚了，你只管谈你怎么样开办通讯社吧！"王豪仁笑道："我是不要名义的，所以社长也好，总编辑也好，采访也好，全是我一人包办。底下还有一个写稿人，但是我也不要，都归我一人。还有印稿子的人怎样呢？我还是不要，不过我有时或者不忙，就自己印稿子。要忙了，就来不及自己办了，所以请了老朱一个人。这老朱也是我一个同乡，住在会馆里。这人当然很穷，什么东西都没有，就剩他一辆心爱的自行车。他听说我要请他，他很欢喜，马上同我约定，凡是北京一些报馆，还有几家私人，他包送，不拆烂污。至于他一月能挣多少钱，那些我们全不问，也没有力量问，有钱，我就多分他几个：没钱，至少我也应当贴他三元钱伙食费。这老朱说可以，反正他没事，待在家里也是闲着。这就是我们两人办通讯社的底细了。"

　　这一晚王豪仁到夜深十二点，方才告辞回会馆去。

这话过去了两天，出了问题了。按黎元洪复职以后，第一个内阁总理就是颜惠庆，财政总长便是康为重。这时遇事都要请示保定曹锟的。曹锟对于黎元洪进京复职，就完全视为过渡性质，对于内阁，更是无所谓，大有招之便来，呼之便去的姿态。不过有一件事，却是不能放松，便是军饷问题。几乎天天有电报，催索各方的军饷。这时候的康为重，所以能做成总长，全是跑黎公馆跑来的。因为保定的曹锟曾表示过，只要军饷无问题，你就放手做去好了。康想着，这事情总好办吧，便真个放手来做他的财政总长。在王豪仁与杨止波谈话的第三天，这就在国务院惹起打财政总长的事情了。

这日约在五点钟的时候，国务会议已经散了。这颜惠庆约五十岁，穿了一套夏天深灰的西装在前面慢走。后面跟随一位身穿白色纺绸长衫，略尖的脸，长了一部灰色胡须的，这就是康为重。颜惠庆边走边同康为重讲笑话道："是呀！'好人内阁'，我们总要做出一点儿成绩来给人家看。"康为重笑道："那还要总理给我们大力支持呢。"正说到这里，忽然一个勤务员跑到颜惠庆身边，很急的样子说道："国务院现在来了几十个军官，他们说要会总理和各位总长，拦住都不敢拦住。"颜惠庆用手摆了两摆道："好，接见他们吧！还有几位总长没有走？"勤务道："刚才我还看到两位总长的，大概听到前面乱嚷，他们就向旁边走开了。"颜惠庆回头向康为重道："那么，我们两个人出去见吧！"勤务道："他们正要找财政总长哩！"康为重道："自然，我们同去见。"

国务院的大客厅，是一座很大的殿宇，对南廊庑敞开，而且东西有两面走廊。院子里有两棵槐树，其余还有四座花台，真是又堂皇，又静穆。可是今天不是这样，在后面就听到前面人声大嚷。康为重皱了眉头子道："就大客厅里相见吧！"勤务答应了一个是字，赶紧就往外跑。到了前院子里，军官都站在那里等候，就老远地向他们道："现在总理及康总长在大客厅候见各位呢，各位请吧。"那五十多位军官，公举两位高级军官，嘴上还有两撇胡须的，站在前面。当然，他们都是穿一身军装。勤务这样说了，站在前面的一位军官就对大家道："既是肯见，有话总好说吧？走！"他说完了，便同另一位军官走前，后面军官跟着，走得一路皮鞋嘀嘀嘀嘀作响。

大客厅里，颜康两位已经在等候了。军官一进门，就行了个军礼。颜康两位也连忙还了礼。军官不肯坐，大家都向两边分批站立。颜、康二位自然也只好站立。那个做军官代表的站在进门门口，他就先道："我们是驻近畿军队的营长，我们上了呈文给国务院财政部。我们有好几个月未领薪水……"康为重连忙答道："政府对各位的薪水，果然欠得太多。今日阁议还曾为这事商议了大半天。就是足下不来，看到你们这项呈文，日内也就要发了。"军官代表道："那好极了，但是发的话，不知能发多少？"康为重道："你们呈文上所要的数目，实际并不太多，只是一刻儿筹钱，恐怕筹不了许多。我说一句负责的话，打个对折吧？"军官听着十分高兴，便道："财政总长已经答应给我们发薪了，那准是没错。那么哪天有呢？"康为重道："三天之内吧。足下还有什么话没有？"

那军官想，他既已答应三天之内发薪，还有什么话呢？不过他表示，有话还可说，那也是很好的事，便道："我们还有一点儿意见，就是打对折发薪这个办法，却是不太好吧？其余那些款子，不知哪日有呢？"康为重笑道："总理在这里，那总不会太远吧？"颜惠庆走近一步，把西装领子摸了一下，才道："对的。这是国务院，说话总要算话。"那军官就回头向同事道："诸位没有什么话了吧？"众人都说没有话。军官于是对颜康说："没有什么话了，吵扰总理和总长。"说毕，又行一个军礼。其余的军官也都行了一个军礼。大家向大客厅外告退。

可是这里军官刚走，又进来了二三十人。再看那走廊上，也麇集有二百多人，不知道是哪里来的。这一群人，有穿长衫的，有穿制服的，也有穿短装的。进来的二三十人，一见颜康就喊道："我们要钱，我们要钱，哪个是财政总长？"康为重站着没有动，拿手招着，对大家道："我是财政总长，有话慢慢地说，别嚷。诸位是哪个机关？欠了多少薪水？"就有一个人道："我是度量所。"接上又一个人道："我是森务局。"这就一个跟着一个嚷着，各个报上他服务的机关。康为重道："别忙，你们这许多机关，一时间叫我如何查得清楚？"这时，大客厅里已由二三十人增加到四五十人，而且离得很近，举手就能打人。

颜惠庆因为没有人和他吵嘴，就向后退，退得与来众隔有丈来远了。康为重是一个法律专家，心想，这是国务院，这里不是打人的地方，这里打人，那简直形同造反了。他因此不退，而且涨着脖子红着脸，大声道："这是国务院哇，可不能大声叫嚷。政府真是欠你们的薪，我们先查一查。这样乱闹，可就是不对。"这时，就有一个穿灰布长衫的人，长得很胖，头上戴顶软皮草帽，跳起来道："我们要钱。刚才来的军官，你就和颜悦色地和他们赔小心。怎么见了我们就这样不客气?"后面有个人道:"打这小子。"一声嚷打,有六七个人就围上康为重,其中有一个人也不知道是谁,就伸出一拳,兜他胸打来。康为重看见真的要打,急忙向后退走。

但是这里六七人,立刻就增到十一二人,都齐进了脚步,伸着拳头,向康为重身上乱打。康为重将两手横抗着,望后倒退,可是身上已被乱拳打着了几拳。五名勤务原都站在康为重身后,有两个看看形势不对,赶忙站到康为重前面,伸出两手去阻拦众人。还有三个勤务,看那两个人已钻到前面,也不肯落后,一齐向前一围,把康为重围在中间。这就二三十人围住六个人,朝前乱拥乱打。五个勤务也分不出东西南北,只能紧紧保护着康为重,让拳头不要打在姓康的身上。

这前院自然有许多警察,他们先是保守各岗位,不敢过问后院的事。不过随后来了两三百人,看到情形有点儿不对,就分出两个人去注意后院的情形。及至听到喊打,有十几名警察就举着枪一齐向后院跑去。没有进大客厅的人,听到前院大批脚步响,有一两个人就开始溜走。大众看到一两个人溜了,就暗叫不妙,都向前院里飞跑。这里十几名警察到了走廊上,大客厅里的人,看到门外的人已经在飞跑,就也不敢耽搁,个个抽身转来,朝门外跑去。等警察跑到目的地,在大客厅里闹事的人,早跑空了。

这样,五个勤务便把康为重扶到了沙发上躺着。颜惠庆气得两只手发冷,站着说不出话来。前后也有几名勤务,怕那打康为重的转身又打颜惠庆,所以紧紧把颜惠庆保护着。这时看到闹事的大众,已经跑个干净,回头又是十几名警察跑了进来,颜惠庆才透过这一口气,叹道:"这真是岂有此理!"正想过去看看康为重,问伤在哪里。只听见康为重对那十几名警察喊道:"你们给我去抓吧!把他抓来。就是刚才在这里乱打人的人哟。有一个穿灰布长衫的,我认得,他就是打我的一个。去抓,要快一点儿,不然他就跑了。"警察听了这话,又转身出去了。

颜惠庆这就走到康为重身边,问道:"在国务院里打人,而且打的又是我和康总长,这简直是造反!你受了几处伤,重不重?"康为重道:"虽然挨了几下打,似乎还不重。多谢这几位勤务,保护我就像铁打城墙一般,他们几次攻不进。"颜惠庆点头道:"自然,我们要重赏他们。你在这里躺着,先叫大夫来瞧上一瞧,别动。我马上叫电话,把今天的事报告总统。"康为重点点头,左右望了一望,才轻轻地发言道:"我看这事,不是仅仅要款问题。"颜惠庆道："那是自然，等我报告了总统，以后如何对付，再斟酌吧！"康为重也没有其他话说，把那左手抱着右手，对颜惠庆点点头。颜惠庆道："好好养伤吧！"方才去叫电话。

这个问题，谁都知道就是曹锟搞出来的问题。但是康为重做财政总长，是得了曹锟许可的，何以为了欠薪问题竟要邀集几百人，跑到国务院去叫打呢？这问题就似乎复杂化了。因此，一时就轰动了各机关，所有可以进出国务院的人，都坐了汽车马车赶往国务院去探问了。这时候，康为重已搬进了卧室里，这是国务院为各位总长作为休息时间的屋子。所以铜床沙发，各样物件俱备。康为重躺在龙须席上，靠铜床摆了一张檀木茶几，茶几上摆着大夫所用的皮包。两个大夫，两个看护，都站在床边。大夫正在为康检查身体，房里一点儿声音都没有。只是放在檀木条桌上一架玻璃罩子的自鸣钟，吱咯吱咯响着。

站在外一层，是两个人。一个是颜惠庆，一个是公府秘书长饶汉祥。饶穿着一件灰色官纱的大衫，嘴上一部灰色的胡子。再外面就没有人了，各位总次长都在外面屋子里静悄地谈这次打人的事件。医生将康为重身体看过了，掉身转来，对颜惠庆道："总理，虽然康总长身上有几处伤，还好，伤没有到里面去，静静地休养几天就会好的。总长说是要回家去，那就让他坐了汽车回家去吧。"颜惠庆道："很好。你们把他的伤处包扎好了，我就吩咐这里的人把他送回家去。"医生还没有答话，康为重说话了。他道："总理，现在拿人，怎么样了？"颜惠庆走近两步道："已经拿到四个，那个穿灰布长衫的人，也拿着了。不过他说，他不是打人的人，是步军统领衙门一个便衣侦探。问他为什么打人时，你偏偏在场。他说，他是化装在附近看看的。当然这番话不能信他，已把他关起来了。"饶汉祥道："这事不用你烦神，我们自然会办理的！"医生向两个人摇摇头，二人明白不宜多说话，就说了句多多保重，就各自退走。再过了半点钟，康为重身体上受伤的地方，完全包扎停当了。就有一批人来把康为重抬上汽车，回家养伤去了。

当然，同国务院有联络的新闻记者都接着了电话。宇宙通讯社因为认识警察室里一个人，也草草地接到了一个电话。孙一得正在社里，接过电话就跳起来喊道："索薪还要打人，真是造反了。止波，你有工夫没有？请你到国务院去一趟。"说着，他亲自跑到隔壁房间里来。走进房里，看见来了一位客人，脱了长衣，身穿白布褂裤，正伏在桌子角上写稿子。杨止波也伏在自己桌上写稿，他见孙一得大声走来，便放下笔站起来笑道："足下说的是打康为重的风潮吗？"孙一得道："是呀！刚才我接到了颜总理的电话。你是怎么知道的？"杨止波用手一指面前坐着的人道："这一位方又山先生，是亲眼看到的人，要说详细，恐怕没有出他再详细的了。"

方又山看到杨止波替他介绍，不好不理，就站起来向孙一得点了一个头。孙一得道："怎样亲身目睹的呢？这新闻是搁不住的，愿阁下把详细情形告诉我们一点儿。"方又山道："这自然是搁不住的，我已经全盘告诉杨老弟了。"孙一得把两手一拍道："那好极了。阁下是如何亲身目睹啊？"方又山笑道："我也是碰着的。我今天下午正走这国务院门口经过，看见有好多人往国务院里走。后来一打听是索薪团。我就心里一动，不要走吧，这一定有新闻啦。我就装成索薪团一分子，跟了他们向里走。国务院虽有警察把门，可是谁也不睬谁，真是大摇大摆望前进。至于怎样闹事，我已告诉你们的新闻里有，这里不多说。后来我看到事情闹大，这是是非之地，以躲开为是，因之我就走到一个小角门边。果然，只有几分钟，里面就喊拿人了，于是我又一躲，走到国务院外的路上看他们拿人了。听说拿了好几个人，可是我没有法子打听是怎样拿的。这哪是索薪团？这是保定弄的花样呀！"孙一得道："这当然是保派闹的，可是康为重是一位学者，打他干什么？"方又山道："这康为重外面是位学者，可内里却不是这回子事。在黎元洪尚未入京的时候，他天天到黎公馆去劝架。劝成功后，他才做上了财政总长……"杨止波笑道："又山兄，这下面的议论就不必发了！"方又山这就哈哈一笑道："我不说了，我不说了。"

孙一得低头一看，见杨止波面前放了一张纸，笔收在墨盒子旁边。至于纸上的字，正是今日的索薪问题。于是拿起看了一看，笑道："这很好，不过还有很多未尽事情。止波兄烦你在家中等候，我还要去打听打听。"杨止波笑着点头道："那好极了，望你随时打电话回来。"孙一得和方又山一点头，转身出去了。两个人又伏在桌上写。方又山的稿子先完，借了个信封把信封好，拿起放进床上一件大褂的口袋里，有马上要走的神气。杨止波也丢了笔站起来，笑道："我知道你要去发这封信。这何必忙，把信丢在这里，回头让我们的信差替你去代发吧。"方又山穿起夏布长衫，笑道："感谢你的盛意。可是这样一来，好像我的责任并未完了。我得把我

264

的信交到前门邮政局，盖了戳子，拿好收条，我的责任才完哩！"杨止波道："就算这样，也还早哩，歇一会儿，喝一碗茶再走！"方又山笑道："多谢你的好意，不用了。"说到这里，正要掀门帘子走出去，只听到院子里有人来了，而且咯咯笑起来了啊！

第二十五回

去舞看衣衫游人历史
来书成锦字学士婚姻

　　这个人是孙玉秋，她掀开了门帘子进来，见方又山在这里，便笑着深深地点了个头。她今天身上穿了一件淡青的秋罗衫子，下身穿了一条深蓝色裙子，她正要在床上坐下。方又山笑道："我这不是开玩笑，因为我同孙女士还不算顶熟，但是话是要说的。刚才孙女士进得门来，看到这里是一个人呢，还是两个人？"孙玉秋听了这话，还是莫名其妙，便答道："是两个人啊！"方又山道："那么你进门，为什么只和我一人行礼呢？"说着，还把手向杨止波一指。一时，孙玉秋不知道怎么好，把嘴唇抿着，只管傻笑。

　　杨止波就笑道："怎么又山兄也开起玩笑来了？我们还有许多事要请问你。"方又山把手扶着门帘，笑道："杨老弟你可记得和孙女士初认识的时候，她拿书来问？过后，我问，这个姑娘真好，不知杨老弟怎样认识？老弟说，人家是规规矩矩来问字，不可乱说。我想了也对，就不敢问。如今不是初会的时候了，我开开玩笑总可以吧？现在，我要走了。哈哈！"他把帘子一掀，真个走了。孙玉秋笑道："这方先生从来老实，不知道今天何以这样开玩笑？"杨止波把床上被单牵牵，让孙玉秋坐下，自己依然坐到写字的地方去，笑道："今天他开玩笑，自有道理。一来相处得比较熟了，二来他今天采访到了一个好消息，所以十分地乐。"说到这里，就把今日国务院闹薪的事告诉了一遍。孙玉秋道："这样，你也要赶稿子了，别管我，你请写吧。"杨止波就真的不管她，伏案写稿。稿子写完，就交给写字的人去誊写了。

　　杨止波这算松了一口气，茶壶里有茶，倒一杯喝了。自己回过头来，看看孙玉秋在做什么。见她歪睡在床上，捡了一本诗集，正用手托着细细地看。因道："现在没有人来，把裙子脱了，凉快凉快。"孙玉秋道："我

266

穿了一条短裤子，脱了不好。"杨止波坐下，把稿子理了一理，便道："我要继续写稿子，你静静地看书吧。"孙玉秋把书一卷，塞在枕头底下，自己坐起来笑道："我这件秋罗褂子，后悔不该做。人家看到，多么惹眼？刚才方先生就是这样！"杨止波道："这也不是我为你特意做的，是我剩下这点儿料子，就给你做了。"孙玉秋笑道："你倒说得奇怪，难道我前后身，都贴上一张纸条，纸上写明，此衣并非是新做的？"杨止波哈哈一笑，因道："你这一提，我倒想起了一事了。此地有位田八奶奶，嫁了一位将军府的将军。八奶奶在年轻的时节，瞧见过西太后穿什么衣服的。她忘了骄奢淫逸是亡国的根本，只晓得衣服奢华，就是美丽。因此，她遇到那些外国人来游历北京，她就要玩票西太后一下。"孙玉秋道："但对这些人来说，原没有什么奇怪。"杨止波道："没有什么奇怪？她以为奇怪就在这里呢。好在稿子还不忙写，先谈完这段故事吧！"

他说到这里，倒了一杯茶润了润嗓子，笑对玉秋道："我先说了，这八奶奶是看见过西太后的，当然西太后穿的一些衣服她也捉摸得出。就是捉摸不出，到故宫去借两套衣服做样子，那也不难。不但是衣服，头要梳两把头，就是京戏里《四郎探母》的公主那样的头。鞋要穿高底鞋，也是和《四郎探母》里公主穿的一样。不过你或者还没看到过，就是平常的鞋，中间安一个底，只有铜子儿一样大，高有三寸多。靠两根棍子撑住两只脚走。那也不是像从前汉人的三寸金莲吗？这值得向外国人卖弄吗？"孙玉秋笑道："这倒是对的。还有什么呢？"

杨止波笑了一笑，继续道："而且学西太后这一份装束，单、夹、皮、棉、纱，这总要一样来它一套吧，何况还有头上戴的、脚上穿的，总算起来，价值真是可观哩！现在将军府一个将军，薪水一直欠着不发，就不知道他们从哪里弄来的钱呢！"孙玉秋道："这倒很奇怪，你接着往下谈呀！"杨止波笑道："再谈下去，我就不用得写稿了。"孙玉秋笑道："那你先写稿子，等写完了再谈。"杨止波笑道："那你坐这儿静等吧。"孙玉秋道："我也有书看啦。正事总归是正事，不要为了闲谈误了正事。"杨止波道："你这两句话，写起来就够得上打双圈。许多人和他女朋友一谈，什么都忘了。"孙玉秋把两只手同时摇着，笑着道："罢了罢了！别扯上这些了。"

杨止波望了望天花板，笑道："还谈两三分钟吧！你想田八奶奶这样喜欢着我们的佳宾，自然，这个人也到过外国的。大概佳宾来临以秋季为多，当然别的时候也有。凡是佳宾未来以前，便给她家中来信，说我们几时要到，来了望为我们引导。这八奶奶就以此为荣。这时候，有两个饭店，一个是六国饭店，一个是北京饭店。因为这两个饭店，八奶奶都混得很熟，外国人来饭店时，饭店就常常介绍八奶奶去扮演西太后，由于外国人都知道西太后，因此去过这两个饭店的就更多了。现在这八奶奶还常到这两家饭店跳舞，我也没有瞧过北京饭店的跳舞，等哪回我有了钱，陪你去一回，好不好？"孙玉秋笑着将枕头布牵了一牵，自己望着自己的鞋尖子，慢慢地道："真的吗？"杨止波道："这有什么真的假的，只要有钱，今天马上可以去。"孙玉秋道："我不敢去。"杨止波道："这倒说出你的真心话。其实只要我们有钱，就哪里都可以去。外国人怎么样？"孙玉秋笑道："不是什么外国人，怕的是我一件衣服都没有。"杨止波笑道："那更不成为问题，你穿这一身很好啊！不说了，我当真要写稿了。"他刚刚拿起笔，忽然又想起一件事，因放下笔，又掉转身来道："我还忘记告诉你了，邢笔峰已买了所大房子，大概过一个月就要搬了，这是做大记者的一份排场呀！"孙玉秋道："你将来也可买这么一所。"杨止波笑道："难道你以为他真是靠笔写来的吗？"但他只交代了这样一句，就真个去写稿了。

写到六点多钟，杨止波没有事了，就一道到小饭馆里去吃饭。饭后已是满街灯火。孙玉秋走到冷静的胡同口上，笑道："现在我要停一个星期再来了。"杨止波道："为什么？"孙玉秋拿出手帕，揩了揩脸，慢慢地笑道："我觉着来勤了不好。"杨止波道："怎么来勤了不好，总是越来勤越好啊！"孙玉秋道："不！来勤了你老陪着我谈话，还有这……"说着笑了一笑，因道："我总觉得慢一点儿的好，我们要克服自己。"杨止波道："你这话我倒是赞成的。不过不要弄得再三来迟就是了。我也常常有什么事要和你商量，希望接到我的电话，马上就来。要是电话不通，我会自己来找你一趟的。"孙玉秋道："那是自然。不过我想你没有什么急事要找我商量的。我走了。"她说了这话，就提起脚来便走。杨止波道："且慢！我晚上无事，送你到学校。"孙玉秋道："别送吧，回去休息休息！"但是尽管说着，并不拦住。送到石驸马大街口上，孙玉秋道："不用得送了。"杨止波站着了，便道："明天上午，你来不来？"孙玉秋道："刚才还说，不要来勤了，怎么又问我明天上午我来不来了？"两人这才一笑而别。

一个星期，没有什么事，天又慢慢地转凉了。这一日正午，杨止波自邢家回社，刚才一进门，有一辆马车停在门口。杨止波到北京来虽有三年，可坐马车的朋友还是少得很，心想这绝不是自己的朋友。所以仍管自地走了。忽然车子上有人喊道："止波兄，我特意来看你。"杨止波回头一看，马车上正下来一个穿哔叽制西装的少年，是《警世报》的代理总编辑吴问禅。不觉哟了一声道："好久不见了。请进来，请进来。"杨止波把他让到屋里坐下，问道："你办的一张《真实晚报》在南城很少看到啦。"吴问禅笑道："那不用谈了，老早关门大吉了。我这回来，请你老哥帮个忙，望不要推托。"杨止波笑道："要我帮忙？你老兄所办何事，都没有说出来呀！"吴问禅笑道："这又是《真实晚报》那种门路，我怕办不好。不过我告诉足下，有个旧国会议员叫文兆微，他愿意拉几个议员一道来办一张报。他看中了我，说了个天花乱坠。我虽是答应了，但这绝不是一个人能办的，我就荐了你兄。还有两个人，那就由他找了。所以我特地来请你，希望老兄不要拒绝。我们过去一场，已很合手。这回合作，当更好啦。"杨止波笑道："议员办报，谈不到前途，他们筹得出钱来，就办一天，一天筹不出钱，那就关门。这个事要我帮忙，真是拖人下水。"吴问禅笑道："那也不至于吧！我一定和你共同进退，要是他们弄个穷包袱，那我们可以不背。"杨止波笑道："这样说那就好办，我帮忙一个月。"吴问禅道："至于帮忙多久，我也不能说。不过一个月总是太少了。"杨止波道："那再说吧！不过我对兄也小有要求，你老兄哪回要到北京饭店去跳舞，带我一个。"吴问禅笑道："这太容易了，我们哪一天去？"杨止波就向他笑笑，把墙上挂的日历看了一会儿。吴问禅道："你是不是还有一个人要去？"

　　杨止波想了一想，笑道："是的，有一个人要去，而且在女师大。你把这马车顺带她一角。"吴问禅笑道："也是在女师大？"杨止波道："先生一定在女师大也有一个人了。"吴问禅道："我想你或者早已知道，便是密斯唐。她明年就要毕业了。"杨止波见吴问禅很爽直，自己也只好说了出来。吴问禅道："好的，只要问一问哪天合适，我们就哪一天去接。我以为月中去最好，那个时候，正好欧洲的游历团来了。"杨止波道："那就更好。哦！我还想起余维世兄来了，你不可以找他吗？"吴问禅道："他早已出京，当中学校长去了。倒是你老兄，把新闻事业当终身事业，和我是同道。"杨止波道："我兄志在当社长，我是当小编辑，怎说我两个人是同道呢？"吴问禅对当社长这一些话，他也不反驳，这里就很有一点儿分寸了。

　　两人谈了一阵，吴问禅决定等候杨止波的电话，然后派马车来接，这就告辞而去。吴问禅一走，杨止波高兴起来，就打了一个电话给孙玉秋试试。这天也是走时，一叫就叫通了。他在电话里面，告诉她有吴问禅和唐女士引导，那你还怕什么？孙玉秋听了这话，也只有笑笑。过了几天，就约了一个星期六晚上，在宇宙通讯社等候车子。

这天孙玉秋穿一件旧的哗叽褂子，下面穿一条青色裙子，还带了一件红毛绳背心。杨止波却穿一套灰色旧哗叽学生服。孙玉秋走进房里来后，只管忍不住地微笑。杨止波将衣服扯扯撑撑，笑道："你笑什么？这还是我三年以前做的衣服。今天既是穿长褂不便当，就只好穿起这一套短服了。你笑我文气酸人，没有一点儿气派是不是？"孙玉秋急忙摇手笑道："不，不是这意思，你穿上这一套衣服也很好啊！少年书生，穿什么都好看的。"杨止波笑道："这话不尽然吧！"孙玉秋笑道："但我对你的想法，就是这样。"杨止波道："这也对。可是我说应该掉转来，二八佳人，才是穿什么衣服都够得上画儿啊！"孙玉秋又笑了。

等了一会儿，马车来了，杨止波就和孙玉秋上车去北京饭店。当时的北京饭店，分老北京饭店、新北京饭店，只有现在的北京饭店一半那样大，可在当时却已觉得莫可比拟了。两人是走新饭店大门进去的，进了门，往左走。里面很大很大一条走廊，而且上面铺着地毯，一点儿响声都没有。四壁的电灯照得通亮。往前走，是一个很大的约莫有一百席大的舞厅。这样的舞厅，现在来说自然不算什么，可是在当时的北京，别处就不能拿来同它作比了。这里分东西两个门进舞厅，四周的电灯全用铜架子或琉璃瓦做成。大厅里面也有精致的小戏台。小戏台下方，安了一个西式的乐队。乐队前面就是很大的舞池，这里正在跳舞呢。

跳舞厅外层设有各种座位，有圆的，有方的，有长方的。就分设在三方面，刚巧围住舞场。这里人分作三股，中国人一股，外国人两股，所以孙玉秋到这里来，以为是到外国来了。这也许不是她夸大。两人正在这里观望，吴问禅已在人丛里看见了，就站起来和他们一招手。两人穿过人丛，找到了一张圆桌子边。唐放女士也就起来招呼。看她穿一件粉红色绸子的旗袍，不过二十来岁，圆形带尖的脸。吴问禅请大家坐下，笑道："你两位是同学，比我们还亲近啦。"孙玉秋坐在唐女士下首，笑道："我刚进女师大一年，对于这班老同学还不敢攀交哩！"唐放道："孙女士倒很会说话呀！"茶房这时过来，问要什么。杨止波也不知道这里要喝些什么，老实一点儿，就来了两杯咖啡。

坐了一会儿，西乐又响。看到多数的外国人起来跳舞了。吴问禅笑道："孙女士，怎么样？"杨止波道："我们这来，还是初次观光，跳舞根本没有学过。"吴问禅笑着，走到另外一张桌子边，对一个穿西服的中国女人微微地点了一点头，那女子起来，就和吴问禅跳上舞了。杨止波问唐女士道："怎么样？唐女士不跳舞吗？"唐放笑道："我这地方只来过两回呀！跟孙女士一样，我也不会。"杨止波笑道："我们倒无所谓，不会就不会，可是吴先生是常来这个地方的，吴先生会，唐女士不会，那不好吧？"唐放道："我也不会常来，学会了跳舞，那就得多花钱啦。"杨止波就陪她一笑。

这样跳舞了好几回，有人报告跳舞暂停，八奶奶扮西太后马上来了。于是各人归座，鼓起一阵掌来。这时舞台上的绸幕慢慢牵开，有一把皇帝坐的椅子摆在台前，这西太后就出来了。果然。从外表看，跟照相片上的西太后有点儿差不多，两把头，高底鞋，一件绣龙的旗袍。走起来这一拐一拐的，这不就是西太后当年作威作福的样子吗？台底下看到她这种形象，很多人又给她鼓了一阵掌。她走过几步，又站着，坐着，做作了一会儿，又下戏台来，在众人面前步行一遍，这才慢慢地回去。这八奶奶的年纪已在五十边上，扮演西太后的怪样，实在叫人看了难受。她到后台卸完了装，又带着笑容去和一群外国人说笑在一处了。

杨止波问孙玉秋道："你看这八奶奶扮演，像西太后吗？"孙玉秋笑道："这个我哪里知道，我又没见过西太后。"杨止波道："你猜想哩？"孙玉秋道："我猜想呀，西太后的淫威她没有扮出来吧。她也不像个太后。"这使吴问禅和唐放都笑了起来。孙玉秋在桌子旁边暗地里牵了杨止波两下衣襟，又用眼色一照。杨止波会意，就向吴问禅道："明天早上我还有事，我要同孙女士先走一步了。"吴问禅道："你是个忙人，我也不留你，可是也得等我招呼一声车子。"杨止波道："不用了，我们要步行一段呢。"孙玉秋就乘此站了起来。唐放道："明日在学校里来找我呀！"孙女士点头，两个人就告辞出来。

这时，已近午夜十一点钟，月亮正好照在街树的头上。很长很长的一条东西长安街，静静地躺在月下。这万户人家，都已熄灯睡觉，更使人感到屋宇沉沉的，好像也是要睡了。杨止波道："你把背心加起，我们在这月亮下面步行一会儿，好吗？"孙玉秋答应好，马上把红毛绳背心加上，就一前一后的，两个人在月亮下走着。那树的圆影，有时也罩到头上。杨止波道："刚才那些人真是失算，你看走在这月亮底下，多么好啊！"孙玉秋笑道："照说大家劳动多日，找个机会这么快乐一下，也是应当的。有喜欢热闹的，有喜欢静穆的，各人听各人的便。"杨止波道："这话对。那么你是喜欢热闹的，还是喜欢静穆的？"孙玉秋道："跟着你走，你说喜欢什么呢？"杨止波也就微笑了。

两个人就这样走走谈谈，倒很痛快。走到天安门边上，看见树木青葱之间，一座天安门排空直起，这就觉得树木渺小多了。那些狮子华表倒是静静地站立。那个雕龙的五道石桥，含着底下一条水影，也闲卧在月地里。杨止波道："现在已有十一点二十分钟了，回去晚一点儿，叫得开门吗？"孙玉秋道："现在热天，大概不过十二点钟，那后门总可以叫开的。"杨止波道："那么这里景致很好，我们慢慢走吧。"于是两人就都放慢了脚步。忽然有一对男女从对面走来，而且还在喁喁细语。杨止波道："这块天地啊，不是我两个人的了。"孙玉秋笑着，将他的衣服扯扯。于是他二人向里边走。不料来的两个人，也是走的里边。忽然那个人哈哈笑道："是的，是的，是止波兄。足下带着文房知己，在这里踏月寻诗，真是此乐非浅。"杨止波一听这口气，知道是柳又梅，不用说，那个和他在一起的女子是杜丽春了，不觉也失声笑了。

走到近处，正是柳又梅与杜丽春。便道："老兄，不用说我呀！足下感到游园惊梦，那实在是个梦罢了。我们必须捉住这个梦，现在，足下正好捉住这个梦。"柳又梅穿了一件哔叽长衫，那杜丽春就穿着一件花点子绸长夹袄。柳又梅笑着站住了，看到他穿了学生装，笑道："足下今天改了短装？"杨止波就把今天晚晌到了北京饭店的缘因，说了一番。柳又梅对杜丽春笑道："人总要因时制宜啊！那这不谈它了，明天上午你在家中吗？"杨止波道："倘若你要找我的话，下午准在家里。"柳又梅又对右边杜丽春看了一看问道："下午去找他吧。"杜丽春只是笑笑。杨止波道："足下找我的事，大概我明白了。"柳又梅道："今天晚上不谈了，时间太晚了。"

这时，正有一辆马车经过。听见了柳又梅的话，便道："你先生到西南城吗？我也回西南城呀。顺便带先生一脚，便宜，就只要四毛大洋。"杨止波还没有搭话，柳又梅道："好的，先送石驸马大街一个人，后到粉房琉璃街，我给你四毛钱。"马车夫道："好的，你请上车。"杨止波这才说话了，便道："我与柳兄说话还没有说完啦。"柳又梅道："有话明天说吧，夜已深了，孙女士应该回学校了。阁下去北京饭店的人，这四毛钱还在乎吗？"杨止波听到他说起北京饭店，只好哈哈一笑，点个头笑道："我

272

照先生的话办了。"杨止波别了他们刚要上车，看见柳又梅又跑了过来，对杨止波招着手。杨止波以为有什么话要说，只好站着。柳又梅笑道："刚才我凑了两句诗。诗这么说:莫道止波无动态，马车亲送玉秋归。"杨止波哈哈笑道："我只说你真和我有话说，原来送我半首打油诗。好了，有话明天说了。"他说着，这就笑着同玉秋上车。

到了次日三点半钟，柳又梅真个来了。让座让茶已毕，杨止波陪他在下方坐定，笑道："足下昨晚上说的有话对我谈，我早就猜着了。我兄要和杜丽春女士快完好梦啊!"柳又梅把腿架起，把两只手抱着，笑道："这个游园惊梦，只可以来一回呀! 这要来第二回，那就受不了啦!"杨止波道："吉期定的是哪一天?"柳又梅这才坐好，将桌上茶杯移了一移，移出了一个圆形的茶杯底的水渍，笑道："就在下月初旬。"杨止波道："什么地方呢?"柳又梅将手指画着圆圈，笑道："这就远了，在南京。"杨止波道："那你要走了?"柳又梅道："自然要走，今天晚上就要动身。"杨止波道："有什么事要我做吗?"

柳又梅道："当然有啊!"说着，站了起来。杨止波将手比着，请柳又梅坐下，笑道："是不是到了婚期，要打一个电报给《扬子江报》登出来?"柳又梅道："那怎样敢当! 我柳又梅又不是一个有名人物，人家会说，这北京发电报的得了疯症哩!"杨止波道："那你要我做什么事呢?"柳又梅道："这在你是很容易的。我想请一些未结婚的夫妇或是刚刚结婚的也可以，一共要二十四对，每对送我一个贺礼。贺礼很简单，只要作几首白话诗，或者旧体诗词也好。你老兄是我看中的一个，要赶快动笔才好。作好后，可写在粉红绸子上，寄到南京我家里。另外我需要声明一句，希望孙玉秋女士也要作几首，而且还希望她自己写。至于诗体我们也要谈定，你填几首词，孙女士几首诗。这个要求如何?

杨止波笑道："我呢，填词就填词。可是孙女士，作诗还是初学，你叫她作诗送你，恐怕她不干。"柳又梅道："那是一定写的。记得上真光看戏，我们一对，恰好碰到你们一对，这岂不是作诗的好材料?"杨止波想了一想，就笑道："好吧，我劝她试试吧!"柳又梅站起来道："今天晚晌我要走，我不能过久耽搁。我给你规定，要在一个礼拜以内就让我收到你们的贺礼。"杨止波也站起来道："那自然不敢误事。不过你这样急着要走，想要给你送些东西也来不及。"柳又梅笑道："就只要你和孙女士给我两首诗，那就感德无涯。"说毕，他真个走了。

过了一个星期，柳又梅的礼已经送了。杨止波就请辞掉通讯社的职务，孙一得也不说肯不肯，躲了个将军不见面。但是杨止波决计辞职，便把通讯社里一切未办的事务都办了个结束，把零碎东西一搬，又上北山会馆了。这时候正是同乡无人前来，杨止波就占有北房两个屋子。虽然屋子很小，但是一间看书，一间卧室，住着已够适意。一天下午，杨止波在一个铜香炉里点上了一支迦南香，从一盆白菊花上修剪了两朵，向小瓶子里一插，和那个香炉并摆在桌上。于是抽了一本《史记》，坐下细细地阅读。

也不知多少时候，那老姑娘穿了一件蓝褂子，一蹦一跳跑了进来道："你的客来了，快接客吧！"杨止波以为真的客进来，就连忙站了起来。等到房门一开，不禁哈哈笑出声来，原来是孙玉秋。老姑娘倒是不走，把门掩着半边脸，嘻嘻地一笑。这样笑过了，这才走开。杨止波笑道："这家伙倒是调皮得很。"孙玉秋在横头坐了，笑道："我有一点儿小事，告诉你，包你很喜欢。"杨止波道："那好哇，什么事呢？"孙玉秋在衣袋里掏出一个洋纸信封，上面印着一个北海。看那信封上写着的受信人，杨止波却是不认得的，因道："这人，我并不认得呀！"孙玉秋道："你看信里面，就明白了。"杨止波接过信来，里面的信纸是一张宣纸，画着半截菊花。除了受信人的名字是写的以外，其余全是印的。这是一封白话信。信是这样写着：

  ××先生雅鉴：

    这是很美丽的一个清秋佳节呀！满山的树影，大半变了红色。底下清净的河流，也就慢慢地变成清白。看呀，人在这里面，何等轻松快乐呢？我俩受了大自然的陶醉，决定于某日在北海濠濮间结婚，并请何逢博士证婚。我俩看见小山纵绿，碧水争清，这时新人受着宇宙的拥抱，听证婚人的佳话，是多有意义呀！所以我们恭请友好，来参观这个不平凡的婚礼。

杨止波拿着这封信在手，把信将左手拍了两下，笑道："这果然有意思，一个是诗人，一个是画家，挑着北海的秋天宣布结婚，这的确是不平凡。我可惜不能观礼。"孙玉秋道："那有什么不能去，等他们宣布结婚的时候，你向这濠濮间一钻，谁来拦你？"杨止波把信放在桌上，望了一望孙玉秋笑道："那么，我们两人同去，做个不速之客。"孙玉秋把手攀了桌沿，自己闲望着地上，笑道："我不去。"杨止波坐下来，依旧望了她道："你不去，为什么劝我去？"孙玉秋道："那柳又梅是他的学生，他两人又是牡丹亭的后代，也算是一对小情人啊！"说到这里就笑个不止。杨止波道："那余二林是他先生，先生也是一对小情人。这师徒四个人，看看这秋光，不能让它轻易放过，先生就宣布这秋天结婚，学生也学个样，也是秋天里结婚了。这是我们文人佳话，也是新闻界佳话。因为有这种佳话，那我就得去观礼呀！你看这话对与不对？"孙玉秋只是笑。

当然孙玉秋是不会去的，因为她生来就有点儿腼腆。人家在那里宣布结婚，她是个未婚女子，看着原也无所谓，可是旁人一指点，自己就难为情了。至于杨止波看了这一封信，他觉得很有趣，听听结婚人说什么话，那也是条小新闻吧。所以这日三点钟，就起身到北海去了。这日的天气，不是像白话信上所说。这是清秋佳节。天要下不下，是个阴沉的天气。进了北海大门，天上全给乌云遮了。北海起了一点儿波浪，打得岸上噼啪作响。看海边上的树木，也微微摆动，人走树下经过，树叶卷着秋风，望下零零碎碎地落下，有时落一片二片在身上。看那山顶的白塔，在树木当中，像要坠落样子。杨止波心想，这天，也许是故意不作美吧。

打东边岸上走去，走过一截山坳，忽然开朗，中间一条清水，九曲桥在上面经过。这里一座水榭，命名就叫濠濮间。但是这里四面临空，并没有人在此结婚。还好，这里有三张大红纸条，上面都写着，余、黄两家喜事，设在这里望北画舫斋。这才去了一层疑问，不然，这地方是避暑小歇之地，怎好行结婚佳礼呢？向北走，果然有座很大的殿宇，在当中的正屋里，有西服革履的少年、旗袍荡漾的少妇，还有长袍马褂的先生，拥挤着成了个半月形。这时候，一阵笙箫之声奏罢，底下是雷声似的鼓掌。

杨止波一面走，一面心想，我来晚了吧。但是既然来了，索性看看结婚的礼堂如何布置也好。好在这里已没有任何拦阻，一直向堂上跑。但是到了近处，这里已被人挤得没有一条缝。这都是一班学者所来的地方，是不能挤着上前的，就只能在后面寻找可以站着看得清的地方。还好，阶沿上有块大石头，赶快就把身子向上站定。从这里看，礼堂里的情况已一览无余。礼堂里是这样的：中间摆一张檀木桌子，桌子前面系着桌围。桌上摆着鲜花，下面摆着婚书。这和平常新式结婚的人差不多。但是里面就只站一个人，这里介绍人和主婚人都没有了。在这下方，站的就是结婚人了。新郎穿一套礼服，新娘披着水红纱，这也和平常结婚人差不多，不过他们穿得格外鲜艳罢了。

再看证婚人，便是当年有名的白话博士，名字叫着何逢。他今天也穿了一套笔挺的礼服，胖胖的一张脸，嘴上有点儿小胡子，其实这个何博士还是很年轻哩。他绷着脸蛋，没有笑容。他虽然说的是白话，但是字眼里面总带着南方音。他早已在说话，杨止波听到的已是下半段了。他是这样在说："二林老弟和碧流女士挑着今天结婚，那当然是非常美满的。可是结婚有三种人。第一，慢慢地过着，几年之后是格外美好。有的为点儿小事，两位争吵，但是不久又好了。有的却两下不和。不和的程度，而且越来越厉害。当然，二林总是向第一条路上走，格外美好。若是走第二条路，我这里就不许可。第三条路，二林不会有的。但那事是可以警惕的啊。"他虽是证婚人，态度严肃点儿也无妨，可是他在授课的时间，指手画脚弄惯了，所以他演说的时候，双手高处一比，低处一比，就把两位结婚人当作一对小孩子样教训了。

由于何博士说了第三种人可以警惕的话，第三个来宾演说，就更大做其文章。来宾是站在桌子前面的，当然离新人更要近些了。他提到警惕两个字就说："警惕也有两层看法，新郎对新娘，遇事要加一份警惕性在内，新娘要站近，新郎就不敢站远点儿。"他说到这里，正好新人站得近了一点儿，于是看的人都鼓掌大笑。不过有的知道余二林的恋爱，怕他再讲下去不妙，连忙对司仪丢了一个眼色，司仪也明白这个道理，就喊谢证婚人、谢来宾。两个新人向上三鞠躬，回过身来，也行个三鞠躬。杨止波这回看了看新人，只见余二林长得颇漂亮。可是很清瘦了。正想仔细看看，却是右臂给人轻轻一碰，那个人道："走吧，我们到外面去说吧。"杨止波一看，这是一个熟人，就嘻嘻一笑，自高石头上跳下来了。

第二十六回

素履闯高楼新儒嚼蜡
荒街有野寺古版翻书

杨止波认得这个人，是谁呢？就是佟致中。他是有些小才能的人，可是有野心，在人前虽不说出来，久而久之，你就会知道绝不是小小一个外勤记者可以使他满足的。当然，这个时候，杨止波还没有看穿他，笑道："你来得正好，我一个人怪寂寞的，可以谈谈吗？"佟致中穿一件灰哔叽袍，头上戴顶呢帽，因道："这里人多，我们没有法子谈。我们一路出去，一边走一边谈。"杨止波同意，便在前走，佟致中跟在后面。走过小土山，到了人行大道。这里的槐树都是两三百年以前的东西，这会儿成了树林，走在里面，只觉一阵阴凉，扑入眉宇。

佟致中一看前后没有了人，便道："你看何逢博士说了一遍训词，措辞怎么样？"杨止波道："他演说的全文，我没有听着，就只听了后面一段。觉得今日告诫朋友，是可以的，但是应当委婉才好。说到第三条路，要加以警惕，这何必在今天讲，老兄以为怎样？"佟致中笑道："这个人说话，还管你是结婚不是结婚呢？先生回去又要做一段话，批评何博士吗？"杨止波笑道："宇宙通讯社我早已辞职了。这通讯的材料，我用不着。"佟致中道："你老兄工作实在太多，辞了职也好。"杨止波笑道："有个小编辑马上就要加到我头上的，将来还求你老哥携带一二。"佟致中道："我还能携带老兄吗？我就要求你老兄携带我呢。这不是瞎说，我想办一家小报，将来还求老兄多写点儿小品呢。"

到了树林子尽处，过了一道石桥，这要取路出去了。杨止波道："我们走漪澜堂长廊上弯一弯，好不好？"佟致中道："好的，我正想跟你谈一谈。"于是走到漪澜堂面前，只见北海秋水澄清，三方湖岸，有四五里路宽。这时，有小雨落着，将那些树木殿宇罩上一片绿荫荫的颜色。北海里有一只小船，正在水上漂漂荡荡地划。海里的荷花已经没有，荷叶也只剩残乱的若干块了。当小船在旁边经过时，风吹得荷叶飘飘摇摇的。漪澜堂上只有几个人来往。随着半圆的长廊，行走在两三丈宽的路上，倒很适意。

杨止波走着道："你刚才说办小报吗？我看北京的小报，那还有个啥瞧头？我兄是我们同道中很好的人才呀，要办个大报才够劲儿哩。"佟致中笑道："北京的小报不成为东西，这不但是老兄看来如此，就是我看到，也太不成话啊！可是小报是有前途的，而且我要办的，是大报缩小的小报，不是这样一抹乌漆黑的小报。"杨止波道："你要办改良的小报，那我很赞成。不知道你是怎样的改法？"佟致中道："我这样想：就是大报上有什么，我这小报也要有什么。我要把每条新闻都编得十分简练，这也没有什么难吧？"杨止波道："这自然不难。可是大报是当天发稿子的，晚上排印，你打算怎么样？"佟致中道："自然和大报一样呀！不但仿大报的办法，还要自己访新闻。我想，若是这样办，比之一般小报的新闻就要早三天吧。人家说，说报新闻迟一点儿不成问题。我就不相信，人家看新闻愿意迟三天的！这不但小报的天下可以夺过来，就是大报的销路，就也得分一点儿。"

杨止波连连鼓掌几下，说道："你老兄这样办，兄弟很赞成。还有那版副刊呢？"佟致中道："副刊仍分两小版，尽量向通俗方面走。要是大报销路也能分到一点儿的话，那么也可划它一小块，办高深一点儿。其实这些意见都是新闻界有人谈过的，不过我把它聚拢来罢了。"杨止波道："这个办法很好，哪天小试牛刀？"佟致中就哈哈大笑起来，他道："想是这样想，可是这要一笔钱才可以成功哩！我这里当然有一点儿小路子，不过还不够，所以我还得考虑。有很多人是不赞成办小报的，像你老兄那样赞成的，真是不多见。"杨止波笑道："你别夸奖我。就是夸奖，老兄办小报，我也不能帮忙。"佟致中道："这不是夸奖呀，是真话。真个我要办了小报，那一定要请我兄帮忙呢。"

两个人说着话，已把漪澜堂围廊走尽。杨止波抬头看着天上，还在下着细雨烟子，便笑道："这细雨不会打湿路的，我要走回去了，阁下有事，各行各便吧。"佟致中点点头道："老兄说各行各事，倒也适当。不过我有一事，要奉劝老兄。什么事呢？就是国会开起会来，真是有趣得很，应该去两回啊。老兄虽不当通讯社职员，但是去看过几回，包你写文章格外有劲儿。"说完了，他打了一个哈哈。杨止波心想：这国会开会，情况总差不多，愈是骂人最厉害的，他是愈有办法。佟致中说那里有趣，就去走走吧。好譬听一台戏，有点儿谈助，这也不坏。便道："好的，哪天要去，我打电话告诉老兄。"佟致中将手一摇，说道："你只管自去。到了那里，你别由正门里进去，可走两边的门。门里有上楼的梯子，走起来同六国饭店一样，很厚的地毯垫着，一点儿声音没有。走上楼后，都是包厢。"他说到这里，又哈哈一笑，掩了嘴唇道："还好，这里无人。那不是包厢，是看台。我们的看台在右手第二个厢，你走进去，里面大概有许多熟人，至于我，总在那里的。"

彼此就这样告别了。杨止波走到会馆，想起余二林的婚姻，怕不能同偕到老啊！过了几天，邢笔峰搬家了。新屋是在顺治门里一条胡同。这房子是以前统领的住所，后来统领死了多年，这房子就出卖了。他家卖了多少钱，我们不知道，大概不会少吧。房子是这样的排场：是一个八字门楼，进门有车房，有门房和一个大院子。房子是中国式的，四面都有游廊。再一进，既不是中国式的，也不是西式的，屋子都挤在一处，有点儿像西式，可是门窗户扇，却又细格雕花。这就完全是中国式了。再后面是披屋，这里有厨房，有下人的住屋。要论起北京住房来，这当然不算大。但要论起一个记者来，那屋子就不小了。

这个邢先生搬了新屋，非常阔绰，先说这记者室，这里面摆着一张红漆的长桌子，四面是四把沙发，不是以前藤椅子了。朝下一张写字台，上面也是电柱通明，这是翻译电报的。朝里一角，摆着檀木椅子和一张大理石桌子。再外面便是报架等。可是这里有些不解，就是电话，却是安在中进饭室里的，这是很不便的。照理应该安上一根插销，放在邢先生的办公事桌上。要是邢先生要向外问消息，或者有人自外面打电话进来，告诉你消息，这插销一插，电话就通了。这不便当得多吗？可是他这里答复的却是一个不字。这是为着什么，我们疑问到底了。

隔壁一间屋子，便是客厅。一进门来，也是一种古色古香。客厅是船形的，进门的右边有一只特大的穿衣镜，架框子全是嵌螺钿的。左边六把檀木椅子，还有一套大理石的桌几。中间铺着地毯，朝上一张美人榻。按着四方摆着茶几，上面陈列着古董。这一些全是紫檀木的，擦得红中带紫。窗外两株海棠，一株梨树。靠外面，把绿门一隔。侧面去看外面，隔了这扇绿门，看见有假山，有葡萄藤架，那是内院了。一个新闻记者能有这好的待遇，这就不同等闲了。但这是有钱人的最初一步，论起好的来，自然还有呢。

杨止波到新闻记者室来，就见殷忧世徐度德他们早已来了，放下帽子连说："漂亮漂亮，这同前头一比，是有点儿天渊之隔了。"说着，在对邢笔峰的沙发坐下。邢笔峰笑道："这个房子是我捡便宜捡下来的。过几天也有便宜的话，我兄也捡一所。"他口里含着雪茄，面前摆一碟糖果和瓜子，大有自得其乐之慨。杨止波道："我怎能要这样大房子？"暗中却想，我哪里有这些造孽钱挥霍呢？邢笔峰笑道："我兄看轻了自己。"殷忧世在旁边看报，便说道："我兄自和宇宙通讯社脱离以后，一得兄又拆烂污，跟前头一比，也是有天渊之隔。"邢笔峰道："一得为什么不出两文钱，弄个好点儿的人当编辑呢？"

杨止波怕提宇宙通讯社的事情，就忙着扯开来道："明天国会开会，我想去看看，有哪些要注意的，望邢先生和我提一提。"邢笔峰道："你去看开会，那很好，这几天又在闹内阁问题了，可以注意一下。"殷忧世道："我也想去看看，开会的时间是几点钟？"杨止波道："三点钟。我明天早点儿来，把事干完了，我们就去。"邢笔峰道："要是你两人都去的话，不妨在我这里吃午饭。二位回来在我这里经过一下，有新闻我们就来个两条。"这虽是明敲竹杠的话，好在国会消息当晚就有，敲一下也无所谓。两个人都答应了。

次日，是个大晴天。国会在宣武门内，靠城墙里边。这里既有个参议院、众议院，所以提个名字，叫国会街。两院都是一道大门对着城墙。今日去看的，就是众议院。参议院内部，有三百席。众议院却有五百多席，因此众议院大得多了。这时，杨止波殷忧世走了前去，路上经过参议院，后到众议院。众议院是凹进的地盘，两边筑有车棚。一座很大的圆式大门，上面刻着众议院三个字。那里虽有警察把守大门，但他们看到人穿的衣服还整齐的，你只管进去，并不拦阻。至多问你是哪个报馆，你答应了，也就进去。果然，第二重门是走边门里进，这里有扶梯，像佟致中说的是柔软无声。上了楼，看到三方一排厢房，比之那时的戏院是阔绰多了。首先就座椅说，坐着不仅极为柔软，而且是一排高着一排哩！

走到第二号厢，里面已约莫坐了十个人。他们还没有作声，佟致中便在人丛中站起招手。杨止波连忙走了过去，随后殷忧世也走过来。佟致中笑着轻轻地道："你二位还来得不晚，还没有开会呢。阁下要问问这议会里情形，这里在场的人都可答复呀！"杨止波向各方点了点头，这才在椅子上坐了下去。首先要看的，是底下会议场上的大概。先看上面，是有一个台，将蓝绸子蒙上，在这蓝绸子边上，悬了两面五色国旗。在这下面放了两排椅子，大总统和国务员有时到众议院来，他们就坐在这里。再中间，就是议长副议长的席位，当然桌子椅子都是很讲究的。台口上，这里有一张半圆形的桌子，那个时候因为还没有无线电广播器，只有在院中，四壁做下回声的设备。这是发言人在这里发表演说的。再以外便是众议员席位了。

这众议院里也是带圆形的一种席位。不过那时候还没有现在讲究，不过半圆一点儿罢了。这分排的座位，也像现在一样，是挨着地板钉上的。座位面前有桌子，桌面上摆的全是毛笔，还有一个墨盒子。这墨盒子不是流传的墨盒子，墨盒上钉有个铜绊，绊上有串铜链，给钉死在桌子面上。这是什么用意呢？是因为怕议员们吵起来，动武把墨盒子砸人啊！这也不止墨盒子一样，凡是可以抛丢的东西都收拾起来，不过墨盒子是很显然的物件罢了，当然有纸张，这都放在桌子抽屉里面。其实讲抽屉也不通，根本没有抽屉，是一个龛子而已。

议长是吴景濂，绰号叫吴大头。这时坐在议长席上，个儿不大，突尖的头，脸子尖削，但和全身配起来还是很大。他穿件黑绒袍，罩件团花马褂，用眼睛四周看人，一点不作声。这是当时有办法的人，也就是当时善于投机取巧的人啦。这时有一个当秘书的人递上两张纸条给他。他看了一看就放下了。桌上装有电铃，他把手一按，就是一阵铃响，然后他在自己席上站起来报告道："现在共到有三百九十人，已过三分之二人数，开会。"他说完了，坐下。就有一个议员在人丛里站起，报告了号数，请求发言。这号数也是当时议院里规矩。因为议员的人数很多，报告姓名，或者听不清楚，或者听不懂，究竟不妥。这样根据席位的席数报告，因为各议员有调查表，将调查表一查，就知道这个姓什么、叫什么了。

发言的先后，也有规矩。凡是两个人以上，同站起要求发言，这权操在议长，他认为哪个可以先发言，就许他先发言。当时有人请求发言，并没有人争，议长就许他发言。发言内容，无非谈的是当时政局，这无须说的。当第三个人发言时，从屋顶上悬下来的六架电扇一齐转动了。这个时候，人都穿了夹袍夹马褂，这风吹得身上简直通体生凉。五百多人的议场，风吹得个个站立起来。有的还大喊："吴大头，你管理会场，怎么弄的？"吴景濂一面叫秘书赶快把电扇弄好，一面宣布等一会儿再开会。其实也无须他宣布，所有议员都已跑到无风地避风。杨止波等坐在楼上，虽

281

然风吹得呜噜呜噜作响，但因为他们是在旁边，还不要紧，不过衣服有点儿乱动而已，大家就向着众人微笑。

不多久，勤务就关上了电扇。吴景濂等大家坐好，就站起来道："这日子开风扇，真是狂热了！有人骂我，说我不管事。其实我老早就和管理议场的人谈过，要他把这个电风扇赶快撤除，不想他老没有撤除，弄到现在闹出大笑话。时间尚早，我们继续开会。"他说完坐下。这个旧国会，有不得一点子事的。有了事，反对吴景濂的就会抓着机会，乱击乱敲。电风扇开动了，这本来是小事。就有两个人也不要求发言，站起来就把吴大头骂了个狗血淋头。这里议员发言，根本不受干涉，骂两句吴大头，那也不算回事。平常我们总以为国会是何等严肃的地方，这里面可不能胡骂人。但事实却相反，议员骂议长，那简直是司空见惯了。至于有议员抬棺材到议院去闹，那是后事了。因此这个会，除了议员骂人而外，没有什么结果，一打六点钟就散会了。

走出众议院，殷杨两个人又到邢笔峰家去了一次，到七点钟，杨止波才到家里。想着在众议院的事，总觉得好笑。可是就在这几天里，议员文兆微办的那份报出版了。在出版的前一天晚上，在他家吃了一顿家乡菜。文兆微的家住在石附马大街口上，房子有两进。这天，文先生就在中进敬客，这里是他的客厅。杨止波一走进大门，吴问禅就连忙相引，进到客厅里，吴问禅引了一个中年人和他相见，并介绍着道："这是文兆微先生。"杨止波一看，这个人已在四十岁以上，胖胖的脸，一双重眉毛，还是满脸兜腮胡子。他穿了一件灰呢袍子，卷着袖子。看样子，倒并不自高自傲，他接下来道："杨先生肯帮忙，我先谢谢。请吃烟。"说着，就托着一听三炮台烟，让你自己拿。杨止波也道了一声谢谢，拿了一支。

吴问禅并不等他点烟，又来介绍着同人了，说道："这里还有几位，我来介绍一下。"说着，连忙就将杨止波望里引。这里有两位客，赶快在沙发上站起来。第一个瘦瘦的，穿了一件灰布薄棉袍。他道："这是屈子久先生，在中大读书，打算编社会新闻。他对这报馆里的事也不怎么内行，这要你老哥携带一二。"杨止波连忙握手，笑道："我也不怎么内行，什么携带一二，大家帮忙呀。"第二个穿一件绮霞缎薄棉袍，脸子雪白，只有二十多岁。吴问禅道："这是文先生的令侄，号有诗。在报馆里带编副刊。"杨止波笑道："这是一个内行了。"文有诗笑道："不，我这里正要候教呢。"他说着就取过一盒火柴擦着一支笑道："杨先生抽烟，不必客气!"杨止波只好赶快凑过去把烟点上吸了。

这里还有两位同人,自己走了过来,对杨止波深深地一点头。自己报告过了姓名,又自己说:"在这里学习学习,带当校对。"原来当年北京报的老规矩,对校对先生总有一点儿瞧不起,不像现在一视同仁。杨止波为此,就对吴问禅道:"何地无才?比如兄弟,就在《警世报》里当过总校对。当然,兄弟也是一个不成材料的东西,但是经各位提携,好坏也成了个编辑。你别小看这些校对,难道没有当经理的埋没在里面了?就算没有,我们对人客气点儿,这反正不坏。"那个时候,虽然鼓吹平等,但实际去平等还早呢!杨止波的见解固不见得高明,可是在当时却也十分难得。吴问禅受了他的影响,就对校对比较客气,这回吃家乡菜,也把两人邀请了。因此这两人看见杨止波到来,不等介绍,就过来见礼了。

杨止波便对两位校对笑道:"我们当编辑,有时要写别字的,还请二位看见,随时改正。"校对道:"先生客气。"杨止波道:"这绝不是客气话,错误总是难免的。尤其是我,常常有笔误呢。问禅兄,我这话对不对?"吴问禅站在一边,只好哈哈一笑。文兆微笑道:"大家请坐吧。今天邀吃家乡菜,无非是请大家来谈谈而已。"于是各人落座,杨止波就和文兆微并排坐在一张沙发上,大家闲谈起来。大致文先生是这样说:"我们这报,名为《镜报》。我们办报,没有背景,就是议院有不好的地方,也尽管指责。我和佩孚有点儿关系,但只要说得有道理,说两句也不妨。"他这样说,那意思可就明白了。

杨止波仔细一想,这《镜报》除去编副刊的不算,编正张的只有三个人,而且其中还有一个外行,实际只有两个人。一张报两个人编,在当年的情况下原也可以编好。不过这要通盘合作,这张报才办得好。像《镜报》凑凑人数,这是难得办好的。这里靠南的三间屋子就是编辑部。至于其他部分,发行部叫这里的勤务办,广告部根本没有,印刷部请印刷所代办,总而言之一句话,他是办一张报,好摆一个样子罢了。办报既是摆个样子,在印刷方面,就只印三百多份报,也不为少了。这样办,这张报有什么前途?好在当时对吴问禅谈过,至多帮忙一个月就随它去吧。

因此,次日依然上工,而且九点钟以前准到。把报编完,至迟一点钟,这就回家。这里议院弄什么风潮,根本也不去过问。这日到报馆早一点儿,就闲在西单牌楼散步。他正在街心上走,看到孙玉秋提了一大包纸往回走。便喊声:"玉秋,我们同路走吧"。孙玉秋走了过来,笑道:"你又忙起来了，可是你们办的一张报，我还一张也没有瞧见哩。"杨止波道："这就不瞧也罢。你知道我是好强的人。我自己编的这一张报，至少要社会上知道有这个报，那心血还不算白费。但是在《镜报》当编辑，就不能谈这点，这也不是《镜报》一家，凡是议员办报，都只销几百份。就是一个尊为议长的人，他办了一个《公民公报》，销数也至多是一千份，而且多半是赠阅的。你想，这还谈个什么呢？"

孙玉秋一边走路，一边谈话，笑道："你看，你这一肚子牢骚！我看报上，有一件事似乎还没有提到。就是康为重辞职，他的后事如何？"杨止波道："财政总长辞职，蒙准辞了，现任是罗文干，这人也是有名的学者。至于保派那些打架分子，罚他们坐上两三个月牢，不就完了？这康为重只做了两个月的财政总长，就挨了一顿打，的确不值。"孙玉秋笑道："康先生又要卖书了吧？"杨止波道："我几乎忘记了。不晓得王豪仁有没有替我问过？还有一件事，不知道你晓不晓得？就是王先生一个人办了个通讯社，社址就在会馆里，名字叫国光通讯社。出版也快一个月了。"孙玉秋道："我曾看见过一些稿子，记的全是些小事，在报馆里也给钱吗？至于这是他一个人办的，我倒不晓得。"杨止波走到这里，已经离石驸马大街不远了，因道："过去就是女师大，我不送了。王豪仁的通讯社，人家哪里会给钱，不过这位仁兄干劲儿是有的。我明日和他通回电话，催他去问一下吧。"孙玉秋道："我不要打听，我也不买书。"杨止波笑道："这是一条新闻啦，你不要打听，可是他也要呀。"孙玉秋把手一指，笑道："你到了报馆，过天见吧。"她说着就走前去了。

杨止波次日打了一个电话给王豪仁，问康为重卖书的消息有没问过？王豪仁把这事早忘记了，便约了马上就去访问，过几天再听回信。过了两天，正巧提书包的人经过门口。他身穿一件灰布棉袍，戴顶旧的灰色瓜皮帽，提了两个书包，累得一身汗往下淋。长形胖胖的脸，满脸胡桩子。王豪仁喊道："何掌柜，你慢走，我有话和你说。"何掌柜就把书包放在脚边道："王先生叫我有什么事吗？"王豪仁道："我有一个朋友，想收几本元曲，听说康为重家有书要出卖，有这回事吗？他是新卸职的财政总长，家里何至于卖书呢？"何掌柜道："是有的。但是康家的书，都在日本谋来的，必须遇到很大的价钱，他才出让。"王豪仁道："那自然。但是人家总要先看一看书，才能出价钱。"何掌柜道："那是自然，王先生要看书，可约定哪一天，我陪你去。"王豪仁道："哪天都有空。"何掌柜道："那么，

284

我明天先去跟他约定日子，再来告诉王先生，好吗？"王豪仁立刻点头，然后何掌柜告辞。

过了两天，何掌柜来了回信，说："明天下午两点钟，他在家里等我们。"王豪仁心想：何掌柜是不白跑路的，他以为我要买书，若要跑成功了，这一个扣头是没有问题。可是他猜错了，我们根本不买书。但是这事，未便同他说，先约他一块儿吃午饭吧。这话和何掌柜一说，何掌柜也答应了。次日，两人吃了一顿包饺子才到康家去。他家住在顺耳胡同，也在南城。到了双红门下，这就是康家了。进门先通知门房，是个买书的，昨天已经告诉总长。原来北京旧习，这人做了三天总长，人就称他一辈子总长。门房晓得了他们来的缘故，就引他们在小客厅里来坐。这里摆有三张沙发，上面铺炕床，四壁都挂着字画。虽说是小客厅，可在小官僚还办不到哩！

此地对买书的人，向来不以客人相待，所以并没有茶烟。王豪仁心想，这康家好势利。两个人悄悄地在沙发上坐下。过了一会儿，一个穿了花缎棉袍的走了出来，圆脸，也有满嘴的长胡子。何掌柜就细声对王豪仁说："这是主人。"于是都站了起来。康为重笑道："上次我让出一部书给你，只得了三百块钱，这真是太便宜了。这次，我可是……"他说到这里，一眼瞧见王豪仁。他虽穿着青缎袍子、黑缎子马褂，可是上面已有无数块油渍，同时马褂袖子也已经麻花了。他就对何掌柜道："这是买书的吗？我的古书，都是在日本求学时代用重价由日本铺子里收买来的。因为有的书买了两三部我自己留着并不必要，因此遇到合适的人才愿意分让一部。我也不想在这上头赚钱，可是叫我蚀本，我是不干的啊！"

王豪仁便道："总长在日本留学多年，不才也是在日本留学的。"说过了这句，他就把日本话说得很流利，说上了一大遍。这倒让康为重很是吃惊。别看这个姓王的衣服穿得很旧，可是说起日本话来，倒居然像是个在日本住过很久的人哩。便道："幸遇幸遇。"一面吩咐他的听差倒茶拿烟。王豪仁心中好笑，便道："不必客气。我是替朋友买书的，总长若有不要的书，请拿出来看看。"康为重哈哈一笑道："既来之，则安之。足下不要忙，请坐下，慢慢谈啊！"三人就在沙发上坐下。果然茶和烟也都来了，康为重还将茶和烟让了一阵。

王豪仁在日本留学，也在三年以上。所以他对于一部分留学生不好好地念书，专门玩耍，也知道一二。康为重只管谈些往事，王豪仁被引得也谈了一些。说到最后，康为重知道这个人不是外行，便将手横到一比道："有是有几本书，但经朋友们一抢，老早就抢空了。另外有几本书，我是说不卖的，朋友就要求借去看看，当然不好推辞。现在这些书都还没有归还。所以足下今天来看书，已不是时候了。"王豪仁听了这话，不禁站起说道："怎么？都卖完了吗？"康为重也站了起来，笑道："是的，不过我们一回熟，二回却是朋友了。以后请常来谈谈，谈些往事，也很有趣。"王豪仁知道这里没什么可坐的了，就向康先生告辞，二人悄悄地出来。

何掌柜鼓着一张脸，跟在王豪仁后面走，好久没有说话。王豪仁走着笑道："康总长他不愿卖书给我们，这可是没有法子的事。"何掌柜道："这真不知是何缘故。他同王先生表面上说得很好，可是把卖书一事竟推得那样干净。"王豪仁笑道："你不明白，我也不明白呀。"何掌柜道："今天下午，我本想到北京大学去一趟，这样一来，连那边也去不成了。"王豪仁道："做生意买卖，这原是常有的事，我们不妨乘此到南城闲路闲蹓吧！"何掌柜道："这什么好蹓的？这路上难道还有元宝边捡吗？"王豪仁笑道："那很难说呀！"何掌柜只好跟着王豪仁一块儿走了，可是往哪里走，王自己也没有想定。

走了几截胡同，一个大寺院忽现在前面。门里有个十几岁的姑娘，牵着一个六七岁小男孩往外走。女子道："别吵哟！爸爸在刻版子，不能错的。"王豪仁听着，感到有点儿奇怪，这个年月还有刻版子的吗？便迎上前道："小姑娘，你说刻版子，这做什么用呀？"小姑娘道："印书呀！"王豪仁还想问两句，可是那被牵的小孩已经引她跑走得很远了。回头对何掌柜道："你听见没有，这庙里还有刻版子印书的呢，我们进去瞧瞧。"何掌柜道："恐怕这小姑娘说错了。"王豪仁道："管他错与未错，我们进去瞧上一瞧，有什么不可以呢？"说着，走进庙中。

这庙里三座门，圆式门顶，中门未开，走右边门里进去。进门一个大院子，很多的枣子树，中间还交错两棵槐树。下面一个弥勒佛，背立着一尊韦驮，都有神龛子供着。这自然是个大庙。左右分列两个亭子，关着门的。由壁缝里向里一瞧，却是两副棺材在里面。这原来是寄灵枢的地方，所有屋子，全租给棺材做公寓了。中间三间正殿，倒没有棺材。再由这儿一转，又是一个大院，上面也有一个佛殿。靠外面，就只让出一间屋，为和尚接待室，其余的屋子也全放了棺材。这里没有刻版子的所在。

王豪仁笑道："我们再由这里向后院走吧，我们要看看这刻版是什么样子。"何掌柜也没有作声，跟着他慢慢走。但是转了许多地方，只见都放着棺材。王豪仁豪兴未减，依然站在院子中间向四周探望。就在这个时候，有一个和尚约十几岁，由身边经过。王豪仁就向他点了一个头道："请问，这里有一位刻书版的在哪屋里工作？"小和尚站着看了一看，便道："是老夏吗？"王豪仁道："对的，是老夏。我有一块版面，想烦他刻一刻。"小和尚道："这里朝南有一扇小门，进门望南边一拐，两间小屋，那就是老夏的住处。"说着，用手连指了两指。指的所在，正有一扇小门。王豪仁对他连声称谢。等着和尚走了，对何掌柜笑道："这里很有点儿秘密啦，你不愿意去打听一下吗？"那何掌柜也觉得他的说话有道理，就笑着一点头。

过了那扇门，有一截小巷，穿过小巷，果然有两间小屋子。王豪仁故意高声道："夏兄，正做工作吗？"那屋子里立刻有人答道："是哪位？"王豪仁就答应着："是我。"那屋有两扇窗户都紧闭着。有个门，也是紧闭的，不过上面有两块玻璃。窗户下头一层用玻璃挡住。隔了玻璃瞧去，有一个人正坐在小桌子边，把书本放在砚台边上，面前放了一张纸，将铜尺压着。那个人一手按住纸，一手提笔在写。而且他写的时候，写一句，抬头对那书上看一句，那样子很仔细啊！门开了，一瞧里面，共有三张两屉小桌，都靠着窗户。除了那写字的占了一副而外，还有两张两屉桌，另有两个人，都靠小桌坐定。一个五十多岁，穿一件蓝布袍子，满脸皱纹，还有一部连鬓胡子的人，赶快站起身来。王豪仁料到这个人就是老夏，便道："久违久违。我姓王，很多年前，我们就在……"老夏道："在大酒缸认识吗？"王豪仁把呢帽拿在手上，笑道："你老哥的记忆真是不错。"老夏连忙拖了两条矮板凳过来，把他两个人让进屋里坐下。

王豪仁的目的是要看书版是什么样子，因此进得房来就四面张望。他见老夏坐的桌上，果然有一块木版，大概三十二行这样大。上面反贴了一张字纸，印了直格子。有一半的直格子里，已经刻上文字了。因为书版上的字，全是反的，而王豪仁又坐着有三尺多远，自然看得不十分清楚。但是连猜带看，这是仿元人的院本。如贴上老旦上丑上，这都看得很明白。另外在相隔一丈多远的地方，有很多刻好的版，堆积在一张桌子上。王豪仁正想走过去拿一块版子来看，但这里还没有起身，另一个刻版的小伙子已好像知道来人的用意，连忙起身走到那桌子边，在抽屉里一翻，翻出了许多旧报纸，把这些版子盖上了。

王豪仁这倒惊异了，这院本翻印，这没有什么秘密，为什么怕人看？正这样想着，地下发现有一张字条，就在脚边，用目一瞧，上写："你很忙吧？康总长说，让我买一壶酒，割两斤肉，请请三位。七点钟，你准要来的啊！李四。"旁边也有个信封，下款写着，顺耳胡同康宅李字。哎哟！这是康为重门房的信，这分明这里的刻版印出书来，就是假充康宅的原版书。他们是假的了。

　　他尽管是这样猜想，可是老夏并不知道，笑道："王先生找我有什么事吗？"王豪仁只好把散在各方的眼光赶快收拢起来，便道："是的，我有两块版面，也打算要请夏兄雕刻，在这里怕是不好谈吧，明天晚上我到你府上去面谈，好吗？"老夏笑道："这里是不便谈。"王豪仁这时一想，他和康为重的关系，乘此倒不妨探听探听，因道："我们也认识康家的。他就是知道我们来，也无所谓。我们要夏兄刻版，那反正是业余呀，不会耽误你的正式工作。"老夏向王豪仁身上看看，便道："先生也认识康家吗？"王豪仁哈哈一笑道："我也是个东洋留学生啦。他在东京收买点儿书，我全知道。"老夏道："这样说，先生也是跟他走一条路子了。他在日本市上收买的中国古书，早就卖光了。这是他在旧书铺子里找得的几部古书，要我们照原样子刻，刻齐了，照古书出版卖，这买卖倒挺好的，卖掉两部书，本钱就出来了。甚至不必两部书，部把书也就够了。"王豪仁两手一扬，笑道："这个我全知道。装订、纸张、油墨，一齐都弄得古色古香，让人看了，都说是古书。本来把古书重翻，这也是好事，可是硬要说是古书，以很大价钱卖出去……"王豪仁本来想说一句，这简直是市侩。但是立刻想到，这话如何能说？就改了句道："那确是一种好买卖了。"

　　这时，那年纪轻的小伙子，仍站着挡住去看木版的路。王豪仁想：这已是探骊得珠，再谈也没有什么了。便道："好的，话就说到此处为止，我们走了。贵府在哪个地方请告诉我，好去找你。"他一面说话，一面就把身子向后移，何掌柜也在后跟着。这一移，便和那写字桌子相距不远了。他见那个放在砚台边的古本还放在那里，就趁机斜着眼睛把那古本瞧了一下，只见翻页的地方，刻了一行字，是古本金瓶梅。再要细看，何掌柜已经把门掀开，出了屋子。老夏点头道："舍下不干净得很呢。你找我，可以走这胡同，不几步路就到大德元酒缸。我晚上六点钟准在大酒缸。"王豪仁跨过门，回转身来道："那好极了，就在那里吧。再会，再会。"向老夏告辞出来了。

第二十七回

破国尚迎亲人空巷看
还家来视疾语比花圆

王豪仁走出庙宇，又过了一截胡同，看看前后没有人，就哈哈大笑道："何掌柜！你怎么不作声？"何掌柜道："我为什么还作声？我就是不作声，他已很疑心了。我们吃这行饭的人，自以为够精明的了。没想到康总长已经是个入阁的人，他倒会弄这么一个花样，以后看书，真应该仔细，别给假货迷糊了。"王豪仁道："今天总算没有白跑吧？"王豪仁和何掌柜分手后，就到北山会馆杨止波家中去了。

王豪仁走到院子里，就哈哈一笑。杨止波正在屋子里看书，抬起头来，就说请进请进。王豪仁笑着进了房，把帽子一摘，挂在壁上，笑道："你老弟托我看的书，我已经看过了。你猜怎么着？果然古书是假的，现在是新书啊。"他说到这里，就站着带说带比地，说完了，自己叹口气道："要钱总是没有满足的吧？有钱的，还想有钱。他这一个下台不久的财政总长，真不知道何以会弄这一套啊！"杨止波笑笑，倒了一杯茶给他，请他坐下。王豪仁道："我自己还要写稿子啦，不喝了。你还有什么话要问我吗？"杨止波想了一想，笑道："他的事，你打算写稿子吗？"王豪仁道："他已是下了台的人了，通讯社发这稿子，人家定要说我拿了保派的钱，那真是太冤枉了，留得将来再说吧。明天是什么日子，你晓得吗？"杨止波道："明天是十二月一日呀！"王豪仁一边拿了帽子，一面笑道："明天有一条不甘寂寞的新闻，你可以问问你这里看会馆的人，包你有所得啊！我走了。"他就跑了。

杨止波晓得他回去还要赶稿子，这就由他了。他说明天是一号，有条不甘寂寞的新闻。这是什么？想着，就打开门，见长班宝真正在扫院子，便道："宝真，明天你在家里吗？"宝真放下了扫帚，走到杨止波房门口，便把青布棉袍子掸掸灰，笑道："明天宣统大婚，我打算去瞧一瞧。你有什么事要做的话，叫我妹子做就是了。"杨止波这明白了，明天是溥仪结婚的日子，王豪仁说，这真是不甘寂寞了，一定有很大的排场了，便笑道："我这样问，没有什么事。我也想去看看。"宝真笑嘻嘻地道："你果然要去的话，最好到宫里去看看。你认识步军统领吗？问他要张入门证，大概没有问题吧？"杨止波笑道："我也不认得步军统领，明天你们在哪里瞧，我也在哪里瞧吧。"宝真很欢喜道："明天我准在东安门一带。这一定得去，要不去，这个热闹就没有第二回啦。"杨止波想，不可多谈，久谈，长班又是大人老爷那一套了。

杨止波一人坐在房里，心里在想，清朝亡国十几年，依然安富尊荣，住在宫里。这还不算，大批的臣子，在民国高居要津，魂梦里还有复辟的思想。明日我去看他一看，还有多少人忠于清朝，恐怕就是这一撮子吧？一个人去太冷淡了，必须找个人同去。自然他一转念，就想到孙玉秋。主意想定了，就写了个字，把信封筒好，就将二十枚铜子儿付了宝真，将信也交给他，并道："见了孙先生，一定要得她一个回信。若是能来，那就更好，就同她一阵来吧。"宝真接了铜子儿和信，就连说知道，向女师大去了。

果然不到一点钟，孙玉秋来了。她在院子里便笑道："我知道，你要看溥仪大婚的话，有个七八成会来邀我。"说着，就走进房来。原来这时候的女子，全改了穿旗袍。孙玉秋穿着灰色假哔叽旗袍，身上披一条紫色围巾。杨止波立刻站起道："怎么，你就知道我是要看溥仪结婚典礼？"孙玉秋这时把披着的围巾脱掉了，自己坐在挨了桌子的椅子上，拿起茶杯子将壶斟了一斟，却是空的。笑着将茶壶茶杯放下来，便道："你要是不知道，就像这茶壶喝干了一样，心不在焉了。"杨止波笑道："啊哟！茶都喝干了？老姑娘，拿开水来。要论到溥仪大婚，知是知道一点儿，可是全不放在心上。刚才王豪仁兄走我这里过，提到大婚的日子，说这值得一看，我就奉请阁下了。"孙玉秋道："你们说话说惯了，称什么人也是阁下。他去过康家了？他们家有书卖吗？"杨止波笑了，他道："书倒是有书，全是假古书啊！"

说到此，老姑娘提壶来。对了壶，她正要走，孙玉秋笑道："明天你哥哥去看热闹，老姑娘，你去不去呢？"老姑娘将水壶放在地上，用手比着道："去呀，这宣统大婚，我们难得遇到的。"孙玉秋道："好啦，我们一路去。"老姑娘也不作声，对孙玉秋看了一看，回头又往杨止波身上一瞧，将嘴哳哳了两声，提起水壶就这样走了。

杨止波站着看了她的后影，就摇了一摇头道："这大的小姑娘，什么都知道，这完全是没有教育好。"孙玉秋道："那完全是你新闻记者的事呀，你看到小孩子教育不好，就应该向教育当局呼吁呼吁呀！"杨止波道："呼吁什么？她们就根本没有打算念书。"孙玉秋道："这个你不谈吧，谈一谈卖书，如何是假的。"杨止波笑道："等我坐下来喝口茶再谈吧，这事很有趣呢。"于是乎坐下来，喝了一杯茶，把王豪仁上康家去谈起，谈到出庙来止，把事谈完。随后说道："这大概是不假的嘛！"孙玉秋笑道："这个人说起来好像是位老八股，把这事戳穿，这先生真是不高明得很了。"

说到这里，天色已经近黑了。杨止波看看窗外，便道："天快黑了，我们谈谈明天的事吧。你怎么样？"孙玉秋道："这倒是巧，这个大婚，我是有的看了。本来明天上午有两堂物理，恰好这先生请假。下午要到三点钟才有课，这大概假都不用得请。这还不去吗？"杨止波道："前天下午，就抬嫁妆进神武门去的，我一时大意，没有去看得。"孙玉秋道："她嫁妆尽管多，还比得上皇帝家里一丝一毫吗？不看也罢。明天溥仪派队伍去接他的夫人，那倒是不能不看的。"杨止波道："可惜的就是黎大总统，他送了八色礼物入宫，不知道送了些什么？"孙玉秋笑道："这东西我从报上抄了一张。黎大总统不但是给婆家送了礼，就是娘家，他也送了四样礼。"杨止波听说，便站起来了，道："你抄的在哪里？快给我看一看。"说毕，就伸手向孙玉秋要。孙玉秋在衣袋里掏出了一张格子纸，笑道："你拿去吧。"说毕，就把那纸交给杨止波了。

这个时候，穷人还是点不起电灯的。杨止波把罩子煤油灯自墙角里取出，放在桌上，连忙点着。对着灯看着，上面写着:送入清宫礼物，一共计为八项。金龙凤双如意一柄，景泰蓝龙凤瓶一对，景泰蓝龙凤盒一对，九柱玻璃烛台一对，湘绣喜事中堂一件，湘绣喜联一幅，绣花幔帐一件，织金衣料八匹。杨止波一口气看完，就把单子一放，便道："这虽不算奢侈，但总统为什么送礼给这亡国的皇帝？可惜那喜联没有抄录下来，那是四六大家饶汉祥的笔墨。总统都这样送礼，总统以下的官，那就不用提了。但是全国四万万人民，他们却恨他还恨不过来呢。"他越说越来劲儿，对了孤灯像演说一样，两手只管上下乱比。

孙玉秋在一边望着，等他说完，就笑道："你这演说给谁听？上面还有送新娘的东西，你还没有看啦。"杨止波道："是的，我只管说，把这事忘了。"说着，又把纸条将手捧着，对灯光一念。上写：与荣宅送去之礼，共有四项。计三镶如意一柄，百鸟朝凤银瓶一对，湘绣挂屏四幅，印度花绸衣料四色。杨止波将这项礼单看完了，便将单子一折，揣在衣袋内，笑道："这礼单我留着，也许将来有用处。"说着，再坐下来。孙玉秋就把杯子倒了一杯茶，将手拿着，放在他面前，笑道："我看你累了，喝杯茶吧。"杨止波将杯子端着，笑道："你还倒茶给我喝，谢谢！"孙玉秋听着，只是笑笑。

杨止波喝完了茶，两个人坐着，共一只桌子角。一盏灯照见二人的双影，倒在地上。杨止波看了一看，他叹了一口气道："他们那样穷极奢华，不过是为结婚。像我们……"孙玉秋笑道："又发起牢骚了。我觉我们很好。我谈一点儿关于溥仪的婚姻给你听吧？"杨止波道："好呀，我正要听听他的婚姻问题。"孙玉秋将一个手指在有点儿茶渍的桌子角上溅了一溅，将桌面画了个大圈，自己道："满人从来同汉族不许通婚的，所以溥仪订婚，就也只有两族，一满族，二蒙族。起先，溥仪看了许多相片，先挑选了文绣，是个满族。但是挑了不久，觉得不好，又重新挑选。就选中了婉容。婉容是个蒙族，父亲叫着荣源，在内务府做四臣之一。但是他既挑上了婉容，那个先选中的怎么办呢？那就封她为淑妃吧，早一天进宫了。"杨止波道："你这一报告很好，你是从哪里得来的？"孙玉秋道："在我同学中间什么人都有。自然，这里面有旗人。我这个单子就是她那里抄了来的。"

杨止波道："这很好，我们今日就说到这里为止吧，现在我们去吃饭，明天要早上八点钟来，花这么一块钱叫辆马车，我们同坐到东安门，你看如何？"孙玉秋答应了。次日早上，果然喊了一辆马车，在门口等候。孙玉秋来了，两个人坐上，其初还没有什么感觉，后来马车到了南池子南口，这就见很多人由南往北走，一看地下，已铺了黄土了，两边的人，这就一个挨着一个挤着。还有兵士警士几个人一群，在南池子当中，只许人走，不许人停着。马车夫道："下来吧，北池子那块是人更挤呀！"杨止波想着也是，就和孙玉秋同时下车，向街上往北挤去。

东安门大街，从前这里是一条冷淡的大街，有三座皇城门、一道污水河，还有一道石头做的桥，现在都已经拆除了，而且变成热闹街市了。这个日子，满街都是新铺的黄土。东安门三扇门大开，扎了好多彩棚沿街塔，那座石桥上也搭了彩棚盖，这叫作天桥。再向里一看，一个敞地，有一座城楼，底下是很大的城门。这城是紫禁城，城门叫东华门。这里原来很多车马，均已赶上了南边，城墙上挂起了柏枝，东华门口扎了很大一架彩牌坊，比城门还高得多。彩牌坊有双龙盘舞，双凤飞翔。底下在空敞子里有很多的兵士站成两排，城门口有好多穿花衣的人进出。

　　杨止波看了一遍，对孙玉秋道："迎接的队伍出东华门还早，这里静等没有意思。我们赶到神武门去看看，好不好？"孙玉秋答应着好。于是两人又顺了北池子走，都是人山人海。走到北上门与神武门之间，往北是往景山的大门，内里扎了很多的队伍，是弹压用的。再往南一点儿，这里有三道城门，一道房屋，这就十分拥挤，挤得人透不出气来。杨止波觉得太挤了，便拉孙玉秋往人空处走。遥遥地看去，见到处搭着彩棚，最稀奇的是男子，头上戴着大帽子翎子，挂着朝珠，身上穿着花衣，外加补服，足上蹬着靴子。那个帽子，是戴了一大把红缨，拖一根翎子，这些人有坐汽车来的，也有坐马车来的，最奇怪是坐着骡车来的。见一辆骡车，里面坐个穿补服戴顶子的人。骡车架上，坐着一个赶车的赶着车跑，车跑得的笃的笃响着，翎顶直甩，这真有个意思。

　　他们已不走了，因为探听了，若是队伍只管过去的话，出东华门，经过北池子，由地安门到帽儿胡同。因为这个胡同，就是婉容的家里。回来他们要绕一个大圈子，由宽街绕马市大街，然后走东安门回到东华门。回来新娘坐在轿里的，那和去的队伍一样，看与不看，没有多大的关系了。二人商量定了，就在这里老等吧。果然前面几声炮响，就有人说，来了来了，别动呀。沿街的军警，这就不许人走路，空出长街空荡荡一条铺了黄土的净路。

　　过了一会儿，迎接的队伍过来了。杨止波将孙玉秋引在人家一个高坡上看，只见前面步军统领衙门马队开导，这里过了，就是警士的马队、保安队的马队。这三队马队过完了，这就是正式的队伍了，起先，有两班军乐队，红绸的帽子，帽子上一只白色的英雄结，身上穿着崭新的红衣服。后面龙旗凤旗各十六队，黄伞大小四种。陪伴銮驾七十二件，如金瓜长槊等是。黄亭四架，里面装着凤冠霞帔。宫灯六十盏，提的人都是穿的清朝衣服，就是花衣大帽子了。

　　紧随一乘黄缎绣花，银色顶子的轿子，轿子没有人坐，可是要八个人抬。后面跟随黄缎马车，共有三辆，也没有人坐。随后，一班清室亡国的臣子，也是衣冠全属清朝的，有一二百人。再就是军警双方照料人员，你看这数目多与不多呢？

但是还没有完呢。接着上保安队人员，约四五百人。步军统领衙门的人员约有千余人。警士约有五百人。再后面，却是两班军乐队，军乐队过去，却是两个捧了圣旨的正副大使，各穿了清朝衣服，两手捧了圣旨在大路正中走。到了这里，才是接皇后的凤舆出现。凤舆怎样子呢？是一乘黄缎子蒙着四周，绣了许多凤凰的轿子。在轿子顶上，有四条大红结纳的穗子，直拖到轿子口边。轿子正中顶上，有一个银顶。轿子由三十二人抬，轿夫也不是平常打扮，身上穿着花衣，头上戴着大帽。不过有红缨，没有顶子。走起路来，要心里叫着一二三四，轿后有些打杂人等，保护轿子后身。大概算起来，迎接队伍有个五六千人，这就是溥仪对付民国最后一手了吧？

迎接队伍走过，这还有很多人要跟了上帽儿胡同，看荣源如何接旨的，所以看的人里面，就大声哟哟了一声。孙玉秋道："热闹已经看过了，这还要吃午饭，吃过午饭，我还要上课，不看了。"杨止波道："我也不打算看。不过民国政府还这样优待亡国之君，只觉是太过分了。而且降了圣旨，让两个正副大使捧着，在队伍里走，这更不像话了。溥仪是个平民，平民降旨，你说这是什么话？"孙玉秋跳下了石坡，笑道："总统还在这里送礼，你又发牢骚了。我们走吧，吃饭要紧啊！"这就杨止波陪她吃饭，吃过饭，各人回寓，又各做各事了。

这里说到组阁问题，这个内阁总理一会儿换一个，简直像走马灯相似，等于儿戏。

记者生活，在这个日子里，很是活跃的。可是一个陪伴记者生活的孙玉秋，她却遇到一件不好的事情了。一个礼拜六的下半天，她正想到北山会馆里去看看杨止波，此外还和他取一点儿零用钱。正如此想着，她的爸爸孙庭绪在学生接待室里要见她。孙玉秋对她爸爸总有点儿过去携带之情，听见说父亲来了，赶快就来接待室里相见。她一见孙庭绪就叫了一声爸爸，而且还行了个一鞠躬礼。孙庭绪坐在凳子上立刻站起，很细的声音道："你很好啊？"孙玉秋站着，也不知道怎样答应是好，便道："还好吧！"孙庭绪穿着旧绫绸皮袍子，头上戴顶毛绳兜头帽。他用眼睛将孙玉秋瞧了一瞧，见她身上穿一件灰布棉袍，倒是新的，便道："我知道你很好。可是你母亲，现在不好了。想你回家去见一见，你是去还是不去呢？"

孙玉秋看她爸爸，皱了两道眉毛，脸上瘦了很多，便道："我怎么会不去呢？以前母亲见了我就骂，后来……"孙庭绪就打断她的话头，立刻道："这是过去的话了，不要谈它。你既答应同我回去，那很好，我们就走。你的母亲现在病了，终日都是大烧大热，今日早上清醒些时，她说她想看看你。"孙玉秋听了她父亲的话，急忙回去，披了一条毛巾在身。和父亲说了一个走字，马上就走。

　　她走到会馆里，只见自己房门关着，里面有细微的声音透出。这是有病人的样子。赶快拉开了门，就向母亲房中急忙走了去。一眼看去，是江家大姐站在床边，连忙点了一个头。自己叫了一声妈，便向床前走来。她母亲吕氏现在是在发高烧中，吕氏瘦了许多，自额以下，通红一片。她原是闭着眼的，自听得一声妈，这有好久没听过的声音了，才睁开眼来望了一望。孙玉秋将两手按住棉被，将眼睛直看了母亲，便道："妈，我会回来的，我这不是回来了吗？"吕氏道："你很好啊？"说着，将手拿出了棉被，将玉秋的手摸摸，慢慢地道："你已经找到你父母了吧？"孙玉秋道："我没有姓李啊，不是姓孙吗？你放心，我决忘不了你的大恩。"这吕氏听了她这几句话，这脸上竟有了笑容。

　　孙庭绪站在屋子当中，就对江大姐道："这病有好的希望了吧？她好久没有笑容，玉秋这一回来，她就有了笑容了。"江大姐在床边儿子上坐着，笑道："是吗，玉秋是多好一位姑娘，孙大娘心里头想，可是口里不愿说出来。你这一叫她回来，那就猜中她的心事了。"孙玉秋这就坐在她床沿上，就问道："妈吃过药了吗？"孙庭绪道："吃过两服药，可是没有见好。"孙玉秋道："妈信西医不信西医呢？若是信西医的话，我去请我们旧日的老师，他准来，还是不要钱。"孙庭绪道："那是很好了。"孙玉秋道："妈怎么样？"孙庭绪道："不吃药也不要紧，看一看，总是好的。"孙玉秋站起来了，便道："我就去，一下就回来，妈看怎么样？"吕氏点了一点头。孙玉秋将脚刚提起了一步，又道："妈想吃什么？我这里有钱。"孙庭绪道："她想吃点儿甜的。"孙玉秋这才拖开脚步，一直向外走。她到什么地方？就是北山会馆。

　　杨止波正是下工回来，他打开门，孙玉秋悄悄地进去，她还没有说话，杨止波见她两眉头紧皱，一点儿笑容没有，便吃惊道："你怎么啦，学校里发生了变故？"孙玉秋道："那倒不是，我自己出了一点儿事情。"于是草草地把回会馆的事告诉了他。自己还是靠桌子站定，也没有坐。杨止波道："那很好嘛，你回了家了。不过你母亲害了很重的病，你打算怎么样？"孙玉秋把要请大夫的话告诉了一遍。杨止波听说，不待孙玉秋再开口，就连忙打开箱子，取出十元钞票放在桌上。孙玉秋道："这是给我的吧！你又拿许多钱，这大夫不要钱的，药也许不要钱，拿着许多钱，恐怕我母亲见着要生疑心。"杨止波站着把桌子一按，说道："谁叫你把十元钱都露出来呀，而且病人是很要钱调养的，这一点儿钱算什么！"孙玉秋拿了票子揣在衣袋里，说道："那我拿去了。学校里请你为我请三天假。"杨止波道："好的，还有什么事？"孙玉秋道："现在我想不起有什么事了。她在病中，我一切都忍耐着。"杨止波道："好的。你要请大夫，就快点儿走吧。要什么东西，对我说，我努力去办。"孙玉秋道："我想你不要办吧。你的身份，他们孙家人还没有明确，你这十元钱，算是你给我的吧。"杨止波道："这种话，我们现时别提了，你赶快走吧。"孙玉秋站着想了一想，也想不起什么事，就赶快着走出去了。

　　她到了大街上，买了些杏脯桃脯葡萄干，回头再上她以前的医学校里请了这内科大夫，雇了两辆车子，就拉到她的会馆。她提了大夫的皮包，跑上前两步，先到家里，一面推着门，一面道："爸爸，现在内科王大夫来了，你去接一接。"孙庭绪答应着是，刚一开门，是内科王大夫到了。他穿件厚呢大衣，里面是套西装。孙玉秋在她父亲背后，就喊道："这是我家父。"那王大夫赶快和孙庭绪握着手。走进屋来，孙庭绪站着道："请坐一会儿吧。"王大夫道："我还有事，看完了病就要回去。我听令爱说，她母亲病了，赶快就来了。"孙玉秋道："那我们请王先生就看病吧。"孙庭绪点头道："那真是难得。"孙玉秋引着王大夫到房里去，招呼自己的妈，告诉她大夫来了，让大夫仔细看一看。吕氏把头连点了几下。于是大夫走上床边看病，孙玉秋站着等候。

　　大概大夫将病看了十几分钟以后，看完了病，问了一点儿病情。他将手一指外边屋里，自己跟着出来。孙玉秋走到前来，还没有开口呢，那王大夫道："令堂是重性感冒，只要不受凉，好好地调养，过一个礼拜病就好了。我这里带得有药，给她吃了，明天下午我再来看看。"孙玉秋道："药大概要钱吧？"王大夫已经把他放在桌上的皮包打开，拿了几粒丸药，又是铜子儿大的小包几包药末，就笑了一笑道："孙姑娘，我们过去是师生关系呀，一点儿药算什么！"孙玉秋接着了药，说道："王大夫，我也不谦逊了。可是这车钱我应当付，不付我未免太不知道好歹了。"王大夫一面将皮包关起，将手提着，打算要走。听了这话，就道："我要一点儿表示都不接受，姑娘也难过吧。好，我接受你付车钱。"孙庭绪扶着门道："先生真是难得。"王大夫哈哈一笑，和孙庭绪点了一个头，出门就走。孙玉秋要过来提皮包，也不可能。只好赶着送到大门口，喊了车子，抢着付过了车钱，才说了一句明天见了。

孙玉秋赶回家中，见母亲睁了眼睡在床上，窗外朝西落下的太阳照着墙角，年老的槐树，虽是只有树干点儿影子，还看得出很清楚。吕氏道："我以为我不行了，这太阳恐怕看不到多久了。刚才经这位大夫一说，我还不要紧。"孙玉秋就走到床边，将手扶着床沿，道："是的，不要紧的。你吃杏脯吧，我给你买了一点儿。"孙庭绪捧着水烟袋，将纸煤点了火，将烟袋压住纸煤，也不吸，就这样摇荡走了过来。他道："这是你爱吃的。玉秋还怕它脏，将茶杯装了开水，把杏脯桃脯放在里面浸了一会儿。这的确可以吃了。"吕氏点点头，玉秋将茶杯拿了过来，还将一根银的压发也放在杯子里。吕氏先不吃，问道："你哪里有钱呢？"玉秋早已想好了的，答道："学校里有个夜学校，我在里面担任一点儿课，所以我分得了一点儿钟点费。"吕氏这才吃了两个杏脯。玉秋站着喂她妈妈吃。吃完了，问道："这药吃不吃呢？可是吃了，病就会好的。"吕氏点头道："好吧！"于是她就吃了药，把棉被盖着，就昏昏地睡去，一会儿就睡着了。

孙庭绪站在床前吸了一袋烟，然后道："你一回来，你妈的病就好些了。过去的事不谈了，还望你以后要常常回来。"孙玉秋看着床上，点了一点头。孙庭绪又吸了一袋水烟，问道："你还要上学校里去吗？"孙玉秋道："不！我现在已请了三天假了。"孙玉秋又道："妈现在睡了，我到外面瞧瞧朋友去。"孙庭绪道："对的。"孙玉秋就又去了。

大夫已经说了，吕氏的病不要紧，孙玉秋就放了心。

这里吕氏的病，的确是好一点儿了。经过王大夫又再来看过一次，又叮嘱病里好好地看护，病是会好的，当时看过走了。下午五点多钟，国光通讯社稿子要完了，孙玉秋走到廊沿下，大声道："王先生，你的稿子现在完了吗？"王豪仁听出是孙玉秋的喉咙，就连忙笑道："孙小姐，快些进来，外面是很冷啊！"孙玉秋就笑着进来道："我看看你的通讯社，怎么是一人办的。"

孙玉秋将屋子里观望一下，笑道："王先生真是不怕劳累。就是一个人办了这通讯社。"王豪仁在靠桌边椅子上坐着，笑道："不是我一人，这老朱要帮我半天的忙呢。"孙玉秋道："每天出几张稿子？"王豪仁道："普通出四张稿子，但是稿多的时候，也印个六七张。"孙玉秋道："这个稿子，报馆还用吗？"王豪仁听了这话，马上豪兴来了，笑道："这北京报纸都用我们的稿子的，还有几家，非我家不可。"孙玉秋道："那稿子定的三块钱一个月，给是不给呢？"王豪仁笑道："北京报馆，用通讯社稿子十之八九，那是不给钱的。可是我是一块穷招牌，若是家家不给钱，我迟早是关门。所以我去信，向各报说实话，居然有个十家吧，是给钱的。但这钱就不依照定价，总是两块钱一家吧，算起来不到二十元钱。这是各通讯社都没有的事。你看，这不值得自豪吗？哈哈！"孙玉秋道："纵然这二十元按月可以拿到，那通讯社的资本，还不够得很啦！"王豪仁道："什么资本？我这个通讯社是弄小新闻的，走这条路，根本在新闻上弄不到钱，要说靠新闻以外，别的通讯社长按月可以拿津贴，可以弄挂名差事，我到哪里去弄？还是那话，迟早是关门。现在弄得很起劲儿，那是好玩罢了。"这话倒是真话，孙玉秋盈盈一笑，谈了一些别的话，便起身回家。

回得家来，看看母亲的病，又好了一点儿了。母亲睡在床上，把枕头高高叠起，枕着头闲望。桌上一盏煤油罩子灯，照见是昏亮不明的光线。她父亲孙庭绪端椅子坐着，兴一炉煤球火，坐着烘火，没有看书。孙玉秋搬了矮凳子，这样斜身坐着，看着母亲的脸。她母亲没有睡着，就睁了眼问道："你请假要满了吧？"孙玉秋道："还有一天。好在你的病已经慢慢地好了，我下了课就来看你。"吕氏歇了一会儿，问道："你的钱，就全靠夜校里钟点费吗？"孙玉秋道："是的。"吕氏道："有多少钱？"孙玉秋已经在暗下定了答辞，就道："十五元钱吧。"吕氏慢慢地想着，定了一定神，便道："十五元钱，省不下多少，我……"孙玉秋将衣服扯了一下胸襟道："万一家里要用钱，我再想法子吧。"吕氏没有话说，就长长地叹了一口气。

第二十八回

辞职事闲妇为牛马走
签名呈搁人等海潮音

　　大概一个有病的人，有时是很浮躁的。孙庭绪见吕氏的问话有些不妥，便道："你好好地养病吧。玉秋这孩子说的话，大概是不会错的。我部里月薪有四十元，若是每月能按时发的话，我们过日子也就够了。"孙玉秋道："是的，你好好地养就得了。这些事暂时不用担心。"她还怕母亲又说个不了，便将棉被慢慢地给母亲盖好，轻轻把手塞了一塞。她道："我去煮点儿挂面她吃，爸爸在屋里好好地守着她。"她口里是这样说了，她立刻对父亲一指床上，就向外边屋来了。

　　吕氏虽有很多话想跟这女儿说，但是只要提到家事，她这就借事情向外边屋子里跑。再说吕氏在病中，也不能多说话，所以孙玉秋虽请了三天假，只是伺候病人，也没谈什么。三天假期已满，孙玉秋叫了长班大妹来屋里帮忙，并塞了三元钱在她手里。然后才对她母亲道："妈，我上课去了，晚上下了课，我会回来的。"她妈在床上点点头。

　　在学校里，孙玉秋打了电话，约杨止波下午在宣武门口会面。下了课，孙玉秋就来到宣武门口，来回溜达，不一会儿杨止波就走胡同里出来了。孙玉秋说："我叫长班送的信，说我母亲见好了，你收到了吧?"杨止波点头道："收到了。你还要钱用不?"孙玉秋道："我不要。我妈尚没有完全好，所以我今天还得回去。"杨止波道："当然。不过站在这里说话，实在冷得很，这里有一家牛肉馆，我们吃一顿牛肉去，一来避寒，二来可以畅谈一二。"孙玉秋想了一想，说道："也好吧。"

　　两个人掀开蓝布门帘，走进一间牛肉铺，准备吃烤牛肉。

　　两个人进了这牛肉铺，四下一瞧，只见炉子后面只围了七八个人在大吃，这人丛里，有一个人脱了长衣，只剩毛绳褂子，正在用长可五尺的筷子夹了大叉的生牛肉，只望铁支子上加。杨止波看到，笑道："方又山先生也在这儿。"这个脱了长衣的人，就是方又山。方又山将长筷一招道："孙女士也来了，今天这顿牛肉，是不用得我做东了。"杨止波便脱了大衣，一面挂在墙上，一面答道："自然，不要又山兄做东。"于是三人围着炉子吃开了。

吃了一会儿，杨止波和方又山闲谈，杨止波问道："又山兄，你有什么新闻？告诉我一点儿。"

方又山挑了牛肉在碗里，手里抓着半个火烧（没有芝麻的烧饼）咬了一口，把火烧一招道："有是有一点儿。但我的新闻都是小字号。你要拍电报，恐怕不够格。"杨止波道："小新闻，我这里也要呀，你谈点儿吧。"方又山笑道："这里人多，这不好谈。明天，孙女士也到止波兄弟那里去……"孙玉秋笑道："你们谈新闻，要我去谈什么？"方又山道："你怎么不应该去？"杨止波笑道："就算应该去吧。又山兄，明晚上到我家里去谈吗？"方又山又想了一想，才笑道："你别等我，我的小新闻算不得什么，等我有了大新闻才告诉你。我这并非假话，那回大闹国务院，不是我告诉你的吗？"杨止波道："好吧，我等着阁下大新闻吧。"当时三个人说说笑笑，吃过了烤牛肉。方又山把皮袍子穿起棉马褂加上，把帽子抓在手上，笑道："你两个人走来就遇到了我，有什么话还没有谈吧？我今天不做东了，二位慢慢地谈吧。"说着含笑而去。

这里方又山答应了杨止波的话，有了大新闻，就告诉他的。但是真的大新闻，方又山是得不着的。还是访访部里的新闻吧，虽然不大，却是很有价值的。像那回国务院的事情，不是很露一点儿内幕吗？方又山对过，有一个科长叫袁家墅的，和方很说得来。晚上没事就坐到一处，无事不谈，他说："国家欠薪，那不算什么。据我估计，参谋部欠得最多，欠有三年零六个月，有人说，还不止这一点儿。此外遭殃的，是农商教育内务三部。内务部欠薪达一年多，他们说要辞职，上面回答说：那很好嘛，就请你走，至于欠薪，那是免谈。若说索薪，倒是月月有之。上呈文，见总长，样样都来过了，但是欠薪啊，依然是欠。"

虽然欠薪，部里还是要到的，袁家墅是一个科长。每天八点多钟起来，洗把脸，喝口茶，这就快到九点钟。但这还不忙，皮袍子以外还添件青礼服呢的马褂，穿得整整齐齐，然后向部里来。这个时候还没有电车。乘人力车吧，每天要费三四角钱坐车子，一月下来也就很可观。所以他总缓步当车，走到部里。这样一来，也就快十点钟了。他的内务部牌子挂在大门口。可是衙门里面却冷冰冰的。衙门口没有汽车，证明了总次长没有到。门房里挂着一个旧的棉帘子，可是没有人向那屋里去。他缓步而进，过两进屋子，碰到两个人，却是各不理谁。走到第三进，这是自己科里了。这是中国式的房子，并没有楼，所以他这间屋子是朝南第二间。掀了门帘子进来，这里有四张桌子，可是只来了两个人，一个是科员孟世雄，一个是办事员黄允中。袁家墅进房来，办事员向他一点头，科员在后坐着就在看报，对他没有理。袁家墅站在房子当中，对黄允中道："又是你两个人来了，这老张老李又没有请假，也没有辞职，太不成话。"黄允中还坐着随口答应了一声是。

袁家墅看这科内只两个人，想了一想，别生气了。回头一生气，这两个人也不来，那似乎不好看。自己也不作声，就望里面一个屋子里跑。这屋子同前面一间屋子一样大，前面靠窗户横摆一张三屉桌子、一把木椅，这是自己的位子。靠里面有张两屉桌，这是一位一等科员的位子，这一等科员来得比自己还晚，今天也是还没有来。就只好自己取下帽子，脱了马褂，一齐挂在墙上，喊道："小万，你看看刘秘书来没有来。"小万是这里的勤务，但他不是长伺候三科，伺候的还有一个第四科。

这小万穿了一件黑布棉袍子，头上梳了平头，圆圆的脸，看去也不过二十岁。他右手端了一壶茶，左手拿个杯子，这就悄悄地放在桌上。袁家墅坐在椅子上，又问道："刘秘书来没有来？"小万道："今天上午大概不会来，总长家里有事。"袁家墅叹道："总长家里有事，部里就没事了。"说着，把茶壶拿起，向杯子里斟茶，不想他斟到大半杯茶，里面杂了许多的茶末漂荡水面。这就放了茶壶，将手按住桌子道："小万，你这茶是怎么沏的？"小万道："这茶，本来是部里拿了茶叶出来沏的，上个礼拜，这就把茶叶撤了，全部喝开水，这也很好，挺讲卫生。可是科长，你不行啦，是喝惯了茶的。我就把我一个儿子一包茶末分成两包，给科长沏了，科长好几天喝的茶，都是小万的。"袁家墅哦了一声道："这茶原来是你的，说起来，真是惭愧啊惭愧！"

小万站在他面前，说道："科长，现在没有什么事吧？"袁家墅把茶杯扶着，沉吟了一会儿，然后道："小万，你这里拿不着薪水，哪里还有钱收入吗？"小万道："咳！这有什么谈的。拿不着薪水，我晚上就去卖水萝卜，或者是卖糖子儿，勉强也可以糊嘴吧。"袁家墅叹口气道："说也可怜。"小万道："谈起可怜来，我们这里老范，那才真是可怜哩。"袁家墅道："就是那个第一科里的范办事员吗？他久病缠身，辞了职呀。"小万也叹了一声道："什么辞职，就是没奈何，他才辞职。因为科里人说，他好久不来上工，叫他辞吧。辞了，可以得三个月薪水。老范害的是糖尿病，可是辞了以后，哪有这么回事？大概只拿着一个月薪水的两三成吧。这让老范怎么办呢？家里既有一个老妈妈，又有一个两岁多的孩子。科长，你猜一猜，他怎么着？他叫他女人扮上一个男子汉，天黑了在街上拉车。当然，女人拉车，苦还用提啦？"

袁家墅便站起来，将手扶了桌子，眼睛对他直望着，问道："这话是真的？"小万道："这还瞒得了你吗？"袁家墅道："这范先生为人是很好的。落到这步田地，当然我们要救救他。"小万道："那敢情好，我都要谢谢。"一看没有什么事，这就走了。袁家墅等了一会儿，这里还没有人来。昨天来了的公事，就只有两封信，那也不忙。今天的公事，刘秘书没有来，根本无事。袁家墅自己想着，真是好闲。想起了两句诗："独恨太平无一事，江南闲煞老尚书。"公事桌子上，倒是笔墨现成，就打开墨盒，将笔蘸着，瞎拓起来。

过了一会儿，耳朵边忽然有人道："袁科长，我要同你说几句话。"袁家墅放下笔，见黄允中站在桌子角上，问道："你有话同我说吗？说吧。"黄允中道："小万刚才说，老范他叫他太太拉车，那是真的。小万说，袁科长打算上一张呈文，求求我们的总长，这是功德无量的事情。若是肯写一张呈文的话，本科几个人都愿附议。"袁家墅抬起手来往头上摸摸，答道："话是有这么一句。但是我们一科，恐怕这力量太单弱。你想，有几个人？除非联合各科，大家书上名字。只要上面把欠薪准还一部分，那就范先生可以不必叫他太太拉车，改行卖瓜子炒豆，那也好得多。"黄允中道："那也好，回头我到各科去联络一下，看是怎么样，总有个八九不离十。"袁家墅站了起来，又有点儿不大对头的样子，对黄允中道："好是好的。不过各科也正想签名上呈文。当然这项呈文，就是请求总长给我们一两个月薪水。我们自己既要索薪，这又打算给老范说好话。你看我们这回呈文来个两炮响，这不是太难了吗？"

黄允中听到袁家墅说各科写呈文，预备自己索薪，这就向后退了一步，脸上起了点儿红色，便道："各科上呈文，是有这话吗？只要是有，哪怕只讨得薪水五成，我们也可以凑钱去救一救老范。不过这个话恐怕是不确的。"袁家墅道："的确，昨天下午第二科就有这个拟议。当然要索薪

302

的话，大家必须全体都来。我们拟议，由第二科主办。上自各司长，下至门房，通签上名，要是还不发薪，那就签上了名的人，从某天早晌起，一律不来办公，要是真办到这样，那我们这部就真个罢工了。你想，若是中华民国真有一部不办公，不管部务闲不闲，那还成话说吗？不过这需要我们都签名。若是有十分之一的人不肯签名，我们这工就罢不成。所以这四面去看风色要紧，若是有一科不肯签名，风色不利，那就什么不必谈了。"

黄允中先听到各科签名，觉得很兴奋。后来经袁家墅这么一说，那又落到冷水盆里去了，便道："这要我们大家签名，我看有点儿难于办到。比如说，一位司长是部长的人，他就不肯签。有一位科员，他是司长的人，司长不肯签，当然他不签。这样下去，恐怕不肯签名的人，不止十分之一吧。"袁家墅道："你这明白了。所以人家总说，某部要罢工。这是外边谣传罢了，其实哪一部也不会罢工。哪一个总长，总用他几个私人。这几个私人，就很能替总长办事。你们只管嚷罢工，他们坐在办公室里，理也不理，这就没有办法了。"黄允中听到袁家墅的话，这就把肩膀抬抬，将两手向怀里连缩了几下，叹口气道："这就真没有办法了。的确没有办法了。"

袁家墅看到黄允中做这种没奈何的样子，这就笑道："老黄，你现在一月拿三十元钱，支持不住了吧？"黄允中又叹了一口气。袁家墅这就把桌子上吹吹灰，自己又坐下来。隔了窗户，望望院子里，并无人来往，就也叹了气道："你说你支持不住，我也是支持不住呀！公寓里房饭费，我欠了半个多月，没有给钱，再要不给钱，公寓就要对我不客气了。"

袁家墅接着对黄允中道："这就谈到索薪，虽然个个签名索薪，这是做不到的事，但是签名总有人愿签的。我是做了这狗屁不值的科长，运动签名，我科长就不好出面。可是像你，一个办事员，就不怕了。你若是愿意干，各科里跑跑，看第二科办没有办。若是办了，你就跟着后面，运动人家签。若是没有办，你就作一张呈文，拿着往各科里跑。不怕事的，都会来签个名。我们科里，我就第一个签名。我想这样地来一下，签名的一定不在少数。"

黄允中等袁家野说完了，这才道："科长说这个话，我愿去。可是签名没有司长签上两个，上了呈文，查起为首的是我，我就打碎了饭碗。这样上呈文索薪，那不太无意思吗？"说到这里，那个孟世雄向这房里一钻，也走到桌子面前，脑袋一晃道："薪水不发，我也过不了。科长若肯在后面支持，我愿意出面。"袁家野笑道："那就更好了。至于说我肯在后面支持的话，我实告诉你们，我这里有一条路子，包有几分炮可以打得响。不过拿签名来说，要越多越好。至少要有五十个人，我这呈文拿在手上，就很有斤两了。"孟世雄道："你真有一条路子吗？"袁家墅道："我在你们面前还会撒谎吗？"黄允中道："真有一条路子，那敢情好。是条什么路子，科长给我们谈一谈。"袁家墅把桌上墨盒笔筒朝外移了一移，把抄写的纸条也理齐了，回头笑道："这个，我暂不必说，说了也许不灵。你们今天下午就只做一件事，看第二科，这呈文办没有办。若是未办，你们赶快拿过来办。明日下午你把签名弄好。然后我拿呈文去碰上一碰吧！"

孟世雄就向黄允中笑了一笑，然后道："科长说了这种话，我们就试试吧。下午第二科，哪个去？"黄允中道："自然我去。反正丢了饭碗，也不算什么。"袁家墅道："我的话说完了，就看你们的了。"孟黄于是走出他的办公室，袁家墅将桌上理理，伸了一个懒腰。小万又走进房来，将茶壶拿在手上，意思还要兑水。袁家墅道："不要了。上午，又过去了，没什么要办的。不过有一位科员，今天上午又没有来。下午，比我早些到的话，你对他说一声，叫他来早一点儿吧！"小万道："你说的，是这位江守一？"说着，把茶壶放下，将空手对那空位子上一指。袁家墅点点头。小万道："快不要说他吧，他爬上了高枝儿去了。昨晚大概刘秘书找他，跟着总长去赌钱去了。"袁家墅听到这话，忽然一笑道："是真的吗？"小万道："他跟着刘秘书走，谁人不知？"袁家墅道："好了，不谈啦，我对他另有用处。"小万不懂他这话，他看看袁家墅只是笑，他也不便问，就走了。

过了一会儿，下午三点钟，袁家墅又来了。可是这半日很好，科里六个人全到了。看第一间屋子里，许多人坐在位上，窃窃私议。看黄允中桌子上，有一张呈文，这事情很明白了。自己也不作声，竟向座位上走去。放眼一看这江守一，穿了一套黑呢西服，头上梳得雪亮。他将马褂帽子挂起，身子还未曾坐下，就对江守一点了一点头，态度很好。江守一站起来道："科长，昨天我和刘秘书有事，今天起来不了，所以上午没有来。"袁家墅笑道："我知道，你和刘秘书有点儿私事。"江守一道："不，是公事。"袁家墅道："你不要瞒我吧！后孙公园有个宅门，晚上里面是灯火通明，这实在是个俱乐部。当然，这里面我们是不便去的。你和刘秘书在这里，耽搁一晚，是也不是呢？"

304

江守一站在桌子边，把桌上放的墨盒移了一移，犹疑了一下，他答道："是的，总长在那里。总长恐怕有事，命我两人在那里等了一宿。"袁家墅道："总长赢了吧？"江守一道："大概赢了吧？总长是在那里赌扑克。"袁家墅笑道："好了，没你什么事了。总长今天晚上总要去吧？"江守一刚刚坐下，就道："今晚不会去吧？"袁家墅笑道："明天是个礼拜六，总长一定会去。"两人正说到这里，黄允中拿着那张纸的呈文进来，见了科长，他离桌子还远，这就立定。袁家墅看见，就道："你这事办完了吧？"黄允中道："办好了，科长，你瞧瞧。"

　　袁家墅正是要看一看呈文，就点点头，伸手将呈文拿了过去。将纸掀开，把人名字从头一数，大概有四十多人。再把头里呈文一看，无非说好久没有发薪，简直维持不了，本来枵腹难以办公，望总长商诸财部，赶快发薪几月。若是不发薪，我们要各寻生路，就不能办公了。袁家墅看了，笑了一笑，将呈文放在桌子角上。黄允中道："科长还有什么高见？"袁家墅道："签个名那就签个名吧。不过这签名还是不够。"黄允中道："科长级的只有第二科签了名，我们再从这方面努力。科长，你先签一个吧。"袁家墅笑笑，又拿呈文移到面前，提笔签了一个名。黄允中看看江守一，笑道："江先生这可以签个名了吧？科长都签了。"口里说着，就拿起桌上呈文，要向江守一那边去。

　　袁家墅把手一伸，扯住了黄允中的衣服，笑道："我知道你已经邀江守一签名，他已婉言谢绝了。这是江先生的难言之隐。你别找他，我自然有找江先生的地方，只要他肯卖力，那比一百个人还有力量。"黄允中这就拿了呈文先走了。江守一连忙道："幸是科长知道我的痛苦。你想，我是常见总长的，若是呈文上签了名，总长要问起，我怎么样子答复呢？幸亏科长这样一说，把我救过来了。"袁家墅笑道："可是有一层，他们签名索薪，那完全是不得已，我要须同情他们才好。我们欠薪，实在是太多了。"江守一道："当然，我是十分同情的。我若是可尽一点儿力的话，决计出力。"袁家墅笑道："那就好。现在不说，等下了公事房，找你多谈一会儿。"

　　江守一听到袁家墅说要和他多谈一会儿，这有什么事要多谈一会儿呢？当然这事不便在部里问。当时对袁家墅点头道："好的，回头下了公事房，我们细谈。"袁家墅一笑，也没说什么。看看五点多钟，总长又没有来，便对江守一道："我们走吧。"江守一答应好。袁家墅加上马褂，自己在前面走，江守一戴起帽子，就在后面跟随。走到热闹街上，袁家墅也不谈。后来走到一截冷清胡同，左右无人，袁家墅才笑道："老弟台，你要发财了吧？"江守一和他挨着走，答道："这话从何说起，我不和科长一样地穷吗？"袁家墅道："你又何必瞒我？总长赢了钱，只要他在零头上一抹，抽几文头钱，我们就有了。看见老弟台发了财，不是想在这里面分摊几个，就是想你混久一点儿。我们同在一科混事，保不住哪一天就升了我这个位置。我呢，自然有个安顿。这就用得着老弟了，在总长面前给我好言几句，这就沾光不浅了，天下事，说不定的，无非是鱼帮水、水帮鱼呀。"

江守一是很想科长这个位置，不过还没有向上边谈起来，给袁家墅一猜，就猜着了。自己走了几步路，便道："当然科长这话，出于好意，那时科长更高升了吧，现在有叫我帮忙地方吗？"袁家墅道："有呀，这里索欠的名单，不是有好些人签了名吗？估计签名总过半数，若是真罢了工，那面子上总不好看吧。所以我就想得了一法，明天我想个法子，把呈文先骗到手再说，起码，运动人签名这个工作，暂须终止。这就要看老弟了，什么时候和刘秘书说一声，这事是不可缓的吧？"

江守一听了他的话，恍然大悟，就道："原来科长签名，是有这个作用的。这的确是一个好办法。至于刘秘书那里，什么时候都可以去说。科长说什么兄弟一定出力，这是我们部里公事，卖力是应当的。而且论起出力来，科长是第一名啦。"袁家墅道："你老弟明白了。不过这骗呈文到手，那是第一关，往后，这呈文如何消灭，那须得另想办法。"江守一道："是的是的。"袁家墅说到这里，把呈文问题搁起，却问道："我们总长和这《北斗报》黄天河社长，交情还算不错吧？"江守一道："这黄天河是国务院的秘书，当然认得。说到交情一层，似乎谈不到。"袁家墅道："有交情。这黄社长天天到俱乐部去打牌，我们总长也常去，天天见面的朋友，这还没有交情吗？"江守一心想这家伙什么都知道，便笑道："当然是天天见面的。"袁家墅道："话到这里为止，明天看我弄呈文吧。"说罢，就打算要告别了。

江守一连忙道："科长，为何不吃了晚饭回去？"袁家墅道："老弟，我本来要请你的，可是我坐车子回寓的钱都没有，只好对不住了。"江守一道："这点儿钱我还有。何必马上就回去？我们在一处多谈一会儿也好嘛！"袁家墅道："这却好，可是破费了老弟了。"于是由江守一做东，吃过两客西餐，然后才告别。袁家墅他心里好笑，心想，不怕你江守一诡计多端，到这里我话中套话，你大体也告诉我了。到了次日，袁家墅更起早一点儿，到了部里。看看黄允中已在科里。袁家墅把手一招，黄允中便起身在他后面走。到了位子上，袁家墅把帽子摘了，就悄悄地俯着腰问他道："呈文上有多少签名了？"黄允中道："现在有六十多个人了。呈文在我抽屉内，下午大概可以又加上几名。"袁家墅道："在你这儿，那很好，现在不用添签名了，因为我知道，今天晚上，我们总长在某处开会，我也在那里。趁着开会以前，或者是以后，我就把呈文送给总长看一看。这是一种秘密，望你不必告诉别人。"这黄允中听到这话，心里大喜，就不作声地把呈文偷送给袁家墅了。

待一会儿，江守一也来了。袁家墅就走到他位子上，笑着轻轻地道："呈文我拿过来了，告诉刘秘书，这事应当如何安顿？"江守一道："呈文交给我，我给刘秘书看看。"袁家墅笑道："这要从缓吧，反正呈文在我那里，不会再有人签名。"江守一想，姓袁的还没得到一点儿好处，这就交出来，当然不肯。答道："好吧。下午刘秘书来了，我私下对刘秘书说，看他怎样办理。"袁家墅道："你对刘秘书说，这呈文不可呈上总长，呈明总长，那情形就大了，我下午听你回音吧。"江守一道："好的好的。"

这下午，刘秘书来了，他是个三十多岁的人，白净一张脸，分发头，将它梳得发亮。他穿了一件春绸袍，脚下却穿一双皮鞋。这秘书室里还有三个秘书，可是只有他掌权。他坐在一张沙发上，正在清理写字台上堆满了的信件。嘴里含了一截玳瑁烟嘴，烟嘴上点了一支烟。他拿着剪刀，只管剪信。这烟嘴子上一根香烟，有一大截已烧了白灰了。忽然听到耳边下有人叫道："秘书，我有话给你说。"刘秘书把头一偏，是江守一。把烟嘴拿在手上，问道："有什么事吗？"江守一笑了一笑，就将部里同人呈文索薪，细细地说了一遍。

直等着听完了，秘书的烟也抽完了。他还不作声，把纸烟盒打开，换上了一支。刘秘书把烟嘴含在口里，吸了几口。回头把烟拿下来，冷笑道："别部都没有索薪，我们这部又来了。"说着，又吸上两口烟，喷的烟转着圈子望上升，慢慢地转大，变细，一会儿就没有了。刘秘书拿着烟，将烟一比道："他们索薪，正像这烟一样，开头正来着猛，过些时就淡着没有了。这呈文既在袁家墅手里，你就跟他说，好好地保存两天，将来再说。回头有便，我对总长说上一说。不过我们总长，他是个蛮牛脾气，要

307

罢工就罢好了，他就是不理，看你怎么办呢?"江守一听了这话，知道刘秘书对这件事不睬，这事倒不好办了，只得答应道："是是，这就叫袁家墅把呈文留在手里，过两天再说吧。"刘秘书点了一点头。江守一只好无精打采，回到他科里去了。

第二十九回

聚赌走卑儒发薪救苦
劫车拦旅客升盗为官

　　江守一走到科内，也没有笑容，就不作声，自回到自己位上。袁家墅在那边坐着，看到他这副面容，笑道："江老弟，你会到刘秘书吗？"江守一道："会到的，他正在十分地忙，这事自然是提到的，但是没有细说。"袁家墅把笔慢慢地筒起，公事纸放到一边，他偷眼看江守一，面上自有不快的颜色。他心里已经猜着了，刘秘书对这事颇不以为然。笑道："忙还有比这闹到要罢工的忙吗？刘秘书一定说，这件事让他们闹吧！他对此自有办法。"江守一道："那倒不是。他说，过两天再说，袁科长收到这项呈文，也望你好好地摆上两天。我本来进门就要告诉你的。但是……"

　　袁家墅笑道："这很不合我的口胃吧？那没有关系，过两天就过两天！"他说了，还总是笑。江守一见他并不生气，就也算了。

　　袁家墅到了下午下衙门，把这呈文用好纸将它包着，揣在袋里，一个人也不让瞧见。自己出得部来，慢慢地走，慢慢地想主意。到了公寓里，对门方又山正在屋里，于是喊道："方先生，我问你讨点儿茶叶。这两天真是分文都无。"方又山正躺在床上，把书一丢，连忙起来道："有，很好的龙井。"说着，就把茶叶瓶子拿起，倒了一大把。袁家墅立刻将手捧着，问道："你有事没有事？若是没有事，我来找你谈谈。"方又山道："今天没有事，过来谈谈，我很欢迎。"袁家墅道："好！我就来。"于是回到自己屋内，把各事料理料理。茶叶放在空壶里，叫茶房泡了一壶来，自己端着茶壶就往方又山屋里走。方又山将椅子拖开，笑道："请坐。"

　　方又山笑道："我看阁下好像很闲。"袁家墅把一杯茶喝了，又倒上第二杯，这才两手一笼，笑道："本来很闲。不过我有一件事，问问阁下，就是有一家《北斗报》，它的社长黄天河，是我们国务院的秘书，论起才学那是很好的。我有两篇文章，想在《北斗报》上登一下。你是新闻界的一分子，关于他的行动，想必比我们要灵些，我想找他一下，什么时候他在报馆里呢？"方又山笑道："我是一个跑小新闻的，新闻界的人，我认得不多。不过你说到黄天河，我倒是略知一二。"袁家墅将椅子拖近了一步，笑道："那很好，阁下就说一说他的历史吧。"

方又山把面前那茶杯移了一移，笑道："你口渴，你就先喝吧，我这里沏得有。"袁家墅道："这是小事，你就说吧。"方又山便笑道："他不仅是国务院秘书，也还是中国银行秘书啦。此外他和梨园行的头儿也有来往，一个月可有千把元的收入，照说是很阔的，可是他还不够。自从这《北斗报》开办以后，当然收入又要好一点儿，因之，哪个俱乐部里的赌局也时常有他的脚迹，每晚少不了来个八圈吧？"袁家墅笑道："黄社长在这里打牌，你也晓得。可见得这不算得什么秘密了。"方又山道："黄先生有两房家眷，一房就住在无量大人胡同。这一块，也是歌舞之地。论起黄先生学问，那是很好的。尤其是诗，几个诗词大家，都赞此公不错。学问既是不错，就红粉销愁之地，不免在里面走走吧？"袁家墅道："你老兄说得不错，还有吧？"说着，他把壶又拿起来，可是壶里没有茶了。方又山又把自己面前杯子移了一移，笑道："你喝这个吧。"袁家墅把壶杯放下，笑道："说吧，不要管这些了。"

方又山想了一想，说道："我说什么呢？乱七八糟，我说了好些了。"袁家墅道："说他的历史呀！"方又山道："对他的历史，我知道不多，就以这不多的来说吧。他是福建人，但是普通话也能说。他是北京大学未改之前，还算京师大学毕业的，资格很老了。他的旧诗固然是好，就是诗词歌赋，也无一项不精。而且外国文也很不错。很有一点儿聪明，凭了这点，就嫖赌吃喝，什么都来。在朋友方面，也就什么人都有。有个日本人，是《顺天时报》的记者，中国话说得顶好，几乎日日通电话。你要找他，晚上十一二点钟，就准在社里！"

袁家墅一面喝茶，一面听话，听到这里，就道："他们过夜生活，当然无所谓早晚，可是我们就觉得太晚了。"方又山道："你要提前找他，就到那个俱乐部去找他吧，他总在那里。可是太早了也不行，最好晚上九点钟打过，十点钟附近，那总在那里了。"袁家墅道："准在那里吗？"方又山笑道："那可不能保险，不过他入晚以后，没有要紧的事，大概总在那里吧？"袁家墅这就站起来，同方又山作了一个揖道："谢谢了。我还有一点儿小事要找他商量。大概不久以后，我就会告诉你。"方又山也站起来，笑道："这算什么？我也不打听你找黄天河干什么事。"袁家墅连声谢谢，这就回到他房内了。

袁家墅到了晚上九点钟，就来到后孙公园。一所大红门，门口亮着电灯。汽车马车来了好多，都停在大门口外。

袁家墅知道这是俱乐部，就昂然直入，走到门房门边，就道："这里国务院有个黄天河秘书，你说我找他有一点儿要紧的事，要面同他谈谈。我这里有名片。"说着，就在身上掏出一张名片。那门房看到那上面印的是科长，想必有事，答应了是。这袁家墅给了门房一张名片，他也不和门房再交代什么，就走向客厅里去。

当时袁家墅走到这个客厅，里面摆设沙发椅、檀木桌，都很是整齐，自己随便挑了一把椅子坐了，这里的人忙着倒茶敬烟。这不一会儿，就见一个人来了。穿着湖绉棉袍，脸孔非常清丽。不过他很矮小，后面跟着一个人，他简直只有这个人肩膀长。他进了客厅，便道："这位是袁科长，兄弟就是黄天河。"袁家墅便和黄天河握了一握手，便道："我们是久仰得很了。"黄天河道："不客气，请坐。"他们两人分坐在沙发上，沙发前有玻璃茶几，上面摆着茶杯烟听。黄天河道："阁下此来，有什么事赐教吗？"袁家墅便对外面望了一望，笑道："我今天特意送一条新闻与阁下，我想总会要吧？"黄天河道："那好哇，有什么新闻呢？"袁家墅道："当然啊，我们几句话就离不开本行。就是内务部索薪不得，一些小职员就打算总罢工。"黄天河道："这话是真的吗？"袁家墅道："这是什么事，还可以乱来？"黄天河道："当然不会乱来。可是他们说要索薪，索薪不得，这就大罢工。索薪是怎样的索法？"袁家墅道："先上呈文，呈文上说，现在简直活不了，请总长发薪。若是上了呈文，总长还是给一个不理，那就上呈子的人，实行大罢工。"黄天河擦了一根火柴点了一根烟，自己半躺在沙发椅上，在那里想心事。想了一会儿，自己便取出了嘴角上的烟，放在椅子边上掸灰，笑道："这罢工，不是好玩的事啊！"

袁家墅大声道："秘书，谁说是好玩的事。所以我今天晚上特意来看秘书。因为秘书同我们总长很要好，总能设一个法子。"黄天河道："这索薪的呈文，你见着了吗？"袁家墅道："论到呈文，是兄弟想了一条小计策搁下来的。当他们运动签名的时候，我也签上了名。可是我暗下对他们说，听说是总长约在今天晚上，为国家大计要开一个会。那个时候，我设法到这里边来。趁着总长有空，我就把呈文给他看，总长一看到呈文，有这些签名，他总要安顿一下吧。可是也许他不睬，那也好办，我们拿呈文继续签名，来它一个总罢工。所以我主张呈文现在且不签名，放在我这里。我想，不要闹大也罢。能给我们一个月薪水，这就很好了。他们听了我的话，一点儿不疑心，说声好就把呈文放在我手边了。"黄天河道："呈文既在你手边，可以给我看一下吗？我决计退还你。"

袁家墅就笑着道："我既然来找先生，对于先生自然相信得过。呈文现带身边，就请先生看过。"他说着就在衣袋里一掏，掏出了一张白纸。再把白纸打开，就是一纸呈文了。把白纸放在一边，就把呈文两手捧着交与了黄天河。黄天河连忙把纸烟丢了，把两手接过来一看。先看呈文，然后看后面签的名。看完了，把呈文一折，放在大腿上，拍了两下，问道："阁下当然不止送一条新闻给我，此外阁下想如何办理？"

袁家墅道："呈文在我手上，从今天上午起，他们到处运动人签名，这个工作已经被我拦住了。自然我是想这事不要闹大的好。要不是我想这条小计，我敢说，今天继续签名，恐怕已经过了一百个人了。我这样做，这事总不算错的吧？至于请黄先生去说一下，我想总是暗下了结为妙。至于这纸呈文……"把话没有说完，他自己先笑了一笑。

黄天河看见，连忙对他道："这纸呈文，阁下是负保管的责任的，我只要把大意念念，签名的人数我也须过一下数目的。看完了，这呈文自然交给了阁下保管。"说着，就把呈文交还了袁家墅。他接过呈文，依然把白纸包好，向口袋里一揣，笑道："这是不得已，我想黄秘书是已经知道。"黄天河道："当然我知道。"袁家墅道："门口停了许多汽车与马车，里面好像有一辆汽车，是我们总长坐的，现在来了吗？"

黄天河道："来是来了，阁下还打算见他一见吗？"袁家墅笑道："我若见他一面，保管这事情说僵。凡事都请黄秘书帮忙。你看我当在什么地方先等一等，然后黄秘书找一个空，将呈文的大意给他说一说？我想他总会给你一个答复。"

黄天河想了一想，抽了一支烟，半躺在沙发上。想得主意了，因道："阁下在这儿当然有许多不便，有好些人在这里进进出出。假如有认得阁下的，那总不大好。这里出胡同就是《北斗报》，你在报社里暂等一些时候，我代你们交代了问题，一会儿也回来，等我回来之后，那时总有一个办法吧。我报社里有三四位编辑，你和他们谈谈也好。不过你最好不要谈起你部里罢工问题。"袁家墅站起身来，向黄天河告辞，一面道："敬遵台命，回头见。"黄天河送了他到大门外，所幸尚无熟人，一人便回来了。

黄天河一面向里走，一面想，这件事老高是玩不得的。保定方面，正要办他大选，他这里若罢了工，那就糟了。黄天河穿过游廊，走进一个院子。这里五间屋子，灯火通明。它有个玻璃门，门在廊子正中。推开门进去，这里两间屋子是通间，顶上所画，是故宫天花板上的图画。正中一间屋，摆了沙发椅子与檀木桌子。一张大圆桌的四周摆着软椅。这里共坐十一个人，七个人赌扑克，四周四个清吟小班的姑娘坐着相陪。四围嵌螺钿的茶几，上面摆着茶烟，以及供给点心的细瓷碟子。再外面靠了墙，有檀木条桌、檀木茶几，上面都摆了各种鲜花。这是他们俱乐部的一小角。

黄天河进来，慢慢向扑克赌场一站，他先不作声，向各方面一看。他看他身边这位赌客，面前所摆的骨头刻的溜圆子码，就有一大堆。这样猜起来，大概是赢得不少。这位赌客是谁呢？便是他所要谈话的高总长了。黄天河对他道："总长，你赢了吧？"高总长一张长圆的脸，有一点儿胡子，一双眼睛倒是很灵活。他穿件古铜色绸面子的驼绒袍，听见黄秘书说他赢了，他就嘻嘻地一笑道："赢了一点儿，但是还早呢。"黄天河道："若是赢了的话，请你暂歇一下，我这里有话奉告。"高总长回过头对他望了一望道："是有话吗？"黄天河道："当然是有话。"高总长对旁边小姑娘伸手招了两招，说道："老六，你同我来几把，可是别乱换牌。"说着，就把扑克牌一丢，同黄天河走了过去。

黄天河还不肯在外间屋子里讲话，便到房里来看看还没有人，这就请高总长坐下。原来这是一间休息室，屋子里有铜床，有沙发椅子，有玻璃桌面的桌子，还有穿衣橱。黄天河道："这里很好，我们可以说几句话。"高总长就同黄天河坐在两对沙发上。黄天河道："贵部同人闹欠薪问题，你听见说吗？"高总长道："是有这样一说。外面都知道了吗？"黄天河把沙发椅子靠，拍了两拍道："这倒是没有，但是过久了，事情总会外露的。"高总长将身体移了一移，这似乎靠近一点儿了，问道："你听谁说的我们那里同人闹薪水？"

黄天河道："当然是你部里人说的。这个人和我也是朋友，他说，部里闹薪水问题，预备上呈文交给总长，要总长对这事慢慢地推敲，他们就来个总罢工。"高总长道："罢工谅他们不敢！"黄天河道："你休说这个话呀！他们拼了这事情不要，你到事情发生了，那时再来补救，这事情就迟了吧？"高总长默然了一会儿，因道："你这个朋友，他告诉你这话，他有

313

什么意见吗?"

黄天河心想,这有点儿头绪了,我就说着试试看吧。于是把袁家墅看到他们弄呈子签名索薪的事,细细地说给高总长听。高总长道:"是的,有一个袁科长,对我们的刘秘书这样说过一遍。刘秘书说,不要理他,这罢工的事根本不会实现,我听了也就算了。至于袁科长虽是我的部下,我对此公也还不认识呢。照黄秘书说,他对我还是好意呀!"黄天河道:"这袁家墅现时在报馆里等我的回信。总长,就等你一句话啦。"

高总长又想了一会儿,他道:"这呈文给我看一看,我再做定夺。"黄天河道:"你不瞧也罢,反正上面都是可怜的话,你做总长的人,想也想得出来。我跟你说,罢工这件事总不能外传。你今天赢了钱,大概有个四五万,旁的地方再添一点儿,这就可以对付吧。"高总长笑道:"你说得这样容易。"黄天河道:"我们谈了很久,老六的牌运如何,我们还不知道?走吧。"高总长也带了笑容,自己先站起来。黄天河也站了起来,扯了高总长的衣袖一下道:"总长,你需要答复一句话呀,我怎么回复呢?"高总长道:"黄秘书,那就发个三成吧。"黄天河道:"发三成薪水,那只怕少一点儿了。"高总长已经开步向外走,他一面说道:"少一点儿,我筹不出来呀,反正加个一二成,那勉强可以办得到,你叫他那张呈文暗下消灭吧!"黄天河答应一声是,二人就到赌场上了。

黄天河看看高总长面前的筹码还是从前一样多,他还是个赢家,就向他道:"我去了。"高总长连忙点点头。黄天河自抽身出来。他自己赌了一桌小麻将,就往报馆去了。这要说起《北斗报》来,大概有个一两千份销路,看的都是政界中人。因为只有一两千份报,他们可没有买印刷机,寄在印刷所里印。其他部分,都还设备着有,所以人也还不少。他们报馆大概有三十人,可是报的销路只那么几份,怎么过活呢?他们这就靠销个社论,还有一段头条新闻。我们看来,这是无所谓的。可是这里面就有津贴作用,部里至少津贴二百元。所以这样办一个报,他们倒是得其所哉了。

黄天河这样走到报馆里,在会客室里会到了袁家墅。自己马上将帽子向壁上一挂,就向前抓住袁家墅的手,笑了一笑。袁家墅坐在椅子上,连忙起身,说道:"有劳阁下了。"黄天河笑道:"这俱乐部里,有俱乐部的好处,我们这里一谈,没有什么谈不拢的。可是阁下不要泄露秘密啊!"于是把自己和高总长说的经过,谈了一大遍。他们谈着话,就在木椅子上坐了下来。袁家墅道:"照秘书这样说,大概五成薪是可以发的。我对这事没有问题。可是那些签名索薪的，他们会嫌少一点儿吧。"

黄天河笑道："阁下不要看得太容易了，这是我同总长一说，总长才答应了。若是别人，和总长根本不认识，谈也无从谈起。你们真要罢工吗？他也许会拿人啊。你只要回去，好言语两句，天下绝没有骗死人的啊！"这个黄社长，又是国务院的秘书，对于官场，哪一项他不精？说是五成，那也就是五成吧！当时就说："好吧，我反正望好处说试试瞧吧。"黄天河道："阁下功劳簿上记下了一笔，不要失了这个机会啊！"袁家墅也就笑了一笑，给黄天河道谢一番，然后告辞回家。

他到公寓就呼呼大睡一番。次日起来，已有九点半钟。等他把清早各事归理整齐，才慢慢向部里行走。这一进屋子里来，看看同人面上，都有了笑容。心想，这必然是五成薪已照数发了吧。回头到了自己位子上，看看江守一今天却是到了。他看到袁家墅就跑过来低声笑道："科长昨晚上所做的事，我也知道一点儿。总长说你很能干呢。我们已发了五成薪，下午就可以拿。"袁家墅笑道："昨天晚上的事，你也知道了。可是你对第二个人说，不能说我到了俱乐部里哟！"江守一笑道："这个我怎样能说？还有一层事可喜之至，就是老范，本来他辞职了，那就算了。可是经许多人一说，他也照样拿五成。"袁家墅叹道："拿到五成薪，就喜欢得不得了，可是该他许多月欠薪，逼成了糖尿病，女人只好去拉车，那就没有谁管了。"江守一听着，向外边房里一张望，外边房里还好没什么人听见。他向袁家墅苦笑了一笑，不敢多说，就回位子去了。

薪水是照五成发了，他们索薪呈文，由着袁家墅说了若干好话，也留着不向上递了。袁家墅在私下得了江守一送来一笔钱，数目是二百元，至于钱从何方来的，自然是总长送的了。而且总长还说，以后部里有什么这样上呈文的举动，你多多注意。这是袁家墅做梦也没有梦到的事，因此逢人就说我们总长好极了。不过住在公寓里，和他对门而居的方又山，他们原来是无话不谈。像总长送他二百元的话，他自然不提，不过像自己找着黄天河，去向总长细说了部中索薪水的大概，差不多也都说了。他说，江守一都以为他们乖巧，其实乖巧的在一边好笑哩。方又山听了这些话，就跑到会馆里，找着杨止波道："那天在烤肉宛我说过的话，向你谈点儿小新闻吧。我虽然这样地说过，却是没有好的新闻，现在我可有点唯好的了，尽管是小新闻，也许这里面包有大新闻倒未可知呢。"于是他将索薪的这新闻，从头至尾说得干净无遗。杨止波将几子端正，让方又山坐。又亲自泡了一壶茶，斟了一杯给他喝。自己端坐桌子横头，不作声，细细地听他说。他说完，才笑道："这的确是好新闻，在这里可以看到许多新闻的内幕，谢谢。"方又山笑着站了起来，拱手道："新闻说完，我要告辞了，你也有事，我也有事，下回再谈吧。"杨止波也不留他，自让他走了。

这里过了一个多月，是五月初头，在北京惧寒的人还有穿薄棉的。至于寻常穿的，都是袍子夹马褂了。这日清早到邢家去，却见王豪仁和殷忧世坐在桌子横头，两个人细谈。邢笔峰就到里面打电话去了。杨止波一进门，徐度德在他位子上就跳了起来道："你可晓得，北京外交团提出严重抗议，要共管我国铁路了。"杨止波笑道："你不要拿大话吓人。"自己把帽子挂在墙上，过来向王豪仁谈话。王豪仁道："这倒是真的，不过要看我们外交怎样办了。"杨止波吃了一惊道："真个有这事吗？铁路上发生了什么问题？"王豪仁道："你还不知道发生这一件事吗？请你看这份电报吧！"说着，向桌上一指。杨止波听了就把邢笔峰电报的手抄本看上一遍。

> 五日晚津浦车开至临城附近，路断，车不能行，突来土匪有千余人，开枪包围，遂架掳去乘客二百余人，内有外侨约三十余人。离路约五十里，有山名抱犊崮，须匍匐登山，最高处，约一千八百公尺。山顶颇平坦，古有人抱牛之子登山，故此地遂名抱犊。山为一匪首孙美瑶占领，彼为张敬尧旧部（按：张曾为湘督，穷凶极恶）。后在苏鲁边境为匪多年。此次掳及外人，意在威胁当地军官，使不敢猛剿。孙所部土匪，有两千余人。孙因此想改编为正式军队，彼自身为师长或为混成旅长。外交团得警报，共推葡公使符礼德送达牒文于中国。牒文另详。

杨止波将电报看过了，把书一推，连在桌上敲了几下道："这的确是一件奇闻，想升官发财，却劫掳外国人当人质。这也实在是摸透了官老爷的弱点了。看他们怎么办呢？"王豪仁道："邢先生打电话去了，看他回来怎样说。"邢笔峰把电话打完，出来了。他穿了一件灰呢夹袍，手里拿着一支铅笔、一叠纸张，他把铅笔打着纸，这样一步一步地进来。看见了杨止波，自己向沙发上一坐道："杨老弟，你看这事怎办？政府不答应匪首的要求吧，匪首非将外人完全杀掉不可。若要答应匪首的要求，那中华民国只有威信扫地，那外交简直不能办了。"杨止波在他对面沙发上坐了，问道："这匪首的要求怎么样？"邢笔峰把那张纸看了一看，把纸向杨止波一移，就道："他要给他一个师长衔呀，他的部下改编为一师，他的部下欠饷很久，至少要发半年。你瞧，这样一举就当师长，那简直不成话呢。"

杨止波道："这的确是不好办。"王豪仁道："有什么不好办，要师长衔就给师长衔，要编一师就编一师，我们还谈什么外交！不信，过两天你看怎么样？"邢笔峰道："这个我们不管它了，交通部王兄有熟人，托你打听打听看，看他有什么办法。"王豪仁就拿起了帽子，对邢笔峰道："我去碰碰看，好在这事出在铁路上，交通部总不能不管。"说着，他就推开门来要走。邢笔峰站起来道："我也要出去打听打听。我要是没回来……"王豪仁道："我坐在这儿等好了。"邢笔峰道："那太好了，回头就在我家吃午饭。"王豪仁戴上帽子，把手一扬，他已走着离开玻璃门了。至于吃午饭不吃午饭，他却始终没有答复呢。

大家议论纷纭，商量外交部对这件事情怎样去答复。杨止波笑道："我们不用瞎猜吧，我们是各干各行，时间在我们还是很要紧的啊！"这句话才把各人的议论打断，各人把当天的工作干起来。工作告一段落，邢笔峰坐车出去，杨止波回去吃午饭。他走皖中会馆门口过身，恰好是孙玉秋刚从会馆出来。这天她穿了四方格子的蓝长夹袍，低了头，一劲儿往前走。杨止波就拦住她道："别走，到我那里去吃午饭。"孙玉秋猛可停住，笑道："你猛然一喊，我倒吓一跳。我到学校里去，下午两点钟有课。"杨止波道："那为时还早。我们津浦路上，出了劫车案，掳去外国人有三十多名。你知道不知道？"孙玉秋道："这事我不知道。"杨止波道："这就上我家去谈谈嘛，反正不会耽误你的课。"原来孙玉秋自回来以后，吕氏待这个不是自己生的女儿，也原谅一点儿。孙玉秋也就一个星期来家一趟。这时刚刚从家里出来。孙玉秋跟着一部分记者来往，便也有一点儿上瘾了，杨止波说是到他家去谈，这就不用他挪扯，就跟他走了。

在路上杨止波把津浦路上劫车经过，以及外交团照会，细细谈了一次。回头到了北山会馆，叫长班去叫了面，两人共用饱了。这就听到王豪仁在外面叫道："两个人都在这里，这就好极了。"他进房来，就把帽子摘掉了，找张椅子拦门坐下，笑道："只要茶烟，饭，我吃过了。我这回吃，不是白吃，有许多新闻告诉你呢。"孙玉秋就在桌上斟了一杯热茶，双手捧着，敬到桌子角上。又把烟在书架子上找到，火柴盒也在那里，把两只盒子拿了，也放在桌上。王豪仁笑道："这态度很好，将来有宾至如归之

317

感。别那样像一般妇女，有点儿小家子气。"孙玉秋退后两步，将椅子一移，这就一笑坐下。杨止波坐在正面，笑道："别说笑话了。你在交通部得了一点儿消息吗？"王豪仁道："当然讨来了。我知道你也要写通信，没有到邢家去，先到你这里来了。"

杨止波听说，连道谢谢。王豪仁把茶喝了，将烟取了一根，点着，这样吸了，喷出一口烟来，云雾一样，喷了烟，笑道："我不是故意做个说话架子，是想我怎么说起啊！现在我想得了，还是由孙美瑶这里说起吧。他现在还只有三十六七岁。我们常想，一个当土匪头子的人，一定豹头虎眼，身体异常地魁梧。但是你这样猜，就猜错了，他是外表像斯文人，话也不大会说。可是他杀起人来，把枪一举，那就一条命马上丢了，他丝毫也不在意。他起先是当兵，在张敬尧部下，听说当过排长。他后来就在徐州附近当土匪了。他也知道，我们好多封疆大吏，都是当土匪出身，这个孙美瑶有什么例外呢？所以尽管在苏鲁边境抢劫，他一心还只想收编。孙美瑶选中山东临城附近扎寨。这个抱犊崮离津浦路约四五十里，山连着山。上山去有好多路，寻常人是爬着上。可是到了山顶上，有一块平地，而且有水，可以耕种。顶上面有个娘娘庙，孙美瑶借此，扎起寨子来了。"

他说到这里，自己又起身斟了一杯茶喝。孙玉秋道："王先生说得很有趣，还说吗？"王豪仁笑了一笑，便道："这里跟随孙美瑶的，有两千多名土匪，山东方面不是完全不知道。而知道得很详细，譬方兖州镇守使何锋玉，他的部下和土匪交过两回仗。何锋玉看到这股土匪不好对付，就故意让开。孙美瑶就越来越胆大，常常下抱犊崮任意抢劫着。这就说到这回劫车，两点五十分，这时正是人睡眠的时候，挖掉了几段铁轨，强迫车子停了，他带领土匪把车子包围。率几队土匪上车，凡是坐火车头二等，总是有钱的，这些人难免被掳。土匪说，跟我们上山去吧，不要紧的，过几天让你们全数下山。见到外国人，还说得格外客气。说我们寨主请你们上山讲和，和议成了，请你们下山。这火车里头等包房，全是外国人。十几个人踹开门，端着抢，将人在床上唤起，催着快走。你想，哪个在枪口上敢说不去呢？当然这里坐三等车的人最多，他都放过了他们。土匪劫车的时候，大概有两点钟工夫吧，天还没有亮，就呼唤几声，把二百多旅客向山上蜂拥而去，他们很大胆走起来，亮着几十根火把，照得附近村庄雪亮。"

杨止波道："孙美瑶将二百多人一绑票，放在山顶上娘娘庙里住着，大概还不要紧。外交团提出照会来，这照会里怎样的说法？"王豪仁道："这些事情，当然属于外交部，可是这回事，交通部负直接责任，所以交通部也抄了一份，我也得着了。"

杨止波听了这话，连忙站起来，说道："赶快把我瞧一瞧。"王豪仁将手拉着杨止波的衣服，笑道："坐着坐着，我也只抄了一个大概，抄得很乱，你看也看不清楚，等我念给你们听吧。"于是他在马褂袋里一摸，摸出一张纸，两手把纸拿着，笑道："你听我说。什么护路队及长江警备队，很多的说法，就是外交团要国际共管铁路。不过内中这有几个国家不赞成，所以没有提到。现在提的，竟是劫车案三个问题。一赔偿问题，各人所失的文件衣物，照各国领事证明者为准，中国需照单赔偿。二各人所受种种痛苦，也应赔偿。即头三天，每天赔偿五百元。首星期每天赔偿百元，二星期每天赔偿一百五十元，以后逐星期照加，最后应赔偿三百元一天。"

杨止波吃惊道："要这多钱啦！一天赔偿三百元，西洋人的工钱真是太大了。"孙玉秋道："你等王先生说吧。还有什么呢？"王豪仁道："有一种医药等费，各人情况不同，将来经各人调查后，由各国提出。第二项，是保障问题。以后再有此事发生，各国得派代表深入内地调查。外交团深知中国警察，不足为保路之用，唯望此后，中国路警受外国军官的指挥。第三项，是惩办问题。所有山东督军田中玉、兖州镇守使何锋玉，立刻免职，永不叙用。这三项办法，除了第一道办法，中国人总是钱倒霉，那总好商量。至于第二、第三两个办法，第二个办不到，第三个是难言之矣啊！"他说完，又把这纸张塞进马褂袋里。

孙玉秋望着杨止波道："这第二项要中国实行，那不是亡国吗？"杨止波道："当然这一条中国不能办到。"王豪仁捡了帽子在手，笑道："这条新闻，你做一篇通讯的材料，那尽管够了。那边邢笔峰还在等我的消息，我不能耽误，我要走了。"杨止波站了起来，因道："你有正经事，自应当走。不过请你同孙女士一路，她也要回学校去上课。"孙玉秋也就立刻走起来，对杨止波道："你要有什么消息，请你告诉我。"王豪仁一边走着，一边道："你要这消息干什么？"杨止波笑道："她在《中原日报》，也做通讯，做得好的，也登了出来。可是除了她不受酬而外，每篇还要倒赔信纸信封。这真是何苦来。"王豪仁笑道："我要掉两句文，'德不孤，必有邻'了。"说罢哈哈大笑。杨孙二人也跟着笑起来。王豪仁带着孙玉秋同去，杨止波在家中做起他的通讯了。

　　过了几天，这个交通总长吴毓麟亲自向临城去一趟，而且声明，各处记者有愿往的，可以和吴毓麟一起，免费来去。邢笔峰听到这个消息，约了几个人商量了一次，就推王豪仁前往。至于他办的那个国光通讯社，宣告暂时停刊了。王豪仁在北京也混不出名堂，就答应了前去。去了半个月，所接洽的事大体解决，王豪仁也就随着吴毓麟回来了。所接洽的怎么样呢？结果如下：一孙美瑶为旅长。二孙部约二千五百人，编为一旅。三无枪之匪，一律给资遣送回乡。四酌量发薪三个月。所掳劫的中外人士完全释放。外人每人赔偿约八千五百元。中国内部问题算是完了。至于外交团之通牒，几次往还，中国不得不让步。决定吴佩孚设一四省剿匪司令部，派瑞典人曼德为铁路警备事务处总教练官，以训练路警，保护铁路的安全。这在中国的地位，虽不是亡国，也告诉人，我们自己不能保护铁路了。唯有孙美瑶这回白弄了一个旅长，真是便宜之至。当然这场事情简直令强盗做官，人民就有许多不满。后来山东督军密令部下将此人暗下枪毙，孙美瑶本人完了，可是造下中国的损失，永远不能补救了。

第三十回

草令不灵专呈伺阁去

索钱无术漫画下台时

正是孙美瑶求为旅长的时候，府院两方争得十分激烈。这个日子，内阁是张绍曾任国务总理，还自兼陆军总长。但这阁员里面，黎元洪也有两个人，一个农商总长李根源，一个教育总长彭允彝。张阁有什么举动，李彭两人打听得了，就立刻告诉黎元洪，赶紧谋个对策。张绍曾本人原不是曹锟方面的人，他同旧国会有些来往，所以先为陆军总长，后来又通过国务总理。可是曹锟方面，吴佩孚迷信武力统一，曹吴要什么，张阁还不得不给。最后他这个内阁，差不多也是保定内阁了。所以府院两方，就冲突得更厉害。

在报馆方面，这新闻里面的第一条，常是内阁问题。这晚十一点钟，杨止波正在编稿，当然还是内阁问题。因为那个总编辑吴问禅，当了教育部的秘书，他有时隔两天才来一趟，编辑新闻，事实上要杨止波负责。薪水呢，才拿到三十元，这责任未免太重了。因之对吴问禅说，负不了这个责任，帮忙已多日，要辞职不干。吴问禅也答应好，过两天再说。因之杨止波在过两天之下，又耽搁了上十天。这天，自己把编好的稿子看过了两遍，自己把红笔一丢，伸了个懒腰，说道："天天谈内阁问题，我想，看报的人也许看厌了。我不得不伸下懒腰，舒服一下。"他穿了一件灰色哔叽长衫，卷了两截袖口，手腕上还印着红墨水印儿呢。他旁边坐了一位屈子久先生，正编社会新闻，就把笔停住，将头偏着道："真是腻得很。不过吃这行饭，就不能怕腻，哪怕三百六十天，天天有内阁问题都得编好。要想不腻，除非不干。"他说这话，哪里知道杨止波心事，就哈哈一笑。

正在哈哈一笑完了，吴问禅穿着一身毛呢西服，皮鞋走得呱嗒地响。杨止波就站起来道："好了好了，救星来了，把内阁问题，交给我兄了。"吴问禅把呢帽子放在一边茶几上，笑道："我既来了，自然要动手。不过

321

我这回来，是要把你老兄的问题趁此解决一下。你到这边来坐个十几分钟。"在里边有两张藤椅，夹住一个茶几，坐在一张藤椅上，杨止波走过来道："真的吗？这真要感谢你老兄。"说着，也就在相对的一张藤椅上坐了。吴问禅道："你对我提了好几回，说是要辞职，结果，总是我挽留了。因为我也想辞，但我没有相当的把握，这里丢了三十元，还没有三十元的补偿。现在我可找到了。老兄要辞，马上可以辞。你可以先假装写封信给我，就说事情太忙，明天不来了，请另找编辑。"杨止波道："信，我马上就写吗？"吴问禅道："当然就写。我的话还没有完。我和旧议员认识很多，这种情形下，找一点儿有系统的新闻，那简直有的是。哪天你到我家里去，我可以供给你很多材料。"杨止波就站起来，笑着一拱手道："那就太好了。"吴问禅笑道："你写信吧，这里的内阁问题，你就交给我了。"

于是杨止波去写信，让吴问禅编稿子。一会子工夫，信就写起来了。等吴问禅将稿子编完，杨止波将信交给他看了一遍。他点头道："好吧，就是这样吧。我也要辞职的。不过我要面辞，不是写封信就可以了事的。"他两人站在编辑桌子横头说话的，屈子久就在下面编辑短稿子，也站起来道："二位全要辞职，我在二位面前学了不少编辑的办法。二位一走，我就仿佛无所了。"吴问禅道："我们懂得什么办法呢？无非是凑成一张报吧！若是你不嫌弃的话，我们总是在新闻圈子里混，那就有了机会来约阁下好了。"屈子久抓着吴问禅问道："这话是当真？"吴问禅笑道："我们相聚数月，很好嘛，何必骗你？"屈子久连称是是。于是杨止波把信交给吴问禅，过了几十分钟就回去了。

次日写了一封信给孙玉秋，告诉她昨晚的经过，有工夫就来一次。他知道孙玉秋一定会来，叫长班做了两样菜，在信远斋买了一瓶子酸梅汤，在家中预备着。这个时候，北京挑担子推车的，把食物弄到家门卖，那是很多的。随便算一算，卖羊肉饺儿的、卖馄饨的、卖熏鱼的、打糖锣的、卖硬面饽饽的、卖豆腐脑的，多了算不清。孙玉秋尤其是喜欢吃卖馄饨和卖熏鱼的。可是要讲饮食卫生，那就差一点儿了。至于热天，那卖零吃的，像凉粉、冰激凌、酸梅汤，那卫生尤其差劲。所以杨止波知道孙玉秋喜欢喝酸梅汤，就在最有名的信远斋买了来预备着了。

果然，不等太阳落山，孙玉秋就来了。身穿一件白底绣葡萄点儿的旗衫，胁下夹了一件红毛绳背心。杨止波站起来，连连点头道："这不错，现在天气寒暖不一定，知道预备衣服加凉。"孙玉秋把背心挂在墙上，坐在桌子边，因笑道："你向《镜报》辞职了，晚上可以清闲一点儿了。"杨止波将信远斋瓶子拿起，将一个大瓷缸满满地倒了一杯酸梅汤，放在她面前，将瓶子也放在一处。

孙玉秋看那颜色黄黄的，将茶缸拿着就喝了一口，觉得真凉，有股冷气直透肺腑。放下瓷缸道："这是信远斋的酸梅汤呀。"杨止波道："是的，他家是干净的。我常想，北京的旗人很爱吃喝的，而且叫的名字，也有叫得很有趣。我想做它几段北京饮食谱。不过我知道太少了，你可能帮助我一点儿。"孙玉秋又把瓷缸端起来喝了两口，放下茶缸，笑道："你知道得少一点儿？其实少得多呢。据说，我们会馆里住过一位老进士，他又联合了许多好吃的朋友，想做一篇京城食谱。后来向旗人一打听，敢情所没有吃过的东西那就太多了，只好罢手了。"

杨止波端了一个几子在她对面坐下，这就连摇几下头道："这个我反对。我们能记下两样，就记下两样。要把所有的有名食物全数编完，那是不可能的事。"孙玉秋听到这里，她就笑道："你这也有道理。你从前走米市胡同，一天要经过便宜坊口好几趟，你知道他们什么是拿手菜吗？"杨止波道："这个谁都知道，是烤鸭呀！"孙玉秋道："我从前也是这样说。可不知道他家还有一样拿手，便是烤子鸡。烤出来要嫩肥鲜。"杨止波道："这个没有听说过，现在还能烤吗？"孙玉秋道："能！不过吃的人不多。而且知道烤鸡的人，恐怕也极其有限。"杨止波道："便宜坊能烤鸡，这真不晓得。哪天我们去吃一顿，好不好？"

孙玉秋扑哧一声，笑道："你听到吃，就兴高采烈了。我说烤鸡不错，你就要吃烤鸡了。北京好吃的东西那真是太多。我说有一种烤猪，也很有名，你也能够去吃烤猪吗？"杨止波点头道："你说得我太对。不过我希望能做一种文字，就是描摹我们记者生活。这当然现在还不能够写，只是在留意而已。"孙玉秋道："这当然可以，我看至少要过个五六年。"杨止波摇头道："五六年还不够，至少要在十年开外。那个时候，你也多一点儿经验，也可以告诉我一点儿。"孙玉秋听到他说将来，就笑着不愿谈。只把那瓷缸端起来喝着酸梅汤，很快地，这一大瓷缸酸梅汤就喝完了。杨止波道："你批评我，我也应当批评你了。这酸梅汤虽然好喝，究竟……"孙玉秋接着道："不宜多喝。"这就杨止波哈哈地一笑，把话中止了。

过了一会儿，孙玉秋向屋子角上一望，见他钉了一个报架子，挂着一大串报纸，中间挂了一张，是《北斗报》，便道："这《北斗报》销个几百份报，你还有工夫看它吗？"杨止波指着《北斗报》道："你说的是它吗？这里是事外人不知，我们用眼光向报缝里看看，这里面碰着就很有新闻的。因为社长黄天河是国务院里一个秘书。他有时候编头条新闻，这就在有言不言之间，很露点儿线索。我看他的新闻，那就是内阁新闻，这上面看得着一点儿来龙去脉。"孙玉秋道："这张阁好像与黎元洪不大对，在《北斗报》上也看得出一点儿吗？"杨止波道："晚上十一点钟附近，我想到《北斗报》去一趟，这里面也许得点儿新闻。至于说张阁与府方不大对，那是公开的事了。"孙玉秋笑道："回头有新闻，也告诉我一点儿吧。"

两个人说着，倒是很有味，不觉谈到晚上九点钟，孙玉秋才回到她学校里去。杨止波有一个朋友叫沈默然，在《北斗报》里编辑新闻，也有时管副刊。杨止波说到《北斗报》里去会朋友，这朋友就指的是他。到了十一点钟，就向《北斗报》去。这后孙公园到北山会馆，就只一条街，转眼就到了。这《北斗报》虽也是半官性质，可是来会客的人，只要通知是找哪位先生的，就让你自找编辑部。杨止波在门房通知了一声，自己便往编辑部走。编辑部两向北房打通了的。掀开门帘，便见四个人围住一张大餐桌子，同时在那里编稿子。其中一个身材结实，一副溜圆面孔，穿一件灰哗叽长衫，这就是要会的沈默然。

沈默然看到他进来，把笔一丢，站起来道："杨止波先生来了，好久不见。我的事刚做完，可以陪老兄谈谈。"杨止波道："我不搅你们吗？"沈默然笑道："我不是说我没有了事吗？请这边屋子里坐。"他说着，就向东边屋子里一引。

杨止波看这屋子里，很有点儿官僚的作风，一张大理石的圆桌，四周大理石的几子，六把沙发挨着墙摆定。有张檀木的写字台，上面不是摆笔砚，摆着两玻璃框珊瑚树，真的水晶小鱼缸，四周挂着许多名人字画。杨止波靠墙沙发上坐。沈默然也坐在沙发椅子上相陪，先笑道："我兄也在《镜报》当编辑，今晚上何以有空？"杨止波道："《镜报》的事，今天辞职了。晚上已经没有了事，出来看看说得来的朋友。"沈默然道："你兄太忙，这样很好。"杨止波笑了一笑道："我打算向兄探点儿张阁的消息。今天发新闻稿子，看到张阁怎么样？"

沈默然向玻璃窗子上望了一望，然后把身子坐着挨近一点儿，笑道："我们虽有内阁的消息，但是要等我们黄社长来了。这两天府院问题，天天有变化。若照我们所得的消息而言，目前尚无大变化。"杨止波道："那好吧，我们就谈谈别的问题得了。"这位沈默然先生是个学海军的。但是回国以后，觉得办报很有兴趣。兴趣更浓的，是当年的副刊。所以他一跳，就加入新闻界。杨止波说谈别的问题，他就把副刊谈了很久。忽然他向窗子外一望，就道："我们社长来了。你若要打听张阁问题，他比我们明白得多。等一下，等他编完了稿子，我引你见一见，谈谈内阁问题。包你必有所得。"杨止波道："不必吧！一来他事忙，二来时间也不早了，我只托你问一下，张阁这两天形势怎么样，那就够了。"沈默然道："那更可以了。请你等一会儿，我去问来。"杨止波道："好极好极。恭候恭候。"沈默然就起身进编辑部去问去了。

杨止波在客厅等了一刻钟，沈默然就回来了。杨止波立刻起来，笑问道："问得怎么样？"沈默然笑道："阁下来问得正是时候。崇文门关监督向来是总统方面的私人，一月有个二三十万两的收入，总统以这个为公府经费。可是到了现在，陆军检阅使驻兵近畿，除了河南方面，一月补助二十万之外，就一文现钞都没有抓着。检阅使因此就指明了要这个关监督。当然这事情不好办，财政总长为这事提议了好几回，国务总理张绍曾，总劝缓一步再说。今天检阅使自己来了一封信，保薛居仁为崇文门关监督。信外有几句话，若是不肯答应的话，就要向国务院索饷。张绍曾接了这封信，那有什么话可说，明天就要颁布命令，送总统府盖印。我看事已如此，那就盖印了吧。不然就不好办。"

杨止波拿起帽子，做个要走的样子，便道："这消息很好呀，这送总统府盖印，是一道手续问题，当然没有什么。"沈默然笑道："照事势说，国务院发的命令，总统只有盖印，可是公府经费，以后在哪里出呢？这个关监督一换，那月月的收入，就作为陆军检阅使的军饷了。"杨止波道："那还有问题呀！好啦，明天再看下文。改天见！"他说了，就和沈默然告别。沈默然送客出院子，就不送了。自己踱着步子走进编辑部，就见黄天河站在桌子横头，面前摆了十几张稿子纸，自己抓了一支红笔在手，将稿子带念带写。桌子当中，有一瓶红墨水，念得句子不好的时候，就将笔伸入红墨水瓶里蘸水，偏着头想，想得了，又看又删点。删点到稿子委实不行，这就把笔一丢，连忙将稿子一撕，这稿子就被取消。这样站着，不到半点钟，稿子就编得了。

黄天河将笔放下，忽然想起一件事，看到沈默然坐在旁边椅子上，笑道："我几乎忘了，你说的杨止波，现在还在这里吗？"沈默然道："他已

325

经回去了。"黄天河这才坐下，笑道："这人文笔倒还不错。我们这里要添编辑的话，可以叫他来吧。"沈默然道："他刚刚辞掉一个编辑，又叫他干编辑，这话我们怎样同他说？"黄天河说这句话，是偶然想起，也就一会子忘了，就将报馆里的事问了几项，便道："我今天要早走一步了，明天国务院里还有很多的事。"沈默然道："是不是送命令往公府盖印的问题？"黄天河点头道："是的，明天这一关，恐怕不是这样风平浪静就太太平平地过去。"说完了，吩咐套车，他的编报的事，就完事了。

到了次日，黄天河到国务院办公去了。他独自一个房间，在这里边是秘书长的一间房子，钟敲过了三点，这无论在国务院身居什么职务，这时是应该到院的。黄天河伏在他的案上办理公事。听到里面一阵铃响，这是人家寻找秘书长，叫传达转过来的电话铃声了，这就听到秘书长答的电话声音，关于答的话，非常地急迫。约谈了十分钟，电话方才完毕。因为隔了一间屋子，又是门带拢的，所以说的什么话，也听得不十分清楚。过了一会儿，有一个勤务被叫着到里面去了。那勤务出来时，说道："黄秘书，刚才秘书长说，请你过去坐一会儿。"按说秘书见秘书长，要恭敬一点儿。但是黄天河是个有名的人，总理和各位总长都很看得起他，所以勤务来叫，下了一个请字。黄天河听到秘书长来请，这想必有什么事，急忙进去。这秘书长穿了一件蓝色绸的长衫，嘴上还留着两撇淡淡的胡子，年纪也不过四十多岁。见着黄天河进来，就随着笑了一笑。他坐在写字台的里边，对面有一张沙发。他道："天河，事情是弄僵了，坐下，我们先商量一会儿。"他说着话，把手向对面沙发上一指。黄天河同秘书长一点头，就在对面沙发上坐下。

黄天河就面对了秘书长，问道："是崇文门关监督那个问题吗？"秘书长道："可不就是这个问题？在昨晚我们这个命令弄好了，送到公府去盖印。这里面大家就猜着必有问题。不过盖印猜着总会盖印的，只是在盖印命令以后，要商量公府的经费，把什么来填补。谁知这次公府清早回电话，说是总统还没有考虑到这个问题，盖印暂缓。我就知道不妙，又打了电话去催，现在回了电话了，是饶秘书长打的，说是这未便盖印，盖了印，哪里弄钱去做公府经费呢。希望总理马上到公府来一趟当面商量一下。你看，居然拒绝盖印了，我们这就要去告诉总理。不过公府还望总理去一趟，我们这应当去呢，还是不要去呢？"黄天河道："总理若是表示可以去，当然怎样对答检阅使那颇费商量。若是不愿去呢，那总统不盖印，

326

那是不信任这内阁，没有话说，就自己干脆辞职。这样，总理如何打算，我们不必在里面多拿主意吧？"

　　秘书长听了他的话，就淡笑一声道："不盖印有什么用？两天一逼，别说是崇文门关监督，整个北京都是靠不住的。好吧，我去见总理，把事说明，看总理拿什么主张吧。"说着，向总理房子里去。这房子里当然陈设得很讲究，一间大屋里，四周有沙发茶几，总理坐的地方，有一张加大的写字台。张绍曾穿着一件团花灰色绸长衫，长方一张脸，也是嘴上留两撇短须，不过没有留头发，是个光头。他正在写信。秘书长轻步在地毯上走，走到桌子边，便道："总理，我有事奉告。"张绍曾放下笔来，便回转脸来道："公府里回了电话吗？这时还没有盖印回来，黎黄陂是拒绝盖印的了。"秘书长道："是的，刚才我接到饶秘书长的电话，他说若把这命令盖印，公府的经费怎么办呢？所以拒绝了盖印。不过公府方面，还希望总理去一趟。"张绍曾站了起来，问道："公府拒绝盖印了，那也好。我这里正在起草我辞职的呈文，你可以拿去，把它重新改一下，把我看一看，然后就发了出去，越快越好。我要七点多钟赴津，免得在京许多麻烦。"秘书长道："那么，公府是不必去了。"张绍曾笑了一笑，将呈文底子付给了秘书长，然后对他道："我不是说要赶赴天津，越快越好吗？至于公府方面，我看也不久了。"

　　秘书长当时将稿子拿起，又跟总理说了一些话。他知道张绍曾去意已经坚定，就转身到自己房里，叫了黄天河前来，笑道："总理以权限不清，这已不成其为责任内阁，决计辞职赴津。现在辞职呈文，请你先打个草稿，回头给我看一下，以后再送总理看。张阁这下就算完了。"黄天河道："上公府里去的话，那个不提了吗？"秘书长也笑了一笑道："阁下说得不错，总理自有他的打算。"这秘书长也是一个很大的官，他不肯说明，这黄天河的问话，也只能到这里为止了。自己回位子，不要半个钟头，已将稿子写好。先把稿子送交秘书长看过，经秘书长略微把笔改动了两句，再将呈文送交张总理。他看了，没有什么话，就在呈文底子上批了一个行字。他批好了这呈子，就告诉勤务叫车子预备叫车去火车站，张阁于是乎告终了。

　　当日的晚上，黄天河先上俱乐部玩了一会儿，十二点钟回到《北斗报》。北斗报馆院子里，有两棵多年的槐树，这是六月初，槐树长的新叶，碧绿得满院。而且这时候，洋槐正在开花，花是白色的，这就开得一丛又一丛，站远了看，像绣球一般，有一股清香，月夜闻着更好。黄天河进了院子，几盏电灯全在槐树底下亮着。在院子中，走这白绿相间的影子下，暗暗扑了一身的花香。他觉得这里很好，就只管在树下徘徊了三四次。只听有人叫道："黄社长，不必看花了，我们这里都完了，静等着你呢。"黄天河这才把草帽取在手上，掀了帘子进来，笑道："今天等我，这倒是对的。张阁完了，以后看看这保定阁员，要玩一套什么花样了。"他于是挂了草帽，自己坐在编辑桌边。这里有好多内阁新闻稿子，聚拢在一处，堆在桌子的横头。他把稿子理了一会儿，就对在室内的四位编辑道："你们知道张绍曾说走就走，其中有一个缘故吗？"众人都说不知道。黄天河把公府拒绝盖印的命令经过说了一遍，就笑着道："公府自有它的难处，可是黎黄陂还是想做总统，那也是事实啊。"就笑着马上将内阁新闻编辑起来。

沈默然听到他这番谈话，就在编辑桌上写了一封信给杨止波，其中说张氏赴津的缘故。信写好了，告诉馆里的信差，明早送到。到了明早，信就送到了。杨止波拆开信来看，说了张氏赴津的缘因，还有保派阁员，要另玩花样。当然这里面，有很多找新闻的路子。杨止波得了这条路子，就很写了几篇通讯。一次上午，却听到会馆里老姑娘叫了进来道："稀奇，外面警务罢岗了。杨先生，你的好新闻啦。"杨止波听老姑娘喊，就掀着门帘子一望，老姑娘穿了一件花布长衫，跑得两只鞋沾满了沙土，站在院子里。便问道："老姑娘，你这话是真的吗？"老姑娘道："你去看啦。那些车子和大驴子，都自由自在地在大路上要走哪边就走哪边。"杨止波心想，沈默然信里说了，保派要另玩花样，这就是他们玩花样之一吗？便道："好的，我要去看看。"

杨止波穿了一件灰绸长衫，戴着草帽，自向宣武门里面走。果然街上的警务一个也没有。走上宣武门，也是一样。还好，这里虽没有警务，却是车子驴子尽靠一边走。到了邢笔峰家，邢笔峰就开玩笑地道："你走家里来，没有被车子碰倒吗？"杨止波将帽子摘了，在沙发上坐下道："这似乎不成个样子，怎好警务罢起岗来。还好，一路没有出什么乱子。"邢笔峰道："有姓查的要来，他总会给我们一点儿消息。"原来这查大发，是邢笔峰每月给他十元钱，让他告诉一点儿消息的。那个时候，哪个机关都有这么一路人，也没有什么奇怪。过了一会儿，果然查大发来了，他穿了一件黑布长衫，戴一顶硬壳子草帽，黄瘦的一张脸。把草帽拿在手上，他进来笑道："我告诉一点儿消息，公府里答应给一个月薪，但罢岗的依旧不答应。这本不是公府里的事，现在国务总理走了，财长不问事，就是公府里的事了。至于里面头儿，他们总摆起一脸莫奈何的样子。"说着，他靠里边大理石桌子坐下。

这里徐度德的父亲，倒了茶。邢笔峰坐在位上就问道："你打听得要好多薪水呢？"查大发道："他们原是要三个月薪水，公府只给一个月，那就太少了。"邢笔峰道："你看要多少他们才可以复岗呢？"查大发道："大概两个月吧？"邢笔峰对大家道："这罢岗总不是个办法。回头有什么消息，查先生还打电话告诉我。"查大发就拿了帽子站起来道："我可要走了，怕我们那里有事。回头有消息，我自然会打电话过来。"邢笔峰答应着，查大发走了。杨止波道："这事真有一点儿奇怪。从来索薪，向财政部要，现在却一变，变得向公府里要了。"邢笔峰道："现在财政总长就称是有病啦。"杨止波道："财长病了，还有次长啦。我看不是要钱问题，是将黎元洪一军。就说你若是没钱，别干这总统。"邢笔峰笑道："你老弟算是明白了，这还有什么话说，北京城里有外交团，我们这里的事，他们一笔一笔，打了电报告诉他们政府。这罢岗关系北京秩序，那还是第二问题。我们在国际的声望，又落了一层了。"杨止波就叹了一口气。

大家当时谈着，这警务的问题恐怕不会太久。杨止波道："这既然是一着将军棋，就是解了围了，怕是第二着将军棋又来了，那怎么对付呢？"邢笔峰道："那看形势吧。"当时谈了一阵，也没有结论。在邢家办事的人，各自回家吃饭，下午也没有解决。快到上灯的时候，却是查大发的电话来了。邢笔峰接过了电话转来，笑道："警务问题解决了。公府里答应给两个月欠薪，还派人说了许多好话。警务算是无话可说，答应马上复岗。不过这算是一关，若是过第二关，那就难说了。公府里是无款可筹，他们却是只要钱，这怎样办？"杨止波道："那也和张绍曾一样，搭车上天津吧！"邢笔峰也就一笑。

过了一天，杨止波又到邢家来抄稿。这就见殷忧世坐在邢笔峰旁边录电报，看到杨止波来了，笑道："你的话猜中了，保派现玩了第二着棋，陆军检阅使马士瑞、步军统领王安宁，以无饷对兵士不能负责，赶着向总统提出辞呈。这两个人所带的士兵，约有五万人。他说了，无饷，对士兵就不能负责，你想，这是什么话？"杨止波宽了衣帽，和邢笔峰对面坐着，问道："真的有这种话吗？"邢笔峰道："到了晚上，两个人辞呈就会发表，当然此话不会是假的。我把这话拟好电报已经打出去了。"杨止波道："阁下是公府来了电话吗？"殷忧世放了笔，坐着将一只手一扬道："我有一个亲戚在总统府做一个小官，昨日打了一个电话给他。他正要离开那儿呢。他说，黎总统已经不在公府了，在他家里东厂胡同办公。你到过东厂胡同没有？这是中国式一个很大的房子，里面有花园。"杨止波道："去过的。可是那就不好了，黎元洪连公府都去不得，要在家里办公，那还当什么总统？"邢笔峰是对黎元洪有好感的，听了他这话，就点着一节雪茄放在嘴角，只管吧吸着，过了好久，他才为之叹一口气。

这里拍电报、写快信，都把黎元洪走与不走为题。这天下午，黎并邀参谋总长张怀芝去劝慰马、王二位，并说欠饷这件事，当慢慢地筹划。当然这两句空话，等于没有慰留一样。

到了次日，杨止波觉得这东厂胡同，虽是不便进去，可是瞧一瞧门外情形也是好的。这黎元洪究竟比保派好得多，他的大门口，总是让人来往，不像保派，不要说大门口了，来了就要禁街。自己想了一想，决定了去。于是跑到东城，大胡同口一拐弯，这就是东厂胡同。走了一截路，路北几棵年老的槐树，槐树底下，列着两扇大门，门里又是西式门楼，这就是黎宅。门口停了两辆汽车，两个人看守着大门，此外却一点儿什么都没有。杨止波虽然自己想进去，没有借口，恐怕也不好进去。若说来访新闻，黎元洪这个时候，心里自然乱得很，我这一个小人物，当然是不见的。自己这样想着，在门外来回几次，只见黎宅是静悄悄的。

一会子工夫，却听到一阵皮鞋声音，而且这声音很大很乱。杨止波就退后两步站在胡同边上。那皮鞋声音来到门外，却是百十来个军官。那些军官慢慢向前走，却听到一位军官道："你带了一批人，就直入上房，这黎总统就跑不了啦。"那就另外有个人答道："黎总统对我们总还算不坏。我们既到了上房，他马上出来迎接。我一说是要饷，他就说，这事最好是同财政总长接洽。当然我要是在位一天，我总想办法。"杨止波听到这里，他也不肯丢了，就挨了墙走。一边走，一边又听到人道："我就说总统说想办法，想到哪一天？我们马上就要饷。"又一个人道："我说，总统想不出办法来，那就不要干吧！这时候黎元洪有点儿生气了。就说，好，我走！"说到这里，这些人就出了胡同了。

到了次日下午，邢笔峰家中，人都到齐了。徐度德在另一张桌子上译电报，殷忧世坐在邢笔峰隔壁，摊着一本簿子，在那里录电文。杨止波在邢笔峰对面那里撰稿。邢笔峰穿了一件秋罗褂子，把雪茄含在口中，两手抱着，望了对面的假山石，好久不转睛。因为他在这里想，这位黎元洪还有救与无救呢？这时，徐度德的父亲在院子里喊："殷先生电话，是黎宅来的。"邢笔峰听到，就对殷先生道："快去接电话，是黎宅来的呀！"殷忧世也是猜着哑谜，赶紧就向后边去。

　　过了一会儿，殷忧世接过电话回来，走进门就道："是我亲戚打来的。他说黎元洪于午刻出京了。本来还不愿走，今天早上，自来水已经不来水，打电话一问自来水公司，那边答话，是保派下的命令。黎很生气，说好啦！我就到天津去吧。黎立刻收拾东西，也没有叫人送。就是饶汉祥跟了他走。这个时候已离北京很远了吧？"殷忧世一边站着说话，一边将手伸着一比，叹口气道："这北京又走了一个总统了。"自己就走向自己原位。邢笔峰用手拿下他嘴里含的雪茄，将雪茄上烟灰对烟缸掸了两掸，因道："好吧，以后我们看保派的吧！"

　　这个问题又引起他们的一番议论。杨止波将稿子编完了，说还有事，穿起长衫，戴上帽子，便向东厂胡同一走，看看是什么样子。到了黎宅门口，见停的汽车一辆没有了，门口守门的人也不见了。就只有大门口几棵老槐树，还是绿叶油油的。绿荫挡住了太阳，这里已没人声了。树上有两只喜鹊，这么碰来碰去，树上有根树干被它碰落，打在人身上。看看大门以内，简直没有一个人影。当然，这四周也许有保派的密探，还是不要在门口望着为妙。所以除了慢步在黎宅过着，也不敢在门口过久停留，放出从容的样子，一步一步地走出东厂胡同了。

　　这自然回会馆去，走上大街，看着街上依然人来人往，跑走了一个总统也没有什么影响。路过前门，两边车站门外，就是汽车马车人力车排子车，排班等着生意。两站的旅客不断进出。再就向会馆走，进了大门，只见一棵丁香花，已经落干净了，只是那树的叶子，却是一丛新绿。一棵年老的柳树，树枝树叶已经盖过了屋脊，太阳照着，只觉大半边院子没有骄阳，全是绿荫荫的了。自家房门洞开，挂着帘子。掀开帘子，却见孙玉秋已经来了。她穿着一件白蓝相配的布长衫，靠书桌边站定。这窗户台上，两盆月季花正好开得花艳深红，叶长新绿，却映着人影。杨止波还没有开口，孙玉秋道："你回来了。"杨止波拿着帽子，朝南一比道："黎元洪今天中午已经出京了。保派是墙角落上摇摆着的一丛草吧，我猜，比起出京的总统来，它寿命还要短呢。"孙玉秋连点着头。

（全书未完）

图书在版编目（CIP）数据

记者外传 / 张恨水著. — 北京：中国文史出版社，
2018.6

（民国通俗小说典藏文库·张恨水卷）

ISBN 978 - 7 - 5205 - 0022 - 7

Ⅰ．①记… Ⅱ．①张… Ⅲ．①长篇小说 - 中国 - 现代
Ⅳ．①I246.5

中国版本图书馆 CIP 数据核字（2018）第 011176 号

整　　理：萧　霖
责任编辑：卢祥秋

出版发行：**中国文史出版社**

社　　址：北京市西城区太平桥大街 23 号　邮编：100811
电　　话：010 - 66173572　66168268　66192736（发行部）
传　　真：010 - 66192703
印　　装：廊坊市海涛印刷有限公司
经　　销：全国新华书店
开　　本：720×1020　1/16
印　　张：22　　　　字数：348 千字
版　　次：2018 年 6 月第 1 版
印　　次：2018 年 6 月第 1 次印刷
定　　价：65.00 元